魏子雲　著

李壽菊　主編

魏子雲著作集

金學卷

1

金瓶梅探原
金瓶梅編年紀事
金瓶梅的問世與演變

萬卷樓圖書公司

魏子雲先生（1918-2005）七十歲留影

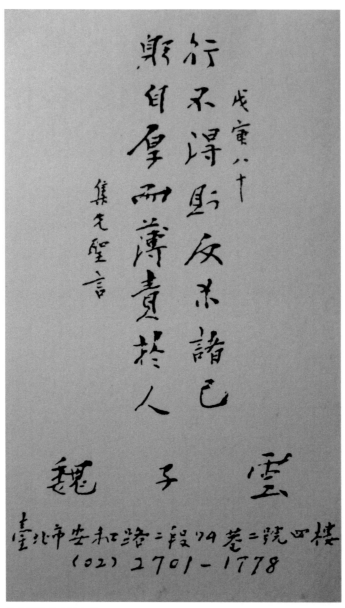

先生以法書自製名片

二十五歲於大陸留影

四十五歲為人師表

古稀之年留影

八十七歲於安養院留影

開懷之容

沈思之狀

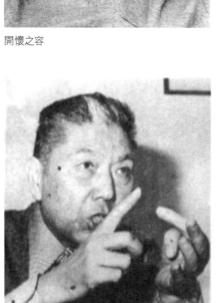

論學之姿

談笑之態

一九四四年四月四日於福建長汀結婚照

一九九〇年與夫人於安和路自宅合影

一九四五年抗戰期間與夫人合影

一九九二年與夫人於自宅郭大維畫前合影

一九五一年全家合影，前排左起長子至昌，次子至典，長女貞利，後立者姪兒清龍。

二○○五年春節前於陽明山安養院與兒女度過最後一個中國新年。左起長子至昌，
長女貞利，長媳，夫人馮元娥，二子至典，後立者四子志瑜。

一九七一年喜抱長孫立一

二○○一年長孫立一獲史丹福大學電機博士學位，
榮耀歸國，將博士袍披於爺爺身上。

先生於文復會授課神情

一九八六年四月十七日於高雄文藝班一期小說組上課。（孫禮昭攝）

先生讀書身影（翻攝自聯合報）

先生讀書身影（翻攝自聯合報）

金瓶梅研究手札

金瓶梅研究手札本

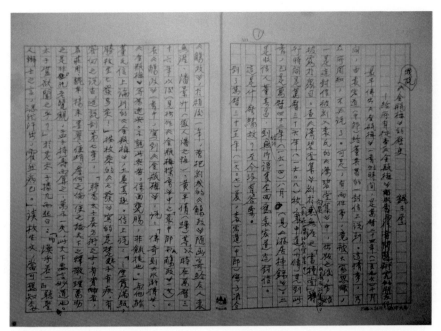

金瓶梅研究手稿

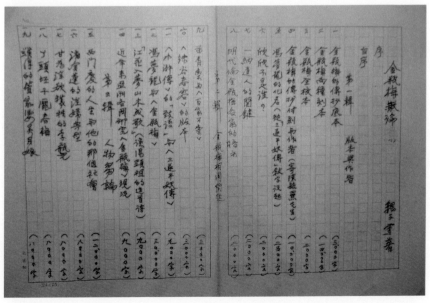

《金瓶梅散論》目次手稿

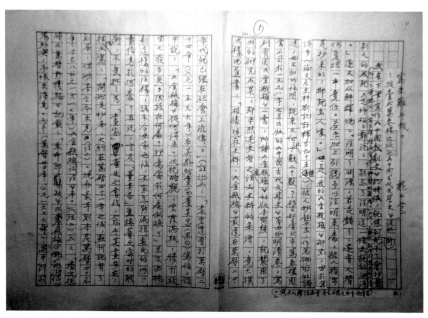

〈寫史難乎哉？〉手稿

國圖展示手稿樣示

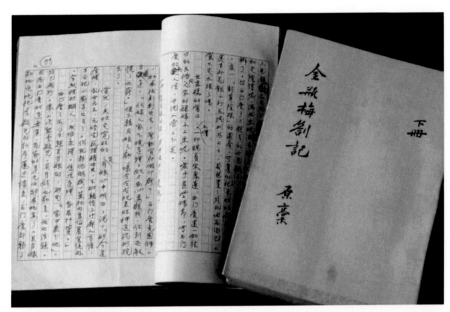

先生親手裝訂，親筆題名之手稿

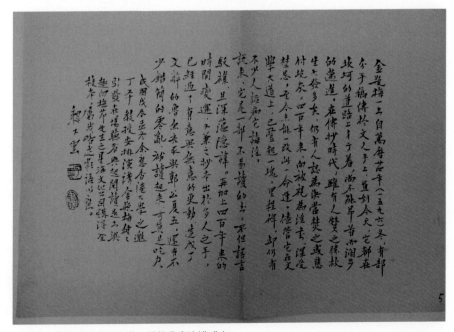

一九八八年應香港丁平之邀，親筆書寫演講感言

一九八一年五月十一日《自由日報》副刊刊
登〈金瓶梅的人名〉一文，先生親筆校訂錯
誤。

一九七八年四月十二日《民生報》第五版相關報導

一九九四年四月一日《中央日報》副刊文

一九九〇年二月初首次海峽兩岸學術交流，即率團參加南京社科院舉辦明清小説金
陵研討會

先生於研討會發表論文風采

二〇〇〇年十月金瓶梅學術研討會於山東五蓮舉行，先生發表論文留影

二〇〇〇年十月金瓶梅學術研討會於山東五蓮舉行，與會人員合影留念，先生居中坐

先生首度到上海黃霖教授家作客，左黃霖教授，右黃霖夫人徐甘女士。

黃霖於上海設宴接待先生

二〇〇二年十月二十六日先生偕黃霖同遊臺北故宮三希堂。

二〇〇二年十月三十一日吳敢先生來訪，於臺北自宅合影。

一九九〇年二月初率團赴南京明清小說研討會，與歐陽健教授合影於孫中山臨時大總
統辦公室前

二〇〇一年八月侯忠義與先生攝於北京大學勺園

二〇〇〇年十月山東五蓮金瓶梅學術研討會與學者合影，左起陳益源、洪濤、崔溶澈、陳慶浩、魏子雲、黃霖、黃瑞珍。

一九九一年八月攝於北京，左起李壽菊、張惠英、魏子雲、陳益源。

徐州老家尋根，背後房子即奎東巷三十五號院，一九四七至一九四八，先生一家四口在此住居兩年。

一九九〇年二月七日，先生從南京搭火車至石家莊，於故鄉宿縣車站月台留影。

二〇〇三年一月十九日先生於書房整理藏書身影之一

二〇〇三年一月十九日先生於書房整理藏書身影之二

二〇〇六年一月四日《民生報》報導先生辭世消息。

《金瓶梅》大師魏子雲 子女捐遺稿

【記者蔡永彬／台北報導】以《金瓶梅》研究享譽學界的魏子雲過世6年，其子女經由德明財經科技大學通識教育中心副教授李壽菊牽線，昨將相關遺稿全數捐贈國家圖書館典藏。國圖將在整理、數位化製作後，供所有讀者上網查閱。

魏子雲1918年出生於中國大陸安徽，2005年病逝於台北。他的重要著述包括《金瓶梅》研究、八大山人探研、評論、戲曲劇本及小說創作等共70餘種，近1千萬字。

魏子雲的長子魏志昌在致詞時數度哽咽，他回憶父親生前對他非常嚴厲，加上彼此各忙各的，關係有點疏離。魏志昌手邊還有父親的日記，他強調不是不捐，而是想藉由日記重新認識父親，以後還是會捐出，讓父親的手稿完整典藏。

成功大學中國文學系教授陳益源是魏子雲的學生，他談到魏子雲和中國大陸浙江大學已故教授徐朔方在論文、期刊上「筆戰」多年，後來兩人在台灣相見，卻是彼此謙讓、相見恨晚。

國圖特藏組主任俞小明表示，魏子雲長年有系統地整理自己的手稿、藏書和資料，對於國圖來說，整理時方便許多。魏家捐出的學術書信總計約2千多封、親筆手稿193件、書法墨寶66件、照片218張、詩經吟誦1卷、教學錄音檔4件。書信中有一些是魏子雲和作家陳若曦的通信，陳的署名是她的原名「秀美」。

已故學者魏子雲以《金瓶梅》研究享譽學界，其子女將收藏的相關手稿捐贈國家圖書館。　圖／國圖提供

二〇一一年十二月二十八日《聯合報》報導家屬捐贈手稿一事。

二〇一一年十二月二十七日家屬捐贈先生之著作、手稿,翰墨、
照片及千封信函等文物予國家圖書館。

二〇一一年十二月二十七日先生長子至昌於捐贈儀式中,接受國家圖書館曾館長致贈之感謝狀。

國家圖書館簡報室捐贈會場一景

捐贈儀式後與曾館長合影

二〇一二年八月二十四日臺灣首屆
金瓶梅國際學術研討會海報

二〇一二年八月二十四日臺灣首屆金瓶梅國際學術研討會，與會學人上台捐出獲贈於先生之翰墨，
左起陳益源、張進德、張蕊青、王汝梅、黃霖、吳敢、梅節、魏至昌、曾淑賢。

長子至昌手繪先生畫像

謹以本書獻給我們摯愛的父親
——至昌、至典、貞利、志瑜、至穎

黃序

「金學」史上的一座里程碑[1]

黃 霖

魏子雲先生離開我們已經七年了。從得悉噩耗起，我一直想特別認真地寫一篇紀念文字，但世事浮沉，身不由己，在轉蓬似的奔命途中，一直讓我帶著一顆愧疚的心面對著先生的在天之靈。如今重新翻閱魏先生寫給我的一六〇餘封信時，魏先生猶在我的耳邊說：「黃霖，今日，大陸的朋友可以寫我的《金瓶梅》研究者，只有您。」這是一八八九年十二月二十五日他給我信上說的話。一九九〇年二月十九日他又叮囑我說：「兄在弟沒世之後寫我。」是啊，正如先生所說，「對於《金瓶梅》研究，你是我第一位朋友」（一九九二年二月一日信），「你我情誼，非他人可比。大陸的友人，你我相交最早，情誼也最厚」（一九九五年九月四日信）。我不該不寫，我不能不寫啊。但是，我們相交二十餘年，正如一部二十四史，從何說起！

「我的研究成果有如老蠶吐絲結出來的繭」

我與魏先生相交，是由魏先生通過當時在美國駐華使館的趙韞慧女士轉給我的一封信開始的，時間是在一九八四年一月。很遺憾，正因為我將這封特別具有紀念意義的信想珍藏起來，如今卻記不起藏在了何處。現在能找到的較早的一九八四年三月十日也是由趙女士轉

---

[1] 本文原是二〇一二年臺灣《金瓶梅》國際學術研討會上提交的論文。這次會議的主題之一是紀念魏子雲先生，原副標題是「追念魏子雲先生」。

給我的一封寫給她的信，大致勾勒了當時魏先生研究「《金瓶梅》」
的主要內容與思路：

> 《金瓶梅探原》是我《金瓶梅》研究的萌芽，《金瓶梅的問世
> 與演變》是我此一研究的盤根錯節，《金瓶梅箚記》則是此一
> 研究的枝葉叢生與花朵。那麼，我正在寫作中的《金瓶梅原貌
> 探索》，則是此一研究的果實。這部書完成，我所推演的《金
> 瓶梅詞話》乃天啟年或萬曆年的改寫本，便大功告成，誰也休
> 想推翻。再一進步，就要從事作者究竟是誰的研究。

這裡，實際上將他的《金瓶梅》研究分成兩個階段：第一步是成
書的研究，第二步是作者的研究。這也是魏先生在以後的論著中一再
重申的他所做的《金瓶梅》研究的主要工作。

關於《金瓶梅》成書的問題，魏先生是有自己獨特的見解的。他
提出，萬曆二十四年以來在社會上流行的不是現在所見的穢本，而是
具有明顯「政治諷諭」性質的作品；後經改寫，刪改了政治性的內
容，加入了大量的淫詞穢語，但仍保存著第一回有關劉項的「入話」
故事，成現在所見的「詞話本」；後再刪去了第一回的劉項故事，以
西門慶熱結十兄弟開卷，並進一步作了些零星的刪改，抹去政治諷喻
的因素，成現在所見的崇禎本。

支撐他這一見解的核心問題是《金瓶梅》的原本是一部政治諷諭
性質的書，其主要表徵是詞話本所留有的「《金瓶梅》頭上的王冠」，
即第一回寫的與正文關係不大的漢高祖寵愛戚姬而廢嫡立庶的故事，
當是借此諷喻當時的萬曆皇帝。其正文中也還留有一些痕跡，如第七
十一回、七十六回寫到徽宗在政和七年改元重和，即是影射萬曆嫡子
常洛繼位一月而亡後改元泰昌的史實，其第七十、七十一回所寫的冬
至日，亦與泰昌元年與天啟元年的冬至日期相合。如此等等，魏先生

證明《金瓶梅》原是一部政治小說，而後經詞話本、崇禎本而越改越抹去了它的政治小說的本色。

魏先生花了多年的工夫力證的這一見解，得到了眾多為他的一些專著作序的學者的讚賞，然在金學界並未得到普遍的認同，甚至有人提出批評，將此與《紅樓夢》研究中的索隱派相提並論。對此，他甚感寂寞，說：「關於〈金瓶梅的政治諷喻〉，涉及的鄭貴妃以及立儲等問題，乃弟研究《金瓶梅》的首創。可是，大陸上以及美國人，論及此一問題，除兄而外，幾無任何人說到我。」（一九九○年九月十四日信）魏先生說我論及這一問題的是〈論金瓶梅詞話的政治性〉。我在此文中力挺魏先生的主要觀點，認為研究小說必須將「內學」與「外學」結合起來，必要的考證不是「索隱派」，就魏先生的「諷諭神宗宮闈事件這一見解來看，實在是閃光的，甚至可以說是「《金瓶梅》」研究史上的一個突破，決不能輕易否定的。」為此還補充了一些例證，例如關於小說中的「陳四箴」、「何其高」等人名的解釋。這曾使魏先生十分高興，來信說：「大著所述有關政治諷喻問題，拈出之陳四箴、何其高，極有價值；弟為之興奮久之。」（一九八五年三月十三日信）我堅信魏先生的這一發現是有一定道理的，所以在以後的一系列著作中，都強調了詞話本所流露的政治諷諭性。

魏先生在研究《金瓶梅》的政治諷諭性及其成書過程中，還有許多創獲，最為學界認可的是，認定了馬仲良榷吳關的時間在萬曆四十一年，李日華於萬曆四十三年在沈德符處見到的《金瓶梅》尚是抄本，從而考定至少在萬曆四十三年尚無刻本，徹底否定了長期以來誤認為《金瓶梅》刊於萬曆三十八年的說法，同時證明目前所見的刊於萬曆丁巳的詞話本當為初刊本。

魏先生關於作者問題的研究，實際上在《金瓶梅探原》中已經涉及，影響大的是關於作者的籍貫問題。他堅決地否定普遍認為作者是

山東人的說法，而認為是久住北方的江南人。關於《金瓶梅》作者是
南方人的說法，雖然姚靈犀已有這方面的意思，後來戴不凡也認為可
能是浙江金華一帶的人，但其論證都不夠充分，甚至只是偶而提及而
已，而魏先生則不但從語言的角度，而且從器具、物產、習俗等多角
度地加以論證，所以有較強的說服力。正因為我的《金瓶梅》作者屠
隆說，也是主張作者是南方人的，所以得到了魏先生贊同。他說：
「黃霖認為《金瓶梅》的作者是屠隆，所提證言，極有繼續推究的價
值，我認為黃霖尋出的資料與推斷，率多能夠成立，比其他諸說之疑
猜，符節多矣！」[2]他在後來的作者研究中，寫了諸如〈屠隆是金瓶
梅作者〉、〈論屠隆罷官及其雕蟲罪尤〉、〈開卷一笑的版本問題〉、〈開
卷一笑的編者〉等文章，乃至出了一本專論集《金瓶梅的作者是
誰》，在其序言中用斬釘截鐵的語言說：「《金瓶梅》的作者是誰？我
敢說：是屠隆。」這都給我以極大的支持。魏先生在論證中列舉了大
量的事實，其最可注目者，乃是力證「屠隆的罷官主因，乃原於他那
幾篇賀皇子誕生（的文章），得罪了鄭貴妃」，並認為：「此一問題寫
定，其他問題，悉可迎刃而解」（一九九一年十二月一日信）。

　　魏先生留給我們的成果，就篇幅而言，似乎主要是有關《金瓶
梅》成書與作者問題的考辨，但實際上，他作為一個小說家，對《金
瓶梅》的藝術表現同樣是十分關注的。這從《金瓶梅箚記》一書中就
可以清楚地看出這一點。《金瓶梅箚記》一書雖然也摘出了許多支撐
他的兩次成書說與作者是南方人的材料，也化了相當的篇幅指出了詞
話本文字上的「錯誤之多」與情節描寫的錯亂，但其本意是為了準備
寫作「人物論」與「藝術論」而「隨手紀錄出的卡片」。在這些「卡片」

2　魏子雲：〈屠隆是金瓶梅作者〉，《金瓶梅原貌探索》（臺北市：臺灣學生書局，
　　1985 年），頁 206。

中，魏先生常常敏銳地揭示了人物的性格、心理等特點，如李瓶兒這個人物，誠如魏先生在第十六回箚記中說的，凡是讀《金瓶梅》的人，大多對李瓶兒懷有好感。尤其嫁到西門家之後，性情之好，與潘金蓮是一大對比。可是李瓶兒又何嘗是個簡單的角色。她在梁中書家，不惟能從李逵這個黑煞神的刀下逃過，還能帶走梁家的重要財寶。逃到京城，居然能謀得太監頭兒之一的花太監作為庇護。更有手段把花老太監的內官財富，全部掌握到己手。算得是個角色吧。在這第十六回中，當西門慶怕她家大伯干擾，她卻答道：「他若放出個屁來，我叫那賊花子坐著死不敢睡著死。大官人，你放心，他不敢惹我！」聽著她這番話，與嫁到西門家之後的李瓶兒，判然兩人。後來她潑水趕出蔣竹山的時候，罵出的言語，做出的事情，無不使我們感到李瓶兒可不是個省油的燈。那麼，何以嫁到西門家就變成另一個人？有人因此而認為《金瓶梅》描寫李瓶兒的性格是矛盾的、失敗的。魏先生則指出，正是因為西門慶的「好風月」，使李瓶兒感到「是醫奴的藥一般」，「這般可奴之意」，滿足了她的性要求。中間穿插了招贅蔣竹山，瓶兒原想也把他「當塊肉兒」，結果原來「是個中看不中吃的蠟槍頭、死王八」，更襯托出只有西門慶才是她解渴的藥。所以在這裡顯示了李瓶兒與潘金蓮的不同：「潘金蓮等的是男人，李瓶兒等的則又不只是男人，還應是個像趙子龍那樣勇猛的將軍啊！」（《金瓶梅箚記》，頁102。以下引本書只注頁碼）再如第三三回寫官哥受驚哭鬧漾奶，吳月娘喊劉婆子來看，西門慶知道了，則說：「信那老淫婦胡針亂炙，還請小兒科太醫看纔好。既好些了，罷！若不好，拿到衙門裡去，拶與老婦一拶子！」這句話看來說得多麼沒有道理，醫不好怎就要挨拶子？而實際上生動而準確地表現了西門慶得官後的心理行為。魏先生指出：「像西門慶這等人，得了官有了衙門，自是這等無法無天的濫用職權。這裡所寫雖是淡淡一筆，蓋

亦鮮明的凸出了這一類人物的性格。」（頁175）再如第二一回，魏
先生揭示吳月娘並非是個無用之輩，而是也有「手段」。她與丈夫嘔
氣不相交談以來，每月吃齋三次，逢七拜斗焚香，在星月之下祝求，
「這固然是吳月娘的自安行為，但又何嘗不是她立身為人的手段呢？」
正如潘金蓮在這一回中說的：「一個人燒夜香，只該默默禱祝，誰家
一經倡揚，使漢子知道了，有這個道理來？」這就難怪不到一個月，
就和漢子私下裡和了。這清楚地表明了月娘之有手段，且絲毫不露痕
跡（頁117）。

　　魏先生在揭示《金瓶梅》中人物的性格特點時，特別關注作者如
何將「人物穿插及故事情節的演變」等表現手法。如關於潘金蓮的出
身，在第二回已經介紹過了，卻在第三回王婆向西門慶獻上十挨光計
時，又介紹了一遍，前者是敘述者作正面介紹，後者是由王婆這個人
物作傳述，兩者同而不同，顯得十分真實。後面王婆對西門慶再作介
紹，又將她的才能誇耀了一番。這正如魏先生指出：「同一件事，重
複再三的描寫，是《金瓶梅詞話》慣用的手法。」這叫做「搓草繩的
手法也」（頁51-52）。第十三回，魏先生論及小說情節「接連」的嚴
實。從小說情節穿插手法來看，這一回是回頭插寫，補述西門慶圖謀
李瓶兒的經過。第十回寫李瓶兒第一次送禮給西門家，時在政和三年
八月間；到第十一回，情節便演進到政和四年五、六月間了。七月初
頭，十兄弟茶會，接著寫西門慶梳籠李桂姐，沒有閒筆去寫西門慶圖
謀李瓶兒的情節；於是這第十三回起，一下筆便迴述西門慶與李瓶兒
的勾搭，「話說一日」，自是章回小說紆迴筆墨的交代，是以此一情
節，一直寫到八月間，接上西門慶生日宴過，李瓶兒再送禮物來。前
後情節，脈絡清楚，接連得一絲不亂（頁83）。在接連情節的過程
中，笑笑生又往往多用「暗筆」，輕輕點過。如第一四回，魏先生點
出「笑笑生寫這西門慶的謀財聚婦，純用暗筆，絕不明寫，卻偶作點

示」，非常巧妙。這是指西門慶與李瓶兒害死花子虛的過程。先時，
花子虛未死時，李瓶兒就向西門慶說：「奴不久也是你的人了。」當
官府拍賣花家房產，李瓶兒要西門慶買下隔壁他花家的房子，吳月娘
則勸丈夫不可買，說：「你不可承攬他這房子，恐怕他漢子，一時生
起疑心來怎了？」這時，作者點了一句：「西門慶記在心。」這就點
出了西門慶下一步要想點子整治花子虛了。於是，西門慶先使花子虛
在官司上輸得一無所得；接著便寫李瓶兒的嘮叨與生活的勒逼，勉強
買了一幢小房棲身，生活一落千丈；擺酒請西門慶來幫忙，儘管一再
催請，卻不見蹤影；一步一步，逼得花子虛一命嗚呼了（頁 89）。關
於《金瓶梅》中情節的穿插與接連的意義，魏先生在論及第七回西門
慶與潘金蓮正如蜜似膠的交往時期，突然加寫說娶孟玉樓一事時，概
括得頗為集中。他說，這一穿插有三個目的：一是「為了小說人物的
安排」，拉進了一個非常重要的人物：孟玉樓；二是「暗喻西門慶之
於婦女，只有淫欲財欲二貪，絕無情字存乎其心」；三是「也深切符
合了寫實的手法，像後段的『楊姑娘氣罵張四舅』，寫得多麼現實
啊！」（頁 61）顯然，這三點是頗有普遍意義的。

關於小說寫人寫事過程中流露出來的「寫實性」，即是魏先生所
論的重點。他一再指出：「《金瓶梅》中的大小事件，全是當時社會
的寫實。」像第四十回寫吃「頭生孩兒的衣胞」的偏方，「只是寫實」，
「這偏方，也許在今天還在這科學昌明的社會間流行吧」（頁 209）。
再如第三一回中「寫玉簫對書童的鍾情，琴童的刁鑽，以及尋壺惹出
來的一家人等的紛擾，構成了一篇現實生動的寫實小說」（頁 166）。
對於《金瓶梅》的這種寫實藝術的高妙，魏先生曾給予很高的評價，
他說：「我們看笑笑生們寫其中人物的使手腕作圈套，絕少加主觀的
筆墨，無不純粹以外在行為的現實手法，素描出來，雖所寫胥是外在
形態，卻能使吾人從他所寫的外在形態上，清晰的觀及人物內心境

界。若論寫實之藝，《金瓶梅》又何止是開山之祖，殆亦藝事之大師焉！」

　　由小說的寫實性，魏先生也自然地強調了《金瓶梅》的認識價值。如第三三回寫喬大戶用一千二百兩銀子新買了一套「門面七間、到底五層」的房子，「自是留在下面與西門慶兩家結親的安排，同時，也暴露了那當時社會的貧富差距」（頁 177）。在第三四回寫西門慶接待應伯爵的一頓早飯，「極其豐盛」，而這是西門家平時享受的飲食，真是寫出了「富家一餐飯，貧戶半年糧」，「乃標準的現實主義之藝」（頁 183）。第三一回寫吳典恩借貸的利息是「每月五分」，這「對窮困小民來說，夠刻的了」，這正是「當時社會的寫實」（頁 164）。第一四回寫承辦花家爭產訟案的開封府尹，作者寫他「極是個清廉的官」，卻也不得不做情分。他是蔡太師的門生，這一「諷喻之筆」，就點出了當時官場的腐敗。諸如此類，魏先生都從「現實主義」的角度，揭示了《金瓶梅》的認識價值及其社會意義。以上所說都是《金瓶梅箚記》中的零星看法，但多真知灼見，後來魏先生將這些箚記整理成文，在《小說金瓶梅》、《金瓶梅散論》等中有多篇文章專論了「人物論」與「藝術論」的問題，推動了《金瓶梅》的研究。

　　魏先生自己說：「我這二十年來的研究，自信為《金瓶梅》一書的淵源，如傳抄、付刻、版本、作者，曾提出了不少應去探索答案的問題，以及一些值得去研判的資料，……都是為所有『金學』研究者，指出研究的正確方向與提出問題的研究資料。」[3]他又說：「這多年來，我幾乎付出了全部精力放在《金瓶梅》的研究上，業已成書百萬言有餘，自信掘出了不少寶藏。可以說我的研究成果，有如老蠶吐絲結出的繭，我在《金瓶梅箚記》的後記中說：『其所成就，已何計

3　魏子雲：《金瓶梅散論》（臺北市：臺灣商務印書館，1990 年），頁 355。

焉！自然之孳生而已。」[4]他用自己的研究成果證明，自有《金瓶梅》
以來，他是第一個撰寫《金瓶梅》專著的學者（姚靈犀的《瓶外卮言》
是一部資料集），且其數量之多，至今也無人可以與他比肩。他又是
第一個能花了二、三十年的時間去專心致志地研究《金瓶梅》的學
者，使「金」學真正成為一門學問。其成績，其影響，可謂一時能籠
罩全球。毫無疑問，他就是我們「金」學史上的一座里程碑。

「所學乃桐城之訓詁義理」

魏子雲先生在《金瓶梅》研究的道路上叱吒風雲，是由於他既重
文獻，也懂小說，能考證，能分析。其根基「乃桐城之訓詁義理」。
他在一八八九年十二月二十五日給我的信上說：

> 我認為兄的生活比我好，最幸運的您讀完了研究所，我連學
> 歷也沒有。弟的基礎是從書院鞭笞出來的，與當今的國文博
> 士（指今之學院教育）來比，我的經學常識厚過他們。……老
> 實說，弟之所學所長，應開訓詁義理的課，試想，我這無學
> 歷的人，在博士如雨後春筍的時代，又無人事背景，所以弟
> 連夢想也不曾入過夢。

魏先生沒有學歷，沒有背景，但有的是紮實的「訓故義理」的根
基，所以養成了他做學問的基本特點就是：精讀文本，善思會疑，勤
奮求證，細心研判。這正如黃慶萱先生在魏先生起步研究《金瓶梅》
不久時所指出的那樣：「魏先生讀書是仔細的，每能在無疑處發現疑
問；尋找資料和審辨資料是認真的，凡能找到證據的每個角落都被仔

---

4 魏子雲：《金瓶梅原貌探索》（臺北市：臺灣學生書局，1985 年），頁 17。

細搜尋過了。」[5]最能代表他的這一治學特點的是，他對沈德符所說
《金瓶梅》「懸之國門」的時間的考證。沈德符在《萬曆野獲編》中
說：

> 袁中郎觴政，以金瓶梅配水滸傳為外典，予恨未得見。丙午
> 遇中郎京邸，問曾有全帙否？曰：「第觀數卷，甚奇快。今惟
> 麻城劉延白承禧家有全本，蓋從其妻家徐文貞錄得者。」又三
> 年，小脩上公車，已攜有其書，因與借抄挈歸。吳友馮夢龍
> 見之驚喜，慫恿書商以重價購刻。馬仲良時榷吳關，亦勸予
> 應梓人之求，可以療飢。予曰：「此等書必遂有人板行，但一
> 刻則家傳戶到，壞人心術。他日閻羅究結始禍，何辭置對？
> 吾豈以刀錐博犁泥哉！」仲良大以為然，遂固篋之。未幾時而
> 吳中懸之國門矣！

假如粗粗地讀這一段話，知袁中郎於「丙午」即萬曆三十四年已
看了數卷，「又三年」即萬曆三十七年，沈德符即從中郎處借抄挈
歸，沒有聽馮夢龍、馬仲良的話去給書商刊刻，而「未幾時」即見
《金瓶梅》「懸之國門」了。這就很容易認定《金瓶梅》初刊於萬曆
三十七年後的「未幾時」即萬曆三十八年。吳晗、鄭振鐸、魯迅等都
這樣認識的，「此一錯誤，竟被東西方學人沿襲了四十餘年」。

當魏先生精讀沈德符的這段文字之後，就發現了問題：馮夢
龍、馬仲良勸沈德符刊刻的時間是否就是緊接著「小脩上公車」的萬
曆三十七年呢？假如僅從語意上看，是可以這樣理解的，但一查事
實，問題就來了。馬仲良是萬曆三十八年中進士，到四十一年才以戶

---

5 黃慶萱：〈金瓶梅審探序〉，《金瓶梅審探》（臺北市：臺灣商務印書館，1982 年），
頁 5。

部主事之職「榷吳關」，即到蘇州滸墅關監收船料鈔，任期一年。這
說明馬仲良勸沈德符刊刻的時間是在萬曆四十一年，至少這時「《金
瓶梅》」還未刊印。又，袁小脩《遊居柿錄》中的萬曆四十二年八月
間的一則日記載，他到這時還沒有讀到《金瓶梅》的全稿，那沈德符
怎有可能於萬曆三十八年就從他那裡借抄全稿呢？因此，萬曆三十八
年的說法是不能成立的。魏先生的結論當成鐵案，不可否定。

　　魏先生說：「清代桐城派的治學原則，主張的是訓詁、義理、辭
章、考證。考證最重要的是證據，所以又稱『考據』。故凡所考據的
事，要用證據說話，有一分證據說一分話。就是去推演作判斷，也離
不開證據。」[6]正因此，他對認真考證的文章十分讚賞，如當讀到荒
木猛的新作《金瓶梅補服考》之後，就在給我的信上稱讚它「考索極
為精細，其中糾正陳詔兄《小考》者多多」（一九九〇年九月十四日
信）。另如對馬泰來的文章也極為欣賞，說：「在我接觸的《金瓶梅》
研究者（接觸到的論文），最欣賞的是美國支加哥大學的馬泰來先
生，……其所舉史料，則給《金瓶梅》研究闢出了新局。」「我知道
馬泰來先生比我年少得多，而我近年來，卻時時以馬先生的這種治學
心眼，作為服膺的對象。」[7]反過來，他對不重證據，隨意推測的風
氣十分不滿，常常批評「許多朋友不諳考據，只是一味夫子自道」（一
九九一年十月二十三日信），「某老與某老，全是意念派，只要腦中
有了意念，就下筆立說了」（一九八六年十一月十日信），或者就是
「強詞奪理」。比如，有人認為《金瓶梅》一書，原是在民間流行的
唱本。再由李開先寫定，或者把寫定者下推到李漁頭上。他認為這類
說法都「站不住」：「此書如是從說唱人口中抄來，請問記錄何在？」

6　魏子雲：《小說金瓶梅》（臺北市：臺灣學生書局，1988 年），頁 280。
7　魏子雲：《小說金瓶梅》（臺北市：臺灣學生書局，1988 年），頁 7。

「再說，沈德符的那句『此等書必遂有人板行』，也得不到合理解釋。
此書如在嘉靖中葉即已在談書人口中傳播，焉有六七十年後無人付梓
之理。在嘉、隆、萬那個社會，是不可能有的現象」。「再說，《金瓶
梅》一書如在嘉靖中葉便在說書人口中流傳著了，也不可能沒有人寫
入筆記或其他任何文字。記述說唱《金瓶梅》的《陶庵夢憶》，已是
崇禎七年（1634）矣。」[8]再如他批評「賈三近說」，「率多臆語，所
例十說，幾無一條可立」（一九八四年四月二十八日信）。「山東嶧莊
卻又為賈三近立館，看來，又步上《水滸傳》作者施耐庵乃大豐人之
說的後塵。這種缺乏學術良知，而又缺乏歷史常識的想到哪裡就說到
哪裡的讕言，徒為後代留下笑柄而已。」（一九八八年六月十八日信）
魏先生的這些批評，對於當前《金瓶梅》作者研究中過多的臆斷，還
是很有針砭意義的。

　　魏先生在強調「有一分證據說一分話」的同時，也力主作文要通
「理義」。他所說的「理義」，恐怕不只是指儒家的道理，即「言有
物」，而是更偏向於「言有序」，即注意行文的邏輯。有一次，有一
位老先生寫信給我，似乎是以趙景深先生與葉德均先生的故事比喻他
與我的關係，我與章培恆先生看後，都不明白他要表達的是什麼意
思。差不多同時，閱讀了他在某論叢上發表的一篇文章，對他的某些
表述，也搞不清楚。此事我寫信與魏先生說了，他也非常有同感，多
次來信說這位先生「行文的理則上也相當乏才能」（一九八六年十二
月三日信），「弟曾說此人作文總是理路不清，此文亦復如是」（一
九八七年三月二十九日信）。

　　魏先生既重訓故考證，又重義理行文，再加上他的勤奮，這就
保證了他在治學的道路上得心應手，創獲良多。他步入「金學」的大

8　魏子雲：《小說金瓶梅》（臺北市：臺灣學生書局，1988 年），頁 275。

門時，已經是高齡了，但他總是不知老之將至，常常泡在圖書館裡尋找第一手的材料，在家裡也是一天到晚的埋頭工作 。一九九三年四月十四日，他在給我的信上說：「我的生活就像個坐守舊書店的老店家，沒人上門，就坐著不是讀就是寫。連一天三餐都得老伴兒催之再三：『吃飯了！』我除了讀與寫，或為學生講課，樣樣都依賴別人。近年來，家中有了個兒媳婦，也知道我這個老爸只會坐在桌後，連小孩子都管制著不准侵入我的書桌範圍。」他就是這樣一個數十年如一日，孜孜屹屹地去鑽研學問的老人，為我們後學樹立了榜樣，特別在學風浮躁的當今，更值得我們記取。

「做個堂堂正正的人」

我崇敬魏先生的學問，更崇敬魏先生的為人。甚至可以說，我崇敬魏先生的為人，超過了對他學問的崇敬；或者可以說，正因為我崇敬他的為人，才更崇敬他的學問。記得我在魏先生去世時發的唁電中，也是首先高度讚頌了他的為人，說：「魏先生是我一生中難得的良師益友。他品格高尚，重義崇理，待人真誠，對後生小子，從不居高臨下，對落難舊友，仍一如既往，是真君子。」這是我的肺腑之言。論年齒，他長我二輪，毫無疑問是我的師長輩。結識時，我們大陸的經濟還比較落後，又夾帶某些政治的偏見與傳聞的誤導，海外的學者在我們面前往往自覺或不自覺地流露出一種莫名其妙的居高臨下的姿態。而在魏先生身上，是嗅不出一絲的這種味道。他對人是十分真誠的。即使作為一位長者，也是能完全平等地、誠懇地待人。尤其使我難忘的是，二〇〇〇年我第一次去臺灣參加中研院的一次學術討論會，他聞訊後即到偏遠的住處來看我。當時，他已是八十三歲的老人，又在不久前肋骨折斷，胸前的鋼架還沒有拆除，他卻執意要親

自陪我去參觀故宮博物院、中山紀念堂等地方，折騰了整整一天。其
情其義，真是使我刻骨銘心。我們有困難，他就毫不猶豫的盡力相
助。據我的瞭解，大陸許多與他有交往的朋友，都應該有這種體會。
這裡值得一提的是，他對某某某先生的幫助。據趙韞慧女士撰文說，
一九八三年這位先生陸續收到了魏先生的《註釋》與《箚記》後，於
一九八四年寫了六十餘條「辨證」，「試圖指出魏子雲教授論證笑笑
生為江南人氏為謬說」。從趙氏看來，某文是「斷章取義」，「以偏概
全的研究方法令人生疑」，然她知道了某先生當時與他的教研室還沒
有一部詞話本可供研究，只能長途跋涉去一個較大的圖書館看書，抄
卡片，路上所花的時間遠遠超過在圖書館閱讀的時間時，即寫信將他
的困境告訴了魏先生。不久，她即從郵局收到了一個「奇大無比」的
包裹，原來是六本一套、印刷精美、放在臺上有尺半高的足本《金瓶
梅詞話》。這不禁使她無比感慨，寫道：「站在旁邊的同事目瞪口呆：
這一套大書飛到美國再飛到北京，繞地球一週，竟是一位臺灣學者為
他的論敵提供的『超級炮彈』！」之後，使趙女士看到的是某先生的
「辨證」。「魏子雲先生提供的讀書、作學問的方便，給了受惠者極大
的便利完成批駁魏氏理論的宏文巨制。」她心有不甘，寫信給魏先生
時憋不住一點怨氣，而魏先生的回信竟是哈哈一笑，說：「寄詞話給
某某某，不過是給他提供一點便利而已，他能潛心做學問就好了。」[9]
就此事，魏先生曾也同我說起，說：「韞慧夫婦都說此人缺乏情義。
弟則絲毫不介意於此。不以為他要我在此代買一部《金瓶梅》，我花
了四十餘美金買了一部（日本）大安株式會印行（此地翻印）的贈送
給他。他坐火車到京城去取。弟深知一位從事研究者，竟連原著也沒

9　韓秀（趙韞慧）：〈魏子雲先生與海內外金學研究〉，見魏子雲：《金瓶梅研究二十年》
　　（臺北市：臺灣商務印書館，1993 年），頁 275-276。

有，全靠假期南去金陵，北到歷下兩地圖書館去抄，未免太苦了。……至於他辨正指摘我有錯誤，我應謝謝他。如我無誤，那是他錯。」（一九八七年一月二十一日信）[10]這就是魏先生待人的風範。待「論敵」尚如此，更何論待朋友！再有一位先生，曾認為魏先生並不是真正的「教授」，在心底裡是瞧不起先生的。可是卻老是請求魏先生幫忙在臺灣「重刊」他「已發表的文章」（一九九四年八月二十五日信）。這在當時說來，也可以說是一件名利雙收的事情。魏先生明知此人鄙夷自己的底細，卻還是不斷地幫他的忙，到中國來開會路過某地時還去拜訪他。此事恐不為外人所知，只是由於他來信為我從不求他發表文章而感到奇怪時偶而提起，卻使我看清了魏先生與這位先生的不同靈魂，看出了兩種不同的人品！

我在唁電中又說他「對落難舊友，仍一如既往，是真君子」，這也是我感受很深的一件事。每個人的人生道路往往是崎嶇不平的，更何況在政治動盪的年代，榮辱升降，在所難免。我平生討厭一些勢利小人，對不同的人用兩副不同的冷熱面孔。有一次，我陪魏先生去見臺灣某詩人留在上海的妻子邵某某。魏先生與他們夫婦曾經在抗戰部隊中的朋友。自詩人去臺灣後，留在大陸的妻子的命運則可想而知。當時，我陪魏先生去見她時，只見她與她的女兒住在一間面積不大的房間裡，女兒在上海造紙機械廠工作，可以看出她們的生活境況比較困難，而妻子此時已經身患絕症。魏先生來滬前，曾經過了多方的打聽後才找到了她家的地址，將那次訪問視作是上海之行的重要內容，帶去了不少禮物。席間，談起當時一位聲名頗著的教授，當年也曾與詩人夫婦關係甚好，一度困難時還居住在詩人的家裡。可是，風

---

10 魏先生在另一處說：「他的辨正，十之七八是錯的。」，見《小說金瓶梅》（臺北市：臺灣學生書局，1988 年），頁 6。

水輪轉後，現在一個是名教授，一個是落難人。落難人曾寫了兩封信給這位教授，竟都是石沉大海！而這位教授則是一位常吹要做大寫的「人」的人！或許，他從某一角度來看的話，似乎已經是一個像樣的人了，但當詩人的妻子說起這件事，並問起這位與我也有某種關係的教授的近況時，一時間真使我感到無地自容！此情此境，使我真正體味到魏先生給我信上說的話：「一生處人處事，不出儒家規範。」（一九九三年十一月三日信）「一生要作個正正當當的人，什麼道德、文章，我都不曾想過，只求完成做個堂堂正正的人而已。讀聖賢書走聖人路而已。」（一九九五年九月四日信）魏先生就是我心目中一個難得的忠厚長者，是一個堂堂正正的讀聖賢書走聖人路的人。

　　魏先生已經離我們而去，每每想起他時，我總感到無比愧疚，深深地感到對不起他。對不起他的不僅僅是到現在還不能像樣地寫出一篇紀念他的文字，完成他的託付，而且在於他研究《金瓶梅》的兩大問題上我沒有繼續奮進。我雖然響應了他的「政治諷喻說」，但對「二次成書說」始終沒有吭聲，曾使魏先生深感遺憾[11]；儘管他後來在證明「屠隆說」時比我更努力，而我卻因一時找不到確證而反止步不前。這都使魏先生在生前很失望。我儘管有我的難處，但對於魏先生來說，無論如何是有負於他的，使他帶著遺憾離開了我們。七年過去了，這次能到臺灣來，參加魏先生一直很想也舉辦的《金瓶梅》學術討論會，而且是帶有紀念先生性質的一次會，我想假如先生地下有知的話，一定會感到欣慰的，因為先生在生前也曾經為此而努力過，

---

11 魏先生曾多次提起此事說：「我立說中的傳抄稿《金瓶梅》與刻本《金瓶梅詞話》應作兩個階段說。遺憾的是連兄台也未能採用此說。還堅持《金瓶梅詞話》是一人手筆。」（一九八五年十一月十四日信）「您如相信袁中郎時代的《金瓶梅》，內容與今者無異。弟上述問題，則必須得到解釋。」（一九八四年六月二十二日信）

但迫於社會的壓力而未能成功[12]。在這裡，我們要感謝陳益源先生，感謝臺灣眾多的朋友們促成了這次會議的順利召開。讓我們海峽兩岸、乃至全世界的「金學」研究者緊密地團結在一起，學習魏先生的治學精神，讓《金瓶梅》為更多的人所理解，將《金瓶梅》的研究不斷地推向深入！

2015 年夏修改于吳淞江畔

---

12 一九八四年四月二十八日他給我寫信說：「美國印第安那大學於客歲五月十二、十三、十四日三天，曾召開《金瓶梅》研討會，⋯⋯弟曾在此發動舉行研討會，開了五、六次籌備會，一切均已就緒，正要訂期召開，主辦者一再顧慮，怕的是好事者攻擊，今又暫時停止。」至八月一日又寫信給我說：「我召開金書討論會事，已停擺，有社會壓力。」

吳序
道德文章
——魏子雲先生二三事

吳　敢

　　金學由來久矣。明清時期的《金瓶梅》研究，以張竹坡為代表，具有發凡起例、啟導引進之功。二十世紀以來，以一九二四年魯迅《中國小說史略》出版，標誌著《金瓶梅》研究古典階段的結束和現代階段的開始；以一九三三年北京古佚小說刊行會影印發行《金瓶梅詞話》，及其隨後鄭振鐸、吳晗等系列論文的發表，預示著《金瓶梅》研究現代階段的全面推進；以一九八五年以來中國十八次全國和國際《金瓶梅》學術討論會的召開，和中國《金瓶梅》學會和中國《金瓶梅》研究會（籌）的相繼成立，昭告著金學顯學時代的到來；以中國大陸、臺港與日韓、歐美（美俄英法）四大研究圈的形成，顯現著《金瓶梅》研究的學術風貌；以版本、寫作年代、成書過程、作者、思想內容、藝術特色、人物形象、語言風格、文學地位、理論批評、資料彙編、翻譯出版、藝術製作、文化傳播等課題的形成與推進，揭示著《金瓶梅》的研究方向。二十世紀七〇年代以來的當代金學，中國的魏子雲、吳曉鈴、王利器、朱星、徐朔方、梅節、孫述宇、蔡國梁、甯宗一、陳詔、盧興基、傅憎享、杜維沫、陳遼、劉輝、黃霖、王汝梅、葉朗、周中明、王啟忠、張遠芬、吳敢、周鈞韜、陳昌恒、葉桂桐、張鴻魁、孫遜、石昌渝、白維國、鮑延毅、馮子禮、田秉鍔、羅德榮、李申、魯歌、馬征、鄭慶山、卜鍵、陳益源、李時人、陳東有、徐志平、趙興勤、王平、石鐘揚、孟昭連、何香久、許建平、張

進德、霍現俊、陳維昭、孫秋克、曾慶雨、胡衍南、李志宏、潘承玉、洪濤、楊國玉、譚楚子等老中青三代，辨章學術，考鏡源流，蘊含宏富，立論精深，營造了一座輝煌的金學寶塔。中國的《金瓶梅》研究，經過一個世紀漫長的歷程，終於登堂入室，當仁不讓也當之無愧地走在了國際金學的前列。前述中國金學家，連同小野忍、鳥居久晴、澤田瑞穗、日下翠、大塚秀高、荒木猛、鈴木陽一（以上日本）、韓南、芮效衛、浦安迪、柯麗、馬泰來、鄭培凱、陸大偉（以上美國）、馬努辛、李福清（以上蘇聯）、雷威安、陳慶浩（以上法國）、崔溶澈、康泰權（以上韓國）等，這一國際金學的強大陣容，已經巍然屹立於世界學林。金學也因此比肩紅學，而赫然成為顯學。

　　魏子雲先生以其資歷、成果，可以說是《金瓶梅》研究第一人，應當說他將畢生精力獻給了金學事業。在中國大陸召開的《金瓶梅》會議，他出席了其中的三次，即一九九二年棗莊第二屆國際《金瓶梅》學術討論會、一九九三年鄞縣第六屆全國《金瓶梅》學術討論會、二○○○年五蓮第四屆國際《金瓶梅》學術討論會。他是學會機關刊物《金瓶梅研究》編委、中國《金瓶梅》研究會（籌）顧問。魏子雲先生還是一位金學的播種者，他寫信、寄書、造訪、尋覓，在他的帶動和影響下，一批金學新人在海峽兩岸陸續出現，並很快形成一支數量與水準都頗為可觀的金學隊伍。由魏子雲、徐朔方、劉輝、黃霖等先生領銜的中國金學精英，創造了中國古代小說研究史上新的里程碑，是中國小說研究界的驕傲。

　　魏子雲先生是安徽省宿縣人，與徐州毗鄰，他返鄉探親，總是經由徐州中轉。我在徐州市文化局與徐州教育學院任職期間，接待過他多次。魏先生性情謙和，客隨主便，無論是觀看地方戲曲曲藝演出，還是派車遣員護送他往返，從未附加過任何要求。但是說到學問，則嚴肅認真，一絲不苟，竟至據理力爭，毫不示弱。在金學史

上，魏子雲與徐朔方與劉輝與鄭培凱與周鈞韜與筆者等都有過辯論，甚至是激烈的駁難。此舉一例，可見一斑。

馬仲良榷吳關的時間，關聯《金瓶梅》的版本、成書年代、成書過程、作者與傳播等，是金學一個至關重要的節點。魏子雲、周鈞韜、劉輝、李時人等先後均有文章發表：

魏子雲〈論明代的金瓶梅史料〉（載《中外文學》第6卷6期，1977年11月）：「至於馬仲良名之駿，河南人，萬曆三十八年進士，沈『馬仲良時榷吳關，亦勸予應梓人之求，可以療飢。』如照沈德符但這段話但話題來看，這些對話，應是交談梓萬曆三十八年間，所以後人便據沈說，推斷《金瓶梅》初刻於萬曆三十八年。這一點我曾懷疑，何以馬仲良萬曆三十八年中了進士之後，即派榷吳關？經在《萬曆野獲編》讀到了沈記馬仲良司榷吳關但時間，已在萬曆四十年以後矣。按《萬曆野獲編》卷二十四，記有吳地靈巖山一則，是靈巖山乃夫差舊宮遺址，山上石質佳者，可作硯材，遂被靈巖山鑿石戶爛採，日夜椎鑿，非復舊觀。適馬仲良以戶部主事來司滸墅關，登山一見濫採之情，甚為慨歎，……立碑刻文，永不許斧鑿。居民石戶略吳令對策，遂托嘗與馬有舊交的吳人周某，出面向馬仲良遊說。一面請馬宴飲，一面令石戶開採。馬大怒，不終飲而別。因此種嫌於吳令袁某，遂成深仇。沈德符記稱『又逾年，丁巳大計，……袁因得以蜚語中之，馬亦自用他事開罪於東垣，遂外貶去。今年己未，袁亦用外察劾降矣！』這裡所說的『又逾年，丁巳大計』，即已寫明馬仲良司榷吳關的年代，最早不會過於萬曆四十二年。那麼，馬仲良勸沈德符把所抄之《金瓶梅》應梓人之求的話，時間也在萬曆四十二年以後了。再查《吳縣志》所記靈巖山採禁事，在萬曆四十一年，馬仲良司榷吳關，時僅一年即他調（民國二十二年修《吳縣志》卷二『職官表』）。」

　　周鈞韜〈關於金瓶梅初刻本的考證〉（載《社會科學評論》1985
年第7期）：「近年我國臺灣學者魏子雲先生已考出，馬仲良主榷吳縣
滸墅鈔關，是萬曆四十一年的事。魏先生的考證的根據是民國《吳縣
誌》。既然『馬仲良時榷吳關』的『時』是萬曆四十一年，那麼沈德
符所說的『馬仲良時榷吳關』以後的『未幾時』，《金瓶梅》才在『吳
中懸之國門』。由此可以論定，《金瓶梅》吳中初刻本必然付刻在萬
曆四十一年以後，而不可能在萬曆庚戌年（三十八年）。這樣，魯迅
的庚戌初刻本說就有誤了。但是，魏先生依據的是民國時出的《吳縣
誌》（1933），此《志》距馬仲良榷吳關的萬曆四十一年，相距三二
○年。時間相距如此久遠，此《志》記載是否準確？正如法國學者雷
威安先生在〈最近論金瓶梅的中文著述〉一文中所說：『我懷疑一九
三三修的《吳縣誌》也可能有疏忽和錯誤，還需要重加核定。』為此，
筆者決心做進一步考證。筆者查找了明崇禎十五年和乾隆十年的《吳
縣誌》，結果均未查到馬仲良榷吳關的記載。民國《吳縣誌》記載的
可靠性更令人懷疑。後來筆者又根據『榷吳關』這幾個字，查找了康
熙十二年的《滸墅關志》，終於找到了根據。《滸墅關志》卷八〈榷部〉
「萬曆四十一年癸丑」條全文如下：『萬曆四十一年癸丑，馬之駿，
字仲良，河南新野縣人，庚戌進士。英才綺歲，盼睞生姿。遊客如
雲，履綦盈座。徵歌跋燭，擊缽鬮題，殆無虛夕（原刻為歹，似誤，
筆者改），世方升平，蓋一時東南之美也。所著有妙遠堂、桐雨齋等
集。』……康熙十二年《滸墅關志》的記載，距馬仲良榷吳關的萬曆
四十一年，相距只有六十年，比民國《吳縣誌》的記載早了二六○
年，且有民國《吳縣誌》為佐證，準確性已不容置疑。現在可以考定
《金瓶梅》『庚戌初刻本』是根本不存在的。」
　　劉輝有兩篇論文提到此事：一是〈現存金瓶梅詞話是《金瓶梅》
的最早刊本嗎？——與馬泰來先生商榷〉（載1985年11月5日《光明

日報》），說：「馬仲良権吳關，指馬仲良出権滸墅關鈔，只任一年，即萬曆四十一年（1613）。康熙十二年序刻本《滸墅關志》卷八《権部》記載得非常明白，萬曆四十年任為張詮，四十一年任為馬仲良，四十二年任為李佺台。《虎阜金石經眼錄》還說他『出権滸墅，年才二十有四。』」二是〈金瓶梅版本考〉（載《金瓶梅論集》，人民文學出版社，1986年11月，一版），說：「吳關，即滸墅關。馬仲良出権滸墅關抄，只任一年，即萬曆四十一年。據康熙十二年序刻本《滸墅關志》卷八〈権部〉所載：『萬曆四十年（1612）張銓，字平仲，號五鹿。北直大名人。甲辰進士。四十一年（1613）馬之俊，字仲良。河南新野縣人。庚戌進士。英才綺歲，盼睞生姿，遊客如雲，履綦盈座，征歌跋燭，擊缽鬮題，殆無虛夕，世方升平，蓋一時東南之美也。所著有《妙遠堂》、《桐雨齋》等集。四十二年（1614）李佺台，號為輿。福建惠安縣人。丁未進士。』因此，馬仲良於萬曆四十一年出権吳關是確鑿無疑的。故沈德符所言「未幾時」，是萬曆四十一年以後的『未幾時』。」

李時人也有兩篇論文提到此事：一是〈談金瓶梅的初刻本〉（載《文學遺產》1985年第2期），說：「魯迅先生之所以推測吳中初刻是『庚戌』（萬曆三十八年），是因為《野獲編》所說的『丙午』是萬曆三十四年（1606），『後三年』是萬曆三十七年。魯迅先生是從萬曆三十七年算起，把『未幾時』估為一年，得出《金瓶梅》『吳中懸之國門』的時間是庚戌（萬曆三十八年）的。如果魯迅先生之說確是如此推測出來的，那麼……忽略了在沈德符這段敘述中還插有『馬仲良時権吳關』一語。馬仲良是沈德符的摯友，《野獲編》中曾多次提及。查馬仲良名之駿，河南新野人，明萬曆三十八年庚戌科二甲五十一名進士（《明清進士題名碑錄索引》）。又查《吳縣誌》卷六：『明景泰元年戶部奏設鈔關，監收船料鈔，十一月立分司於滸墅鎮，差主事一

員，一年更代。」下列歷任官員，其中萬曆年間有：『馬之駿、仲良，
新野人，進士，四十一年任。』他的前任是張銓（四十年任），後任
是李佺台（四十二年任）。據此，馬仲良『榷吳關』的時間無可懷疑
是萬曆四十一年。在這以前，當然不會有所謂『庚戌（1610）刻本』。」
二是〈談金瓶梅的初刻本補證〉（載《文學遺產》1986年第4期），說：
「拙文論證馬仲良『榷吳關』時間為萬曆四十一年的主要材料是民國
二十二年修《吳縣誌》。據友人告，這則材料臺灣省學者魏子雲先生
一九七七年曾經提出過。但民國《吳縣誌》纂修時間很晚，而早於它
的明崇禎十五年和清乾隆十年修《吳縣誌》卻均無此記載。所以，贊
同『庚戌本』存在的學者，如法國雷威安（Andre Levy）先生認為孤
證不足憑信。未聞魏子雲先生答辯。筆者找到道光七年序刊的《重修
滸墅關志》，其卷六〈榷使〉在萬曆四十年任張銓和萬曆四十二年任
李佺台之間有：『馬之駿，字仲良，河南新野人，庚戌進士，四十一
年任。』和民國《吳縣誌》記載一致，說明民國《吳縣誌》並非無所
本。再進一步查康熙十二年的《滸墅關志》，其卷八『榷』部，也有
馬仲良萬曆四十一年榷吳關的記載：『萬曆四十一年癸丑……馬之
駿，字仲良，河南新野人，庚戌進士。英才綺歲，盼睞生姿。遊客如
雲，履綦盈座，徵歌跋燭，擊缽鬮題，殆無虛夕。世方升平，蓋一時
東南之美也。所著有《妙遠堂》、《桐雨齋》等集。』如上資料證明
馬仲良榷吳關的時間無可懷疑是萬曆四十一年。據《萬曆野獲編》『金
瓶梅』條文意，在此之前，當然不會有所謂『庚戌刻本』了。」

　　十年之間，先後六篇文章仔細反覆打磨，魯迅先生所謂《金瓶梅
詞話》庚戌本已被徹底抹除。魏子雲先生所據 一九三三年《吳縣
誌》，周鈞韜先生和劉輝先生所據 康熙十二年《滸墅關誌》；李時人
先生所據 道光七年序刊的《重修滸墅關志》。說到底，此一金學貢獻
應首功於魏子雲先生。時人兄第一篇文章發表時間雖然可能比鈞韜兄

稍早，但所引用文獻仍為一九三三年《吳縣誌》。稍後鈞韜兄的文章
方才擴展文獻，添增佐證，消人疑慮，使魏說得以完全成立。再稍後
劉輝兄錦上添花，亦是功不可沒。當然，周、劉、李三人，周文發表
最早，劉、李三文可能例有參酌，只是劉輝兄仙游，時人兄有恙，一
時恐難說明。此事自一九九三年鄞縣第六屆全國《金瓶梅》學術討論
會起，多有誤會。經過調研磋商，今已煙消雲散，當事人也已和好如
初。佐證越考越全，關係越理越清，事理越辯越明，友情越敘越濃，
此一金學公案，應是學術史上的一個典型個案。

　　我與魏子雲先生是忘年交，自一九九○年二月「海峽兩岸明清小
說金陵研討會」結識以來，直至其二○○五年十二月二十七日駕鶴西
去，一直保持著親密的亦師亦友的關係。我整理了一個進入二十一世
紀以後《魏子雲先生書信過從存錄》作為備忘，竟有書信三十四封，
其中二○○○年十二封，二○○一年六封，二○○二年七封，二○○
三年七封，二○○四年一封，二○○五年一封。魏先生字跡清秀，筆
力遒勁，寫信字字規範，方方正正，一如其人。雖然二○○三年八月
九日一信因其健康行文不甚順暢；二○○四年四月九日一信與二○○
五年二月七日一信因其病情加劇已不可卒讀；但其單字無一誤，字體
也依然清晰自如。二○○二年十月底十一月初，我隨江蘇省大學校長
代表團訪問臺灣相關高校，下榻臺北喜來登，十月三十日傍晚魏先生
聞信專程至賓館看望，並送有天一出版社大本《清宮珍寶餂美圖》上
下冊一套。翌日下午，我至臺北市安和路二段七十四巷二號四樓魏府
回訪，晚餐魏先生宴請於北平稻香村，飯後再回魏府聊天，至晚上九
點始歸。臨別，魏先生堅持送上出租車，並 預付車資。十一月一日
晚在嘉義應陳益源教授邀自福滿樓移席一葉日本料理，魏子雲先生，
嘉義大學中文系傅榮珂、徐志平、朱鳳玉教授，里仁書局徐秀榮、徐
爾繪父子，佛光大學校長龔鵬程等在坐，相談甚歡。魏先生極富親和

力，雍容大度，娓娓而談，不知不覺就拉近了彼此間的距離，使人流連忘返。話別之時，我緊緊握住魏先生的手，很為關顧地 了一句「就此別過」，魏先生不無感慨地回 「後會有期」。中國《金瓶梅》學會原擬於二〇〇三年在昆明召開第五屆國際《金瓶梅》學術討論會，魏先生二〇〇三年四月二十八日且已寄發回執，表示盡力與會，後來會議因為「非典」而延期，不料竟因此再也沒能見到魏先生，留下一大遺憾。

　　魏子雲先生既是一位殷殷學人，又是一位諍諍摯友，更是一位謙謙君子，誠可謂道德文章。

二〇一二年八月二十二日赴臺出席金會前夕草擬
二〇一五年七月二十二日應李壽菊學友邀請修訂

編序

一

李壽菊

　　魏子雲先生（1918-2005），安徽宿縣魯甸人。五歲入私塾，二十歲投筆從戎。民國三十七年隨政府來臺，先後服務於空軍總部與國防部新聞局，擔任參謀、秘書及雜誌編審等職務。民國五十二年退役轉任教職。熱愛文學，埋首書堆，孜孜不倦。研究與創作並進，文學與戲曲雙修，終其一生，集結成書者近五十七部，尤以古典小說《金瓶梅》一書，專研逾三十年。用力之勤，著作之豐，不僅帶動學術界對《金瓶梅》的研究風潮，其研究成果亦傲視國際。二〇〇五年十二月二十七日於臺北辭世，享壽八十八歲。

　　民國九十七年（2008）七月先生離世兩年後，身為弟子的筆者應邀參加山東臨清召開之第六屆國際《金瓶梅》學術討論會，發表論文〈魏子雲先生與金瓶梅研究〉，未料掀起大陸金學界對先生治學方法、著作收集和書信往來的關注。筆者回國後遂積極與先生家屬聯繫。魏至昌先生身為長子，處理先生身後的書信手稿極為謹慎。曾先後評估幾個有意典藏先生資料的機構，如臺灣文學館、文訊雜誌社、安徽大學等，後因國家圖書館（以下簡稱國圖）積極爭取典藏權，幾經商議，至昌大哥最後決定將先父全數手搞捐贈國圖典藏。於是，筆者於民國一〇〇年（2011）七月至一〇一年六月，進入國圖執行「整理魏子雲先生捐贈手稿照片影音數位化研究計畫」。為期一年的深耕服務，先後協助國圖完成三項任務：典藏授權、手稿整理、數位規劃。期間成功大學文學院陳益源教授得知此事，以亦曾師事先生之

衷，進一步促成國家圖書館漢學研究中心與成功大學人文社會科學中心合作，於民國一〇一年九月二十四至二十八日，在臺北召開臺灣第一屆《金瓶梅》國際學術研討會。海峽兩岸三地參與的學人眾多，大會圓滿成功。

當手稿典藏計畫告一段落，筆者仍深思如何將一代重要學者的畢生成果，以及其專注在學問上抽絲剝繭的精神完整保存下來，又如何將一位讀書人的典範留給後人，遂向魏大哥提議將先生著作全部製成電子書。先生筆力縱橫，成書多元，著述出版橫跨時間綿長，有些在坊間已不復見。囊括《金瓶梅》研究十六部（十八本）、戲曲劇本創作四本（十五齣）、戲曲評論八部（十本）、國文教學五本、八大山人二本、小說創作七部（九本）、文學評論八本、綜論六本、編輯一本。之後，萬卷樓圖書公司副總經理張晏瑞先生建議出全集，說既可完整保存研究及創作成果，又可發揚學術價值。此外，先生生前許多著作均由萬卷樓出版，情誼深厚。緣此，魏大哥欣然同意由萬卷樓出紙本著作集。為了力求先生筆耕的完整度，出版社初步規劃著作集得分四卷：有〈金學卷〉、〈曲論卷〉、〈語文教學卷〉和〈創作卷〉，必要時還有〈外編〉。〈金學卷〉便是《魏子雲著作集》的第一輯。

二

編印著作集的基礎工程就是要有完備的資料，編製「著作目錄」成了出版前奏。全面搜集先生所有個人著作，不論是發表過或未發表過的，遂以國圖典藏的千餘件文稿為基底；為避免遺珠之憾，再佐以各資料庫輔之，更利用便捷的網路，廣泛以各類關鍵詞全面搜尋。希冀彙整所有的單篇論文，再進行專書篇章的比對，檢選出哪些文章已收進專書，哪些還沒有收錄。並一一釐清名同而文異或名異而文同的

篇章，加以註記。

一般文獻學所講求的「著作目錄」多採「圖書分類法」，最初也試圖以經、史、子、集來分類，卻發現先生的著作幾乎集中在文學類，經、史、子三部涉獵不多。圖書分類法雖說能總攬其貌，卻無法清楚呈現先生的著作特色。斟酌再三，又與編審團討論，既然先生的著作幾乎都集中在文學大類中，加上他生前對自己的著作已作了分類，編存了一份〈魏子雲已出版作品專集目錄〉，分類如：《金瓶梅》研究論述及其小說創作、戲曲劇本、戲曲論述、國文教學、八大山人、論評、雜文、小說創作等項目，若「著作目錄」改以圖書分類法為之，恐拆散主題性的集中概念。因此，最後決定尊重先生的原則，採主題分類法，在既有的架構下進行調整，方可洞悉先生的著作特色。

其次，先生是一位研究與創作並行的學者，學術性論文和隨筆文章等量齊觀。有時因為研究而闡發新思惟，引發創作，如「《金瓶梅》的娘兒們」——《吳月娘》和《潘金蓮》，雖屬《金瓶梅》系列，然不是學術論文。應歸屬何處？根據先生自行的分類，《吳月娘》和《潘金蓮》是併入金學研究內，他的分類是「《金瓶梅》研究論述及其小說創作」。編審團認為，研究與創作在根本的著眼點就不同，研究重學術，講求理性；創作重情感，講求感性；於是，決定採學術與創作分行，故《金學卷》沒有收錄《吳月娘》和《潘金蓮》兩本創作，而是歸入創作類。因此，研究與創作分開，是著作目錄編製原則，也是出版方向。

為了彰顯先生的思維與研究進展，以時間來排序，最能看出著作的前後關係。因此，著作目錄的排序，都以出版時間先後為依據，完整紀錄先生在研究書寫、修正、發表和成書的一連串過程，是著作集出版的整理態度。然出版時各卷的排序，則有實體書冊厚薄考量，

因此分冊時，部分書籍的排序就不以時序做限制！

　　歷經一年完成「魏子雲著作及相關論著目錄」，資料蒐集初步估算有一五三一篇文章，包括古典小說研究二三八篇（《金瓶梅》研究二〇三篇）、中國語文與教學講論二二九篇、戲曲論評三六三篇、文藝論評二八七篇、書畫六十六篇、創作及隨筆三四四篇和翻譯四篇。

三

　　先生集學者與文人於一身，著作等身，種類之豐，無人出其右。之所以選定《金學卷》作為《魏子雲著作集》出版的第一輯，實乃《金瓶梅》研究係先生著力最深，用生命鑽研、思慮縝密、考證有據三十年如一日者，只在解決《金瓶梅》一書的「成書」和「作者」兩大問題方面，即彙集成書十六部（十八本）。已故臺大中文系系主任葉慶炳教授曾表示：「魏先生帶動了國內研究《金瓶梅》的風氣，向國際漢學界展示了國內學術界研究《金瓶梅》的成果，更重要者，為後學奠定了研究《金瓶梅》的基礎。」大陸學者黃霖教授與先生相交至深，他觀察先生的治學特色是「魏先生沒有學歷，沒有背景，但有的是紮實的『訓詁義理』的根基，所以養成了他作學問的基本特點就是：精讀文本，善思會疑，勤奮求證，細心研判。」是的，先生沒有完整的教授學歷，卻能掀起海峽兩岸《金瓶梅》的研究風潮，他是新舊世代交替下的特殊學者，心靜專注，鍥而不捨，是用全部生命讀書的傳統文人。《金學卷》最大特色就是可以清楚看到一位學人的問題意識，如何作研究準備，如何關注史料，如何集中焦點；藉版本校勘、文本注釋、編年、箚記等外緣問題來回檢索，因《金瓶梅》內部有太多錯誤和矛盾，在在糾葛著先生的心，問題意識無法獲得紓解，《金瓶梅》的十大問題仍在，當年事已高，他則期勉後進，能將金學

的問號儘早變作句號。本卷的出版即提供後進研究之便。

　　先生在世時，筆者經常隨侍身旁參加兩岸學術研討會。金學深奧，筆者才疏未敢置喙，僅懷虔誠敬畏，竭盡所能完成文獻史料的傳承計畫，更希冀能完整呈現這位研究者的治學歷程。

民國一○四年（2015）七月二十五日　謹誌

出版弁言

一、民國一〇〇年（2011），國家圖書館獲贈魏子雲先生所有著作，
　　包括專書、會議論文、期刊論文、報紙論文：未發表手稿、書
　　信手札、影音資料及他人文論等資料。《魏子雲先生著作集》以
　　家屬捐贈國圖的手稿資料為基石，兼採各圖書館的檢索系統，
　　收錄其一生的論著，完成一份「魏子雲先生著作及相關目錄」作
　　為出版基礎。目錄之編例，分上下編。上編收錄先生全部著
　　作，類分專書、單篇和編輯三部份；下編收錄他人評論及報
　　導。各類均以時間先後的序列為之。完整性是編輯著作集出版
　　的要求，希冀提供學界研究之便。

二、全書編輯採尊重原則，先生生前已將重要著作逐一出版成書，然
　　而每本書的體式均有先生當時編輯的意識。若採圖書分類法行
　　之，則無法歸類。且先生早已作了著作分類，故全書編輯尊重
　　先生的分類原則，僅以時間排序之。共分五卷，金學卷、論曲
　　卷，語文教學卷，創作卷及外編。

三、《金學卷》是全集的第一輯，具指標意義。《金瓶梅》研究是先
　　生畢生的學術精華，縣歷三十年，本卷共收錄十七部《金瓶梅》
　　研究專書。

四、本卷編輯原則在忠於個人著作，凡重複之文及目附錄中他人之
　　文，均刪除，必要時以編按說明。體例統一並保留先生的編輯
　　用語。如《金瓶梅的幽隱探照》體例採戲曲術語「艷段」、「放
　　隊詞」。

五、統一新式標點及保留紀元方式，如書名號以《　》符號示之；篇

名以〈　〉示之；引文則以「　」示之。如《金瓶梅詞話》統一
成《金瓶梅詞話》。又如先生行文中經常夾以（　）作為說明符
號，凡（　）內屬出處說明，統一改以註解明之。時間紀錄方
面，或以民國紀元；或以西元紀年；考量先生在使用紀元時，
有其當時考量故不作統一，凡與數字有關的書寫，多數改採阿
拉伯數字。

六、異體字說明，先生書寫常態下，古體字、異體字、正體字和俗體
　　字的互用，是常見的事，因現代人的書寫習慣改變，因應電
　　腦，《金學卷》除引文保留原書字樣外，其餘均統一為現行通用
　　字。如凡「著」改作「著」；「拿」改作「拿」；「卻」改作「卻」；
　　「啟」改作　　；「鹽」改作「鹽」；「澈底」改作「徹底」；「行　」
　　改作「行款」；「重複」改作「重複」；「慫慂」改作「慫恿」；「諷
　　諭」改作「諷喻」；「主角」改作「主角」；「角色」改作「角色」，
　　「注解」改作「註解」；「小註」改作「小註」；「轉環」改作「轉
　　圜」；「增定」改作「增訂」；「贊美」改作「讚美」；「讚嘆」改
　　作「讚歎」；「板行」改作「板行」；「這裡」改作「這裏」；「袁
　　小俏」統一作「袁小俏」；「新刻銹像」統一作「新刻繡像」；「游
　　居柿錄」統一作「遊居柿錄」等。

七、註解說明，原書中各本之註解處，涉及原書頁碼時，本卷編輯統
　　一更正，採用《金學卷》內之頁碼。惟第一冊序文內之頁碼維持
　　原頁碼，以示尊重序文作者。

八、編按原則說明，先生原書有自注按語，本卷編輯按語則加「編
　　按」二字以示區別。編按序號每頁重計。本卷按語原則有下列四
　　項：

　　（一）凡有先生親筆修正者

　　　　　凡有先生本人修正之處，除了字的修正外，也有段落修

改，均加上編按說明。

（二）凡手稿、期刊文與專書相異處

凡手稿、期刊文與專書相異處，或少數篇章曾重複登載不同刊物，本卷均視文句增刪變異狀況，加註按語。

（三）出處說明

本套書基於考鏡先生學術研究之脈絡，於各篇論文篇末，詳載原發表之刊物名稱、卷期、年月及頁次。若原文有作者自行題記，悉據原來格式；若是本卷增加，僅以按語名之，以示區別。

（四）手民之誤者

手民之誤，經查證屬實，則加編按說明之。

總目次

第一冊

《金瓶梅探原》

《金瓶梅的問世與演變》

上編

下編

附錄 ^{編按1}

編按1　原書附錄共錄五篇文章，除〈一月皇帝的悲劇──金瓶梅研究旁證〉外，其餘
　　　　四篇，有〈金瓶梅的著作時代及其社會背景〉、〈談金瓶梅詞話〉、〈最近論金
　　　　瓶梅的中文著述──評介「金瓶梅探原」〉、〈金瓶梅初刻本年代商榷──推薦
　　　　魏子雲金瓶梅研究〉均為他人之作，皆移入《外編》。

第二冊

《金瓶梅詞話註釋》

第三冊

《金瓶梅研究資料彙編·上編——序跋·論評·插圖》

第三輯　插圖

第四冊

《金瓶梅研究資料彙編・下編——《金瓶梅》第五十二回至五十八回之比勘與解說》

《金瓶梅散論》

第一輯　版本與作者

第五冊

《金瓶梅審探》 ^{編按1}

編按1　原書目次有〈關於金瓶梅編年紀事〉一文，乃《金瓶梅編年紀事》之〈後記〉，
　　　因重複收錄，本處刪之。

《金瓶梅原貌探索》

編按1　此書附錄為先生自行編輯，原附錄中共有六篇文章，第六篇是日本學者荒木猛
　　　的〈新刻繡像批評金瓶梅（內閣文庫藏本）出版書肆之研探〉，屬他人之作，
　　　本處刪之，移入《外編》。

第六冊

《金瓶梅箚記》

第七冊

《小說金瓶梅》

第一輯　小說《金瓶梅》

第四輯　附錄——論評與答辯[編按1]

第八冊[編按2]

《金瓶梅的幽隱探照》

編按1　原書附錄共錄九篇文章，有馬泰來著〈麻城劉家與金瓶梅〉、〈諸城丘家與金瓶梅〉；徐朔方著〈評魏著《金瓶梅的問世與演變》〉；朱德熙著〈漢語方言中的兩種反覆問句（節）〉；劉輝著〈北圖館藏山林經濟籍〉；黃霖著〈論金瓶梅詞話的政治性〉；張惠英著〈金瓶梅用的是山東話嗎？〉；徐朔方著〈答臺灣魏子雲先生〉；鄭永曉著〈魏子雲的金瓶梅研究〉均為他人之作，全數移入《外編》。

編按2　原書的目次多達五層綱目，《金學卷》基於統一原則，呈現兩大綱目，保留「艷段」、「放對詞」形式。

《明代金瓶梅史料詮釋》

上編

下編

第九冊

《金瓶梅研究二十年》

《金瓶梅的作者是誰》

第十冊

《深耕金瓶梅逾三十年》

第一輯　史說部份^{編按1}

第二輯　版本問題^{編按2}

編按1　原書於第一輯史說部份中共有七篇文章,第五篇〈研究金瓶梅應走的正確方
　　　向〉、第六篇〈研究金瓶梅不能忽略歷史因素〉已收錄《小說金瓶梅》中;第
　　　七篇〈關於金瓶梅〉收錄在《金瓶梅審探》,本處均刪之。

編按2　原書於第二輯版本問題中共有六篇文章,第五篇〈關於崇禎本的問題〉,收錄
　　　在《金瓶梅散論》;第六篇〈梅節先生的金瓶梅清校本〉屬他人之文,本處均
　　　刪之。他人之文移入《外編》。

編按1　原書於第四輯特殊人物，共有八篇（兩篇附錄），第六篇〈武大郎的悲劇〉收
　　　錄在《金瓶梅散論》，此處不重複收錄。附錄中的〈莫把俗學充「金學」〉及〈關
　　　於金瓶梅初刻本的考證〉兩篇文章乃他人之作，本處刪之。移入《外編》。

上編^{編按1}

下編

編按1 原書上編共收錄十三篇文章，有六篇重複收錄他冊，故刪之。

第一冊

目次

上編

下編

附錄^{編按1}

編按1　原書附錄共錄五篇文章，除〈一月皇帝的悲劇——金瓶梅研究旁證〉外，其餘
　　　　四篇，有〈金瓶梅的著作時代及其社會背景〉、〈談金瓶梅詞話〉、〈最近論金
　　　　瓶梅的中文著述——評介「金瓶梅探原」〉、〈金瓶梅初刻本年代商榷——推薦
　　　　魏子雲金瓶梅研究〉均為他人之作，皆移入《外編》。

金瓶梅探原

魏子雲　著

版本源流
1　臺北　巨流圖書公司　1979年4月　直排印行。
2　本書據巨流版重製　橫排印行。

羅序
讀魏子雲先生《金瓶梅探原》

羅宗濤

　　初次見到魏子雲先生，大約是十年以前的事。當時我擔任政大文藝社的導師，為了舉辦文藝座談會，同學們邀請了魏先生參加，記得在座的還有趙滋蕃先生、司馬中原先生、墨人先生、瓊瑤小姐⋯⋯等作家，我列席旁聽，在眾人廣座中見到了魏先生。在我的印象裏，魏先生說話是挺有條理的，既誠懇、又嚴肅。魏先生的許多文章，我早就拜讀過，在這以後，我讀他的文章就更加認真了。從談話和文章裏，我覺得他是個「讀書求甚解」的人。可是我還是料不到魏先生竟然肯以七年的光陰，鑽到《金瓶梅》裏去求甚解。

　　第二度見到魏先生是幾個月前承呂天行先生介紹的。在這幾個月裏，我們通了幾封信，在信札往返中，我非常欽服魏先生謙虛的態度，一些問題，他竟願意聽取我這後進末學的意見；同時，我也知道他治學的態度非常嚴謹，每當我以不求甚解的態度來討論問題時，總是很快就得到他表示不滿意的回信。看來魏先生也是率真而急性的人。一個急性子的人費這麼大的工夫，來從事這樁吃力而不容易討好的工作，真是不可思議。

　　認識魏先生，除了在治學為人方面受到啟迪之外，最具體的收穫，就是能有機會先睹為快讀到魏先生《金瓶梅探原》的二校稿。《金瓶梅》我只草草讀了一遍，雖然也隱隱約約感到有些問題，但並沒有擱在心上。現在拜讀了魏先生的著作，覺得魏先生的許多見解實在精闢，有些是先得我心，有些是我從來就沒想到過的，著實大開了眼界。

　　魏先生的著作，解決了《金瓶梅》的一些問題；在某些部分，或許還不能夠得到圓滿的解決，但也提出了解決的途徑；至少，魏先生也提出若干有價值的問題。負責任的學術研究，所能做到的，就是這些。

　　魏先生已經在《金瓶梅》的研究上邁進了一大步，他所提出的問題和解決的方法，必定引起其他學者的注意和興趣，大家如能共同留意新資料的發現，貢獻各人的意見——例如對明代各地的生活習慣、語言實況等提出更確切的描述，當可減少「以今度之」所可能產生的誤差。那麼，《金瓶梅》的研究，勢必會有更豐碩的成果。現在，像莊練先生不是就躍躍欲試了嗎？魏先生那兩千多個日子所投下的心血是不會白費的。

　　當這本書還在排印的時候，魏先生又開始《金瓶梅》「人物論」與「藝術論」的探討，希望不讓大家盼上七年之久。

羅宗濤序於

民國六十七年（1978）十一月十一日

莊序

莊　　練

　　《金瓶梅》在從前被認為是誨淫的穢書。正人君子與道學先生聞
其名掩耳疾走，直到現在，方有人以藝術的眼光給予公正的評價。如
最近由時報文化公司出版的《金瓶梅的藝術》一書，作者孫述宇先生
即曾從主題意識、人物個性、寫作技巧、藝術成就等方面從事深入的
觀察研究，認為此書無論是塑造人物或認真探討人生態度，都勝過
《水滸傳》與《紅樓夢》。《水滸》與《紅樓》，早被國人公認為古典
文學的不朽名作，其地位極為崇高，如今《金瓶梅》竟能凌駕而過
之，豈不令人十分驚訝？但是，對《金瓶梅》的藝術評估雖然能提高
《金瓶梅》的文學地位，而因此書在傳抄時期就已被人視為穢書之
故，不但作書之人不敢自署真實姓名，即是談到此書之人，亦常閃爍
其辭，以免受穢書之累。於是，有關此書的真正作者及寫作動機等等
關係重要的資料，都因此而被掩蓋隱沒，現在所能見到的，只是一些
荒誕不經的傳說而已。對于希望進一步瞭解此書的人來說，這一重麻
煩的障礙就很難突破。

　　魏子雲先生素來從事小說寫作及文學批評，不知為何，忽然對
上面這些問題發生了興趣，窮數年之力孜孜鑽研，不但跑遍了國內收
藏文史書籍最多的幾個大圖書館，更遠從美國、日本等地蒐求資料，
潛搜冥索，苦思焦慮，以求打破這層難解的疑團。幾年辛勤努力的結
果，他寫下了十多篇研究專文，討論《金瓶梅》的成書年代、可能作
者、以及版本、史料等等有關問題，先後在《中華日報》副刊、《書
和人》、《中外文學》、《出版與研究》等報刊上發表，很受學術界的
重視。這些文章，現經輯印成為專書，就是這本《金瓶梅探原》。魏

先生的研究，範圍廣而用力勤。他所開拓的園地，足夠使我們大開眼界，知道前此所傳「此書乃嘉靖間某名士手筆」云云的說法，很可能是某一個人所故意製造的迷陣，其目的在轉移讀者的視聽。而《金瓶梅》是否果如此人所說，在萬曆三十八、九年間便已有刻本行世，更有極大的問題。凡此種種研究創獲，對於《金瓶梅》的學術研究工作，大有啟發作用。藉著魏先生的辛勤努力，許多為前人所故設的迷陣已被摧破廓清。魏先生的開創之功，貢獻甚大。所遺憾的是，由於文獻缺乏，資料難尋，魏先生的研究計劃屢次觸礁受阻，以致他研究成績只能限於現在的範圍，說來自然是十分可惜的。

在胡適之先生未曾運用歷史研究的方法從事於《紅樓夢》的研究考證以前，一般人對《紅樓夢》的寫作動機與其故事內容，亦多陷於猜謎式的迷陣，聚訟紛紜而莫衷一是。而自胡先生從考證曹雪芹的生平及其家世入手，對《紅樓夢》有了新的瞭解之後，大家方始知道，《紅樓夢》實在是曹雪芹以他自己的親身經歷為藍本，雜揉其他情節而改寫成的小說創作，根本不是為影射某些人物或某些政事而寫的政治小說。關於《金瓶梅》的研究，將來是否亦能得此圓滿的收穫，目前自然難說。但魏先生既然已在這方面盡了蓽路藍縷的開創工作，只要繼起有人，已經撒播下的種籽，總會有開花結果的一天。問題是在我們的學術人士是否也能有魏先生的興趣與精神，繼續在這片園地上耕耘力作。魏先生從事此一研究，由於他只是一手一足之獵，不但力量有限，更難免為見聞所囿，所以無法廣搜博採，作到盡善盡美的研究探討。如果能有多數同好之人合力從事於此，從他的既有業績上努力開拓新的領域，將來必有更多的創獲。魏先生將他的研究心得發表出來，很有拋磚引玉的苦心，這一點，大家一定不可辜負。

在魏先生苦心鑽研《金瓶梅》的種種疑難問題時，我很有幸常常聆聽魏先生的高論，不但深知其甘苦，也能在文章未曾發表之前，就

已知道大概內容，極感快慰。見到魏先生的研究成績如此豐碩，我也
頗有獵心喜之情，很想躍馬執戈，追隨在魏先生之後，嘗試一番。只
是我自問並無魏先生這種奮力不懈的精神，恐怕始終只能臨淵羨魚，
除了眼紅心熱之外，永遠不會有什麼具體成績。希望學術界人士在魏
先生的倡導之下，多多致力於此，使得《金瓶梅》的研究工作，也能
像《紅樓夢》研究工作似的發展成為一項專門學問，不讓「紅學」專
美於前，那就是十分有意義的事了。魏先生的研究目標，暫時已轉移
到《金瓶梅》人物個性與時代背景以及小說藝術等等方面去了，不久
之後，諒必有更好的研究成績。我身為讀者之一，謹拭目以待！

莊　練

民國六十七年（1978）雙十節前一日

端引 ^{編按1}

—— ^{編按2}

　　為了追尋《金瓶梅》的作者及其成書年代，我耗去了七年有餘的時間，寫出了這十餘篇短文。雖說，我所追尋的問題，今尚未能獲得結論，然就所能閱及的史料來說，我的這份工作，也祇能在此告一段落了。如果以後再有史料發現，當可再予補充修正。現在，這兩大問題，我卻祇能說出這麼一些。

　　探尋該書的作者及其成書年代等兩大問題，應以袁中郎兄弟的話為根，一是中郎於萬曆二十四年秋冬之間，寫給董其昌的那封論及《金瓶梅》的信，一是小脩於萬曆四十二年八月寫在日記《遊居柿錄》中的那段論述《金瓶梅》的話。如果，這弟兄二人的這兩則史料，確是這二人所寫，則可確證《金瓶梅》的前半，在萬曆二十四年間，即已流傳於世。但幾經查證，中郎寫給董其昌的那封論及《金瓶梅》的信，最早刻於吳人袁無涯袁氏書種堂本之《袁石公集》；在《錦帆集》的尺牘中。該書註明刻於萬曆己酉（三十七）秋。但從中郎兄弟的詩文中，則徵之中郎生前並未見到袁氏書種堂刻的《袁石公集》。按袁中郎即世於萬曆三十八年九月，而袁小脩於萬曆四十二年秋日記中所記袁無涯抵楚，曾論及袁氏書種堂所之中郎詩文有誤，足徵袁氏書種堂刻的《袁石公集》，袁小脩在萬曆四十二年秋方行見到。而且，袁

編按1　原載於《出版與研究》第23期第5版（1978年6月1日），題名為〈金瓶梅端引〉。
編按2　本文原無標題序號「一、二、三、四」，基於閱讀之便及統一性，《金學卷》
　　　　在編輯過程中，特標序之。並微調內文中有關序號的編排格式。

小脩在寫給袁無涯的信中說：「中間與人書牘，信筆寫去，一時不存稿者有之；」即已說明中郎書牘之無從以底稿印證真偽矣！因此，我一直希望能尋找一部在中郎死後，由袁小脩審訂作序的家刻《袁中郎全集》，對於中郎所寫之詩文與書牘，凡有所懷疑，即不會集以付梓。倘使中郎寫給董其昌的那封說到《金瓶梅》的信，仍在集中，即可確證《金瓶梅》一書在萬曆二十四年間，便在世上流行。同時，也足以證明袁小脩寫在日記中的那段論述《金瓶梅》的話，在時間上，也吻合上了。

　　袁小脩寫在日記中的那論述《金瓶梅》的話，附在論《水滸》之後，在語意的連貫上，頗有可疑。所以我在論〈袁小脩與金瓶梅〉一文中，推想這一段話，可能後人纂附。此後又在〈論明代的金瓶梅史料〉一文中，認為小脩頗反對有名教之思者和對《金瓶梅》之「崇」，他認為「此書誨淫」，「不必崇」，然而其兄中郎，則認為此書是「雲霞滿紙，勝枚生〈七發〉多矣！」更認為此書應與《水滸》相配，作為酒上甲令，不知此者便是「保面甕腸，非飲徒也」。可以說對於《金瓶梅》的看法，是兄美而弟刺。可是中郎、小脩這兩弟兄平時在文學上的見解，一向是沆瀣一氣，怎麼有如此大的意見出入？凡略知袁氏兄弟者，怎能不作如此疑想。但願小脩的這則日記是後人偽託，要不然，則足以引來證明沈德符寫在《萬曆野獲編》中的那段論述《金瓶梅》的話，全是瞎說。

　　關於《金瓶梅》的作者，歷來悉作王世貞之說。此說的來源，便是基於《萬曆野獲編》中的那段話。《萬曆野獲編》雖出版甚遲，但在皋鶴堂謝頤於清康熙三十九年為張竹坡的評點《第一奇書金瓶梅》作序時，則桐鄉錢枋已於康熙三十年，把《萬曆野獲編》的殘稿，予以重行纂訂成帙，雖未板行，已在傳抄。自可想知謝頤的序言，說《金瓶梅》是王鳳洲作無疑，當係根據沈德符的話。可以說，凡是持

王世貞乃《金瓶梅》作者之說的人，所據根源便是沈德符的那句「聞此為嘉靖間大名士手筆」的讕言。此一問題，直到民國二十二年十月吳晗發表了他那篇〈論金瓶梅的著作時代及其社會背景〉一文，方把此說以徹底否定。《金瓶梅》的作者，非王世貞之說，是業已確定了。那麼，《金瓶梅》的作者，究竟是誰呢？

二

　　《金瓶梅》的作者是誰？迄今雖無結論，但數十年來，凡是論及該書作者的人，則一致公論這作者必定是山東人。此一說法所依據的理由有二：

（一）欣欣子的序文寫明作者是「蘭陵笑笑生」，蘭陵故城在山東嶧縣境內；

（二）書中的語言，是山東土白。關於這點，我則極力反對。我反對此一說法所依據的證據有四：

　　1、蘭陵地名不止山東嶧縣有，江南的江蘇武進也有；（日本《大漢和辭典》說安徽也有蘭陵地名，未考。）

　　2、所謂的書中「山東土白」，並不止是山東一地的語言，整個中原上黨各地，都流行那類方言；

　　3、書中所寫的飲食習尚屬於江南；

　　4、書中所寫的生活起居，亦率屬江南；

　　所以我據以推想《金瓶梅》的作者，必定是一位江南人。更由書中的語言，不時夾雜著吳語、燕語，推想此人可能是一位宦居京師遨遊南北，老於人情風物習尚的江南人所能寫出。目前的證據，只能把範圍縮小到如此。至於作者是誰？自還有待更進一步去求證。

　　我想，凡是能認真讀了我這本小書中的斤斤十餘篇短論的人，

準會感於我在懷疑著沈德符這個人，可能就是《金瓶梅》的作者。不錯，七年餘的研究，始終不能洗去此一疑設的意想。當然，要是袁中郎寫給董其昌的那封信，確是中郎手筆，則沈德符在萬曆二十四年，年紀只有十八歲，自不可能寫出像今之《金瓶梅》這樣一本書。要是袁中郎的這封信，可以證明是袁氏書種堂所纂附呢？那我所疑設的對象，可探討的問題，就更有其力了。

　　沈德符是浙江嘉興人，出生於京師，二十八歲時捐入太學，到了四十一歲才中舉。上三代都是進士，有兩代在山東作過四品五品大的官，此人一向惡名昭彰，三十五歲時曾中舉，主考官卻因為怕列榜後遭受物議，又把他剔除了。像這些情形，固不足引以為證物，卻未嘗不是據以推敲的理由。尤其《萬曆野獲編》中的那段話，不落實之處，比比皆是。我已考出袁中郎的《觴政》一文，作於萬曆三十五年間，沈德符如何能在先一年即知中郎有《觴政》一文？若袁小脩的日記，所記述的《金瓶梅》事是實，則小脩在萬曆四十二年尚未見及該書的全帙，則沈德符又如何能在萬曆三十七年間，向小脩抄得《金瓶梅》的全帙？何況袁小脩在日記中已說明，他於三十七年冬抵京，三十八年春落第後即行南返，在京為時甚短。沈德符與袁氏兄弟又非知交，（袁氏兄弟詩文中，無一字論及沈，）自不會將才得到的《金瓶梅》全帙，借與沈帶回去抄錄。想來，沈德符說他在萬曆三十七年間，向袁小脩借抄了《金瓶梅》全部挈歸，是毫無根據的了。再加上他引述馬仲良的「時榷吳關」之「時」，是萬曆四十一年，與其所謂「借抄挈歸」的時間，也無法絲絲印證。復有「未幾時而懸之國門矣」的問題，也很難對證。還有《玉嬌李》的問題，也說無實據。於是越加推敲，越發徵諸沈德符的這一段論述《金瓶梅》的話，幾無一句可作佐證。那麼，沈德符又為何要編造這麼一大段不實的話呢？像他寫在《萬曆野獲編》的一些記述，有的只是耳食手錄，誤在傳聞故實，

則尚有可說。但這段論述《金瓶梅》的話，全是他自己的經歷，如有不實，自是故意編造的了。這一「編造」的問題，就是值得我們去設疑沈德符與萬曆丁巳本的《金瓶梅詞話》，有著蛛絲馬跡的理由。

多年以來，論述《金瓶梅》者，幾無一不引證《萬曆野獲編》的這段話，作為圭臬性的憑依。美國哈佛大學教授韓南博士論文〈金瓶梅研究〉，其中論及版本等，幾乎全部的論點，都以沈德符的話為準則，可以說是為沈德符的這段話去尋求註腳。這一點，與我的《探原》的觀點，是恰恰相反的。雖說，我這十餘篇短論的探討，由於求書之不易，引據尚未臻於充實，而我卻自信這十多篇短論，最少已經否定了以下數事：

（一）作者不能肯定是山東人，可以肯定他必是一位具有江南生活習
　　　尚的人。

（二）沈德符寫在《萬曆野獲編》中的那段論述《金瓶梅》的話，幾
　　　乎全不可信。

（三）袁中郎兄弟二人論述《金瓶梅》的話，真偽尚待求證。

（四）《金瓶梅》的成書年代，必在萬曆三十年以後。

（五）關於作者及成書年代問題，已繼吳晗與郭源新又向前開拓了一
　　　大段路。

這些問題，都有待未來的工作，繼續去尋求證據，一一加以清理、證明、審疑。縱然在我有生之年，未能完成，總給後人開拓了一條新方向吧！過去，從來沒有人朝這一個方向走過。

三

我一直想尋得袁小脩審訂並作序付梓的那本家刻本《袁中郎全集》，卻至今連目錄也未能尋到。不知世間還有沒有這部書？再據明

刻《譚友夏集》，知中郎嗣子袁述之，還刻有一部《袁中郎續集》，由譚元春作序，這本續集也迄今未能尋到。只在美國普林斯敦大學東方圖書館，印來明刻《三袁先生集》，證明了陸之選刻的四十卷《袁中郎全集》增訂本，其中所增之詩文，大多從此一《三袁先生集》中所移去。此一《三袁先生集》，不知刻於明朝何代？可能在萬曆天啟之間。如其中那封向謝在杭索還《金瓶梅》的信，經我考證，便大有問題[1]。譬如沈德符著《清權堂集》所涉及的交遊人物，均尚有待去尋求他們的詩文集來，加以印證沈德符與他們的情誼，以徵沈氏之為人。這些人的著作，都很不易尋得。我只見得盧德水的一部《尊水園集選》，還不是全集，其中只有一處提到沈德符，約約數言，與沈氏寫在《清權堂集》中的情誼，相距頗遠。他如馬仲良之駿的《妙遠堂集》，也迄今未能尋得。由盧世㴑及袁氏兄弟觀之，堪知沈氏詩文中所寫入之交遊，則大半是自炫己之盛誼，一頭之熱，頗非兩相歡愉之情。盧世㴑少沈德符十餘歲，沈寄給盧的詩作，盧說是輒隨手丟棄。亦足證沈德符生前在時人中的身價矣。

　　近人雖還有人設想在萬曆丁巳本的《金瓶梅詞話》之前，或許還先有一個刻本問世[2]。然而，若依據仲良之司權吳關，乃時在萬曆四十一年，則以堪證《金瓶梅》在萬曆四十一年以前，絕無刻本問世。那麼，李日華的日記，已可證明他在萬曆四十三年正月間，見到的沈德符家藏《金瓶梅》，還是抄本。這幾相對證，都可印證到這部萬曆丁巳本《金瓶梅詞話》，大概就是《金瓶梅》的初刻本。依據沈德符那句「未幾時而吳中懸之國門矣」的說法，判定《金瓶梅》初板於萬曆三十八年的設定，可說已無所附麗矣。

1　見本書〈論明代的金瓶梅史料〉一文。
2　鄭振鐸則直說《金瓶梅》板行於萬曆三十八年。

　　對於《金瓶梅》的成書年代，我從寫在書中的干支生屬問題，一
一交錯清查，得出的繫年，可以編到萬曆四十五年左右。最明晰的編
年，到萬曆四十年左右。從情節發展上看，八十回以後，多是一些人
事的交代。雖說八十回以後是以春梅為主，而實際上，也是以春梅作
為交待其他各人結果的樞紐而已。所以《金瓶梅》八十回以後的情
節，一幌眼就寫到孝哥十五歲了。因而在干支生屬上，在八十回以
後，便不易再予明確繫出。但如從人的情性慣例來說，如果《金瓶
梅》的作者，運用的干支生屬，確是現實的時代，自然是回顧多於前
瞻。若作如此推想，則可證明這位作者寫到九十回以後，時間可能已
過了萬曆四十年以後了。在八十八回寫有「且喜朝廷冊立東宮」句，
恰與萬曆二十九年冊立常洛事的民心相同。這顯然寫的是冊立常洛為
太子時的人心懽愉之情。足可證明作者寫此八十八回時，必在萬曆二
十九年冊立東宮以後。所以我們敢斷言《金瓶梅》的成書年代，必在
萬曆三十年以後。倘使書中所繫干支生屬，也是依據現實，則可徵
《金瓶梅》之成書，必在萬曆四十年以後。都有待繼續去求證了。

　　也許，《金瓶梅》的作者，非止一人。像《萬曆野獲編》，我就
頗為懷疑其中可能有部分文稿，乃出自沈德符的父祖之手。倘去假設
這部《金瓶梅》，是出於沈德符先人之手呢？想來，也不無可能。到
了沈德符成人時，他的父祖均已下世。他得到這部手稿，暗中使之流
傳，再繼之予以補綴成篇，都是很可能的事。這些，都是值得我們去
求證的大膽假設。

　　有人設想「東吳弄珠客」是馮夢龍，我則認為遠不如去疑此人是
沈德符；當然兩者都是毫無根據的懷疑，連假設都夠不上。不過，寫
跋的「廿公」，則是假託袁中郎的方外友人無念和尚，「廿」音念，
袁中郎每稱無念為「念公」，這篇跋自是假託的無念和尚之口，如
「大慈悲矣」、「功德無量矣！」都是釋家的語氣。這一跋一序，都是

寫體字，微妙的是，這東吳弄珠的序與廿公的跋，在筆跡上看，乃同一人所書。看來這「廿公」的跋，有意假託袁中郎的朋友無念，用以遷就袁中郎的「亟稱之」。尤可想知這東吳弄珠客之有意假借袁中郎以擡高這部淫書的身價，豈不與《萬曆野獲編》之假袁中郎以美此淫書的語氣，如出一轍乎哉！

就以今之《金瓶梅詞話》來說，其中有不少的文詞與故實，乃抄錄自前人的著作，韓南博士有一篇文章，專論及此。我僅就涉及百回《水滸》的部分，略作比並，說明前十回的情節，尚未完全脫離《水滸》，但在新的創意剪裁上，以及人物重加塑造上，我們便不能責之抄襲，只能去贊美他的創造力了。不過在這篇論及《水滸》文中，我並沒有認真而周詳的去比並，自覺這篇比並《水滸》之論，寫得很疏蔓。實亦由於未能讀到百回《水滸》全帙也。

四

由於這些篇短論，不是一時寫成的，難免在論述問題上，有彼此重複之處。本想重立綱目，貫串成一個整體的體系，不再是散論，而我卻沒有時間，來變散論為體系，也只好任之一篇篇仍以原始的眉目分列之而已。雖然，照此目錄編列，並非依據寫作或發表的先後時間，相信讀者君子，必能從各篇的文詞上，理解到我寫這些篇什的時間及意想上的過程。在寫作的時間上，雖已綿亙數年，但在寫作的意想上，我認為則是始終一貫的。因為這數年來，我一直把寫作的精神，著意在這件事的上面。

我曾一再自問自的說，這十多篇短論，雖非成功之作，但卻是我嘔吐了七年有餘的心血。也有幾位友人認為我化下如此多的時間與精神，以及金錢，所寫出的只不過是一些只能假設問題的散論，未免

得不償失。而我卻從未計較什麼代價問題，我只是被追尋這問題的濃厚趣味所推動，企圖把所發現的問題，謀求答案而已。

　　也有朋友問我，為何不去析論這部小說的藝術部分，居然化了如此多的時間，投向故紙堆去作考據工作，莫不是遠離了文學？這也許與我幼年所學有關。今後，我已決定暫時放下此一考據工作，改向這部小說的藝術部分，繼續去作鑽研。然此一研究工作，雖已有人在作過了，而法作家紀德有言：「如有人說得與你同樣好，就不必再說。」而我，總覺得我有我要說而別人未說的話。所以，另兩本「人物論」與「藝術論」的部分，已在開始了！

《金瓶梅詞話》的作者[編按1]

　　關於《金梅瓶》的作者問題，前人多本乎沈德符寫於《萬曆野獲編》中的一句：「聞此為嘉靖間大名士手筆」之語，以及《金瓶梅詞話》廿公之跋，遂據以認定是王世貞所作；且為之假設了兩則頗為動人的故事[1]。贊成此說者，歷代均不乏人。康熙間序張竹坡評批的「第一奇書」者謝頤，即肯定的說：「信乎為王鳳洲作無疑也。」近代人蔣瑞藻，在所編《小說考證》一書中，亦說：「《金梅瓶》之出王弇州手，不疑也。景倩（沈德符）距弇州不遠，當知其詳。乃以名士二字了之，豈以誨淫故，為賢者諱與？」他如阿英在民國二十五年出版之《小說閒談》中，記有《金瓶梅》等事，其中拈出《詞話》第十一回的潘金蓮把花撮成花瓣，洒了西門慶一身，居然認為唐寅所寫〈妒花歌〉，所本者〈詞話〉的這一情節。兼且說仇十洲的一幅有名的春畫，也是《詞話》第五十一回西門與潘氏用扇子把白獅子貓兒，打出帳子以外的情節。顯然也認為該書是嘉靖年間的作品。雖然，此一說法，曾經吳晗於民國二十二年間所寫〈金瓶梅的著作時代及其社會背景〉[2]一文，業已考證清楚，足可斷定這部《金瓶梅詞話》，不是嘉靖年代的作品。像讀過吳文的阿英先生，卻仍相信它是嘉靖間的作品，

編按1　原連載於《中華日報》第11版（1977年7月28-30日），及第10版（1977年7月31日）。

1　一說王世貞作《金瓶梅》毒殺嚴世蕃；一說毒殺唐順之，都是為了以報父仇的說法。因為王世貞的父親王忬之死，相傳為唐順之或嚴世蕃所僭害。是以張竹坡假託苦孝之說。

2　吳晗：〈金瓶梅的著作時代及其社會背景〉，《文學季刊》創刊號（1933年10月）。

深為不解。直到今天，相信《金瓶梅》是王世貞所作，可以說仍大有人在。

　　吳晗從《詞話》所寫的社會背景，徵認該書之作，當在萬曆三十四年以前，最早也不會過於隆慶二年。雖吳氏此說，尚難肯定《詞話》之成書，是否還要晚於萬曆三十四年以後，如吳氏所說沈德符所記的，流行於當世的俗曲，像〈掛枝兒〉等，就不在《詞話》中，遂認為《詞話》應是比沈德符略早一代人的作品。可是實際上，《詞話》的第七十四回中，已記有歌孃在唱〈掛真兒〉了[3]。但無論如何，《金瓶梅詞話》之非嘉靖年間之作，吳文所考已無疑問。那麼，《金瓶梅詞話》之非王世貞所作，自亦無討論的餘地矣。

──編按1

　　另外還有李卓吾之說。

　　按李卓吾名載贄（亦單名贄），原籍河南，落籍福建。李氏少舉孝廉，厭以去京遙遠，遂不再攀緣公車。他身體瘦弱，又有潔癖，所以惡近婦人。雖然沒有子嗣，也不置婢妾（時人置妾之風甚盛）。甚而連妻女家人，也很難與之長在一起。他客居黃安的時候，妻女要返故居，他便趕快把她們送走。他認為家人走後，他既無家累，又斷俗緣，最能使他參求佛理，以達超悟。最愛讀書，凡所讀書，大多抄為

編按1　本文原無標題序號「一、二、三、四」，基於閱讀之便及統一性，《金學卷》
　　　　在編輯過程中，特標序之。並微調內文中有關序號的編排格式。

3　趙景深作〈小說瑣話〉一文，其中說到《金瓶梅詞話》曲子一節，曾拈出吳晗遺漏
　　的這一點。趙景深：〈說瑣話〉，《銀字集》（上海市：永祥印書館，1946年）。

善本。袁小脩在〈李溫陵傳〉中說：「東國之密語，西方之靈文，離騷馬班之篇，陶謝柳杜之詩，下至稗官小說之奇，宋元名人之曲；雪藤丹筆，逐字讎校，肌劈理分，時出新意。」是以今之傳世劇曲與說部，仍有不少出自李氏的善本。可是，我們怎能因為他是萬曆間人[4]，又因為他嗜愛小說，就懷疑到他是《金瓶梅》的作者呢？

如以李卓吾的潔癖性格這一點來推想，已足以說明他不會去寫這樣一本淫穢的書。再說，他在學問上，頗熱中於佛家的參乘妙悟，且極信輪廻。雖然《金瓶梅》亦強調輪廻，但《金瓶梅》強調輪廻的手段，竟從誨淫入手，似非李氏之情性所願為。固然，李卓吾的性行古怪，其憤世嫉俗之情，亦未嘗不是《金瓶梅》的肌理脈絡。但李氏獷潔至極，平時交住，「不喜俗客，不獲辭而至，但一交手，即令之遠坐，嫌其臭味。」[5]試觀《金瓶梅》中所寫之人物品性，何來一處涉乎此類屬性者乎？

再說，李氏卒於萬曆三十年，年已七十餘歲，若照我所推繹，竊以為《金瓶梅詞話》之成書，當在萬曆三十八、九年間，當以另文論之，此處不多所費辭矣！

其他尚有趙南星之說。這些推想，大多只是根據各人之生存年代，以又其平生之嗜愛情性，遂有所設疑，尚無確切證據可恃，也只是假設之以增史說之談助而已耳。

不過，「《金瓶梅》的作者是山東人」，這說法幾乎是民國以來的公論。此一「公論」的憑恃，理由有二：

（一）欣欣子的序言，指名作者是「蘭陵笑笑生」，古蘭陵是今之山東嶧縣境（實為臨沂縣境），已說明是山東人。

4　李卓吾生於嘉靖六年，卒於萬曆三十年。在世年代，頗能吻合《金瓶梅》之流行於世。

5　亦袁小脩作〈李溫陵傳〉中語。

（二）書中語言，全是山東方言，如非山東人，寫不出那樣純熟的山
　　　東土白。

　　此一說法，無論是我們本國的文學史家，或是東西洋兩方面的
文學史家，凡是論及《金瓶梅》一書者，全是這樣說，幾無異辭。《金
瓶梅》的作者，可以如此確定的說他必是山東人無疑嗎？我卻認為不
然。下面，我先來探討一下這兩個問題。

第一　蘭陵問題

　　在山東省境，雖有古蘭陵的故址，但在江南，也有蘭陵故城。
在江蘇武進縣西，晉大興初始置蘭陵郡於此，又稱僑蘭陵。蕭道成高
曾以下，皆居武進之東城里，因為南蘭陵人。可見「蘭陵」這個地
名，已不止山東一省有其地，江南還有一個蘭陵呢？（據日人所編
《漢和辭典》，尚記有後魏置之蘭陵，在安徽省境，未考。）自不能
據以肯定「蘭陵笑笑生」，必是山東人無疑。

　　再說，蘭陵這個地名的享名，蓋與荀子之曾任蘭陵令，而且居
老於蘭陵一事，大有關聯。荀子是性惡學說的倡議者，《金瓶梅》一
書，昌其性惡論者也，作者以「蘭陵笑笑生」自稱，得非有所寄託於
荀子性惡之況喻乎？說來，自又未免穿鑿太過了。總之，「蘭陵」一
地，自非止於山東一省有其故城，便不能肯定這個自稱「蘭陵笑笑
生」的人，一定就是出生於山東「蘭陵」的山東人。

第二　語言問題

　　一般人都說《金瓶梅詞話》是用山東土白寫的。這說法本就是一
句極其籠統的話。所謂「山東土白」，究竟是山東那一方的方言？是

齊？還是魯？是東南西北那一方？似還無人加以區別。實際上山東省
的地域，幅員廣大，各地的方言，頗多迥異。省城歷下的土白，即有
異於膠東，像魯西南的曹州荷澤，也大不同於膠東。靠近河北省的一
方，與魯南一方的口語，更大有異趣。所以，我們怎能認為《金瓶梅
詞話》語言，是用「山東土白」來籠統而言之呢！

　　我想，說《金瓶梅詞話》語言是山東土白，可能只是由於其中的
「俺」與「咱」等稱呼口語。直到今天，凡是模倣山東人說話的人，
便用「俺」字作為口語的標幟。在方言小說以及各類話劇中全是如
此。實際上，使用「俺」與「咱」的區域大得很，如蘇皖之北，河南
河北，甚至山西，都是說「俺」道「咱」的地方。怎能僅以這兩個字
的使用，來說它是山東方言呢？

　　《金瓶梅》的故事，是從《水滸》分支出的。它的前十回，不惟
整體的故事，繼承了《水滸》，幾乎是百分之八十以上的文辭，也都
襲用了《水滸》的原文。特別是挑簾裁衣那兩回，可以說是全部抄
錄。所以在語言上，它只是承襲了《水滸》而更加語體化而已。如
「只在家裡坐」，「也須吃別人道我家怎地禁鬼，」「他便縐我拽上門，
不焦躁時，」「既是乾娘恁地說時，」「那婆子一把揪住，」「武松一
手起那婆娘，跪在靈床子前，」像這些話中的「坐地」、「吃別人
道……」、「拽上門」、「恁地說」、「一把揪住」、「靈床子前」等等，
都是北方方言，山東也有這些口語。可是《水滸》的作者，我們卻說
他是由兩位南方人羅貫中與施耐庵所編著[6]。可見從作品的語言上，
去判定作者籍貫，誠是一件不合邏輯的事。

　　不錯，《金瓶梅詞話》一百回，從頭至局，連抄自《水滸》的文

6　羅貫中是錢塘人，施耐庵有無其人？尚難確定。但也有人說他是江南人。見胡適：
　　《水滸傳考證》。

辭都算上，凡是口語所使用的方言俚語，並不限於山東一地，它是
齊、魯、宋、魏、趙甚至衞晉楚等地，這麼一個廣大區域所慣常掛之
於口頭上的語言，還不時夾有燕語、吳語、越語在內。所以，山東人
讀它，會認為那些口語，是他們日常所道；可是蘇北皖北人，以及河
南、山西，還有河北南部等地的人，也準會認為那些話，全是他們生
話上習用的語言。像這一類的：「可可的今日輪他手裡，便驕貴的這
等的了。」「氣不憤」、「打個臭死」、「打了我恁一頓」、「得不到的
這一聲」、「吃的不割不截的」、「喜歡的要不的」、「一路上惱的要不
的」、「使不得的」、「論的什麼使的使不的」、「那雪娥的臉臘楂也似
黃了」、「見了俺們意意似似的」等等口語，也是我在皖北生活了十
多歲的人，曾經說慣也聽慣了的。如果一一尋舉，幾乎全書之中，十
分之八的口語，都是我的「家鄉話」。本來，在我國中原這一個大區
域裏，方言上的音聲，雖有大小地域之別，但在生活習尚的語言應用
以及語音的音調，則雷同之處最多。寫在文辭上的語言，極難別出省
縣方位上的方言之音聲輕重及語調差異。所以，《金瓶梅詞話》中的
主要語言，只能算得是中國中原語言，絕難斷定它某一省某一地的方
言土白。就是用於文中的俚諺，也大都流行於中原這個大區域，非僅
是侷囿於某一省區的土白。

　　不過其中確有不少俚語，只有某一小地域的人才這樣說，如卅
三回陳經濟說：「兒子世上有兩庄兒，鵝卵石牛騎角吃不得罷了。」
這話中的「牛騎（犄）角」三字，卻只有北平這一個小區域，才流行
這句口語。他如張竹坡從書中摘出，列入《第一奇書》中的「趣談」
六十餘句，就有半數以上屬於今日所謂的「北平俏皮話」，這裏不再
抄錄了。但最值得一提的是六十八回第十八頁，寫玳安問陳經濟，到
文嫂兒家怎麼走法，陳經濟回答玳安的一段話，簡直就是純粹的北平
口語。他說：「出了東大街，一直往南去，過了同仁橋牌坊，轉過往

東，打王家巷進去，半中腰裏，有個發放巡捕的廳兒，對門有個石橋兒，轉過石橋兒，緊靠住個姑姑庵兒，旁邊有個小衖衕兒，進小衖衕往西走，第三家豆腐舖隔壁，上坡有雙扇紅封門兒的，就是他家。你只叫文媽，他就出來答應你。」這岱安聽了說道：「再沒了？小爐匠跟著行香的走，鎖碎一浪湯。你再說一遍我聽。」試讀一下這段語言，豈不就是地地道道的北平話嗎！

　　《金瓶梅詞話》的語言，在語氣中加上「兒」的語句，可以說隨處皆是。就拿第十回第六頁來說，就寫有（1）一個小女兒，才頭髮齊眉兒，（2）拿著兩個盒兒，（3）「送花兒來」，（4）俺娘使我送盒兒點心並花兒，（5）揭開簾子看盒兒，（6）新摘下來的鮮玉簪花兒，（7）一面看菜兒，（8）一方汗巾兒，（9）因問小丫頭兒，（10）叫做天福兒，（11）這娘子兒，（12）不曾回些禮兒，（13）他取了這娘子兒，（14）好個性兒，（15）細彎彎兩道眉兒，（16）好個溫克性兒，（17）送了一對魚瓶兒來。每一句加了一個或兩個「兒」音。有時連寫人名時候，都要加上，像什麼「畫童兒」、「書童兒」、「玳安兒」、「平安兒」，等等加上「兒」音。再如「拿馬鞭兒敲著門兒」這類語言上的「兒」音，如果不是北平話，可就不大容易加得上去。

　　按「兒」字音，在中原這個廣大區域的口語中，是融滙在口語的尾音裏的，往往不易分別。比較容易聽得出的，是北平人口語中的「兒」音，其他還有一處口語中的「兒」音，更為顯著的是杭州。像山東河南等地，口語中的「兒」音，卻極難聽出，如叫「小三兒」、「小四兒」，或喊山西人為「老西兒」，兒音都是與「三」、「四」、「西」等字的尾音，滙流成一體的。尤其是說話的人，自己絕不會想著要加「兒」音，而且自己也並不知道自己的言語中夾有個「兒」音，只有不是此一方言系統中的人，聽著方能感於這一帶人的口語裏面，有些字裏帶有「兒」兒。譬如「頑耍」、「頑頑」、「頑兒」、《金瓶梅詞話》

都把它寫作「耍子」或「耍子兒」，因而我的一位川籍朋友，說那是他們四川話，另一位杭州朋友，又說那是他們的杭州話。杭州人口語中的「兒」音，比北平人可要顯著多了。

　　沈德符說《金瓶梅》中的五十三回至五十七回，是吳地的陋儒補以入刻的，提出的根據之一，是「時作吳語」。可是，我已尋到了證據，足可確定這部萬曆丁巳本的《金瓶梅詞話》，就是初版本，沈德符所說的在吳地懸之國門的那一部，不是行文有誤，就是謊話[7]。但如據這萬曆丁巳本來說，其中的「吳語」，便不僅在沈德符說的那五回才有，實則，在丁巳本的這五回中，所謂「吳語」也者，也不過一、二處，像五十四回中的「今日在那笪兒吃酒？」五十七回中「今日空閒你沒事體」及「也是小可的事體，」或如五十三回中的「扯淡的沒要緊」，像「那笪兒」、「事體」、「沒要緊」等語詞，似屬吳語，但其他等回中，也有不少此類的「吳語」。如第八回第九頁，「婦人向箱中取出與西門慶上壽的物事，」第二十八回第六頁，「你既要鞋，拿一件物事兒我換與你……」、「婦人道，好短命，我的鞋應當還我，叫換甚物事兒與你，……」把「東西」說成「物事」的地方，六十四回以下，也有多處，如第七十一回第十二頁，七十九回第三頁、四頁，八十二回第二頁，八十三回第二頁都寫得有。第六十回第八頁，出於應伯爵口中的一句：「他遒郎不好？」這「遒郎」一詞，似乎也是吳語或越語。還有第八十一回第二頁，寫韓道國正陪眾客商吃酒，「聽見胡秀口內，放屁辣臊，心中大怒，走出來端（踹）了兩腳……」（第十六回第十二頁，也寫有此語，但漏刻了一個「屁」字，臊作

7　據《萬曆野獲編》卷二十五所寫，沈說他在萬曆三十七年間，向袁小脩抄得《金瓶梅》全帙，攜回吳地，有人勸他出售梓版，他不肯，但不久即在吳中懸之國門。如沈說可信，則萬曆三十八、九年間，《金瓶梅》即在吳中梓板行世。可是沈說不可信。

騷，）這「放屁辣臊」四字的意思，就是意為嘴里不乾不淨的罵人，這是吳越人的口語吧？至於五十二回第十八頁，李瓶兒道：「這答兒裏，到且是蔭涼，咱這裏坐一回兒罷。」此所謂「這答兒裏」，不也是吳語嗎？其他尚有不少，不必多錄了。（此語全書隨處皆是。）總之，《金瓶梅詞話》中的語言，相當龐雜。除了以中原各地的口語為主，尚雜有南北各方的方言，我們極難從它的語言上，去研判作者是何處人？我認為文學史家多年來的「公論」，認為從其中的「山東土白」來斷定這位「蘭陵笑笑生」是山東人，委實不能成立。

二

可是，我們如從寫在《金瓶梅詞話》中的生活習尚——特別是飲食方面，去探討這位作者是何處人？則比較容易。人的習尚，得自家庭，往往數代不會更改。我們先說生活起居方面。

《金瓶梅詞話》的地理背景，是山東清河縣。實際上，清河屬於河北大名，山東並無清河其縣。《水滸傳》所寫潘金蓮是清河人，但她與西門慶發生的一段孽緣，則在山東陽穀，陽穀屬於東平府。《水滸》成書行世在前，《金瓶梅》成書在後，何以要把清河改寫成山東所屬，可能作者另有用意。這裏且不去說它了。但作者有意把該書的地理背景，安排在山東，則是肯定的事實。所以我們也只能說《金瓶梅詞話》中的清河是山東東平府所轄的一個小縣而已。那麼，像西門慶這戶世居「清河」已有數代的開生藥舖的人家，居然使用「楁子」（楁桶）便溺，可似乎不是山東東平府土著的生活習慣。

按北方人的生活習慣，便溺之處是所謂「茅廁」，縱冬日寒夜怕冷，男女在房中便溺，也只是壺與盆兩類，天早起，把壺盆中的穢物傾於糞池。北方的糞池，也不全是水，而是糞便與泥土相混合，使之

發酵的糟泥。茅廁是平地，便溺在平地上之後，用鐵鏟（鍬）鏟去，倒入糞池。或加土培成糞餅，曬乾後搗之成粉末，灑到田中作肥。北方的土地使用的是乾肥，所以北方人不用馬桶，廁所也不是積水的池，而是稠泥的坑。北方的大小城市周遭，都有收買糞便的糞廠，糞廠裏所培製的就是一堆堆的糞餅。像《金瓶梅詞話》中寫的吳月娘小產，胎兒掉在槁子裏，李瓶兒排血，也排在槁子裏。有多處都寫的是用「槁」子。光是這一點，已顯然地說明了這位作者，必是一位習慣了江南生活的人士，否則，怎會把世居山東東平府「清河」縣的西門家，寫成使用「槁子」？住在北方的人家，還在使用槁子，似乎只有南人北宦的人家，還保留著他們南方人上槁子的生活習慣。所以，我推想這位作者，必是一位出身江南而在北方宦居之家的人物。此一問題，在該書所寫有關飲食品類上，則更加可以如此確定。其次再說飲食問題。

　　北方人的主食是麵類，南方人的主食是米類，已不用說了。可是西門慶家的吃食，則以米類為主。北方人最習吃的饅頭與烙餅等，在百萬言的篇幅中，寫到食用饅頭與餅類的地方，只不過三兩處。但白米飯與粳米粥，則幾乎是餐餐不可少。至於所寫有關菜蔬方面，則又率為南方人所習用。如鮺魚、豆豉、酸笋、魚酢、各類糟魚、釀蟹、醃蟹，特別是鰣魚──鮮的、糟的；紅糟醉過的。都是西門家席上常有之味。還有一種名叫「鮑螺」的食物，雖然作者附帶藉了應伯爵的口說道：「此物出于西域，非人間可有，沃肺融心，實上方之佳味。」這是應伯爵向溫秀才作介紹時誇大說的話。還說：「老先兒，你也嘗嘗。吃了牙老重生，抽胎換骨。眼見稀罕物，勝活十年人。」（均見六十七回）但據張岱所寫之《陶庵夢憶》所記（說見卷四），則稱「鮑螺」是蘇州名產。而它卻是西門慶愛吃的一種食物。這種食物還需要「會揀」，李瓶兒生前會揀鮑螺，李瓶兒死後，鄭月姐為了

討好西門慶，特別揀製了一盒酥油鮑螺送贈與西門慶。像這些情形，更加透露著江南吳越人的習尚。

山東雖濱渤海，明時的漕運，亦很發達，但位于山東東平府所屬的「清河」，這小小鄉城中的豪富之家，卻也未必就豪奢得連飲食上的生活習慣，也全變成了江南人吧？

北方的酒類，大率為白酒，亦人所共知。可是《金瓶梅詞話》所寫的酒類，十之九則為黃酒，要不然就是有各色的什麼木樨荷花酒、菊花酒、橘酒、葡萄酒、甜酒、豆酒之類。他們飲用得最多的一種，是所謂「金華酒」；想必就是今人所謂的「紹興酒」吧！

北方的酒，通稱之為「大麴」，或以其產地的地名名之。像山東的棗莊高粱，蘇北的洋河大麴，皖北的口子（宿縣濉溪口）大麴，都是通行于山東的名酒。像偏於魯西的東平府屬，地薄豫晉，馳名全國的汾酒，卻也未見寫入《詞話》；只有一處寫了竹葉青一類。像西門慶家的那分豪奢，像西門慶這位酒肉之徒，幾乎天天溺浸酒中，但所食用的酒，竟以金華酒（有時稱浙江酒）為主，否則，便是花菓釀造的甜酒。只有一處寫到「白酒」（五十六回十六頁），還有一處寫到「河清酒」（三十四回十二頁），不知是何種酒？還有一處寫的是「南燒酒」（五十回第二頁），這名詞亦非北人習稱酒類的口吻。特別是九十三回第八頁，寫王杏庵送給任道士的禮品名目，列有「魯酒一罇」，既是一個山東籍的作者，寫的故事背景又是山東，這裏自然「魯酒」，也有悖語意上的常情。想來，只有外鄉人才會有這樣的口吻。

寫到這裏，我又想到他處也有這類同樣不合山東人口氣的口語。如八十四回第二頁，寫吳月娘上泰山碧霞宮進香，「望見泰山，端的是天下第一名山，根盤地腳，頂接天心，居齊魯之邦，……」此所謂「居齊魯之邦」，卻不像是山東人自贊泰山的語意。再第九十四

回第十頁，寫孫雪娥在臨清，被春梅打發出來，要薛嫂把她賣入娼
門，孫雪娥央求薛嫂為她尋個單夫獨妻，薛嫂又找來個張媽，這張媽
說：「我那邊下著一個山東賣棉花客人，姓潘，三十七歲，……」她
們就在山東，怎的還會說「我那邊下著一個山東賣棉花客人」？像這
些地方，也足以說明這個作者不是山東人。

　　他如第九十三回第十一頁，寫陳經濟在臨清碼頭上的宴公廟出
家，他師父要帶著另外幾個徒弟，出門替人家作好事去，留下陳經濟
看廟，怕他偷吃藏在房內的幾缸米酒，騙他說是毒藥汁，陳經濟等到
師父們走後，便關上廟門笑道：「豈可我這些事兒不知道，那房內幾
缸黃米酒，哄我是什麼藥汁，……」在山東臨清這地方，還有人釀造
黃米酒嗎？再第九十回第二頁，寫陳經濟瞞著師父在外吃喝浪蕩，
「任道士廟中，還尚不知，只說他晚夕米舖中上宿未回。」臨清雖是
運河上的水陸碼頭，乃明朝中原的繁華之地，但這地界終究是個吃麵
的地方，凡糧米交易之所，那一帶人習稱之為「糧行」。縱然糧行中
心也陳放稻米，也不稱之為「米舖」，只有江南的米店，才稱之為
「米舖」。像這些描寫，也都足以說明這位作者，必是江南人無疑。

　　在所寫瓜菓方面，也大多是江南產物。如龍眼、荔枝、金橙、
橄欖、香榧、楊梅、白鷄頭，都是江南特產，他如鮮藕與鮮菱角之
屬，亦江南最多。在北方各個季節中行世的瓜菓之類，如初夏時的麥
黃杏，盛夏時的各種大小西瓜以及名色繁多的甜瓜，還有入秋時的桃
子李子，深秋時的鮮棗、柿子、栗子，以及水蜜桃與花紅石榴梨，再
入冬的山楂果，以及作水果吃的各色蘿蔔，該書卻絕少寫入。像這些
地方，也都更加說明了這個作者不是一位慣養了北方生活習尚的人。

　　他如從頭到尾所寫有關茶與酒的飲用，只有一兩處謂之「呵」
（喝），其他全叫「吃茶」、「吃酒」。茶酒謂之「吃」，不謂之「喝」，
認真說來，這也是南人的口語。不過，這也許是元明人的行文習慣，

在《水滸》以及元人雜劇曲詞中，也大都謂之「吃」，不謂之「喝」，曹雪芹的《紅樓》也叫「吃茶」與「吃酒」，這一點可以不管它。但「筷子」是北方話，「筯」是南方話，自係南人北人口語有異之處。可是《金瓶梅詞話》只有一處寫的是「筷子」，還是寫在曲子中，其他地方，全稱之曰「筯」。第二十六回第一頁，宋惠蓮罵西門慶：「味了那黃湯」，稱喝酒謂之「味黃湯」，可以說這百分之百是江南人的口語了。

　　第四十回第七頁，寫潘金蓮在西門慶的眼色裏，悄悄離開眾姐妹的桌席，「就到前面房裏去了，去了冠兒，挽著杭州攢，重勻粉面，……」這杭州婦女的流行裝扮，居然流行到這山東偏遠之地的「清河」，這杭州的奢靡風氣，也未免影響得太遠些了吧！倘使西門慶之家，不是住在「山東清河」，而是吳越地界中的某一處，這「杭州攢」[8]流行到潘金蓮頭上，那就自然了。這裏，也可以用以說明這位作者，可能是江浙人。

三

　　總之，我們如從此一方向，去探討《金瓶梅詞話》的作者問題，準會發現這位作者的生活習慣，是純粹的江南人，更可能是生長在吳越兩地的人士，絕對不是一位具有北方生活習慣的人。這一點，幾乎可以作如此的斷語。袁小脩在《遊居柿錄》中說：

　　　　舊時京師，有一西門千戶，延一紹興老儒於家；老儒無事，
　　　　逐日記其家中淫蕩風月之事。以西門慶影其主人，以餘影其

8　「攢」是中原一帶人語言，讀如ㄗㄨㄢˇ，綰在婦人頭上的髮髻。此所謂「杭州攢」
　　自是指的流杭州婦女頭上的髮髻形式。

　　諸姬。瑣碎有無限煙波，亦非慧人不能。

　　先勿論這一段話，是否是袁小脩所記，或有人之纂附。然而這段話，良能與《金瓶梅詞話》所寫之語言從及飲食習尚所符節。這段話未嘗不是吾人從爾探尋《金瓶梅詞話》作者的一聲跫音。

　　不過，現流行的《金瓶梅詞話》這部萬曆丁巳本，是否就是作者的原著手稿？誠難確定。如照該書寫所別字之多的這一點來看，或可如此猜想：這個原本，許是說書者的口中錄來。但無論如何，我認為該書必是經過多次傳抄，而後才付之剞劂的一個本子。字數如此之多，凡是有力可以抄存的人，必有財力僱傭抄手。抄錄的人，怎會字字照原文筆畫，點捺不移。古人又有同聲同形即可通假的概念，所以書中有不少聲同而字異的字辭。如果這樣看，其中別字，自又當別論矣。可是古人往往有改造他人文章的習性，據說明代的文人，尤具此癖。像《三國》、《水滸》、《西遊》等幾部重要說部，無不經過明朝人改纂。特別是《水滸》一書，從郭勛到李贄而楊定見，已三易其稿[9]。《金瓶梅》的作者，不惟藏頭，而且尾亦不露。倘使袁氏兄弟在萬曆二十四、五年間，確曾見過《金瓶梅》其書[10]，而且所見之《金瓶梅》原著，其內容亦確如袁小脩記於日記中者[11]，那麼，這部書到

9　被稱為《水滸傳》的小說，史可考的是郭勛武定的百回刻本，其次是李卓吾的百回本，再是楊定見的百二十回本。其中內容便一次、一次的改訂增刪。以後又有金氏的七十回本。

10　如據《袁中郎全集》所載袁氏於萬曆二十四、五年間，寫給董其昌的那封書信，即提到《金瓶梅》一書，可以想知該書早於萬曆二十四、五年間，即已流行世上。但袁氏此時所閱及的《金瓶梅》是否就與這部《金瓶梅詞話》的內容相同，尚有待《袁中郎全集》的家刻本作證。但至今尚未能查出世間還有無此刻本。

11　袁小脩在所寫日記《遊居柿錄》中，所記他們在真州時讀到的《金瓶梅》，其內容則與今本相。但此文亦有待該書之初刻以證，參閱下文〈袁小脩與金瓶梅〉。

了丁巳年間[12]，業已在世上流行了二十餘年，輾轉傳抄之情，自可想知，必是不少次了。傳抄者為了一己閱讀方，不時加入個己的語言或想法，均在所難免。所以，我們如認為今之《金瓶梅詞話》，已非原作者原稿本來面目，自也大可置信。再說，這部《金瓶梅詞話》，若是經過說書者之口的加以演繹，而後傳錄下來的本子，其距原稿之異趣，可就更大了。但如僅以今之萬曆丁巳本《金瓶梅詞話》來說，這位作者，應可肯定他是江南人；是一位在生活上具有江南習尚的人所寫。而且，這位作者必是一位洞明世故，對當時的社會風尚，極表不滿。他既不讚美儒，也不喜歡佛，更不滿於道，此一思想，充斥於全書的字裏行間。從所寫妾婢的情性與行徑來看，可以推而想及他必是一位世家子；或者在某一世家生活較久的人。可能他的原籍是江南，而長於北地，所以他熟諳著中原語言，且還保有著江南人飲食起居的固有風尚。此一猜想，我自信是不會有太大差距的。

　　我敢這樣說，我們如從語言以及生活習尚這些方向去探尋《金瓶梅詞話》作者的問題，必可否定了眾所「公論」的「必是山東人」的說法。我認為這部書的作者，「不一定是山東人」。縱然他籍隸山東，也必是一位具有江南風尚的人。然而我則認為這部書的作者，可能是一位籍隸江南吳越某地而長於北地的宦家之子。這句話就是本文的結論。

─────────────────

12 今稱《金瓶梅詞話》為曆丁巳本，是由本於其中東吳弄珠客的一篇序言，寫於萬曆丁巳冬，實際上這部《金瓶梅詞話》的梓刻成書，可能已在萬曆以後了。

《金瓶梅詞話》的成書年代[編按1]

　　如果，袁中郎寫給董其昌的那封論及《金瓶梅》的信，確是袁中郎所寫，那麼，則可證《金瓶梅》其書，在萬曆二十四年間，即已開始流行於世[1]。但這時袁中郎等人所見及的，只是前半部，到了萬曆三十四年秋，據沈德符所記，袁中郎尚未讀到後半。直到萬曆三十七年間，袁小脩公車抵京，方携有該書的全帙[2]。如果，沈德符的這一記錄，也是可信的，那麼，《金瓶梅》的成書，應在萬曆三十七年以前，當無疑義。問題是，袁、沈等人所論及的那部《金瓶梅》，是否就是流傳於今世的《金瓶梅詞話》？尚難作肯的結論[3]。

──編按2

　　吳晗在民國二十二年間，所寫〈金瓶梅的著作時代及其社會背景〉一文，認為「《金瓶梅》是萬曆中期的作品」。他提出的證見有三：（一）關於第七回頁九之十所寫的「緊著起來，朝廷爺一時沒錢使，

編按1　原載於《出版與研究》第3、4期第3版（1977年8月1、16日）。
編按2　本文原無標題序號「一、二、三、四」，基於閱讀之便及統一性，《金學卷》
　　　　在編輯過程中，特標序之。並微調內文中有關序號的編排格式。

────────────

1　袁中郎曾於萬曆二十四年秋間，寫信給董其昌，贊美《金瓶梅》之文，是「雲霞滿，勝枚生〈七發〉多矣！」且問董後半何在？
2　沈德符於所寫《萬曆野獲編》中，論及《金瓶梅》時，說到他在萬曆三十七年在京城遇到袁小脩上京應試，携有該書全帙，遂向小脩抄得携歸。吳地友人馮夢龍等，建議他賣給出版者，他怕將來閻王究詰始禍，遂秘藏了它。
3　這些問題，當以另文〈論明代的金瓶梅史料〉一文論之。

還問太僕寺支馬價銀子來使。」遂考證明太僕寺之儲有馬價
銀，始於成化四年，抵隆慶二年，定例賣種馬之半，藏銀始
增。迨張居正當國，方有盡賣之議。皇上取用馬價錢，自隆慶
始，到萬曆則借用無度。作者寫在書中的上述這話。自是萬曆
間人方能產生的意念。

（二）明朝的佛教，盛於正德，衰於嘉靖，到萬曆方又興起。所以從
　　　所寫的以佛教因果輪迴天堂地獄的思想，亦可證言該書非嘉靖
　　　間作品，應是萬曆間人所作。

（三）從書中所寫太監在地方的地位尊崇，以及皇莊皇木等史實，亦
　　　可證之是萬曆間事。遂從袁宏道的《觴政》一文，斷定《金瓶
　　　梅》最晚著作時代，當在萬曆三十年以前，退一步說，最早也
　　　不會過於隆慶二年，最晚也決不能後於萬曆三十四年。他認為
　　　袁中郎的《觴政》是萬曆三十四年以前寫成。更從《萬曆野獲
　　　編》所記明代流行的時尚小令，如沈氏所記當時最流行的〈打
　　　棗竿〉與〈掛枝兒〉二曲，並未寫入《詞話》，遂認為這部《金
　　　瓶梅詞話》的作者，比沈德符的時代略早。所以他不能記載到
　　　沈德符時代所流行的小曲。

　　吳晗的這篇文章，否定了《金瓶梅》的作者是王世貞的說法。這
一點，可以說是確定不移之論。至於成書年代，是否不會晚於萬曆三
十四年？尚有待吾人進一步求證。光從吳晗這篇文章所提出的理由，
還是不夠的。譬如，吳氏認為袁中郎的《觴政》一文，作於萬曆三十
四年以前，此一說法，便很難成立。因為袁中郎在萬曆三十四年秋入
京補儀曹之前，高臥家鄉柳浪湖六年，絕少在外交往。且《觴政》所
附酒評，寫明是萬曆丁未（三十五年）夏，與方子公等人飲月張園等

事。可以由此文推想袁氏《觴政》，或作於萬于三十五年夏[4]。再吳氏認為在沈德符時代流行的小曲，如〈打棗竿〉與〈掛枝兒〉，未寫於《詞話》，便認定《詞話》作者比《野獲編》的作者略早。可是實際上，〈掛枝（真）兒〉這小曲，申二姐已在第七十四回及第七十五回中唱過了[5]。那麼，光是從這兩點來說，都可以把該書的成書年代，再向後移。或可說《金瓶梅詞話》的作者，與《萬曆野獲編》的作者，是同時代的人物。另外，我們還可以在書中尋出許多微妙的證詞。

二

張竹坡在評點《第一奇書》的〈竹坡閒話〉中，有一條這樣說[6]：

史記中有年表，金瓶中亦有時日也，開口云西門慶二十七歲，吳神仙相面則二十九，至臨死則三十三歲，而官哥則生於政和四年丙申，卒於政和五年丁酉。夫西門慶二十九歲生子則丙申年，至三十三歲該云庚子，而西門慶乃卒於戊戌。夫李瓶兒亦該云卒於政和五年，乃七年。此皆作者故為參差之處。何則？此書獨與他小說不同，看其三、四年間，卻是一日一時推著數去，無論春秋冷熱。即某人生日，某人某人

4　此一問題，見下文〈袁中郎觴政之作〉。

5　趙景深在所寫《小說瑣話》中，拈出第七十四回申二姐唱〈掛真兒〉給吳月娘他們聽。這是吳晗沒有發現的一個地方。見趙景深著：《銀字集》（上海市：永祥印書館，1946年），頁71-72。

6　見《第一奇書》，〈竹坡閒話〉，第三十七條。

來請酒，某月某日請某人，某日是某節令，齊齊整整。若再
將三五年間甲子次序，排得一絲不亂，是真個與西門什帳
簿，有如世之無目者所云者也。故特特錯亂其年譜，大約三
五年間，其繁華如此。則內云某日某節，皆歷歷生動，不是
死板。一串鈴可以排頭數去，而偏又能看者，五色瞇目，真
有如捱著一日日過去也。此為神妙之筆。嘻！技至此，亦化
矣哉！真千古至文，吾不敢以小說目之也。

　　儘管張竹坡認為，如果把作者寫在書中的甲子次序，排得一絲
不亂，真個與西門慶什一下帳，就像世之盲者，未必能道一個準頭
來。可是，作者記述在書中的干支年月人物生屬，無論作者怎樣故意
的錯亂、重疊、參差，卻仍是我們可根據它，去演繹許多問題的證
據。

　　按書中所記的干支年月，可以作成三部分推繹：（一）宋之政和
時代、（二）明之嘉靖時代、（三）明之萬曆時代。

　　（一）故事的背景明寫的是宋徽宗政和年間，在第一回中即已寫
明。雖然第一回並沒有寫明是政和那一年，但在第十回寫到清河縣押
送武松上解的公文上，則已寫明是政和三年八月。這裏即已證明故事
是從政和二年開始的。所以西門慶認識潘金蓮，應是政和三年三、四
月間。這年，潘金蓮二十五歲屬龍的，西門慶二十七歲屬虎的。所寫
此一干支生屬，如從政和二年上溯，則潘金蓮生於元祐三年戊辰，西
門慶生於元祐元年丙，只重疊了一年。再第六十二回所記李瓶兒的生
卒年月，則云：「生於元祐辛未正月十五日午時，卒於政和丁酉九月
十七日丑時。」且所記喬大戶等人祭李瓶兒的祭文上，也明寫著「維
政和七年歲次丁酉九月……」，李瓶兒死時二十七歲屬羊的，均與宋
之元祐六年（辛未）到政和七年（丁酉）的干支相符。基此，則足以

證明作者對於各朝年代的干支推算，並不外行；亦足以證明作者寫在
書中的干支與人物的生屬，絕不是隨便安放上去的。可是，如仔細搜
尋寫於書中的朝代干支與人物生屬，卻前後不相統一，有參差與重叠
的錯亂情形。

1　　潘金蓮與西門慶初敘家常時，介紹自己的年齡是「奴家虛度
　　　二十五歲屬龍的，正月初九日丑時生。」西門慶道：「與家下
　　　賤內同庚，也是庚辰屬龍的。」按政和前面的庚辰，是元符三
　　　年，潘金蓮如生於是年，要到宣和六年甲辰才二十五歲；去
　　　政和已七年矣。所以，如以戌庚辰的生屬，來確定西門慶與
　　　潘金蓮的出生年代，則與宋朝的政和相左。

2　　潘金蓮找劉理星給她算命，報出的生辰八字，還是「庚辰年
　　　生」，到第二十九回吳神仙為西慶一家人看相算命，遂把西門
　　　慶的生年改寫成為「丙寅」，二十九歲了。設若是元祐元年的
　　　丙寅，二十九歲是政和四年甲午，再以故意重叠了一年來
　　　說，則是政和五年乙未。可是吳神仙說「今歲丁未流年」。這
　　　顯然不是指宋朝的時代背景，看來都是作者故作迷宮，冀在
　　　向讀者說明書中的時代背景，明寫宋朝，全是假說。這一
　　　點，當是非常鮮明，且業為人所說及了。

3　　官哥出生的時日，第三十回明記著是「宣和四年戊申六月二
　　　十一日」；但在第三十九回西門慶玉皇廟打醮時，表白在齋意
　　　上的生辰八字，除了把自己的本命，寫的是「丙寅年七月二
　　　十八日子時建生」更把吳月娘的庚辰改成「戊辰年八月十五
　　　子時建生」，在三十回中出生於「戊申六月二十一日」的官哥
　　　兒，也變成了「丙申年七月二十三日申時建生」了。因而張
　　　竹坡評說：「前云戊申，今曰丙申，前云六月，今曰七月，總
　　　是寓言也。」再說，西門慶娶李瓶兒是政和二年，約二年後生

下官哥，怎會是生於「宣和四年戊申」？再按宣和四年亦非
戊申，而是壬寅。西門慶到玉皇廟打醮的時間齋意表上則又
明寫著「謹以宣和三年正月初九日」。這些矛盾與錯亂，相信
都不是由於作者的無知而隨意亂寫所造成，誠應同意張竹坡
所論：「總是寓言也」。

　　從上述情形看來，書中的干支生屬，所繫列年代，自非以宋朝
為史實，自是很顯明的了。

　　（二）若相信書中的干支生屬，暗寓的是嘉靖一朝，則丙寅虎是
正德元年生，戊辰龍是正德三年生，那麼，西門慶二十七歲潘金蓮二
十五歲的那一年，是嘉靖十一年壬辰。若是戊寅虎庚辰龍呢，則西門
慶的隱寓生年是正德十三年，潘金蓮則為正德十五年。那麼，西門慶
與潘金蓮的相識之年，則為嘉靖二十三年甲辰，舍此便無法配合。

　　還有其他的人，也有人寫上了年歲生屬的，如第十四回寫馮媽
媽年齡，李瓶兒說：「他今年五十六歲，屬狗兒的。」這年，按故事
情節的演進時間，應是西門慶與潘金蓮相識的第二年，若以嘉靖紀
年，則當為嘉靖二十四年乙巳，上溯五十六歲，是弘治三年庚戌，正
是屬狗的。他如第二十四回寫馮媽媽家的兩個丫頭，小的十三歲只要
五兩銀子，大的十七歲要十兩銀子，玉樓想把大的介紹給二娘房裏
使，「因問這丫頭幾歲？」婆子道：「他今年屬牛，十七歲了。」情
節上的時間，也是西門慶與潘金蓮相識的第二年，若從嘉靖二十四年
上溯十七歲，是嘉靖八年己丑，正是屬牛。再第六十一回伯爵問申二
姐青春多少？申二姐因說：「屬牛的二十一歲了。」這一回的情節，
已進入故事的第五年，實際上，故事的發展，有故意重疊一年的情
形，所以，如以第五年向前推，則為嘉靖七年戊子，若以第六年向前
溯推，二十一歲也正好是嘉靖八年己丑。都配合得上。

　　（三）若以萬曆一朝來推算，則西門慶的丙寅虎、潘金蓮的戊辰

龍，生於嘉靖四十五年與隆慶二年，到萬曆二十年西門慶二十七歲，潘金蓮二十五歲；若是戊寅與庚辰，就要後追到萬曆三十一年甲辰，西門慶與潘金蓮才一個二十七歲一個二十五歲。其他如馮媽媽的五十六歲屬狗，馮媽媽家那個十七歲屬牛的丫頭，以及六十一回所寫二十一歲屬牛的申二姐，也都可以推算得相合。

　　從全書故事情節的演進時間上看，凡是作者寫上了干支生屬的人物，都能與嘉靖萬曆這兩代的干支相配，有時只是錯叠了一年而已。直到第九十二回，仍能用故事紀年與人物生屬相對推算而配合。如第九十一回寫孟玉樓準備改嫁的那位清河縣官的衙內，年三十一歲屬馬，及第九十回寫吳月娘為女兒之死，上告陳經濟的訴狀上，寫著告狀人吳氏年三十四歲，⋯⋯」都可以與上述兩代干支相配合。以後，故事的時間及人物年齡，便順流而下，一瀉千里，數回之中，就寫到孝哥十五歲了。

　　按嘉靖在位的年代是四十五年，萬曆四十八年，這是明朝兩個在位最久的皇帝。再查這兩代的干支相同的紀年，從嘉靖元年壬午起，便與萬曆十年同，一直叠到嘉靖三十八年到萬曆四十八年；上下相同的干支，竟有三十八年之多。《金瓶梅》的作者，運用嘉、萬兩朝的干支，在渾同上雖很裕如，但如沒有經過事先比竝，自難免會錯排到這個相同的「三十八年」以外去。這之間，總還有二十二年的干支，非此兩朝可同。關於這一點，在書中所記的幾位官員身上，益發可以證明該書的作者，在運用干支時，確曾經過比竝的工作。

　　譬如第十四回寫開封府府尹名喚楊時，別號龜山，乃陝西弘農人氏，由癸未進士陞大理寺卿，今推開封府，極是個清廉的官。這「癸未」一科，在嘉靖二年有一科，萬曆十一年也有一科。再三十五回寫他們要迎接的大巡，姓曹，乙未進士。「乙未」，嘉靖十四年有一科，萬曆二十三年有一科。再第六十五回寫溫秀才述說的提禦副使

陳正彙，是壬辰進士。按「壬辰」，嘉靖十一年有一科，萬曆二十年
有一科。又第九十二回寫嚴州府正堂知府姓徐，名喚徐崶，係陝省臨
洮人氏，庚戌進士。「庚戌」，嘉靖二十九年有一科，萬曆三十八年
有一科。像這些情形，也能說是出於巧合？

　　雖然，萬曆同於嘉靖各科的干支之年，共達十三次之多，然兩
者之間，仍有五科之年，未曾相同。如嘉靖四十一年之壬戌科，四十
四年之乙丑科，萬曆則無；萬曆二年之甲戌科，五年之丁丑科，六年
^{編按1}之庚辰科，嘉靖則無。奇怪，何以《金瓶梅》中的官員，無此五
科出身者？還有，隆慶的八年之間，也有戊辰與辛未兩科，所寫這幾
位官員的出身，也未巧合進來。我們如從這些地方加以推想，顯然是
作者有意的安排，似非隨手亂寫。

三

　　在《金瓶梅詞話》所刻之廿公跋，文中有言：「《金瓶梅》傳，
為世廟時一鉅公寓言，蓋有所刺也。」以及沈德符所寫《萬曆野獲編》
論及該書時，亦有「聞此為嘉靖間大名士手筆」語。後人遂據以指為
王世貞所作。實際上，如廿公之跋，沈德符之記，悉明喻的是王世貞
所作。按王世貞生於嘉靖五年，卒於萬曆十八年，《金瓶梅詞話》所
明寫的合於嘉靖年代的干支以及科試之年，也都符合了弇州的生存時
代。如從這一點來說，也足以說作者之所以這樣安排其中人物的干支
生屬，時而丙寅戊辰，時而戊寅庚辰都無非使心人讀此書時，可以相
信它是嘉靖間大名士手筆，只以擾亂讀者心目而已。像這些故意而巧
妙的安排，自也是吾人據以推繹該書之寫作年代的重要憑證。

編按1　原書為「八年之庚辰科」，檢戤先生存書，有其親筆修正為「六」年字樣，今
　　　本從之。

　　郭源新作〈談金瓶梅〉[7]一文，其中論到「《金瓶梅詞話》作者及時代的推測」，他認為《詞話》中引用了《韓湘子昇仙記》，還有其他許多南北散曲，都是萬曆間流行的，都可證明它不是嘉靖間人的作品。更從欣欣子的序言中，求出欣欣子稱丘濬、周禮等人與唐之元稹同為「前代騷人」，亦非嘉靖間人所應有的口吻。他說：「蓋嘉靖離弘治不過二十多年，離成化不過五十多年，欣欣子何以以「前代騷人」稱丘濬（瓊山）、周禮（靜軒）輩！如把欣欣子、笑笑生的時代，放在萬曆間（假定《金瓶梅》是作於萬曆三十年左右的罷），則丘濬輩離開他們已有一百多年，確是很遙遠的，夠得上稱為「前代騷人」了。又序中所引《如意傳》當即《如意君傳》；《于湖記》當即《張于湖誤宿女貞觀記》，」蓋都是在萬曆間流傳於世的。又說：「我們如果把《金瓶梅詞話》產生的時代，放在明萬曆間，當不會是很錯誤的。」

　　郭源新的這些話，雖未能更新了吳晗之說（吳晗假設該書是萬曆中期的作品），但卻為吳晗之說，補充了更多的證據。如上引郭氏的那些話，都是吳晗沒有說到的事。

　　吳晗與郭源新寫這兩篇文章時，都沒有讀到袁中郎寫給董其昌的那封信，及袁小脩記於《遊居柿錄》[8]中的日記；還有明人屠本畯的《山林經濟籍》[9]所記，吳、郭二氏俱未引證。不過，郭源新說：

　　　　沈德符以為《金瓶梅》出於嘉靖間，但他在萬曆末方才見到。

7　參閱粹文堂編輯：《中國文學研究新編》（臺北市：明倫出版社，1975年），頁243。此文雖未印作者姓名，但根據阿英：《小說閒話》（上海市：上海良友圖書館，1936年）所作，知作者為郭源新。（即鄭振鐸）

8　參閱新興書局編：《筆記小說大觀》（臺北市：新興書局，1962年），第七編二冊。

9　參閱孔另境編：《中國小說史料》（臺北市：中華書局，1957年）。

他見到不久，吳中便有了刻本。東吳弄珠客的序，署萬曆丁
巳（四十五年）。則此書最早不能在萬曆三十年以前流行於
世。此書如作于嘉靖間，則當早已「懸之國門」，不待萬曆之
末。蓋此等書非可秘者。而那個淫縱的時代，又是那樣的需
要這一類的小說。所以，此書的著作時代，與其說在嘉靖
間，不如說在萬曆間為更合理些。

　　這一段，都必須否定了袁氏兄弟的記述，方能成立。因為，如
照袁中郎寫給董其昌的封信及袁小脩的《遊居柿錄》，都可以證明
《金瓶梅》在萬曆二十四年間，即流行於世矣。

　　筆者探討這些問題，業已數年。我雖已讀了袁氏兄弟的這些文
獻，可是我的看法，仍與郭源新一樣，認為「此書最早不能在萬曆三
十年以前流行於世。」不敢相信袁氏兄弟的話，以為乃時人所纂附。
這些問題，留待他文討論，這裡先不說它了。我們光是從作者寫在書
中的情事來說，像上面引述的干支生屬問題，足可下推於萬曆三十年
以後。譬如那些寫在書中的人物之年齡生屬，似以現實人物為藍本。
像西門慶認識潘金蓮時，一個屬虎二十七，一個屬龍二十五，自是在
下筆時，以實人年齡為則。該書的故事情節，是紀年式的，是以所寫
人物的干支生屬，全可以在所寫人物的紀年上，絲絲入扣。（有時是
故意重疊一年。）作者之所以有意把西門慶與潘金蓮的干支生屬寫了
兩個，丙寅戊辰與戊寅庚辰，自是為了淆亂讀者去直認作者的寫作年
代。所以西門慶與潘金蓮的相證之年，設想在嘉靖十一年可以，設想
在嘉靖二十三年也可以。更可設想在萬曆二十年或萬曆三十二年。這
些，可以說都是作者的繞眼法。

　　可是，流行於萬曆中葉以後小曲，如〈十二月掛枝兒〉，已在該

書中被點唱著了[10]。〈掛枝兒〉流行於萬曆中葉以後,是沈德符明記於《萬曆野獲編》中的事。按《萬曆野獲編》有正編二十卷,作者說完成於萬曆三十四年,續編十卷,序言說完成於萬曆四十七年。然今所傳世的《萬曆野獲編》,乃清康熙間桐鄉錢枋所重編,已非作者原來的編目,故所記之此一「時尚小令」等事,究在正編或續編,已無法查證。如該目原在續編,則所記必為萬曆四十年以後事。那麼,《金瓶梅詞話》之成書,豈不更後了。

在該書第八十八回第二頁,寫陳經濟前往東京,準備到家中取些銀子,來贖娶潘金蓮。在路上遇到家人陳定,正要喊他回去,說是父親陳洪病重。到了東京他舅家,父親已死去三日。

> 經濟參見他父親靈座,與他母親張氏,並姑娘磕頭。張氏見他長成人,母子哭做一處,晝同商議。如今一則以喜,一則以憂。經濟便道:「如何是喜?如何是憂?」張氏道:「喜者,如今且喜朝廷冊立東宮,郊天大赦;憂則不想你爹爹得病死在這裏,你姑夫又沒了。姑母守寡,這裏住著,不是常法。

這裏所謂「且喜朝廷冊立東宮」,一定是指的萬曆二十九年冊封東宮的事了[11]。萬曆冊封東宮,是萬曆年間的一件重要事故。這位太子在冊封時,年已二十歲,為了要求皇上冊封東宮,臣民等了二十年,疏請冊立的章表,每年不知凡幾。這裏所寫雖是陳經濟的母親,為了東宮冊立後的「郊天大赦」而喜,但「且喜朝廷冊立東宮」一語,

---

10 沈德符寫於《野獲編》中的是〈掛枝兒〉,而《金瓶梅詞話》第七十四、五兩回所寫申二姐唱的是〈掛真兒〉。《詞話》所據是燕京口語音。

11 按萬曆太子常洛之冊立,在萬曆二十九年辛丑十月。萬曆寵鄭貴妃,鄭貴妃之子常洵,只小太子四齡。萬曆之遲遲未冊立東宮,引起臣民期望與揣測。後雖經冊立,亦不為之遴選講官講學。這是明史上的一件大事。

仍難掩去作者對皇上冊立東宮的欣喜之情。看來，更是俯拾的現實題
材了。那麼，肯定該書之作成在萬曆二十九年以後，這句話，良是一
大有力證據。

　　如果，《金瓶梅詞話》的情節演進，確是以所寫人物的干支生
屬，來暗藏寫作時代的紀年，我們可以從人物的生屬，配合情節的發
展，推繹到萬曆四十五年。（從西門慶與潘金蓮的戊寅與庚辰繫年推
算。）此種推算法，雖不是明確之證，但卻能與東吳弄珠客寫作於萬
曆丁巳冬的序言相符節。正如郭源新所設想，「在那個淫縱的時代，
又是那樣的需要這一類的小說」，怎會成書之後十年二十年，尚無人
付之剞劂也哉！

　　如從情節上看，西門慶死後，以下所寫，全是對其餘書中人物
的終局交代。春梅的部分，雖在八十回後所耗筆墨最多，因有人說她
是後半的主角，實際上，她只是被作者用來繫述其他人等的樞紐。可
以說《金瓶梅詞話》的八十回以後，特別是九十回以後，作者之所以
把情節的發展，竟一反前面的緩慢常態，竟如起閘之水，湧而洩之，
正因為那些情節全是終局的交代。所以八十回後的紀年，縱能與情節
演進中的年秩相擬竝，終究不是八十回以前那樣的確切。這裏，不必
一一細列了！

　　第九十二回所寫嚴州知府徐崶，是庚戌進士，設於萬曆則為卅
八年之庚戌科。若此所寫，也是俯拾的現實，則堪可與沈德符的那句
「未幾時而吳中懸之國門矣」的話，兩相配合。第一，如沈說是事
實，則《金瓶梅》一書在曆三十八、九年間，即有刻本問世。可是至
今，全世界所能發現的最早的版本，便是這部萬曆丁巳本《金瓶梅詞
話》；而我們已有證據相信丁巳本是初版。第二，也許沈德符與《金
瓶梅詞話》有密切關係，他下筆記述有關《金瓶梅》一書的時候，以
為全稿即可付刻，後來竟一遲數年，方行付梓。那麼，我們據以認為

《金瓶梅詞話》的成書年代，應在萬曆三十八年以後。這假設也不無理由吧？當然，此一假設，尚須進一步求證。

四

　　最後，我們可以把此一問題，作如下的推論：

（一）如果袁小脩審訂的《袁中郎全集》中，刻有袁中郎在萬曆二十四年間寫給董其昌的那封提到《金瓶梅》的信，則堪證《金瓶梅》一書，在萬曆二十四年間即流行於世。

（二）如果袁小脩的《遊居柿錄》之初刻本，其中刻有論及《金瓶梅》一書的文字，與今之流行本一樣，方可證明袁氏兄弟在萬曆二十四五年間所見及的《金瓶梅》，內容與今之《金瓶梅詞話》相同。

（三）倘使袁氏兄弟文集中，未收有論及《金瓶梅》的文字，則足以說明袁氏兄弟並未贊美過該書，則該書之流行，必在萬曆三十年以後。

（四）如果小脩審定的《袁中郎全集》，刻有那封給董其昌論及《金瓶梅》的信，而小脩的《遊居柿錄》並未論及《金瓶梅》之文，則證明袁中郎當年所見的《金瓶梅》，必非今人之穢本。

（五）倘使上述袁氏兄弟的文集，全部刻有那些論述《金瓶梅》的文字，自可證明《金瓶梅》一書早在萬曆二十四、五年間，即流行於世。但也不能證明那個本子，就是今之《金瓶梅詞話》。可能今之《金瓶梅詞話》也是被改編過的。

（六）如以今之《金瓶梅詞話》來論，則仍以郭源新之說：「此書最早不能在萬曆三十年以前流行于世」的說法為是。所以我認為《金瓶梅詞話》的寫作年代，必在萬曆三十年以後，可能沈德

符說的那句「未幾時而吳中懸之國門矣」的時間，就是《金瓶梅詞話》成書的時代。

袁中郎與《金瓶梅》 ^{編按1}

　　《金瓶梅》的成書年代以及作者是誰，數百年來，未有定論。沈德符說「聞此為嘉靖間大名士手筆」，推想是王世貞所作，今已不能成立。因為《金瓶梅》的成書，應在萬曆，不在嘉靖。《金瓶梅詞話》上的欣欣子序言中，明有記錄。明朝人的詩文中，也可得到確切消息。明朝人論及《金瓶梅》的文字，首見於《袁中郎全集》。如果袁集談及《金瓶梅》的事，不是偽託，《金瓶梅》的問世，當在萬曆二十四年間。《金瓶梅》成於萬曆何年呢？在《金瓶梅詞話》以前，是否還另有一部《金瓶梅》呢？照沈德符所說，《金瓶梅》當在萬曆三十八年間，即已在「吳中懸之國門矣」，可是，我們還能不能尋得這部萬曆三十八年梓行的《金瓶梅》呢？沈德符的話，值不值得我們相信呢？本文所探討的就是這些問題。

────^{編按2}

　　明朝人論到《金瓶梅》的，都以袁中郎所贊許的話為主。袁中郎贊許《金瓶梅》的那些話，是否就是流傳於今日《金瓶梅詞話》？這應從袁氏全集中去探尋。《袁中郎全集》傳世的版本很多。必須從版本上去尋求，方能找出正確的資料；最早的刻本，更是珍貴的憑據。

編按1　最初刊於國語日報《書和人》第224期（1973年11月24日），頁1-8。後收錄於《中國古典小說論集》，第一輯，臺北：幼獅文化公司（1975年12月）頁255-276。

編按2　本文原無標題序號「一、二、三、四」，基於閱讀之便及統一性，《金學卷》在編輯過程中，特標序之。並微調內文中有關序號的編排格式。

　　我所見到的最早的袁氏全集，是勾吳袁氏書種堂[1]所刻：《敝篋集》二卷，《瓶花齋集》十卷，《瀟碧堂集》二十卷，《錦帆集》四卷，《解脫集》四卷，合共四十卷[2]。除《敝篋集》未刻校梓年月外[3]，其他各集，悉在目錄後刻了校梓的年月——《瀟碧堂》刻於萬曆戊甲（三十六年）秋，《瓶花齋集》刻於萬曆戊申冬，《錦帆集》刻於萬曆己酉（三十七年）秋，《解脫集》刻於萬曆庚戌（三十八年）春。各集均包括詩文尺牘等類，最能見出原作的時代先後，這是一部研究公安詩文的重要版本。

　　袁中郎卒於萬曆三十八年九月初六日。所遺文集除上述五種外，尚有《廣陵集》、《破硯集》、與《華嵩遊集》等。袁小脩在中郎先生全集序中。曾把袁氏各集的寫作年代，加以說明：

> 《敝篋集》為諸生孝廉及初登第時作也。《錦帆集》令吳門時作也；《解脫集》以病改吳令遊吳越諸山水時作也；《廣陵集》去吳客真州時作也；《瓶花集》為京兆授為太學博士補儀曹時作也；《瀟碧堂集》請告歸臥柳浪湖上六年作也；《破硯集》再補儀曹出使時作也；《華嵩遊集》官銓部典試秦中往返時作也。蓋自秦中歸，移病還山，不數月而先生逝矣。其存者仍

1　袁氏書種堂的主持人是袁無涯。自稱是勾吳人。名叔度。但在《蘇州府志》，上查不出袁無涯事跡。

2　崇禎二年陸之遷識跋的刻本，有「吳羣六集」語，（羣字可能是邵字之誤）不知是否指的是袁氏書種堂所刻。今所見袁氏書種堂所刻到之《石公全集》，僅有上述之五集四十卷。

3　袁氏書種堂本附刻之校梓年月，均在目錄之後。查閱《敝篋集》的目錄，尾後只餘兩行，得非因地位不夠而未附刻校梓年月乎？

為續集二卷。[4]

由此，我們可以知道袁氏書種堂所刻之袁集四十卷，並非全集。所以小脩又說：「先是家有刻不精，吳刻精而不備。」益可想知在袁氏書種堂刻本之前，袁氏全集曾有完備之家刻本，或者是小脩不滿於吳刻，再刻完備之家刻本。中郎去世之後，由於袁氏文名大，坊間刻袁集以博微利者不少。（中央圖書館收藏的一部袁集殘本七卷，觀其版型與字體，即似為萬曆間所刻[5]。）所以袁小脩又說：

> 近時刻者愈多，雜以狂言等贗書，唐突可恨。予校新安，始
> 取家集，字櫛句比，稍去其少年未定之語，按年分體，都為
> 一集。

那麼，我們可從而知道袁氏全集尚有家刻本兩種。可這兩種重要資料，筆者迄今未能尋得。

萬曆末年，梨雲館類定的《袁中郎全集》出，就拆散了各集，以類重定，共編為二十四卷。明末南雍周文煒又據以列為十集二十四卷。崇禎二年陸之選識跋，稱是鍾惺增定的《袁中郎全集》，彙為四十卷。詩文書牘，均有增補，即所謂「增定」吧。所以流傳於後世的袁氏全集，大多不出於此三家版源：袁氏種堂本，梨雲館類定本，陸

編按1　先生原書的註4中記載：「見《珂雪齋集》卷三三，筆者所據的版本是民國二十五年七月初版之貝葉山房所編中國文學珍本叢書之一。」因查無此卷，今據上海古籍出版之書正之。

4　見〔明〕袁小脩《珂雪齋集》，卷三三。筆者所據的版本，貝葉山房所編：《中國文學珍本叢書》[編按1]（上海市：貝葉山房，1936年）。
5　此集是刻體字，長形。在中央研究院所藏之「破硯齋」本，與此本相同。但有朱之馮序言釘在扉頁。朱之序言，梨雲館本曾經列入。此本之刻，當在萬曆末年無疑。

之選跋鍾惺增定本。戰前上海中央書店排印的《袁中郎全集》，遊記部分曾據上述三種版本，略舉異同。至於上述三種袁集所收袁氏論及《金瓶梅》的部分，也有異辭。茲比較如下。

（一）致董思白論及《金瓶梅》信，在書種堂刻本《錦帆集》中的全文是：

> 一月前石簣見過，劇談五日，已乃放舟五湖，觀七十二峰絕勝處，游竟後返衙齋；摩霄極地，無所不談，病魔為之少卻，獨恨不見李伯時耳。《金瓶梅》從何得來？伏枕略觀，雲霞滿紙，勝於枚生〈七發〉多矣。後段在何處？抄竟當於何處倒換？幸一的示。

然而梨館雲館本與崇禎二年鍾惺增定本，其中「獨恨不見李伯時耳」句，則易為「獨恨坐無思白兄耳」。按「李伯時」乃宋人李龍眠的號，袁中郎在函中用宋代畫家李龍眠來比喻董其昌，應是朋友函牘中的常情用語。是不是梨館在審定時，認為此句不易被人了解，才為之明白改定的呢？還是另有其他原因，就很難蠡測了。不過，這封信如不改為「坐無思白兄」五字，那就很難確定此信是寫給董其昌的了。

崇禎二年刻，以梨雲館定本為底本的《袁中郎全集》，刻明是鍾惺增定。究竟是不是鍾伯敬增定的呢？也不能正確的肯定。這個本子，刻有陸之選寫於崇禎二年秋的一篇所謂〈新刻鍾伯敬增定袁中郎全集緣起〉的識跋，但卻無鍾氏增定該集寫的序跋，或只是假借鍾氏令名吧！

（二）在書種堂刻《瀟碧堂集》卷十九之尺牘最後一函，是致勾吳袁氏書種堂主人袁無涯的。全函云：

> 北車已脂，而宗禪適到。開函讀手書，如渴鹿得泉，喜躍倍

常。深蒙嗜痂之譽，愧汗無地。僕碌碌凡材耳，嗜揚之髓，
而竊佛之膚，腐莊之唇，而鑿儒之目，醜閒居之小人，而併
疑今之名高者，以為狗外不情，師並生並育之齊民，而甘同
其事。至於詩文，乖謬尤多，以名家為鈍賊，以格式為涕
唾，師心橫口，自謂于世一大戾而已。而孰謂世有好者，如
無涯其人者；無涯誤矣。讀凡夫諸作，信佳士也，恨不識
之，花山公案，何如往日。凡夫願力，過於吳令，故成毀頓
異，但實地既復，則當平氣處之，天下事不患不成，患居成
者耳。幸為凡夫道之。《瓶花》、《瀟碧》二集寄覽。又《觴政》
一編，唐人舊有之，略為增減耳。併上。

但此函在梨雲館類定本以後諸本中，只刻到「幸為凡夫道之」一語為
止，以下二十五字，則無。（上海中央書店排印本，則如袁氏書種堂
本。）但如以信上語氣觀之，似不應有以下二十五字。況函中所云：
「天下事不患不成，患居成者耳。」語中有刺，似在諷袁無涯乃「居
成者」也。

（三）在陸之選跋崇禎二年刻，所謂「鍾惺增定」本，增補了一封
　　　與謝在杭（肇淛）的信。此信曾向謝索還《金瓶梅》。信云：

今春謝胖來，念仁兄不置。胖落寞甚，而酒肉量不減。持數
刺謁貴人，皆不納。此時想已南。仁兄近況何似？《金瓶梅》
料已成誦，何久不見還也。弟山中差樂，今不得已，亦當
出，不知佳晤何時。葡萄社光景，便已八年，歡場數人，如
雲逐海風，倏爾天末，亦有化為異物者，可感也。

此函當為臥柳浪山中準備復出時所作，在書種堂本及梨雲館本，均未
收此函。謝肇淛亦未嘗論及《金瓶梅》，也無從推測所索之《金瓶

梅》，是全本還是半本。但此時已是萬曆三十五、六年間矣。^{編按1}

（四）袁小脩的《珂雪齋近集》⁶中，收有一封給袁無涯的信。這封
　　　信說：

> 賤體已覺平復，尚需靜養耳。天色沍寒，不若留庵過冬，公
> 安亦可稍住也。閱先兄《敝篋集》中〈游二聖禪林〉，檢藏詩
> 中有「稻畦裁就覺身輕」語，今改作「稻田裁就」，便不成語
> 矣。稻畦是架裟，亦名「水田衣」。想是寫作之誤，兄丈歸須
> 一改正。先兄諸集，止是少許未入梓矣，至於與人箚子，草
> 草付去，或不存稿者有之，未可據以為尚有藏書未出也。近
> 日書坊贗刻，如狂言等，大是惡道，恨未能訂正之。李龍湖
> 書，亦被人假託入，可恨可恨。比當至吳中與兄一料理也。

從小脩的這封信看，並不只是改正了〈游二聖禪林〉⁷詩的兩大錯字，
且有辭謝袁無涯繼續梓行的意思，故推說「先兄諸集，止是後來稍許
未入梓。」且談及坊間贗刻之可恨，要到吳中與袁無涯料理。字裏行
間，頗有不滿於袁無涯的語氣。

（五）袁無涯在梓行《袁中郎全集》時，曾特別刻了一篇所謂〈書
　　　種堂禁翻豫約〉的前言，弁於《瀟碧堂集》，文曰：

編按1　原書為「萬曆三十二、三」，檢戴先生存書，有其親筆修正為「萬曆三十五、
　　　六」字樣，今本從之。

6　此本有章衣萍與虞山襟霞閣主人的序言，說是據明萬曆刊本排印的。並且說是袁小
　　脩的全集。經與《珂雪齋集》比對，堪證此本是後續本。

7　經查該詩全題是〈初夏同惟學惟長舅尊遊二聖禪林檢藏有述〉，共四首，小脩指誤
　　之詩是第二首。全詩是「大六空傳草一莖，蓮臺蕭蕭古先生。夜深虛閣聽龍語，世
　　遠枯松贊佛名。蒲榻參來知行淺，稻畦裁就覺身輕。等閒法法都如夢，眼底何勞夢
　　化成。」所見各本袁集，一律誤為「稻田裁就」。

無涯氏曰：石公先生得文章三昧，為明興傑出，所謂不可無一，不可有二者耶？不佞之膾炙，有甚於人之膾炙。每得一篇，寢食為忘，不啻賈湖之珠。而中郎之於論衡也，然而腹不自剖，帳不自秘，高山流水，惟願與具眼者共為子期。故函為托梓以傳。而嘉湖參知李公，我邑侯陳公，雅同先生臭味。是役也，實重有賴焉。今，書則名筆也，鐫則良工也，其讎訛訂舛，則絕無陶陰魯魚也。余亦自謂殺青中無此伎倆，洵稱鄴架奇珍，而余之心亦良苦矣。往見牟利之夫，原板未行，翻刻踵市，傳之貴廣，即翻奚害。第以魚目混夜光，而使讀者掩卷疏斜，其刻劃掛漏，其文辭紛如落葉，曾不得十行下；災及柔翰，而詛楚及余，是可痛恨耳。茲與副墨子約，有能已精益精，遠出吾剞劂上者，敢不俛首遜謝，舍旃東家之丘。如使垂涎洛陽紙價，輒以樗材惡札襲取，賤售掩之乎？余請從繞朝授策，與決堅白，諸君子有癖若袁生者，不惜作我旗鼓。萬曆戊申中秋前三日書於西武丘之金栗山房。[8]

試看這段文字，想知袁氏書種堂梓行袁集的豪情。不知袁無涯接小脩（上錄）答函後，對此豪邁豫約，作何解釋？

（六）按上錄袁小脩函，稱中郎為「先兄」，可知此函寫於中郎謝世之後。更可證明中郎生前並未見過書種堂所刻諸集。可是，據存世之勾吳袁氏書種堂刻《袁石公全集》五種詩文集（《敝篋》、《錦帆》、《瀟碧》、《瓶花》、《解脫》），除《敝篋集》未刻梓版年月外，其他四種均在目錄後面空白頁上以

8　此文也是寫體字，但非原書袁集之書者「吳士冠相如」的筆跡，墨色是淡淡地紫藍色，顯然是以後再刻了裝訂上的。

漢隸字體刻有校梓年月。雖《敝篋集》未刻校梓月，但在中央研究院所藏之此刻，其《敝篋集》上下兩卷是與《錦帆集》裝釘在一起的。可能同刻於萬曆己酉（三十七年），因為《敝篋集》與《錦帆集》是袁氏早期作品，似不會刻於《解脫集》之後。至此，我們卻又有一個問題尋出來了。那就是：如果書種堂所刻各集的梓行年月，與版上所刻相符，何以袁中郎兄弟生前竟未能讀到書種堂的刻本？要不然，袁小脩也不會在中郎死後，方在集上發現誤刻，去函袁無涯更正了。

（七）同時，在袁氏集中還有一件資料，可以推證袁氏書種堂所刻諸集可能悉在袁中郎去世之後。這件資料是刻於袁氏書種堂本《瀟碧堂集》卷十九之〈致蘇潛夫函〉中。此函開頭就說：「近日刻《瓶花》、《瀟碧》二集，幾賣卻柳湖莊。計月內可成帙，然不能寄遠，以大費楮墨也。」以下又有：「自入仕十五年，絲毫無益於白髮，而又重其怒，真不成人也。夫弟豈以靜退為高哉！」按袁中郎於萬曆二十年成進士後即歸家下帷讀書，到萬曆二十二年十二月奉署吳令，（實際上是二十三年春到任，吳縣職官志所記袁氏署吳時間，即訂為萬曆二十四年。編按1）方始「入仕」。此函謂「入仕十五年」，已是萬曆三十七年秋矣，這一年，袁集之《瓶花》與《瀟碧》二集方有「家刻本」梓行所謂「近日刻《瓶花》、《瀟碧》二集，幾買卻柳湖莊。」自是指的自費刻書事。但是袁仕書種堂所刻之《瓶花》、《瀟碧》，一為萬曆三十六年秋，一為萬曆三十六年冬，較袁氏家刻本梓行尚早。我在〈金瓶梅的作

編按1　原書為「萬曆二十三」，檢龔先生存書，有其親筆修正為「萬曆二十四」字樣，今本從之。

者是誰〉一文中，曾根據袁氏書種堂所刻校梓年月的字體，懷疑是後來補刻嵌入舊版中的。今從中郎致蘇潛夫一函中的言語觀之，殊可證這實。我們對此問題，再退一步說，就從萬曆二十二年算袁中郎「入仕」之年好了，「十五年」也是萬曆三十六年。《瓶花》、《瀟碧》二集，既已交由袁氏書種堂梓行，又何必賣卻柳湖莊去自費付梓呢？再說袁無涯寫於萬曆戊甲（三十六）中秋前三日的這篇〈禁翻豫約〉，從字體以及刷版的墨色來研判，尤足證明那是後來補刻。此文在中央研究院收藏的四十卷本中，雖是同版，卻未將此文附釘在內，在中央圖書館藏的三十八卷本中（缺《敝篋集》），此文一頁則裝於《瀟碧堂集》的扉頁。從這地方來看，可證書種堂刻的《袁石公全集》，就有不少問題。小脩在《袁中郎全集》序文中，也經說明：「吳集精而不備，家集備而不精。」那麼，我們如依據上述諸問題，再進一步懷疑，且可認為袁中郎寫給袁無涯的信，都有問題。

（八）中央圖書館藏有一本袁中郎尺牘的手抄本，這抄本中，有袁中郎致董思白的那封論及《金瓶梅》的信。這封信，除了前述及的五個字，（「坐無李伯時」與「坐無思白兄」）與梨雲館等本相同（「坐無思白兄」），但在「勝枚生〈七發〉多矣」以下的的十七字，此函則無。雖說抄本往往有漏抄的情事，可是此一抄本的面頁裏，有行楷寫的跋文一篇。說：

余昔從家君之毘陵，與士大夫往來，每日不論風雨，輒有十數束相遺，家君必親復之。故石公之束，吾家為之淵，數欲梓之未果。今集中郎先生束以訓門人，皆先家君所訂者，雖不入俗，自有一種不食人間煙火氣味。願門人脫俗之爾。茂林謙謙生題。

倘此跋不是古董商故意偽託明人舊抄，冀博重金，那麼這一抄本上的
信函，是更加值得可信的了。果爾，則中郎致思白的那封信，果真無
以下十七字，可就不能確定袁中郎對於《金瓶梅》一書，只先讀到前
段。不過，如從文辭上看，「勝枚生〈七發〉多矣」以下，應該還有
文句，不像是全函的止詞。或者是漏抄了，也說不定。

但是，這一舊抄本上的這封致董思白的信，如果正是原函面目，那麼
小脩的《遊居柿錄》所記，屠本畯所記，尤其是沈德符的《萬曆野獲
編》所記，都是可以懷疑的資料。當然，這些問題，都必須尋得袁氏
先後刻的兩種家刻本，從事校讎，方能徵出一切問題來。可是，何處
有這兩種原始的家刻本呢？

（九）民國五十八年十一月十五日出版的《書和人》雙周刊，載有
　　　梁容若先生大著〈袁宏道生平和作品〉一文，文中論及袁氏
　　　著作時，曾將傳世的袁氏作品版本等，加以繫列並論述。其
　　　中提及「中郎作品最早刊行者，為萬曆三十一年，有江盈科
　　　錢希言（象先）序的《錦帆集》，係在蘇州刊版」。此一版
　　　本，也是校讎此一問題的重要資料。因為袁氏致董其昌論及
　　　《金瓶梅》的信，就收在《錦帆集》中。倘此本中有此函，
　　　就可以證明袁氏生前確曾寫過這封信，也確曾讀過《金瓶
　　　梅》。這麼一來，所留下的問題，便只餘下一個，就是：袁
　　　中郎讚許的《金瓶梅》，是否就是流行於今世的《金瓶梅詞
　　　話》呢？看來這一問題雖極微小，卻由於資料的難得，誠不
　　　易把問題尋出結論。奈何！奈何！

（在陸之選木上，還有一封寫給潘景升的信、開頭說：「往袁
無涯寄《解脫集》，讀佳序，大有韻。然殘溝斷木，何足文繡
也？」由此數語，可知袁集尚有潘景升作序之《解脫集》一
種。既由袁無涯寄給袁中郎，是不是袁無涯梓刻的呢？今查

袁氏書種堂本之《解脫集》，不是潘景升序，而是虞長卿序。
難道袁氏書種堂還刻有另一部潘景升序的《解脫集》？按潘景
升此函，在所見袁氏書種堂本中，並未收入。梨雲館類定本
也未收。但在臺北五洲書局排印中，此函卻較崇禎二年陸刻
本多了以下數語：「近刻二種稍多，不及印來。來客篋中有
之，間時取閱一過。」不知此本是據何集版本而錄，因筆者知
尚有袁集多種，雖知其目而未寓目也。）

二

除了袁中郎詩文集中涉及的《金瓶梅》問題之外，出於其他時人
口中者，今得以下數人：
（一）袁小脩記於《遊居柿錄》中的話；
（二）沈德符記於《萬曆野獲編》[9]中的話；
（三）《山林經濟籍》所載屠本畯的話；
（四）李日華記於《味水軒日記》中的話。
　　袁小脩《遊居柿錄》中說：

　　　往晤董太史思白，共說諸小說之佳者。思白曰：「近有一小
　　　說，名《金瓶梅》，極佳。」予私識之。後從中郎真州，見此

9　在沈德符作品傳世的書目中，有《敝帚軒賸語》（或《餘談》）、《飛鳧語略》、《秦
　　璽始末》、《顧曲雜言》等書。實際上都是從《萬曆野獲編》中分割出來的。《萬曆
　　野獲編》初編二十卷，完稿於萬曆三十四年，續編十卷，完稿於萬曆四十七年。迨
　　康熙三十年桐鄉人錢枋始彙編為一集，共三十四卷。後沈氏五世孫沈振，又以錢枋
　　本為基礎，參考家藏目錄，重新編次，分為正續編。今所見為道光七年錢塘扶荔山
　　房姚氏刻本。沈振所編是抄本，最可憑依。《清權堂集》二十二卷，崇禎十五年刊
　　本，日本內閣文庫有刊本抄本各一部。筆者已全部影印來。

書之半。大約模寫兒女情態俱備，乃從《水滸傳》潘金蓮演出
一支。所云金者，即金蓮也；瓶者，李瓶兒也；梅者，春梅
婢也。舊時京師，有一西門千戶，延一紹興老儒於家，老儒
無事，逐日記其家淫蕩風月之事，以門慶影其主人，以餘影
其諸姬。瑣碎中有無限烟波，亦非慧人不能。追憶思白言及
此書曰：「決當焚之。」以今思之，不必焚，聽之而已。焚之
亦自有存者，非人力所能消除。但《水滸》，崇之則誨盜，此
書誨淫，有名教之思者，何必務為新奇，以驚愚而盡俗乎！

　　若依《公安縣志》列傳所載，小脩遺作共有兩種，即《珂雪齋集》
與《遊居柿錄》。另所謂《珂雪齋近集》，即前集之續也。筆者寫本
文時，尚未讀到《遊居柿錄》，上抄資料，乃從中華書局出版，孔另
境編的《中國小說史料》[10]上錄來。也不知孔另境編寫此本史料時，
此段文字是從何一版本上錄下？究竟袁小脩有沒有在《遊居柿錄》
上，記述了這段有關《金瓶梅》的談話，在未能尋到《遊居柿錄》的
初刻本之前，這種資料，絕難據為論斷的憑依，只能作為據以追尋資
料的參考而已。

　　不過，袁小脩的這番話，與袁中郎寫給董其昌的那封信，在時
間上還是吻合的。按袁中郎的那封信，向董其昌借《金瓶梅》的時
間，是萬曆二十四年秋間，袁小脩的這段話，有「後從中郎真州，見
此書之半。」等語，推證袁中郎在萬曆二十五、六年間，還只抄有此
書的半部。問題是袁小脩的這些話，是否有人偽託呢？尚待追查與辨
正。

　　最耐人尋味的，便是沈德符記於《萬曆野獲編》中的那段話：

---

10 孔另境編：《中國小說史料》（香港：中華書局，出版年份不詳），略有增刪。屠本
　　畯的一則，即後增者。

袁中郎《觴政》以《金瓶梅》配《水滸傳》為外典；余恨未得見。丙午遇中郎京邸，問曾有全軼否？曰：「第睹數卷，甚奇快。今惟麻城劉延（道光本作涎）白承禧家有全本，蓋從其妻家徐文貞錄得者。」又三年，小脩上公車，已攜有此書。因與借抄挈歸。吳友馮猶龍[11]見之驚喜，慫恿書坊以重價購刻。馬仲良時榷吳關，亦勸余應梓人之求，可以療飢。余曰：「此等書必遂有人板行，但一出則家傳戶到，壞人心術，他日閻羅究詰始禍，何辭以對？吾豈以刀錐博犁泥哉！」仲良大以為然，遂固篋之。未幾時而吳中懸之國門矣。然原本實少五十三回至五十七回，徧覓不得，有陋儒補以入刻，無論膚淺鄙俚，時作吳語，即前後血脈，亦絕不貫串，一見知其贋作矣。聞此為嘉靖間大名士手筆。指斥時事，如蔡京父子則指分宜，林靈素則指陶仲文，朱勔則指陸炳，其他各有所屬云。中郎有云：「尚有名《玉嬌李》者，亦出此名士手，與前書各設報應因果。武大後世化為淫夫，上烝下報；潘金蓮亦作河間婦，終以極刑。西門慶則駿憨男子，坐視妻妾外遇，以見輪迴不爽。」中郎亦耳剽，未之見也。去年抵輦下，從邱工部[12]六區志充，得寓目焉。僅首卷耳，而穢黷百端，背倫滅理，已不忍讀。其帝則稱完顏大定，而貴溪分宜相構，亦暗寓焉。至嘉靖辛丑庶常諸公，則直書姓名，尤可駭怪。因棄置不復再展。然筆鋒恣橫酣暢，似尤勝《金瓶梅》。邱旋出守去，此書不知落何所。

---

11 馮猶龍即編「三言」的馮夢龍。可怪的是，我們竟未能在馮猶龍文字中，尋得有關
　《金瓶梅》的消息。

12 據現任美國哈佛大學教授韓南博士考證，邱六區是山東諸城人，曾官兩湖。

沈德符的這一番話，頗多不合情實的地方。

（一）沈德符得知世上有《金瓶梅》一書，是在袁中郎的《觴政》這
　　　篇文字中，見到袁將《金瓶梅》與《水滸傳》同列為外典。這
　　　時他還沒有見到《金瓶梅》一書。到了萬曆三十四年間在京城
　　　旅店遇見袁中郎，他向袁氏打聽《金瓶梅》這部書的時候，開
　　　口竟問「曾有全帙否？」從袁中郎回答他的話來看，可知袁氏
　　　當時並未攜有是書，既未攜有此書在身邊，自亦無從將此書展
　　　示於沈氏。那麼，在這種情況之下，沈氏怎會說出「曾有全帙
　　　否」的問語呢？「曾有全帙否」的問語，應是有見到此書的部
　　　分之後，才會在心理上產生出的問話。否則，這句話如何會問
　　　得起來呢？

（二）袁中郎答說「第睹數卷，甚奇怪」。中郎首見《金瓶梅》在萬
　　　曆二十四年，袁小脩說「後從中郎真州，得見此書之半」，難
　　　道袁中郎所贊許的《金瓶梅》在十年後還未能抄得全本乎？既
　　　連全本也未讀到，又安得將以與《水滸》並列為《觴政》的「外
　　　典」乎？[13]

（三）如說沈氏所記袁氏的話，是袁氏當時的搪塞之詞，後面又何必
　　　再告以誰家有全本呢？並且把全本的來源，都加以補充說明。
　　　想來，都不像是袁中郎當時所能回答他那些話的心理情實。因
　　　為他隨後又說他三年後，在京城遇見袁小脩，此時小脩已攜有
　　　全書，遂借來抄下攜回鄉里。可以推想，沈氏所記袁氏的那段
　　　答話，只是為了三年，他向袁小脩抄得了《金瓶梅》全書的
　　　事，作一註腳而已。同時，他說他的《金瓶梅》是抄自袁小

---

13 再參閱以下所錄屠本畯的話。但據美國國會圖書館目錄，認為《山林經濟籍》一書
　　乃偽託。

脩，也只是為自己的《金瓶梅》來源立一註腳而已。

（四）攜回之後，並未秘珍，所以「馮猶龍見之驚喜，慫恿書坊以重價購刻。馬仲良時榷吳關，亦勸余應梓人之求」。從馮猶龍見之驚喜，馬仲良也勸應梓人之求的這一點來看，都在顯示他們才發現了這部書。難道《金瓶梅》在袁中郎、董其昌這般士人大夫之間，輾轉傳抄了十餘年，像馮猶龍這麼一位專愛蒐集說部與民歌的人，也從來沒有聽說世上早有了這部《金瓶梅》嗎？難道只是聽說了十三、四年，都沒有得到這部書嗎？想來，沈德符的這幾句話，還是有疑問的。

（五）沈氏又說：「此等書必遂有人板行，但一出即家傳戶到，壞人心術。」誠然，像《金瓶梅》那樣的書，既有稿本在世間傳抄，「必遂有人板行」，因為在明朝那幾朝，像《金瓶梅》這樣的淫書，並不干犯公禁，當然有人要刻出它。這種書一旦刻板問世，必家傳戶到，自也是必然的事實。可是，何以此書從萬曆二十三、四年間起，即行輾轉傳抄於世，居然傳抄十數年也無人「板行」？沈說他不願造文字孽，以免他日閻羅究結始禍。可是他雖「固篋之」，然而「未幾時而吳中懸之國門矣」。巧的是，這部「吳中懸之國門」的《金瓶梅》，居然與他抄來的本子一樣，也缺少了五十三回至五十七回。這且不提，沈德符還知道原本缺少的這幾回，在付梓時，「徧覓不得，有陋儒補以入刻。無論膚淺鄙俚，時作吳語，即前後血脈，亦絕不貫串。一見知其贗作矣。」這幾回「徧覓不得」，沈德符想必是聽來的傳聞。要不然，他如何這樣清楚呢？至於說這「補以入刻」的五回，在文詞上是「膚淺鄙俚，時作吳語」，我們如仔細去讀今之《金瓶梅詞話》，並不能看出這五回與其他上下各回有何不同之處。要說「時作吳語」，又何止這五回中有吳語，其

他回都有吳語。前後血脈不貫的部分，也有五十四回與五十五回之間，有不連貫的情形。如第五十四回的結局，是任太醫已為李瓶兒看過了病，且吃了藥，睡了一夜；第二天，迎春再煎出第二鍾來吃了。第五十五回一開頭，則又寫到「卻說任醫官，看了脈息，依舊到廳上坐下……」，在情節上卻是重復了。因為在五十四回已看過病吃過藥了，所以第五十五回一開頭又重寫任醫官看病號脈，重復了同一情節。至於其他各回，並沒有不連貫的情形。難道在萬曆丁巳序本以前，確像沈德符說的，還先有一部「吳中懸之國門」的《金瓶梅》[14]嗎？

（六）沈說「聞此為嘉靖間大名士手筆」，這句話遂為中國文學史寫了兩則傳奇的故事，至伶仍有不少人相信，《金瓶梅》的作者是王世貞的說法。所說「指斥時事，如蔡京父子，則指分宜，林靈素則指陶仲文，朱勔則指陸炳；其他各有所屬云。」若檢證今之《金瓶梅》，情節中指斥時事如蔡京父子等，所占比例極微。如不注意，就很難理解到指斥時事的事。也許沈德符所說的真有另一本吧。

三

　　最奇特的是所記有關《玉嬌李》的一則。他說《玉嬌李》這部書，在情節上與《金瓶梅》有姐妹關係，也是《金瓶梅》的作者的作品。「與前書各設報應因果。」更說是，上述這些話也是袁中郎告訴他的；而且袁中郎也是聽來的。偏巧，沈德符說他「去年抵輦下」，居然「從邱工部六區志充得寓目焉」。他說只讀了「首卷」，因為其

―――――――――

14 鄭振鐸編《中國文學家年表》竟直書《金瓶梅》出版於萬曆三十八年，乃無證之語。

內容「穢黷百端，背倫滅理，已不忍讀」，「因棄置不復再展」，可是，其中暗寓的「貴溪分溪宜相構」以及「嘉靖辛丑庶常諸公，則直書姓名」等事，也都在「首卷」中讀到了。「然筆鋒恣橫酣暢，似尤勝《金瓶梅》」，沈德符也欣賞到了。又說「邱旋出守去；此書不知落何所？」連此書之將無傳本，沈德符也「預測」到了。如去仔細推想，才真「尤可駭怪」呢！

　　關於《玉嬌李》這部書，雖祇不過沈德符在所著《萬曆野獲編》中，記述了這麼幾句查不出根據的話，然而《玉嬌李》一書，竟在中國文學史上，留下了誰也抹煞不了的一個目次。認真說來，這誠是文學史上的一件極滑稽而又極可笑的事。實無其書竟傳其名，不知古今中外的文字史上，尚有幾許若此事例。譬如說，沈德符既知道像《金瓶梅》這樣的書，「必有人板行」，那麼像《玉嬌李》這樣的書，難道就「無人板行」嗎？沈德符說他知道世上有《玉嬌李》這部書，是聽袁中郎說的；而袁中郎又是聽別人說的；而他以後又是從邱工部處見到了這部書。輾輾轉轉，知此書而見此書者，已有多人。再說，保有這部書的人，必非秘藏，否則，袁中郎也聽不到有關此書的傳說，沈德符也讀不到其中的「首卷」矣。要是這麼推想，那麼沈德符的這句「邱旋出守去，此書不知落何所？」的話，以及肯定此書「失落」的語氣，如何說出口呢？有關《金瓶梅》的事，我們尚能在明人的載籍中，尋得一些消息，而《玉嬌李》一書，捨沈德符的這段記載，幾無他人提及。想來，這真是一大疑案。這一天疑案的主嫌，不是沈德符又是誰呢？

　　在《萬曆野獲編》中，還記有一則沈德符說他與袁中郎論詩的事。說：

　　　邸中偶與袁中郎談詩，其攻王李頗甚，口而詈于鱗尤苦。予

偶舉李華山詩，袁即曰：「『北極風煙還郡國，中原日月自樓
臺』。如此胡說，當令兵馬司決臀十下。」予曰：「上句『黃
河忽墮三峰下』，一句自好，但稍未稱耳。」袁微頷以為然。
偶案上乃其新詩稿，持問予曰；「此僕近作，何語為佳？」予
拈其「聞蟬」二句云：『琴裏高山調，詩中瘦鳥吟』最工；並
其「鄴中懷古」一聯云：『殘粉迎新帝，妖魂逐小郎。』用事
鎔化，前人未有。但結聯：『曹家兄弟好，無乃太淫荒。』忽
講道理，近於猷腐。」袁笑謂予賞音。但渠所最推尊乃吾浙徐
文長，似譽之太過。抽架上徐集指一律詩云「三五沈魚陪冶
俠，清明石馬臥侯王」，謂予曰：「如此奇快語，弇州一生所
無。」予甚不然之曰：「此等語有何佳處，且想頭亦欠超異，
似非文長得意語。」眾苦爭以為妙絕，則予不得其辭。

　　試看這段題為〈袁中郎論詩〉的話，實際上是沈德符論詩，未免
矜耀己才太過。實際情形，恐未必如此。按沈德符在年齒上，小於中
郎十一歲，在萬曆之三十四、五年間，袁氏兄弟的詩文，已名震遐
邇，且已有「公安體」之譽。而沈德符雖出身世家[15]，時尚未舉科
名，連舉人也未得，亦無文名。如得能與袁氏兄弟往還，或有恃於父
祖之蔭。像上錄與袁中郎論詩的語氣，狂肆之情，頗有悖於情實。再
查袁集，中郎弟兄的詩文中，從無與沈德符往還的記述。那麼，沈德
符所記與袁氏兄弟交往時的那分親切，是從何處建立的呢？因此，卻
也使我聯想到他所記袁中郎談及《金瓶梅》與《玉嬌李》的事，似也
很難據為鐵證吧？
　　《山林經濟籍》載有屠本畯這樣一段話：

---

15 沈德符上三代均為進士出身，德符四十一歲，以順天監生中萬曆四十六年舉人。

不知古今名飲者，曾見石公所稱「逸典」否？按《金瓶梅》流
傳海內甚少，書帙與《水滸》相埒。相傳嘉靖時，有人為陸都
督炳誣奏，朝廷籍其家。其人沈冤，託之《金瓶梅》。王大司
空鳳洲家藏全書，今已失散。往途過金壇，王太史宇泰出
此，云以重金購抄本二帙。予讀之，語句宛似羅貫中筆。復
從王徵君百穀家，又見抄本二帙，恨不得睹其全。如石公而
存是書，不為託之空言也，否則，石公未免保面甕腸。

　　按：屠本畯，浙之鄞人，字田叔，屠大山的兒子。曾官太常典
簿、辰州知州。著有《太常典錄》與《田叔詩草》等，也是萬曆時人。
這段錄自中華書局出版，孔另境編的《中國小說史料》，不知第一手
資料如何？但從這段話看，屠本畯也認為袁中郎如果連《金瓶梅》的
全書都沒有讀到，只讀了其中一部分，就冒然用來與《水滸》並列為
《觴政》的酒典，就「未免保面甕腸」了。屠本畯所記，在當時也祇
是東見到一部分，西見到一部分，未能觀其全帙。可想知《金瓶梅》
在當時流傳的情形，還祇是片片段段地傳抄，亦足證此書最早不過在
萬曆三十年前後，方廣行流傳，如出於嘉靖，怎會到萬曆中末葉，還
祇是傳抄著呢？沈德符是掌故家，這點常識不會欠缺吧！所以，我們
怎能不認為沈德符的那句「聞此為嘉靖間大名士手筆」的話，只是故
意掩人耳目而已呢？

　　與袁中郎進士同年的秀水李日華，在他的《味水軒日記》中，記
有萬曆四十三年正月五日事一則，說：「伯遠攜其伯景倩所藏《金瓶
梅》小說來，大抵市諢之極穢者，而鋒燄遠遜《水滸傳》，袁中郎極
口贊之，亦好奇之過。」上錄據嘉業堂刻本，萬曆十三年誤刻為四十

五年[16]，不知原始資料如何？這則日記，可證李日華到了萬曆四十三年正月五日，才讀到這部轟傳已久的《金瓶梅》。從語氣上推想，沈伯遠攜去的本子，不可能是刻本，如是刻本，就沒有什麼可寶了。既有刻本，必已「懸之國門」，必已「家傳戶到」，何李日華從來沒有讀到呢？日記上也不會不提到板行後的「壞人心術」吧！祇說中郎「好奇之過」，輕輕一筆，便把他的「好奇」敝屣去了。

　　沈伯遠何以平空要把他伯父藏的《金瓶梅》，送給李日華看呢？極可能李日華已風聞沈德符藏有《金瓶梅》，也受了好奇心的驅使，要沈伯遠給他看看的。如果是沈伯遠的主動，這個主動心理動機就耐人尋味了。難道是沈德符有意要去探探李日華對於《金瓶梅》的意見嗎？

　　李日華的這則日記，卻可以鮮明地證實：這部寫有淫穢的《金瓶梅》，在萬曆四十三年以前，似還祇是傳抄的稿本，萬曆四十五（丁巳）以後，才有了《金瓶梅詞話》的板行問世。這一點，從明人載籍所記的傳抄情形，作此推斷，似無太大問題。袁中郎與董其昌在萬曆中葉所見及的《金瓶梅》，是否就是這部《金瓶梅詞話》呢？我們首先要去追尋的問題，應該是此一關鍵吧！

---

16 《味水軒日記》傳稿共八卷，自萬曆三十七年至萬曆四十四年止，每年編為一卷。

袁小脩與《金瓶梅》　^{編按1}

　　我在〈袁中郎與金瓶梅〉一文中，提到袁小脩在其日記《遊居柿錄》中，述及從中郎真州時，曾見《金瓶梅》一書之半，並略述該書內容。因我寫此文時，尚未讀到《遊居柿錄》，祇是從孔另境編的《中國小說史科》上錄下的，曾加說明云：「究竟袁小脩有沒有在《遊居柿錄》中，記述了有關《金瓶梅》的談話，在未能尋到《遊居柿錄》得初刻本之前，這種資料，絕難據為論斷的憑依，只能作為據以追尋資料的參考而已。」可是以後年餘，不用說未能尋到《遊居柿錄》初刻本，就是鉛印本也未能讀到。

────^{編按2}

　　直到上個月，盧克彰兄從新興書局印行的《筆記小說大觀》中，尋到了《遊居柿錄》。小脩談《金瓶梅》的這段話，記在萬曆四十二年甲寅八月的日記中。這一則日記的柿次編號是九七九，全文是：

　　　　袁無涯來，以新刻卓吾批點《水滸傳》見遺，予病中草草視之。記萬曆壬辰夏中，李龍湖方居武昌朱邸。予往訪之，正命僧常志抄寫此書，逐字批點。常志者，乃趙穀陽門下一書吏，後出家，禮無念為師。龍湖悅其善書，以為侍者，常稱其有志，數加讚歎鼓舞之。使抄《水滸傳》。每見龍湖稱說

編按1　原載於國語日報《書和人》第272期（1975年10月11日），頁5-8。
編按2　本文原無標題序號「一、二、三、四」，基於閱讀之便及統一性，《金學卷》在編輯過程中，特標序之。

《水滸》諸人為豪傑，且以魯智深為真修行，而笑不喫狗肉諸長老為迂腐，一一作實法會；初尚怐怐不覺，久之，與其儕伍有小忿，遂欲放火燒屋。龍湖聞之大駭，微數之。即嘆曰：「李老子不如五臺山智證長老遠矣。智證長老能容魯智深，李老子獨不能容我乎？」時時欲學智深行徑。龍湖性偏多嗔，見其如此，恨甚。乃令人往麻城招楊鳳里至右轄處，迄一郵符，押送之歸湖上，道中見郵卒牽馬少遲，怒目大罵曰：「汝有幾顆頭？」其可笑如此。後龍湖惡之甚，遂不能安於湖上，北走長安，竟流落不振以死。癡人前不得說夢，此其一徵也。今日偶見此書，諸處與昔無大異，稍有增加耳[1]。大都此等書，是天地間一種閒花野草，即不可無，然過為尊榮，可以不必。往晤董太史思白，共說諸小說之佳者，思白曰：「近有一小說，名《金瓶梅》，極佳。」予私識之。後從中郎真州，見此書之半。大約模寫兒女情態具備，乃從《水滸傳》潘金蓮演出一支。所云金者，即金蓮也；瓶者，李瓶兒也；梅者，春梅婢也。舊時京師有一西門千戶，延一紹興老儒於家，老儒無事，逐日記其家風月淫蕩之事，以門慶影其主人，以餘影其諸姬。瑣碎中有無限煙波，亦非慧人不能。追憶思白言及此書曰：「決當焚之。」以今思之，不必焚，不必崇，聽之而已。焚之亦自有存之者，非人之力所能消除。但《水滸》崇之則誨盜；此書誨淫；有名教之思者，何必務為新奇以驚愚而蠹俗乎？

1　按今傳世之袁無涯刻楊定見作序之所謂李卓吾評點百二十回《水滸全傳》，如從其中評語與李氏評點之百回《水滸》本作一比較，足以證明袁刻百二十回《水滸》，絕非李氏評點。不知小脩此說所指是何一刻本。

　　試觀上引小脩記於《遊居柿錄》中的全文，雖兩記有關《金瓶梅》一書事，應說是他從見到袁無涯贈他一部李龍湖批點的《水滸傳》，因而使他追憶到與《水滸》有連帶關係的《金瓶梅》一書。但從語意上看，則頗嫌所記前後兩事的語氣，不相連貫，似有後人纂附之嫌。尚待尋求版本已證。

　　日記所述，堪與中郎寫給董其昌借鈔《金瓶梅》的信函，作一相互呼應。從這封信看，可知袁向董抄《金瓶梅》，是萬曆二十四年丙申秋冬間事，中郎居留真州是萬曆二十五、六年間事。倘使這些文字都是事實，或可推想袁向董借閱《金瓶梅》，在袁小脩聽聞董其昌向他說及「近有一小說《金瓶梅》」之後。這次小脩去唔董，有無中郎同行呢？可能沒有，不然不能無記。那麼，是小脩回來向中郎提到董對《金瓶梅》的推薦，才向董去借閱的嗎？而小脩怎不在這段記錄中述及呢？如《遊居柿錄》其他所記之詳實情形看，就顯得這段記錄是太籠統了。

　　雖說這段記述與上一段的時空貫連，有個「往」字，可作時間副詞解，然而我們問，何以不注年月呢？上一段憶述，則寫明「記萬曆壬辰夏中」，再按其他各記的追述，亦大多寫明年月，此則獨無，良可疑也。再說，中郎推崇《金瓶梅》的話，只有兩次，一是與董函中的「滿紙雲霞，勝枚生〈七發〉多矣。」二是《觴政》之「以《水滸傳》及《金瓶梅》為逸典」等語。袁中郎對於所見《金瓶梅》的內容評論，是「勝枚生〈七發〉多矣」，似與小脩所記之《金瓶梅》內容不同。所以前人有疑中郎所見之《金瓶梅》，非今之穢本，或另有其書而未傳。如果，袁中郎所見的《金瓶梅》正如小脩所記述，他怎會寫出「勝枚生〈七發〉多矣」的評語呢[2]？如照小脩《遊居柿錄》所記，

2　「勝枚生〈七發〉多矣」一語，可作中郎視《金瓶梅》之能袪病疾，如枚乘〈七發〉之袪楚子病也。予以為中郎此語乃《金瓶梅》之贊，則不如視作袪病較妥。

那麼袁中郎所見的《金瓶梅》必是今日的《金瓶梅詞語》無疑。試看
《金瓶梅詞語》的內容，如何能與枚乘的〈七發〉相比擬呢！按：《遊
居柿錄》的這段日記，記於萬曆四十二年甲寅八月，袁無涯刻的《袁
石公全集》如已出版，中郎致董函之語，能無睹乎？

二

　　說到這裏，我們不得不再回頭探討袁無涯所刻《袁石公全集》的
出版年月。我在〈袁中郎與金瓶梅〉文中曾特別在此題的探討上，費
了不少筆墨。今從《遊居柿錄》中，更能尋出此一問題的消息。

　　在前錄九七九柿所記，有袁無涯其人者，此人是《袁中郎全集》
在吳出版的出版人。《遊居柿錄》第九七三柿云：「醫者云，非參不
服取效；勉用少許。一夜不得眠，姑蘇袁無涯來。得麻城陳無異
書。」袁無涯由姑蘇遠來公安，所為何事？當然不是專程送贈新刻李
卓吾批點之《水滸傳》；此來，乃接洽刻袁氏兄弟之作品事也。《遊
居柿錄》第九五八柿，業已記述得很清楚了。茲錄之如下：

　　袁無涯作別，覓予詩文入梓。予曰：「方抱病，未能料理。」
　　惟以中郎未刻諸書付之，且囑其訂正。如書坊中狂言等，俱
　　係偽書，見之欲嘔，而今皆收集中，殊可恨。總之，中郎所
　　著書，始有《敝篋集》，乃作諸生孝廉及初登第時作也；繼有
　　《錦帆集》，令吳門作也；繼有《解脫集》，吳門解官，與陶石
　　簣諸公遊吳越諸山作也；繼有《廣陵集》，棄吳改教，暫攜妻
　　子寓儀真作也；繼有《瓶花集》，則為京兆教授為太學補儀曹
　　時作也；繼有《瀟碧堂集》，則六年高臥柳浪湖作也；繼有
　　《破硯齋集》，則再補儀曹時作也；繼有《華嵩遊草》，則官吏

部典試秦中往返作也。蓋自秦中歸，為明年庚戌，而先生逝
矣。其存稿可一冊，中有奏疏數首，因衰集付無涯。其他選
校之書，若《宗鏡錄》，若刪定《六祖壇經》，若韓歐蘇三大
家詩文，西方合論，或已刻，或尚留於家，此外無餘矣。先
生詩文，如《錦帆》、《解脫》，意在破人之縛執，故時有遊戲
語；蓋其才高膽大，無心於世之毀譽，聊欲舒其意之所欲言
耳。然其後，亦漸趨謹嚴，其論政論學，雜出於山容水態之
中，皆剔膚見骨。至華嵩諸作，布格造語，巧奪造化，真非
人力也。若尚留在世三十年，不知為宇宙開拓多少心胸，闢
多少乾坤，開多少眼目，點綴多少煙波；恐亦造化妒人，不
肯發洩太盡耳。世之大人先生，好古而卑今，賤耳而貴目，
不虛心盡讀其書，而毛舉一二謔笑之語，便以為病。此輩見
人一善，如箭攢心，又何足道？顧世間自有一種慧人，愛而
傳之，赭揩金山，轉益其明，非虛語也。付無涯以中郎遺集
後，不覺娓娓若此，亦有所感矣。無涯曰：「聞中郎先生尚有
譚性命之書五十餘卷，不知何在？」予曰：「未有見。中郎先
生片紙隻字，皆有一段精光，想恐不存。豈有書至五十餘
卷，而聽其散佚者乎？我與中郎形影不離，設有之，豈不經
予眼，及諸開士與其兒子眼耶？中間與人書牘，信筆寫去，
一時不存稿者有之；或前後意見不存，自覺不相照應，而刪
去者有之；遂據以為有遺書，未可也。」無涯曰：「然，先生
若有存書，豈不以相授，而作帳中之秘耶？」遂別去。

　　從這日記來看，堪知袁無涯之來公安，是為了出版袁氏兄弟文
集事。關於《袁中郎全集》之由袁氏書種堂梓行的情形，我在〈袁中
郎與金瓶梅〉文中曾經分析，認為集中所刻梓版年月，有後嵌之

嫌[3]。從《珂雪齋近集》所收袁小脩寫給袁無涯的那封書信，似可證明書種堂所刻梓版年代，在中郎故後；否則，小脩這封信，不會如此寫。袁小脩致袁無涯函，引在上篇〈袁中郎與金瓶梅〉文中，這裡就不重錄了。

從小脩的這封信來看，可以想知袁無涯到公安來，可能是專程送致所刻之中郎集，並向小脩順便索求中郎遺稿付梓，也順便向小脩索稿。信上挽留袁無涯在公安過冬，足證小脩的這封信，寫於袁無涯來公安將別之時。此說「閱先兒《敝篋集》」，才發現集中所刻〈游二聖禪林〉詩之誤，顯然是袁無涯帶來的，經過檢閱，發現了錯誤。所以在袁無涯行將離公安之前，寫了這封信給他。最後還說：「比當至吳中與兄一料理也。」可以說小脩把中郎集之誤，看得至為嚴重，亦可想袁氏書種堂所刻之中郎集，錯誤自不止所指之此一處也。

從小脩這封信，及《遊居柿錄》日記，可證明袁無涯的《袁中郎集》，小脩在萬曆四十二秋末才讀到；更可證明袁氏書種堂之《袁中郎集》，其刻版年月如《瀟碧堂集》、《瓶花齋集》之刻於萬曆三十六年秋，《錦帆集》刻於萬曆三十七年秋，《解脫集》刻於萬曆三十八年春，袁中郎故於萬曆三十八年九月初六日。按說，袁中郎生前應該見到袁無涯刻出的他的文集，絕不會等到死，方由袁小脩為他指出文集中的錯誤。所以我猜袁氏書種堂刻的《袁石公集》，所刻之梓版年月，是以後再嵌進去的，其出版之日，必在中郎謝世以後。再看小脩《遊居柿錄》第四二〇柿記有這樣一則云：「得同參僧如寄書，寄《宗鏡攝錄》一部，《宗鏡攝錄》迺中郎所選，袁無涯刻於吳中者也。書付，僧怡山來，怡山病甚，臥柳浪，予往視之。」此乃萬曆三十

3　古人梓書需時，往往付乎剞劂之日，與刻竣發售之日，隔有相當時日。或因此之故耳！附記於此存疑。

八^{編按1}年九月以後記，中郎已故世矣。此刻中郎亦未見及，可想其他矣。可是我們要問，袁氏書種堂何以要如此作呢？這問題豈不是顯而易見的，在於有所證明於讀者，是袁氏書種堂所刻之袁中郎詩文，悉由袁中郎生前所寓目者乎？出版者既有此意，其目的只有一個，那就是向讀者顯示他們所刻的袁氏詩文，完全是正確的，以避「贗纂」之嫌。因為袁中郎的詩文，當時的出版者已有偽造入書之事，所以袁無涯如此嵌入刻版年月，以證所刻詩文是真而無偽。這些，從他在《瀟碧堂集》前附加的一頁「書種堂禁翻豫約」⁴上的豪語，亦略可想及。

（至於袁氏書種堂本之《袁石公集》嵌刻版年月，究竟是初印時即已嵌入，還是再刷印時方行重刻嵌入？在所見的兩部袁氏種堂本，還未能證明。）

但是，為什麼偏要這麼做呢？得非「此地無銀」乎哉！

萬曆四十三年八月間，《遊居柿錄》第一一〇柿記稱：

> 得中郎十集，內有《狂言》及《續狂言》等書，不知是何傖父刻劃無鹽，唐突西子，真可恨也。

由此可證袁中郎十集，當刻於萬曆四十三年間無疑。（筆者前寫〈袁中郎與《金瓶梅》〉時，提到此十集，推測刻於萬曆末。）但在袁小脩《珂雪齋近集》裏面，收有所作〈袁中郎全集序〉，從小脩的這篇序文，使我們知道袁小脩之所以要重刻中郎全集，其意即在於為中郎審定出一部正而無誤的文集，他說：「予校新安，始取家集，字櫛句比，稍去其少年未定之語，按年分體，都為一集。」所以，我們

編按1　原書為「萬曆三十九」，檢戴先生存書，有其親筆修正為「萬曆三十八」字樣，
　　　今本從之。

4　參閱〈袁中郎與金瓶梅〉。

必須得到這部由小脩審定的《袁中郎全集》，再與中郎在世時所刻的
「家刻本」相對印證，方能證出我所疑的幾個問題，取得結論。如不
能把袁集中提到《金瓶梅》的問題，獲得正確的結論，則《金瓶梅》
的出世年代，那就很難確定在萬曆何年矣！

　　按袁小脩的《珂雪齋近集》，依《遊居柿錄》所記，在萬曆四十
六年九月方始刻成，中央研究院藏有天啟二年刻的《珂雪齋集選》二
十四卷，集中有小脩的自序兩篇：一為萬曆四十六年五月，乃《珂雪
齋近集》的原序；一為天啟二年，說明又經增刪，刻為《珂雪齋集
選》。致袁無涯函，即收於此集中。基此，或可證明袁小脩致袁無涯
的那封信，確是寫於萬曆四十二年，亦足引以證明袁氏書種堂刻的袁
中郎集，出版年月必在萬曆四十二年間矣！因為小脩記述袁無涯的來
公安，接洽刻印中郎遺集事，已是萬曆四十二年九月了。

　　再說，如袁無涯來公安，曾携致所刻之中郎集，而《遊居柿錄》
何以不記呢？《珂雪齋近集》乃小脩手訂，且出版於小脩在世之日。
倘《遊居柿錄》出版於小脩死後，其中的內容有無後人竄附，那就很
難說了！

三

　　所以，我們推究《金瓶梅》的傳世與成書年代，袁氏兄弟文集確
是一重要關鍵；因為袁氏兄弟是最早論及《金瓶梅》的人。倘使袁中
郎寫給董其昌的那封借閱《金瓶梅》的信是真實的，那麼，《金瓶梅》
在萬曆二十三、四年間，即已傳世了。可是，袁中郎向董其昌借閱的
那半部《金瓶梅》是否就是傳於今世的《金瓶梅詞話》呢？這一點，
前人早有存疑。但是，如照袁小脩在《遊居柿錄》中所記，倘所記不
是後人偽竄，即堪證袁中郎向董思白所借的那半部《金瓶梅》就是今

還在世的《金瓶梅詞話》，而且是淫穢之本。然而我們卻不得不問，像此等書，居然到了萬曆三十四年間，世上才有全書（據《萬曆野獲編》語），此一全書又在世上流傳了十餘年，到萬曆四十五年以後，方始有了刻本，這與沈德符所說的「此等書，必遂有人板行」的斷語，出入可就太大了。這是我們研究《金瓶梅》的傳世與成書，應向袁氏兄弟的文集之版本上，去尋求證據的重要課題。

　　袁小脩卒於天啟三年，《遊居柿錄》的記事始於萬曆三十六年，終於萬曆四十六年，不知梓行於何年？在小脩生前，還是死後？小脩生前已否見到他《遊居柿錄》的出版呢？這些問題都必須從版本上，去作內容之真偽的探討，然後才確定《金瓶梅》的傳世與成書年代。過去，大家悉以沈德符之說為討論《金瓶梅》的圭臬，我認為這一條路應停止走下去了。此一問題，當在下篇〈沈德符與金瓶梅〉文中，再行討論。

沈德符與《金瓶梅》 ^{編按1}

一

　　凡是曾經論述過《金瓶梅》的人，率多認為該書曾初刻於萬曆三十八年（1610）。鄭振鐸編寫《中國文學年表》[1]，即直書《金瓶梅》刊成於萬曆三十八年庚戌。他們的根據，便是沈德符（字虎臣）的《萬曆野獲編》。

　　沈德符在《萬曆野獲編》卷二十五的最後，「附錄」[2]了一則論及《金瓶梅》的短文。說到他萬曆丙午（三十四）年秋天，在京中遇見袁中郎，談到《金瓶梅》一書，袁中郎告訴他，尚未見到全本。三年以後，中郎的弟小脩上京應試，已經携有該書的全帙。沈說他向袁小脩借，來抄了一部，攜回家鄉。鄉人馮猶龍見到，慫恿沈賣給出版商，可以賺上一筆。當時在吳關收稅的馬仲良，也作這樣的建議。沈說他怕這樣作，會造成這部淫書家傳戶到，將來閻王爺會究詰始禍，所以沒有賣給書家，自己固藏了起來。但未幾時，吳中便有了刻本。當然，從《萬曆野獲編》所寫的這段話，去推繹《金瓶梅》的初版時

編按1　原載於國語日報《書和人》第325期（1977年11月12日），頁1-8。

1　見梁啟超等著：《中國文學論叢》（臺北市：明倫出版社，1969年），頁815。
2　傳今之《萬曆野獲編》乃清人錢枋於康熙三十九年重行鏊訂編目之本，迨道光七年始行付梓。該一論及《金瓶梅》之文，刻本註明是「附錄」；因與該卷所列之論詩論曲，非一屬類，或因此以「附錄」名之。不知沈氏原將此文列於何卷。全文見〈袁中郎與《金瓶梅》〉一文所引。

間，應在萬曆三十八年，自是相當正確的斷言。

可是，這一推斷，只是依據沈德符寫在《萬曆野獲編》中的幾句話，並無實據左證。第一，至今尚未發刻於萬曆三十八年的《金瓶梅》。第二，沈德符的這段話，靠得住嗎？再說，這一段話，絕無後人纂附之嫌嗎？這些都是我們今天要去追根究柢的問題。

二

首先，我們要追尋的是沈德符這幾句話中的兩個人物：馮猶龍與馬仲良。

馮猶龍，就是輯編「三言」的馮夢龍。他是江蘇吳縣人，在《吳縣志》的列傳中所記甚簡，只說他：「才情跌宕，詩文麗藻，少明經學，崇禎時以貢選壽寧知縣。[3]」在藝文考著錄的著作，有：《春秋衡庫》二十卷，《春秋指月》、《別本春秋大全》三十卷，《智囊》二十七卷、補二十八卷，《古今談概》三十四卷（《四庫總目》作三十六卷），《壽寧縣志》三十六卷，《情史》二十四卷。七樂齋集、曲四種：（1）《雙雄記》（2）《萬物足》（3）《風流夢》（4）《新灌園》等[4]。然而馮氏名世之作，除所編「三言」外，尚有所編俗曲。他編的《掛枝兒》三百首，由於曲詞淫豔，因詒「無賴馮生唱掛枝」之詆。後有人循其生平，認為馮夢龍不惟不是「無賴」與無行的文人，更是一位慷慨奇節之士。說是：

乙酉難作，馮著《中興偉略》及《中興實錄》兩篇，恭迎唐王監國，固守閩廣，證見宏遠，貞節慷慨。末署七十二老臣馮

3　吳秀之等修訂：《吳縣志》（蘇州市：文新公司，1933年）卷六十六上。

4　同前註，卷五十六上。

夢龍恭撰。按思文士紀，唐王入閩在順治元年六月初，閏六月二十七日即皇帝位於南郊。〈偉略〉但書「王」，不稱「皇帝」，即著書時期當在閏六月以前。據此可知馮氏實生於萬曆二年也。沈自晉重訂《南九宮十三調曲譜》，首有「和子猶辭世原韻」二律，惜未載原作，不知子猶是否從容就義。惟《偉略》刻於日本正保三年（1646，順治三年），則夢龍似以亡國後，潛匿海外。再沈自晉重訂譜，成于順治五年，是以夢龍享年當在七十五、六之間也。[5]

在另一資料上，所記馮夢龍的生平及著作，更為詳盡。說：

馮夢龍，字猶龍，一字耳猶一字子猶，別署龍子猶；所居曰墨憨齋，又以為號。江南吳縣人。生於明神宗萬曆二年甲戌（1574）。年三十六，知秀水沈德符有抄本《金瓶梅》，慫恿書坊以重價購刻，沈不允。光宗泰昌元年（1620）年四十七，增補羅貫中《三遂平妖傳》，由二十回擴而為四十回，是年刻成。後數年，就家藏古今通俗小說一百二十種中，選輯三分之一為《古今小說》四十卷。後重加校訂刊補，改為《喻世明言》。年五十一，又續輯四十種，為《警世通言》。天啟七年丁卯，年五十四，又輯成《醒世恆言》四十卷。合上總名為「三言」思宗崇禎七年，年六十一，以歲貢選授福建壽寧縣知縣。年六十五，離壽寧縣。唐王隆武二年，年七十二年，所著《中興偉略》刻成。卒年不詳。平生所編著者，計有：《七樂齋稿》、《墨憨齋傳奇定本》、「三言」、《智囊》、《智囊補》、《古今談概》、《情史》、《增補三遂平妖傳》、《墨憨齋新編列

5　作者不詳：〈馮夢龍之生平〉，《華北日報》，1948年1月23日。

國志》、《壽寧縣志》、《燕都日記》、《中興實錄》、《中興偉
略》、《春秋衡庫》、《春秋指月》、《別本春秋大全》、《四書指
月》、《牌經》、《馬吊腳例》、《折梅箋》……等。[6]

　　從上錄兩則有關馮夢龍的記事，知馮氏年長沈德符四歲（沈生於
萬曆六年），都是活到崇禎末年的人（沈卒於崇禎十五年），真可以
說是同時代的同一輩人。可是，有關《金瓶梅》一書的流行情實，這
位一向酷愛說部與劇曲歌謠的人，何以沒有論及？想來，頗是一件令
人費解的事。這裏說馮氏在三十六歲的時候，「知秀水沈德符有抄本
《金瓶梅》，慫恿書坊以重價購刻，沈不允」之事，顯然只是依據《萬
曆野獲編》的一面之辭。這事是否是事實？先不管它，但最低限度似
乎不是在馮氏三十六歲時發生的事。當然嘍，如依沈氏的那些話來
說，自是萬曆三十八年的事，馮氏年三十六。但一對證馬仲良之「時
榷吳關」，時間便不對了。這事下面再說。不過馮氏在四十七歲時增
補的《三遂平妖傳》刻成，這年是萬曆四十八年泰昌元年，西元一六
二〇年。但傳乎今世的這部刻於一六二〇年的《新平妖傳》，其中的
序者張無咎，把《玉嬌麗》與《水滸傳》並稱，則未一及《金瓶梅》。
不知這位張無咎是否就是馮夢龍的化名！

　　馮夢龍的這些著作，已很難蒐集得齊全了，也許能在《古今談
概》、《燕都日記》、《七樂齋稿》等著作中，尋得有關《金瓶梅》的
一些消息，尚有待進一步去尋找這些書。光憑上所引的這一些微的資
料，尚無從獲得他曾否向沈德符建議把《金瓶梅》抄本賣給書坊付梓
的事。所以，我們現在只能說：此一問題，只是沈德符的一面之辭。

　　至於馬仲良，名之駿，河南新野人，萬曆三十八年進士。沈德

6　孔另境編：〈明季吳中文豪馮夢龍〉，《中國小說史料》（臺北市：中華書局，1957
　年）。

符說他「時榷吳關」的「時」，在萬曆四十一年。這事在《吳縣志》的職官表上，有明確的記載。這個關，是吳縣的滸墅鎮，所榷之事，監收船料鈔。

按此一船鈔之稅，始於宣德四年。據《明史》〈食貨志〉載：

> 宣德四年，以鈔法不通，由商居貨不稅，由是於京省商賈湊集地，市鎮店肆門攤稅課，增舊凡五倍，兩京蔬菓園，不論官私種而鬻者，塌房庫房店舍居商貨者，驢驢車受僱裝載者，悉令納鈔。委御史、戶部、錦衣衛、兵馬司、官各一，於城門察收舟船受僱裝載者，計載料多寡、路近遠，納鈔。鈔關之設，自此始。……於是有漷縣、濟寧、徐州、淮安、揚州、上新河、滸墅、九江、金沙洲、臨清、北新諸鈔關。量舟大小脩廣，而差其額，謂之船料，不稅其貨。惟臨清北新則兼收貨稅，各差御史及戶部主事監收。

馬之駿便是以戶部主事之職，派在蘇州的滸墅關，監收此項船料費。此一職司，一年更代。在《吳縣志》的職官表上，所列此一職司的官員，及任事年代，自景泰以還，未嘗遺漏；堪以證明馬仲良派榷吳關，只是萬曆四十一年這一年之任，前後都有別人。馬仲良是萬曆三十八年的進士，任主事時派任此職。此一榷關之職，規定是主事以上品級所擔任，所以馬仲良得獲派榷關。這幾乎是讀過沈德符這段話的人，予以忽略的一大問題。

那麼，馬仲良榷司吳關，既是萬曆四十一年，這一點可以說業已確立不移。根據沈德符的話認為：《金瓶梅》初版於萬曆三十八年之說，自亦無所附麗了。

馬仲良榷司滸墅的這一年，還在地方上惹了一件不大不小的糾紛，即靈巖山硯石禁採，與當時的吳令袁熙臣發生杯葛。這件事，沈

德符也記入了《萬曆野獲編》[7]，《吳縣志》也有詳細記載。事情是
這樣的：有一天，馬仲良到靈巖山遊賞，見到靈巖山的山石，被鑛工
鑿採去作為製硯材料。靈巖山原是吳王夫差的館娃宮故址，乃吳地名
勝，若任之長此採鑿，則此名勝古蹟，將被破壞。遂上言禁採。後來
戶部採納建言，把鑛地收購為官有，在山下立石禁採。不想此一舉
措，妨害了吳縣令的財路，也得罪了部分地方的士紳。事後，有人想
從中關節，謀求復採，居然未為馬戶部接受；當場捕捉偷採鑛工未
得，竟把關節之設酒宴歌伎捕去入罪。於是雙方糾葛擴大，暗鬥至
烈。雖後來馬氏任期滿後調返，但在大計中，雙方都受到了影響。由
此所記之詳，足徵沈德符不會忘了馬仲良榷司吳關之年。

如從文詞上看，沈德符並未說馬仲良勸他把抄本《金瓶梅》應梓
人之求的時間是萬曆三十八年，後人只是根據所記文句的語氣推想
的。這段說：「又三年（指萬曆三十四年後的又三年，自然是三十七
年了），小脩上公車，已攜有其書，因與借抄挈歸。吳友馮猶龍見之
驚喜，慫恿書坊以重價購刻；馬仲良時榷吳關，亦勸予應梓人之求，
可以療肌。」今既知馬仲良之榷司吳關是萬曆四十一年，距離沈說向
小脩「借抄」之年有四年之久。這語氣之間，使我們想到了兩個疑
問，第一，所謂「借抄挈歸」，是抄好了帶回家去的？還是把原稿攜
回家再抄的？第二，在京師借抄，有時間與有財力抄完嗎？借回去抄
可能嗎？這兩個問題，都需要我們去探討。

按：袁小脩於萬曆三十七年深冬（十一月間）抵京，翌年春闈揭
後落第，即隨中郎南歸。有其日記可證[8]。此次小脩在京，為時不過

7　〔明〕沈德符：〈靈岩山〉，《萬曆野獲編》，卷八。

8　〔明〕袁中道：《遊居柿錄》，錄目《筆記小說大觀》（臺北市：新興書局，1962
　　年），第7編，第242、244、248條。

三數月。倘小脩此次進京，真的攜有《金瓶梅》全書，亦必是抄與中
郎。他明年春間入闈，冬間還有準備功課。所以他決不是為自己抄去
閱讀的。這年，袁中郎主試秦中，冬間返京，還得整理考功事。小脩
日記云：「移行李過中郎官舍，時中郎方理考功事，予亦不便會客
也。」可以說他們都無時間看閒書。在這段時日中，小脩雖不時與友
朋遊讌，也未嘗一提沈德符大名。像《金瓶梅》這類書，如非知交，
怎肯輕易借人轉抄？沈氏在其《萬曆野獲編》中，雖記有與袁中郎論
詩之文[9]，在其《清權堂集》中[10]，寫有〈哭袁小脩六十韻〉長歌一首，
以及其他與小脩之遊唱。但袁氏兄弟的詩文中，從無一字寫到沈氏。
若此情誼，怎會借與沈氏抄錄？再說，《金瓶梅》的卷帙浩繁，衍衍
百萬言，縱有錢僱傭兩人抄寫，亦非三五閱月不能抄完。當時的沈德
符是國子監生，經濟能力不強，《清權堂集》寫有數首苦窮詩可證。
美國哈佛大學教授韓南博士論及此一問題時，推想沈德符是把《金瓶
梅》的稿本借回家中抄的[11]。這一推想，依情度理，更不可能。試
想，袁氏兄弟怎會把新抄來的書，又輕易借給一位並非知交的人帶回
家鄉去抄？再說「借抄挈歸」一詞，在文中的文法上，也應是指的在
京中借來抄完後再帶回家去，不是借來帶回家去抄的。

三

　　就算沈德符是有財力，在袁氏兄弟這年在京的這段時間，僱抄

9　〔明〕沈德符：《萬曆野獲編》，卷二十五。

10　〔明〕沈德符：〈哭袁小脩六十韻〉，《清權堂集》，卷四。（崇禎十五年刻本，日
　　本內閣文庫藏。）

11　見韓南博士作，丁貞婉譯：〈金瓶梅的版本及其他〉，《國立編譯館館刊》第4卷第2
　　期（1975年12月）。

寫工抄得了這部《金瓶梅》全書，時間是三十八年初，也不會在數年
之後才攜回家鄉。沈德符是國子生，家雖居秀水，仍須在京就學，非
有合乎學規的返里規定，不便隨意離學返鄉[12]。在沈德符寫於萬曆三
十四年間的《萬曆野獲編》序言中，說到了他鼓篋入太學的事，可證
沈氏在萬曆三十四間即已入太學。萬曆四十六年他方在順天中舉。這
都說明了沈德符在萬曆三十四年至四十六年這十多年間，都在國子監
就讀。那麼，《萬曆野獲編》中的這一段話，如確是沈氏所寫，縱是
萬曆四十一年，也只是短時歸省，要不然就有服在身，方能久居於
家。但這段文詞中，似無此種婚喪情事。他返鄉或許只是一簡短的假
日，會會吳地的友人，自是人之常情；在朋友間道及抄錄的全帙《金
瓶梅》，朋友們勸他賣掉，也都是事理常態。問題是在他並未將所抄
之本，應梓人之求，也居然「未幾時而吳中懸之國門矣」！這樣看
來，必定沈德符在家停留較長一段時日，方能見及「未幾時而吳中懸
之國門矣」的刻本。此所謂「未幾時」，似不超過一年以上。當然
嘍，也許他帶回這件抄本時，吳中已在梓版中了。可是，就以萬曆四
十一年來說，如今也沒有發現這一刻本的存世。何況，李日華的《味
水軒日記》所記，他在萬曆四十三年正月初五日，從沈德符之侄沈明
遠手中讀到的《金瓶梅》，還是抄本，尚不知有刻本。更可想知：《金
瓶梅》一書，在萬曆四十三年初，尚無刻本在吳中問世，堪以想知沈
德符的這番話，是不能作為憑準的了。

　　還有一件史料，也是否定了沈德符此說的證言，那就是袁小脩
的日記《遊居柿錄》[13]，說是隨同中郎住在真州時，「得見此書之
半」。這則日記，記於萬曆四十二年八月間，所以這則日記說明了袁

12 參閱〔清〕張廷玉等：《明史》〈選舉志〉一。
13 見前說之〔明〕袁中道：《遊居柿錄》，第979條。

小脩在萬曆四十二年八月尚未見到該書全帙。那麼，沈德符如何能在萬曆三十七年間，向袁小脩借抄了《金瓶梅》的全本呢？我在〈論明代的金瓶梅史料〉（見下篇）一文中，曾說該條史料必有一真一偽，或二者全假，絕不可能兩者全是對的。此一看法，相信任誰也反對不了了。這就是我在〈袁小脩與金瓶梅〉一文中，懷疑小脩的這則日記是後人纂附的理由；如今，我卻又不得不懷疑沈德符的這一則說詞是後人纂附，要不就是沈德符的謊言。

　　沈德符的這一段話，還給《金瓶梅》的全本道出了一個根源。他說袁中郎告訴他說：「今惟麻城劉承禧家有全本，蓋從其妻家徐文貞錄得者。」劉承禧字延伯，雖係武舉出身，但卻嗜書畫，任職錦衣衛，與當時文人頗多交往，喜收藏。他又是華亭徐階家的門婿。把此書之本源，安在徐文貞家，便可使人從之聯想到太倉王世貞，與那句「聞此為嘉靖間大名士手筆」之語，豈不上下呼應起來了？看來，這話顯然是為了「嘉靖大名士」而設，其證言也只能視為一面之詞，曷足採信？

　　固然，袁小脩萬曆三十七年晉京，路過當陽，曾在朱西卿舟中見到了劉延伯，而且觀賞了劉氏收藏的周昉作的楊妃出浴圖及黃荃作的浴鵁鶒等圖，但並未寫及他事。韓南博士居然認為袁小脩就在此時借去了《金瓶梅》全本。這都是揣測之詞。一言以蔽之，袁小脩如在這時借得了《金瓶梅》全本，何以到了萬曆四十二年八月，在日記中說到《金瓶梅》時，還說他當年隨中郎真州時，只「見此書之半」？可以想知沈德符的話，胡說的成分最大了。

　　關於《萬曆野獲編》的這段話，值得推敲之處太多了。我已在〈袁中郎與金瓶梅〉[14]、〈袁小脩與金瓶梅〉[15]、〈袁中郎觸政之

---

14 見本書第三篇。
15 見本書第四篇。

作〉[16]、《玉嬌李》[17]等文中，先後論及矣！

四

　　沈德符是浙江秀水（今嘉善縣）人，上三代都是進士。曾祖沈謐，字清夫，嘉靖己丑（八年）進士，授行人，選刑科給事中，出為山東按察司僉事，後兵備江西大庾，計擒賊囚李文彪；治王陽明之學。祖父沈啟源，字道卿，嘉靖己未（三十八年）進士，曾為山東按察司副使。父沈自邠，字茂仁，萬曆丁丑（五年）進士，選庶吉士授檢討，卒時年僅三十六。上錄是刊於《吳縣志》中的〈沈氏三代列傳〉。基此，我們知道他的兩代祖上，都在山東作過官。那麼，他們家中有無山東籍的姬妾呢？我們卻不能不這樣去推想。

　　沈德符在萬曆三十四年以前，即納貲捐入國子學為例監，抵萬曆四十六年（戊午）中式。時沈德符已四十一歲矣。在沈德符中舉之前兩科——萬曆四十年的秋闈，沈曾中式第二十五名，拆封後知是沈德符，怕遭外議，未予列名，改以後補之劉琛填充了這一名次。劉琛反因此遭受檢舉，說他是從中關節考官而得中，竟罰停試三科[18]。沈德符究竟為了何事，竟能上聞於考官們的重視，取了他怕遭外界物議？筆者尚未能查出底細。但從寫在《萬曆野獲編》及《清權堂集》上的文品觀之，堪知沈德符乃一執袴子弟，在他的祖父時代，尚以貲雄鄉里，到了萬曆末年間的沈德符，家道業已中落了。他在國學要花費，與朋友遊宴要花費，每年的的南北往返要川旅，所以詩中寫有不

---

16 見本書第六篇。

17 見本書第七篇。

18 見明萬曆四十年十二月《神宗實錄》。及明人蒲秉權著《碩薖園集》。

少詠貧之作。他寫馬仲良勸他「應梓人之求，可以療飢」之說，頗有「此地無銀」的心理吧！

《萬曆野獲編》卷二十三，記有〈俠娼〉一則，寫一個浙鄞范某詐騙娼妓感情與金銀事。故實發生在萬曆四十年季夏，沈德符說：

> 余以應試在邸中，方逃暑習靜，友人麻城邱長孺侵晨警門入，邀至其寓。先有一客在，云是浙寧范仲子。各進麋疏，並馬出城。余苦辭不獲。問以何往？第曰：第去必有竟日歡。從之。……

後來他們到一戶娼家，其中有一娼女，屬意於沈，沈變色不許，請以場後再續此遊。沈這年落第南歸，此女便為范某所幸致。後將該娼女之積蓄，以及所居大宅第，全部騙去浪蕩淨盡。范某且別暱一娼，棄之不顧。此女惱憤，投繯死。且無論所記是何人事，此公之常與時人冶遊，則是事實。要不然，邱長孺怎會侵晨警門，約之同遊？顯然地，他們是一向在一起冶遊慣了的。這年的沈德符，雖中前茅亦棄而不錄，懼人物議者，得非此乎？抑另有其他惡行邪？

張岱的《陶庵夢憶》卷六，記有〈噱社〉一則，說：

> 仲叔善詼諧，在京師與漏仲容、沈虎臣、韓求仲結噱社，嗻喋數言，必絕纓噴飯。……一日，韓求仲與仲叔同謔一客，欲連名速之，仲叔曰：「我長求仲，則我名應在求仲前；但綴繩頭於如拳之上，則是細註在前，白文在後，那有此理？」人皆失笑。沈虎臣出語尤尖巧。仲叔候座師收一帽套，此一日嚴寒，沈虎臣嘲之曰：「座主已收帽套去，此地空餘帽套頭；帽套一去不復返，此頭千載冷悠悠。」其滑稽多類此。[19]

---

19 按《陶庵》所記沈氏此一諧詩，沈氏自己在《萬曆野獲編》卷二十四中亦曾記述。惟略有出入。

從《陶庵》這段話記述看，益證沈德符在京師時遊宴之一斑；益證此公之行徑，在時人看來，乃「不務正業」之徒。他父祖三代都是進士，且自幼長於京師，仕宦中人，又多世執，此種縱樂飲酒之行，長者識者必視為不肖。因而影響了他的名場，當為意中事耳！

五

從《萬曆野獲編》的內容看，可以說沈德符擅長於述史巷說，除對歷朝典制得失、名宦獻老言行，作不偏不黨之評騭，然朝野間所涉淫穢之傳說，也至感興趣。所以《萬曆野獲編》中記有不少淫穢的事。這裏不必歷舉其目矣。

沈德符自己也認為他自己是個會寫小說的作家。天啟三年（1623）他寫《首夏園林》十首中，有一首說：

> 盈几枯毫插架書，欺人謾道課玄虛。不離眷屬師蟻虱，未蝕神仙媿蠹魚。米茗粗酬居士屩，樵青許配釣徒漁。縱工小說無心作，只學殷芸字灌蔬。

這裏說的「縱工小說無心作」，自是指的自己長於小說寫作，所謂「縱工」，當然說的是「縱然擅長」，顯然了他以往寫過不少小說了。那麼，沈德符寫的是什麼小說？也許他指的是這部在萬曆四十七年完成的正續編三十卷的《萬曆野獲編》[20]？在《秀水縣志》上，列出的沈氏著作，有一部《清權堂集》，因為《萬曆野獲編》雖早成書，但行世甚遲，抵道光七年方有刻本流行？其他雖有「敝帚軒剩語」、「飛鳧餘語」等書目，全是從《野獲編》中摘出的。事實上，沈氏祇有這

20 見〔明〕袁中道：《遊居柿錄》，第985條。

兩部著作在世，其他是否還有，今尚未見。

再說，「縱工小說無心作」的「無心作」三字，尤其說明了過去寫過不少小說，如今無心事再繼續寫了。他已寫出的小說，或指的是《萬曆野獲編》，但若說其他還有沈氏寫的小說，亦未嘗不可。

讀了《清權堂集》，發現了一件頗為費解的事，那就是凡該集所收詩篇，戊午（萬曆四十六年）前的作品，連一首也未留存。該詩集所刻之詩，自天啟癸亥（三年）編年，至崇禎壬午（十五年），都為十九卷。第二十卷刻戊午之作五十二首，己未四十一首；第二十一卷刻庚申臆史雜言一百四十首；第二十二卷刻悼亡集唐約五十首，以及附錄之〈馬仲良詩集序〉與盧世㴶、杜亭近草序各一篇。他在卷一的首頁〈黑蝶庵草〉的小序中說：

> 少時作詩，隨手棄去，百不一存。己未悼亡集唐、庚申臥病臆史，始衷成卷。酉戌二年，間染殘瀋，都不盈帙。今春始收招魂魄，復理素業，然嘯咏之旨，皆出愁嘆緒餘，匪云文生於情，祇可歌以當哭耳！

這段小序，業已證明《清權堂集》二十二卷乃沈氏手訂，到了他故世的那一年，方把這本詩集編訂完畢付梓。戊午（四十六年）以前各年的詩作，之所以沒有入刻，是沈德符自手把它們淘汰了的。為什麼要把它們全部淘汰掉呢？真是很難猜測了！所謂「少時作詩，隨手棄丟，百不一存。」雖「百不一存」，還是有「存」，不是因為什麼災害被毀了，也不是遺失了，是縱有所存，也未衷以入刻。真是為了什麼原因不選編它們呢？

戊午是沈德符中舉的這一年，已踰不惑。翌年己未應試不捷，這年七月便整裝離京南歸，癸亥（天啟三年）初春試筆，即說：「己未辭輦下，度暑月云七。奔猿喜釋羈，睡鴛苦膚疾。……」他離開太

學，比作「奔猿喜釋羈」，但在此後的二十餘年，三年一試，可也未
嘗漏上公車。直到崇禎十三年庚辰這一科，沈德符仍在己卯之冬抵
京，可能這年因病沒有入闈，時已六十二矣。崇禎十五年壬午還開有
一科，他就沒有再去應試了。這一年的下半年，他便作了古人。

六

　　何以《萬曆野獲編》這一段論及《金瓶梅》的話，竟然漏洞百
出，自相矛盾？可以想而及的，只有兩個問題：（1）沈德符有意胡
說。（2）可能後人纂附。

（一）　沈德符何以胡說

　　如照沈氏寫在這段文字中的人名來說，全是有名可查的人物，
不要說袁中郎兄弟與馮夢龍，就是馬仲良與杜志充，都查得出他們的
史乘。怎麼算得是胡說呢？可是，我們在他所說的這些人的史乘上，
居然發現了他所說的話，「佐證」不符。譬如，袁中郎的《觴政》，
作於萬曆三十五年夏，沈德符怎能在三十四年秋以前，知袁有《觴
政》之作？袁小脩在萬曆四十二年八月的日記中，說他只是在萬曆二
十六年間，隨中郎真州時，見此書之半。那麼，小脩在萬曆四十二年
八月，尚未見到《金瓶梅》全書，沈德符如何能在萬曆三十七年間，
向袁小脩抄得《金瓶梅》全書？光是這兩點，已足夠把沈德符的這段
論及《金瓶梅》的話，給全部否定了。至於馬仲良等人勸他「應梓人
之求」，以及「未幾時而吳中懸之國門矣」的時間問題，則餘事矣！
　　那麼，沈德符為什麼要為《金瓶梅》編造這些不實的說法呢？想
來，頗為微妙。

在《萬曆野獲編》〈補遺卷〉二，記有〈偽畫致禍〉一則，他說：

> 嚴分宜勢熾時，以諸珍寶盈溢，遂及書畫古董雅事。時鄢懋卿以總鹺使江淮，胡宗憲、趙文華以督兵使吳越，各承奉意旨，蒐取古玩，不遺餘力。時傳聞有「清明上河圖」手卷，宋張擇端畫，在故相王文恪胄君家；其家鉅富，難以阿堵動，乃託蘇人湯臣者往圖之。湯以善裝潢知名，客嚴門下，亦與婁江王思質中丞往還，乃說王購之。王時鎮薊門，即命湯善價求市。既不可得，遂囑蘇人黃彪，摹真本應命，黃亦畫家高手也。嚴時既得此卷，珍為異寶，用以為諸畫壓卷。置酒會諸貴人賞玩之。有妒王中丞者知其事，直發為贗本，嚴世蕃大慚怒，頓恨中丞，謂有意紿之，禍本自此成。或云即湯姓怨弇州伯仲自露始末，不知然否！……

像這類記述，乃根之世間傳說，並非沈氏親身所閱歷；等於他在卷八另一則〈嚴相處王弇州〉所記，把王家致禍之由，另記他因。同一禍事，所記不同，也只是說明了沈德符的有聞必記而已。他如時人范允臨寫的「一捧雪傳奇」，也是「偽畫致禍」這一傳說的改編，這都說明了當時社會上，對於王氏之致禍，頗多流傳。野史家據傳聞記入，原無可厚非。像清明上河圖從來不曾經過王太倉家，吳晗考證最詳。我們決不能據此責備沈德符的記錄不實。可是，《金瓶梅》一事，所記的是沈氏自己所作所為，居然如此不實，其用意何在呢？頗難令人蠡知底因！

（二）　可能後人纂附

按《萬曆野獲編》正、續兩編雖成書於萬曆四十七年（1619），

而梓版問世則為時甚遲。到了道光七年（1872）方由羊城扶荔山房刻出。這其間，編訂人已三易其手矣。要說這則記事有後人纂附之嫌，亦未嘗不可能。

再說，沈德符的這些不實之說，是為了要替《金瓶梅》一書的來源有所置錯，也不無理由。要不然，他偽造了這些說詞幹啥？但是，要說沈德符是《金瓶梅》的作者，也不能成立。因為，我們根據現有的明代人所寫有關《金瓶梅》的史料，知道袁中郎在萬曆二十四年間即在董其昌手中借得了半部，這時的沈德符才只十八歲，自無寫作此書之可能。但袁中郎寫給董其昌的這封信，首刻於袁氏書種堂本之《錦帆集》，若從袁小脩寫在日記中的話看，袁氏書種堂刻的《袁石公集》，中郎生前並未見到。袁小脩在家刻本的〈中郎全集序〉言中說，中郎寫給別人的信往往有不留底稿者。這封寫給董其昌的信，究竟是不是中郎所寫？也很難肯定。所以我一直在尋找袁小脩審訂的那部家刻《袁中郎全集》，來作一印證。倘使這部家刻本也有這封信，那就足以證明他們兄弟在萬曆二十四、五年間即已見到此書之半了；否則，沈德符與《金瓶梅》的關係，一定密切。

若據今之《金瓶梅詞話》的內容來看，它所寫入的萬曆時事，可證此書約成於萬曆三十四年前後。我在論及成書年代一文中，已論及矣。縱以袁氏兄弟所見到的「此書之半」是事實，那麼，所謂「半」，究竟「半」到何處？是否在流行傳抄著那「半」部時，即有全部回目寫前面？否則，怎知是「一半」？只能知道是「未完」而已。像這些，都是值得推敲的問題。

沈德符於萬曆三十四年間納貲捐入太學，時已二十八歲。這一年，《萬曆野獲編》的正編二十卷完稿。他在〈序言〉中說：

今年鼓篋游成均，不勝令威化鶴歸來之感，即文武衣冠，亦

幾作杜陵夔府想矣。垂翅南還，舟車多暇，念年將及壯，邅
迴無成，又無能著述以名世，輒復細繹故所記憶，間及戲笑
不急之事，如歐陽歸田錄，置敗簏中，所得僅往日百之一
耳。……

　　似是說他在這一年南還的舟車之間完成的。續編十卷則完稿於
萬曆四十七年新秋，在中舉之第二年，時年已四十二矣！

　　從《清權堂集》看，他的詩從天啟三年編年，編年到崇禎十五年
他死的那一年止。最後略收萬曆四十六、四十七兩年間的憶史與悼
亡。詩中時有北上南下之作，都是為了赴京應試，可從大比之年作乎
印證。雖已年逾耳順，他還去了一次，真所謂「困阨名場，夢寐京
國」矣！更可以說是一個一生不得志的人。

　　當然，以現有的史料來看，自很難把《金瓶梅》一書的作者，拉
到沈德符頭上；但是，如果他《萬曆野獲編》中的那一段論述《金瓶
梅》的話，不是後人纂附，那他又為何編造那些不實的言詞呢？尤其
那句「聞此為嘉靖間大名士手筆」一語，究竟他是「聞」誰說的？如
與之對證〈偽畫致禍〉一則，豈非故作呼應乎？後人所編的「苦孝」
一說，不就是據此而起嗎？他原籍嘉興，長於京師，所交多為朝中士
夫，四方名流，冶遊宴飲，結社噱談，其行徑所涉，均堪可與《金瓶
梅》之言情附會。縱非該書的原作者，亦似與「丁巳本」的《金瓶梅
詞話》有些蛛絲馬跡。這一懷疑，自尚有待再進一步求證了！

袁中郎《觴政》之作 ^{編按1}

袁中郎集中的談酒文字《觴政》一文，其中第十則「掌故」，把《水滸》與《金瓶梅》列為甲令的「逸典」。時人沈德符遂引來作為講述《金瓶梅》一書的淵源，因而《觴政》一文，便成了後人討論《金瓶梅》的話頭。特別是討論到《金瓶梅》一書的行世年代等問題時，《觴政》這篇文章，更是尋求源頭的實據之一[1]。

若據沈德符寫於《萬曆野獲編》[2]中，論述《金瓶梅》的話來看，所謂：「袁中郎《觴政》，以《金瓶梅》與《水滸傳》為外典，余恨未得見。丙午遇中郎於京邸，問曾有全帙否？曰：『第睹數卷，甚奇快。……』又三年，小脩上公車，已攜有此書。因借抄挈歸。……」這段話，已顯然說明沈德符在丙午（萬曆三十四年）遇中郎於京邸以前，即已獲知袁中郎作有《觴政》一文。可是今觀各本所載之《觴政》，均附有〈酒評〉一則於文後，〈酒評〉前附有小序數言，曰：「丁未夏日，與方子公諸友，飲月張園，以飲戶相角，論久未定，余為評曰……」此處已寫明〈酒評〉作於萬曆三十五年夏日。如果《觴政》與〈酒評〉乃同時所作，則沈德符如何能在萬曆三十四年以前，即知袁中郎寫有《觴政》一文？這誠是吾人應去探討的一個問題。

編按1　原載於《中外文學》第5卷第9期（1977年2月），頁106-111。

1　後人論《金瓶梅》者，咸以沈德符提到袁中郎《觴政》的這段話，作為討論《金瓶梅》的基礎。
2　沈德符論及《金瓶梅》的話，便收在《萬曆野獲編》之〈論曲〉中。

──編按1

　　也許，《觴政》一文，先於〈酒評〉寫成，〈酒評〉是後附。從〈酒評〉的語氣上看，也像是一段獨立之論，說它是在寫好《觴政》之後的歲月中所寫，基於它也是談酒之文，遂把它附在《觴政》之後。這樣去予以假設，應無問題。可是，我們在袁中郎寫給幾位朋友們的信上，以及袁小脩的日記《遊居柿錄》，又似可證明《觴政》一文，寫於萬曆三十五年間，則較比可信。

　　按袁中郎寫給朋友的信，提到《觴政》一文的，我所見及的有三封，一寄袁無涯，一寄潘景升，一寄黃平倩。寄袁無涯的那一封，在袁氏書種堂（即袁無涯所主持）所刻《瀟碧堂集》卷十九。這封信說：

> 北車已脂，而宗禪適到。開函讀手書，如渴鹿得泉，喜躍倍常。深蒙嗜痂之譽，媿汗無地。僕碌碌凡材耳，嗜揚之體，而竊佛之膚；廣莊之骨，而鑿儒之目；醜閒居之小人，則併疑今之名高者，以為狗外情，師並生並育之齊民，而甘同其事。至於詩文，乖謬尤多，以名家為鈍賊，以格式為涕唾，師心橫口，自謂於世一大庾而已。而熟謂世有好之，如無涯其人其人者；無涯謬矣！讀凡夫諸作，信佳士也，恨不識之。花山公案何知？往日凡夫願力，過於吳令，故成毀頓異。但實地既復，則當平氣處之。天下事不患不成，患居成者耳。幸為凡夫道之。《瓶花》、《瀟碧》二集寄覽，又〈觴政〉一編，唐人舊有之，略微增減耳！併上。

這封信的開頭一句話「北車已脂」，顯然是在袁中郎正要啟程南行的時候，所以說準備南行的車，已加妥了油了。按袁中郎於萬曆二十六年抵京授太學博士，補儀曹，到二十八年秋闈過後，方行告歸。這封信自非寫於此時。此後，中郎於該年仲冬抵家，余大家老化，伯修在京病逝。中郎心灰意冷，於二十九年築柳浪湖，一住六年，直到三十四年秋，方再復出，抵京重補儀曹。三十五年冬再請歸，途未抵家，便又接到銓部之命，遂又於三十六年春再行入都[3]。如從中郎的這段生活歷程來看，這封信似是寫於三十五年冬正要南返之時。這一點，更可從中郎給袁無涯另一封信上證之。

二

那另一封信，刻在《瀟碧堂集》卷十八（亦袁氏書種堂本），信云：

> 不肖詩文，多信腕信口，自以為海內無復賞音者，兄丈為之梓行，此何異瘡痂之嗜，幸謹藏之奧，為不肖護醜，勿示人也。至囑！至囑！戊戌以後，稍有著述，去僧忙，不及錄寄。附《廣莊》及《瓶花集詩》各一冊，餘俟山還歧之。明春當偕家弟南行，或得相從虎邱道上也。

從信上的「明春當偕家弟南行」句看，這封信自是寫於京城，又說「附《廣莊》及《瓶花集詩》各一冊」，更可說明是二十八年以後

3　據袁小脩日記《遊居柿錄》所記云：「萬曆戊申十月初一日，住篔簹谷。予以丁未下第，館於漁陽塞大司馬所，至是年三月始歸。先是中郎官儀曹，丁未冬南歸；途中聞銓部之報，是年春復入都。……」

的事。因為《廣莊》及《瓶花》都是中郎二十六年至二十八年間的作品，以後把他這段時間的作品，編成一集，名之為《瓶花齋集》。再說，中郎於二十八年間榮歸南旋，時在秋間，此說「明春當偕家弟南行」，自非二十八年秋間的語氣了，再與卷十九之前述那一封信看，顯然的，前述的那一封信，是這一封的續編，所以袁無涯把它編在《瀟碧堂集》的前後卷中。那麼，堪可證明這封信寫於三十四年冬間，明春是丁未，小脩參加丁未春闈。在中郎認為，小脩必可在丁未科得中[4]，所以預想到明年丁未春偕小脩榮歸。不想小脩在丁未之科又落第了。小脩下第後，館於漁陽騫大司馬家，到三月間才回去[5]。中郎也到了丁未之冬才南行。這樣一對證，不是可以確定給袁無涯的這兩封信，前者寫於三十四年秋冬間，後者寫於三十五年冬嗎！當然，提到〈觸政〉的這封信，是萬曆三十五年冬的事了。

　　（考究起來，給袁無涯的這兩封信，頗有問題。第一，據袁小脩說，《瀟碧堂集》是中郎臥柳浪六年所作。中郎寫給袁無涯的這兩封信，全寫於離開柳浪湖入都之後，怎可收刻在《瀟碧堂集》？第二，在萬曆末年刻的梨雲館類訂本中，袁無涯的第二封信，只刻到〈幸為凡夫道之〉，以下的話都沒有刻入；崇禎二年刻陸氏四十卷本，則未刻袁無涯那第一封信。這第二封信，也未刻以下數語，如梨雲館本一樣。不知何故？想來，這都是值得探討的問題。本文不再進一步討論此問題。）

　　那封給潘景升的信，這樣說：

4　中郎遺稿中之〈雜識〉，記有小脩未能在丁未科及第的事。（一般袁集題為〈墨畦〉。）

5　據袁小脩日記《遊居柿錄》所記云：「萬曆戊申十月初一日，住箐簹谷。予以丁未下第，館於漁陽騫大司馬所，至是年三月始歸。先是中郎官儀曹，丁未冬南歸；途中聞銓部之報，是年春復入都。……」。

> 往袁無涯寄《解脫集》，讀佳序，大有韻。然殘溝斷木，何足
> 文繡也。客自吳中來，道景升高照如昨。弟問世人但有殊
> 癖，終身不易，便是名士。如和靖之梅，元章之石，使有一
> 物易其所好，便不成家，縱使易之，亦未必有補於品格也。
> 聞長孺近在燕，以大賭得錢，買小青娥。然以弟度之，恐亦
> 未穩。何故？長孺以蕩子名家者，宜負不宜勝也。近作想益
> 佳。去歲讀扇頭諸作奇進，在七子中，遂為破律人矣。《觴政》
> 一冊寄覽。近刻二種稍多，不易印來，來客籃中有之，間時
> 取閱一過。

　　從語氣上看，這封信當寫在第二次補儀曹改銓部而出京後所
作。第一，袁無涯刻《解脫集》竣工於萬曆三十八年春[6]；第二，信
中提到「聞」丘長孺在燕大賭得錢，自是在都外所寫。那麼，在這封
信尾提到「《觴政》一冊寄覽」，比在袁無涯信中提到《觴政》一書
的時間，是更後了。

　　另一封寫給黃平倩的信，說：

> 客歲裴令使來，附致一函，不知曾達否？有七言律二首，甚
> 得意。書與詩，俱在今刻中。春初傳仁兄病甚，與小脩驚嘆
> 者數日。然弟謂邑中人，平倩決不死。及石簣書到云：「平倩
> 已漸平復。」意少安。至七月後，始得玉泉的音，小脩呼酒痛
> 飲，達曙。各有詩志喜，今亦在集中也。寄去集二種：《瓶花》
> 是京師作，詩文俱有痕跡；《瀟碧》乃山中數年所得，似覺勝
> 之。仁兄不可一不敘也。海內風雅彫落，天下英雄，使君與
> 操耳。近造想益卓，參禪到平實，便是最上乘。弟自入德山

後，學問乃穩妥，不復往來胸臆間也。此境甚平易，亦不是
造到的。恨不縮地，與二兄商證。既已起春坊庶子，便好登
途。世間事總計較不盡，水到渠成而已。四哥官聲大起，時
亦長進，老伯想亦健飯。《觴政》一冊附上，大可為酒場歡具
也。

這封信也曾說明，是寫在三十五年以後，信中說「既已起春坊庶
子，便好登途。」自是在三十六年春入都後的事了。

三

試看，這三封提到「《觴政》一冊」的信，都寫在萬曆三十五年
以後。若。《觴政》一文如果如韓南博士所推想，認為是萬曆三十三
年或三十四年初之作[7]，則正是中郎臥柳湖中所寫，又何以在《瀟碧
堂集》中的詩文中──在臥柳浪湖的六年之間，未嘗提及《觴政》一
書也？想來，《觴政》一文作於萬曆三十五年間的成份居多，作於柳
浪湖的時間少。書牘所證，亦至明也。

給潘景升的那封信，說是「往袁無涯寄《解脫集》，讀佳序，大
有韻。」此語既說「往」，似又在《解脫集》出版以後了。所謂「讀
佳序，大有韻。」自是指的潘景升寫的《解脫集》序文，可是徧查中
郎詩文各集的序言，未見有潘景升所作的序文。再查梨雲館類訂本何
欲仙的序言，曾說到他們編訂中郎集時，與潘景升等人商量過，梨本
既已刻入了其他各人的序言，何以不刻潘景升的〈解脫集序〉？給潘
景升的這封信，又何以未刻入梨本呢？袁小脩說：「至於與人箚子，

7　見韓南博士作，丁貞婉譯：〈金瓶梅的版本及其他〉，《國立編譯館館刊》第4卷第2
　　期（1975年12月）。

草草付去，或不存稿者有之，未可據以為尚有藏書未出也。近日書坊贗刻，如狂言等，大是惡道，恨未能訂正之。李龍湖書，亦被人假託攙入，可恨可恨！比當至吳中與兄一料理也。[8]」足證《袁中郎全集》中的問題甚多。所以我認為應以袁小脩訂正的那部家刻本，來加以矯正，惜至今未知此木藏於何處耳！

8　見〔明〕袁小脩著：《珂雪齋近集》，給袁無涯的信。

論明代的《金瓶梅》史料[編按1]

　　《金瓶梅》是明朝萬曆年間的作品，吳晗與郭源新先後寫出〈金瓶梅的著作時代及其社會背景〉以及〈談金瓶梅詞話〉[1]等文，此一問題，殆已確定。「嘉靖間大名士手筆」[2]之說，已不存在。然而，何以明朝的萬曆間人，不能認定《金瓶梅》是當代人所寫，不能看出像吳晗與郭源新所指出的那些問題，乃絕非嘉靖間人所能涉及？必須三百年後的後人予以考訂？這些，都牽涉到明代人所記史料的真偽，或記述者之有意與無意等問題而夾雜其間。必須我們今天去一一加以澄清過濾，方能得其真純。如妄以為據，則勢必謬其觀點，誤其立論。

　　按著錄於明代文士筆下之有關《金瓶梅》之論，不過三、五人，文字亦不過數篇，但在這數人數篇的文字史料間，卻有不少值得我們去尋求證驗的問題。斯本文之所立論者也。

一　袁中郎的兩封信

　　（一）〈給董其昌〉

　　一月前石簣見過，劇談五日，已乃放舟五湖，觀七十二峯絕

編按1　原載於《中外文學》第6卷第6期（1977年11月），頁18-41。

1　吳晗：〈金瓶梅的著作及其社會背景〉，《文學季刊》創刊號（1933年10月），發表於北平。郭源新作〈談瓶梅詞話〉一文，筆者所據是臺北市明倫出版社，1971年2月出版之《中國文學研究新編》所集，不知最早發表於何年何處。
2　參閱後面（四）〈萬曆野獲編〉一文。

勝處，遊竟後返衙齋，摩香及第，無所不談，病魔為之少
卻，獨恨不見李伯時[3]耳。〈金瓶梅〉從何得來？伏枕略觀，雲
霞滿紙，勝於枚生〈七發〉多矣。後段在何處？抄竟當於何處
倒換？幸一的示！

（二）〈給謝肇淛〉
今春謝胖來，念仁兄不置。勝落寞甚，而酒肉量不減。持數
刺謁貴人，皆不納。此時想已南。仁兄近況何似？〈金瓶梅〉
料已成誦，何久不見還也。弟山中差樂，今不得已，亦當
出。不知佳晤何時？葡萄社光景，便已八年，歡場數人，如
雲逐海風，倏爾天末，亦有化為異物者，可感也。

　　關於第一封寫給董其昌那封信的時間，美國哈佛大學教授韓南
博士所寫〈金瓶梅的版本及其他〉一文[4]，考證頗詳。韓氏認為袁中
郎的這封信，寫在萬曆二十四年十月間，這年陶望齡（石簣）曾於九
月二十四日到蘇州，與袁中郎遊談多日。此事，陶望齡在所寫〈遊洞
庭山記〉的序文中，記有年月，是萬曆二十四年十月。可以對證上袁
氏的這封信，就寫在陶望齡到蘇州遊玩了幾天離去之後的這段日子。
這時的董其昌方由京外調長沙，在這年秋天離京赴任。所寫《畫禪室
隨筆》[5]中，記有這年赴任的時間，是二十四年秋。那麼，袁氏何時
向董氏借來這《金瓶梅》的前半呢？
　　按袁中郎是萬曆二十年進士，二十三年春任吳縣令，二十五年

3　獨袁氏書種堂刻《袁石公集》是「李伯時」，他本均作「思白兄」。按「伯時」乃
　　宋朝畫家李公麟字也。
4　參閱韓南博士作，丁貞婉譯：〈金瓶梅的版本及其他〉，《國立編譯館刊》第4卷第2
　　期（1975年12月）。
5　見〔明〕董其昌著：《畫禪室隨筆》，卷三。

初離職。(《吳縣志》〈職官表〉記為二十四年至二十六年)袁中郎與
董其昌相識,自是他中了進士之後。如從信上的語意間推想,他向董
其昌借來這半部《金瓶梅》,似不是在任吳令之前,應在任吳令之
後。可是,董其昌由京往長沙赴任,曾便道故鄉淞江,卻未與袁宏道
見面,因為他另一封寫給董的信,有這樣一番話:「青牛過函谷,而
關尹適病,雖走之機緣未遇,然為尊文省五千言著述之苦矣。走一病
兩月,無復人理,隨即將乞休去也[6]。」可作他們未曾相見的證明。
那麼,他們這年既未見面,董手頭的這半部《金瓶梅》,是怎樣到了
袁氏手上的呢?韓南博士推想,是從陶齡手上轉借來的。他說:「袁
宏道給董其昌的信(上錄這一封),必定寫於陶望齡訪袁之前,否
則,信中絕無不提的道理。因為信上說他病已兩月,可見此信之成,
也不可能在陶望齡於二十四日來前太久。假如:好比說,他是九月中
旬寫的信,那麼,剛好離他發病有兩個月。這表示,在陶望齡抵達前
不久,不超三數天,袁宏道手中仍無《金瓶梅》的抄本。所以很有可
能是得自陶望齡之手。並約好抄畢後歸還。這個結論,可由前信的大
意得到佐證。該函很可以斷定,因陶之來訪,乃有手抄本的出現。」[7]

　　韓氏的此一推想,在情理上,尚合邏輯。但並無證明可以肯定
該《金瓶梅》之抄本是由陶望齡攜來。祇能推想而已。

　　再說,袁中郎的書牘,也有靠不住的。如袁小脩寫給袁無涯的
那封信上,業已隱約言之。他說:「至於與人箚子,草草付去,或不
存稿者有之[8],」這話也就隱含著說,中郎給人的來信,也無底稿對
證,真偽自亦難別了。但,中郎故後,小脩曾把中郎文稿加以審訂,

6　該函亦在袁氏書種堂刻《錦帆集》中。陸之選之四十卷本《袁中郎全集》在卷
　　二十一。
7　韓南博士作,丁貞婉譯:〈金瓶梅的版本及其他〉。
8　參閱〔明〕袁中道著:《珂雪齋近集》及《遊居柿錄》。

重行付梓。這部家刻本，應是吾人據以審辨袁氏文稿的圭臬。可是，
《袁中郎全集》的家刻本，存於世間何處呢？世間還有無這家刻本的
初本呢？均有待尋求以證。

　　至於袁中郎向謝在杭催索《金瓶梅》的這第二信，值得去求答的
問題更多。譬如這封信一開頭提到的「謝胖」其人，這人是誰？在
《中郎全集》中，就尋不到這位姓謝的胖子。中郎詩中只有兩個姓謝
的友人[9]，配合不上袁中郎寫在這封信中的語氣。

　　如從這封信上的語氣看，這「謝胖」或許是「阿胖」之誤。因為
袁小脩是胖子，中郎在〈雜識〉[10]一文中，記丁未會試，考場的房官
們，徧尋小脩的試卷，或說：「阿胖已落吾手矣！」或說：「是必胖
也。」那麼，所謂「今春阿胖來，念仁兄不置。」語意則是。可是，
以下的話便不對了。如「此時想已南」？若是小脩，中郎安有不知其
確切行蹤之理。再說，「持數刺謁貴人，皆不納。」亦非袁氏兄弟性
行。想來必非小脩。信中說：「弟山中差樂，今不得已，亦當出。」
自是指的高臥柳浪湖的最後一年所寫。又說「葡萄社光景，便已八
年，」[11]這時間，正說明了這封信寫於萬曆三十四年上半年，中郎在
這年秋天，就又再去京師，重補儀曹了。韓南博士認為這封信是袁中
郎於萬曆三十五年到京後寫的。這一點，除了中郎的至京三十四年秋
之外，那句「弟山中差樂，今不得已，亦當出」的話，也都說明了此
信非中郎於離柳浪湖抵京後所寫。那麼，從信上的文詞看，雖可證明
此信寫於萬曆三十四年上半年，然而謝在杭何時向袁中郎借去《金瓶
梅》呢？這一點，更是我們要追尋的一個問題。

9　見〔明〕袁中郎：《袁中郎全集》詩集五言排律部分。

10　在明刻《三袁先生集》中，列入〈雜識〉目，他本則謂之〈墨畦〉。

11　袁中郎在京師與文友們結社於崇國寺葡萄方丈，是萬曆二十七、八年間事。

　　按謝肇淛是福州長樂人[12]，萬曆壬辰（廿年）進士，與袁中郎同
年。初授湖州推官，至戊戌（二十六年）受讒，避地真州數月，後改
調山東東昌，至癸未（卅一年）再改授南京刑部主事，兵部郎中，後
補北工部屯田司。在工部任內，視河張秋，作有《北河紀略》等書。
又出為雲南、廣西等邊地參政民政等官，作有《滇略》。如果根據袁
氏兄弟及謝氏所寫詩文以觀，則袁中郎令吳之年，亦謝在杭司理吳興
之日。這段時期，雖未在二氏詩文中，見及二人之相聚遊唱，但在萬
曆二十六年春間，在杭避地真州時，曾與小脩等人接席連轡[13]，倘使
中郎與小脩所記在于萬曆二十四年秋即已讀到《金瓶梅》的前半，小
脩也是在真州旁中郎時方行讀到該書[14]，那麼，謝在杭在此一時期
（二十六年春），縱因中郎已在京，未能讀到此書，也應知有該書。
跟著，謝在杭即行赴京，雖在京為時不久，便改調齊東，但他在京師
時，曾與中郎等人聚飲甚歡，在中郎詩中，寫有與謝在杭諸人在崇國
寺葡萄園劇飲之事。以及五律中「謝在杭、鍾樊桐諸兄集郊外」詩，
都說明了在萬曆二十六、七間，謝在杭與袁中郎曾在京中相聚遊唱，
要借，安有不在此時借閱之理。此後，在杭即授官東郡，居東一去五
載。中郎則於二十八年冬告辭，伯修即世，中郎即遯居家鄉自營之柳
浪湖，一隱六年。在杭雖於三十一年改調南比部，卻未嘗南去荊楚。
試想，謝在杭能在何時又向袁中郎借閱《金瓶梅》呢？若是當年在京
中相聚時，借去的前半部，何至八年之久未還？再說，袁中郎既已決

---

12 謝肇淛雖入籍閩之長樂，他的《北河紀略》，則寫「晉安謝肇淛，而明刻之《下菰
　　集》及《居東集》，則署為「陳留謝肇淛。」在《下菰集》卷五之〈題東嵐秋思卷〉
　　序中說：「余先世居海上之東風，以避倭邊」馬江之南，至余七世矣。」至於自稱
　　《陳留謝肇淛》，可能更為遠祖矣；未深考。（所見《北河紀略》是四庫本，《下菰》
　　與《居東》二集，均中央圖書藏之明萬曆間刻本）。
13 參閱〔明〕謝肇淛〈重遊天寧寺記〉。
14 見〔明〕袁小脩《遊居柿錄》（下文有引）。

定「今亦當出」，當可由於楚赴京之便，道經南都索回，這時，謝在杭尚官南都，何至於在柳浪湖去函催索？

　　後人多以為謝在杭也是袁中郎當年在京師，所組葡萄社之成員。實則，謝在杭並非葡萄社成員之一。按袁中郎於萬二十七年間，結社於崇國寺葡萄方丈之成員，是袁伯修、潘去華、江進之、黃平倩、劉明自、吳本如、段徵之等八人。這時的謝在杭官居在外，雖與中郎等在葡萄園聚飲過，只偶值之聚，並非社員之會[15]。該函說：「葡萄社光景，便已八年，」能是指的那次與黃平倩、鍾君威、方子公、伯修、小脩等人劇飲[16]於崇國封葡萄園的「光景」嗎？如照語氣想，所謂「葡萄社光景，便已八年。」又似乎在指謝在杭也是葡萄社的社員。這一點，就又不是袁中郎的語氣了。

　　這封信，在袁氏書種堂刻的《袁石公集》及梨雲館類定之二十四卷本《袁中郎全集》，均未刻入。所謂鍾惺增訂之陸之選序四十卷本《袁中郎全集》，說明是「補」入。後查閱《三袁先生集》[17]，方始發現這封信刻於該集。我依據的《三袁先生集》，是明刻的板本，早於四十卷，現藏於美國普林斯敦大學東方圖書館，集前有曾可前序，此序或許是偽託。何人所刻？何地所刻？悉已無從查考。不過，倘使袁小脩審訂的《袁中郎全集》家刻本，及袁述之編訂的《袁中郎續集》[18]，如全未收刻此函，便可證明此函是虛構。不過，關於書信問題，小脩曾經在寫結袁無涯的信中說到：「中間與人書牘，信筆寫

15 見〔明〕袁中郎：《袁中郎詩集》，五言律。

16 同前註，五言古。

17 指袁氏三兄弟的合集。該集收有袁宗道伯修之《玉蟠集》、《袁中郎先生稿》、《袁小脩先生稿》。名為三人之遺集。

18 在譚友夏之文集中，見有為袁述之〈中郎嗣子〉編之《袁中郎續集》所寫之序文。

去，一時不存稿者之，遂據以為有遺書，未可也[19]。」可見書信之易於偽造，舍本人而外，鮮有他人能定其真假也。是以吾人只能從信函本身求之矣！

二　《觴政》

袁中郎所作《觴政》一文，前有序言，後有〈酒評〉，內分十六條目，曰：「一之吏、二之徒、三之容、四之宜、五者遇、六者候、七之戰、八之祭、九者典刑、十之掌故、十一之刑書、十二之品、十三之杯杓、十四之飲儲、十五之飾、十六之飲具；」涉及《金瓶梅》一書之目，是第十目的〈掌故〉。文曰：

> 凡六經語孟所言飲式，皆酒經也。其下則汝陽王甘露經酒譜、王績酒經、劉炫酒孝經、貞元飲略、竇子野酒譜、朱翼中酒經、李保續北山酒經、胡氏醉鄉小略、皇甫崧醉鄉日月侯白酒律、諸飲流所著記傳賦誦等為內典。蒙莊、離騷、史、漢、南北史、古今逸史、世說顏氏家訓陶靖節、李、杜、白香山、蘇玉局、陸放翁諸集為外典。詩餘則柳舍人、辛稼軒等，樂府則董解元、王實甫、馬東籬、高則誠等；傳奇則《水滸傳》、《金瓶梅》等為逸典。不熟此典者，保面甕腸，非飲徒也。

《觴政》一文，未梓於袁氏書種堂之《袁石公集》，文末所附〈酒評〉，說明寫於丁未夏日，文曰：

---

19 見〔明〕袁小脩：《珂雪齋近集》及《遊居柿錄》。

丁未夏日，與方子公諸友，飲月張園，以飲戶相角，論久不
定，余為評曰：「劉元定如雨後鳴泉，一往可觀，苦其易竟；
陶孝若如俊鷹獵兔，擊搏有時；方子公如游魚狎浪，喁喁終
日；丘長孺如吳牛齧草，不大利快，容受頗多；胡仲修如徐
孃風情，追念其盛時；劉元質如蜀後主思鄉，非其本情；袁
平子如武陵少年說劍，未識戰場；龍君超如德山未遇龍潭
時，自著勝地；袁小脩如狄青破崑崙關，以奇制眾。

　　按〈酒評〉所寫，不僅有時間，而且有地點；地點是張園。張園
是京師城西的一個地方，中郎等在京時，常攜諸友去張園飲酒賞月。
我們可從袁氏詩集中見及。再說，該《觴政》一文的前面，所寫小
序，也說明的是在京中飲宴之事，序云：「余飲不能一蕉葉，每聞鱸
聲，輒踴躍。遇酒客留連，飲竟不夜不休，非久相狎者，不知余之無
酒腸也。社中近饒飲徒，而觴容不習，大覺鹵莽。夫提衡糟丘，而酒
憲不修，是以令長之責也。今採古科之簡正者，附以新條，名曰《觴
政》，凡為飲客者，各收一帙，亦醉鄉之甲令也。」試看序中所謂「社
中近饒飲徒」一語，自是指的是在京城所結之葡萄社而言。此社雖於
二十八年冬中郎去京後，便一一星散，但在三十四年秋中郎再抵京，
復與新舊之交，不時遊飲如故，遂又以當年之葡萄社目之。序言「社
中近饒飲徒」，想指此也。如方子公、丘長孺、袁小脩等人，悉善飲
之輩[20]。若說此指之「社中」乃記當年（二十七、八年間）葡萄社飲
宴情，則酒評寫於八年後，亦未為得焉。且《觴政》如成於萬曆二十
七、八年間，自不會遲至萬曆三十五尚未付梓。在中郎書中，提到
《觴政》一文，頗有幾處，本人已在〈袁中郎觴政之作〉[21]文中述及，

20 中郎詩文中，述及此數人之善飲事甚夥，故知其為善飲也。
21 見本書〈袁中郎觴政令作〉。

此不再贅。

我們如從《觴政》之序文乃所附酒評酒來推想，益可說明《觴政》之作萬曆三十五年間。由此，也足可徵之沈德符寫於《萬曆野獲編》之說，而無所附麗矣！此問題，留待後文再論。

又清同治年間，袁中郎五世孫世孫袁照在重刻《袁石公遺事錄》的序言中。引述《四庫提要》所錄記之《觴政》一文，說是「十則」，未詳是否刻時奪落，亦有待勘對。今亦附此記之。

三　袁小脩日記

袁中道小脩《遊居柿錄》，所記有關《金瓶梅》一事，亦至為詳盡。若此記述，確是出於袁小脩，則堪以證實中郎在萬曆二十四年間，曾向董其昌借得《金瓶梅》之半，其內容亦與傳今之《金瓶梅詞話》無異。但觀乎傳今之《遊居柿錄》，中所記文辭，頗有疑問。請試讀此記之說：

> 袁無涯來，以新刻卓吾批點《水滸傳》見遺。予病中草草視之。記萬曆壬辰夏中，李龍湖方居武昌朱邸。予往訪之，正命僧常志抄寫此書，逐字批點。常志者，乃趙瀠陽門下一書吏，後出家，禮無念為師。龍湖悅其善書，以為侍者，常稱其有志，數加贊歎鼓舞之，使抄《水滸傳》。每見龍湖稱說《水滸傳》諸人為豪傑，且以魯智深為真修行，而笑不吃狗肉諸長老為迂腐。一一作實法會，初尚恟恟不覺。久之，與其儕伍有小忿，遂欲放火燒屋。龍湖聞之大駭，微數之。即嘆曰：「李老子不如五臺山智證長老遠矣！智證長老能容魯智深，老子獨不能容我乎？」時時欲學智深行徑。龍湖性偏多

嘖，見其如此，恨甚！乃令人往麻城招楊鳳里至右轄處，乞一郵符，押送之歸湖上。道中見郵卒牽馬少遲，怒目大罵曰：「汝有幾顆頭？」其可笑如此。後龍湖惡之甚，遂不能容於湖上，北走長安，竟流落不振以死。癡人前不得說夢，此其一徵也。今日偶見此書，諸處與昔無大異，稍有增加耳。大都此等書，是天地間一等閒花野草，即不可無。然過為尊榮，可以不必。往晤董太史思白，共說小說之佳者。思白曰：「近有一小說，名《金瓶梅》，極佳！」予私識之。後從中郎真州，見此書之半，大約模寫女兒情態俱備，乃從《水滸傳》潘金蓮演出一支。所云金者，即金蓮也；瓶者，李瓶兒也；梅者，春梅婢也。舊時京師，有一西門千戶，延一紹興老儒於家；老儒無事，逐日記其家淫蕩風月之事，以門慶影其主人，以餘影其諸姬。瑣碎中有無限烟波，亦非慧人不能。追憶思白言及此書曰：「決當焚之。」以今思之，不必焚，不必崇，聽之而已。焚之亦自有存之者，非人力所能消除。但《水滸》，崇之則誨盜；此書誨淫；有名教之思者，何必務為新奇，以驚愚而蠹俗乎！

　　小脩的這則日記，記於萬曆四十二年八月間（無詳確日子），所記袁無涯送給他的那部《水滸傳》，可能是楊定見作序的那部百二十回《水滸四傳全書》，此書傳於今世者尚夥[22]。因為楊序說明是由袁無涯所刻，且在卓吾故世之後，推想到袁無涯這年送給小脩的這部《水滸》，應是這一部楊定見的百二十回本。不過，世間尚另有一部李卓吾評點之百回《忠義水滸傳》，書中評點的語辭，兩者全不相

---

22 此一原刻說部，中外均有原書存世。今中央研究院及臺灣大學圖書館均有藏本。

同。何以一人評點一書而兩不相類也？

　　袁小脩憶記當年（壬辰到庚寅已相去二十餘年矣）僧常志為李卓吾抄寫《水滸》時的軼事，所記常志的那種乖僻性格，至為生動逼真，從見到新刻卓吾評之《水滸傳》，而追想當年常志為李氏抄書的一段往事，亦至合情理。小脩又說：「今日偶見此書，諸處與昔無大異，稍有增加耳！」便更加說明袁無涯送給小脩的這部卓吾評點的《水滸》，就是那部百二十回本。可是，這部百二十回本梓出於百回本之前嗎？要不然，小脩怎的不提？如果說，小脩曾讀過百回本，而兩書的評語大異，小脩怎會以「諸處與昔無大異」一語略之？這些話，都是頗值吾人推敲的問題。

　　李卓吾評點之百回本《忠義水滸傳》，日本內閣文庫藏有一部，筆者前曾印來一部分，只能確定它也是明刻，不能確定它究刻於何年。是以此本之刻於百二十回本前或後？亦無法肯定。但如從兩書之評語來看，可以相信百回本是卓吾原批，百二十回本則偽託矣[23]。此一問題，留待另文再論，此不多贅。

　　從楊定見寫於百二十回本《水滸四傳全書》上的序言論之，則楊探篋所出授與袁無涯之卓吾所批《忠義水滸傳》，似為前所未見之本。是以「無涯如獲至寶，願公諸世，」如以此語所示，豈非在此本之前，卓吾所批之《水滸》從未面世乎哉！顧讀朱國禎《湧幢小品》，論及李卓吾時則曰：「而李氏《藏書》、《焚書》，人挾一冊，以為奇貨。」[24]可想當年李氏之書的風行。若李批之《水滸傳》，能在二十年後方遇袁無涯而付梓乎！再說，楊序說是「卓吾先生所批之《忠義

---

23 趙景深作：《水滸傳簡論》註五十五，說戴望舒寫有〈袁刊水滸傳真偽〉一文刊《星港日報》俗文學第3期，余未見。

24 見〔明〕朱國禎：《湧幢小品》，卷十六。

水滸傳》」，而袁刻百二十回本則名為《水滸四傳全書》，亦兩不合也。

　　按楊定見字鳳里，湖北麻城人。在李氏《焚書》中，收有給楊定見書牘多封，是李氏旅楚時之得力友人。若此一位知友門人，怎會收藏著像袁刻這等卓吾評語的《水滸》？當然，這部百二十回本的《水滸四傳全書》，定是借託李卓吾評批，以干梨棗之利，實非楊定見藏本，亦非楊定見所序言也。我們如把袁刻百二十回《水滸》作如是想，則小脩之記述，又當別意矣！

　　至於所論《金瓶梅》一事，在語意上說，於讀到新刻《水滸傳》時，使他聯想到從《水滸》衍出的《金瓶梅》一書，認為是一「誨盜」，一「誨淫」，兩者都不必「崇」，也不必「禁」，他認為「聽之而已」是最好的辦法。但在語氣上，則顯然地令人感於論及《金瓶梅》的這段話，無法與上論《水滸》的話，貫成一氣。請一讀上引全篇文詞，就能感受得到。我們一讀完論《水滸》的話：「然過為尊榮，可以不必。」跟著就寫「往晤董太史思白，共說小說之佳者，……」在語氣上，豈非另成一段而上下不能相聯乎。上一段記述《水滸》之事，有時有地；這裏論述《金瓶梅》時，既無時亦無地；在行文風格上亦不相類。

　　再說，小脩在此認為「不必崇」，而中郎則先美之於書牘，既又甲令於《觴政》之文。這時，已萬曆四十二年八月，中郎詩文集之風行，正競刻於世，難道小脩不見？今小脩竟說：「有名教之思者，何必務為新奇，以驚愚而蠹俗者乎！」這話如與中郎推崇《金瓶梅》之語言相提並論，得非尖銳之比乎？中郎兄弟如沆瀣，今古盡知，；三袁詩文中，亦盡可概見。尤其中郎、小脩之間，友于之篤，識見之一，更為古今論者之譽。今者，觀乎此二弟兄所遺文集，對《金瓶梅》一書之觀點，竟是一美一刺，似非其情。所以我懷疑中郎與小脩

對《金瓶梅》之美刺不一，必有一是一非之別。若乎中郎是，則必小脩非；若乎小脩是，則必中郎非也。這些問題，都有待版本以證。總之，中郎兄弟論述《金瓶梅》的文字，極吾人推敲，未可信而不徵焉！

在《遊居柿錄》中，這則日記的記述，最值得吾人注意的一點，是所寫「舊時京師，有一西門千戶，延一紹興老儒於家；老儒無事，逐日記其家中淫蕩風月之事。以西門慶影其主人，以餘影其諸姬。瑣碎有無限煙波，亦非慧人不能。」且無論這些話是否出袁小脩之筆，但這番話，卻提供了我們一個有關該書著作人的範圍：「紹興老儒」之說。此一說法，是堪可與該書所寫之西門的生活習尚：全是江南人的飲食起居這一點[25]，兩相極為配合。所以，《遊居柿錄》的這番話，指出《金瓶梅》的作者，為一寄食京師中西門千戶家的「紹興老儒」，誠比其他推想，要接近書中所寫事實多矣！

筆者尚未查明小脩的《遊居柿錄》初版於何年？本文所據者，乃臺北市新興書局之《筆記小說大觀》。此書記事，只到萬曆四十六年；小脩即世於天啟三年（癸亥）；遲小脩二十年始下世的沈德符（沈卒於崇禎十五年），得未見《遊居柿錄》乎？何以《萬曆野獲編》未采斯說邪！

四　《萬曆野獲編》

對於《金瓶梅》一書，論述最詳，又最為後人依為準的史資，便是沈德符寫於《萬曆野獲編》中的語段話：

---

25 參閱拙作〈金瓶梅詞話的作者〉一文，見本書第一篇。

　　袁中郎觴政，以《金瓶梅》配《水滸傳》為外典，予恨未得
見。丙午（萬曆三十四年）遇中郎京邸。問曾有全帙否。曰第
觀數卷，甚奇快。今惟麻城劉延白承禧家有全本，蓋從其妻
家徐文貞錄得者。又三年，小脩上公車，已攜有其書，因與
借抄挈歸。吳友馮猶龍見之驚喜。慫恿書商以重價購刻。馬
仲良時榷吳關，亦勸予應梓人之求。可以療飢。予曰：「此等
書必遂有人板行，但一刻則家傳戶到，壞人心術，他日閻羅
究詰始禍，何辭置對？吾豈以刀錐博泥犁哉！」仲良大以為
然，遂固篋之。未幾時而吳中懸之國門矣。然原本實少五十
三回至五十七回，遍覓不得。有陋儒補以入刻，無論膚淺鄙
俚，時作吳語。即前後血脈，亦絕不貫串，一見知其贗作
矣。聞此為嘉靖間大名士手筆，指斥時事，如蔡京父子則指
分宜，林靈素則指陶仲文，朱勔則指陸炳，其他各有所屬
云。中郎又云：「尚有名《玉嬌李》者，亦出此名士手，與前
書各設報應因果。武大後世化為淫夫，上烝下報；潘金蓮亦
作河間婦，終以極刑；西門慶則一駿憨男子，坐視妻妾外
遇，以見輪迴不爽。」中郎亦耳瞟，未之見也。去年抵輦下，
從邱工部六區志充，得寓目焉。僅百卷耳，而穢黷百端，背
倫滅理，已不忍讀。其帝則稱完顏大定，而貴谿分宜相構，
亦暗寓焉。至嘉靖辛丑庶常諸公，則直書姓名，尤可駭怪；
因棄置不復再展。然筆鋒恣橫酣暢，似尤勝《金瓶梅》。邱旋
出守去，此書不知落何所。

　　按沈德符之《萬曆野獲編》，原為正編二十卷，續編十卷，共三
十卷；正編成於萬曆三十四年，續編成於萬曆四十七年。今仍有作者
寫於文前之序言可徵。但由於沈氏生前並付梓，沈故後未二年，而江
山易姓，所編文辭意氣，已不適於新朝，是以此書久而散失。雖民間

仍有傳抄，亦終屬斷簡殘編矣。抵康熙時，有桐鄉人錢枋，據朱竹坨
氏所輯集之抄傳本，重予分類立目，因而割裂排纘，都為三十卷分四
十八門，但仍未能梓行。迨道光七年又多散佚，經錢塘人姚祖恩予以
訂正補纂，剞劂於羊城；即今傳世之扶荔山房本三十四卷。由此可以
想知此書之刻，肇於道光時也。

查所述《金瓶梅》一事，今本乃附錄於第二十五卷詞曲一門之
尾，乃康熙錢枋所編列，在沈氏原編目中，究竟列於何卷？在正編還
是在續編？今亦無從查對。景倩後人沈振存之部，雖云曾據原有編
目，予以蒐補，然所抄之部，則仍據錢枋所裂門類之編目訂定。是以
今尚無從考證所論《金瓶梅》一事，寫於何時？如以文中所系時間
看，自在萬曆三十八年以後矣。

沈德符卒於崇禎十五年，雖《萬曆野獲編》所寫史事，只止於萬
曆之朝，續編的序文寫於萬曆四十七年，又怎能說在沈氏這段有生之
二十餘年間，即未再對《野獲編》一書之稿，予以修訂補充也。當
然，也許他在萬曆四十七年完稿之後，便置而未顧。這兩種情形，悉
有可能。

這則有關《金瓶梅》的論訛，錢枋將之置於詞曲之後，自是由於
這一條論述，無法門類於所分之四十八門之間，不知此則在原編目
中，列於何處？或者原非《野獲編》目錄中文，今已無從詳知矣。依
所記情事，自亦萬曆之《野獲》，殆無置疑。問題是他所記述的那些
事件，則頗多疑問。筆者已在他文中多次疑及矣。

首先，我們懷疑到的袁中郎的《觴政》一文，在前面，筆者論及
《觴政》時，幾經考證，似以作於萬曆三十五年間，較比正確。那
麼，如照沈德符所記，他在萬曆三十四年間，即已知道袁中郎作有
《觴政》一文了。如果不是記述有誤，必是故意立說。他說「丙午遇
中郎於京邸」，應是萬曆三十四年秋後事，因為中郎復出，離開柳浪

湖入京，是丙午秋間事。這時，袁中郎尚未讀到《金瓶梅》的全帙，
倘使袁中郎寫給董其昌的那封信是事實，抵丙午已整整十年矣。若此
等書，既為當時文士所雅愛，爭相傳抄，怎會十年無後文？當真也是
《紅樓夢》的前范乎！

　　尤可異者，是沈德符所記有關《金瓶梅》的全本，全系於袁氏兄
弟。一、袁中郎知道該書全的淵源：麻城劉承禧家的全本，是從其妻
家徐文貞處錄得的。二、再過三年，他便從袁小脩處抄得了全本。這
裏，我們不禁要問：袁小脩在萬曆四十二年八月所記述的日記，還只
說他當年在真州，方得「見此書之半」，尚未說及他以後讀全本的
事。若此看來，此一問題，仍具真偽各半。第一，如果沈德符的這些
記述是真，則袁小脩的那些記憶必偽；第二，如果袁小脩的那些記述
是真，則沈德符的這些記述必偽。第三，要不然，那就是該兩書的記
述全偽，絕不可能兩書所記全真。說來，這應是必然之理，亦勿須多
所辯解。所以我們對這兩件史料，只能信擇其一，或全不相信，應該
認真加以考訂後，再行據之，絕不可兩者全信[26]。

　　既然，此等書能令人「見之驚喜」，忍不住「慫恿書坊以重價購
刻」，而且，如「應梓人之求，可以療飢。」這些話應是此等書在當
時社會之最適時尚的證言。試想，此等書又何至於十數年間，仍在人
間傳抄而無人先予剞劂乎哉？可以說，若此等書，縱無全帙，亦必有
人據以板行的。然竟無人板行，直到沈德符抄得全帙而「固篋之」之
後，遂「未幾時而吳中懸之國門」，想來亦未免太乞巧了吧！

　　如依沈氏此說，則萬曆三十八、九年間，《金瓶梅》一書，即已
在吳地板行。可是，直到今天，世間所得之最早的《金瓶梅》版本，
便是東吳弄珠客序於萬曆丁巳的這部《金瓶梅詞話》。難道，沈德符

---

26 吳晗寫〈金瓶梅的著作時代及其社會背景〉，即不信沈氏之說，但遺憾的是，吳氏
　當年尚未見及袁小脩之《遊居柿錄》。

說的那部「未幾時而吳中懸之國門矣」的《金瓶梅》，連片紙隻字的
消息也無處尋乎？

　　沈德符又說：「然原本實少五十三回至五十七回，徧覓不得，有
陋儒補以入刻，無論膚淺鄙俚，時作吳語，即前後血脈亦絕不貫串，
一見知其贋作矣。」這話當是指的在「吳中懸之國門」的那一部，其
中缺了五回。他向袁小脩借抄的那一部，應是無缺的完本吧？還是，
連他抄來的那一部，也同樣缺此五回呢？因為他說「原本實少」，想
必連他手上的那一部，也少五回。可是，缺少五回的百回殘卷，馮猶
龍與馬仲良等人，怎會「慫恿書坊以重價購刻」與「勸應梓人之求」
呢？這些，都是沈德符的這段話，所顯示的語焉不詳的問題。

　　如今，我們還無證據，予以確定在「丙午」又三年後，《金瓶梅》
一書已在「吳中懸之國門」。但從傳於今世的萬曆丁巳東吳弄珠客序
的《金瓶梅詞話》來說，則其中的五十三回至五十七回五回，其「前
後血脈亦絕不貫串」之病，是五十回與五十五回之間[27]。其他，也不
能看出這五回與其他九十五回，有何界然不同之「膚淺鄙俚」；至於
「時作吳語」，其他九十餘回中也有，不是祇有這五回中，方有吳
語。美國哈佛大學的韓南博士（Dr. Patrick Hannan）曾據此說，為之
寫了不少註腳，那些註腳只是一些穿鑿而已。筆者曾有文與之討
論[28]。這裏不多贅言矣！

編按1　檢叢先生存書，其親筆將「註29」併入註「註28」，今本從之。註釋序號隨之
　　　　調整。

───────────

27 該兩回之間，所寫任醫官與李瓶兒看病的情節，有重複之處。該兩回既是一人所
　　補，怎會上下重複？
28 參閱韓南博士作，丁貞婉譯：〈金瓶梅的版本及其他〉，參閱拙作〈論《金瓶梅》
　　的版本及其他〉一文，見本書第十二篇，原刊於《國立編譯館館刊》第42卷第2期
　　（1975年12月）。[編按1]

　　《金瓶梅》一書，其內容固係「指斥時事」，然所寫蔡京父子，也未必就是暗寓的嚴分宜父子，林靈素與朱勔，更未見得是暗指的陶仲文與陸炳。實則，《金瓶梅》的作者，只是以西門慶的荒淫與橫霸，來縮影當世（晚明）社會之腐爛淫靡，以寄牢騷已耳。這一點，由於彼此相處時代不同，觀感自有異趣，可以不必說它。然所說《玉嬌李》一書，看來良非中郎云云。筆者另有專文論及，認為沈說多難落實，這則史料，尤不足據。簡言之，那有既未讀竟全書，而盡悉全書內容的道理。

　　不過，沈德符寫在這段話中的人，則全部實有其人。袁中郎兄弟的大名，乃人所共聞，不必傳述了。如麻城人劉承禧延白，是萬曆八年的武舉，雖任軍職，卻偏書畫及珍本圖書等奇品異物，精於鑑賞，喜交遊，收藏極富[29]。徐文貞就是徐階，更不必說了。他如馮猶龍就是編「三言」的馮夢龍，更不必細述了。至於馬仲良名之駿，河南新野人，萬曆三十八年進士。沈說「馬仲良時榷吳關，亦勸予應梓人之求，可以療飢。」如照沈德符的這段話題來看，這些對話，應是交談在萬曆三十八年間，所以後人便據沈說，推斷《金瓶梅》初刻於萬曆三十八年。但如據另一資料，此說便不存在了。

　　按《萬曆野獲編》卷二十四，記有吳地靈巖山事一事，說是靈巖山乃夫差舊宮遺址，山上石質佳者，可作硯材，遂被山農石戶爛採，日夜椎鑿，巋玩頹墮，非復舊觀。適馬仲良以戶部郎來司滸墅關，登山一見爛採之情，甚為慨嘆，地方上亦有人希望禁採。馬遂報准官方出厚價，向居民贖回此山，立碑刻文，永不許斧鑿。居民石戶略吳令對策。遂託嘗與馬有舊交的吳人周某，出面向馬仲良遊說。一面請馬宴飲，一面令石戶開採。馬大怒，不終宴而別。因此種嫌於吳令袁

---

29 見本書〈玉嬌李──我國文學史上的幸運兒〉。

某，遂成深仇。沈德符記稱「又踰年，丁巳大計，……袁因得以蜚語
中之，馬亦自用他事開罪于東垣，遂外貶去。今年己未，袁亦用外察
劾降矣！」這裏所說的「又踰年丁巳大計」，即已寫明馬仲良司澒墅
關的年代，經查證《吳縣志》，知馬仲良司榷吳關，時在萬曆四十一
年，那麼，馬仲良勸沈德符把所抄之《金瓶梅》應梓人之求的話，時
間應在萬曆四十一年，馬仲良司榷吳關，時僅一年即行他調[30]。

我們如以這則〈靈巖山〉的記事時間，來比對沈德符所記的這則
有關《金瓶梅》的記事時間，便會發現他在萬曆三十七年間向袁小脩
抄錄了《金瓶梅》全帙的事，在時間上有了問題。第一，沈既是萬曆
三十七年間，即向小脩「借抄挈歸」，自不會是遲到數年之後，方行
「挈歸」。第二，馬仲良既是萬曆四十一年間，才派榷吳關，怎會在
語氣上用個「時」字，使馬的話與馮的話同時呢？第三，同是一個人
所記，何以所記時間兩不相？所以我懷疑沈德符的這則有關《金瓶
梅》記事，在真偽上，也是大有問題。

儘管所寫諸人，全是當時知名之士，但在沈德符於崇禎十五年
間故世時，舍馮猶龍後死於沈，以及邱志充之卒年未明，其他悉早故
世。《萬曆野獲編》在沈氏生前並未付梓，且素來未為時人所知，是
以他所寫這段《金瓶梅》事，究係寫於萬曆四十七年前，還是以後補
入，或無意雜入而為後人錢枋所錄入，也都無從查考矣。也許是後人
纂附，都有可能。

所有可議者是，今人凡所論及《金瓶梅》者，無不以沈氏之言為
圭臬，朱竹坨贊《萬曆野獲編》是「事有佐證，論無偏譾，明代野史
未有過焉者。」可是，沈氏寫於《野獲編》的〈偽畫致禍〉[31]一則，

---

30 劉承禧事見光緒八年編《麻城縣志》，卷十五，〈選舉志〉。
31 見一九三三年修《吳縣志》，卷二〈職官表〉。

便是以訛侍訛，就是一條「事」無「佐證」的記載。這一點，吳晗早在〈金瓶梅的著作時代及其社會背景〉一文中，考證清楚了。吳晗推斷後人相信沈德符的原因是：「信任《野獲編》作者的時代和他與王家的世交關係，以為他所說的話，一定可嘉，而靡然風從，屬相應和。」因為大家都以沈說為準，且都不惜精神，為沈德符尋註腳。實際上，沈德符的話，何嘗靠得住呢？

五　《味水軒日記》

　　李日華也是袁中郎壬辰同年，他的《味水軒日記》卷七，記有讀過《金瓶梅》後的評述，記云：

> 萬曆四十三年乙卯[32]：（正月）五日，伯遠携其伯景倩所藏《金瓶梅》小說來，大抵市諢之極穢者，而鋒燄遠遜《水滸傳》袁中郎極口贊之，亦好奇之過。

　　此一記述，如確是李日華所寫，即堪以證明《金瓶梅》一書，在萬曆四十三年正月，吳地尚無刻本問世。試想，沈德符說他在萬曆三十七年向袁小脩抄得《金瓶梅》全帙歸里之後，未幾時該書即在「吳中懸之國門」；此等書如經板行，必家傳戶到。所以，該書如在萬曆三十八、九年間，吳地即有刻本流行，李日華不會不知，也不至於遲到數年後，方始在別人手上讀到。這裏豈不更加證明了沈德符說的「未幾時而吳中懸之國門矣」的話，並非事實乎？

　　筆者在〈袁中郎與金瓶梅〉[33]一文中，曾經提到沈伯遠携其伯景

---

32 見〔明〕沈德符：《萬曆野獲編》，卷八。
33 此處在清人劉氏嘉業堂刻本上，誤萬曆四十三年為四十五年，今正之。

倩所藏之《金瓶梅》給李日華看，是出於主動？還是出於被動？如照
這一段日記所記的語氣來看，似是伯遠的主動。也可能是這樣：因為
他們都同里鄉鄰，平時閒談，知沈德符藏有《金瓶梅》一書，要沈伯
遠取來看看。一經寓目過後，不以為是一部可以與許的書，遂有此一
記述，責袁中郎未免「好奇之過。」當然，也可能是沈德符想出以付
梓，暗唆伯遠送給李氏一閱，一探其觀感如何？說來，這只是穿鑿之
意耳！

　　李君實說「袁中郎極口贊之」，不知指的是那些贊美之詞。照理
說，《錦帆集》中的那封寫給董其昌的信函（見前引），在萬曆四十
三年以前，業已梓行。若據袁氏詩文所記，《錦帆集》在中郎生前即
已出版，今所見之袁氏書種堂本，以及《袁中郎十集》，都可證明在
萬曆四十二年以前，即已行世[34]。《觴政》一文，固未見於袁氏書種
堂之《袁石公集》，然卻刻於《袁中郎十集》，可以想知李君實必然
讀到袁中郎的這些書，所謂「袁中郎極口贊之」，想是指的這些話
了。

　　但仍有一點，頗令人費解。那就是，袁中郎於萬曆二十四年
間，即已讀到《金瓶梅》的前半，在萬曆三十七年以前，即已得其全
帙（依據沈說史料者），這前後二十年之間，李日華能未與袁宏道相
晤見乎？在晤敘之餘，能不一提袁所贊與之《金瓶梅》乎？像這些，
都是存在於上錄各史料間的費解問題。

　　按李日華在萬曆二十年中進士之後，授九江推官，後遷至南京
禮部主事，乃上疏乞歸終養，里居二十餘年，迨父歿，始再補禮部，
晉尚寶司丞，時已天啟矣。後崇禎即位，晉太僕少卿，陳言佐新政，

---

34 袁小脩在萬曆四十二年日記中，提到中郎十集的出版與不滿該十集之纂造。見
　〔明〕袁小脩：《遊居柿錄》。

旋又乞歸，卒於崇禎八年，年七十一。這是《秀水縣志》〈文苑列〉
傳所載。

　　那麼，如從李氏本傳來看，在萬曆四十年前後的這段時日，正
是李日華居家孝養的時間，並未居官在外。倘使萬曆三十八、九年
間，即有《金瓶梅》一書，板行吳中，李氏怎會到了萬曆四十三年，
才見到沈德符的藏本呢？由此可以確知，在萬曆四十三年以前，尚無
《金瓶梅》刻本問世。亦足相信丁巳本就是初版本。

六　《山林經濟籍》

　　在用明人屠本畯名義所編之《山林經濟籍》這部叢書中，也記有
《金瓶梅》事，記謂：

> 屠本畯曰：「不知古今名飲者，曾見石公所稱逸典否？」按《金
> 瓶梅》流傳海內甚少，書帙與《水滸》相埒。相傳嘉靖時，有
> 人為陸都督炳訐奏，朝廷籍其家。其人沈冤，託之《金瓶
> 梅》。王大司寇鳳洲先生家藏全書，今已散失。往予過金壇，
> 王太史宇泰出此，云以重貲購抄本二帙。予讀之，語句宛似
> 羅貫中筆。復從王徵君百穀家，又見抄本二帙，恨不得睹其
> 全。如石公而存是書，不為託之空言也。否則，石公未免保
> 面甕腸。

　　按《山林經濟籍》一書，筆者尚未能在此間見到。但在美國國會
圖書館藏《中國善本書錄》第六五九頁，讀到王重民先生所寫此書之
著錄，記述該館所藏之此書，乃明末刻本，九行二十字，不分卷，十
六冊分裝四函，屠隆序。著錄說：

屠隆序云：「吾宗田叔，博雅宏通，鑒裁玄朗，因集是編。大
抵林壑衡門為政，達生娛志，山經農種，一味安穩本色。即
旁及品泉譜石，茶鐺酒鎗，亦何非林下風氣？率爾寓興，豈
留此作累心溺志之事哉！命曰《山林經濟籍》，良足封侯醉
鄉，而樹勳南柯矣！」按田叔，屠本畯字也，故第一種山棲志
題：「吳興慎蒙輯，屠本畯校閱。」按是書為明末杭州印本，
大抵用五朝小說，名山勝概記舊版，變化排纂，另立新名
目，冀圖多售。而屠隆之序，屠本畯之名，則並出偽託也。
全書凡八類，百零四種。其八類之目，曰〈棲逸〉、曰〈達
生〉、曰〈治農〉、曰〈訓族〉、曰〈奉養〉、曰〈寄興〉、曰〈漫
遊〉，曰〈玩物〉。……

那麼，從王重民先生所寫的這則著錄來說，業已斷之為「偽
託」，只是從古有之《五朝小說》與《名山勝概記》等書的舊版變纂，
予以另立新目，冀求多售而已。王先生史居柱下有年，見多識廣，所
寫證見，自可作為依傍。筆者迄未一見《山林經濟籍》其書，自亦無
從置喙。惟從上錄之《金瓶梅》記事，且毋論是否出於田叔之口，卻
也為後人，提供了不少時情。

第一，看來，這段話的意旨，在指斥袁石公之必有此書之全，
如託之空言，則未免「保面甕腸」。

第二，相傳嘉靖時，有人為陸炳誣奏等，自是當時世間口傳之
說。因為這時的《萬曆野獲編》尚未面世，似非據《野獲編》而來。
由此，亦足證明《金瓶梅》一書，在當時流行於社會的傳說。該序文
說「按《金瓶梅》流傳海內甚少」之言，亦只是隨口之說詞而已。

第三，又說「現大司寇鳳洲先生家藏全書，今已散佚」，雖係偽
託之詞，或只是世間無根之傳說，如沈德符之記述〈偽畫致禍〉一

樣，然此話卻證明了時人之知世間，確有《金瓶梅》一書。屠本畯又說他往年在金壇王宇泰家，見到該書抄本兩帙，又在王百穀家見到抄本兩帙，都是「恨不得睹其全」。這裏除了顯揚該書在當時傳抄之廣，更證實了《金瓶梅》一書，在此一《山林經濟藉》付梓時，尚無刻本問世。我不知著錄說這書是「明末刻本」，究是明末何年？像屠隆與屠本畯，都是萬、啟中人。縱係偽託，而偽託者亦必知當時世間之無《金瓶梅》刻本梓行也。亦可據以想知《萬曆野獲編》所說：「未幾時而吳中懸之國門矣」的話之不可靠；想來，豈不甚明。

七　《陶庵夢憶》

張宗子的《陶庵夢憶》卷四，記有他偕同友人等，到不繫園看紅葉，友人中楊與民用北調說《金瓶梅》事。記云：

> 甲戌十月，偕楚生往不繫園看紅葉。至定香橋，客不期而至者八人：南京曾波臣，東陽趙純卿、金壇彭天錫、諸暨陳章侯、杭州楊與民、陸九、羅三，女伶陳素芝；余留飲。章侯攜尺素，為純卿畫古佛，波臣為純卿寫照，楊與民彈三弦子，羅三唱曲，陸九吹簫。與民復出寸許界尺，據小梧用北調說《金瓶梅》一劇，使人絕倒[35]。……

按所記「甲戌」，乃崇禎七年。座中遊客，全是江南人。這時，《金瓶梅》之流行世間，業已在江南演成戲劇，所謂「用北調說《金瓶梅》一劇」，顯然指的是在在崇禎七年時，世間已有《金瓶梅》的故事，演出戲劇關目，在舞臺上演出。否則，怎會說「用北調說《金

---

35 參閱〔明〕張岱：《陶庵夢憶》，卷四。

瓶梅》一劇」呢？這話且也顯示著原劇必是南腔所唱，而楊與民則改
用北調或係用的魯語，來改「唱」為「說」，以取悅於諸友人。試想，
江南人在江南人之間，用北地的齊魯方言，來摹擬西門慶與潘金蓮等
語調，必「使人絕倒」無疑。斯情斯景，吾人自可意想而得見。

　　不過，在流傳今之戲劇中，尚未見有《金瓶梅》一書的故實。雖
有所謂〈挑簾裁衣〉與〈獅子樓〉等折，今仍不時演出於國劇舞臺，
然亦《水滸》中事，非專屬於《金瓶梅》》。存留明清雜劇較泛之〈綴
白裘〉，亦未見記有《金瓶梅》典實之劇目。是以亦難判定《陶庵》
所記之「說《金瓶梅》一劇」事，究是依據當時社會上的劇人演出之
劇本，還是該說者楊與民根據《金瓶梅》說部而自行編說，今均難下
結論。但有一點，我們今天可以據之如此肯定的說：在張陶庵所記的
這個崇禎七年之時，《金瓶梅》已在江南公開風行著了。因為它已成
為當時人們遊宴間的歡趣談助。

　　再說，《陶庵》此段文中所記諸人，有半數悉為戲劇中人，如朱
楚生乃女戲耳。集中有專述朱楚生色藝之文。他如彭天錫者，即今之
所謂「票友」人物，集中亦有專述彭天錫串戲妙絕千古之文。基此，
猶可推想《金瓶梅》流傳於明末之盛。刻於杭州之崇禎本，得非肇乎
其時也哉！

八　結語

　　綜上所述，足可使吾人了解到，那些明代時人的冊籍，所留下
的有關《金瓶梅》史料，可信的成分，似乎連一半也沒有。最主要的
一部分，是中郎與小脩兄弟間對該書識見上的牴觸，尤值吾人去尋出
正確的結論。關于這一點，筆者幾乎在每一篇論及《金瓶梅》的文字
中提到，應去尋找到那部由袁小脩審訂的《袁中郎全集》家刻本，來

徵喻那兩封信以及寫在《觴政》中的與許，是否與今之傳世各集一樣
無訛。至於《萬曆野獲編》的話，幾已毋須再去求證，便已能從上述
明代梓行的冊籍中，證其所言非實矣。

　　最令人不解的是，那位對小說最有興趣的馮夢龍，居然沒有為
《金瓶梅》留下片語，據容肇祖著〈馮夢龍的生平及其著述摘要〉[36]，
說他在南明唐王隆武二年還活在世上。而且，他曾慫恿沈德符把所抄
得的《金瓶梅》賣給坊間付梓，何以會對該書未嘗記述呢？或有人擬
那「東吳弄珠客」是馮夢龍，乃無稽之言，漫臆之語，不足採也！

　　李卓吾卒於萬曆三十年，此老尤喜奇書。而且卓老一生，最有
情於鄂楚[37]，更為袁氏兄弟一生所崇慕。倘使袁中郎在萬曆二十四年
間，就讀到了《金瓶梅》的前半，安有五年之間，李氏不曾風聞此書
之理。像此老的性格，對於《金瓶梅》這等書，絕無知而不讀之理，
也絕無讀而不言之理；或美或刺，此老都不會默而無言。基乎此，我
們或可想知《金瓶梅》一書，在萬曆三十年以前，尚未流行於世。這
樣推測，也許可以吧？

　　朱國禎的《湧幢小品》，所寫門類至廣，也未論及此書。只在
〈好譚〉[38]一則中，提到《觴政》，說：「袁中郎不善飲，好譚飲。著
有《觴政》一篇，補所未足。」他如董其昌與陶望齡兄弟，以及趙南
星、焦竑與謝肇淛等時人，所留文詞，亦悉未涉及《金瓶梅》。想必
都是由於這些人在朝有官在身，不願為此一淫穢之書，表示意見。但
袁氏書種堂刻於《錦帆集》之袁中郎寫給董其昌的那封信，董氏生前

36　見孔另境編：《中國小說史料》（臺北市：中華書局，1976年）。

37　李卓吾客居湖北麻城甚久，半生留居楚地，萬曆二十七年間曾赴京，雖未與中郎晤
　　面，但卻有信往還。後至金陵焦弱侯處，未與中郎斷唱和也。參閱袁小脩作〈李溫
　　陵傳〉及中郎詩文，李氏《焚書》。

38　見〔明〕朱國禎《湧幢小品》，卷二十二。

應該見到，亦未嘗表示意見也？

　　雖將明代時人行之於文詞的有關《金瓶梅》一書的言譚，予以比竝展示，則顯見了彼此間所述事實的衝突，諸多難以置信。但《金瓶梅》一書之在萬曆三十年之後，即已流行於世，乃絕無疑義之事。然該書之板行於世，似在萬曆四十五年（丁巳）以後；如未能尋得實物以證沈說之無訛，足可如此確定。

　　總之，凡所存於明人典籍上的史料，吾人必須加以推斷，然後方可據而立論，絕非凡是明人之說，即信而不疑焉！

《水滸傳》與《金瓶梅詞話》^{編按1}

　　人雖共知《金瓶梅》一書的故事，枝生於《水滸傳》，卻極少人深知它錄自《水滸傳》的情節與文詞，究有多少？因為，《金瓶梅》的原版《金瓶梅詞語》，公諸於世的時間甚遲¹，同時，早期的《水滸》未能傳世，雖李卓吾的百回本，亦流傳極少。是以後人多未能見及《金瓶梅詞話》抄錄了多少《水滸》？因為他本已把詩詞刪去了。

　　今日流行的七十回本《水滸》，多把百回本中的詩詞刪除了。在回目上，也有參差不同之處。按《金瓶梅》的故事，枝生於《水滸傳》二十三回景陽岡武松打虎起，到廿六回武松鬪殺西門慶止；百二十回本同²。七十回本則自廿二回到二十五回供人頭武二設祭。另外便是第八十七回的殺嫂部分。這些，都是大家習知的了。實際上，《金瓶梅》引援於《水滸傳》的地方，其他部分亦有。美國哈佛大學的韓南博士，在其所著《金瓶梅研究》一書³中，業已探討到了。

編按1　原載於《出版與研究》第17、18期第3版（1978年3月1、16日）。

1　一九三二年冬，北平圖書館購得萬曆丁巳（四十五）本之《金瓶梅詞話》之後，世間方知有此一較崇禎本尚早之《金瓶梅》本，知崇禎本之《金瓶梅》，已將原本之詞話部分刪去了。
2　此一部分的回目，百回《水滸》與百二十回同，今日肆間，尚有七十一回本，亦同此回目。
3　本文已由丁貞婉教授譯出，載於《出版與研究》第15、16兩期。

──編按1

　　根據韓南博士所作《金瓶梅研究》之「The Test of the Chin Ping Mei」，此章所論之有關《水滸》，可分為兩部分，一是情節，二是詩詞。韓南博士所依據的《水滸》版本，乃一五八九年（萬曆十七年）天都外臣序清人再版之百回本。此一版本之《水滸》，此間無書流傳。我知道李宗桐先生於民國十四年曾據家藏明刻本之百回《水滸》，用鉛字排印出來，惜今已無從得見此書[4]。茲錄韓文所列章回如下：

（一）情節部分：

(1)《金瓶梅》第一回頁三反面至第六回頁四正面，抄自《水滸》頁三四一至四〇一，四〇五至四七〇。

(2)《金瓶梅》第九回頁三反面至第十回頁五正面，抄自《水滸》頁四〇七至四一八；四二三至四二六。

(3)《金瓶梅》第八十七回頁一正面，頁五正反兩面，抄自《水滸》頁四一五至四一六。

(4)《金瓶梅》第十回寫李瓶兒家世，是取自《水滸》第六十六回大名府事件。

(5)《金瓶梅》第八十四回寫月娘泰山燒香，至少有四處取自《水滸》不同的地方合寫而成。

編按1　本文原無標題序號「一、二、三、四」，基於閱讀之便及統一性，《金學卷》在編輯過程中，特標序之。各標序也略微調整之。

4　據悉李宗桐玄伯之藏書，悉行售與南港中央研究院傅斯年圖書館，相信此一百回《水滸》必在其中。惜該批書籍在南港一閣數年，迄未登卡入藏也。

（1）月娘所見的女神描寫，取自《水滸》第四十二回宋江的夢。

（2）月娘逃出廟中的一場情節，取自《水滸》五十二回。

（3）廟中企圖誘陷月娘等情節，出自《水滸》第七回。

（4）逃出廟宇以後又遇到另一危險，出自《水滸》第三十二回。

（6）《金瓶梅》第二十七回頁二反至三正，取自《水滸》頁二
　　二九至二三〇及頁二三三。

（二）詩詞部份：

（1）《金瓶梅》第二回頁五正反面；《水滸》頁七二三。

（2）《金瓶梅》第八回頁十一正反面，《水滸》頁七三四、七三五。
　　（頁七三九有敘述文字及四行詩三首。）

（3）《金瓶梅》第九回頁二反面；《水滸》頁三五七。

（4）《金瓶梅》第十一回頁八正反面；《水滸》頁八四〇。

（5）《金瓶梅》第十四回頁五正面；《水滸》頁一九四。

（6）《金瓶梅》第十五回頁二反面至頁三正面；《水滸》頁五一六。

（7）《金瓶梅》第三十回頁六反；《水滸》頁一九三。

（8）《金瓶梅》第五十九回頁十三反面十四正面；《水滸》頁三一
　　二至三一三。

（9）《金瓶梅》第六十一回頁二十一反面；《水滸》頁八五八。

（10）《金瓶梅》第六十六回頁四正反面；《水滸》頁八八二至八八
　　三。

（11）《金瓶梅》第八十一回頁三反至頁四正面；《水滸》頁四七四
　　至四七五。

（12）《金瓶梅》第八十四回頁二正反面；《水滸》頁一二四三至一
　　二四四。

（13）《金瓶梅》第八十六回頁七正面；《水滸》頁一二六。

（14）《金瓶梅》第八十九回頁六正反面；《水滸》頁一〇二。

（15）《金瓶梅》第八十九回頁七正面；《水滸》頁七三二。

（16）《金瓶梅》第九十三回頁十二正面；《水滸》頁六一八。

（17）《金瓶梅》第一百回頁十反面（與八十一回頁三反頁四正面
　　　相同）；《水滸》頁四七四。

（18）《金瓶梅》第十回頁一正面（詩）；《水滸》頁五一三。

（19）《金瓶梅》第六十八回頁十一正面（詩）；《水滸》頁八七四。

（20）《金瓶梅》第十九回頁二正面，第九十四回頁一正面（詩）；
　　　《水滸》頁五一三。

（21）《金瓶梅》第六十八回頁十一正面（詩）；《水滸》頁一三三
　　　五至一三三六。

（22）《金瓶梅》第八十八回頁一正面（詩）；《水滸》頁五六三面。

（23）《金瓶梅》第八十九回頁一正（詩）；《水滸》頁四七。

　　上列是韓南博士根據清人重刻萬曆十七年之原版百回《水滸》
本，所尋出的有關《金瓶梅詞話》之抄錄改寫的《水滸》上已有的情
節文詞與詩詞。因為我至今尚未讀到百回本《水滸》的全帙，無從置
喙。且韓氏的此一註腳[5]，大多僅註所據《水滸》之頁碼，未能註出
《水滸》的回目，今吾人手頭又無韓氏所據之百回《水滸》版本，查
對就未免困難了。根據筆者從日本內閣文庫印來的明刻李卓吾批評
《忠義水滸傳》第二十三回至三十回八回，發現韓南博士之此一論
述，尚遺漏了第二十六回「來旺兒遞解除州」的情節，是出自《水滸》
第三十回（金批第七十回本是第二十九回）「施恩三入死囚牢」而武
松被張都監陷害的情節。按此一情節，在《水滸》中寫得較比細膩。
寫蔣門神挨了武松拳腳丟了臉，為了謀求報復，便暗地裏與孟州守禦

5　本文所錄的一部分，是韓南博士所寫「The Test of the Chin Ping Mei」一文之註腳
　　部分，見丁貞婉譯文。

兵馬張都監，還有張團練，設法陷害武松。先寫張都監到施恩的快活林飲酒，結識武松，帶進衙門，且故作親近嫗護，把武松請進內宅飲酒，又要賞賜武松婆娘。夜晚留武松住宿，半夜後故佈賊陣，誘引武松進入內宅，然後便由預先埋伏的兵士家丁，捉住武松，當作賊人送進官府，且在武松衣包內栽贓了銀兩作證。綿綿衍衍前後傅設了二千餘字。但在《金瓶梅詞話》第二十六回中，只簡略地採用了六百餘字，即把情節圓滿交代了。

二

　　《金瓶梅詞話》第一回的「景陽岡武松打虎」，雖是《水滸》第二十三（七十回本二十二）回的「景陽岡武松打虎」的全部情節，但在《金瓶梅詞話》中，則已是《金瓶梅》的楔引，所謂「乃虎中美女，後引出一個事情故事來」的由頭，我們可以從這些地方，來欣賞到蘭陵笑笑生處理題材的高明手法。他能把取自於別書上的材料，形體於一己的故事上。這情事自亦是元明清的小說家所慣有的伎倆了。

　　《金瓶梅詞話》取於《水滸》的情節剖分，約分三類，一是原情節照錄，只在形體的揉合上，略加剪裁，如武松打虎部分；一是把原情節取來，加以改寫，如來旺捉賊部分；一是根據《水滸》上的多處情節，萃成《金瓶梅》的一個情節，如吳月娘泰山進香部分；其他便是詩詞的照抄。但無論那一部分，如從小說的形體上看，它們在被運用到《金瓶梅》中的《水滸》，它已是《金瓶梅》的整體，與《水滸》的關係，僅是血統上的淵源。縱然在形體上，或可認為它們是孿生的連體兒，也各有其獨有的個己形體，以及個己的獨立意想。所以，《金瓶梅》中的《水滸》，說得最親切些個，也只能視為一雙連體兒，彼此相連的部分，只是兩者間的一層皮肉而已。此一看法，或可說明

《金瓶梅》之取於《水滸》的情節以及文詞的輕重所在了。

　　《金瓶梅》的作者，能把《水滸》第二十六回（金批七十回本是第二十五回）的武松鬥殺西門慶，改寫為武都頭誤打李外傳，因而充配孟州道，使西門慶逍遙法外，娶金蓮回家，一直演說到西門慶死後的第八十七回，方始重新回到《水滸》的第二十六回，這是《金瓶梅》作者，著意於《金瓶梅》情節的最高巧思。想來，較之《水滸》的剪裁手法，可真要高明得多了。[6]

　　《金瓶梅》的作者，為了要使他意想的《金瓶梅》故事，在西門慶、潘金蓮二人身上作主線發展，不得不把《水滸》第二十六回的情節，予以重作處理，讓武松未鬥殺西門慶而誤傷他人發配孟州，留下一個空間，發展他寫的那個荒淫的故事。這在小說的藝術要求上，是誠有其必要。然，蘭陵笑笑生居然把西門慶與潘金蓮在《水滸》中發生於山東東平府陽穀縣的故事背景，在《金瓶梅》中改到河北省的清河縣去；兼且把河北的清河縣歸屬到山東省的東平府，就是一大問題了。《金瓶梅》的作者，何以要如此加以篡改？則頗令人不解。我在〈金瓶梅的作者〉一文中，已經提到一次了。韓南博士也曾注意及此，他說：「其中有一處與《水滸》大相逕庭的，我認為也許大有文章；這是陽穀為清河這件事。《水滸》裏武松往清河去看他哥哥，但在陽穀見到他；《金瓶梅》卻正好相反。這一點是作者有意作的改變，因為清河與其鄰的幾個城鎮，特別臨清這個繁榮的運河港口，在《金瓶梅》中扮演極重要的腳色。揣測作者作此易動的動機，固屬多餘，但顯然他清河知道的不少。」韓氏且為此加了一條註腳說：「明朝年間，臨清縣有官營大瓦廠。（見宋應星一九五四年上海版《天工

6　參閱胡適之作《水滸傳考證》前後文及〈百二十回水滸傳序〉以及余嘉錫《水滸傳三十六人考實》。

開物》頁一三七頁。當時讀者會看出它就是《金瓶梅》中由兩名太監管理的瓦廠。）」[7]

　　韓南博士似乎認為此一易動——陽穀改為清河，是為了遷就臨清這地方上，有官營大瓦廠，以作所寫兩個太監的說明。這看法未免過於單純了。按清河縣在明代屬北直隸廣平府。清河本為漢代的邵名，《讀史方輿紀要》說：「本趙地，景帝二年分為清可國，建元五年，為清河郡。元鼎二年，復為清河國，地節三年，復為郡。初元二年又為清河國，永光初，仍為郡。領清陽等縣十四，今廣平府南至山東東昌府北境是其地。清陽今清河縣。又漢紀，平帝元始二年，置廣宗國；廣宗，或曰在清河境內。」[8]到了清朝，清河即屬於直隸大名道，今之河北省。陽穀則是山東，明清兩朝均屬於東平州。清河縣在臨清以北，陽穀縣在臨清西南。清河與陽穀，雖一北一南，但兩地距離臨清這一運河港口，都不太遠。雖清河距臨清咫尺，但陽穀距臨清，也不過數百里之遙。臨清且是當時運漕要口，繁盛之地。當地官營之大瓦廠，清河人知道，陽穀人也不會不知道。再者，明代的宦官派至外地，看守皇莊、皇木、磚瓦廠，非祇臨清一地，徧乎全國。鑛稅之患，正多太監威福。似不至僅僅為了兩個太監的寫入《金瓶梅》，才故把陽穀改為清河的。想來，必還有其他更大的意想，傳設於此一改寫的原因之間。

　　依據《水滸》所寫，武氏兄弟是清河縣人氏，武松醉酒傷人，由清河逃到了滄州橫海郡柴進莊上躲難。當他知道了他並沒有打死那個人，準備回清河探望哥哥，又患了瘧疾。後來，在柴進莊上住了一年

7　見韓南作，丁貞婉譯：〈金瓶梅所用的資料〉一文。刊《出版與研究》半月刊。

8　宋朝有路無省。在宋朝（北宋）清河、臨清、陽穀等地，均屬京東東路東平府管轄。

多，又幸會了在逃罪的宋江。然後才拜辭了柴進，要回清河去探望哥哥，可是，「武松在路上行了幾日，來到穀陽縣地面。」[9]由滄州行了幾日，來到陽穀地面，從地理上來說，是不合宜的。因為武松是從滄州到清河探望哥哥，應是行了幾日到了清河地面才對，這裏卻寫著到了陽穀地面，卻不管他先說要回清河的，在交代上自是有問題的了。雖說，在下一回中介紹武大的時候，曾經說明武大之所以到了山東陽穀，乃由於他娶了潘金蓮這位漂亮的婆娘，住在清河時，不時被一些奸詐浮浪子弟們，在他家門口胡言蜚語，無聊而嘈噪得使他們住不下去了，方由清河到了陽穀。那麼，武松之到了陽穀，應該是他從滄州到了清河，打聽到哥哥去了陽穀，遂再由清河尋到陽穀。這在情節上，是頗為自然的事，只是作者未予交代，離開滄州行了幾日，就到了陽穀，在過程上，就欠缺了事理了。

關於這一點，《金瓶梅》可就寫得更其亂了。

《金瓶梅》把武氏兄弟改為陽穀縣人。「因時遭荒饉，將租房兒賣了，與兄弟分居，搬移到清海縣居住。這時武松因酒醉，可傷了童樞密，單身獨自，逃在滄州橫海郡小旋風柴進莊上。他那裏招攬天下英雄豪傑，仗義疏財。……因見武松是一條好漢，收攬在庄上。不想武松就害起了瘧疾來，住了一年有餘。因思想哥哥武大，告辭歸家。在路上行了幾日，來到陽穀地方。那時山東地方，有一座景陽崗，……」

蘭陵笑笑生為了使《水滸》的此一情節，適合於他寫《金瓶梅》的需要，予以改寫了。可是，既已把《水滸》中的清河陽穀予以倒置，就應該把打虎的景陽崗改為清河地界。此處的《金瓶梅》，則仍一援《水滸》的舊詞，景陽崗仍是陽穀縣的地方。打死大蟲之後，賀

9　見金本《水滸》，第二十二回，百回本，第二十三回。

功看賞的縣分，居然是清河縣。縱然作者這樣交代：「知縣見他仁德忠厚，又是一條好漢，有心要抬舉他。便道雖是陽穀縣人氏，與我這清河縣，只在咫尺，我今日就參你在我這縣裏，做個巡捕的都頭，專一河東水西，擒拿盜賊，你意如何？」就這樣把武松從山東地界的陽穀縣景陽崗，拉到了直隸清河，以便他在遊街慶功時，遇見由陽穀搬遷到清河居住的武大。但在情節上說，終嫌勉強得很。還有那一篇錄自《水滸》歌頌武松打虎的古風三十句，「清河壯士酒未醒」也未予改寫為「陽穀」。這些小地方，似乎都不是作者有心要去著意的地方。，亦可基此想知，《金瓶梅》之所以要把武氏兄弟的籍貫，由《水滸》的清河改為陽穀，把西門與潘氏的演出地，也由《水滸》的陽穀改為清河，絕非為了《水滸》的武松，由滄州行了幾日就到了陽穀地界的欠缺過程而改。再說，在地理上，清河與陽穀並非「近在咫尺」，[10]它們既非鄰縣，甚而也不同州郡。作者絕非連此一地理常識也無有，想來，自是蘭陵笑笑生故意予以錯綜的了。

　　清河並非山東所屬，《金瓶梅》的作者絕不會不知。但作者安置於《金瓶梅》中的清河，則要它屬於山東東平府所轄，寫在第三十九回的那篇齋意表文，就直屬「大宋國山東清河縣」，還有第六十六回上朱陵榜的榜文，也直書「大宋國山東東平府清河縣」，可以說，這都是《金瓶梅》的作者，故意在扭曲清河與陽穀的地理環境。其目的究竟何在？真是很難予以蠡測。但無論如何？決不是為了清河的近於臨清。我在前面說了，陽穀距離臨清也不遠。

---

10 寫清河與陽穀「近在咫尺」，《水滸傳》也如此寫。百回本，百回廿回本，七十回本，七十一回本，全是如此寫。實則清河離陽穀還隔著好幾個縣呢！

三

　　凡是閱讀《金瓶梅》的讀者，如不是想在這部書上有所探討，準不會懷疑到清河在事實上，竟不是山東的縣分。客歲夏間，莊練兄約會幾位文友在他府上小酌，席間有夏元瑜老先生及高陽、夏港生等友，閒談到《金瓶梅》的清河時，連高陽當時都以為清河是山東陽穀的鄰縣。在我還沒有進入這部書的問題之前，也深信清河是山東的一個縣分不疑。等到翻出山東省地圖，徧尋也無法見及「清河」，居然在河北省的大名道轄中找到它，才知道已被蘭陵笑笑生欺騙了不少年了。我想，作者故意把《水滸》中武氏兄弟的籍貫以及西門與潘金蓮演出的景背，如此的加以互換，乃有意錯亂讀者在「山東」地土上的加強，而實際上，《金瓶梅》的主要故事，其演出地並不是山東，竟是河北清河。這一點，與「蘭陵笑笑生」的「蘭陵」，並不一定非是山東的蘭陵不可，良有異曲同工之妙吧！

　　至於《金瓶梅》之照抄《水滸》中的不少情節，以及詩詞，還有其他各書上的以及當時流行於世間的戲曲笑譚等等，只是當時那個時代的小說家們，一向習用的慣技，如《三國》、《水滸》、《西遊》、不都是纂編故有篇什而成的嗎？同時代的《金瓶梅》，自亦不能例外。然如以小說的藝術創意來說，《金瓶梅》還算得上是這幾部小說中，更有創意的一部。當然嘍，如以今日的小說結構與情節演進過程觀之，今所謂明代的四大奇書，可以說沒有一部是沒有缺點的，自不能僅以《金瓶梅》而論了。

《玉嬌李》

——我國文學史上的幸運兒[編按1]

——[編按2]

我國之有所謂「文學史」，不過近數十年間的事。以往，雖有文學之史說，並無文學史的書名。今者，凡是命名為「中國文學史」的冊籍，在論及小說部份的章目，大都不忘在寫到《金瓶梅》一書之後，又為《玉嬌李》寫上一筆。可是，誰讀過《玉嬌李》來？

如尋根溯源，卻祇有沈德符寫於《萬曆野獲編》中的的一段話，方是此一問題最原始的資料。他說：

> 中郎又云：「尚有《玉嬌李》者，亦出此名士手，與前書各設報應因果，武大死後化為淫夫，上烝下報，潘金蓮亦作河間婦，終以極刑。西門慶則一騃憨男子，坐視妻妾外遇，以見輪迴不爽。」中郎亦耳瞟，未之見也。去年抵輦下，從邱工部六區志充，得寓目焉。僅首卷耳，而穢黷百端，背倫滅理，已不忍讀。其帝則稱完顏大定，而貴溪分宜相構，亦暗寓焉。至嘉靖辛丑庶常諸公，則直書姓名，尤可駭怪。則棄置不復再展。然筆鋒恣橫酣暢，似尤勝《金瓶梅》。丘旋出守

編按1　原載於《出版與研究》第1期第3版（1977年7月1日）。

編按2　本文原無標題序號「一、二、三、四」，基於閱讀之便及統一性，《金學卷》在編輯過程中，特標序之。並微調內文中有關序號的編排格式。

　　去，此書不知落何所？

[1]沈德符的這段話，就是近代文學史家，據以寫入《玉嬌李》的原始根據。

　　我們如認真的推究一下沈德符的這段話，就會發現他的這一段語，句句都不落實。

　　第一，沈德符第一次知道《玉嬌李》這部書的書名，及其內容，是袁中郎告訴他的。如照沈德符所記的那段話的語氣來看，《玉嬌李》的事，應是沈在萬曆三十四年間，聽到袁中郎說到《金瓶梅》時，附帶提到的。（袁中郎隱居家鄉柳浪湖六年，萬曆三十四年秋方再入都[2]。）而袁中郎也是聽來的，「未之見也。」這裏，我們不禁要問：（1）袁中郎既是聞聽人說，還有繼《金瓶梅》一書所續寫的《玉嬌李》，自己並未讀到此書，怎會說：「尚有《玉嬌李》者，亦出此名士手」呢？（2）袁中郎幾時說過《金瓶梅》是什麼「大名士」[3]所寫的呢？

　　第二，沈德符說他後來在一位服務於工部的朋友邱志充處，讀到了《玉嬌李》這部書。他說：「去年抵輦下，從邱工部六區志充，得寓目焉。」我們弄不清他說的「去年」，是指的哪一年？但據沈德符說，他向袁小脩抄得《金瓶梅》的全帙，是萬曆三十七年[4]。所以我們可以在此設想袁中郎向沈德符提到《玉嬌李》的話，是在萬曆三十七年說的。（如照文辭看，所謂「又云」，自是指袁中郎說過《金

1　〔明〕沈德符著，錢枋編訂：《萬曆野獲編》，卷二十五。
2　參閱〔明〕沈德符：《萬曆野獲編》，卷二十五，沈德符寫有關《金瓶梅》等事全文。（見本前篇所引。）
3　沈氏說萬曆丙午的「又三年」，自是指的萬曆三十七年。三十八年有會試，小脩於三十七年秋冬上京讀書應試。
4　再說《玉嬌李》一事，本文已略引述。

瓶梅》的事之後，跟著又提及的，應是萬曆三十四年了。）邱志充是
山東諸城人，萬曆三十八年進士，此說「邱工部」，自是指的邱志充
中進士以後的事，那就是說，沈德符聽到袁中郎在說到《金瓶梅》之
後，又提到《玉嬌李》，後來，這部《玉嬌李》，竟居然被他遇到了。
而且，沈德符也只是讀了首卷，即已知道內容。他說：「則棄置不復
再展。」當然是沒有讀完，也沒有認真而仔細的讀過。卻能斷然地
說：「筆鋒恣橫酣暢，似尤勝《金瓶梅》。」這些話都不落實。

　　第三，沈又說「邱旋出守去，此書不知落何所？」此書既藏於邱
志充手上，邱因職務調動而出守去，該書縱不隨轅伴駕而去，也不見
得此書便已不存於邱氏，沈氏又未說明邱手頭的這一部也是借來的。
就是借來的，也有個主，怎可斷然地說：「此書不知落何所」？既云
「此書不知落何所」，顯然已在斷言此書之不知所終。豈非明說此書
之不會流傳乎哉？

二

　　據孫楷第編《中國通俗小說書目》記有《玉嬌李》一目。說：「明
無名氏撰。《野獲編》卷二十五引，云與《金瓶梅》同出一手。張無
咎〈新平妖傳初刻序〉[5]云：『《玉嬌麗》（不作李字）、《金瓶梅》如
慧婢作夫人，只會用賬簿，全不曾學得處分家政，效《水滸》而窮者
也。』及重刻改定序則云：『《玉嬌麗》、《金瓶梅》另闢幽蹊，曲中
奏雅，《水滸》之亞。』以《金瓶梅》《玉嬌麗》並稱，似所指即此書。

5　《新平妖傳》的初刻，據美國哈佛大學教授韓南博士所記，說是初刻於一六二〇年
　　（泰昌元年）。參韓南作，丁貞婉譯：〈論金瓶梅的版本及其他〉，《國立編譯館館刊》
　　第4卷第2期（1975年12月）。

則其書明季猶存也。」魯迅在《中國小說史略》中引及《玉嬌李》時，寫了這麼一句按語，說：「今其書已佚，雖或偶有見者，而文章事跡，皆與袁沈之言不類，蓋後人影撰，非當時所見本也。」周氏說「或有偶見者」，不知說從何來？

後有《玉嬌梨》一書，雖書名乃學步邯鄲，而內容則是才子佳人的佳話，與沈氏所「見」的《王嬌李》完全不同，其中情節，《小說史略》有詳細說明。不知周氏說的「或有偶見者」的「偶見」，是否即《玉嬌梨》之名似而實異者。如今終究無考矣！

我沒有見過《新平妖傳》的初刻本，序者張無咎，吾未考其為何如人？編按1

再說，《玉嬌李》與《玉嬌麗》雖只一字之異，但在同時代下的筆下，居然異書，似非筆誤，要不就是當時確有此書，後來又改「李」為「麗」，也有可能。但最大的可能，或許張無咎也是耳瞶，聽沈德符起的，遂把「李」誤為「麗」了。這些假設，雖無證據，然而從沈德符的一生行徑來演繹[6]，這些推想，我是良有以也。

按明朝社會的淫亂，到了萬曆末期，可說已糜爛至極。淫書春

編按1　檢戮先生存書，其親筆將「但在明朝萬曆末年……沈德符怎會說得如此肯定？」約兩百字文，刪之。今本從之。

6　沈德符的上三代都是進士，他生於京師，父親死時他才十多歲，壯年鼓篋捐入太學，萬曆四十年曾中試二十五名，拆封後一看是沈德符，主考官怕遭物議，遂予廢棄，改以備取填補。可以想知沈氏當時之大名矣。直到萬曆四十六年，他方中舉，時沈德符已四十一歲。張宗子著《陶庵夢憶》，記有沈德符與時人某等，組織「噱社」，以作同好們的說古喻今之聚。所著《萬曆野獲編》亦不辟淫穢之筆。《清權堂集》中，癸亥（天啟三年）所寫夏園居詩十首，便有「縱工小說無心作，只學般芸字灌蔬」句。如從沈氏作品所涉時人之遊的情形去看，堪知沈氏乃當時名人如公安竟陵輩之知交，但徧觀所交時人之詩文，則未嘗有片言及手沈。此一問題，可參閱本書〈沈德符與金瓶梅〉一文。

書，泛濫無禁。文士之筆，雖每以佛家因果自戒，卻又大多在妻室以外，尚蓄有侍妾。兼且在友朋聚飲之間，亦不忘備有侑酒伎優。若此時代，所以《金瓶梅》在未付梓前，即已轉輾流抄，且騰乎文士之口，書乎文士之手。《玉嬌李》之筆鋒，其恣橫酣暢，既尤勝《金瓶梅》，自不會無人予以轉抄流傳，後世不是還有《續金瓶梅》與《隔簾花影》等書的出現，都是本於《金瓶梅》的流行而因應產生的嗎！試想，如有《玉嬌李》其書，那有因為藏書人丘志充之「出守去」，於是「此書」即「不知落何所」的道理！再說，沈德符怎能確定世上也不見得祇有丘志充那一部稿本吧？

三

　　總而言之，《玉嬌李》似無其書。也許是沈德符寫的，不敢使之流傳而自己毀棄了它。倘有稿本拋出世間，像這類書，不見得連片紙隻字也未曾傳下來的。但文學史家僅僅根據了沈德符的那幾句並不落實的話，即率爾把它寫入史書，且信而無徵的為之立說，想來這《玉嬌李》未免是太幸運了。比起其他的雖存其文，也無人為之入史的文藻，《玉嬌李》誠是中國文學史上的幸運兒矣！認真說起來，還不是由於《金瓶梅》的穢名太著嗎！

論蘭陵笑笑生^{編按1}

一

　　直到民國二十一年冬，在山西發現的《金瓶梅詞話》被北平圖書館收購，翌年由北大教授們集資印了一百部，世間方知該書的作者是「蘭陵笑笑生」。但此一蘭陵笑笑生是何許人也？是怎等樣人？則至今尚無定論。卻由於山東有蘭陵舊地，而《金瓶梅》的語言，有「俺」、「咱」等口語，遂率多依據「蘭陵」一詞，肯定此一「笑笑生」乃山東人。此一說法，幾成四十年來的定論。實則，這一說法不是絕對的，只是相對的，因為「蘭陵」這個地名，不祇山東有，江南常州也有。語言也不祇是山東一地才有此方言，黃河兩岸數省的語言，都是那種口調。何況《金瓶梅詞話》的一百回中，還夾有不少燕語與吳語越語，我已在「《金瓶梅詞話》的作者」[1]一文中，約略述及矣。試想，我們如何能據此肯定蘭陵笑笑生就是山東人呢？

　　江南常州有南蘭陵郡，史有明載。按《晉書》〈地理志〉：「元康元年，分東海，置蘭陵郡；七年，又分東莞，置東安郡；分臨淮，置淮陵郡；分堂邑，置堂邑郡。永嘉之亂，臨淮、淮陵並淪沒石氏。元

編按1　原載於《出版與研究》第12期第3版（1977年12月16日）。
編按2　本文原無標題序號「一、二、三、四」，基於閱讀之便及統一性，《金學卷》在編輯過程中，特標序之。各標序也略微調整之。

1　見本書第二篇。

帝渡江之後，徐州所得惟半，乃僑置淮陽、陽平、濟陰、北濟陰四郡；又琅邪國人隨帝過江者，遂置懷德縣及琅邪郡以統之。是時幽、冀、青、并、兗五州及徐州之淮北流人，相帥過江淮，帝並僑立郡縣以司牧之。割吳郡之海城北境，立郯、朐、利城、祝其、厚丘、西隰、襄賁七縣，寄居曲阿，以江乘置南東海、南琅玡、南東平、南蘭陵等郡，分武進立臨淮、南彭城等郡，屬南徐州，又置頓丘，一屬北徐州。」

　　這一段記述，已說明了「南蘭陵」之設的始因。抵劉宋，立州二十二，南蘭陵仍在南徐之轄。那時的南徐，州治在京口，統十六郡，南蘭陵其一也。治在蘭陵縣，今常州（武進）西北六十里，有廢蘭陵城。到了明朝，南蘭陵之郡，雖已廢棄，但時人仍有稱常州舊地為「蘭陵」者。謝肇淛在所著《下菰集》內，寫有〈蘭陵造故人〉一首，此集所收詩文，全是謝在杭司理吳興時期所作，此「蘭陵」自是指的南蘭陵，而非東海郡的蘭陵。可見萬曆時人仍稱南蘭陵故地為「蘭陵」。

　　既然「蘭陵」這個地名，並不祇是山東方面有其故城，自不能僅視「蘭陵笑笑生」為山東人，這是不易之理，似勿庸多所辯說。再說，山東的蘭陵之所以出名，乃由於荀子之封蘭陵令，且終老於此。所以後人一說到蘭陵，想及的便是荀子終老的這個蘭陵。荀子是一位性惡說的哲學家，《金瓶梅》所要描述的，全是人性本惡的事，這位作者以「蘭陵笑笑生」為筆名，是否有取「蘭陵」這個地名，以喻荀子的「性惡」觀來諷笑世人呢？不過，此一想法自全屬臆測之詞了。

　　但所謂「笑笑生」，所謂「欣欣子」，一看字面，即能想知其人的人生態度，是玩世的，而非淑世的。再看所傳之百回情節，著墨最多的財色二字，特別是色，似尤感興趣。若說作者描寫的這些色情筆墨，是「蓋有謂也」的「為世戒非為世勸也」，且「關繫世道風化，

懲戒善惡，滌慮洗心，無不小補，」或更認為「中間處處埋伏因果，作者亦大慈悲矣！」都未免過分為笑笑生的玩世態度遮掩，實則，作者自命的「笑笑」之名，即已說明了寫作態度矣！周樹人在《中國小說史》中說：「明之淫書作者，本好以闡明因果自解」[2]，這句話便是指的《金瓶梅》等書。事實上也確是如此，要闡明佛家因果上的循環報應，也用不著非去赤裸出男女床笫間的一切行為不可。想來，這些因果之說，全部託詞了。

二

關於這困果循環之說，後來寫《續金瓶梅》[3]（《金屋夢》）的作者，則在情節與文詞上，加意地去強調因循環的報應關係，繼著又有人寫《隔簾花影》[4]，使之循環到三世的果報，實則，都是寫淫書的託詞而已。《金屋夢》（《續金瓶梅》）對於佛家的果報，常作大段大段的說教。如第四十三回「母夜叉髡剪玉佳人，孫雪蛾夢訴前生恨」中寫著：「單表這男女為人生大欲，生出百種恩情，也添上千般冤業。雖是各人恩怨不齊，原來情有情根，冤有冤種，俱是前世修因，不在今生的遭際。所以古書上說，那藍田種玉，赤繩繫足，俱是月老拾書，氷人作伐，那陰曹地主，有一絪縕司冥官，專主此事。即是說絪縕化生的大道，或是該偕老的，百年舉案齊眉，或該拆散的，

2　見周樹人著：《中國小說史略》，第十九篇。

3　《續金瓶梅》一名《金屋夢》六十四回，作者署名「紫陽道人編」，據周著《中國小說史略》說，擬此紫陽道人或為山東諸城人丁耀亢；待考。

4　《隔簾花影》四十八回，無撰者姓名，有署名「四橋居士」題記一篇弁於書扉，其中情節，有多處與《續金瓶梅》《金屋夢》雷同。四橋居士在題記中，亦說明是從《金瓶梅》的正續編演繹而來。《中國小說史略》說：「而實乃易《續金瓶梅》中人名（乃以西門慶為南宮吉之類）及回目，並刪其絮說因果語而成。》

中年斷弦反目。還有先恩後怨，空有子女，看如陌路仇人，義斷恩絕，縱有財色，視作眼中針刺一般，總不與容貌相干。內中投合多不可解。從那古來帝王卿相，受寵專房的妃妾，庶人百姓，離合生死的姻緣，細細看來，只有夫婦一倫變故極多。可見情欲二字，原是難滿的，造出許多冤孽。世世償還，真是愛河自溺，慾火自煎。一部《金瓶梅》說了個色字，一部《金屋夢》說個空字，從色還空，即空即色，乃因果報轉入佛法。是做書的本意，不妨再三提醒。……」

　　若照續寫《金瓶梅》的作者，所強調的此一循環因果，那麼《金瓶梅》中那些人的「果」，又如何去一一推繹前因呢？「一部《金瓶梅》說了個色字，」才是一語中的之論。

　　文學作品是時代的反映，土地不潮濕，自不會長出綠苔，在明朝如無正嘉隆萬的承平淫靡社會，自不會出現像《金瓶梅》這樣的淫書。顯然的，這位「蘭陵笑笑生」，生活在這樣一個淫靡社會裏，感於這樣的一個淫靡社會，實非國家之福，可能他是一個人微言輕的人，既非臺省建言的史官，更非樞密參政的大吏，所以他以小說家言，選了像西門慶這樣一份中產之家，市井狎邪，來現實出當時那個荒淫靡亂的社會，看來也只是發洩而已。至於說笑笑生作《金瓶梅》傳的「蓋有謂也」，是「為世戒非為世勸」，也只是代為託詞之說。若從作品對於作家之間的關係來說，凡是成功的作品，都不是循求目的而寫作，而是骨梗在喉，不吐不快已耳。那麼笑笑生寫《金瓶梅》，之所以著重於一個「色」字，固由於當時社會之淫靡使然，亦由於笑笑生之頗醉心於色情之事。所以他才把西門慶寫得淫靡荒侈至極。特別是床笫間事，刻畫得尤其精細入微。如所寫西門慶的那些荒淫行徑，倘非玩樂中人，自難寫出那些淫蕩的情事。其中寫婢妾的言談舉止，最為成功，若月娘、若金蓮、若春梅、若雪蛾、若秋菊、若來旺媳婦，以及勾欄雛伎，歌童變男，富家寡婦，貧家幫閒，無不塑

造得如同真人實事一般。笑笑生如不是一位中產以上之家的紈絝子弟，絕難嚮壁虛構出如此真實而歷歷如見的鮮活人物。由此看來，我們或可確定這位「蘭陵笑笑生」，必是一位世家之子無疑。

再說，這位蘭陵笑笑生，必是一位失意於名場中的人，否則，他便沒有這份情性，也沒有這分時間，來寫出這樣一部大書。他對於人性觀察得非常透澈，我們看，凡是被寫在《金瓶梅》這部書中的人物，無論男婦老少，無論顯官小吏，無論道釋儒士，幾無一可入聖人之道者。縱有一二正直的人士，也往往不得不屈就社會現實。如東平府府尹陳文昭，雖是個清廉的官，當他問明了武松打死李外傳的案情，探知了武松的隱衷，打算提犯重審的時候，西門慶的打點與關節又到了。於是陳文昭卻也不得不改了簽提西門慶的原判。作者這樣寫著說：「這陳文昭原係大理寺正，升東平府府尹，又係蔡太師門生。又見楊提督乃是朝廷面前說得話的人，以此人情兩盡了，只把武松免死，問了個脊杖四十，刺配二千里充軍。」[5]像陳文昭府尹，便是《金瓶梅》中的君子了。試想，笑笑生已把官場看得如此的熟透，縱非身在官場，亦必出身於仕宦之家吧！

作者對於作了官的儒生也至為不滿，如西門慶結交蔡狀元，（第三十六回）迎請宋大巡（第四十九回），宋御史結豪情請六黃（第六十五回），寫的都是一些進士出身的人物，他們在官場上的行徑如何呢？笑笑生對他們都有淋漓盡致的描寫。本是一個開生藥舖出身的西門慶，因為發了幾筆橫財，夤緣上蔡太師的管家，湊了幾擔壽禮，便捐來一個提刑副千戶，居然便成了巡按御史們的來往行在。想來，西門家只是其一而已。所以這些巡按與御史們出得京來，一路上的吃喝玩樂，都有了供應之所了。進士出身的儒生亦如此，看皇莊的內相與

5　見〔明〕蘭陵笑笑生：《金瓶梅詞話》，第十回。

捐資得官的提刑們，自難免要在地方上，施其魚肉之技矣。

　　蘭陵笑笑生特別對釋道兩家的人士，大加嘲笑與譏諷，對於儒生們更是正面嘲笑。如第五十六回「應伯爵舉薦水秀才」，唸出的一詩一文，就是一篇高乘的嘲諷之作。不妨錄在此處共賞。

　　（一）〈哀頭巾詩〉

　　一戴頭巾心甚懽，豈知今日誤儒冠。別人戴你三五載，偏戀我頭三十年。要戴烏紗求閣下，做篇詩句別君前。此番非是吾情薄，白髮臨期太不堪。今秋若不登高第，踹碎冤家學種田。

　　（二）〈祭頭巾文〉

　　維歲在大比之期，時到揭曉之候，訴我心事，告汝頭巾。為你青雲利器望榮身，雖知今日白髮盈頭戀故人。憶我初戴頭巾，青青子襟，承汝枉顧，昂昂氣忻。既不許我少年早發，又不許我久屈待伸。上無公卿大夫之職，下無農工商賈之民。年年居白屋，日日走轅門。宗師案臨，膽怯心驚。上司迎接，東走西奔。思量為你，一世驚驚嚇嚇，受了若干辛苦。一年四季，零零碎碎，被人賴了多少束脩銀。告狀助貧，分穀五斗，祭下領支肉半斤。官府見了，不覺怒嗔，早快通稱，盡稱廣文。東京路上，陪人幾次，兩齋學霸，唯我獨尊。你看我兩隻皂鞋穿到底，一領藍衫剩布筋。埋頭有年，說不盡艱難悽楚。出身何日，空瀝過冷淡酸辛。賺盡英雄，一生不得文章力；未沾恩命，數載猶環霄漢心。嗟乎！哀哉！哀此頭巾。看他形狀，其實可矜。後直前橫，你是何

物？七穿八洞，真是禍根。嗚呼！沖霄鳥兮未乘翅，化龍魚兮已失鱗。豈不聞久不飛兮一飛登雲；久不鳴兮一鳴驚人。早求你脫胎換骨，非是我棄舊戀新。斯文名器，想是通神。從茲長別，方感洪思。短詞薄奠，庶其來歆！理極數窮，不勝具懇。就此拜別，早早請行。

我們試讀這一詩一文，亦足可想及這位「蘭陵笑笑生」必是一位困阨於名場的人物了。縱然這一詩一文並非笑笑生的創作，或許是作者引錄而來[6]，但無論如何，我們都可以從這一詩一文中，見及作者對當時困阨於名場者，寄以無限酸辛與同情。雖出語頗為嘲諷，終究掩飾不住一位久困名場者的沈怨心情。如果，這一詩一文乃作者的創作，純出乎自嘲的心情，則蘭陵笑笑生寫《金瓶梅》傳的「蓋有謂也」，斯已得其一旨矣！

應伯爵推薦的這位水秀才，西門慶之所以沒有接納，是因為這位水秀才被攆出李侍郎府第，乃由於這位「坐懷不亂」的君子，居然被丫頭們勾搭上了。後來，西門慶雖然另聘了一位溫秀才，結果，卻也為了強姦書童被逐出府去。這都顯示了笑笑生對於儒生的看法，認為聖人的「克己復禮」以及「非禮勿……」與「無終食之間違仁」的訓教，連秀才進士也是做不到啊。至於那些出家了的和尚姑子，悟真求仙的道士，也只是職業上的營生，自又不在話下了。

三

性惡論，似乎就是蘭陵笑笑生寫作《金瓶梅》的主旨，此一問

6　《金瓶梅詞話》一書，其中詩詞及轉說故事等，引錄而來者頗多，已有人分別舉證過。這一詩一文，是否亦係引錄他人之作，未考。

題，自留待他文再行析論。在此，我們或可據以設疑作者之用「蘭
陵」，或非一己籍貫之冠，而是借以假代荀卿的性惡之論，來作為一
己對人生的證驗，此說也不能不算得是一個理由吧。但無論怎樣說，
反正不能僅以「蘭陵」這個地名的關係，就用來作為推設「笑笑生」
是山東人的證言，如要推求「笑笑生」是山東人的說法，尚得進一步
去尋求更有力的證據。不過，我們認為這位「蘭陵笑笑生」，必是一
位名場中久試不捷的儒生，在文詞之間則有頗多跡象顯示。上錄的一
詩一文，即為一大證見。此人之喜愛色情，更是不言而知。因為，書
中的那麼多色情描寫，若一旦刪去，並無損於小說藝術的完整，然而
作者之所以要寫入那麼多的床第間事，一言以蔽之，「思有邪」也。
欣欣子已在序中明說謂：「譬如房中之事，人皆好之，人皆惡之。非
堯舜聖賢，鮮不為所耽。富貴善良，是以搖動人心，蕩其素志。觀其
高堂大廈，雲窗霧閣，何深沈也；金屏繡褥，何美麗也；鬢雲斜嚲，
春酥滿胸，何嬋娟也；雄鳳雌凰迭舞，何慇懃也；錦衣玉食，何侈費
也；佳人才人嘲風詠月，何綢繆也；雞舌含香，唾圓吐玉，何溢度
也；一雙玉腕綰復綰，一雙金蓮顛倒顛，何孟浪也；……。」

　　雖欣欣子認為作者對於那高堂錦屏中的繡褥酥胸，玉腕金蓮等
大膽描寫，乃樂極必悲生的循環之機，亦終難掩作者熱衷於色情的意
想。當然，蘭陵笑笑生對《金瓶梅》傳中的對於人生各類人等的蠅營
狗苟，寄之仰長天以嘯敖，又何止東吳弄珠客所謂之「借西門慶以描
畫世之大淨，應伯爵以描畫世之小丑，諸淫婦以描畫世之丑婆淨婆」
也。

　　至於欣欣子是否即笑笑生之同一人，似無深究的必要，縱非一
人，亦必知交。這兩個筆名，也都似是一時興起所擬，一「笑笑」一
「欣欣」，無非寄以笑看世人之庸庸碌碌，聊寓己之達觀已耳。沈德
符在所著《清權堂集》中，有小序云：「然嘯咏之旨，皆出愁嘆緒餘，

匪云文生於情，祇可歌以當哭耳！」[7]那麼，《金瓶梅》一書，作者雖以嘲笑抒之，但又何嘗不是以笑當哭耶！

7　見〔明〕沈德符：《清權堂集》，卷一。

《金瓶梅》的敘跋 ^{編按1}

　　已流行的《金瓶梅》一書，我曾讀到的敘跋，共計六篇，既萬曆
丁巳本上的三篇，張竹坡本上的一篇，以及近日市肆間的一種流行本
上的〈觀海道人序〉及〈袁子才跋〉。根據韓南博士所作之〈金瓶梅
的版本及其他〉[1]一文，說是北平傅某人藏有殘本《繡刻古本第八才
子詞話》，有順治二年之序文一篇，韓南博士說：「與前面所有各版
本之序文迥異，作序者為誰不詳，然作序年代為一六四五年（順治二
年）。」不知內容如何？另外，郭源新作〈談金瓶梅詞話〉一文，提
到的〈蔣敦艮序〉，我也未曾見到。說來，有關《金瓶梅》一書的敘
跋，不過這幾篇而已。

──編按2

　　由於萬曆丁巳本的《金瓶梅詞話》是最早的版本，更可以說是
《金瓶梅》的初版本，因而這個本子的三篇序跋，頗有不少探尋作者
以及成書年代的消息，郭源新已談論到一些了。他從「萬曆丁巳」一
語，推繹此書之流行，最早不能在萬曆三十年以前。又從欣欣子的序
言所引述之明人著作以觀，益發可以假定該書的產生，放在萬曆間較

編按1　原載於《台灣新聞報》第12版（1978年10月29日）。
編按2　本文原無標題序號「一、二、三、四」，基於閱讀之便及統一性，《金學卷》
　　　　在編輯過程中，特標序之。各標序也略微調整之。

[1]　參閱參韓南作，丁貞婉譯：〈論金瓶梅的版本及其他〉，《國立編譯館館刊》第4卷
　　第2期（1975年12月）。

妥。他說：「按《效顰集》、《懷春雅集》、《秉燭清談》等書，接著
錄於《百川書志》，都祇是成、弘人，為「前代騷人」而和元微之同
類並舉，嘉靖間人當不會如此的。蓋嘉靖離成弘不過二十多年，離成
化不過五十多年，欣欣子何得以「前代騷人」稱丘濬、周禮（靜軒）
輩？如果把欣欣子、笑笑生的時代，放在萬曆間（假定《金瓶梅》是
作於萬曆三十年左右的罷）則丘濬離開他們已有一百多年，卻是很遼
遠的，夠得上稱為「前代騷人」的了。又序中所引《如意傳》，當即
《如意君傳》；《于湖記》當即《張于湖誤宿女貞觀記》，蓋都是在萬
曆間而盛傳于世的。我們如把《金瓶梅詞話》產生的時代放在萬曆
間，當不會是很錯誤的。」雖說，沒有這一推繹，光憑吳晗的那篇
〈金瓶梅的寫作時代及其時代背景〉一文，已足夠推翻作者是王世貞
的說法了，但有了這一推繹，則足以肯定《金瓶梅》不可能產生於嘉
靖時代的考證，又得到了頗為直接的證據了。

　　欣欣子的這篇序言，不僅提供了作者是「蘭陵笑笑生」的消息，
兼且說明了《金瓶梅》的寫作，並非個人之獨秘，還有朋友知道，因
此我們基而推想可能是他們的集體創作，也大有可能。從「欣欣子」
與「笑笑生」這兩個筆名所顯示的意義來想，說它是一個人的兩個化
名，也未嘗不可。但另一篇東吳弄珠客，則仍可視為另一人，當無問
題；至於「廿公」之跋，必是他們這一夥人的偽託。此一偽託之疑，
可從兩文的言詞間蠡及。第一，東吳弄珠客一下筆就說：「《金瓶梅》
穢書也，袁石公亟稱之；亦自寄其牢騷耳！非有取於《金瓶梅》也。」
第二，強調《金瓶梅》一書之作，蓋為世戒，非為世勸。再看廿公的
跋，一下筆就說：「《金瓶梅》傳為世廟時，一鉅公寓言，蓋有所刺
也。」亦強調該書之「埋伏因果」，作者出於「大慈悲心」，且認為「今
後流行此書，功德無量。」這兩篇序跋的主旨及文氣，如出一轍。寫
體字之手稿，也堪視為同一人筆跡。至於「東吳弄珠客」是誰？今已

不易查考。有人猜測此人是馮夢龍，固不無可能，終無證據。更有人
認為「廿公」是袁中郎，這猜測絕難成立，兼且攀扯不上。因為此刻
於萬曆四十五年以後，中郎在萬曆三十八年九月就過世了。不過，如
照「廿」之讀「念」[2]來說，顯然的，此一「廿公」當為「念公」上
人之偽託，我已指出過了。「念公」就是「無念」和尚，袁氏兄弟的
方外友人，詩文書牘上，不時稱之為「念公」當是假無念之名以偽
託。跋中文詞亦佛家說也。

　　東吳弄珠客認為袁中郎之「亟稱」這部穢書，是自寄牢騷，非有
取於《金瓶梅》；廿公說《金瓶梅》是世廟時一鉅公的寓言。這些話，
都是沈德符《萬曆野獲編》中那段論及《金瓶梅》的直接呼應。所謂
「袁石公亟稱之」，應是指的袁氏寫給董其昌的那封信及《觴政》中
的那句話，要不然，怎能謂之「亟稱」？按「亟稱之」之意，即一再
讚美《金瓶梅》這部書也。至於，「為世廟時一鉅公寓言」，乃沈德
符的那句「聞此為嘉靖間大名士手筆」一語的寓指。這兩位寫序跋的
人，不論他們是誰？反正他們都知道作者是誰？何況，欣欣子直稱
「吾友笑笑生」，所寫序文之旨趣，與東吳弄珠客及廿公之語意，亦
毫無二致。足徵這二篇序跋的作者，是同一時代人。即是同一時代
人，又是作者的友人，又安得謂「為世廟時，一鉅公寓言」耶？即謂
「袁石公亟稱之」，此人當與袁中郎同時代。如說欣欣子的序是與嘉
靖時的作者同時代的人寫的，又怎會由嘉靖到萬曆二十餘年間（依袁
氏信函說），方行流行於世？當然是不可能的了。

　　今尚不能確證當《金瓶梅》一書流行於世時，有無欣欣子這篇序
言？那就是說，在袁中郎從董其昌借得那半部《金瓶梅》時，有無這

2　謝在杭著《文海披沙》中〈避諱〉一則曰：「吳主女諱二十，今猶以二十為念。」
　　此當為「廿」讀「念」之由來。

篇序言？按理說，倘使作者只寫了半部，自無作序的道理。若有序言，必然是全文已全部脫稿了。既然全部寫完，又怎會只有前半部在世上傳抄，直到萬曆四十二年八月，袁小脩尚未讀到後半呢？再說，凡傳抄中的說部，傳抄人絕不會連序言也抄上，他們要讀的是小說，特別是《金瓶梅》這類書，傳抄的人才不管敘文呢！就以《紅樓夢》來說，這部在傳抄中流傳下來的書，就沒有作者朋友的序言。今者，《金瓶梅詞話》，不惟有自稱是作者友人的敘言，更有沆瀣一氣的敘跋，如從這點來推想，可證此書之付刻，乃出於作者之手。但最低限度應是這位作者在完成全書後，才由友人寫出的敘言。

《金瓶梅詞話》既冠有認識作者的友人之敘言，亦足堪證明該書付梓時，作者尚存於世。如果袁小脩的《遊居柿錄》與李日華的《味水軒日記》所言無譌，那麼，《金瓶梅》一書在萬曆四十五年以前，尚無刻本問世。由此，亦堪說明《金瓶梅》的作者，可能在萬曆末年或天啟崇禎時，還活在世間。所以我認為崇禎本也可能是原作者的改寫本。當然，這只是揣測了。

這書要不是作者在世時親自付梓的，為什麼欣欣子的序未加說明？當真，連欣欣子的序文，也是出版者假造的嗎？這分可能不是沒有，但又何必明出「笑笑生」，寫出「欣欣子」也耶？或者一如後期流行於世的一種「真本」，直寫作者為「嘉靖」某某年，豈不益發的符合了「此為嘉靖間大名士手筆」之說。這位欣欣子卻沒有這樣去假託，竟說此書的作者是「蘭陵笑笑生」，他「作金瓶梅傳」乃「寄意於時俗，益有謂也。」所謂「寄意於時俗」，則正是《金瓶梅》諷喻當時萬曆末年世俗的主題，與「為世廟時一鉅公寓言」之說，難合符節。那末，這幾位明知作者為誰的人，又何以要如此在序跋中故設迷宮呢！這些虛設的手法，都與書中所寫干支生屬的故作錯綜，以及沈德符的《萬曆野獲篇》所論的各點的不合事實，有其異曲同工之妙。

想來，這其中的一條蹊蹺，不難尋也！只是難獲確證而已。

二

　　我曾懷疑流傳於今世的這本《金瓶梅詞話》，原本來自說書人的手中。這是從其中口語及別字的情形，所產生的猜想。但一想到欣欣子的敘文，便不得不予推翻此一想法；不得不承認這本書，就是作者的原稿。從欣欣子等人的敘文看，這部書不可能是從傳抄人的手上來的，我在前面說過，若是從傳抄人手上得來，敘文就會被抄者摒棄。至於沈德符說的梓於吳中的「那一部」，實缺其中五十三回至五十七回，美國的韓南博士還為此一問題，代沈德符寫了不少穿鑿的註腳。可是沈德符的那些話，一經查出馬仲良權司吳關之年是萬曆四十一年，以及袁小脩在萬曆四十二年八月尚未讀到《金瓶梅》一書的全本，沈德符論及《金瓶梅》的話，便全不能存在。那麼，我們又怎能不去相信欣欣子的敘文就是《金瓶梅詞話》付梓前所寫的呢！縱小脩之言有偽託之嫌，馬仲良權司吳關之年，則是推不翻的，史有明記，難說是假。

　　全書共一百回，欣欣子在敘中業已說明。東吳弄珠客的敘，寫有作敘的年月——萬曆四十五年季冬。那麼，東吳弄珠客在萬曆四十五年季冬作此序時，並未說明短缺。難道東吳弄珠客與廿公，竟與欣欣子蘭陵笑笑生無任何關係？他們只是獲得此一小說抄本的出版人而已嗎？卻也無法從他們的文詞中探尋到究竟。照明人說部所寫序言看，往往把書的來源，在序中略作說明，若《水滸》的郭本、金本，序文都寫有原書來原等情，或真或假，都不忘著此一筆。今者，若照欣欣子的序文看，顯然是在他的友人蘭陵笑笑生寫成這部百回《金瓶梅詞話》之後，準備付梓前作的，東吳弄珠客及廿公的序跋，雖未說

明他們也是蘭陵笑笑生的朋友，也未說明他們不是欣欣子的時輩，更未寫上說部只是他們從某處得來。所以看去仍令吾人感於他們都是欣欣子與蘭陵笑笑生的同時人物。這幾位與《金瓶梅》的作者同時的人物，竟秘密得連其他任誰也無所知嗎？這些都是令吾人費解的問題。

《萬曆獲野編》的作者沈德符，活到崇禎十五年後半，他不會沒有讀到萬曆巳本的《金瓶梅詞話》，所以我一直在追問：沈德符論述《金瓶梅》，為什麼說了那多違背事實的話？當真，沈德符的那些話是別人纂造的嗎！要不然，沈德符又為何說那些謊話呢？

欣欣子的序，強調天理循環之機，他認為這種天理循環之機，有如四季交替一樣的自然。「合天時者，遠則子孫悠久，近則安享終身；逆天時者，身名罹喪，禍不旋踵。人之處世，雖不出乎世運代謝，然不經凶禍，不蒙恥辱者，亦幸矣！吾故曰：笑笑生作此傳者，蓋有謂也。」這部大書在表面上寫西門一家人的淫糜，「無非明人倫，戒淫奔，分淑慝，化善惡，」實際上乃自所排遣。欣欣子開頭說：「人有七情，憂鬱為甚，上智之士，與化俱生，霧散而冰裂，是故不必言矣。次焉者，亦知以理自排，不使為累。下焉者，既不出了於心胸，又無詩書道腴可以撥遣，然則不致于坐病者，幾希！」因說「吾友笑笑生為此，爰罄平日所蘊者，著斯傳。」這裡業已說明，笑笑生寫此金瓶梅傳，是為了排遣「憂鬱」，為此「罄平日所蘊者著斯傳」，以之「知盛衰消長之機，取報應輪迴之事。」顯然的，笑笑生是一位不得意的人，而又是一位洞明世態的人，故能把平日心中所蘊者，寫成一部諷喻當世的金瓶梅傳。西門慶的盛衰消長，以及他的那分淫糜生活與他的那個社會，確是關聯著一個王朝的自然交替。西門慶雖只是一個鄉城——清河縣中的土豪劣霸，由於他的生活貫串了當朝太宰與各級官吏寺人，又何嘗不是當代社會的縮影。亦足見笑笑生平日所蘊者，乃浩浩乎大洋，幽幽乎深淵也。故欣欣子之「竊謂蘭陵笑笑生作

金瓶梅傳，寄意於時俗，蓋有謂也」。

我們如從《金瓶梅詞話》的序跋所示，來研讀書之內容，就不會像夏志清先生那樣說：「就是他那種古怪的天才，是否可能寫出這樣一本修養如此低劣，心性如此庸俗的書來[3]。」如果讀者能從歷史上去多了解一下明末的那個社會，就會親切的認為欣欣子序言中說作者乃「寄意於時俗，蓋有謂也」的話，良是平日所蘊。今之史家論及明代之亡，亦無不把此一種因置於萬曆一朝；事實上也確是如此。這位皇帝在位四十七年又半，竟有二十六年不曾上朝理事的實錄。他寵愛鄭貴妃，喜歡鄭妃所生的福王常洵，居然把嫡長子常洛，冷置了近二十年不加冊封，也不為常洵選講官出宮講學，福王子久久不予之國。之國後的福王，為害於地方的惡跡，當非西門慶所能望其項背了。不過，像西門慶的生活以及他在他的那個社會上，所扮演的角色，由西門慶主演的這一場社會劇，可以說是「寄意」甚深，又何止是「明人倫戒淫奔，分淑慝化善惡」也！如讀《金瓶梅》設想於它所描繪的那個社會，當「知盛衰消長之機」矣~那麼，吾人閱讀《金瓶梅》如能從此處去著眼，就不會感到於這位作者的「修養低劣」與「心性庸俗」了。

該《金瓶梅詞話》中三篇序跋，雖「廿公」之篇，有偽託之嫌，但這三篇敘文，必是該書作者的友人或共商共酌之作，或無疑問。尤其欣欣子的序文，應是吾人今日研究該書作者消息的一件最直接的資料，欣欣子既已說明作者寫《金瓶梅》，乃為撥遣憂鬱的「詩書道腴」，斯一「憂鬱」之生，蓋不滿於時俗，因發於詩書，寄意於「有謂」。雖作者偏愛於男女淫媾之事，卻又何嘗不是那個淫靡的社會所促成的呢！再說，這也許正是這位作者要真實地寫出那個淫靡社會內

3　見夏志清著，何欣譯：〈金瓶梅〉，《中國古典小說研究》，尚未發表。

在樣相的「時俗」之「寄意」。

三

　　誠然，吾人如以今天的小說藝術觀來閱讀《金瓶梅》，不惟在結構上有缺點，在文辭上也感於它別字連篇。如論結構，這樣一部百萬言的巨著，質之今日的西方名著，亦不能無疵。至於文辭上的別字，在我們讀中文出身的人看來，乃古人愛用通假的習慣，談不上是別字了。當然，有的字是今之所謂「手民」之誤；刻錯了。至於結構上的問題，夏志清先生認後廿一回可能是別人所續。我卻不是這樣的看法，此一問題，留待我的另一本書「金瓶梅的小說藝術」中討論，這裡不說它了。不過，若從欣欣子與東吳弄珠客的序文，以及我所推繹出的成書年代，可能在萬曆四十年前的這一點來說，誠應承認欣欣子寫這篇序時，時間可能也在東吳弄珠客同時，不可能是別人後序的了。要不然，我們就得推翻欣欣子這篇序文，說它是偽託，認為他是作者的友人，也全是假的了。現在，我們還看不出這篇序文，有其造假的成分。我們只能這樣猜想：可能欣欣子就是蘭陵笑笑生本人呢！

　　其他的序跋，無足論矣！茲不贅言。

論〈金瓶梅的版本及其他〉^{編按1}

　　丁貞婉教授譯韓南博士作〈金瓶梅的版本及其他〉[1]一文，是韓南博士倫敦大學的博士論文之一。做為一個外國人，能把我國的古籍作如此深入而縝密的探討，幾已不亞於中國學人，委實令人衷心敬佩；亦使我國疏懶於書本之「學人」汗顏也。

　　惟所論各點，立論之基，則非我所能贊同。竊意沈德符《萬曆野獲編》[2]之言，未可信而有徵。蓋沈氏的這段有關《金瓶梅》之說，頗多自相矛盾之處，勘疑所說而有所託辭，句句可疑而舉也。然韓南博士的此一研究，則悉以沈德符之說為其立論之基，斯我所不能苟同者。茲列述所疑，敢請於韓南博士。

一

　　論及《金瓶梅》的版本時，韓南博士認為「《金瓶梅》最早的版本，有記錄可考的，其印行年代為萬曆三十八年（1610）或三十九年（1611），今已不存。」此所謂「有記錄可考」，自是指的《萬曆野獲編》之言。是的，如果沈德符的話，確是事實，那麼，「未幾時而吳中懸之國門矣」的《金瓶梅》，其出版年月，應為萬曆三十八、九年

編按1　原載於《國立編譯館館刊》第4卷第2期（1975年12月），頁229-241。

1　原文英名「The Test of the Chin Ping Mei」，是現任美國哈佛大學教授Patrick D. Hanan 博士的博士論文〈金瓶梅研究〉之一。本章共分七節。
2　參閱本文第五節所述。

間。可是，在明朝時人典籍中，除了沈德符之外，沒有第二個人，曾
提到《金瓶梅》出版的事。但是在李日華的《味水軒日記》[3]中，記
有萬曆四十三年正月初五日沈德符的姪子沈明遠（大詹）把沈德符所
藏的《金瓶梅》攜與李日華看。從語氣上看，沈德符所藏的《金瓶
梅》，似仍為抄本。倘使此書已於萬曆三十八、九年間「而吳中懸之
國門」，必正如沈德符所說：「但一出則家傳戶到」，身為吳人的李日
華，怎會到萬曆四十三年正月才初次讀到此書，亦未嘗提到「家傳戶
到」之事？由此，足以推想《金瓶梅》之不可能在萬曆三十八、九年
間，已在吳中懸之國門。這一點，日人小野忍與千田九一在所譯《金
瓶梅》書後的版本解說中，曾提及此一疑點。韓文也提到了。（後來
我查到馬仲良榷吳關是萬曆四十一年，益證沈說不確矣！）

　　再說，如果《金瓶梅》在萬曆三十八、九年間，即已板行，何至
於萬曆四十五年又有人重行付梓，不過六、七年間，板就全毀了嗎？
當時，淫穢書冊，官方不禁，自無毀板情事發生，所以鄭振鐸說萬曆
丁巳本的《金瓶梅詞話》，是北方版的。這判斷也是毫無根據的。何
況，那東吳弄珠客的序，明明寫著序於「金閶道中」，焉有序於金閶
道中之書，而刻於燕冀者也[4]。

　　我不以為《金瓶梅》曾於萬曆三十八、九年間板行。如經板行，
就是五百部，也有上萬冊，不會連片紙也未傳留下來。若萬曆丁巳
本，雖被世人發現較遲[5]，存於今世的完本，中日韓三國，即不下五
部之多。據日本小林實彌於一九六三年四月影印的《金瓶梅詞話》[6]
的例言中說：

3　筆者依據的《味水軒日記》與韓南博士同，都是嘉業堂本。
4　依據韓南博士文而言。筆者未見鄭氏此文。
5　該本於民國二十一年冬，北平圖書館購得此書，世人方知有此萬曆本。
6　日本大安株式會社版。

　　吾邦所傳明刊本《金瓶梅詞話》之完全者有兩部。日光山輪王寺慈眼堂所藏本，與德山毛利氏棲息堂所藏本者是也。

　　又說：「兩者僅第五回之末葉異版，今以慈眼堂所藏本認為初版，附棲息堂所藏本書影於第一卷末。」經查對該書第五回之末葉異版，自第八行起異辭，（第八行僅有第二十三字之一個字不同，慈眼堂本是「就叫那」，棲息堂本是「就呼那」，）第九行異辭，從第十行起，就差異多了。棲息堂本約少四行，結局的詩也不同。但字體與行數字數，則相同。看來，好像是棲息堂本在刷印時，缺了這一部分，臨時匆匆補刻上的。可能匆匆補刻時，手頭沒有底本，遂將就著補了幾句，使情節符合就是了。猜想棲息堂本是後刷，極合邏輯。這個版本，我曾據以與原藏北平圖書館之原本[7]（即韓南博士所稱的甲系之一）相對，證之與日本之慈眼堂本同版。

　　可是，韓南博士根據長澤規矩也及豐田穰的文章，據以說是此本缺〈廿公序〉，每面十一行，每行二十六字。但對證小林實彌稱是影印慈眼堂之《金瓶梅詞話》，每行則為二十四字，並非二十六字。至於所說長澤規矩也就字體論斷，認為此一版本應為崇禎年間版本。也就是說，是甲版本之一的翻版。我沒有見過長澤規矩也的著作《金瓶梅版本考》，也不知小林實彌影印的《金瓶梅詞話》，是否如其所說，是慈眼堂藏本。但，何以每行字數不同呢？

　　小林實彌提到的棲息堂藏本，韓南博士沒有提及，難道長澤規矩也的《金瓶梅版本考》，沒有提到嗎？

　　至於「崇禎本」——即韓南博士所稱的「乙版本」，雖第一回與萬曆本大不相同，且在其他回目上，亦有不少異辭，卻堪證它是由萬

─────────────

7　現藏臺北市外雙溪故宮博物院。

曆丁巳本演變而來，此一點應為不爭之論。要說「崇禎本」的異辭，
究係何人改寫？是原作者？還是別人？已很難審定，就是萬曆丁巳
本，是否就是原作？自也很難肯定。如從其中的情節重複，口語——
俺們與我們的不統一等情形看，或可說萬曆丁巳本的本源，並非來自
作者本人，而是由傳抄者手上得來。總之，以傳世的《金瓶梅》版本
來看，萬曆丁巳本應該是最早的版本，這一點，如無新資料被發現，
也早成不爭的事實矣。至於這部萬曆丁巳本，是否就是袁中郎在萬曆
二十四年（1568）間向董其昌借閱的那個原本[8]？則是我們研究《金
瓶梅》的人，首先去追尋的一個問題。韓南博士在本文中，業已注意
到了，可惜他沒有向此一問題上，更進一步去深入尋求。這一點，留
待後節，再與韓南博士討論

　　說到韓南博士所謂的「丙版本」，我則稱之為「康熙本」，一般
人則習稱為「張竹坡本」——《皋鶴堂批評第一奇書》。韓南博士說
此一版本的「內容幾與乙系版本無甚區別，只有若干細微的修改。」
似不正確。經核此一「張竹坡本」[9]的內容，有些地方不惟與甲版本
略有區別，與乙版本也略有區別，顯然是根據兩種版本的改纂。我們
如要追尋《金瓶梅》的原作，「張竹坡本」誠無甚參考價值。

　　現在，我們似乎可以武斷地說，《金瓶梅》的梓板行世，已在萬
曆丁巳（四十五）年以後。

二

　　但，最早提到《金瓶梅》的人，是袁中郎。

8　原函刻於吳中袁氏書種堂本《錦帆集》中。
9　筆者所據乃日本愛田書室影印的石印本。（寫體小字。）

　　袁中郎的《錦帆集》收有一封寫給董其昌的信。說明了他向董其昌借抄了前半部，並問董之此書在何處得來？「抄竟在何處倒換」後部。韓南博士推想袁中郎的這半部，不是直接由董其昌手上借來，可能是從陶石簣手上輾轉得來。他（袁）知道陶石簣是從董其昌得來，所以寫信向董索抄後半部。這一點。從袁函的語氣上看。作如此推想，甚有可能。事實上，陶石簣確於萬曆二十四年九月二十四日到過蘇州，去拜望了袁中郎。暢談了五日。而董其昌則似無時間回鄉，作較長的逗留，不可能董在回吳後才得到手抄本，又轉借給袁中郎。此一段時間的數人往還，韓南博士考證的極為精確，因而判斷也極合符節。問題是：（1）何以陶石簣與董其昌，竟對《金瓶梅》一書，無隻字論及？（2）袁中郎在此函的贊美《金瓶梅》的說詞是：「雲霞滿紙，勝於枚生〈七發〉多矣！」所謂「雲霞滿紙」，可以用來泛稱所有的好文章，且不管它，然而「勝於枚生〈七發〉多矣」，則有枚乘的〈七發〉可作比較；但如以〈七發〉與傳世之《金瓶梅》相對比，內容似乎不易相類[10]。是以後人懷疑袁中郎向董其昌借閱的《金瓶梅》，非今之穢本。中郎的五世孫袁照在所編《袁石公遺事錄》[11]的序言中，曾作此懷疑。

　　不過，如據袁小脩的日記《遊居柿錄》，則又不得不承認袁中郎當年所閱的《金瓶梅》，與傳於今世之本無異。於是我想：難道袁照沒有讀過他祖上的遺作《遊居柿錄》嗎？

　　按《遊居柿錄》是小脩所記萬曆三十六年至四十六年十一年間的日記，此書出版於袁小脩的生前還是死後，尚未進一步查證。我今所據的《遊居柿錄》，是臺北市新興書局出版《筆記小說大觀》中的一

10　一可作為「袪病」，一如枚乘〈七發〉解。
11　所據乃清同治八年刻本。

部分，每條日記，均有編號，這條論及《金瓶梅》的日記。編號是
「979」，版本似與韓南博士所據者不同；不過內容則無異辭。這則日
記記於萬曆四十二年八月間，共記二事，前記李卓吾批點的《水滸》
出版，使他聯想到當年（萬曆二十年）為李龍湖抄寫《水滸》的僧常
志之狂妄性格，後記當年（萬曆二十三、四年）在蘇州拜望董其昌得
知《金瓶梅》的書名，後來跟隨中郎在真州，才見到此書之半。[12]因
為袁中郎曾在《觴政》中把《水滸》與《金瓶梅》列為逸典，所以小
脩在讀到李龍湖批點的《水滸傳》[13]，遂又聯想到《金瓶梅》，因而
述說一番。在文氣上，自是統一的，但在語意上，讀來總是感於不相
連貫。頗令人有所懷疑於這一段，似有後人竄附之嫌。

　　一般人引用此則，用以證述《金瓶梅》的時候，總把「往晤董太
史思白」句中之「往」字，當作助動記用，認為「前往拜望董太史思
白」，這個「往」字，如果是個助動詞，那袁小脩的這一段，更足以
證明的是竄附的了。因為這則日記是萬曆四十二年八月間記述的，怎
會在萬曆四十二年八月間去拜望董太史，共說小說之佳音，之後從中
郎真州[14]，才見到《金瓶梅》這部書的半部？這時（記此日記之年月）
袁中郎去世已四周年，墓木已拱，如何能在萬曆四十二年八月再「後
從中郎真州」？再說，這時的小脩在公安家鄉，而董其昌則遠在他地
也。所以這個「往」字，在此應作時間副詞用，與「昔、曩、向、
鄉、嚮」等字之義相同，此所謂「往晤太史思白」，意思是「往時去
拜望董太史思白」，或「過去曾拜望」，於是這段話，才會變成追想
之詞。就這樣，我們還感於它在語意上，前後兩段不太相貫呢？

---

12 關於這一點，韓文考據甚詳，所以這裏未予詳說。
13 李龍湖批點的《水滸傳》，可能也是吳中袁氏書種堂刻。惜未能得見傳世之本。
14 袁小脩從中郎真州，時在萬曆二十五、六年間。

　　還有，《遊居柿錄》的書名，吾人每把「柿」字讀成「柿」（ㄕㄟˋ），韓南博士的譯文，也是如此譯成「yu-chü Shih-lu」。實則這個「柿」字，應讀為「肺」（ㄈㄟˋ）；木旁的「市」字，是四劃，不是一點一橫一巾字的五劃，而是一橫一巾字的四劃，「巾」字中的一豎，由上直貫而下，與「柿」字的寫法是兩樣的。他意思是小木簡，袁小脩用在此處的意思，指的是書中所記，乃其「遊」、「居」二事的斷片記錄，「遊居」二字是名詞，「柿」自是形容副詞，「錄」是動詞。所以，如把「柿」字讀成名詞之「柿」，則「遊居柿錄」便不成語矣。

　　中國文字的奧秘，便在這裡。雖中國的文科教授，亦每有此誤，所以韓南博士的這點小錯，卻也算不得什麼的了。

　　總而言之，我們如要去尋求《金瓶梅》的傳世年代與成書年代，那麼，袁中郎與董其昌的這封信，與袁小脩的這則日記，便是兩件最主要的研究資料。第一，《遊居柿錄》的這則日記，如確為小脩所記，則足堪證明傳世之《金瓶梅詞話》一書的原作，在萬曆二十三、四年間，便在世間傳抄著了。第二，如《遊居柿錄》的這則日記，並非小脩所記，則又足以說明袁中郎向董其昌所贊與的《金瓶梅》，未必是今之穢本。第三，倘使連袁中郎的這封向董思白贊與《金瓶梅》的函都有問題，那《金瓶梅》的傳世年代，就更加值得吾人探討了。

　　我懷疑袁中郎的話有問題，是根據袁小脩的《遊居柿錄》及《珂雪齋近集》[15]的〈袁中郎全集序〉。[16]因為袁中郎的聲名盛大，在世時

15　《珂雪齋近集》刻成於萬曆四十六年，小脩在《遊居柿錄》中提及。天啟二年小脩又重行編選付梓，是以可證此集乃小脩生前自序出版。本文所據乃天啟二年重刊本。

16　根據小脩這篇序言，知《袁中郎全集》有袁小脩之審定本，且係依年類定。惜迄今未能尋得此本。

就有出版者纂造袁文出版，死後就更不用說了。我曾檢閱過袁中郎的
文集，光是涉及《金瓶梅》的文字，在版本上已每見異辭。如給董其
昌的這封信，在袁氏書種堂本（萬曆年間刻）之「獨恨不見李伯時
耳。」在梨雲館類定本及陸之選刻鍾惺增定本，以及其他鉛印本，則
改為「獨恨坐無思白兄耳。」其中有五字不同，再袁氏書種堂本，刻
有給出版者袁無涯函兩通，其中一通提到《觴政》，該函結局說：
「《瓶花》、《瀟碧》二集寄覽；又《觴政》一編，唐人舊有之，略為
增減耳。併上。」但此二十五字在梨雲館類定本則無；鍾惺增訂本則
未刻此函。在我所見的袁氏書種堂本《袁中郎集》，未刻《觴政》，
何以梨本未刻這二十五字，是否所據原稿不同，或是類訂者認為這幾
句話有問題而予刪去？無法肯定。但有一點卻極為值得注意，那就是
附在《觴政》後〈酒評〉的前面，有一小段序言，寫明「丁未夏日與
方子公諸友……」[17]則可證〈酒評〉作於萬曆三十五年夏季以後，《觴
政》能作於〈酒評〉一年前嗎？然而沈德符則在萬曆三十四年以前，
即已聞說袁中郎《觴政》中寫有《水滸傳》配《金瓶梅》為外典矣。
再說，袁中郎在萬曆三十四年間，尚未見到《金瓶梅》的全書，有怎
會引來配《水滸》為酒典？袁中郎為文竟如此之孟浪乎？

　　袁中郎有沒有寫過給董其昌的這封信？有沒有在《觴政》中以
《水滸傳》配《金瓶梅》為外典？只要尋到經袁小脩審訂的那部《袁
中郎全集》及袁中郎生前的家刻等詩文，就可以證明。如能尋到《遊
居柿錄》的初刻本[18]，就可以證明袁小脩的這則論述《金瓶梅》的日

---

17 按《觴政》之〈酒評〉前的小序，我所見之《袁中郎集》均有。（無論刻本或鉛印
　本）。有寶顏堂秘笈續集八，所選之《觴政》則無〈酒評〉，另有荷葉山樵於「甲
　辰閏五月」附識一則。
18 必須尋到初刻本，方能有徵於《遊居柿錄》刻於小脩生前或死後。按袁小脩卒於天
　啟三年。

記，是否有纂附之嫌。我認為追尋《金瓶梅》的作者問題、寫作時代、成書時代、板行時代；袁中郎弟兄是一條主要根源。可是，我們從袁小脩的《珂雪齋近集》中，獲知中郎詩文──特別是信函（尺牘），多有纂附。而我從袁氏兄弟寫給吳地主刻中郎的出版家袁無涯[19]的信函來看，對袁氏書種堂之刻本，亦有微詞。我在〈袁中郎與《金瓶梅》〉及〈袁小脩與《金瓶梅》〉兩短文中，曾特別提出論及。且已證明袁氏書種堂所刻《袁中郎集》之梓版年月，乃以後補刻嵌入，表示所刻各集，均在中郎生前。實則，中郎生前並未見及袁氏書種堂之刻本也。像這些根源問題，如不能先行明瞭，先行肯定，僅據現行鉛印之版本，誠不能作為立論的憑證。譬如韓南博士所討論的那封袁中郎向謝在杭函索《金瓶梅》抄本的信，認為是萬曆三十五年袁到京所寫。如依函中語「弟山中差樂，今不得已，亦當出。」可證此函寫於柳浪山中，非抵京後作也。至於函中所謂「葡萄社光景，便已八年。歡場數人，如雲逐海風，倏爾天末，亦有化為異物者，可憾也。」乃在擬赴京前夕之追懷，追懷八年前在京時的葡萄社人，今已星散，且有死去者，遂使他想到此番進京，必難得八年前的那分歡樂了。不過，此函在袁氏書種堂本及梨雲館類定本，均未刻入，乃陸之選刻鍾惺增定本所補入[20]。陸本刻於崇禎二年，經查此函乃據《三袁先生集》補入。然而此函有一大疑點，那就是袁中郎在真州，已持有《金瓶梅》之半，在京城組織葡萄社時，謝在杭曾一度入京。如是此時借去，怎得如此長久不還？沈德符說，他在萬曆三十四年遇中郎於

19 袁無涯名叔度，在所刻中郎集中，自稱「門人」。在中郎與小脩的文集中，記有交往情形，所論率多刻書事情。我在〈袁中郎與金瓶梅〉及〈袁小脩與金瓶梅〉以及〈金瓶梅的成書年代〉等短文，均提及此人，但未能在《蘇州府志》尋到此人傳記。

20 陸之選刻鍾惺增定之《袁中郎全集》，刻於崇禎二年，所收詩文較他本為多。臺灣大學圖書館有全本。

京邸時，中郎手中尚無全本，自可想知中郎臥柳浪山中時，更無全本。謝在杭自不是借閱後部，那麼，這封信所涉及的《金瓶梅》借閱時間，韓氏說：「不過那八年當中，謝曾在往晤袁中郎是不容置疑的。」關於此一問題，我已在〈論明代金瓶梅史料〉一文中論及矣。可以證明謝在杭的行年，幾無向袁氏借閱《金瓶梅》的時間。就是借，也不會一借數年不還。袁中郎臥抑山中六年，謝在杭要借也不會拖到最後再借。所以這封信是頗有問題的。

韓南博士依據袁中郎的信；沈德符的話；屠本畯的話；把《金瓶梅》的抄本別成三家。即董其昌、劉延伯、王百穀。我認為這樣分別是毫無意義的，因為我們今天連任何一個抄本，也不曾見到片紙，所以這些抄本的異同，我們毫無所知。何況，這些人的話是否確實，也都是個問題呢？韓南博士竟如此去區別抄本根源，得非望天書空乎哉！

三

韓南博士的這一章研究，著力最多的是第三節：「補以入刻的第五十三回至五十七回。」因為這五回是沈德符說「有陋儒補以入刻」。又說「無論膚淺鄙俚，時作吳語，即前後血脈，亦絕不貫串，一見知其贗作矣。」所以才著力在這五回中，去尋找沈德符說的這些問題。

韓南博士在這五回中，著力尋出了六處前後血脈不貫串的漏洞。（1）苗青；歌童。（2）西門慶訪京城。（3）永福寺。（4）陀羅尼經文。（5）西門慶訪太監。（6）李三、黃四。

韓南博士認為在五十一回中，西門慶派韓道國與崔本去南方辦貨，曾帶去給苗青的信。但第五十八回及五十九回寫到崔本與韓道國先後由南方辦貨回來，並未交代苗青的信。到第六十七回西門慶再派

崔本來保到南方辦貨卻「寫了一封信，捎於苗小湖，謝他的重禮。」
苗小湖與重禮，以前都沒有提到。到七十七回寫崔本二次辦貨回來，
提到苗青買了一個揚州千戶的女子楚雲，腹中有三千小曲八百大曲，
待開春由韓夥計保官兒船上帶來。以後竟無下文，所以韓南博士認為
所寫苗青與西門慶之間禮尚往來，在情節上都交代不清；都是五十三
回至五十七回應該細述的事情，而沒有描寫。

　　關於歌童，在第五十五回時，寫有揚州苗青員外，贈送兩歌童
給西門慶的事，五十六回則說「後來兩歌童西門慶畢竟用他不著，都
送太師府去了。」到了五十八回西門慶家宴客，西門慶家卻又出來一
個叫春鴻的歌童，後來在七十四回及七十八回都有春鴻出場。所以韓
南博士認為這個「春鴻」，也應在五十三回及五十七回中寫出被介紹
到西門慶家的事。

　　關於這第一個問題的兩點，我的看法與韓南博士不同。茲條述
如下：

（一）　有關苗青與西門慶的關係，在七十三回前，業已寫明。苗
　　　　青是謀財害命案發，化了二千兩銀子給西門慶打點，西門
　　　　慶與夏提刑二人受了賄，只把兩個舟子判了斬頭之罪，便
　　　　結了案。苗青帶了剩餘的財務，逃回揚州。（便成了後來的
　　　　揚州苗員外。）所以，西門慶便利用了苗青與他的這點關
　　　　係，在派人去南方辦貨時，遂寫信要苗青幫忙。到了五十
　　　　八回，派往南方辦貨的人，陸續回來了。先是韓道國的後
　　　　生胡秀回來，繼著是崔本回來，最後是韓道國回來（寫於
　　　　五十九回開頭）。後生胡秀首先抵家，曾「遞上書帳
　　　　（帳）」，這裡寫著：「西門慶看了書賬，心中大喜，吩咐棋
　　　　童，看飯與胡秀吃了……西門慶進來，對吳月娘說：『如此
　　　　這般，韓夥計貨船到了臨清，使了後生胡秀，送書賬上

來，如今不少的⋯⋯」這段描寫中的「書帳」二字，已把
所有苗青應作覆的問題，都包容了。西門慶看了書帳，便
心中大喜，這之中包含多少苗青的情義啊！所以在六十七
回西門慶派崔本等人再去南方辦貨，便帶有感謝苗小湖既
贈厚禮的信。韓南博士認為「苗青與苗小湖為同一人」，應
是沒有錯的，因為苗青犯案後逃到揚州，當然要改名了。

（二）　如說六十七回所寫西門慶捎與苗小湖的信，「謝他的厚
禮」，其中「苗小湖」與「厚禮」以前情節未曾提到。那麼，
此一情節的錯誤，發生在第五十五回西門慶遇見苗員外
時，如照情節的發展來看，這位苗員外，應為苗青才對。
苗青在案結之後，仗持害命得來的錢財，也和西門慶一
樣，巴結到太師府中走走了，這樣豈不是對當時的社會，
諷刺得更深。但作者偏偏寫了這麼幾句介紹詞：「原來這苗
員外，是第一個財主，他身上也現做個散官之職，向來結
交在蔡太師門下，那時也來上壽。」這樣一寫，便把苗員外
與苗青的關係，隔離的毫不相干了。如果這裡沒有這麼幾
句，則我們敢說所有的讀者都會被暗示到，這個揚州苗員
外就是苗青。那麼，有關以後的「厚禮」，也都有了交代。
因為，除了兩個歌童是一大厚禮之外，苗員外在派人送去
兩個歌童的同時，也送了許多禮物。[21]。所以我認為，要是
沒有第五十五回中的那一段介紹詞，則我們就可認為情節
中已暗示了「揚州苗員外」，就是當年的「苗青」，現在的
「苗小湖」。又送歌童還另有許多禮物，所以西門慶寫信謝
他的厚禮。第二次派人南方辦貨，仍舊去麻煩他。苗青見

21　參閱五十五回，第13頁正面。

到西門慶的信，想到他的活命之恩，就儘力趨奉來人。又
買了一位會唱三千小曲八百大曲的女子楚雲，打算為她治
裝之後，送給西門慶。那麼，「厚禮」與「歌童」的情節，
豈不是貫連上了嗎？

（三）　至於在五十八回第一次登場的歌童春鴻，到了七十四回出
現，作者已有交代，西門慶向宋御史介紹說：「此是小价，
原是揚州人。」像這一類人物；還有王經，他們到西門慶
家，原不必非要寫出來龍去脈不可。也不必像崇禎本的改
寫，把春鴻再加上個春燕，使他與苗員外送的那兩個歌童
渾成一體。在五十六回中，作者已寫明那兩個歌童，送給
了太師府，此事原可結束。以後西門慶家又來了一個揚州
的歌童，在情理上也有並不悖撓。但七十七回寫苗青買了
一個會唱小曲大曲的女子楚雲，打算為她治裝後，交韓道
國的貨船帶來，以後卻沒有了下文，想是不久之後西門慶
死了。可是這一情節，首先出現在第七十七回，總不能指
摘此一情節上的漏洞，是「補以入刻」的「陋儒」補寫錯
了吧！

（四）　韓南博士推想苗青與歌童兩個問題的情節漏洞，錯在補寫
者只依據了原有的回節補寫內容，所以才形成前後不相貫
連的漏洞。然而我卻認為此一推想，不能成立。試想，第
五十五回的回目是：「西門慶東京慶壽誕，苗員外揚州送歌
童」。補寫者何以未能照回目寫呢？兩個歌童乃在東京送與
西門慶，不是送在揚州。此時的《金瓶梅》，尚無其他刻
本，補以入刻的人，大可把回目改寫為「西門慶蔡府壽旦，
苗員外東京送歌童」，「補寫者」竟沒有改，亦足可想知並
無「補寫者」，原作就是那樣。按中國章回小說的回目，脫

胎於詩詞，往往為了叶韵對仗，把文辭上下顛倒。「苗員外
揚州送歌童」，本意是指揚州的苗員外送歌童，更為了要與
上目「西門慶東京慶壽旦」比對。雖西門慶在東京慶太師
的壽，苗員外未在揚州送歌童，但苗員外及歌童，均來自
揚州，想來還是與回目相合的。這一段情節，寫得極為周
密，絕不像「陋儒補以入刻」之筆。至於崇禎本把「苗員
外揚州送歌童」改寫「苗員外一諾送歌童」，又把「西門慶
東京慶壽旦」改為「西門慶兩番慶壽旦」，雖「一諾」是合
了，可是「兩番」的內容，則又須穿鑿，還是有問題。再
說，崇禎本雖把兩個歌童的問題改了，卻未把五十五回西
門慶見到苗員外時的介紹改過，未能把情節所暗示的苗員
外與苗青苗小湖同為一人完成。因而西門慶兩次派人南去
辦貨，都沒有想到揚州還有一位送歌童的苗員外，說來，
崇禎本才真是「補寫者」的看法哩！

　韓南博士依據五十三回及五十七回後，所寫西門慶往東京太師
府慶壽的情節中，應有（1）來保回來後，立刻帶著一封給蔡蘊的信
趕回揚州。（2）走東京一趟，來保為李桂姐疏通了官府不追究李桂
姐，而且可能也為了孫祝兩人說好了。（3）李桂姐返家。（4）來保
同時也帶回一封信，邀西門慶上京賀蔡太師壽旦去。（5）西門慶接
受邀請，上京城。當然，所指這些情節上的欠缺，都是對的。可是我
們要仔細地看一看五十三回至五十七回中所寫的事件，有沒有地方可
以插入而圓滿了這些欠缺呢？我認為除了李桂姐返家一事，有地方可
以補上一句，其他都插不進去。而所寫事件，無不悉與回目相副。再
說，韓南博士指出的五十三回至五十七回的這些缺點，在其他九十五
回中，均有類似的缺點，甚而還有比這更嚴重的問題。在本文前面，
我已就韓南博士的引述，提出了一部份。再說西門慶與潘金蓮的出生

之年，在干支上也前後異辭。這些，都在五十三回以前各回中。不說別的，就拿五十四回與五十五回來說，任醫官給李瓶兒看病的事，就寫重複了。第五十四回結尾已看過病了，而且煎好了藥，給李瓶兒吃了。但第五十五回一開頭，又寫任醫官來給李瓶兒看病，從文辭上看，寫的是第一次來看病，不是第二次。像這種重複的情形，「補以入刻」的「陋儒」再「陋」，他不會「陋」到如此地步，把他前面剛寫過的事，馬上就忘了。（韓氏則認為是兩人補寫。何以兩人各寫各的？不能自圓其說。）從此一重複情形看，很顯然地可以使我們這樣推想。（1）那是由於原作者寫完了五十四回，又隔了較長時日，才續寫五十五回，五十四回的原稿可能不在手下，所以有了重複的情節。（2）一回一回在傳抄時，由傳抄者改改纂纂鬧重複了的。總之，從這兩回的重複情節來看。足以證明五十三回至五十七回，並無人補以入刻。情節的欠缺，都是原作者或傳抄者造成的。

　　至於永福寺建造歷史的衝突，李三、黃四借錢的重複，乃《金瓶梅》全書情節上的共同缺點，絕不能因為它與五十三回至五十七回發生了關聯，就去為沈德符的空話找註腳。像這些缺點，在後來的《紅樓夢》身上，也多得是。這些缺點，都因果於原作者在寫作時，隨寫了隨就送出傳抄，寫的時間又長，遂往往有重複與欠缺以及不相關聯的情形產生。我們絕不要因為沈德符說《金瓶梅》的原作，缺少了五十三回至五十七回，是陋儒補以入刻的話，就著力在這五回中，去尋找漏洞，來證明沈說的實證，那就錯了。而我認為沈德符的話，最靠不住。我已在〈金瓶梅的作者〉、〈袁中郎與《金瓶梅》〉及〈沈德符與《金瓶梅》〉等文中，略予述及。將來，我準備在「沈德符評傳」一書中，對沈述有關《金瓶梅》一事，再予詳加分析，這裡不多費辭矣。

四

　　中國的章回小說，大都是多線發展。因為是多線發展，所以在情節進行中，總是放下這一線，再寫另一線。又往往從另一線又發展了另一線，一連寫了好幾線，寫了好幾天時間，然後再「按下不表」，回頭「再話說」。像韓南博士所指西門慶往訪劉太監的情節，就是如此。

　　不錯，五十二回已寫到西門慶去劉太監庄上赴宴，但這裡所寫的，只是西門慶「去赴宴」，尚未寫到西門慶到劉太監庄上應宴的情形。按五十二回是這樣寫的：「西門慶交書童看著收家活，就歸後邊孟玉樓房中歇去了。一宿無話。到次日，西門慶早起，也沒往衙門中去，吃了粥，冠帶著，騎馬拿著金扇，僕從跟隨，出城南三十里，逕往劉太監庄上赴席。那日書僮與岱安兩個都跟去了，不在話下。潘金蓮趕西門慶不在家，與李瓶兒計較，將陳經濟輸的三錢銀子，又交李瓶兒添出七錢來。……」試看這一段描寫裡面，有「不在話下」四字。這四個字的意思，就是說，西門慶已去劉太監庄上赴宴去了，我們暫且不去說他。於是就放下西門慶去赴宴的事不說，來說潘金蓮與李瓶兒商量著處理陳經濟輸的三錢銀子的事。隨後便牽牽連連地寫到官哥被貓唬著，完成了回目的「潘金蓮花園看莫菇」，跟著在五十三回寫「吳月娘承歡求子息」。寫完了吳月娘把薛姑子給他的藥放好，感謝了天地，之後，再回頭接寫西門慶到劉太監庄赴宴的情形。

　　五十三回這樣寫著：

　　　　……（吳月娘）把藥來看，玩了一番，又恐怕藥氣出了，連忙抱麵漿來，依舊封得緊緊地，原進後房，鎖在梳匣內走了。走到走廊下，對天長嘆道，若吳氏明日壬子日，服了薛姑子

藥，便得種子，承繼西門香火，不使我做無祀的鬼，感謝皇
天不盡了，那時日已近晚，月娘才吃了飯，話不再煩。西門
慶到劉太監庄上，投了貼兒，那些役人，報了黃主事安主
事，一齊迎住，……」于是謙讓入席，「那時吃到酒後，傳杯
換盞，都不絮煩。卻說那潘金蓮在家，……」於是再寫西門慶
不在家時，潘金蓮與陳經濟勾搭，二人正在苟合，「忽聽到外
面狗子，都嘩嘩的叫起來，卻說是西門慶吃酒回來了。……

　　試想，上面所錄五十二回及五十三回所寫西門慶去劉太監庄赴
宴的情節，前後不是很嚴實嗎！可惜韓南博士對於中國章回小說的這
種多線發展形式，還未能了解，所以又認為這是「補寫者」的錯誤，
「不可能是原作」。

　　至於五十八回的捐印陀羅尼經文一事，韓南博士認為此一情節
是「突然殺出的一個情節」，認為「前面應該提過此事才對。」在我
讀來，卻未感於此一情節的出現於五十八回，有什麼令人「納悶」之
處。我認為此一情節——也可以說是此一事件，在五十八回出現，出
現得非常自然，委實用不著在五十八回以前，非要先予提到不可。說
來，這又見仁見智矣！

　　在韓南博士的這一章研究中，著力最深的是「我」、「俺」、「咱」
的口語分析。韓氏認為「咱」字或「咱們」的口語，是包括說話者說
話的對象的複數用法[22]。這一點分析極為正確。但又說《金瓶梅》的
「全書中常用『我』與『俺』來表示第一人稱的單數，但『咱』字也
有此用法，不過限於第五十三回及五十七回。（『咱』字在全書其他
部分，均做含聽者的第一人稱複數，做單數的時候少之又少。）」關

---

22 韓南說他寫這些問題，參閱了呂叔湘作〈說們〉一文，此文本人雖未一見，然我卻
　是生長在說「咱」、「俺」的地域。對「咱」、「俺」的使用，早習慣也。

於這一點，韓氏的看法，並不正確。因為他尚未能洞然於「咱」字用於第一人稱時的本質。

　　按「咱」字的這一人稱用法，其本質在於表達說者的親切，所以，凡是說者用「咱」字表達第一人稱的時候，無論加「們」（每）或不加「們」，都把說話的對象——聽者，包括在內。以使聽者感於說者與他的親切情誼。這一點，必須明白，我們如能明白這一點，就可以對證出《金瓶梅》全書的「咱」字用法，都是一樣，並不如韓氏所說：「咱」字用於第一人稱單數，除五十三回至五十七回之外，其他則少之又少。茲例說如下：甲系第五十三回中使用的那個「咱」，事件雖是陳經濟個人的事，然而此事則由潘金蓮而起，所以陳經濟說出的這個「咱」字，便連潘金蓮也包含了進來，以示語氣親切。並非第一人稱單數。五十五回苗員外要把兩個歌童送與西門慶，在送去之前，這位苗員外向兩個歌童解釋說：「…只是咱前日酒席之中，已把小的子許下他了，如今終不成改個口哩！」又說：「小的子你也說的是，咱也何苦定要是這等。只是人而無信不知其可也。那孔聖人說的話，怎麼違得。」這兩個「咱」字的語氣，都是親切地把兩個歌童包含了進來的。至於五十五回的那句「月娘道：『這咱時不說。』」的「咱」字，乃「暫」字的同聲借用。如把此一「咱」字當作人稱，則「時」字又得借作「是」用。如此，則「這咱時不說」的意思，乃指西門慶告訴月娘要趕快動身赴京，再遲不的了，月娘遂說「這事咱不說了」，遂問：「如今匆匆的，你擇定幾時動身？」那麼，這個「咱」字的人稱，乃非單數，它把西門慶包含在內。

　　誠然，這個「咱」字五十七回用得最多。但這些「咱」字的使用，仍與我上述的情形一樣，都把聽者包含在「咱」字的語氣之內。如「娘，你說與咱，咱也好分憂哩！」看起來這兩個「咱」字是單數的人稱，但如試把這兩個「咱」字換上了「俺」字，語氣便大不同了；

便失去了親切。因為「俺」字在口語的語氣上，不包含聽話的對象。「咱」字在語氣上，則包含聽話的對象；不加「們」也是一樣。如能了解這一口語使用的慣例，就不會有所驚怪了。

　　像「咱」字的這種用法，不祇是第五十三回及五十七回才有，其他各回，仍復不少。如第四十一回第十頁反面，西門慶與李瓶兒說話，說：「他們有一門子做皇親的喬太太，聽見和咱們做親，好不喜歡。到十五日，也要來走走，咱少不得補個帖兒請去。」這一語句中的「咱」字，與「咱們」一樣，只是不加「們」在語氣上顯得更親切而已。他如四十二回第一頁正面，有月娘說的「咱少不了的也買禮過去。」及大妗子說的「咱這裏少不了的立上個媒人。」豈不是五十七回第三頁反面，那位永福寺長老說的「前日餞送宋西廉御史，曾在咱這裏擺設酒席，他因見咱這裏寺宇傾頹……」的用法一樣，都包括了聽話的對象。

　　再加第八十二回第六頁反面第七頁正面，寫有「那月娘再三使他上東京，問韓道國銀子的下落。被他一頓話。說咱早休去，一個太師老爺府中，誰人敢到？」第八十九回第九頁反面，寫有月娘耍賣春梅，她對薛嫂說：「口說那咱原是你手裏十六兩銀子買的。」第八十九回第四頁反面「撇下嬌兒，閃的奴孤單，咱倆無緣，怎得和你重相見。」第九十五回第十四頁正面，「月娘道，到那日咱這邊使人接他去。」第九十六回第四頁反面，寫春梅「口內不言，心下暗想，想著俺娘，那咱爭強不服弱的。」第九十六回第八頁反面，寫陳經濟想向楊大郎求情，「那經濟便道，我如今窮了，你有銀子與我些盤纏，不然，咱去了去處，…」試看這些地方的「咱」字用法，無一處不是與五十七回等處用法一樣，都包括聽話的對象——聽者。就拿第八十二回第三頁反面的唱詞，所寫的「你又青春咱年少」的「咱」字，豈不也包括對方，以示語氣的親切。

　　試想，我們如把上述所寫的「咱」字，改成了「俺」或「我」，
在語氣上便無親切感矣。同時，我們如把全書中使用「俺」與「俺們」
的地方，改成了「咱」與「咱們」，也不成語矣。由此，勘證「咱」、
「俺」、「我」的使用，悉依情節而言，非有關各回使用的多少，用來
判斷原作之真偽也。何況，像韓氏所指五十三至五十七回中的「咱」
字用法，其他九十多回中，相類者至多至多呢！

　　再說，這個「咱」字用於時間副詞的地方也相當之多，如「這咱
晚還不來家」，「我那咱在家」說來這又當別論了。[23]

五

　　崇禎本的第一回，迴異於萬曆本的問題，是否就是後人的改
寫？或原作者一人的手筆？如今也很難判定。韓南博士說：「有一點
也許頂有意義的，就是它與甲系各版本的第五十五至五十七回一樣，
也用了「咱」表『我』，甚至用『咱們』表示『含聽者的第一人稱複
數。』但僅憑這些是不足以驗明它的正身的。」（韓南博士的這一段
話，似有修辭上的錯誤。因為立論有邏輯上的缺失。）關於這一點，
我在上節已提過，有關韓氏所例的「含聽者的第一人稱複數」或「單
數」的「咱」字用法，在語氣的本質上，仍都包括聽者在內。所以凡
是「咱」字用法，不論在任何時候，任何說法，都是含聽者在內的第
一人稱複數。那麼，崇禎本第一回中的「咱」字用法，也未違背此一
原則。譬如西門慶與吳月娘談到結拜兄弟的事，吳月娘提了一些意
見。西門慶道：「咱恁長把人靠得著，卻不更好了。咱只等應二哥來
與他說這話吧。」這口語中的「咱」字，即親切地包括了吳月娘。這

---

23 所據乃李石曾主編：《世界文學大系》（臺北市：啟明書局，1961年），第五冊本。

以下的逾十個「咱」字的用法，極明顯的包括聽者在內的有（1）「咱會中兄弟十人，卻又少了他一個了。」（2）「咱們少不得」（3）「咱兄弟們似這等會來會去。」（4）「到那日咱少不得要破些銀子。」（5）「咱這間壁花二哥。」（6）「與咱家只隔著一層壁兒。」（7）「咱不如叫小廝邀他邀去。」（8）「咱到日後，敢又有一個酒鋪兒。」（9）「咱這裏無過只兩個寺院。」（10）「咱家也曾沒見這銀子來。」（11）「咱多的也包補在乎這些。」這上錄十多個「咱」字，都很明顯地在語氣上包括了聽者在內的第一人稱複數。另有幾個如（1）「哥，你怪的是，連咱自也不知成日忙些什麼，自咱們這兩隻腳，還趕不上一張嘴哩。」（2）「咱在他家幫著亂了幾日。」（3）「哥，別了吧！咱自去通知眾兄弟。」第三個「咱」字，雖語意上，只是指的一個人，但在語氣上，則包括了聽者，仍是第一人稱的複數。還有一點，我們必須知道。「咱」字的口語使用，必定在一個自認為夠親切的人的面前，才會如此親切地使用。像「連咱自也不知成日忙些什麼」的「咱」字，如換上了「俺們」或「我們」，便失去了他與西門慶的親切。所以這個「咱」字在語氣上，仍是包括了聽者的第一人稱複數。至於應伯爵向西門慶說，當卜志道死了之後，「咱在他家幫著亂了幾日，」以及「哥，別了罷，咱自去通知眾家兄弟，」在「咱」字的使用本質上，都是包括了聽者在內的第一人稱複數，這樣使用「咱」字，在語氣上，不僅表示了說者的親切，也使聽者感到愉快。這樣說，雖是應伯爵在卜志道家幫的忙，使聽者西門慶也幫了忙了。所以，我們如能了解「咱」、「俺」的口語用法，就不會把崇禎本的第一回，與萬曆本的五十三至五十七回牽連上了。

　　韓南博士又把五十三回至五十七回的情節缺失，列出一節加以分析，仍以沈德符之說為準則，認為這五回是散失之後，經「陋儒補以入刻」的，所以才有了這麼多的缺失。當然，韓氏的分析，論述極

其縝密而精到。可是，類似這五回的缺失，在其他九十餘回中，也同樣存在著重複，不貫、交代不清等等問題，都是「陋儒補以入刻」的錯誤嗎？

韓氏又根據了沈德符之說，論了一節《金瓶梅》失傳的版本。在我們認為：當我們尚未能證實沈德符的話，靠不靠得住之前，則「萬曆丁巳本」以前的《金瓶梅》，究竟是些什麼？其來龍去脈如何？我們均無從說起。韓氏已經感於沈德符的話有些「誇大」。且對於沈氏所說的《玉嬌李》一書，是沈氏在萬曆四十七年看到的，他的「根據」是《萬曆野獲編》完成於萬曆四十七年。實則，《萬曆野獲編》的前二十卷，完成於萬曆三十四年（丙午），後續的十四卷則完成於萬曆四十七年[24]。那麼，所論《金瓶梅》一則，究寫於何年？作者雖未自注寫作年月，然從文中所述，在萬曆三十七年間，袁中郎即談到了《玉嬌李》，此時，袁中郎尚未見到《玉嬌李》其書，然已知《玉嬌李》的內容。斯我首所惑於沈德符之言誑也。可能韓南博士亦感於此點，遂認為沈德符見到《玉嬌李》是在萬曆四十七年。否則，邱志充是萬曆三十八年的進士，沈是在邱處見到《玉嬌李》抄本的時間，如不向後推，便無法符合沈說了。

如依據《萬曆野獲編》的說法，沈德符在輦下從邱志充處寓目到《玉嬌李》，似在萬曆三十六年，文中說「去年抵輦下，」上面說他抄到《金瓶梅》是在「丙午」的「又三年」，當然是萬曆三十七年，此說「去年」，不知從何年說起？因為文後沒有寫作年月，我們只能從文中的紀年，去推想他看到《玉嬌李》的年代。但文後卻說「邱旋出守去，」似指邱志充中了進士作了官之後的事。是以此說「去年」，則難知何年矣。今韓氏說是沈在萬曆四十七年在邱處見到《玉嬌

---

24 所據乃中央研究院藏道光七年扶荔山房刻本及沈德符後人沈振重編之手抄本。

李》，不知何本？不過，沈說他只寓目了第一卷，即已洞知如此多的內容，亦我所不解也。

　　《萬曆野獲編》雖成書於萬曆四十七年（據沈氏自序），但在有明一代，並未付梓，亦未傳世，似僅有零星傳抄。抵康熙卅九年秋，方由桐鄉錢枋為之類編成書，但仍未付梓。一直到清道光七年春，方由錢塘姚祖恩梓於廣東羊城之扶荔山房。基此可知有關沈德符論述《金瓶梅》[25]之說，明朝人可能知者極尠。在沈氏《清權堂集》中，相唱和者雖多當代名士，然而對方卻絕少提及沈氏。袁氏兄弟之詩文書牘，則未嘗一字及乎沈也。就是沈氏自詡的好友盧世㴶（天啟五年進士），文集[26]中亦祇有一條述及沈，且說「向投余詩槀甚多，俱隨手零落。」足見其對沈德符之未嘗重視。馬仲良有《妙遠堂集》，今尚未尋得，不知對沈氏友情的表示如何？此人死於天啟四年，沈德符哭之甚慟！似乎情誼甚好；待徵。總之，吾人如要認真地去研究《金瓶梅》的版本及淵源，首應從根本上先去解決明代時人之說的問題。如不先把明代時人之說的問題澄清。則問題難下結論矣！[27]

25　《清權堂集》共二十二卷刻於崇禎十五年，其中僅有兩篇短序，餘悉為詩。
26　盧世㴶注鶴號德水，山東德州人，著作數種，本人所見僅順治初年刻《尊水園集選》一種。
27　參閱前文〈論明代的金瓶梅史料〉。

補述 ^{編按1}

一

　　當《金瓶梅探原》的初校樣送來的時候，出版者熊嶺先生要我在版本方面，略作說明附於書後，以供讀者參考。本來，《探原》中所探討的只有作者及成書年代兩大問題，至於版本，東西方的研究者，早有詳細論及。我只就何是初版的問題，加以考證。業已證明這部萬曆丁巳本就是初版本。鄭振鐸依據《萬曆野獲編》的話，認為該書初刊於萬曆三十八年，乃揣疑之說。經查出馬仲良榷司吳關的時間，乃萬曆四十一年，已足夠把鄭振鐸的此一說法推翻了[1]。那麼，我已在版本上證出「萬曆丁巳本」就是初版本。至於這個本子，是否就是袁中郎等人當年傳閱的那個本子，目前我所見的資料，尚不足以確證。說來，已是另一個問題，這裏不多說它了。

　　關於考證《金瓶梅》版本之文，要以日人鳥居久靖著之〈金瓶梅版本考〉最為詳盡[2]，美人韓南所著〈金瓶梅的版本及其他〉一文[3]，也系論甚詳。韓南博士把該書的版本列為三系，（一）萬曆本（二）

編按1　原載於《中華文藝》第16卷第4期（1978年12月），頁46-57。

1　沈德符說他攜回家鄉，榷吳關的馬仲良勸他應梓人之求，他不肯。參閱〈沈德符與金瓶梅〉一文。
2　鳥居久靖：〈金瓶梅版本考〉，《天理大學學報》第7卷第2期（1955年10月）。
3　見韓南博士作，丁貞婉譯：〈金瓶梅的版本及其他〉，《國立編譯館館刊》第4卷第2期（1975年12月）。

崇禎本（三）康熙本（即張竹坡第一奇書本）。我對於該書的版本，從未涉入，是否可以如此系列，無能置喙。但從故事情節以及人物文辭上看，崇禎本更是萬曆本的部分改寫，但是否是原作者自己改寫的？也無資料求證了。張竹坡更是根據萬曆、崇禎兩個本子的改寫本，在文辭上，尚能尋得蹤跡。本文不是考證版本，自也不必費辭。韓南博士說：「即使明示了乙版本（崇禎本）為甲版本（萬曆本）之節刪，也不足以證明甲版本全部都是原作[4]。」對於該書的版本，似可作如是疑。

　　過去，《金瓶梅》流行於世間的版本，只有崇禎本與張竹坡本；最普遍的是張竹坡本。經過刪節的所謂「淨本」，也大多從竹坡本。到了民國二十一年冬，在山西發現了這部萬曆丁巳本，為北平圖書館以二千銀元收藏，世人方始知道「《金瓶梅》」一書知早期情形。後來，又逐漸發現日本與韓國，均還藏有此一有萬曆丁巳敘之本。作者蘭陵笑笑生的名字，方始顯現於世人。雖然，直到今天，吾人還未能尋得這位作者的真實姓名，但《金瓶梅》的作者，究竟有了個名號了。

　　郭源新在〈談金瓶梅詞話〉一文中，提到清人王曇仲瞿考證的《真本金瓶梅》，把淫穢的部分全刪了。他們認為原本是「雅」而非「鄭」的。我迄未見到這個本子，也無從說起。不過，今之市肆，有一本冠有〈袁枚跋〉與〈觀海道人序〉的一本，在文詞上，與崇禎等本，又略有出入，其中寫敘的觀海道人，自稱是該書的作者，署名寫敘的年代是嘉靖三十七年，文氣襲自欣欣子與東吳弄珠客，當然是偽託的了。是以這些市肆之本，都不能列入論據。我只是在此附言一句而已。

4　仝上引文之第二節。

二

　　在本書的文稿集成付印之後，方祖燊兄去港探親歸來，為我帶回一本港版《金瓶梅研究論集》，其中除了吳晗與郭源新的兩篇論述，曾經讀過之外，其他各文，均未嘗寓目。姚靈犀在吳晗論文之後，附有〈瓶外巵言〉數語，說到作者不是王鳳洲的問題，說：「又有謂著者乃北人，全書中運用北方俗語方能入妙，必非南人所及。迨見詞話本，著者署名為蘭陵笑笑生，王太倉人，益與蘭陵無涉。蘭陵即今之嶧縣，江南置有南蘭陵，即今之武進，此亦確證。又書中所引之曲詞甚多，泰半見於雍熙樂府，惜樂府未注何人所作。第三十五回〈殘紅水上飄〉一曲，實為李日華之四時閨怨，李日華生於嘉靖四十四年乙丑，在王鳳洲死於萬曆十八年庚寅，時李日華才二十五歲，鳳洲名宿，何能引用其曲，恐李日華尚未名於時也。」這些話，對於作者之不一定必是北人，蘭陵也不只山東才有此地名，已經疑到了。只是他未去深入考證而已。

　　姚氏又說：「其傳說之因，（指傳說為王鳳洲作）一由於沈德符之《野獲篇》，謂『聞此為嘉靖間大名士手筆』，或因作此稗史著者，不肯以姓名示人，沈竟不知。或著者尚存於世，沈不肯為之道破。」亦足見姚靈犀對於沈德符之可能知道作者是誰，而「不肯為之道破」的這一點，也疑心到了。姚靈犀卻沒有緊緊抓住此一疑點，進一步去追尋。而我則是發現了沈德符的《萬曆野獲編》說的這些話有問題，遂使我孜孜矻矻了七年有餘，尋出了這本書中的許多問題。再姚氏論及《玉嬌李》一書時，也認為沈德符的話可疑。他說：「沈云《玉嬌李》亦出此名士手，殊令人疑。此名士究竟是誰？沈固不知，抑為之隱？辛丑庶常諸公，鳳洲又與何仇耶？」此一疑點，姚靈犀亦早在四十年

前疑及。能非英雄之見略同乎？

　　又有關語言以及所書干支問題，姚靈犀也都一一疑到。他曾提
出三大疑點說：「全書用山東方言，認為北人所作，實不盡然。既敘
山東事，當然用山東土語。京師為四方雜處之地，仕宦於京者，多能
作北方語。山東密邇京師，又水路必經之路，南人擅北方語言者，所
在多有。《金瓶梅》之俗語，亦南人所能通曉，為南人所作，抑為北
人？此可疑者一。今詞話本所謂蘭陵，恐未必即是嶧縣。安知不為南
蘭陵，更安知不是郡望？笑笑生既不明言姓名，又何必冠其籍貫？余
見有荀姓繆姓者。俱用蘭陵，而俱非蘭陵人也。詢其故，則云荀卿為
楚之蘭陵令，蘭陵郡為繆之郡望也。此可疑者二。第十二回厭勝一
事，云今歲流年甲辰，若以書中推算，西門慶生於丙寅，死於重和元
年，得年三十三歲，皆與曆書合。武松發配，既明言政和三年，是年
實為癸巳，何得同為一年？此處又書作甲辰。（書中初言月娘金蓮生
於庚辰，則此年當為甲辰，但與西門慶生年干支不合。及至龜卜時，
月娘、玉樓、瓶兒之干支，均為曆合。因月娘又改作戊辰矣。）再考
第二回王婆云：那娘子丁亥生屬豬，交新年九十三歲，則本年應為己
未。（《水滸》作戊寅生，今年八十三歲。本屬戲言，《金瓶梅》何以
全改？竹坡本改作癸亥生，至癸巳應為九十一歲，亦不應作九十三歲
也。）若改作乙亥，今年九十歲，則正符甲辰。今疑作書之年，即為
甲辰，實即萬曆三十二年也。此可疑之三。」姚氏的這一段話，我雖
然在今年一月中旬才讀到，然而姚氏的這三大疑點，我卻也同樣的疑
到了，而且去推繹了。再論及「成書年代」以及「蘭陵笑笑生」等文
中，都曾特別在這些問題著墨。真巧，我的設疑，也跟姚靈犀一樣。
「疑作書之年，即為甲辰，實即萬曆三十二年也。」關於這一點，我
曾一再說明，如果在《袁中郎集》的家刻本中（袁小脩敘本），尋不
到中郎寫給董其昌借閱《金瓶梅》的信，或不能在袁小脩的日記《遊

居柿錄》初刻中尋到小脩說及《金瓶梅》的那段話，那麼，我與姚靈犀所疑及的這一點；「作書之年，即為甲辰——萬曆三十二年。」便可確定的成立。則我設疑的這位作者，可能是沈德符的可能，便大有可能了。

　　我在論「成書年代」一文中，曾一再說明這些干支上的問題，正如姚靈犀所說：「《水滸》作戊寅，今年八十三歲，本屬戲言，《金瓶梅》何必全改？」再進一步去追究《金瓶梅》何以全改的關鍵，卻也應驗了張竹坡之說：「《史記》中有年表，《金瓶》中亦有時日也。」可以說，《金瓶梅》的改寫干支，以及吳月娘潘金蓮的生於庚辰戊辰，都是故作繞眼之法。那些干支生屬之可符乎宋，亦可合乎明，置於嘉靖可，移於萬曆亦可。這些手法，無非是為了掩飾作者問題而已。

三

　　《金瓶梅》的作者是誰？在詞話本未發現之前，咸認是王世貞。這部萬曆丁巳本出現之後，以書中所寫問題作實證，作者是王世貞的說法，已被推翻了。但由於李卓吾是萬曆年間的怪人，喜歡評點小說，在詞話本第十六回，李瓶兒請西門慶過端午，書中說：「一日五月蕤賓佳節，家家門插艾葉，處處戶掛靈符。李瓶兒治了一席酒，請過西門慶來，一者解粽，二者商議過門之日。」因為李卓吾在其所著《焚書》中，寫有〈解粽〉一詩，遂有人疑李卓吾為《金瓶梅》的作者。姚靈犀在〈瓶外巵言〉中說：「今之所謂古本，言是李卓吾者。余亟取李氏焚書閱之，卓吾自號百泉居士，喜與婦女說道，喜批《水滸》，收集小說，略有似處，李生於嘉靖六年丁亥，死於萬曆三十年壬寅，生時常在麻城，與劉氏（指劉延禧）往還甚密，袁中郎亦其友

也。更有解粽詩，《金瓶梅》亦有解粽之語；解粽之名，他書未嘗見也。但蘭陵又何說乎？豈李以逮問自裁，故為之諱，亦溫陵為蘭陵耶？（竹坡本三十二回，於王八汗邪四字，書眉注有盍夌於竹巾語。刻本模糊不清，解釋不易，疑即溫陵市中語，）除此別無確據。」

　　按《金瓶梅詞話》十六回中的「解粽」之語，（他本亦同），指的是端午節，《江南志書》〈揚州府志〉有記云：「端午解粽，婦女以蔡榴艾葉雜花簪髻，午則棄之。」那麼，李瓶兒說置酒請西門慶，說是「一者解粽」，自是指的過端午節。李卓吾的〈解粽〉一詩，共有四首，詩題是「坦龍攜二孫同弱侯過余解粽」，這四首詩寫於萬曆二十六、七年間[5]，李卓吾由燕京抵金陵的這一時期。「解粽」一詞，正卓吾羈旅江南時，藉江南人之口吻作為詩題的隨俗之說，良不能認為有「解粽」一詞而兩相攀附。再說，「解粽」一詞既是江南人的俗語，用於《金瓶梅》豈不是益證作者是江南人，而非山東人乎？

　　如依據袁小脩寫〈李溫陵傳〉，說李卓吾愛潔成癖。我在論「作者」一文中，已提到。當然，如論生存時代及喜愛新奇與說部這些來說，列李卓吾為《金瓶梅》作者可疑人物之一，不是沒有理由的。何況，《金瓶梅》如在萬曆二十四年間即已流行於世，原本且又是胡北麻城劉承禧家傳抄出來的，此老又怎會數年之間竟一言不論？我想，沈德符所說的「今惟麻城劉承禧家有全本」的話，也可能是故佈疑陣吧！

　　另外，還有一位麻城人，是袁氏兄弟與李卓吾的好友邱坦之長孺，此人雖係武官，卻嗜於詩酒，袁氏兄弟與其他文友，率多與邱長

5　根據容肇祖作《李卓吾年譜》，他在萬曆二十六年春，七十二歲，焦竑把他由燕京接到金陵，到二十八年春，再由金陵去濟上劉東星漕署，《焚書》刊於萬曆二十八年。由此可知〈解粽〉一詩作於萬曆二十六、七年間。

孺有所往還。亦未見袁氏兄弟與此人論及《金瓶梅》也。

四

　　要是說到「語言」，應是《金瓶梅》一書最雜亂的問題，我在論「作者」中，已提到很多了。在三十二回鄭愛香罵應伯爵：「不要理這望江南巴山虎兒汗東山斜紋布。」用「望江南」之「望」諧「忘」，「巴山虎」之「巴」諧「八」，「汗東山」與「斜紋布」諧「汗邪」；連起來是「忘八汗邪」四字，乃當時流行的罵人語。據〈瓶外巵言〉的〈金瓶小扎〉解釋云：「汗邪，因出汗太多而發邪也，名人俗語。《桃花扇》〈第四齣〉〈戲偵〉云：『俺阮大鋮也是讀破萬卷之人，甚麼忠佞賢奸，不能辨別彼此。既無失心之瘋，又非汗邪之病。怎的主義一錯，竟做了一個魏黨。』」如據《桃花扇》所言，則「汗邪」一詞，指的是疾病之一種。在我家鄉皖北，有一句咒人的土語叫「害汗病」，意為「得絕症」。此所謂「汗邪」是否與我鄉人的「汗病」咀人語相同？可能不易考了。

　　不過，我們的古籍，有「汙邪」一詞。《荀子》〈君道篇〉，這樣說：「今人主有六患，使賢者為之，則與不肖者規之；使知者慮之，則與愚者論之；使修士行之，則與汙邪之人疑之；雖欲成功得乎哉！」荀子之所謂「汙邪」，乃指品格低下而行為不正之人。在《史記》〈滑稽列傳〉中，馬遷寫淳于髡從東方來，見道旁有禳田者，操一豚蹄酒一盂，祝曰：「甌窶滿篝，汙邪滿車。五穀蕃熟，薪穰滿車。」其中「汙邪」一詞，司馬彪云：「汙邪，下地田也。」《索隱》釋謂：「按司馬彪云：『汙邪，下地田。』即下地之田，有薪可滿車。」《正義》云：「下田肥澤，故得滿車。」不論下地田肥澤也好，貧瘠也好，「汙邪」即是指的下地之田，自是低下之田。馬遷所謂「汙邪

滿車」，意即祝求上蒼賜予好收成，雖下地之田也能收穫滿車。總
之，「汙邪」乃低下之意。用之於人，便是指的低下人了。那麼，《金
瓶梅》中的「忘八汙邪」當是「忘八汙邪」的變奏，意思應是「下流
的忘八」，是一句很重的罵人語。把這四個字，用「望江南、巴山虎
（兒）、汗東山、斜紋布」來諧音作成罵語，究是何處方言俗語，筆
者尚未查考。

　　我手頭的一部民初石印本《第一奇書》，「汗東山」即作「汙東
山」，眉注謂：「盞夌于竹中語」；姚靈犀從刻本上看，說是字跡模糊
不清，疑為「溫陵市中語」。而我則認為是「蘭陵之市中語」。因為
張竹坡究竟讀過萬曆本，對於蘭陵笑笑生雖未必知其人，但對於蘭陵
笑笑生寫入的這一句罵人的話，在評點時，注說是「蘭陵之市中
語」，方合情理。再說，首用「汙邪」一詞的人，就是蘭陵令荀卿。
張竹坡這樣注釋此語，可能是源自《荀子》的〈君道〉篇吧！

五

　　我們委實無法從《金瓶梅》的語言上，去確定作者的籍貫，譬如
一位久居京師而又交遊廣闊，且周遊全國的人，把他平時聽來的方言
俚語，寫入他的作品，又如何能從某一句兩句語言，來猜測他是某處
人？就像大家肯定《金瓶梅詞話》的語言是「山東土白」的說法一樣，
都是難作論據的籠統詞，一經推敲，它們便不能成立了。

　　《金瓶梅詞話》的語言，可以說是四方雜處，魯豫燕冀，吳越淮
揚，都有鮮明而特出的方言，夾雜其問。有些話，流行的地域很廣，
譬如「韶刀」，《儒林外史》即寫有此語，散文家思果先生是江蘇丹
徒人，他在某一篇散文中，寫他在外鄉聽到「韶刀」一語，就感到親
切，因為「韶刀」是他家鄉的口語。這口語在吳越等地都流行。但無

論如何，這話不是北方人的口語，北方人則謂之「嘮叨」或「囉嗦」。

　　我曾認為《金瓶梅》中的清河，實際上的地理環境，可能是燕京，由於我沒有到過北平，未能認真去探討它。像第三十三回陳經濟向潘金蓮討還鑰匙，潘金蓮不給他，要陳經濟唱上四小曲才給他。說：「不然，隨你就跳上白塔，我也沒有。」這「白塔」豈非燕京的風物乎！在這一回陳經濟的嘴中，更說出只有北平人才說的「牛騎（犄）角」一語，都足以說明這位作者對於北平市極為熟知而且有土著之嫌的蛛絲馬跡。他如「韓道國」這人名之諧音「寒到骨」，用來譏喻這人的無情無義，簡值令人為之寒到骨的諧音喻意，就絕對不是山東人可以用來諧音的口語。因為山東人讀「國」為「規」，只有北平人或江南人，才把「國」讀成「ㄍㄨㄛ」；「國」讀為「ㄍㄨㄛ」，才能諧音成「寒到骨」，如把「國」讀為「ㄍㄨㄟ」，其音就諧不成「寒到骨」了。像這種諧音之用，必從平素讀音的習慣而來，與其他方言俚語，迥不相同，其他的方言俚語，或可說是知識之用，若諧音的諷喻，那就是基於平時讀音的習慣了。由此設想，就可想知作者不是山東人明矣！

六

　　有幾位《金瓶梅》有牽連的人，（根據袁氏兄弟及沈德符的話），在他們傳世的文集中，居然尋不到片言隻語論及《金瓶梅》的話，如董其昌與謝肇淛，難道是為了一己的名節，不願有所涉入嗎？如袁氏書種堂刻出的《袁石公集》，所刻袁中郎寫給董其昌的那封信，董其昌必然看到。若非事實，又何以不發一言？是不是在袁小脩審訂的那部家刻《袁中郎全集》中已經訂正了呢？在未能尋到這部家刻本的《袁中郎全集》時，也祇有作存疑看了。

　　謝在杭（肇淛）在《文海披沙》一書中，說道《觴政》，他說：「魏
文侯與大夫飲酒，使公乘不仁為觴政曰：『飲不釂者，浮以大白。』」
此《觴政》之所自來也。按謝氏的《文海披沙》刻於萬曆三十九年，
正袁氏《觴政》行世之後數年，此則《觴政》云云，想是基於袁氏的
《觴政》而發，倘使謝在杭向袁氏兄弟借閱過《金瓶梅》，在這本筆
記中，又何不一論及之耶？他如焦弱侯、李卓吾、還有其他時人如陶
望齡兄弟等等，也都不曾提及《金瓶梅》；朱國楨的《湧幢小品》，
本是一本雜記閒談，卻也一字不提。當真，他們都是局囿於名教之思
乎？

　　焦弱侯與謝在杭，都是在政治上不太得意的人[6]。他們居然不對
這本書表示意見。像李日華《味水軒日記》中的那種話[7]，他們也不
願說，這些都使我費解。

　　凡是研究《金瓶梅》的人，大都忽略了出版者是誰的探討。鄭振
鐸居然判斷這部萬曆丁巳本是北方刻本，他認為吳中在萬曆三十八年
間還有一個刻本。如今，我已尋得證據，證明了這部萬曆丁巳就是初
刻本，而且是刻於吳中的本子。那麼，是誰刻的呢？我已提出一個可
疑的人物，那就是主刻《袁石公集》的袁無涯叔度。

　　他是吳縣人，在《蘇州府志》中無其行狀，但從他所刻《袁石公

6　根據明文秉著《定陵注略》載，焦竑於萬曆己丑（十七年）高中狀元之後，授翰林
　院修撰，太子初出閣時，擇講官六人，焦弱侯乃其一。時太子年十三，王太倉希望
　講官們能選一近而易曉者，勒成一書進覽，焦氏便採輯有國故事，繪圖演義，名為
　「養正圖說」以進。同人不平，認此事不應出乎一人之手，遂寢其事。後焦刻之南
　中，大瑞陳矩取去一部呈上，上雖稱善，卻為執政諸公忌，言官遂用科場事糾舉，
　外調福寧州同知。從此淹宕仕途矣。《湧幢小品》亦有記。謝在杭萬曆二十年進
　士，授吳興司理，後改邊齊東，又調張秋、滇南，一直外任。

7　李日華指摘袁中郎是「好奇之過」。

集》的那分豪氣[8]，以及所刻百二十回《水滸全傳》〈楊定見敘文〉的不敷事實[9]，都足以說明此人極可能就是刻《金瓶梅》的人。從他所刻《袁石公集》及百二十回《水滸全傳》來看，可以想知此人是吳中一位頗有財力魄力的出版家。而且是一位相當會作偽的出版者；在《袁石公集》的〈翻版豫約〉及百二十回《水滸》的〈楊序〉以及百回《水滸》之〈李卓吾評〉，業可清楚的見到論證。

雖說，《金瓶梅詞話》的東吳弄珠客序，寫明作於萬曆丁巳，但實際出板行世的時間，可能要晚於丁巳這一年，也許衍到天啟、崇禎年間才行世也說不定。但這些卻都查考不易了。

藏於日本的兩部完本，居然有第五回末葉的異版，由此勘以證明這個萬曆丁巳本，曾經印過兩次。這種異版的情形，推測起來，必是第二次再刷時，有一塊板子壞了，一時又尋不到原書，遂就上下文的意思，補寫了九行付梓。如果是兩家刻的板，字體行數以及文辭，都會有差異了。其他既無差異，便只有上述的推想。那麼，這個本子既然印過兩次也可說明此書出版後，銷行不錯。否則，怎會再印。

七

凡本書各文探討的問題，曾時與服務中央研究院歷史語言研究所的蘇同炳（莊練）兄切磋，蘇先生對於明清史乘鑽研有年，在有關史料上涉及的問題，給我不少指正，還特地請他為我作一敘文，嵒於卷首。同時，又承政大國文研究所所長羅宗濤博士慨允賜序，增色蕪文，悉所感荷。再者，中興大學的丁貞婉教授為我譯出韓南的兩篇論

8　參閱拙作〈袁中郎與金瓶梅〉一文所引之袁無涯寫〈翻版豫約〉。
9　參閱百二十回《水滸全傳》〈楊定見敘〉及拙作〈水滸傳與金瓶梅〉一文。

文，助我洞澈韓南氏的研究問題，增益至多。散文家思果先生書寫扉頁，均使本書增色。巨流圖書公司的主持人熊嶺兄，願意出版我這本書，以及計畫中的「《金瓶梅》人物論」及「《金瓶梅》的小說藝術論」，策我不逮，並此聊致謝枕！

參 考 書 目

晉書・地理志　　臺北市開明書店景印二十五史本

宋史・地理志　　臺北市開明書店景印二十五史本

明史・選舉志　　臺北市開明書店景印二十五史本

明史・地理志　　臺北市開明書店景印二十五史本

明史・藝文志　　臺北市開明書店景印二十五史本

明史・列傳　　　臺北市開明書店景印二十五史本

明神宗實錄　　　中央研究院藏手抄本（景印）

江蘇蘇州府志　　臺北市成文出版社景印之中國方志叢書本

江蘇吳縣志　　　臺北市成文出版社景印之中國方志叢書本

浙江嘉興府志　　臺北市成文出版社景印之中國方志叢書本

浙江秀水縣志　　臺北市成文出版社景印之中國方志叢書本

江蘇華亭縣志　　臺北市成文出版社景印之中國方志叢書本

山東諸城縣志　　臺北市成文出版社景印之中國方志叢書本

湖北麻城縣志　　臺北市成文出版社景印之中國方志叢書本

河南新野縣志　　臺北市成文出版社景印之中國方志叢書本

袁石公集（一）　　明萬曆間勾吳袁氏書種堂刻本（中央圖書館藏）

袁石公集（二）　　明萬曆間勾吳袁氏書種堂刻本（中央圖書館藏）

袁中郎全集（一）　鍾惺增訂之選序崇禎二年刻本（臺大圖書館藏）

袁中郎全集（二）　明萬曆四十五年梨雲館類訂本（中央圖書館藏）

袁中郎全集（三）　清道光九年培原書屋刻本（中央圖書館藏，師大
　　　　　　　　　圖書館藏）

袁中郎全集（四）　民國廿五年上海中央書店排印本

袁中郎全集（五）　臺北市五洲出版社景印鉛字本

袁中郎集　中央研究院藏明萬曆間刻本殘卷

三袁先生集　　美國普林斯敦大學東方圖書館藏明刻本

袁石公遺事錄　中央研究院藏同治八年刻本

袁中郎尺牘　　中央圖書館藏手抄本（部分）

沈德符：萬曆野獲篇（一）　中央研究院藏道清光七年扶荔山房刻本

沈德符：萬曆野獲篇（二）　中央研究院藏手抄本

沈德符：清權堂集（一）　日本內閣文庫藏崇禎十五年刻本

沈德符：清權堂集（二）　日本內閣文庫藏崇禎手抄本

沈德符：敝帚軒賸語　臺北市廣文書局景印本

袁小脩：珂雪齋前集　中央圖書館藏明刻本

袁小脩：珂雪齋近集（一）　中央圖書館藏明刻本

袁小脩：珂雪齋近集（二）　于大成博士藏上海貝葉山房鉛印本

袁小脩：遊居柿錄　臺北市新興書局印筆記小說大觀

袁中郎：瓶花齋雜錄　臺北市新興書局印筆記小說大觀

袁中郎：殤政　中央研究院藏寶顏堂秘笈本

謝肇淛：下菰集　中央研究院藏吳興嘉業堂刻本

謝肇淛：留東集　中央研究院藏明刻本

謝肇淛：北河紀略　商務印書館影印四庫全書珍本第二集

謝肇淛：文海披沙　新文豐出版公司景印本

文秉：茂陵注略　中央圖書館藏刻本

朱國楨：湧幢小品　臺北市新興書局印筆記小說大觀

李卓吾：焚書　國學保存會國萃叢書民初鉛印本

李卓吾尺牘全稿　上海南強書局民國卅四年鉛印本

容肇祖：李卓吾評傳　臺北商務印書館印行

陶望齡：歇庵集　北平圖書館藏明刻本（中央研究院膠捲）

陶望齡：游洞庭山記　中央研究院藏《歇庵集本》

譚友夏合集　中央圖書館藏明刻本

鍾惺：隱秀集　中央圖書館藏明刻本

張岱：陶庵夢憶　粵雅堂叢書本

蒲秉權：碩薖園集　中央研究院藏清光緒元年蒲氏重刊本

盧世㴶：尊水園集略　中央研究院藏順治年間刻本

董其昌：畫禪室隨筆　中央研究院藏林名著叢刊內

《金瓶梅詞話》　日本東京大安株式會社景印明萬曆丁巳刻本

《金瓶梅詞話》　臺北市啟明書局印世界文學大系本

眞本《金瓶梅》　臺北市文源書局印行

《金瓶梅》（觀海道人序袁子才跋）　臺北市黎明出版社印行

第一奇書　日本東京愛田書室石印清皋鶴堂本

日譯《金瓶梅》　日本平凡社小野忍千田九一合譯本

《金瓶梅》解說　小野忍著日本平凡社譯本後附錄

吳晗：《金瓶梅》的著作時代及其社會背景——文學季刊創刊號　民
　　國二十三年十月

郭源新談《金瓶梅詞話》　臺北市明倫出版社中國文學研究新編

吳晗等：《金瓶梅》研究論集　香港華夏出版社民國五十六年出版

阿英：小說閒談（論《金瓶梅》）　上海良友公司民國二十五年版

趙景深：小說瑣談（銀字集）　上海永祥印書館民國卅五年版

蔣瑞藻編：小說考證　臺北市商務印書館影印本

美國哈佛大學韓南博士：《金瓶梅》的版本及其他。國立編譯館館刊
　　第四卷第二期

美國哈佛大學韓南博士：《金瓶梅》所用資料　出版與研究　第十
　　五、十六期　臺北市成文出版社

清丁耀亢：金屋夢（《續金瓶梅》）中華電視公司圖書館藏民初鉛印
　　本

四橋居士：隔簾花影　清順治年間刻本

四橋居士：隔簾花影　臺北市錦源書局民國四十八年影印鉛字本

李卓吾評點百回水滸全傳　日本內閣文庫藏明刻本（二十三至三十
　　回）

楊定見敘百二十回水滸傳四傳全書　臺大圖書館藏明刻本

順治八年刻金批七十回水滸傳　　臺北市寶泉堂王守民先生藏原刻本

七十一回本水滸傳　臺北市王家出版社排印本

魯迅：中國小說史略　上海民國卅七年魯迅全集本

孔另境編：中國小說史料　臺北市中華書局本

胡適：中國章回小說考證　臺北市雲風書局出版

《金瓶梅》與王世貞　臺北市河洛出版社　民國六十七年五月

孫楷第編：中國通俗小說書目　臺北市天一書局景印本

鹽谷溫：中國小說史　臺北市明倫出版社印中國文學論叢

鄭振鐸：中國文學史　臺北市宏業書局景印本

余嘉錫：水滸人物與水滸傳　臺北市學生書局出版

顧祖禹：讀史方與紀要　臺北市新興書局景印本

京師坊巷考　臺北市古亭書屋景印本

鄭振鐸編：中國文學年表　臺北市明倫出版社中國文學論叢

明清進士題名錄　臺北市華文書局民國五十一年十二月景印本

金瓶梅編年紀事

魏子雲　著

版本源流

1　最初發表在《臺灣日報》　第12版 1980年7月2-16日。

2　1980年附刊於增你智出版之《金瓶梅詞話註釋》。

3　1981年7月巨流圖書公司　自印單行本，直排印行。

4　本書據單行本重製　橫排印行。

本文之編年紀事，悉以《金瓶梅詞話》為本，其他版本均不併入參考。編寫原則以人物貫串之情節為主，冀備閱讀者作為尋索情節演進之需。

政和二年壬辰（1112）

九月間
武松告別小旋風柴進，離開滄州到陽穀探訪兄長武大。（第一回）

十月初旬
武松在陽穀景陽崗打虎揚名，清河縣羅致為巡捕都頭。在街上遊行誇耀，遇見業已遷來清河居住的兄長，遷居兄家。（第一回）

十一月間
武松見及嫂嫂潘金蓮行為淫蕩，深表氣憤，乃吵家遷出。（第一回）

十一月下旬
武松奉差東京公幹。（第二回）

政和三年癸己（1113）

三月間
潘金蓮執竿晒衣，竿倒巧打路過的西門慶。一見魂飛，賄通隔壁開茶房的王婆子作牽頭，進行勾搭。（第二回）

三月間
西門慶遵行王婆十大挨光計，約潘金蓮到王婆家裁衣，勾搭成姦。這年，西門慶二十七歲^{編按1}，潘金蓮二十五歲。（第三回）、（第四回）

四月初
喬鄆哥撞被姦情，與王婆一言不合，竟起打鬧。（第四回）

編按1　檢戴先生存書，此處印刷不清，其親筆訂正為西門慶二十「七」歲。又《金瓶梅審探》〈審探金瓶梅十題〉文中，註3亦有更正說明，今正之。

四月間

鄆哥幫助武大郎捉姦。武大被西門慶踢傷，臥床待醫，奸夫奸婦等，伺機毒殺武大。（第五回）

四月下旬

西門慶買通團頭何九及忤作，通過驗屍，火化武大。（第六回）

五月初頭

端陽節前，潘金蓮彈唱南調歡娛西門慶。（第六回）

六月二日

西門慶賄賂楊姑娘，抗禦張四舅，娶楊裁縫寡婦孟玉樓。這年，孟玉樓三十歲。（第七回）

六月十二日

西門大姐出嫁，嫁東京揚提督親家陳洪獨生子陳經濟為妻。這年，西門大姐十四歲，陳經濟為十七歲。（第八回）

六月間

西門慶忙碌娶孟玉樓及女兒婚嫁，月餘未去金蓮處。潘金蓮焦盼；打迎兒；問玳安；方知已娶孟玉樓。（第八回）

七月二十八日

西門慶生日宴後，王婆強拉西門慶去會焦盼中的潘金蓮。（第八回）

八月初六日

潘金蓮為武大百日燒靈。準備下嫁。（第八回）

八月初八日

娶潘金蓮過門為第五妾。（第九回）

註：這時，西門家的正房夫人是吳月娘，乃清河左衛千戶之女，是填
　　房，原配陳氏已故。第二房本是南街瓦子中的粉頭卓二姐，名

卓丟兒，娶孟玉樓時，已經死去了。另有一位院子中的姑娘李嬌兒，繼上了二房。還有一位原是陳氏房中的丫頭，名叫孫雪娥，也收了房，在廚上掌管各房飲食。李嬌兒掌管收入帳目。當潘金蓮娶來之後，方始一一排列名次，李嬌兒第二，孟玉樓第三，孫雪娥第四，潘金蓮第五。

潘金蓮娶來之後，西門慶把吳月娘房中的丫頭春梅叫到金蓮房中使喚，另外花五兩銀子買個小丫頭小玉，服侍月娘，又花了六兩銀子買了一個上灶的小丫頭名喚秋菊，給金蓮使用。

作者在潘金蓮進門後，一一介紹五個妻妾的貌相。（均寫於第九回）。

八月初旬

武松東京公幹歸。哥死，嫂嫁。設祭亡靈，武大托夢。問知鄆哥，尋仇獅子樓，誤打李外傳。吃上官司。（第九回）

八月下旬

西門慶賄賂清河知縣，問武松成死罪，東平府尹陳文昭，原擬為武松平反，卻又礙於楊提督與座師蔡太師情面，不便翻案。遂把武松改問成脊杖四十，刺配兩千里——孟州充軍。（第十回）

九月初頭

武松發配孟州充軍去後，西門慶在後花園芙蓉亭，擺宴與大小妻妾歡飲，李瓶兒派人送花來。（第十回）

註：此回由李瓶兒一一介紹西門慶的十兄弟。

九月間

西門慶收用春梅。（第十回）

政和四年甲午（1114）

五、六月間

天氣煊熱。金蓮、春梅恃寵生驕，為了要廚下烙餅做湯，與孫雪娥頂嘴。（先是春梅與雪娥有過口舌。）於是主婢們聯合起來，調唆西門慶把孫雪娥踢罵了一頓。跟著孫雪娥數數落落，被潘金蓮聽見，鬥嘴鬥氣。（第十一回）

七月初頭

十兄弟每月輪流會茶，輪到花子虛家。看上了李嬌兒的親姪女桂姐，拿了五十兩銀子，四套緞子衣料，付了梳籠之資。李嬌兒歡喜的連忙拿出一錠大元寶付與玳安，拿到院中打頭面做衣服定桌席，吹彈歌舞，做三日喜酒。（第十一回）

七月上旬

西門慶貪戀李桂姐，久不回家。潘金蓮私狎小廝琴童。因為潘金蓮在吳月娘面前說「船載的金銀，填不滿煙花寨。」被李嬌兒聽在耳裏恨在心裏，遂與孫雪娥聯合起來，向漢子檢舉這件醜事。（第十二回）

七月二十七日

西門慶暖壽之日，吳月娘原想勸阻二人莫去招惹漢子。可是孫雪娥與李嬌兒則認為機會不能錯過，見吳月娘不願代為轉告，遂二人同去告說。果然抓到了證物。把琴童打了三十大棍，擤了鬢角，趕出府去。再剃光了潘金蓮，狠狠打了一頓皮鞭。幸經孟玉樓與春梅從中打了圓場，遮掩過了。（第十二回）

八月初旬

西門慶騙剪潘金蓮頭髮一絡，持向李桂姐表示他家中婦女，可以任他擺布。（第十二回）

八月間

潘金蓮精神不暢，請劉理星魘勝。（第十二回）

註：潘金蓮的年齡是庚辰年生，與第三回所說同。既比西門慶小三
　　歲，則西門慶應為戊寅年生，不應是丙寅年生。

話說六月十四日花子虛東請這一天，西門慶去祝賀吳銀兒生日。西門
慶與李瓶兒初會。自此，這西門慶就安心設計圖謀這婦人。（第十三
回）

註：這裏明寫著「話說六月十四日」，應是插敘兩個月以前西門慶與
　　李瓶兒的初會情形。所以時間寫在正常情節已演進到八月之
　　前。作者的這一段話：「自此，這西門慶就安心圖謀這婦人，屢
　　屢安下應伯爵、謝希大這夥人，把子虛掛在院中飲酒過夜。他
　　便脫身來家，一往在門首站立著。……一日，西門慶門首正站
　　立間，……」，已交代明白，這裏方始銜接了正常情節的演進時
　　間。下面便是九月了。

九月九日重陽令節

花子虛請西門慶賞菊。這晚打發花子虛院中歇去，引西門慶入幕。這
年，李瓶兒二十三歲，屬羊。（第十三回）

九（十）月間

花家弟兄爭產，訴花子虛獨占，提花二入官受審。李瓶兒搬出六十錠
大元寶計三千兩，託西門慶收去尋人情上下使用。家中一應珍寶玩
物，悉數寄放在西門慶家。與吳月娘商議決定，銀子裝在食盒抬來，
箱籠等等，在夜間用梯子從牆上接運過來。牆頭上舖苫毡條。（第十
四回）

十月間

西門慶差家人上京打點，案由開封府尹審問，以內官家財無可稽考，

來之易失之易為詞，批仰清河縣委官，將花太監住宅兩所庄田一處，估價變賣，分與花子由兄弟三人，別項銀兩，不准追了。（第十四回）

十月下旬

花子虛官司結了。所有花太監在世產業，變賣淨盡，分與其他三兄弟均分，花子虛一文未得。西門慶避不見面。只湊了二百五十兩銀子，在獅子街買得一所房屋居住。（第十四回）

註：坐落大街安慶坊的大宅子，七百兩賣與王皇親；南門外莊田一處，六百五十兩，賣與周守備；坐落西門慶隔壁的住宅，無人敢買，西門慶又推說無銀子。為了早結官司，由李瓶兒寄放在西門慶家的銀兩中，兌出五百五十兩購下，全部產業買得二千八百九十五兩，官判由花大、花三、花四三兄弟均分，花子虛一文未得。出得監來，一無所有。在家，挨李瓶兒罵，出外，朋友們避不見面。七拼八湊，才湊了二百五十兩銀子，在獅子街買得住所一處。權可遷去寄身。

十一月初旬

花子虛遷到獅子街就病倒了。（第十四回）

十一月二十頭

花子虛傷寒病亡故，亡年二十四歲。（第十四回）

政和五年乙未（1115）

正月初九日

李瓶兒坐轎去西門慶家，祝潘金蓮生日，把過世老公公從宮中帶出的御用金壽字簪兒分送西門家眾婦女。當晚留宿西門家，與金蓮同房安

歇。獲知她家原住隔壁的住宅，將在二月動工，打通作一處。前蓋門
子捲棚展出一個大花園，後蓋三個翫花樓，與潘金蓮現住三間樓房相
連，連成一條邊。（第十四回）

正月十五日

李瓶兒生日，柬請西門家眾婦女，到獅子街觀燈。引起樓下街道上的
觀燈人，指指說說。（第十五回）

註：獅子街是清河縣的燈市。李瓶兒新買的房子，門面四間，到底三
　　層，臨街是樓，儀門去兩邊廂房三間，客座一間，稍間過道穿
　　進去，第三層三間臥房，一間廚房，後邊落地，緊靠著喬皇親
　　家花園。李瓶兒在臨街樓上，設放圍屏桌席，迎接月娘等人觀
　　燈。

正月十五日晚

西門慶與眾兄弟在燈市觀燈，被眾挾持著到麗春院。打發了混混兒
（架兒）及管圓社人役們的拜節禮，抽身偷回獅子街李瓶兒處幽會。
李瓶兒要把床後茶廂箱內藏的四十斤沉香，二百斤白蠟，兩罐子水
銀，八十斤胡椒，都求西門慶搬出賣了，湊起來蓋房子，並要求西門
慶娶她，還要求把她嫁過去的住處，蓋在潘金蓮一連邊。（第十六
回）

正月十六日

玳安促西門慶返家與三個川廣客人科兌細貨，發銀子批合同。向潘金
蓮透露，李瓶兒要嫁過來。金蓮表示正好有了伴兒。（第十六回）

二月初頭

李瓶兒的香蠟等物，賣了三百八十兩，李瓶兒只收一百八十兩，交二
百兩西門慶湊起蓋房子。（第十六回）

二月初八日

西門家開始興工動土，整建花家的房子。（第十六回）

三月初十日

花子虛百日忌，李瓶兒燒靈待嫁。西門慶應允房屋完工時迎娶。（第十六回）

五月端午節

李瓶兒請西門慶來家解粽（過節）。（第十六回）

五月十五日

李瓶兒請十二僧眾，在家唸經除靈。西門慶與玳安五兩銀子，買辦酒菜，晚夕與李瓶兒除服。又封三錢銀子人情，為應伯爵慶生，連新上會的賁地傳，十兄弟不少，同去伯爵家賀生日。向眾人透露娶李瓶兒事。（第十六回）

五月二十日

帥府周守備生日。西門慶、夏提刑、張團練、荊千戶、賀千戶，均去慶賀。（第十七回）

五月二十日晚

西門慶去李瓶兒家，商定五月二十四日行禮聘，六月初四日迎娶過門。（第十七回）

五月二十日晚

陳經濟夫婦由東京帶了許多箱籠來了。因為楊提督被兵科給事中宇文虛中參劾，下入監牢，交三法司審問。親黨連坐，不僅陳洪被牽連上了，西門慶也有了名字，西門慶忙差家人來保來旺上京打點。花園停工。緊閉大門，不敢出外走動。（第十七回）

六月上旬

李瓶兒相思成病。醫生蔣竹山乘虛而入。六月十八日，蔣竹山招贅過門。湊與三百銀子，打開兩間門面，替他開了一爿藥店。（第十七回）

五月中旬

倒敘來保來旺到京城送白米五百石見蔡攸，再送銀五百兩見資政殿大學士兼禮部尚書李邦彥，把本上的西門慶名字，改為賈慶。於是，西門慶又大門大開，花園復工。（第十八回）

七月中旬

西門慶路遇馮媽媽，得知李瓶兒招贅蔣竹山，而且開了藥舖，氣憤填膺。回家碰到潘金蓮在門口跳索，趕上踢了兩腳。金蓮哭訴，月娘怪她沒眼色。罵李瓶兒死了漢子不守貞，得罪孟玉樓、潘金蓮。金蓮夜間向漢子解說，西門慶寵金蓮不要放在心上，任那不賢良的淫婦說去。自是月娘與西門慶賭氣不交談。（第十八回）

七月中旬

陳經濟初次見到潘金蓮，猛然一見，心蕩目搖，魂魄已失。（第十八回）

八月初旬

西門家起蓋花園捲棚完工，裝修油漆完備，前後煥然一新。（第十九回）

八月初旬

夏提刑生日，在新買莊院設酒叫唱慶生。（第十九回）

八月初旬

西門家眾婦女遊賞新花園，陳經濟與潘金蓮撲蝴蝶遊戲。（第十九回）

八月初旬

西門慶在夏提刑家吃生日酒出來，路上遇見草裏蛇魯華，過街鼠張勝在賭錢，叫得過來，把身邊的四、五兩碎銀子，都倒與二人，著他們兩個去對蔣竹山。（第十九回）

八月中旬間

魯華等偽造蔣竹山三十兩銀子借據，張勝是保人，故意製造糾紛。訴官追償。夏提刑判蔣竹山賴債，痛打三十大板，限令還銀。李瓶兒代還銀兩，了清官司，趕出蔣竹山。（第十九回）

八月十五日

吳月娘生日，李瓶兒送禮祝賀。託玳安轉達心意，要西門慶過去敘談。僱了五六付扛擔，把獅子街的物件，抬運到西門慶家，都堆在翫花樓上。（第十九回）

八月二十日

娶李瓶兒過門。（第十九回）

八月二十二日夜

李瓶兒上吊尋死。（第十九回）

八月二十三日晚

西門慶鞭打李瓶兒。（第十九回）

八月二十三日晚

孟玉樓、潘金蓮等人，議論西門慶鞭打李瓶兒的情況。（第二十回）

八月二十三日

孟玉樓規勸吳月娘與西門慶和好。（第二十回）

八月二十五日

西門慶為李瓶兒設會親酒。（插花酒席，四個唱的，一起雜耍步戲。）
李瓶兒出見眾賓客，凡歌女小廝都有封賞。月娘見到眾人趨奉李瓶
兒，甚是不快。（第二十回）

八月二十五日

從這天起，西門慶著金蓮房中春梅、上房中玉簫、李瓶兒房中迎春、
玉樓房中蘭香四人，加上衣服首飾裝束出來，在前廳西廂房，由李嬌
兒兄弟樂工李銘來家教演彈唱。春梅學琵琶，玉簫學箏，迎春學弦
子，蘭香學胡琴。（第二十回）

註：李瓶兒娶來之後，西門的家道越加豐盛。又打開了門面兩間，兌
　　出兩千兩銀子，交賁地傳開設當舖。女婿陳經濟掌管鑰匙，賁
　　地傳寫帳並秤發貨物。傅夥計督理生藥解當兩個舖子。潘金蓮
　　這邊樓上，堆放生藥，李瓶兒那邊樓上，廂成架子，攔解當
　　舖，衣服首飾，古董書畫玩好之物。

十一月下旬（二十五）

李桂姐又接了杭州販綢緞的丁相公兒子丁二官。慢待了西門慶，唆使
平安、玳安、畫童、琴童四個小廝，砸破了麗春院的窗戶壁門床帳等
等。還把妓女們及嫖客丁二官等人，拴縛在門房內。多虧應伯爵等人
勸住了。（第二十回）

十一月下旬（二十五）

西門慶砸了麗春院回家，已是一（二）更天氣。正巧遇見吳月娘逢七
拜斗焚香，求上蒼保佑夫主回心，齊理家事，早生子嗣。西門慶感
動，自求和好。孟玉樓提議由眾姊妹湊分資，辦桌酒席祝賀，共湊三
兩一錢。（第二十一回）

註：吳月娘每月吃齋三次，逢七拜斗。這晚吳月娘掃雪烹茶，應為二

　　十七日才對。但卻在孟玉樓十一月二十七日生日之前。

十一月二十六日

李銘到西門家賠不是，應伯爵、謝希大也前來說和。強西門慶去麗春院。晚間為孟玉樓慶生。潘、孟、李三婦在門口候西門返家。潘猜漢子必去院中。（第二十一回）

十一月二十七日

孟玉樓生日，上房玉簫從中傳話，勾搭來旺媳婦宋惠蓮成姦。來旺早在十一月半頭，便派往杭州為蔡太師買辦生辰擔去了，要半年期程。（第二十二回）

臘月初八日

西門慶早起約下應伯爵到尚推官家送殯。李銘前來教唱，這天只有春梅一人學，因為春梅袖口子寬，把手兜住了。李銘把她手拿起，略按重了些。春梅頓時怪叫，大罵賊王八調戲她。（第二十二回）

政和六年丙申（1116）

新正佳節

潘金蓮、孟玉樓在李瓶兒房中下棋賭輸贏，買豬頭要來旺媳婦熟燒。（第二十三回）

正月初十日

李瓶兒擺酒請眾姊妹，孫雪娥推推謙謙不來。自愧無錢，擺不起十輪酒。西門慶趁眾婦人在李瓶兒房內吃酒，又是玉簫傳情，約來旺媳婦在山子洞歇宿。金蓮冒寒偷聽到兩人密語，論說她是後婚老婆。遂拔下頭上銀簪，倒扣了門，作個她來過的表記，懊恨歸房。（第二十三回）

正月十一日

潘金蓮挑出她昨夜偷聽來的私話，數落來旺媳婦。從此來旺媳婦每日只在金蓮房中把小意兒貼戀。（第二十三回）

正月十六日

西門慶合家歡度燈節。婦女走百病，金蓮經濟調情，來旺媳婦套穿金蓮鞋。（第二十四回）

正月十六日

荊千戶來，來旺媳婦拒供茶水。冷落客人，氣惱西門慶，來保媳婦惠祥，罵來旺媳婦。（第二十四回）

三月（清明節前）

西門僱銀匠在家打造銀器（準備蔡太師壽禮）。眾婦女花園盪秋千。來旺從杭州買辦壽禮回來。孫雪娥透露來旺媳婦私通主人事。來旺追問妻子。（第二十五回）

三月中旬

揚州鹽商王四峯被按撫使下獄，喬大戶央請西門慶向蔡太師討人情，許銀二千兩。（第二十五回）

三月中旬

來旺酒醉罵主，揚言白刀進紅刀子出；連同潘金蓮。（第二十五回）

三月下旬

西門慶應允來旺媳婦於三月二十八日派來旺押蔡太師生辰擔上東京。（第二十五回）

三月下旬

潘金蓮調唆，中止派來旺去東京。（第二十六回）

五月二十八日

改派來保與吳主管押送生辰擔去東京。（第二十六回）

四月上旬

西門慶計陷來旺，下了一百擔白米與夏提刑賀千戶，誣以謀主盜竊罪，下提刑所獄。判遞原籍徐州。（第二十六回）

四月十八日

李嬌兒生日，孫雪娥與來旺媳婦口角毆打，來旺媳婦知己受騙氣憤自縊。亡年二十五歲。（第二十六回）

四月中旬

來旺媳婦生父宋仁，拒絕收尸，不准火化。反而判問宋仁倚尸敲詐，下獄問罪，既夾又打，一氣身亡。（第二十七回）

四月中旬

來保從東京辦事回來，蔡太師已下書山東侯巡撫把押在山東的鹽客王嫳雲（四峯）等十二名盡行釋放。並帶來翟管家傳話，要西門慶務必在六月十五日的蔡太師壽辰日上京拜壽。（第二十七回）

五月二十八日

來保與吳主管押送蔡太師生辰擔去東京。（第二十七回）

註：上回（第二十六回）寫有「西門慶就把生辰擔並細軟銀兩，馱垛書信，交付與來保吳主管，五月二十八日起身，往東京去了，不在話下。」上一回的這一情節演進到的時間，應是三月下旬。雖然西門慶為蔡太師六月十五日的生日禮，早在先一年冬天就開始準備了，三月下旬似還不是提前去送壽禮的時期。第二十六回的這一段話，似應視之為「改派」，要來保等準在五月二十八日起身；到了五月二十八日才正式起身。可能因為傳抄付

梓,把文詞上的語氣錯了。如寫成:「待五月二十八日起身往東
京去,不在話下。」問題就不存在了。

六月初一日
西門慶在花園翡翠軒捲棚下,與妻妾婢女淫樂。(第二十七回)

註:本回附錄了一段怕熱與不怕熱的比況。蓋亦有所諷喻也。

六月二日
潘金蓮尋睡鞋;羞打秋菊。經濟得鞋戲金蓮。西門慶惱打小鐵棍。一
丈青疼子罵主。(第二十八回)

六月三日
潘金蓮唆使西門慶趕來昭一家三口到獅子街看守房屋。(第二十九
回)

六月上旬
周守備推荐吳神仙到西門家相面論命。

註:西門慶報說八字是二十九歲,丙寅年生。這一回的情節,已是政
和六年。西門慶政和三年上場時,是二十七歲,妻吳月娘二十
五歲,生於庚辰。如果吳月娘與潘金蓮都是庚辰龍屬,西門慶
應是戊寅之虎,不可能是丙寅虎。若西門慶是丙寅虎,則月娘
金蓮應為戊辰龍。再說,西門慶在政和六年,已三十一歲了。

六月上旬
秋菊誤拿冷酒,罰跪頂石頭。(第二十九回)

六月上旬
西門慶買進墳地隔壁趙寡婦家的庄子。(準備兩庄合一,蓋三間捲
棚、三間廳房、疊山子花園、松牆、槐樹棚、井亭(遮蓋四眼井)、
射箭廳、打球場,作為家下人等上墳時遊樂。)(第三十回)

六月中旬

來保到東京送妥壽禮。拜見太師，面賜西門慶山東清河提刑所副千戶；吳主管（典恩）清河縣驛丞；來做作山東鄆王府校尉。（第三十回）

六月中旬

來保等人帶回翟管家書函，託西門慶物色女子作妾。（第三十回）

六月二十三日

李瓶兒產子，取名官哥。（第三十回）

註：這一回寫官哥出生的日子是「時宣和四年戊申六月二十一日。」實際上，這裏應該寫「時政和六年丙申六月二十三日。」按宣和四年並非戊申，乃壬寅，政和六年是丙申。官哥死時，寫得是生於政和六年丙申六月二十三日。這裏自然是誤寫了。也許是故作錯誤。

六月二十四日

六兩銀子買下奶子如意兒，年三十歲。（丈夫當軍出征去了，新丟了孩子。）（第三十回）

六月二十六日

西門慶無息借銀一百兩，助吳典恩上任。自亦趕製官服。（第三十一回）

六月下旬

本知縣薦來常熟人十八歲小郎張松，改名書童使用。（會唱南曲）。祝日念薦來十四歲小廝，取名棋童。（第三十一回）

六月下旬

夏提刑送來十二名排軍答應；同僚具公禮賀。（第三十一回）

七月二日

西門慶上任。衙門擺酒慶賀。出票拘集三院樂工牌色長承應。吹打彈唱，日晚始散。（第三十一回）

七月中旬末

吳月娘擺酒與眾堂客先慶官哥滿月。招集七百兩銀子，由應伯爵陳經濟喬大戶家成房子。上房丫頭玉簫，暗送酒菜與琴童。鬧成失壺紛擾。（第三十一回）

七月二十二日

請官家吃官哥滿月酒。（第三十一回）

註：從二十二日起，連續的分批請了七日。

七月下旬

李桂姐拜認吳月娘作乾娘。（第三十二回）

七月下旬

潘金蓮抱官哥出來，舉得高高的。從此官哥驚哭不停，漾奶睡不穩。（第三十二回）

七月底

西門慶四百五十兩銀子，盤下湖州何官兒絲線，（應伯爵從中賺銀三十兩），著來保尋夥計，在獅子街開絨線舖。應伯爵介紹夥計韓道國協助來保。（第三十三回）

八月十五日

吳月娘生日。留吳大妗子、潘姥姥、楊姑娘、並兩個姑子，晚夕宣唱佛曲兒。（第三十三回）

八月十五日晚

李瓶兒推西門慶去金蓮房中歇宿。（第三十三回）

八月十六日

西門慶在喬大戶家看新買房屋。（喬大戶賣了獅子街房屋給西門家，使一千二百兩銀子，在東大街新買一所，門面七間，到底五層。）（第三十三回）

八月十六日

經濟樓上取衣，還給贖當人。金蓮要來喝酒，走時遺下鑰匙，金蓮留下不給，罰唱小曲。（第三十三回）

八月十六日

月娘等婦人參觀獅子街新買喬家房屋，樓梯上滑下一隻腳來，小產已五個月多胎兒。（第三十三回）

八月中旬

韓道國婦人王六兒與叔子韓二通姦，被街坊眾人撮弄，拴到舖裏，準備明早送官。（第三十三回）

八月中旬

韓道國央請應伯爵求西門慶為他說人情，不使婦人送官丟醜。（第三十四回）

八月中旬

西門慶與應伯爵閒話阿山管葦場劉太監送鰣魚事，透露小太監與官場形態。（第三十四回）

八月中旬

西門慶包攬韓氏家人，反問捉姦眾街坊調戲韓婦不遂，夾打威嚇，各人父兄湊銀，央請應伯爵代為求請開脫。書童轉求李瓶兒攬事說情。西門慶私書童。（第三十四回）

八月中旬

平安銜恨書童，在打燈迎接金蓮娘家歸來，隨便在路上搬弄是非，數說書童受賄託李瓶兒求請說事。（第三十四回）

八月二十四日

夏提刑匆來告知曾巡按已到東昌地方，明日起身迎接。書童恃寵告平安欺他。西門慶借未能阻住白來搶入內為由痛打平安。畫童在旁也陪了一拶。（第三十五回）

八月二十四日

打發人上京送蔡駙馬童堂上禮。韓道國送謝禮來。娘們去吳大舅家娶媳做三日。西門慶宴留韓道國。書童扮旦唱曲。（第三十五回）

八月二十四日

賁四報告墳庄工事。建議購下向皇親庄子一部分。（第三十五回）

八月二十四日

月娘金蓮坐轎由吳大妗家返家，月黑天只有一個燈籠。問說是燈籠全隨李瓶兒轎去了。月娘快快。（第三十五回）

八月二十五日

賁四後悔昨日酒令的笑話失言，特向應伯爵送禮銀三兩，盼在主人面前粉說。（第三十五回）

八月二十五日

西門慶與夏提刑出郊接新巡按。翟管家來信並附帖金十兩，詢問代為物色女子事。並告知蔡太師假子新狀元蔡（蘊）一泉回籍省親，道經清河，希留一飯。（第三十六回）

八月下旬（二十七、八）

接待蔡狀元、安進士。（蔡狀元名蘊號一泉，滁州匡廬人，官拜秘書

正字。安進士名道學，號鳳山，浙江錢塘人。）蔡狀元向西門慶借路
費百兩。臨行又送禮物。蔡狀元金緞一端，領絹二端，合香五百，白
金百兩；安進士色緞一端，領絹一端，合香三百，白金三十兩。（第
三十六回）

九月十日

說得韓道國女愛姐，擇定九月初十日起身送往東京翟管家成親。這年
愛姐十五歲，屬馬。（第三十七回）

九月十五日前後

西門慶私通韓道國媳婦王六兒。這年，王六兒二十九歲，屬蛇。（第
三十七回）

九月中旬

（私通王六兒的翌日）兌銀四兩，買丫頭一名給王六兒使喚，名錦
兒。（第三十七回）

九月中旬

應伯爵介紹攬頭李智、黃四向西門慶借銀一千五百兩，利息五分，應
允後天來取。（第三十八回）

九月中旬

韓二搗鬼吃醋，向王六兒撒野。西門慶軍刑緝捕到提刑所，夾打制
服。（第三十八回）

九月下旬

來保韓道國東京回來。帶來翟管家贈送青馬一匹。西門轉送夏提刑。
從此與翟謙親家相稱。（第三十八回）

十月中旬

夏提刑備酒叫唱，宴請西門慶，答謝送馬之情。（第三十八回）

註：按時間演進，韓道國等由東京歸來，再快也得九月下旬或十月
　　初。這裏寫「過了兩月，乃是十月中旬時分。」在時間上不能契
　　合。如按時間進展，連一個月也不到。如是十一月中旬，就對
　　了。下面寫著天在落雪。

十月中旬

潘金蓮燃酸，夜弄琵琶，西門慶夏提刑家歸來，在李瓶兒房聞聲，相
偕前去和諧，夜宿金蓮處。（第三十八回）

十月下旬或十一月上旬

西門慶為王六兒在獅子街石橋東邊，化一百二十兩銀子，買一所門面
兩間到底四層房屋。從此韓道國只在舖中上宿，教老婆陪西門慶玩
耍。（第三十九回）

臘（十二）月時分

準備各衙節禮。預定明年正月初九玉皇廟爺旦日，為官哥還願打醮。
並打算把官哥寄在三寶座下，討個外名。（第三十九回）

政和七年丁酉（1117）

正月初八日

向吳道官送官哥寄名禮。（第三十九回）

正月初九日

吳道官為官哥行寄名禮，啟道名吳應元。花大舅、應伯爵謝希大觀
禮。（第三十九回）

註：齋意上寫明西門慶本命丙寅年生，吳月娘戊辰年生，李瓶兒辛未
　　年生。官哥兒丙申年七月二十三日生。此處所寫干支均符。惟
　　官哥出生年月與第三十回所寫官哥出生月日不符。再齋意該寄

名之年為「宣和三年正月初九日」。更是不符情節演進之年。按
該年乃政和七年。

正月初九日晚

為潘金蓮生日擺酒。酒罷，聽兩位姑子說經。（第三十九回）

正月初九日

月娘留王姑子同寢。王姑子為月娘尋子子息。（用頭生孩兒衣胞，以
酒洗淨，燒成灰，揀符藥，壬子日，黃酒吞服。）（第四十回）

正月初十日

潘金蓮在上房扮丫頭逗笑。（第四十回）

正月初十日

喬大戶娘子鄭氏，柬請西門家婦女們去吃酒觀燈。西門慶準十四日回
請。還有周守備娘子，荊都監娘子，夏大人娘子，張親家母，子妗
子。紮架煙火，王皇親家的戲班，院中的粉頭。（第四十回）

正月十一日

為眾婦女趕裁新裝。（第四十回）

正月十二日

月娘與眾姊妹及大妗子，除孫雪娥在家看家外，六頂轎子去喬大戶家
吃酒觀燈。奶子抱著官哥也跟去了。（第四十一回）

正月十二日

後晌時分，春梅要求裁製新衣。西門慶招呼趙裁縫，為四個丫頭及西
門大姐，各裁三件，春梅多裁兩件。（第四十一回）

正月十二日

喬大戶家長姐，與西門家官哥結親。潘金蓮見李瓶兒以親母之尊，簪
花披紅遞酒，甚是氣憤。（第四十一回）

正月十三日
潘金蓮遷怒，罰打秋菊，驚吵隔壁官哥，氣傷李瓶兒。（第四十一回）

正月十三日
喬親家使孔嫂與喬通送節禮來。說是他家有一門子做皇親的喬五太太，到十五日也來走走。差人補送請帖。（第四十一回）

正月十三日
託馮媽媽同玳安到喬家還送節禮。下了八張請帖，請喬親家娘母，喬五太太，並尚舉人娘子，朱序班娘子，崔親家母，段大姐，鄭三姐，吃李瓶兒生日酒看花燈。（第四十二回）

正月十四日
吳銀兒拜認李瓶兒作乾娘。晚夕，家中人眾到獅子街觀燈看煙花聽戲。王六兒也請去了。（第四十二回）

正月十四日
王三官跟祝日念混進西門家觀燈。引起西門慶注意。向謝希大打聽。王六兒在場也引起眾婦女注意，紛紛問詢她是何人家婆娘。（第四十二回）

正月十四日
獅子街放煙火，應伯爵、謝希大知趣不告而別。西門慶王六兒偷情，小鐵棍門外偷窺。（第四十二回）

正月十五日
李瓶兒生日，喬五太太送禮。李智、黃四還銀一千兩，尚欠五百兩。附還利息一百五十兩，拿來四錠金鐲計三十兩折抵。（第四十三回）

正月十五日

西門慶攜金嬉子，趕去門外觀賞雲參將邊上馬。李瓶兒失金一錠。
（第四十三回）

正月十五日

李瓶兒祝壽，院妓彈箏歌唱驚駭官哥。（第四十三回）

正月十五日

月娘等婦女迎迓喬五太太。喬五太太約七旬多年紀，自說是當今東宮
貴妃娘娘是她親姪女兒。（第四十三回）

正月十五日

西門慶夜深返家，要院中四個粉頭唱十段錦，玳安琴童在馬槽下發現
夏花兒偷金躲藏。搜打夏花兒，交代明日叫媒人領賣。（第四十四
回）

正月十六日

應伯爵指使李智、黃四送禮，再商借銀。西門慶應允再借五百兩，應
伯爵提議把四錠金子仍作一百五十兩，再湊五百兩，收回舊文書，仍
舊一千兩，利錢五分。西門慶應允。（第四十五回）

正月十六日

西門慶收當白皇親家一座大螺鈿大理石屏風兩架鋼鑼銅鼓。當三十
兩。（第四十五回）

正月十六日

李桂姐央求西門慶留下夏花兒。（第四十五回）

正月十六日

月娘不滿夏花兒被李桂姐央求留下，罵玳安陪李桂姐回院是兩頭獻殷
勤。（第四十五回）

正月十六日

月娘等婦女去吳大妗子家赴宴。（第四十五回）

正月十六日

應伯爵告知李智、黃四，已為他們借妥銀兩。（明日還找五百兩銀子。）（第四十六回）

正月十六日

賁四娘子宴請春梅、玉簫、迎春、蘭香四丫頭。西門慶繼續彈唱放煙火慶節。（第四十六回）

正月十六日晚

天寒落雪，在吳大妗子家的婦女，差玳安回家取皮衣。潘金蓮無皮衣，看取李三折當的那件。潘金蓮嫌它是黃狗皮。（第四十六回）

正月十六日晚

月娘等人回家，路過喬大戶門口，強被請內小坐。彈唱飲酒。（第四十六回）

正月十六日晚

月娘回來，見到丫頭們酒吃得臉紅，責怪她們不該出門與人家餵眼兒。（第四十六回）

正月十七日

月娘、玉樓、瓶兒卜龜兒卦。（第四十六回）

註：這回寫吳月娘三十歲，戊辰年。孟玉樓二十四歲。李瓶兒二十七歲，辛未年生。除李瓶兒外，月娘與玉樓，年歲均無法與編年符合。

正月十七日

西門慶接受王六兒請託，包攬揚州苗青謀財害命官司，得打點銀一千七百兩。開放了苗青回揚州。（第四十七回）

二月上旬

揚州苗外員家人安童上告山東按察院，巡按曾孝序，批仰東平府從公查明。有意破案。（第四十八回）

二月中旬

韓道國賄得苗青金銀，買婢女，蓋樓房，為子捐入武學。一時喧赫。（第四十八回）

三月初六日

清明節，西門慶一家人及樂工歌女等二十四、五頂轎子，上墳祭祖，並慶祝墳庄新蓋山子捲棚房屋。（第四十八回）

三月初六日

鑼鼓喧鬧，官哥受驚。（第四十八回）

三月初六日

夏提刑趕來墳庄，報知新來山東巡按曾孝序，已上本參劾他們二人皆貪鄙不職，一刻不可居任。（第四十八回）

三月初六日

西門慶與夏提刑，趕忙打點金銀禮物，派家人夏壽、來保，僱了頭口，星夜攜書趕往東京辦事。（第四十八回）

三月十二日

夏壽、來保到達東京，曾御史參本尚未到達。翟管家收下禮物書信，交與太師。拿太師手帖，關照兵部余尚書，待曾御史本到壓下不呈。（第四十八回）

三月（十四、五）日

蔡太師條陳七事，聖旨准下，來保央請府中門吏抄下邸報帶回。（第四十八回）

註：該七事是：（一）罷科舉取士悉由學校升貢。（二）罷講議財利司。（三）更鹽鈔法。（四）制錢法。（五）行結糶俵糴之法。（六）詔告天下州郡納免夫錢。（七）置提舉御前人船所。

來保說：「太師老爺新近條陳七件事，旨意已是准行。如今老爺親家戶部侍郎韓爺，題准事例，在陝西等三邊，開引種鹽，各府州郡，設立義倉，官糶糧米，令民間上下之戶，赴倉上米。討倉鈔派給鹽引支鹽。舊倉鈔七分，新倉鈔三分。咱舊時和喬親家爹，高陽關上納的那三萬倉鈔，派三萬引。戶部坐派。倒好趁著蔡老爹巡鹽下場，支種了罷。倒有好些利息。」而且蔡狀元已點兩淮巡鹽。

三月下旬

曾御史赴京見朝，上表反對太師所奏七事。蔡京上本，指曾孝序大肆昌言，阻礙國事。交付吏部考察，黜為陝西慶州知州。（第四十九回）

註：曾氏表章，極言天下之財，貴於通流，取民膏以聚京師，恐非太平之治。民間結糶俵糴之法，不可行。當十大錢，不可用。鹽鈔法不可屢更。臣聞民力殫矣，誰與守邦！後來，陰使山西巡按御史宋盤（蔡攸婦兄），劾其私事，逮其家人，煅煉成獄，將孝序除名，竄於嶺表。

四月初旬

西門慶差韓道國及喬大戶外甥崔本，拿倉鈔往高陽關戶部韓爺處，趕著掛號。（第四十九回）

四月十五日

西門慶與官員出郊五十里迎到新河口百家村。接巡鹽蔡御史，巡按宋御史；江西南昌人。當晚，蔡御史留宿西門家。批准崔本來保向揚州支鹽三萬引。並題字贈妓。留伴董嬌兒。（第四十九回）

註：安主事鳳山，已升工部主事，派往荊州催償皇木去了。

四月十六日

西門慶在永福寺擺酒，為蔡御史等餞行。臨行要求關顧苗青一案。（第四十九回）

註：後來，宋御史果然聽了蔡御史之託，開放了苗青，只把兩個船夫　　處決結案。

四月十七日

西門慶在永福寺遇雲遊和尚胡僧。邀來家中，求賜補壯藥物，獲得藥方。（第四十九回）

四月十七日

慶祝李嬌兒生日。西門慶試藥王六兒。（第五十回）

四月十七日晚

玳安、戲弄書童。（第五十回）

四月十七日晚

玳安琴童知主子在王六兒處，一時不得出來，相偕去蝴蝶巷遊蕩。（第五十回）

四月十七日晚

西門慶試藥瓶兒，瓶兒血身侍夫。月娘獲得成胎藥物，專候壬子日到。（第五十回）

四月十八日

潘金蓮向月娘調唆李瓶兒。逗氣月娘與瓶兒。西門大姐從中解說瓶兒不會背地責數月娘。（第五十一回）

四月十八日

韓道國與崔本，將三萬鹽引在關上掛號完畢。準備前往揚州領兌。西門慶與喬大戶各出五百兩領支鹽引應用。（第五十一回）

四月十八日

應伯爵商西門慶再挪銀五百兩借與李智、黃四。（第五十一回）

四月十八日

李桂姐牽連王招宣公子王三官冶遊事，惹怒妻藍氏親長六黃太尉，託朱太尉批行東平府究辦。祝日念，孫寡嘴，都在李家院中拿去下獄。李桂姐求西門慶蔭護，躲藏西門家。（第五十一回）

四月十九日

改派來保東京替桂姐說事。事完再去揚州尋同韓道國崔本領鹽引辦貨。來保順便為王六兒帶小兒衣物給翟家韓愛姐。（第五十一回）

四月十九日

吳大舅奉令管工修理社倉，六月工完陞級，違限聽巡按御史查參。向西門慶借銀二十兩工上用。（第五十一回）

四月十九日

西門慶試藥潘金蓮。（第五十一回）

四月二十日

打發韓道國崔本去揚州。來信兩封，一交碼頭上王伯儒店裏，一交城內苗青。（第五十一回）

四月二十日

督催皇木安主事葆光，管磚廠黃主事泰宇來拜。安主事荊州赴任過此，邀西門慶二十一日去劉老太監庄一敘。（第五十一回）

四月二十日

月娘與婦女，聽姑子們講說佛法，演頌金剛科。（第五十一回）

四月二十日

巡按宋喬年著門子送禮來。（帖寫鮮豬一口，金酒一罈，公紙四刀，小書一部。）（第五十一回）

四月二十日

李瓶兒、潘金蓮要陳經濟買銷金汗巾兒，李瓶兒出銀一兩九錢。（第五十一回）

四月二十日

徐四家欠銀應允後天歸還二百五十兩。（第五十一回）

四月二十日晚

西門慶住金蓮後庭。（第五十二回）

四月二十一日

安主事黃主事下書來，二十二日在磚廠劉太監處宴請西門慶。（第五十二回）

四月二十一日

李桂姐仍在西門家隱藏。（第五十二回）

四月二十一日

西門慶應允伯爵告知李智、黃四後日來取借銀。（第五十二回）

四月二十一日

黃四家送禮來。（一盒鮮烏菱、一盒鮮荸薺、一盒氷湃的鰣魚、一盒枇杷果。）（第五十二回）

四月二十一日

（庚戌日）為官哥剃頭，官哥怪哭不止。哭得閉不過氣來。（第五十二回）

四月二十一日

應伯爵山子洞中向苟合野狗潑水。（第五十二回）

四月二十二日

西門慶去劉太監處赴安黃二主事宴。（第五十二回）

四月二十二日

陳經濟在徐家討來欠銀二百五十兩。（第五十二回）

四月二十二日

陳經濟買回汗巾來。希求金蓮有謝。（第五十二回）

四月二十二日

瓶兒託金蓮照看官哥，金蓮心繫經濟，黑貓驚駭了官哥。（第五十二回）

四月二十二日午

潘金蓮背後與孟玉樓閒話吳月娘自己沒得養，巴結別人家孩子。吳月娘聽到，氣得悶聲哭泣。愈發看重薛姑子的成胎藥。（第五十三回）

四月二十二日黃昏時分

陳經濟、潘金蓮捲棚後初次得手。（第五十三回）

四月二十二日晚

西門慶從劉太監庄上吃酒回來，酒醉走入月娘房。月娘切記明白（二十三）壬子日，今晚不能留，怕誤明日大事。推金蓮房去。約以明日。（第五十三回）

四月二十三日

吳月娘早起，沐浴梳粧，焚香唸經，祝禱上天，頓酒吃藥。（第五十三回）

四月二十三日

應伯爵一早就來催湊允借給李智黃四的五百兩銀子。西門慶在家收拾出二百三十兩，加上徐四還的二百五十兩，尚差二十兩，再湊了二十兩成色銀子。付予李智、黃四，應伯爵忙去拿中人錢。（第五十三回）

四月二十三日晚

西門慶試藥吳月娘。（第五十三回）

四月二十四日

官哥急驚風，兩眼不住反看，口捲白沫，龜占卦卜吉凶。把官哥獻城隍太免災。再請錢痰火來，謝土消災。西門慶突感腰子落出似的痛，叫陳經濟代為拜土送馬。（第五十三回）

四月二十五日

西門慶去城隍廟燒香求籤。（第五十三回）

四月二十（六）七日

應伯爵宴請西門慶等兄弟們。就當會茶。酒後攜妓遊劉太監庄園，繼續吃酒尋樂。書童跑來報告，李瓶兒身子不好，催速回家。（第五十四回）

四月二十（六）七日

李瓶兒胸膈腰腹作痛。請任太醫診治下藥。（第五十四回）

註：第五十五回開頭，又重寫任太醫診看李瓶兒病的情形，情節與五
　　十四回末重疊。但在五十四回已寫明李瓶兒吃了任太醫的藥，
　　業已安靜入睡，過了一夜了。那麼，這第五十五回的任醫官看
　　病，應是指的第二次來。也許明日，也許數日後了。只是在文
　　詞上，未能交代清楚而已。

五月（下旬）

西門慶率領四個小廝攜帶二十多擔壽禮，前往東京為蔡太師祝賀壽
誕。（第五十五回）

六月十三（四）日

西門慶抵東京，住翟管家府上。（第五十五回）

六月十四（五）日

西門慶攜同二十多擔壽禮，太師府拜壽。遇見揚州苗員外。午後，太
師家赴宴。（第五十五回）

六月十五日

蔡太師歡喜西後慶送禮多，特在正日單請西門慶，西門慶以義子禮入
拜。（第五十五回）

六月十六日

西門慶到皇城后李太監家拜會苗員外。苗員外諾送歌童。西門慶在京
被留了八九日，始行告別返家。（第五十六回）

七月初旬

西門慶由東京抵家。常時節商借銀兩另覓房屋，允在韓道國貨船到再
說。（第五十六回）

七月中旬

苗員外派家人苗秀苗寬，護送兩個歌童來清河。當晚試聽歌唱，果然是聲遏行雲，歌成白雲。（第五十六回）

註：下一回寫著說：「後來兩個歌童，西門慶畢竟用他不著，都送太
　　師府去了。」

七月中旬

西門慶周濟常時節銀十二兩。（第五十六回）

七月中旬

應伯爵催西門慶湊出允借與李智黃四銀子。待門外徐四娘到手湊放與他。（第五十六回）

註：徐四欠銀上次還來二百五十兩，已湊成五百兩借與了李智、黃
　　四，這裏寫應伯爵又催西門慶湊借。前後情節顯得重疊。雖然
　　徐四欠銀不止二百五十兩，還了二百五十兩，尚有短欠。但此
　　處則未說是再借。交代不清。

七月中旬

西門慶託應伯爵尋一有才學擔任文書事務人，應伯爵推薦水秀才。
（第五十六回）

七月下旬

西門慶捐銀五百兩，修繕永福寺，又捐銀三十兩，印陀羅經五千卷。
（第五十七回）

七月二十七日

西門慶宿孫雪娥處。（第五十八回）

七月二十八日

韓道國等在杭州買辦一萬兩貨物的貨船到達臨清。派後生胡秀來家，

關照鈔關納稅。（第五十八回）

七月二十八日
新僱甘潤幫助韓道國發賣貨物。（第五十八回）

七月二十八日
西門慶生日宴叫唱，鄭愛月未到，說是到王皇親家去了。西門慶怒派兩名排軍到王皇親家去提人。不一時四人全來了。

七月二十八日
封銀五十兩，派節級攜書下與關上錢主事。（第五十八回）

七月二十八日
西門慶僱用溫秀才。（第五十八回）

七月二十八日
潘金蓮奚落孫雪娥。（第五十八回）

七月二十八日晚
潘金蓮黑影裡踩了狗屎，怒起拿大棍打狗，打得狗兒怪叫。打了一回狗，又打秋菊。驚吵得李瓶兒母子不得安。（第五十八回）

七月二十九日
李瓶兒拿出壓被的銀獅子一雙，兌了四十九兩五錢銀子，捐給薛姑子印造佛頂心陀羅經，趕八月十五日嶽廟去捨。（印經錢不夠，又拿出銀香球來，重十五兩，一共交去。）（第五十八回）

七月二十九日
裝修獅子街對門原買喬大戶家房屋作緞子舖。打開一溜三間門面。（第五十八回）

七月二十九日

西門慶婦女憐剾磨鏡老人。（第五十八回）

七月三十日

韓道國與貨車進城。卸在獅子街對面樓上。十大車緞貨，多虧關上錢主事幫忙，十大車貨只納了三十兩五錢鈔銀。錢主事接到報單，也沒差巡攬下車來查點，就把車喝過來了。（第五十九回）

八月初旬

西門慶試藥鄭愛月。（第五十九回）

八月初旬

金蓮的雪獅子貓兒，抓傷了官哥，駭閉了氣，直翻白眼抽筋。西門慶來家，知情捉來貓兒摔死。

八月十四日

一千五百卷陀羅經卷完工，賁四挑來。（第五十九回）

八月十五日

到嶽廟散經完畢。官哥病情無起色，灌藥也吐。（第五十九回）

八月下旬

李瓶兒衣不解帶，晝夜抱在懷中，夜夢花子虛討財物。（第五十九回）

八月二十三日

常時節來說尋好房子，門面兩間層要三十五兩銀子。官哥病重，答以改日拿銀子隨去看。（第五十九回）

八月二十三日申時

官哥卒。在世一年零兩個月。（第五十九回）

註：陰陽黑書：官哥生時八字，生于政和丙申六月二十三日申時，卒
　　於政和丁酉八月二十三日申時。

八月二十七日

官哥安葬。李瓶兒傷心氣破。（第五十九回）

八月二十七日

潘金蓮幸災樂禍。（第六十回）

八月二十八日

五兩銀子買來十三歲丫頭翠兒放在孫雪娥房中使喚。（第六十回）

九月初旬

李瓶兒又夢花子虛抱著官哥，要接她去同住。（第六十回）

九月初旬

來保押運南京貨船到。差榮海拿一百兩銀子又具洋酒金緞禮物，送禮
鈔關謝主事。（第六十回）

九月四日

緞舖開張。二十大車貨物下貨。廳上開席十五桌。鼓樂戲唱，熱鬧喧
嘩。（第六十回）

九月四日

伯爵領了李智、黃四交銀子，只挪了三百五十兩，等下遭關出來再找
完。（第六十回）

九月四日

常時節等人也來祝賀。已得到西門慶五十兩濟助，三十五兩典房，十
五兩作本，準備開個小小雜貨店。（第六十回）

九月初六日

韓道國夫婦宴請西門慶。叫來申二姐獻唱。西門慶約下申二姐在重陽節家中去唱。韓道國舖中安歇。（第六十一回）

九月六日

李瓶兒傷心病體不能接侍漢子。推漢子去潘六兒處。（第六十一回）

九月初六日

潘金蓮處再試胡僧藥。（第六十一回）

九月初九日

慶重陽賞菊，接申二姐獻唱。（第六十一回）

九月初九日

吳大舅還借銀十兩。要求西門慶在巡按處為他作考選關說。倉房即將完工。（第六十一回）

九月初九日

李瓶兒血崩暈倒，急請任醫官診視。又請趙太醫，再請喬大戶推薦的何老人診治。（第六十一回）

九月中旬

李瓶兒病沉，不能食，不能睡，日夜夢魘。血流不止。日漸羸弱，請五嶽觀潘道士祭法驅邪。（第六十二回）

九月中旬

王姑子來看李瓶兒，數說薛姑子印經落銀子，她一文未得。花子油來看瓶兒，建議吃他太監叔叔在廣南帶回的三七藥。馮媽媽來，她已許久不來，推說這事那事。李瓶兒微笑說她撒風。心知此等人現實。（第六十二回）

九月中旬

為李瓶兒準備壽木。在尚舉人家看重一副桃花洞，三百二十兩成交。（第六十二回）

九月中旬

李瓶兒交代後事。要西門慶為他辦後事，一切從簡，萬別浪費。（第六十二回）

九月十六日

李瓶兒死前勸夫。（第六十二回）

九月十七日

李瓶兒病卒，年二十七歲。西門慶動情悲哭。（第六十二回）

註：陰陽徐先生批下李瓶兒生卒是生于元祐辛未正月十五日午時，卒于政和丁酉九月十七日丑時，今日丙子，月令戊戌。徐陰陽說明「取出萬年曆通書來觀看。」等語。查天啟二年萬年曆九月十七日丙子；泰昌元年陰曆九月二日丙子，萬年曆則九月二十七日丙子。泰昌帝卒于戊申年九月初一日。距丙子差一日。

九月十七日

應伯爵勸得西門慶止哀進食，月娘與應二深知西門慶性情。（第六十三回）

九月十七日

請畫師韓先生為李瓶兒描影。（第六十三回）

九月十七日

李瓶兒入棺含殮。（第六十三回）

九月十八日

發帖請各親眷作三日道場，作齋誦經。親友開弔。設席宴客，搬演戲

文。（第六十三回）

九月二十三日

玳安贊說李瓶兒生前德行。（第六十四回）

九月二十三日

潘金蓮撞見玉簫書童偷情，允不聲張，收玉簫為耳目。畫童打點私藏，又詆了傅夥計二十兩，逃回蘇州原籍去了。（第六十四回）

九月二十四日

薛內相劉內相吊孝閒談宦官不可封王，皇上已派差官拿金牌去取董掌事回京。（第六十四回）

九月二十五日

周秀（守備）、荊忠（都監）、夏延齡（提荊）以及張關、文臣、范勳、吳鎧、徐鳳翔、潘磯弔祭。（第六十四回）

九月二十八日

請玉皇廟吳道官來家擺二十七齋壇。（第六十五回）

九月二十九日

管磚廠工部黃主事弔孝。知告西門慶如今朝廷營建艮嶽，敕令太尉朱勔往江南採取花石綱，頭一運將到淮上。又欽賜殿前六黃太尉來迎取卿雲萬態奇峯。關照西門慶準備六黃太尉府上一飯。（第六十五回）

十月初八日

請喇嘛僧眾唸番經，為李瓶兒作四七。（第六十五回）

十月十一日

作安葬起靈前準備。（第六十五回）

十月十二日

李瓶兒葬禮舉行。靈棚不拆，留作迎接六黃太尉過此宴飲。（第六十五回）

十月十二日晚

西門慶收用奶子如意兒。（第六十五回）

十月十八日

六黃太尉到，眾官迎來西門家飲宴。（第六十五回）

十月十九日

知賣地傳女長姐將下嫁相提刑作妾。（第六十五回）

十月二十日

為李瓶兒作五七，招來僧唸經。且作水陸齋場。（第六十六回）

十月二十日

接東京翟管家書信致弔唁，並告知今年考績必定榮陞，夏提刑調京。楊提督上月二十九日庚死獄中。（第六十六回）

十月二十日

拆靈棚。準備銀兩，南方辦貨。天大雪。（第六十七回）

十月二十一日

李智、黃四歸還銀兩一千兩，餘者再一限送來。黃四還兼且要求西門慶為他岳父解脫訟事。拿出一百石白米帖兒，還有兩封銀子。託請西門慶代為打點。（第六十七回）

十月二十四日

韓道國等五人，攜銀六千餘兩，南方辦貨。捎書與苗小湖，謝他重禮。（第六十七回）

十月二十七日

西門慶夢見李瓶兒。（第六十七回）

十月二十七日

應伯爵妾春花生子，西門慶助銀五十兩。（第六十七回）

十月二十七日

錢龍野（主事）書託雷兵備，開脫了黃四丈人孫文相父子罪名，只認十兩燒紙錢，打了杖罪無事。（第六十七回）

十月二十七日

孟玉樓攜兄弟孟二辭行，要去川廣販買香蠟。（第六十七回）

十月二十八日

黃四領舅子孫文相攜禮謝西門慶。（第六十八回）

十一月初一日

潘金蓮託薛姑子配坐胎藥。（第六十八回）

十一月初五日

八眾女僧在花園捲棚設道場，誦經為李瓶兒作斷七。（第六十八回）

十一月初五日

安郎中來拜。榮升工部監管河工辭行。（第六十八回）

十一月初八日

黃四在鄭愛月家擺酒宴謝西門慶。鄭愛月向西門慶透露王招宣夫人風月，文嫂可作媒。（第六十八回）

十一月初九日

西門慶派玳安去尋文嫂。（第六十八回）

十一月初九日

文嫂通情，西門慶會見了林太太。三十五歲，屬豬。當日便兩情歡洽，一見情鍾，成其美事。（第六十九回）

十一月初十日

西門慶受林太太之託，到衙中叫過地方節級，緝捕與王三官一起玩樂人眾，剔除名單中的李桂姐、秦玉芝、孫寡嘴、祝日念，捉去小張閒五個光棍夾打。（第六十九回）

十一月初十日

派人向懷慶府林提刑千戶打聽京中發下令軍的考察本示。（第六十九回）

十一月初十日

小張閒心存不平，騷擾王招宣府，西門慶再一一捉去，坐堂施威，責之不再後施放。（自此與李桂姐斷絕）。（第六十九回）

十一月初十日

抄來陞官邸報，西門慶陞任掌刑正千戶，夏提刑調指揮司管鹵薄。（第七十回）

十一月初十日晚

東京本衙經歷司，差人行照會到，曉諭各省提刑官員，火速赴京，趕冬至令節見朝引奏謝恩。（第七十回）

十一月十二日

西門慶等人由清河起程赴東京。（第七十回）

十一月二十三日抵東京

陪夏提刑見崔中書。當晚西門慶與夏提刑住在崔中書府第。（第七十回）

十一月二十四日

各備禮物拜貼，到太師府叩拜。太師派去良嶽新蓋上清寶籙宮奉安牌
匾主祭未歸。差賁四鴻臚寺報名。（第七十回）

十一月二十五日

早朝午門謝恩畢。出西闕門遇何太監邀敘。因內府匠作監管有功，侄
何永壽蔭副千戶，接西門慶原缺，請西門慶提攜。該日到兵部拜部
官。再參拜朱太尉遞履歷手本，繳箚付。又拜經歷司並本司官員。出
衙門遇夏提刑，託處理清河住所。願原價一千五百兩出手。（第七十
回）

十一月二十五日

何千戶到崔中書家拜會西門慶，西門慶回拜。約定明日備禮在本衙門
到堂同眾領箚付。當晚宿崔中書府第。（第七十回）

十一月二十六日

會同何千戶到本衙大朝引奏，參見朱太尉。識見高官顯赫。（第七十
回）

十一月二十六日

何千戶要宴西門慶，說買夏提刑清河住所。即日付定金賁四作中人。
當晚住何千戶家。夜夢李瓶兒。（第七十一回）

十一月二十七日

西門慶何千戶參見兵科。西門慶相國寺拜智雲長老，再去崔中書拜夏
龍溪（提刑）。為何千戶洽詢騰讓房屋事。當晚再宿何太監家，王經
共寢。（第七十一回）

十一月二十八日

起五更與何千戶進朝拜冬。詔改明年為宣和元年。（第七十一回）

註：從西門慶抵京到冬至日大朝，實際上應為四晚五日。第七十回
　　中，已由翟謙說明「冬至聖上郊天回來，那日天下官員上表祝
　　賀畢，還要排慶成宴，你們原等不的。不如你今日先鴻臚寺報
　　了名，明日早朝謝了恩，直到那日堂上官引引奏畢，領劄付起
　　身就是了。」說話的這天是西門慶抵京的第二天。下寫「西門慶
　　千恩萬謝，與夏提刑作辭出門，來到崔中書家。一面差賁四鴻
　　臚寺報了名。次日見報，青衣冠帶，同夏提刑進內。不想只在
　　午門謝了恩出來。」這時應是西門慶抵京的第三天，謝過恩了。
　　這天在何公公家飲宴，何千戶與西門慶計議領劄付事。西門慶
　　道：「依著舍親（翟管家）說，咱們先在衛主宅中進了禮，然後
　　大朝引奏還，在本衛門到堂同眾領劄付。」何千戶道：「既是長
　　官如此說，咱們明日早備禮進了罷。」這晚，西門慶仍在崔中書
　　家住宿。下一天去參拜朱太尉。朱太尉說：「……分付在地方謹
　　慎做官，我這裏自有公道。伺候大朝引奏畢，來衛門中領劄付
　　赴任。」這是西門慶抵京後的第四天。這天何公公告訴西門慶
　　說：「到五更，我早進去。明日大朝，今日不如先交與他銀子。
　　（指交給夏提刑清河房子訂金。）就了事而已。」這天晚間，西
　　門慶住在何太監家。可是「大朝」之日，卻又寫了西門慶在何
　　家住了兩晚之後。顯然是故作時間的重疊。這一回的「冬至」隱
　　喻，沒有下面十一月初九日的那個冬至隱喻得清楚。見後註。
　　再者，此說「詔改明年為宣和元年」一語，實際上應改為「重
　　和元年。」此乃不應有的錯誤。

十一月初九日。

冬至令節，西門慶與何千戶一同上朝拜冬。大朝後回何太監家，過了
一夕。（第七十一回）

十一月初十日

西門慶與何千戶同到衙門中領了箚付，同眾科中掛了號，打點殘裝收拾行李，準備一同起身。何太監晚夕置酒餞行。（第七十一回）

十一月十一日

西門慶何永壽東京起身。（第七十一回）

十一月中旬

春梅為爭洗衣棒搥恃寵罵奶子如意兒。（第七十二回）

十一月二十三日

西門慶等在黃河過後沂水縣八角鎮遇大風，風勢兇惡，沙石迷目，天色又晚，在八角鎮住了一夜，第二天才到家。（第七十二回）

十一月二十四日

西門慶抵家。（第七十二回）

註：此一冬至之日，是十一月初九日，可以說在七十一回中，業已寫明，比上個冬至日要確切多了。但七十二回，寫明西門慶等十一月十一日由東京動身，十一月二十四日到家。十一月二十三日在沂水縣八角鎮（七十二回第五頁，誤刻八角鎮為公用鎮）遇大風，天晚留一宵。據姚靈犀《瓶外巵言》考云：「自東京回清河，路過黃河，即抵此處。原書云在沂水，不合。按今名八角店，在開封西南三十里，宋靖康初，梁師成賜死於此。金即此置鎮。」《金瓶梅》如此寫，雖地理不合，如沂水縣在魯南，東京清河之間，並不路過。八角鎮既在開封西南，亦非開封清河往返必經之地。但有一點可以確定，它距開封只有三十里，如不遭遇大風，西門慶等人在十一月二十三日當晚即可抵家。作者似有意在暗示西門慶等人在十一月十二日由清河起身到開封

（東京）之明確時日，即為十一月二十三日或二十四日。可以說作者在這一個冬至日的回程時間上，業已明喻清楚。若問作者何以要在這同一年間，寫了兩個不同時間的冬至，似乎是顯然的在隱喻明朝泰昌元年及天啟元年的紀元，所以不寫先改元重和，卻寫先改元宣和，然後又改為重和。蓋泰昌元冬至為十一月二十八日，天啟元年冬至正巧是十一月初九日。

十一月二十五日

在家中擺酒為何千戶接風。補林太太生日禮。（第七十二回）

十一月二十六日

提刑衙門公宴何千戶。（第七十二回）

十一月二十（五）六日

工部安郎中來拜，商借西門慶家宴請蔡太師侄九江知府蔡少塘。（第七十二回）

十一月二十（五）六日

王三官拜西門慶為義父。（第七十二回）

十一月二十六日

李銘央求應伯爵向西門慶釋冤。（第七十二回）

十一月二十六日

薛姑子為潘金蓮配成胎藥，準備十一月二十九日壬子日食用。（第七十三回）

十一月二十七日

孟玉樓生日，西門慶點唱憶吹簫。（第七十三回）

十一月二十七日

薛姑子宣講佛法。（第七十三回）

十一月二十七日

潘金蓮失柑打秋菊。（第七十三回）

十一月二十七日

應伯爵生子滿月二十八日宴請西門家人。吳月娘不願潘金蓮借穿李瓶
兒皮襖，李桂姐向西門慶陪禮。（第七十四回）

十一月二十七日

蔡知府到西門家，接受眾官宴請。吳月娘在後廳聽三尼姑宣卷。（第
七十四回）

十一月二十八日

荊都監來拜，袖呈白石米票二百石，請託西門慶在蔡知府及宋巡按等
處關說，希望舉劾有好成績升轉。（第七十五回）

十一月二十八日

春梅恃寵厲罵申二姐。（第七十五回）

十一月二十八日

本府胡老爺送新曆日一百本；荊都監送鮮豬一口，豆酒一罈，銀子四
封（二百兩）。（第七十五回）

十一月二十八日

吳月娘等由應家吃酒回來不見申二姐，責怨春梅嬌慣。潘金蓮怒惱耍
嬌施嗔。（第七十五回）

十一月二十九日

為春梅罵申二姐事，月娘金蓮頂嘴。（第七十五回）

十一月二十九日

西門慶宿上房，潘金蓮誤了壬子日。（第七十五回）

十一月三十日

吳月娘病，請任醫官下藥安胎。（第七十六回）

十一月三十日

孟玉樓慫惥潘金蓮陪禮，解慍吳月娘。（第七十六回）

十一月三十日

宋御史借西門家宴請侯巡撫。西門慶伺機為荊都監關說。且順勢推薦妻兄吳鎧及李知縣。（第七十六回）

十二月一日

喬大戶捐得義官，請喬大戶吃酒領箚付。喬洪捐米三十石，以濟邊儲。（第七十六回）

十二月一日

西門家出入銀錢帳目，改由潘金蓮經管。（第七十六回）

十二月一日

本縣衙差人送來新曆日二百五十本，開年改了重和元年；該閏正月。（第七十六回）

註：第七十回已寫過改元宣和，那一改元宣和，實際上應為改元重和。因為宋徽宗的紀年，是先改重和，一年後再改宣和。何以先寫改元宣和不先寫改元重和？這裏又再改正了「改元重和」，還加上了「該閏正月」字樣？顯然是有所隱喻，不可能是誤寫或誤刻。

十二月一日

春梅賭氣絕食。（第七十六回）

十二月二日

何九兄弟何十受盜案牽連，王婆央求西門慶說項。（第七十六回）

十二月三日

西門慶開放何十，另拿弘化寺一名和尚頂缺。（第七十六回）

十二月四日

雲裏守新襲山東清河右衛指揮同知，具送土儀致謝西門慶。（第七十六回）

十二月五日

賁四攜夏龍溪書信，請假護送長姐赴京。初六起程。（第七十六回）

十二月五日

溫秀才品行不端，趕出西門府。（第七十六回）

十二月初七日

尚舉人（小塘）赴京會試，向西門慶借皮箱毡衫等物。西門慶另外致送賻禮。（第七十七回）

十二月初七日

雷兵備啟元。汪參議伯彥、安郎中忱來拜。商借西門家宴請新陞大理寺正杭州府趙大尹霆，訂初九日赴會，業已發東。主家備有五席戲子。（第七十七回）

十二月初七日

潘金蓮管帳刻薄，小廝怨罵。（第七十七回）

十二月初七日

清河夏家房屋騰空。何九送禮致謝。（第七十七回）

十二月初七日

賁四赴就後，吳二舅代賁四在獅子街照顧生意。（第七十七回）

十二月初七日晚

落雪，西門慶夜訪鄭愛月。說到林太太的好酒量與好風月。再誇美王三官的妻子藍氏。西門慶垂涎。（第七十七回）

十二月初八日

何千戶遷入夏提刑原住居所。（第七十七回）

十二月初九日

應伯爵推薦來友兒夫婦役僱西門家。改名來爵，二十歲，妻改名惠元，十九歲，與惠秀惠祥一遞三日上灶。（第七十七回）

十二月初九日

報知門外楊姑娘故世，西門慶出銀料理後事。（第七十七回）

十二月初九日

花子由報告門外客人有五百包無錫米凍河。西門慶認為凍河時無人要，開河時愈發會跌價。拒絕收買。（第七十七回）

十二月初九日晚

西門慶私通賁四娘子。（第七十七回）

十二月十五日

崔本由南方辦貨歸。附告苗青化了十兩銀子抬了一位千戶家小姐名楚雲，十六歲，會唱三千小曲，將送贈來。（第七十七回）

十二月十五日

西門慶寫書託錢主事關照，兌銀五十兩作車稅錢。（第七十七回）

十二月十五日

西門慶在巡按公衙抄得邸報，得知宋御史題本詔下，荊都監已升副參統制。吳大舅升指揮僉事。（第七十七回）

十二月十六日

荊都監具禮前來西門家拜謝。（第七十七回）

十二月二十四日

擺大酒宴，為吳大舅作賀。（第七十八回）

十二月二十六日

玉皇廟吳道官率十二道眾，在家與李瓶兒念百日經十回度人，整做法事。（第七十八回）

十二月二十七日

西門慶一一打發各家年禮。（第七十八回）

十二月三十日

大年夜，闔家慶年。（第七十八回）

重和元年戊戌（1118）

正月初二日

西門慶再與賁四娘子通。玳安防守。這婦人屬兔，今年三十二歲。與玳安亦有私，西門慶走後，玳安留宿。（第七十八回）

正月初三日

吳大舅來拜，暢談屯田所說制及秤稱斛斗事。（第七十八回）

正月初四日

西門慶等人去雲裏守家吃慶官酒。（第七十八回）

正月初六日

西門慶赴林太太約。吳月娘誇美何千戶娘子年輕貌美。（第七十八回）

正月初七日

吳月娘等婦女四人，去雲裏守家宴飲。（第七十八回）

正月初七日

西門慶覺到腰腿酸痛加重，以為春氣發了。未去薛太監庄上看春。

正月初七日

與吳月娘商各家女眷燈節來觀燈。（第七十八回）

正月初八日

潘金蓮生日。潘姥姥來，轎子銀六分，潘金蓮拒付。潘姥姥數落金蓮不孝。（第七十八回）

正月初八日

荊忠升任東南統制兼督漕運總兵官來拜謝。（第七十八回）

正月初十日

松江貨船到，卸在獅子街房內。（第七十八回）

正月初十日

賁四由京返家，指揮花匠紮煙火。（第七十八回）

正月初十日

應伯爵領李智、黃四來談一宗買賣。說是今有東京朝廷行下文書，天下十三省每省要萬兩銀子的古器，咱這東平府，坐派著兩萬兩。批文

在巡按處，還未下來。如今大街張二官府，破兩百銀子，幹這宗批要做，都看有一萬兩銀子。商請西門慶與張二官各出五千兩做這買賣。西門慶問明宮中所需古器名目。要獨資攬下，拒絕合作。派春鴻來爵二人，帶了一封書帖，十兩葉子黃金，到兌州去討批文。（第七十八回）

正月十二日

西門家張燈演劇，請各家娘子來吃酒觀燈。獨有王三官娘子未到。西門慶見到何千戶娘子藍氏美貌，心搖神盪。（第七十八回）

正月十二日

晚夕尚未起更，西門慶已感精神不繼。酒席上便齁齁入睡。（第七十八回）

正月十二日

西門慶姦淫來爵婦。（第七十八回）

正月十三日

王六兒剪贈青絲裝成同心結拴托。（第七十九回）

正月十三日

西門慶獅子街燈市觀燈，午飯後去王六兒家，再試胡僧藥，心念何娘子。（第七十九回）

正月十三日

天已三更時分，西門慶由王六兒家騎馬回家，路上黑影驚馬，狂奔到家。下馬後腿軟不能走。潘金蓮又強西門慶再試胡僧藥。淫慾過度。脫陽病倒。（第七十九回）

正月十四日

西門慶梳頭暈倒。吳月娘作主取銷十五日宴客事。（第七十九回）

正月十六日

醫藥無效，遷出金蓮房住入上房月娘處。（第七十九回）

正月十九日

西門慶交代後事。（第七十九回）

註：一、緞子舖五萬銀子本錢，喬親家的本利都找與他，教傅夥計把
　　　　貨賣了，一宗交一宗休開了。

　　　二、賁四絨線舖，本銀六千五百兩。吳二舅紬絨舖是五千兩。
　　　　都賣盡了貨物，收了來家。

　　　三、李智討了批來，也不消做了，教你應二叔拿了別人家做去
　　　　罷。（指古器批文）。

　　　四、李智、黃四身上，還欠五百兩本錢，一百五十兩利錢未
　　　　算。討來發送我。只和傅夥計守家門兩舖子。

　　　五、緞子舖占銀兩萬兩，生藥舖五千兩。韓夥計來保松江船上
　　　　四千兩。開了河早起身往下邊接船去，接了來家，賣了銀
　　　　子交進來，你娘兒們盤纏。

　　　六、劉學官少我兩百兩。華主簿少我五十兩。

　　　七、門外徐四舖子內，還本利欠我三百四十兩，都有合同在。
　　　　上緊使人催去。

　　　八、到日後獅子街兩處房子都賣了吧，怕娘們顧攬不來。

正月二十一日五更時分

西門慶氣絕。亡年三十三歲。（第七十九回）

正月二十一日

吳月娘產子。李嬌兒趁忙亂暗取五錠元寶回屋。（第七十九回）

正月下旬

宋御史得書及金葉十兩，派快差追回已發批文，改批與西門慶，交來爵春鴻帶批文回。李智、黃四路上賄賂來爵春鴻。（第七十九回）

正月二十四日

吳大舅遞狀提刑所追索李智、黃四欠銀。應伯爵說合。先還二百兩，另立四百兩借紙，少算五十兩利息。賄送吳大舅二十兩。欠銀陸續歸還。古器批文付交應伯爵同往張二官合夥。（第七十九回）

二月初三日

西門慶二七家祭。應伯爵等兄弟祭奠西門慶。（第八十回）

二月初三日

李桂姐唆使李嬌兒回院另嫁。陳經濟、潘金蓮偷情。（第八十回）

二月十二日

西門慶安葬。（第八十回）

二月二十五日

西門慶五七。李嬌兒改嫁張二官。（第八十回）

二月二十五日

巡鹽蔡御史來拜，不知西門慶已病故。臨別歸還貸銀五十兩。（第八十回）

二月下旬

應伯爵與李智、黃四向徐內相借銀五千兩，張二官出銀五千兩，合做東平府古器錢糧。（第八十回）

二、三月間

張二官打點金銀千兩，上東京尋樞密院鄭皇親人情，對堂上朱太尉

說，討刑所西門慶缺。買花園造樓房，應伯爵日日趨奉。一切承襲西門慶。（第八十回）

三月初八日
韓道國來保江南辦貨押船來家。路上聞說主人已死，即盜賣貨物千兩。（第八十一回）

三月初九日
韓道國夫婦偏頭口席捲財物，投奔東京女兒處。來保暗盤八百兩，都推到韓道國頭上。（第八十一回）

三月初九日
西門慶斷七，吳月娘與婦人上墳燒紙。（第八十一回）

三月下旬
翟管家聽信韓道國言，來信要買西門家會彈唱婢女。吳月娘不敢拒絕，派來保將玉簫與迎春二人送去。（第八十一回）

四月間
來保惠祥夫婦離開西門家，與妻弟劉倉開設布店。（第八十一回）

四月間
潘金蓮求春梅同事一男，免洩與陳經濟偷情事。（第八十二回）

六月初一日
金蓮娘潘姥姥歿。（第八十二回）

六月初三日
潘金蓮、陳經濟隔窗偷情，假作迎窗梳妝。（第八十二回）

六月初四日
潘姥姥下葬，金蓮熱孝，未送葬。

七月十四日

潘金蓮發現陳經濟袖有孟玉樓刻詩金頭蓮瓣簪，疑經濟與玉樓也有私情，壁上留言，陳經濟賭誓。（第八十二回）

七月十五日

吳月娘往地藏庵薛姑子那裏為西門慶燒盂蘭會箱庫去。（第八十三回）

七月十六日

秋菊向小玉透露她見到的陳經濟與潘金蓮奸情。小玉轉知春梅，潘金蓮毒打秋菊。（第八十三回）

八月中秋

陳經濟在金蓮房高睡起晚，秋菊上房密告，小玉遮攔不過，編說五娘使秋菊來請奶奶說話。月娘到來，金蓮勉強遮過。（第八十三回）

八月十六日

月娘把李嬌兒廂房挪與大姐住，教他兩口兒搬到後邊儀門裏來，遇著傅夥計家去，教經濟輪番在舖子中上宿，取衣物藥材，同玳安出入，各處門戶都上了鎖，丫環婦女無事不許往外邊，凡事都嚴禁。（第八十三回）

八月十七日

月夜。吳月娘留兩姑子後房宣卷，金蓮使春梅到舖中約來經濟幽會。秋菊覷見。（第八十三回）

八月十八日

晨。秋菊把昨晚所見，告知月娘。月娘喝退秋菊；大姐犯疑。（第八十三回）

九月十六日
吳月娘泰山燒香。（第八十四回）

九月中旬
泰山碧霞宮道士石伯才，騙賺月娘獻與方丈殷天錫。吳大舅玳安救出月娘，急速下山。（第八十四回）

九月中旬
吳月娘歸途遇雪洞禪師，示以十五年後度孝哥出家。（第八十四回）

九月下旬
吳月娘路過清風寨，被矮腳虎王英等掠上山去，宋江說情，放月娘下山。（第八十四回）

九月下旬
潘金蓮墮胎，遺棄六月胎兒於毛坑，掏糞漢挑出，醜事外揚。（第八十五回）

十月初旬
吳月娘泰山進香返抵家。勞頓驚駭，身體不適數日。（第八十五回）

十月初旬
秋菊再告金蓮墮胎事。小玉嘁罵秋菊說舌，耳刮子打回。（第八十五回）

十月中旬
潘金蓮、陳經濟花樓偷情，秋菊急報月娘。鸚鵡高叫「大娘來了！」未得姦雙，月娘已信而不疑。當場數說金蓮。（第八十五回）

十月中旬
西門大姐責罵經濟，夫妻齟齬。吳月娘愈發嚴謹門戶。（第八十五回）

十一月初旬

潘金蓮賄薛嫂傳簡陳經濟。吳月娘要薛嫂領賣春梅。（第八十五回）

十一月中旬

春梅被逐出，隨薛嫂離開西門家，索原價十六兩發賣。（第八十五回）

十一月中旬

陳經濟春梅，薛嫂家相會。月娘派來安催薛嫂速替春梅尋主。（第八十六回）

十一月中旬

春梅賣進周守備府。（第八十六回）

十一月二十七日

孟玉樓生日。略備酒菜送給舖中子傅夥計陳經濟飲用。陳經濟酒後罵街，揚言上告官府，說西門家收有他家應沒官財物。（第八十六回）

十一月二十八日

傅夥計要辭工。吳月娘懇留住。（第八十六回）

十二月初頭

陳經濟戲諷孝哥是他生的，氣昏月娘。眾婦計議領賣潘金蓮，逐出陳經濟。（第八十六回）

十二月初頭

眾婦女毆打陳經濟。逐出西門家。（第八十六回）

十二月初頭

王婆領金蓮離西門家。尋主發賣。（第八十六回）

十二月初頭

潘金蓮、王潮通姦。陳經濟欲娶潘金蓮，王婆索銀一百兩。陳經濟趕去東京取銀。（第八十六回）

十二月初頭

張二官業已接掌提刑院，要娶潘金蓮。（第八十六回）

十二月上旬

應伯爵路上唆使春鴻改投張二官家。被張二官要得去了。（第八十七回）

十二月上旬

雲裏守有女與月娘孝哥割襟成親。（第八十七回）

十二月上旬

張二官不買潘金蓮。春梅慫恿周守備買回潘金蓮，娘們仍在一處。派去張勝李安還價八十兩，未能成交。（第八十七回）

十二月上旬

武松遇赦（太子冊立，郊天大赦）。回到清河。知西門慶已死，潘金蓮送在王婆家發賣。武松趕去王婆家，百兩銀子娶回，殺嫂及王婆祭兄後，投奔梁山。（第八十七回）

註：此回說「不想路上遇見太子立東宮，放郊天大赦，遇赦回家。」時間當在十一月間。正好與明萬曆太子常洛於萬曆二十九年十月十五日完成冊立禮。情節上的時間，至為切合。但說金蓮亡年三十二歲，則不合。

十二月上旬

守備府張勝李安齎銀百兩去領潘金蓮，為時已晚，清河縣懸賞緝拿武松。（第八十八回）

十二月中旬

陳經濟由東京返清河。晚夕在王婆家門首石橋邊，燒紙祭念潘金蓮。
（第八十八回）

十二月中旬

潘金蓮托夢陳經濟，希望春梅為她收屍安葬。（第八十八回）

宣和元年己亥（1119）

正月初旬

春梅夢潘金蓮。派張勝、李安到清河衙門領屍，買棺下葬永福寺後面
白楊樹下。（第八十八回）

正月間

陳洪靈柩寄厝永福寺。陳經濟母親張氏抵清河。怪經濟未接。（第八
十八回）

正月十九日

陳經濟往城南永福寺辦理亡父斷七作齋事。路遇陸大郎、楊大郎。得
知潘金蓮葬處。（第八十八回）

正月二十日

陳經濟亡父斷七，永福寺作齋唸經。陳經濟先祭金蓮後祭父靈。（第
八十八回）

二月初旬

月娘布施五臺山化緣僧。（第八十八回）

二月初旬

掌刑張二官兒子娶親，娶北邊徐公公姪女兒，大擺酒席。（第八十八回）

二月初旬

薛嫂來月娘處，告知有關金蓮下葬，春梅得寵，已有四、五月身孕。陳家為陳洪作斷七齋事等事。（第八十八回）

二月初旬

吳月娘備辦祭桌禮物，打發大姐返家，並與親家燒紙。（第八十八回）

二月初旬

陳經濟不准大姐回家，拒絕大姐進門。第二日。吳月娘再送大姐回去。張氏知禮留下。陳經濟晚上又送了回去。（第八十八回）

三月清明

吳月娘上墳祭夫。祭畢返家路過永福寺，便中入遊，巧遇為金蓮掃墓的春梅。（第八十九回）

三月清明

吳月娘等上墳由永福寺返家，路觀走馬要解場，李衙內看上孟玉樓。（第九十回）

三月清明節

來旺賣花翠，搖驚閨路過西門家，遇孫雪娥，燃起舊情。（第九十回）

三月清明過後

來昭媳婦從中攛掇，孫雪娥捲逃，躲在僻處細米巷屈姥姥家。屈姥姥兒子屈鐺盜取孫雪娥捲出財物賭博被捉，問出底細。來旺孫雪娥下獄，來旺盜刑五年，孫雪娥著西門家具狀領回。吳月娘拒收，改判官媒發賣。春梅買作上灶婦。（第九十回）

四月間

陳經濟著薛嫂去西門家揚言，要向巡撫巡按處狀告西門慶在日收藏他
家寄放金銀箱籠細軟物件。吳月娘打發大姐家去，連同箱籠陪嫁之
物，也一併抬去。（這時，西門家的來安走了，來興媳婦惠秀死了。）
陳經濟還要追索他家寄存財物，又要使女元霄。月娘不理。（第九十
一回）

四月十五日
孟玉樓下嫁李衙內。蘭香小鸞從嫁。吳月娘感懷孤單，哭倒靈床上。
（第九十一回）

四月中旬
李衙內寵愛孟玉樓，領賣大丫頭玉簪。（第九十一回）

某月日（五、六月間）
陳經濟成日狐朋狗黨不務正業，架謊鑿空。不聽規勸，趕走家人陳
定，與楊大郎等合夥臨清販賣貨物，隨楊大郎冶遊玩樂，娶回粉頭馮
金寶，氣死老母。（第九十二回）

某月日（七、八月間）
為馮金寶買丫頭重喜兒。（置西門大姐住在耳房，成天不加瞅睬。）
（第九十二回）

註：從這裏開始，所寫年月已不易予以清楚編訂。這裏寫經濟打聽到
　　孟玉樓嫁了李衙內，帶了不少東西過去。李知縣三年任滿，陞
　　任嚴州通判上任去了。陳經濟想到他當年在花園撿到的孟玉樓
　　那根簪子，有意詐嚇玉樓人財兩得，遂有湖州辦貨之舉。八月
　　中秋起身，清江浦口江口灣泊，帶家人陳安前去嚴州，企圖以
　　兄弟認親。達成人財兩得目的。這個八月中秋，從情節上看，
　　視為宣和元年的八月中秋亦可。只是後面的年代配合不上。是
　　以此處不採鳥居久靖〈編年稿〉視為宣和二年事。我把它作為

宣和元年一年事。作者如此混淆，不像前面寫得那麼清楚，或
亦意有隱喻與影射。明朝泰昌元年僅有八月至十二月五個月，
事實上天啟紀元自泰昌元年（1620）的九月六日就開始了。明
史上的正式天啟編年，則自一六二一年開始。明萬曆四十八年
（1620）間的一年間，有三個皇帝的紀元，是我國歷史上僅有的
一件事。我們如從此一明史去看《金瓶梅》的此處編年，或可
意及不是作者的無意致誤或胡亂寫混淆了的。譬如這一回中寫
陳經濟等人在湖州辦貨回清河，來到清江浦口江口灣船，去嚴
州尋找李通判府第。按嚴州在浙江，今之建德縣，地在湖州以
南，沿富春江，並非陳經濟由湖州北回山東所經之地。怎可能
船到清江浦江口，再去嚴州。顯然是故意寫成錯誤。與七十六
回中西門慶由東京回清河，經過沂水縣一樣。這第九十二回寫
陳經濟從家起身前往臨清馬頭上尋缺貨去。說：「三里來到沒州
縣，五里來到託空村。」都說明了這是「沒州」與「託空村」。
這情形亦如後來的《紅樓夢》的甄甄賈賈，無非小說家言，有
所謂也而已。

某日月

陳經濟打聽到孟玉樓嫁了李衙內，任滿陞調嚴州府通判，已去嚴州府
上任去了。陳經濟設想用手頭孟玉樓的銀簪訛詐。（第九十二回）

八月間

陳經濟籌了一千兩銀子留一百兩家用。找回陳定來看店，攜同家人陳
安與楊大郎八月中秋起身去湖州辦貨。回程時船抵清江浦口江口灣
船，著大郎守船，陳經濟攜家人陳安去嚴州尋孟玉樓。（第九十二
回）

某月日

陳經濟冒充孟玉樓兄弟，去見孟玉樓。（書中寫李通判方行到任一個月，家眷到甫三日。可以推想陳經濟在獲知李縣期滿轉任，才想到訛詐的主意。在清河，是不可能施展這一訛詐計謀的，所以李知縣一調走，他也就起程去湖州了。）孟玉樓不接受陳經濟意想的安排，不認為他是她的兄弟。於是陳經濟取出孟玉樓的簪子威脅。（第九十二回）

某月日

孟玉樓與李衙內設計，誘陳經濟入彀，陷陳經濟盜劫入官。知府徐封問明實情，開釋陳經濟主僕。（第九十二回）

某月日

李通判轄子，限三日內返回原籍。（第九十二回）

某月日

（暮秋天氣；自應視為九月底。）陳經濟尋船不得，主僕乞搭便船，典衣回清河。（第九十二回）

某月日

（應為十月間。）陳經濟返抵家。（第九十二回）

八月二十三日

西門大姐自縊死。亡年二十四歲。（第九十二回）

註：一、第八回寫西門大姐出嫁，年十四歲，時政和二年，抵宣和二
　　　　年二十二歲。

　　二、吳月娘狀上寫她三十四歲。按第三回寫吳月娘二十五歲，
　　　　抵宣和二年，應為三十二歲。

　　三、陳經濟與楊大郎八月十五日由清河起身去浙江湖州辦貨，
　　　　又去了嚴州，又吃了官司，「暮秋天氣」才在江口搭上便船

回家。回家之後，虐待大姐，自縊死亡之日，竟是八月二十三日。

八月下旬

吳月娘狀告陳經濟兇頑，欺凌孤寡，逼死髮妻。（第九十二回）

八月下旬

陳經濟籌銀打點，改判准徒五年，運灰贖罪。馮金寶遞決一百發本司當差。具結不得再向西門氏騷擾。（第九十二回）

十月間

陳經濟出獄，房產家業罄盡，陳定剋落銀兩也撾了。尋楊氏兄弟交涉船上貨物，反被楊二反咬一回。楊大躲藏未露面，誣陳經濟把楊大推入江中，要陳還人。（第九十三回）

十月間

陳安走了。元宵死了。只餘下獨自一人，在外賃屋居住。（第九十三回）

十一月間

陳經濟付不出房錢，賣了家具，淪入冷舖存身。（第九十三回）

臘月殘冬

陳經濟淪為更夫，每晚打梆搖令。宿冷舖。常在夢中哭醒。（第九十三回）

十二月某日

陳經濟跪求城內王杏庵，述說落拓境況，王杏庵濟助陳經濟。得銀後吃喝浪蕩，不幾日又落到街上乞討。（第九十三回）

十二月某日

王杏庵再助陳經濟。陳經濟再淪落乞討。（第九十三回）

宣和二年庚子（1120）

正月某日

王杏庵三助陳經濟。送陳經濟去臨清宴公廟，任道士處作學徒。（第九十三回）

（約）二月某日

陳經濟體貼大師哥，騙得廟中各處鑰匙與信任。不時取得銀錢碼頭上遊玩，重會馮（鄭）金寶。（第九十三回）

某月日

陳經濟私馮金寶，坐地虎劉二醋打陳經濟，一一拴進守備府審問。（第九十四回）

某月日

周守備問明案情，判陳經濟不守清規，宿娼飲酒，騷擾地方，行止有虧，打二十棍，追回度牒還俗，娼婦一拶，五十敲，責令歸院當差。春梅知情施救開釋。（第九十四回）

某月日

任道士一氣病卒，陳經濟再回清河。（第九十四回）

某月日

春梅裝病，惱周守備刑打兄弟陳經濟。怨孫雪娥製泡不好喝，怪孫雪娥奚落她坐大，怒打孫雪娥，喊薛嫂領出賣入娼門。（第九十四回）

六月間

孫雪娥被帶到臨清酒店為娼。取名玉兒。（第九十四回）

某月日
守備府張勝到臨清冶遊。包占孫雪娥。妻弟劉二免除房錢。（第九十四回）

（劉（來）昭死了，一丈青帶著小鐵棍嫁人去了。繡春做了王姑子徒弟出家去了。來興與奶子如意圓房。）（第九十五回）

八月十五日
吳月娘生日。親見玳安小玉苟合。順水推舟，把小玉給了玳安為妻。（第九十五回）

某月日（八月間）
平安憤月娘偏心，為玳安娶妻，不想到他。盜取押當財物，在外冶遊。因此惹眼生事，被土番拿了。吳巡檢看見攬去審問。強平安攀誣月娘與玳安有奸。恩將仇報。（第九十五回）

某月日（八月間或九月間）
吳月娘遇薛嫂，知春梅已生哥兒，且已扶正為大夫人。乃慨述她近來遭遇。尤其吳典恩對她竟恩將仇報。托薛嫂央求春梅相助。（第九十五回）

某月日
薛嫂去春梅家介紹丫頭，轉告了吳月娘近況。以及吳月娘致送春梅書帖。（第九十五回）

某月日
周守備向吳巡檢提訊平安。責巡檢，棍平安，贓物封貯，教本家人領去。（第九十五回）

某月日

傅夥計害傷寒病死亡。印子舖只贖不當，停止營業。只靠門口生藥舖收入，盤纏生活。（第九十五回）

某月日

吳月娘送禮春梅謝情。（第九十五回）

宣和三年辛丑（1121）

正月二十一日

西門慶三周年忌，孝哥三周歲生日。春梅備禮到吳月娘家，為西門慶作三周年祭，並為孝哥祝三周歲生日。重遊舊家池館。（第九十六回）

某月日

春梅思念陳經濟，周守備差人尋找。（第九十六回）

某月日

陳經濟路遇楊大郎，扭住馬頭算帳，又被楊大郎毆打，幸虧飛天鬼侯林打救，討回五錢銀子。帶去城南水月寺作修殿工。（第九十六回）

三月中旬

張勝在水月寺尋到陳經濟。隨張勝去守備府。（第九十六回）

三月中旬

春梅假認經濟為兄弟，收回面首。（第九十七回）

四月二十五日

吳月娘送禮盒賀春梅生日。（第九十七回）

五月端陽節

春梅、經濟，花亭宣淫。（第九十七回）

五月某日

周守備奉旨會同濟州知府張叔夜征剿梁山泊賊王宋江。（第九十七回）

五月某日

春梅為陳經濟託人說親。原想說娶應伯爵女兒，應伯爵已死，沒甚陪送。（第九十七回）

六月初八日

陳經濟娶葛員外女葛翠屏為妻。屬雞，年二十歲。買來丫頭是黃四家兒子房裏的，年十三歲。因為李智、黃四虧官糧錢，都拿到官裏追贓，李三已死在監中。（第九十七回）

十月中旬

周守備征剿梁山賊寇有功，陞任濟南兵馬制置，管理分巡河道，提察盜賊。回家探視。（第九十八回）

十一月初旬

周統制離家赴濟南上任。打點本錢給陳經濟，要他作買賣營生。（第九十八回）

十月間

陳經濟遇見陸秉義，告知楊氏兄弟在臨清碼頭開設酒店。春梅拿周守備帖連同陳經濟狀紙，知會提刑所，拘提楊大郎等人到案，追回銀兩等。盤一酒店，僱陸秉義作主管，開張經營。（第九十八回）

宣和四年壬寅（1122）

正月半頭

酒店開張，交陸秉義謝胖子經營。陳經濟三、五日來收帳一次。（第九十八回）

三月間

陳經濟在臨清碼頭遇韓道國、王六兒、韓愛姐。得知朝中蔡太師、童太尉、李右相、朱太尉、高太尉、李太監，都已被科道官交章彈奏，拿送三法司問罪。發煙瘴地面充軍。蔡太師兒子禮部尚書蔡攸處斬。家產抄沒入官。三家三口離京，流落至此。（第九十八回）

三四月間

陳經濟搭上韓愛姐。（第九十八回）

四五月間

王六兒開設私窠子。勾來湖州販絲棉的何官人。（第九十八回）

五月二十五日

陳經濟生日，春梅買酒為祝。（第九十九回）

五月二十六日

到河下查帳為詞，再與韓愛姐相會。坐地虎劉二酒醉砸窠子，駁走何官人，毀了王六兒酒館生財器物。陳經濟打聽劉二背景。（第九十九回）

某月日

陳經濟到河下，在愛姐處獲知張勝包占孫雪娥，劉二是他妻舅。有心尋機會整治劉二。（第九十九回）

宣和五年癸卯（1123）

宣和六年甲辰（1124）

宣和七年乙巳（1125）

十二月

金兵入寇，差官北國講和。徽宗退位，傳與欽宗。改明年為靖康元年。

靖康元年丙午（1126）

九月某日

降周守備為山東都統制，提調人馬一萬駐紮東昌府，會同巡撫都御史張叔夜，防守地方。（第九十九回）

九月某日

張勝、李安押送周守備家財物回家，晝夜巡守。撞見陳經濟春梅姦情，兼且聽得陳經濟正向春梅說他壞話。告發他包占孫雪娥，慫惠妻舅劉二仗勢在外欺他。怒惱張勝，持刀殺死陳經濟。（第九十九回）
註：此處寫陳經濟死時年二十七歲，第二回政和三年，陳經濟十七歲，靖康元年應為三十歲。

十月間

周統制返家，亂棍打死張勝。孫雪娥畏罪吊死。劉二杖死。吩咐李安

將碼頭大酒店還歸本主，把本錢收算來家。陳經濟葬在永福寺。（第九十九回）

某月日

周統制出征東昌府。（第九十九回）

某月日

春梅、葛翠屏、韓道國、王六兒、韓愛姐到永福寺弔陳經濟。韓愛姐跟春梅回府。韓道國夫婦回臨清酒店。（第九十九回）

某月日

韓道國、王六兒跟同何官人去湖州。（第一百回）

冬日

春梅誘惑家人李安，李安怕走張勝死路，遵從母親吩咐，偷偷離開，投到山東叔叔家去。（第一百回）

建炎元年丁未（1127）

正月初旬

周統制接春梅、孫二娘抱同金哥東昌府任所居住。（第一百回）

某月日

春梅暗通家人周忠之子周義。（第一百回）

五月七日

周統制高陽關陣亡。年四十七歲。（第一百回）

五月某日

周統制追封都督，子金哥照例優養，出幼襲替祖職。（第一百回）

六月某日

春梅淫慾過度，死在周義身上。亡年二十九歲。（第一百回）

六七月間

周義畏禍盜取金銀潛逃。周秀二弟周宣鑽命家人周忠追捕周義。在周義姑娘家捕得後，情恐張揚出醜，金哥不能襲職，私刑杖死周義。金哥交孫二娘看養。丫頭海棠月娃打發嫁人。（第一百回）

某月日

金兵掠去徽、欽二帝。葛翠屏娘家領回。韓愛姐懷抱月琴，沿途唱曲，前往湖州尋找父母。（第一百回）

某月日

韓愛姐徐州地方遇二叔韓二搗鬼。叔姪相偕南去湖州。（第一百回）

某月日

韓氏叔姪到達湖州。何官人已死，韓道國也故了。只餘下王六兒一人依靠幾畝水田，扶養何官人六歲女兒。韓二到後正好相依度日。韓愛姐出家為尼。（第一百回）

某月日

吳月娘與吳二舅、玳安、小玉、孝哥等男女五人，在荒亂中雜在眾人堆中逃亂，要往濟南投奔雲裏守。路上遇見雪洞和尚，要求孝哥出家，月娘不捨。（第一百回）

註：這裏寫孝哥十五歲，實際上應是十歲。

某月日

小玉夜晚覷看普淨和尚唸經，觀看不少死去陰魂一一托生。（第一百回）

某月日

吳月娘夢見雲裏守要與她苟合，殺了吳二舅與玳安。醒後感悟，願捨孝哥給雪洞和尚出家為僧。（第一百回）

某月日

高宗建康即位。月娘歸家，把玳安改名西門安，承受西門家業。月娘壽達七十善終。（第一百回）

後記^{編按1}

　　為了自己翻檢起來方便，我花了大約四個月的時間，編出了這一本《編年紀事》，承臺中《臺灣日報》副刊主編陳篤弘先生厚愛，原稿曾蒙連載二十餘日。使我數月的辛勤，獲得了一些勞工的補償。

　　日學人鳥居久靖曾於一九六三年寫有〈金瓶梅編年稿〉，在編年紀事上，他作得較比簡略，不敷我研究時翻檢的需要。因為鳥居的〈編年稿〉，著眼於書中情節的參差不接，以及人物年庚的異紀等考辨。惜此考證部分的文稿，鳥居生前只發表了五分之一，餘稿據日本天理大學圖書館復書說，連他們也不知餘稿之五其四在何處，鳥居已故世了。而我則認為餘稿總會發表，頗所期待。不過，鳥居所編訂的紀年，最後部分，與我所編不同。從宣和二年起，我的編訂，便與鳥居的編訂不同了。鳥居所編宣和七年之間的紀事，僅有宣和六年一年無事可紀，而我所編，則認為宣和五六年均無事可紀。這固然是彼此對情節紀事之審斷，各有看法，實際上，亦確由於作者寫到最後，目的只是交代故事人物的結局，對於年月日的記述，已不似前八十回那樣縝密，何況還有作者故意參差的年月重複在內，不易編訂清楚了。

　　在寫《註釋》的當兒，卻又發現了一個問題，即一百回中的周秀陣亡，金哥出襲祖職事，在時間上，似不能看成一年間事。我在本《紀事》中，編為建炎元年（1127）一年事，鳥居也如此編。所以我在寫《註釋》時，又這樣加以註明了：「前面寫周秀於『五月初七日，在海關上陣亡了。大奶奶（春梅）二奶奶家眷，載著靈車都來了。』

編按1　原載於《臺灣日報》第12版，1980年7月2-17日。後於1981年7月自行排版。
　　　　本書體例略調整，以利讀者閱讀之便。

如以時間地理推想，春梅等由東昌府回到清河，也應該是五月中旬以
後。之後，『行文書申清朝廷討葬，襲替祖職』等事，最少也得三數
月時間。下寫『朝廷各降兵部覆題，引奏已故統制周秀，奮身報國，
沒於王事，忠勇可嘉，遺官諭祭一壇，墓頂追封都督之職。伊子照例
優養，出幼襲替祖職。』這樣看來，化去的時間，最少也得半年。該
是這年的年底了。那麼這裡說『一日過了他生辰，到了六月伏暑天
氣，』照說應是第二年，因為春梅的生日是四月二十五日，由此推
演，我的《金瓶梅編年紀事》，在建炎元年的五月七日之後，應編為
建炎二年五月某日。是以本書之編年，應多增一年纔對。但作者並無
意明確交代，也只有在此提及而已。」這番考訂，應該引述在此，作
為該《編年紀事》的參正。

　　雖說，此一《編年紀事》，我在編寫時，曾先後作了兩次，但由
於《金瓶梅詞話》之篇幅大，情節複雜，而作者又故意在紀事年月時
日上參差重疊，自仍不免有謬誤之處，尚有待有心讀者為我發現更
正。固然，鳥居久靖已早我十多年便寫有〈金瓶梅編年稿〉，惜所編
紀事甚簡，全部紀事不過三數千言，我這《編年紀事》，已十倍有
奇，對有志鑽研《金瓶梅》的讀者，不無引得翻檢情節上的幫助。或
不祇是有益於我個人吧！

　　　　　　　　　　　　　民國七十年（1981）六月一日於臺北

金瓶梅的問世與演變

魏子雲 著

版本源流
1 臺北 時報文化公司 1981年8月 直排印行。
2 本書據時報版重製 橫排印行。

翁序

翁同文

　　關於《金瓶梅》這部小說的來歷問題，以往吳晗等人雖有一些比較合理的看法，魏子雲先生並不滿意，於九年前就已開始研究。去年春夏間，魏先生將歷年發表的論文彙編為《金瓶梅探原》一書出版，旋蒙惠贈一冊，因得細讀。按魏先生書中創意頗多，雖有幾項只是富於啟示性的假設，但對兩個重要問題則已獲得確鑿論據而有定論，允稱新的頁獻。今年春間，蒙魏先生續示新撰兩篇論文稿本，知他又從最早刻本《金瓶梅詞話》的特徵中發現若干「隱義」，足以論證前此在《探原》中所提出的幾項假設，遂使《金瓶梅》一書的出現背景以及最早兩個刻本相異的種種現象，都有連貫會通的合理解釋，尤其是重要創獲。如今魏先生已據新的發現另寫此書綜論，我既得先讀稿本，很高興就個人所見，將吳晗以來到魏先生的研究作一個簡要報告，藉資介紹。

　　關於《金瓶梅》的作者，明末以來雖多不同傳說，向以嘉靖間王世貞為報父仇而作一說最為流行，但在民國二十一年以前的學者，從未見崇禎以前刊本。二十一年冬北平圖書館購入一部《金瓶梅詞話》，有欣欣子序說作者是蘭陵笑笑生，又有萬曆四十五年季冬東吳弄珠客序，都不見於流行本。吳晗於二十二年撰文考證，除證明作者絕非王世貞以外，並據書中有萬曆年間史實一點，判斷成書年代約在萬曆十年到三十年間。由於沈德符說過在萬曆三十七年稍後即有刻本，吳氏並認為新發現的「詞話」本並非最早刻本。至於有關作者其他異說，例如有人曾據書中多山東話遂以作者是山東人，自從「詞話」本發現得知作者自署蘭陵以後，有人又以為當即荀卿曾經作令的

山東蘭陵，吳晗則未加討論。

　　如《探原》一書各文所示，魏先生的論點雖多，但依鄙見，要以作者是曾經久住北方的江南人以及「詞話」本前並無更早刻本兩項，最具確鑿論據，使人難有爭辯餘地。關於作者籍貫問題，魏先生首先廣泛舉證，論斷所謂書中山東話實為北方各省通行語言，並點明東晉以後江南也有蘭陵，藉以否定作者必是山東人之說。然後又從書中也有不少吳語，且飲食起居方式以及器具物產多是江南習俗等等，從而論斷自稱蘭陵笑笑生的作者，當是曾經久住北方的江南人，論據亦頗充分；事後得知姚靈犀對作者是山東人之說也曾疑致，則是不謀而合，有助定案。關於何時出現最早刻本問題，前人都以沈德符說過的話作準，即沈曾記萬曆三十八年馬仲良榷吳關時，馬曾勸沈將其手中抄本付書商刻印，沈雖未應，不久吳中即有刻本云云。沈德符這種說法，魏先生考明兩項事實加以否定。一是馬仲良榷吳關一事在萬曆四十一年，二是萬曆四十三年李日華從沈處所見的《金瓶梅》也仍是抄本。按李日華與沈德符都是浙江秀水（今嘉興）人，地近吳中，如果該時以前吳中早有《金瓶梅》刻本，且不說李日華不會不知，沈德符也絕不會只以抄本見示。由此可見直到萬曆四十三年《金瓶梅》仍然未有刻本。由於「詞話」本《金瓶梅》有萬曆四十五年丁巳序，上距李日華見抄本時不到三年，又可推知這三年間也無另一刻本可能。以這種種作為前提，魏先生論斷「詞話」本就是最早刻本，前此並無更早刻本，自然是持之有故言之成理。除上述兩項可以徵信的結論以外，魏先生也曾隱約看到一些跡象，據以提出若干假設，比較重要的有下列三項。一是自從萬曆二十四年以來只藉抄本流傳的《金瓶梅》可能不是今人所見的穢本。二是「詞話」本可能是從前此非穢本的

《金瓶梅》改寫而來[1]。三是有萬曆丁巳敍的「詞話」本也許要到天啟年間才出板行世[2]。從時間上看，這三項假設已經涵蓋自《金瓶梅》成書到最早刻本出現之間的重要時期，自必牽涉好多相關問題，如果都能論證，意義重大可知。

今年夏初魏先生所撰二文，一是〈金瓶梅頭上的王冠〉，一是〈金瓶梅編年說〉，主要乃從「詞話」本與崇禎本相異的特徵發現其中政治諷喻，除可藉以論證前述三項假設以外，兼可解釋崇禎本與「詞話」本相異原委，遂使前後有關問題，都可會通解決。由於政治諷喻暨推論所得各點實為本書主要創獲，故不妨於此撮述其中論據，以見概略。

按一般讀者固知《金瓶梅》是市井土劣西門慶故事，且多淫穢部分，但除學者以外，殊少人知「詞話」本第一回先述項羽與劉邦故事，即楚霸王寵虞姬終死戰場，漢高祖寵戚姬欲廢嫡立庶亦使戚姬日後死於呂后之手，在崇禎本第一回已經被刪去逕行改寫西門慶熱結十兄弟，且影響其後多回也有改寫之處，兩本原有相異情形。以往學者雖知這種情形，但究竟緣故何在，則未有人論及。魏先生發覺其中必有重要問題，遂加研究，首先指出下列現象，即第一回已經改寫的崇禎本，自始至終都是西門慶故事，情節尚稱一貫，但「詞話」本第一回的劉項故事與後文的西門慶故事，在情節上完全無涉，就劉項是帝王而西門慶是平民看，頗似平民頭上出現「王冠」，未免不倫不類。由於明清章回小說多有楔子以啟後文，亦即楔子中的故事與後文情節大都相類或相涉，前後必有呼應，魏先生又得啟發，從而判斷「詞話」本第一回的劉項故事原來當是楔子性質，後文原來當也有涉及帝

1　以上見：《金瓶梅探原》，頁47。
2　見：《金瓶梅探原》。頁201。

王的故事情節與之呼應，只因有涉帝王的情節已經改寫，故此顯得淫穢部分特多，遂與第一回劉項故事無涉。由於明神宗朱翊鈞寵鄭貴妃要想廢長立幼，引起朝臣諫諍，政潮迭起，曾有隱名之書諷喻，概視作「妖書」嚴禁，魏先生並據前後有關《金瓶梅》一書的事實與當時政治情勢結合，推論下列三點。

第一，《金瓶梅》一書自從萬曆二十四年以來即有半部由文人輾轉傳抄，內容若只以淫穢故事為主如「詞話」本，從當時社會的淫佚風氣，當早有人續成全書刻印營利，不致只在文人之間藉抄本流傳，遲遲未見刻本。由此可以推知「詞話」本前的《金瓶梅》，可能是一部政治諷喻頗為明顯的小說，即第一回以劉項故事作楔子如「詞話」本，藉漢高祖寵戚姬欲廢嫡立庶影射當時在位的神宗皇帝外，後文必尚有相似或有關的情節與楔子呼應，只因諷喻性過於明顯，恐觸「妖書」禁忌，無人敢於刻印流行，亦即《金瓶梅》原稿本。從前述種種有關事項，這一推論自可成立，但抄本既早不存在，其第一回後與帝王有涉的故事情節實不易猜測。惟魏先生指出「詞話」本第一回於劉項故事之前揭明「情色」兩字，崇禎本第一回始於西門慶故事，其前只揭「財色」兩字，則原稿本《金瓶梅》後文可能以「情色」為主，較少淫穢部分。

第二，原稿本《金瓶梅》因政治性諷喻頗為明顯，無人敢於刻印，遂有人據以改寫後文，即刪去與帝王有涉的故事情節而增加淫穢部分，使第一回仍然保留的劉項故事，因失去後文可資對照啟發的有關情節而沖淡諷喻性，藉望無礙刻印，就是「詞話」本的由來。按見於記載的早期《金瓶梅》，傳抄者都說只有半部，但到萬曆四十三年，李日華從沈德符處見到的已是全部，李並斥為「市諢之極穢者」，可見內容與兩年後四十五年丁巳序的「詞話」本無異。由此可以推知，從原稿本改寫而來的「詞話」本，當萬曆四十三年以前某

時，就已完成。惟魏先生又從書中另一特徵論證有丁巳序的「詞話」
本並未立即刻印，經過四年到天啟元年冬季以後，又經一次改寫才行
刻印，容待後文再述。

第三，從原稿本《金瓶梅》改寫而來的「詞話」本，後文雖已刪
除去有涉帝王的故事情節，但既保留第一回的劉項故事，則仍有諷喻
痕跡。大概後來有人覺得這點也是不妥，遂將劉項故事刪去再行改
寫，即開卷就寫西門慶熱結十兄弟，影響到第二回以下多回也須零星
改寫，使原有的政治諷喻不留絲毫痕跡，到崇禎年間另行刻印，就是
崇禎本。

按「詞話」本與崇禎本第一回相異，前人未明緣故，魏先生結合
前後有關事實推證先有政治諷喻頗顯的原稿本，遂使前後改寫原委粲
如列眉，沿革同異都有合理的解釋，自非虛妄。就劉項故事有諷喻性
原為「詞話」本改寫人所知，竟然仍予保留，致使後人發覺再行刪去
一點，可知非出偶然，必因特意欲使諷喻性仍留痕跡之故。就諷喻對
象為神宗皇帝且當時仍然在位，易使敏感的人聯想發現一點，又知這
一痕跡也可使刻印之人有所顧忌。然則有萬曆四十五年丁巳冬序的
「詞話」本，也有遲遲未敢刻印的可能。知道這種情形，就可繼述魏
先生對於「詞話」本的另一發現，但仍應從神宗皇帝之死說起。

神宗皇帝在位很久，直到萬曆四十八年七月下旬死後，才使屢
欲廢而未果的太子常洛得以繼位。常洛於八月初一登基，詔頒明年改
元泰昌，但到九月初一，在位只滿一月，就已因病服「紅丸」而死，
又使兒子由校繼位。廟號光宗的常洛在位既僅一月，所頒明年改元泰
昌一舉未成事實，於是發生應否為他保持泰昌這一年號的問題。當時
朝臣對此曾有以下三種主張。一、上借父下借子，改萬曆四十八年為
泰昌元年，使泰昌佔有圓滿的一年。二、常洛在位既僅一月，談不上
年號，這一年應仍為萬曆四十八年，改明年為天啟元年。三、七月以

前稱萬曆四十八年，八月以後稱泰昌元年，明年是天啟元年。最後冬
於採用第三種主張頒詔天下，使泰昌年號占有萬曆四十八年的後四個
月，是歷史上從未有過的事。按「詞話」本所保留的劉項故事原以欲
廢太子的神宗皇帝為諷喻對象，也有因神宗仍然在位而遲遲未敢刻印
的可能，已見前文。但到太子因神宗之死而得繼位，既又發生上述從
未有過的年號問題，如有人問當時著手付刻的人曾否於書中再動手術
加以影射，然後始行付刻，固嫌神經過敏，可是，魏先生確又從第七
十第七十二兩回中發現這種跡象。關於這點，又須從《金瓶梅》故事
由來說起。

　　按《水滸傳》第二十六回（金聖嘆批本第二十五回）本有武松鬪
殺西門慶故事，所以《金瓶梅》的故事，實乃作者將《水滸》該回改
寫為武松誤傷他人，使西門慶、潘金蓮仍得逍遙法外若干年，作為小
說主角，到第八十七回再寫武松自梁山回來殺潘金蓮等等情節而成。
由於這一緣故，凡見於《水滸》的北宋徽宗年號如政和、重和、宣和
等，也都見於《金瓶梅》。《金瓶梅》中的這些徽宗年號既與故事俱
來，原很自然，當代學者如吳晗等發現書中包含萬曆年間的朝野事
實，也只認為借宋影明，雖有寓意，仍是泛泛。但日本學者鳥居久
靖，則根據書中所述干支日子推算出第七十回所寫的冬至日是十一月
二十七日左右，與萬曆三十七年的冬至相合。可是魏先生有見於徽宗
在政和七年改元重和，僅一年又改元宣和的事實，卻發覺泰昌與重和
頗為相似，有可以牽合之處。由於「詞話」本第七十一回將政和七年
的改元重和寫成「詔改明年為宣和元年」，到第七十六回曆日頒下，
才又寫「改了重和元年」，顯有次序顛倒現象，又指出不是因為作者
不知徽宗年號先後，而是有意錯綜處理，藉以影射常洛死後的改元意
見。即第七十一回的「詔改明年為宣和元年」實乃隱指天啟元年，藉
以隱喻改元的第二個意見，否定泰昌的存在，而第七十六回的「改了

重和元年」實乃隱指後來終於採納以萬曆四十八年八月以後稱泰昌元年，藉以隱喻改元的第三個意見。在年號的寫法以外，魏先生又將第七十、第七十一兩回所寫的兩個冬至日作精密推算，確定一在十一月二十八日，一在十一月初九，與泰昌元年與天啟元年兩個冬至日全都符合，作為更難否定的證據。又崇禎本既從「詞話」本改寫而來，魏先生並從崇禎本對這兩項不同寫法又曾改寫作為外證。一是崇禎本已將「詞話」本中重和與宣和次序顛倒的現象改正，二是「詞話」本中對於影射天啟冬至日的有關日子，可據以算出十一月初九，而崇禎本已將那些可據以推算的有關日子改寫，使人只能推出其他日子，無從與天啟元年的冬至日關合。由於這種情形，可知改寫崇禎本的人和改寫「詞話」本的人態度不同，為使政治諷喻不留絲毫痕跡，連這一點隱微的影射也要去掉。按「詞話」本對年號與兩個冬至日的寫法各有影射云云，如只分別單獨地看，未免孤證，或可諉為乃出附會，但將兩者結合而觀，則頓趨明顯，就後來崇禎本又將有關文字改寫使之不留痕跡，尤其鐵證如山，難以否認。據此以斷「詞話」本刻於天啟元年以後，與日本版本學者長澤規矩也從版式判斷，當刻於天啟年間符合，自是不爭之論。按法國學者雷威安（André Lévy）先生曾經讀到魏先生的〈編年〉一文，於其今年所寫的 Recent Chinese Publication on Chin Ping Mei 文中並加介紹。雖然認為魏先生對於重和與冬至日寫法的解釋很有創意，但仍以為可能由於疏忽所致，非必有意影射。竊意如果能續讀〈王冠〉一文或本書，見解必將不同。便此附及，以待後驗。

　　按吳晗於考明《金瓶梅》到萬曆中葉始行成書以後，曾論該書內容多反映萬曆時期的社會現象，是富於寫實性的小說。魏先生繼吳晗等人研究，先行考明作者是江南人且有丁巳序的「詞話」本就是最早刻本，已見《探原》一書各文。去年以來又以劉項故事撰文論定「詞

話」本前曾有政治諷喻頗為明顯的原稿本，由是改寫而來的「詞話」本也延到天啟元年以後再行改寫始行付刻，後來又經一次改寫才成為絲毫不見諷喻性的崇禎本，以見該書出現於萬曆中葉以及其後到崇禎間約三十年的演變都有政治因素，並著本書細論。關於當代學者對於《金瓶梅》來歷問題的研究，我往年只讀過吳晗的論文。自讀魏生先的著作，藉知各家之說以後，認為吳晗以後至今，實以魏先生孤軍挺進，不斷超越前人，屢有創獲，成績最為輝煌。至於前後各項發現，如依鄙見，尤以悟得「劉項故事」意義一點，除學力外尚須識力，並非輕易可以達到，最為重要。

　　至於《金瓶梅》的作者，「詞話」本欣欣子序說是蘭陵笑笑生，欣欣子與笑笑生自然都是化名。魏先生於《探原》中曾據一些蛛絲馬跡懷疑沈德符或與改寫有關，刻印人或是吳中出版商袁無涯。魏先生既已論定作者是江南人，江南也有古名蘭陵之地，就丁巳年作序的是東吳弄珠客看來，似乎難脫關係。聞魏先生有意寫一「沈德符評傳」，甚以早讀為快，拭目以待。

翁同文

民國六十九年（1980）八月五日序于臺北東吳大學

蘇序

蘇同炳

　　魏子雲先生新著《金瓶梅的問世與演變》，即將由時報文化公司出版。魏先生索序於我，忝為魏先生大著的忠實讀者，義不可卻。因草此文，以為介紹。

　　三年以前，魏先生出版他第一本研究《金瓶梅》的專著——《金瓶梅探原》，其時因魏先生之厚愛，我也曾寫過一篇序文，坦白說明我對魏先生研究工作之能獲得如此豐碩的收穫，表示歆羨之情。當時我很知道，魏先生為《金瓶梅探原》一書所花的研究時間，前後曆時七年之久。如今他以三年不到的時間，再寫成此書，不但時間上縮短甚多。其研究所得的成績也遠勝前書。足見魏先生這幾年以來，對《金瓶梅》的研究更加深入而獨到，所以纔能在既有的成績上迅速得到新的突破，超越自己，也超越前人，可喜之至。

　　三年以前，看魏先生在《金瓶梅探原》裏引用袁中郎寫給董其昌的信，說：「《金瓶梅》從何處得來？伏枕略觀，雲霞滿紙，勝枚乘〈七發〉多矣！」當時的感覺，是此話不可理解。因為我們都知道，《金瓶梅》是一本出名的穢書，書中專寫閨房男女之事，十分露骨而大膽。西漢朝枚乘所寫的〈七發〉，乃是一篇以文采見長的辭賦，二者性質截然不同。以「雲霞滿紙」稱譽枚乘的〈七發〉則可，用之以比擬《金瓶梅》這樣的小說，似覺擬於不倫。以袁中郎的文才，應當不致說出如此不可理解的話，而魏先生對此亦別無解釋，此一疑問，只好藏之心中，一直無從解開。直到現在，再拜讀了魏先生寫在《金瓶梅的問世與演變》中的內容，方才豁然領悟。中心暢快，莫可言宣。

　　由魏先生寫在這本新著中的各項研究結論可以知道，明神宗萬
曆末年所刊行的《金瓶梅詞話》，並非最初形式，世間曾因政治因素
的影響而有過多次的刪改。至於最初的《金瓶梅》，則是一本著重政
治諷喻的小說，其內容專在譏刺明神宗之廢長立幼，與後來所見的形
式截然不同。魏先生的此一見解，係由詞話本第一回所保留的劉項故
事，後來在崇禎本的第一回中刪去另寫，由彼此比較所得到的啟發而
來。此一不同之點，在他人也許認為不足為奇，魏先生卻能以他的敏
銳眼光看出其中的特別意義。並以明神宗中葉以後因立儲問題所引起
的一連串政治事故為旁證，最後乃能認定，詞話本的最初原稿，實為
諷喻明神宗之廢長立幼企圖而寫，其後乃因立嗣所引發的許多政治事
件過分刺激皇帝，使得明神宗先後採取了許多十分強烈的壓制措施，
此書亦因恐觸禁忌而遭不利，經過了一再的擱置與一再的改寫，最後
方變成了後來的形式。只因刪削不盡，在詞話本與崇禎本二書的第一
回中留下了刪削改寫的證據，終於乃為魏先生發現了刪改的事實。此
一發現，不但可以充分解釋詞話本與崇禎本何以會有不同的原因，連
帶地也解決了許多與此相關連的問題；例如我在前面所感到困惑的那
一點疑問，也因此而得以豁然貫通，實為《金瓶梅》研究工作的一大
創獲。翁同文先生十分推崇魏先生的此一創獲，以為《金瓶梅探原》
的發見雖多，究不若此一創獲的價值重大。相信讀者在讀畢此書之
後，一定亦有同感。

　　《金瓶梅之問世與演變》，其最初之寫作方式亦與《金瓶梅探原》
相似，乃是作者先就幾個專題分別研究，然後將這些散篇結集成書。
這樣的寫作方式原本是為了顧及發表的便利，事實有其必要。但如將
這些分別成篇的論文結集成書，而仍舊保留其單篇的原貌，則因彼此
間的敘述與介紹常有重複之處，不免影響全書之完整。因此我在魏先
生寫完各個單篇以後，冒昧地向魏先生提出建議，以為在結集成書之

時，宜加酌量修改，以避免彼此間的重複，期使全書更有一氣呵成的氣勢。魏先生不以鄙說為非，毅然捨棄原作，重新改寫全書，終於成為現在的形式。以現在的形式與本來的散篇形式相比，當然更能顧及閱讀之趣味與體例之完整。魏先生這種追求至善至美的工作精神，至堪欽佩。因為我深知魏先生的勞瘁辛苦，覺得有義務向讀者介紹出來，因此特別在此作一說明。

　　由《金瓶梅探原》以至魏先生此一新著之出版，可以看見，《金瓶梅》的研究工作，已因魏先生的辛勤努力而又向前邁出了一大步。對於魏先生的研究結論，也許會有學者專家提出不同的看法。但不論如何，魏先生的研究成績自有其一定的價值。任何學問，總得要有不斷的研究，纔能有不斷的創新，與不斷的進步。假如因魏先生的努力而能使《金瓶梅》的研究工作有更大的創新與進步，魏先生的努力，就更有其意義了。不知讀者諸君，亦以鄙言為不謬否？

蘇同炳

民國六十九年（1980）九月三日寫於臺北南港中央研究院

弁言

一

　　把從事文學寫作的興趣，轉移到《金瓶梅》一書的研究上，竟倏
然已踰九載。九年以來，已寫出長短論文三十餘篇，所探討的卻只有
兩個問題：（一）作者問題。（二）成書年代問題。這兩個問題的早
期論文，已集印在《金瓶梅探原》一書中，去年（1979）四月已由臺
北市巨流圖書公司印行。關於作者問題，我據書中所寫西門家的生活
習尚——飲食起居，推斷作者必是一位生活在江南的人所寫，否定了
「作者必是山東人」的說法。成書年代應在萬曆末期，並確定了在萬
曆丁己——四十五（1617）年以前，絕無《金瓶梅》一書的刻本。這
是我在《金瓶梅探原》中的論斷。此一論斷，已有法國學人雷威安
（Andre Levy）著文響應[1]，美國學人芮效衛（David T. Roy）在論及
《金瓶梅》時引及[2]，還有另一美國學人蒲安迪（Andrew H Plaks)論及
《水滸傳》時，亦曾引及[3]。不過，我在《金瓶梅探原》中論及成書年
代時，還只是概略的述論，尚未能提出確切的證見。今經一年有餘的

---

[1] 該文發表於一九七九年一月一日中國文學：散文、批評、理論。（"About the Date
of the First Printed Edition of the Chin P'ing Mei"）（Chiness Literature:Essays,
Articles, Reviews, 1.1.1979）

[2] 該文乃芮效衛教授於一九八〇年八月臺北召開之漢學會議上，提出之論文：（A
Confucian Interpretation of the Chin P'ing Mei）

[3] 該文乃蒲安迪教授於一九八〇年八月臺北召開之漢學會議提出之論文：（A New
Interpretaion of the Shui-Hu Chuan）

探索，終於尋出了《金瓶梅詞話》的成書時間，應在天啟初年的確證。同時，也推繹出了《金瓶梅》問世後的演變過程。這些，就是本書的主要觀點。

二

　　原來計畫以〈金瓶梅編年說〉為主要論點，加以氏支式的發揮。由於已陸續發表了幾篇專題，乃就便仍以專題系列為五章。章目是這樣的：

　　第一章：諸論；小引，（一）誰先有了全稿（二）成書於何年（三）梓行於何年（四）第一回問題（五）時代的因素（六）一年兩冬至（七）作者問題。

　　第二章：《金瓶梅》的社會背景；小引，（一）明朝的封藩制度（二）明神宗的貪財好貨（三）神宗朝的宮闈事件（四）明朝的士風（五）明朝的文風（六）《金瓶梅》政治諷喻。

　　第三章：《金瓶梅》的傳抄與梓行；小引（一）四件史料（二）何以久無全稿（三）《金瓶梅》的付梓問題（四）《金瓶梅》與《金瓶梅詞話》（五）崇禎本的改寫。

　　第四章：《金瓶梅》頭上的王冠；小引，（一）引詞與證事（二）引詞證事的諷喻（三）袁中郎之論（四）「引起」的異說（五）情色與財色（六）再說這頂王冠。

　　第五章：《金瓶梅》的編年改元與出世行程；小引，（一）西門慶進京（二）西門慶離京（三）改元的問題（四）改寫留下的實證（五）《金瓶梅》的出世行程。

　　當這五章全部脫稿之後，寄呈老友中央研究院的莊練（蘇同炳）兄及東吳大學的翁同文教授，求其指正並賜序言。翁先生是我這兩年

來時相請益的好友，我擷下了《金瓶梅詞話》頭上的「王冠」，首先「炫耀」於翁先生。那天，我們由東吳大學校園散步去故宮博物院，一路上他聽我談述這頂王冠，戴不到西門慶頭上的問題。當時翁先生聽到也很興奮，認為這將是《金瓶梅探原》未能解決的問題的結論。說來這又一年多了。可是當翁先生讀了我這五章文稿，則認為立論雖好，指標亦正確，只是理路不易體系。他說：「我費了不少精神，方把你的理路統一。」兼且關照我說：「應顧及那些不曾熟讀《金瓶梅》也不諳明史的人，也能讀懂你的論述。」同時，莊練也認為各章之間，頗多重複之處，應予設法刪除歸併。經過這兩位好友的忠誠提示，於是，我決定改寫。把原寫的專題，全部廢棄，改以通論的原則，重起爐灶，遂改寫成這部《金瓶梅的問世與演變》。

三

老實說，這部考證，也不全是史家的通論寫法，我要討論的只是一部小說的出世與梓行過程，涉於史的地方，不過五五之比，是以在章目上，仍著眼於小說間的問題，只是以專題為通論的貫串而已。不同於原寫專題的地方，是這十個章目，已把應討論的問題，從原始通論起來。換言之，所通論的問題是我這多年來研究《金瓶梅》的一個過程。故先從王世貞作《金瓶梅》的傳說起因開始。因為前五章全是問題的提出與研判，後五章方是證見的提出與推斷，遂在章目上，別成上編下編；上編是問題的研判，下編是證見的推斷。

上編五章，有兩章是引論吳晗的〈金瓶梅的著作時代及其寫作背景〉，一是肯定吳晗的成就部分，一是指出吳晗論斷的誤失部分。實際上，我的《金瓶梅》研究──成書問題，本是循應著吳晗等人在三十年代中的既成研究，繼續向前推進演繹出來的。說起來，像吳晗等

人在距今四十年前所引據的有關《金瓶梅》的史料，實在太少了。所以吳晗的成就，只達成了「《金瓶梅》不是嘉靖間作品」。如今，我提出的證見，作成的推論更多了。不僅《金瓶梅》不是嘉靖間作品，而且幾經變遷，一直到天啟初年方行成書付梓，刻出後仍不敢流行，遂又有所謂「崇禎本」的改寫；以後，《金瓶梅》纔開始流行起來。

四

在《金瓶梅探原》中提出的問題，大致上算是有了結論了。那麼，有關考證的問題，是不是到此結束了呢？也很難說。譬如宋明之間的編年隱喻，以及宋徽宗的花石綱有所隱喻明神宗的礦稅問題，在各章中雖已說到了一些，並未深入。像第四十八回中的「蔡太師奏行七件事」，如認真去考證兩者間的史事比況，尚有不少問題要去探討。他如第四十九回寫到那位彈劾蔡京的御史曾孝序，任滿後回京，上本指斥蔡京奏行的七件事，內多乖方舛訛，竟招來罷黜之罪，先謫陝西慶州，再陰以他事，鍛鍊成獄，竄於嶺表。以及第十七回「宇給事劾倒楊提督」的宇文虛中，都是宋史上的史實。要是考證起來，極可能有其比況的寓意。其他，更有不少與萬曆朝政、社會、經濟等有關的政治隱喻，考究起來，也可能再成專書。這些問題，也許以後再多讀些宋明史書，引發了證見，再繼續作了。

曾經預訂要寫的「《金瓶梅》人物論」與「《金瓶梅》藝術論」，尚有待繼續在小說中尋求論點，然後方能繼續動筆。這多年來，我一直在小說問題以外推磨，距離小說的本體，總是隔著一層呢！

五

　　八九年來，我的此一研究總是在寂寞中自我進行。好在我有濃厚的興致，否則，早已停止了。往往坐了整個暑假的圖書館，讀書所得只能寫成數千字，而且無處發表。「《金瓶梅》」三字迄今仍受到「名教」二字的抗拒。誠然，《金瓶梅》應被視為淫書，它只應藏在圖書館中限閱，或放在教授研究室中被探討分析，絕不可公開發售。這觀念，任何人問我，我都這樣回答。它決不可像《紅樓夢》那樣的任之開放流行。說實在，其中那麼多赤裸裸性描繪，對未成熟的青年身心，良有惡劣影響，這是無法避免的。儘管它在文學藝術上，有其隆盛的評價，那是另一回事。可不能因為它有文學上的盛譽，來赦免了它淫惡的罪狀。

　　比年以來，從事《金瓶梅》研究的人，日見昌熾。過去不易讀到的《金瓶梅詞話》，今已在進步的印刷條件之下，普遍流行。可惜閱讀的人，十九都著眼在淫穢的描寫上，有耐心拿它當作一部小說讀的人，十不得一。因為它實在不是一部流暢易讀的書，不僅它那個時代的語言，今人多感陌生，就是在小說的結構與情節上看，也與今天流行的小說，有著相當的距離。比起《紅樓夢》來，它是吃虧多了。近有人約我來作註釋工作。這件事確是我計畫中的工作之一。如真正作起來，可能比寫一本專論的考證還難。但為了文學上的需要，這事是應該作的。

　　今天，《紅樓夢》已成為國際性的紅學，各說各話，互表所見，熱鬧非凡。因有人說《金瓶梅》也可能在國際上成為「金學」，因為國際人士已開始注意到這部書了。而我則從不希求《金瓶梅》會成為「金學」，我只是把我發現到的問題，一一提出論證，把過去文學史

家的誤說，有力的予以糾正過來就滿足了。

　　請看，我在各章中提出的論證，是否有力的完成了我的理想呢？

　　敬請賜教！

上編

王世貞作《金瓶梅》的傳說

一　傳說王世貞作《金瓶梅》的相關原因

　　王世貞作《金瓶梅》的傳說，起因於他的父親王忬之死，乃嚴嵩父子所陷害。這自是傳說上的依據了。

　　按王忬是嘉靖二十年進士，初授行人，遷御史。後出按順天，二十九年（1550）春俺答入寇古北口，忬奏言潮河川有徑道，一日夜可達通州，因疾馳至通，為守禦計，盡徙舟楫之在東岸者。夜半，寇果大至，不得渡，遂壁於河東。帝密遣中使覘軍，見忬方厲士乘城。還奏，帝大喜。遂從此開始，王忬便連連被派掌督軍之事。浙閩等地抗倭，王忬也調在東南。由巡按御史升到右都御史，總督薊遼，深受寵任。後來，邊軍雖生敗績，治他將吏如律，亦未問忬罪。可想寵任之重。

　　嘉靖用楊博言，命薊鎮入衛兵聽宣大調遣。王忬則上言古北諸口無險可守，獨恃入衛卒護陵京，奈何聽調發。因而觸怒了皇上，派部臣按察。乃遣兵部郎中唐順之往覈。還奏額兵九萬有奇，今惟五萬七千，又皆羸老。忬與總兵官安，巡撫馬珮及諸將袁正等，俱宜按治。乃降忬俸二級。帝因問嵩：「邊兵入衛，舊制乎？」嵩曰：「祖宗時無調邊兵入內地者。正德中，劉六猖獗，始調許泰郤永領邊兵討賊。庚戌之變，仇鸞選邊兵十八支護陵京，未用以守薊鎮。至何棟始借二支防守。忬始調邊兵守要害，去歲又徵全遼士馬入關，致寇乘虛入犯，遼左一空。若年復一年，調發不已，豈惟靡餉，更有他憂。」

帝由是惡忬甚。

踰月，寇犯清河，總兵官楊照禦之，斬首八百餘級。越四日，土蠻十萬騎，薄界嶺口，副將馬芳，拒卻之。明日，敵騎二百奔還，芳及安俘斬四十級，忬猶被賚。三十八年（1559）二月，把都兒辛愛數部屯會州，挾朵顏為鄉導，將西入，聲言東。忬遽引兵東，寇乃以其間，由潘家口入渡灤河而西。大掠遵化、遷安、薊州、玉田，駐內地五日，京師大震。御史王慚、方輅遂劾忬、安及巡撫王輪罪。帝大怒，斥安貶輪放外，切責忬，令停俸自効。至五月，輅復劾忬失職者三，可罪者四。遂命逮忬及中軍游擊張倫下詔獄刑部論忬戍邊。帝手批曰：「諸將皆斬，主軍令者，顧得論輕典耶？」改論斬。明年冬，竟死西市。

以上是《明史》上（《明史》，卷二〇四）記述的王忬死因。

不過，王忬的被劾，《明史》還附述了一段原由。

> 忬才本通敏，其驟拜都御史及屢更督撫也。皆帝特簡，所建請無不從。為總督數以敗聞，由是漸失寵。既有言不練主兵者，益大恚，謂忬怠事負我。嵩雅不悅忬，而忬子世貞復用口語積失歡於嵩子世蕃。嚴氏客又數以世貞家瑣事，構於嵩父子。楊繼盛之死，世貞又經紀其喪，嵩父子大恨。灤河變聞，遂得行其計。

這一段，也隱喻著王忬的被劾負罪，是王忬父子們得罪了嚴氏父子，終於形成的禍難。因王家經紀楊繼盛之喪的事，得罪了嚴氏父子，王世貞自己，也明白的道出了。

> 至於嚴氏以切齒於先人都有三：其一，乙卯冬仲芳兄（楊繼

盛）且論報[1]，世貞不自揣，托知向嚴氏解救不遂。已見其嫂
代死疏解憨，少為筆削。就義之後，躬親含殮，經紀其喪。
為奸人某某（吳晗按為況叔祺）文飾以媚嚴氏。先人聞報，彈
指唾罵，亦為所訽。其二，楊某為嚴氏報仇，曲殺沈鍊[2]，奸
罪萬狀，先人以比壤之故，心不能平，閒有指斥。渠誤為青
瑣之抨，先人預力，必欲報之而後已。其三，嚴氏與今元老
相公（徐階）方水火，時先人偶辱見收莨莠之末。渠復大疑有
所棄就，奸人從中構，牢不可解。以故練兵一事，於擬票
內，一則曰大不如前，一則曰一卒不練，所以陰奪先帝（嘉靖
帝）之心而中傷先人者深矣。預報賊耗，則曰恐赫朝廷，多費
軍餉。虜賊既退，則曰將士欲戰，王某不肯。茲謗既騰，雖
使曾參為子，慈母有不投杼者哉！」（《弇州山人》四部稿，
卷一二三，〈上太傅李公書〉。）

　　王家開罪了嚴氏父子的原因，王世貞的這三條記述，業已說得
非常清楚。其他，沈德符的《萬曆野獲編》卷八，所記「嚴相處王弇

1　楊繼盛，容城人，嘉靖二十六進士。任武選司郎中，甫一月，即上疏劾嵩十大罪
　狀。因疏中有「察嵩之奸，或召問裕景二王」語，嵩遂得以反指，乃詔下刑部獄定
　罪。帝猶未欲殺之也。繫三載，鄢懋卿譖嵩曰不可養虎。會江南總督張經、浙江巡
　撫李天寵遭嚴構陷成，奉旨處決。嵩遂增附楊繼盛名，於嘉靖三十四年十月，同斬
　西市。天下哀之。
2　沈鍊，會稽人，嘉靖十七年進士。任錦衣衛經歷，憤嚴嵩父子專禍國，上疏條十
　罪，激帝怒，謫佃保安。至其地，教塞外子弟學，語以忠義大節，漸日與塞外父老
　詈罵嚴嵩父子。且縛草人像，聚子弟攢射之。宣大總督楊順常殺良民冒功，鍊貽書
　讓之，又作文祭死者。順白世蕃，言鍊在塞外結死士，擊劍習射，意叵測。世蕃遂
　陰囑巡按御史李鳳毛、路楷與楊順合圖除之。會蔚州妖閹洪等以白蓮教惑眾，出入
　漠北，泄邊情為患，官軍捕獲之，因有機竄沈鍊名黨內，誣洪師事鍊，遂律以斬
　罪。

州」一則，還道出了另一原因。

> 王弇州為曹郎，故與分宜父子善。然第因乃翁思質方總督薊
> 遼，姑示密以防其忮，而心甚薄之。每與嚴世蕃宴飲，輒出
> 惡謔侮之，已不能堪。會王弟敬美繼登第，分宜呼諸孫切責
> 以不克負荷訶誚之。世蕃益恨望，日讚於父前，分宜遂欲以
> 長史處之，賴徐華亭力救得免，弇州德之入骨。後分宜因唐
> 荊川閱邊之疏譏切思質，再入鄢劍泉（懋卿）之贊決，遂置思
> 質重辟。

這一則記述，有兩個種因，一是王世貞惡謔嚴世蕃，一是嚴嵩
妬嫉王氏兄弟俱登第。關於第一因，丁元薦《西山日記》，記有這麼
一則：

> 王元美先生善謔，一日與分宜冑子飲，客不任酒，冑子即舉
> 杯謔之，至淋漓巾幘。先生以巨觥代客報世蕃，世蕃解以傷
> 風不勝杯杓。先生雜以詼諧曰：「爹居相位，怎說出傷風？」
> 旁觀者快之。

這一則記事，與《明史》所說「而忤子世貞復用口語積失歡於嵩
子世蕃」相同。可見王世貞與嚴世蕃私下交往，在語言間釀成不快，
造成父子同心相構陷，也是事實。這種事實，既已造成了王忬之獄，
終死西市。自難免被引起傳說。何況，在王忬之前，江南五省總督張
經，以及浙江巡撫李天寵，也死於同類事件的誣陷。楊繼盛就是被附
在這個名單中就義的。於是，奸臣誣陷忠臣的說詞，自然因此產生
了。

二　傳說王世貞作《金瓶梅》的各種故事

　　傳說《金瓶梅》是王世貞作的故事，五花八門。尋繹起來，最早
傳說的一個故事，當為沈德符[3]記於《萬曆野獲編》卷二的「偽畫致
禍」：

> 嚴分宜勢熾時，以諸珍寶盈溢，遂及書畫骨董雅事。時鄢懋
> 卿以總鹺使江淮，胡宗憲趙文華以督兵使吳越，各承奉意
> 旨，蒐取古玩，不遺餘力。時傳聞有清明上河圖手卷，宋張
> 擇端畫，在故相王文恪胄君家，其家巨萬，難以阿堵動。乃
> 托蘇人湯臣者往圖之。湯以善裝潢知名，客嚴家下，亦與妻
> 江王思質中丞往還，乃說王購之。王時鎮薊門，即命湯善價
> 求市，既不可得，遂囑蘇人黃彪摹真本應命，黃亦畫家高手
> 也。嚴氏既得此卷，珍為異寶，用以為諸畫壓卷，置酒會諸
> 貴人賞玩之。有妒王中丞者知其事，直發為贗本。嚴世蕃大
> 慚怒，頓恨中丞，謂有意給之，禍本自此成。或云即湯姓怨
> 王弇州伯仲自露始末，不知然否？

　　這說法，指王氏為了巴結嚴氏，擬圖清明上河圖以獻，不可
得，倩蘇人黃彪摹真本應命。後為人揭發，嚴世蕃大慚怒，認為王氏
有意欺他無知，「禍本自此成。」再從范允臨[4]作「一捧雪」傳奇的故
事觀之，兩說類似。可以想知這一故事的傳說，在萬曆末年便流行著
了。

3　沈德符，字虎臣，號景倩，浙江秀水人。萬曆四十六年順天舉人。著有《清權堂
　　集》、《萬曆野獲編》等。崇禎十五年卒。
4　范允臨，字長倩，號長白先生。吳縣人，萬曆間進士，書畫與董其昌齊名。曾任福
　　建參議，崇禎十四年卒。

　　不過，這個故事，還未指出與《金瓶梅》有關。到了《寒花盦隨筆》[5]，便說《金瓶梅》一書，是王世貞作來譏嚴氏或毒唐順之報父仇的。而且說法也有了變化，他說：「世傳《金瓶梅》一書，為王弇州先生手筆，用以譏嚴世蕃者，書中西門慶即世蕃化身，世蕃亦名慶，西門亦名慶，世蕃號東樓，此書即以西門對之。或謂此書為一孝子作，所以復其父仇者。蓋孝子所識一巨公，實殺孝子父，圖報累累皆不濟。後忽偵知巨公觀書時必以指染沫，翻其書葉。孝子乃以三年之力，經營此書。書成黏毒藥於紙角，覷巨公外出時，使人持書叫賣於市，曰：『天下第一奇書』。巨公於車中聞之，即索觀。車行及第，書已觀訖，嘖嘖嘆賞。呼賣者問其值？賣者竟不見。巨公頓悟為所算，急自營救已不及，毒發遂死。」今按二說皆是，孝子即鳳洲也，巨公唐荊川。鳳洲之父忬死於嚴氏，實荊川贊之也。姚平仲《綱鑑絜要》，載殺巡撫王忬事，註謂：「忬有古畫，嚴嵩索之，忬不與，易以摹本。有識畫者為辨其贗。嵩怒，誣以失誤軍機殺之。但未記識畫人姓名，有知其事者，謂識畫人即荊川，古畫者，清明上河圖也。鳳洲抱終天之恨，誓有以報荊川，數遣人往刺之，荊川防護甚備。一夜，讀書靜室，有客自後握其髮將如刃，荊川曰：『余不逃死，然須留遺書囑家人。』其人立以俟，荊川書數行，筆頭脫落，以管就燭，佯為治筆，管即毒弩，火熱機發，鏃貫刺客喉而斃。鳳洲大失望。後遇於朝房，荊川曰：「不見鳳洲久，必有所著。」答以《金瓶梅》，實鳳洲無所撰，姑以誑語應耳。荊川索之急，鳳洲歸，廣召梓工，旋撰旋刊，以毒水濡墨刷印，奉之荊川。荊川閱書甚急，墨濃紙粘，卒不可揭，乃屢以紙潤口津揭書，書盡毒發而死。或傳此書為毒死東樓者，不知東樓自正法，毒死者實荊川也。彼謂以三年之力成書，及巨

5　《寒花盦隨筆》（著者不詳）。

公索觀於車中云云，又傳聞異辭耳。」此說與康熙三十四年（1695）秦中覺天者謝頤序於皋鶴堂之《第一奇書》序，直稱《金瓶梅》一書乃「信乎為鳳洲作無疑也」，以及張竹坡評點所作之「苦孝說」，則係同轍。可以說，到了清康熙年間，《金瓶梅》便與王世貞攀上了關係。而且各有異說。

劉廷璣[6]的《在園雜記》這樣說：

> 明太倉王思質（忬）家藏右丞所寫輞川真跡，嚴世蕃聞而索之。思質愛惜世寶，予以撫本。世蕃之裱工湯姓者，向在思質門下，曾識此圖，因於世蕃前陳其真贗，世蕃銜之而未發也。會思質總督薊遼軍務，武進唐應德順之以兵部郎官奉命巡邊，嚴嵩觴之內閣，微有不滿思質之言，應德領之。至思質軍，欲行軍中馳道，思質以己兼兵部堂銜難之，應德怫然。遂參思質軍政廢弛，虛糜國帑，累累數千言。先以稿呈世蕃，世蕃從中主持之，逮思質至京棄市。

劉廷璣的傳說，則把清明上河圖易為王又丞的「輞川真蹟」，更加名貴了。

《缺名筆記》[7]則又是一番說法：

> 《金瓶梅》為舊說部中四大奇書之一，相傳出王世貞手，為報復嚴氏之督亢圖。或謂係唐荊川事。荊川任江右巡撫時，有所周納，獄成，罹大辟以死。其子百計求報，而不得聞。會荊川解職歸，偏閱奇書，漸歎觀止。乃急草此書，漬砒於紙

6　劉廷璣，漢軍紅旗人，字玉衡，號在園，康熙間由蔭生累官江西按察使，著有《在園雜記》、《葛莊分類詩抄》等。

7　《缺名筆記》，著者不詳。

以進，蓋審知荊川讀書時必逐葉用紙黏舌，以次披覽也。荊
川得書後，覽一夜而畢，舊覺舌木強澀，鏡之黑矣。心知被
毒，呼其子曰：「人將謀我，我死，非至親不得入吾室。」逾
時而卒。旋有白衣冠者呼天搶地以至，蒲伏於其子之前，謂
曾受大恩於荊川，願及未蓋棺前一親其顏色。鑒其誠，許之
入，伏尸而哭，哭已再拜而出。及殮，則一臂不知所往，始
悟來者即著書之人，因其父受縲首之辱，進酖不足，更殘其
支體以為報也。

這一說比《寒花盦隨筆》所記，更增殘酷。但孫之騄[8]的《二申
野錄註》，記此事則又更甚一層。說：

後世蕃受刑，弇州兄弟贖得其一體，熟而薦之父靈，大慟！
兩人對食，畢而後已。詩書貽禍，以至於此，又有小人交構
其間，釀成尤烈也。

像這一類的殘酷傳說，一看就能了解到必是好事者所逞的口舌
之快，想來也都是銜恨嚴嵩父子太甚的心理所形成。王世貞兄弟再恨
嚴世蕃，也不會到了畢食其肉的境地。至於那幅清明上河圖的故事，
顧公燮[9]的《消夏閒記》則又有一番說法，他說：

太倉王忬家藏清明上河圖，化工之筆也。嚴世蕃強索之，忬
不忍舍，乃覓名手摹贗者以獻。先是巡撫兩浙，遇裱工湯姓
流落不偶，攜之歸，裝潢書畫，旋薦之世蕃，當獻畫時，湯

8　孫之騄，仁和人，字晴川。雍正間官慶元教諭。著有《晴川八識》、《別本尚書大
　　傳》、《二申野集》等。
9　顧公燮，吳人，字丹午，號澹湖。諸生，性放曠，不事舉子業，好蒐集稗野，著書
　　自娛，有《消夏閒記》等。

在側謂世蕃曰：「此圖某所目睹，是卷非真者。試觀麻雀小腳而踏二瓦角，即此便知其偽矣！」世蕃恚甚，而亦鄙湯之為人，不復重用。會俺答入寇大同，忬方總督薊遼，鄢懋卿嗾御史方輅，劾忬禦邊無術，遂見殺。後范長白公允臨作一捧雪傳奇，改名為莫懷古，蓋戒人勿懷古董也。

忬子鳳洲痛父冤死，圖報無由。一日偶謁世蕃，世蕃問坊間有無好看小說？答曰：「有」。又問何名？倉卒之間，鳳洲見金瓶中供梅，遂以金瓶梅答之。但字跡漫滅，容抄正送覽。退而構思數日，借《水滸傳》西門慶故事為藍本，緣世蕃居西門，乳名慶，暗譏其閨門淫放，而世蕃不知，觀之大悅。把玩不置。

相傳世蕃最喜修腳，鳳洲重賄修工，乘世蕃恣心閱書，故意微傷腳迹，陰擦爛藥，後漸潰腐，不能入值，獨其父嵩在閣，年衰遲頓，票本批擬，不稱上旨，寵日以衰。御史鄒應龍等乘機劾奏，以至於敗。

　　其他尚有徐樹丕的《識小錄》，梁章鉅的《浪迹叢談》，都記有此事，率類《消夏閒記》，不再錄了。

　　吳晗把這上錄的傳說，歸納為二說十二類，他總結一句說：「以上一些五花八門的故事，看起來似乎很多，其實包含著兩個有聯系的故事——清明上河圖和《金瓶梅》。」換言之，這些傳說中的王世貞作《金瓶梅》的故事，種因於清明上河圖開罪了嚴家，陷父於難，遂作《金瓶梅》報仇。

三　傳說王世貞作《金瓶梅》的最早傳說者

　　上面的這些傳說故事，起因固由於王忬之死，但把清明上河圖的故事，與《金瓶梅》一書聯成了一體，則必有一傳說的來源。那麼，我們探索起來，便發現最早把此一問題聯成一體的人，是沈德符。他在《萬曆野獲編》卷二，首記「偽畫致禍」（見前引），引出了「清明上河圖」是王家致禍之因，再於同書卷二十五，記述《金瓶梅》一書時，對於作者及其寫作的意旨，也略有暗示。他說：

> 袁中郎《觴政》，以《金瓶梅》配《水滸傳》為外典，予恨未得見。丙午遇中郎京邸，問曾有全帙否？曰：「第觀數卷，甚奇快，今惟麻城劉承禧家有全本，蓋從其妻家徐文貞錄得者。又三年，小脩上公車，已攜有其書，因與借抄挈歸。吳友馮猶龍見之驚喜，慫恿書坊以重價購刻。馬仲良時榷吳關，亦勸予應梓人之求，可以療饑。予曰：「此等書必遂有人板行，但一刻則家傳戶到，壞人心術，他日閻羅究詰始禍，何辭置對？吾豈以刀椎博犁泥哉！」仲良大以為然，遂固篋之。未幾時而吳中懸之國門矣。然原本實少五十三回至五十七回，遍覓不得，有陋儒補以入刻，無論膚淺鄙俚，時作吳語，即前後血脈，亦絕不貫串，一見知其贗作矣。聞此為嘉靖間大名士手筆，指斥時事，如蔡京父子則指分宜，林靈素則指陶仲文，朱勔則指陸炳，其他各有所屬云。

　　在這段話中，沈德符說的「聞此為嘉靖間大名士手筆，指斥時事，如蔡京父子則指分宜，林靈素則指陶仲文，朱勔則指陸炳，其他各有所屬云」等等，雖未明說作者是王世貞，正如吳晗所說，「嘉靖

間大名士」是一句空洞的話，但沈德符的這幾句話，卻已完成了明喻與暗示作用。第一，明喻《金瓶梅》的作者是嘉靖間的大名士。第二，寫作《金瓶梅》的動機是指斥時事，如嚴嵩父子、陶仲文、朱勳、陸炳等人。這一明喻與暗示，一經與「偽畫致禍」聯成一體，當然指的是王世貞了。吳晗說：「更不妙的是他指這書是『指斥時事』的，平常無緣無故的人要指斥時事幹什麼呢？所以顧公燮等人便因這一線索，推斷是王世貞的作品，牽連滋蔓，造成上述一些故事。」想來，沈德符的《萬曆野獲編》，確是《金瓶梅》故事的傳說來源。

　　暗示《金瓶梅》的作者是嘉靖間人，在萬曆年間的時人中，不止沈德符一人，另外還有謝肇淛的《小草齋文集》，及屠本畯的《山林經濟籍》。也同作如此明喻。

　　謝肇淛說：

　　《金瓶梅》一書，不著作者名代。相傳永陵中有金吾戚里，憑怙奢汰，淫縱無度，而其門客病之，採摭日逐行事，彙以成編，而托之西門慶也。書凡數百萬言，為卷二十，始末不過數年事耳。其中朝埜之政務，官私之晉接，閨闥之媟語，市里之猥談，與夫勢交利合之態，心輸背笑之局，桑中濮上之期，尊罍枕席之語，駔儈之機械意智，粉黛之自媚爭妍，狎客之從臾逢迎，奴儓之稽脣淬語，窮極境象，駴意快心。譬之范工博泥，妍嬫老少，人鬼萬殊，不徒肖其貌，且并其神傳之。信稗官之上乘，鑪錘之妙手也。其不及《水滸傳》者，以其猥瑣婬媟，無關名理，而或以為過之者，彼猶機軸相放，而此之面目各別，聚有自來，散有自去，讀者意想不到，唯恐易盡，此豈可與褻儒俗士見哉。此書向無鏤板，鈔寫流傳，參差散失，唯弇州家藏者，最為完好。余於袁中郎

得其十三，於丘諸城得其十五，稍為釐正，而闕所未備，以
俟他日。有嗤余誨淫者，余不敢知，然溱洧之音，聖人不
刪，則亦中郎帳中，必不可無之物也。倣此者，有《玉嬌
麗》，然而乖彝敗度，君子無取焉。（《小草齋文集》，卷二十
八，〈金瓶梅跋〉）

屠本畯說：

屠本畯曰：「不知古今名飲者，曾見石公所稱逸典否？」按《金
瓶梅》流傳海內甚少，書帙與《水滸》相埒。相傳嘉靖時，有
人為陸都督炳誣奏，朝廷籍其家。其人沈冤，託之《金瓶
梅》。王大司寇鳳洲先生家藏全書，今已失散。往予過金壇，
王太史宇泰出此，云以重貲購抄本二帙。予讀之，語句宛似
羅貫中筆。復從王徵君百穀家，又見抄本二帙，恨不得睹其
全。如石公而存是書，不為託之空言也。否則，石公未免保
面甕腸。（《山林經濟籍》）

試看謝、屠二人所說的「相傳永陵中」與「相傳嘉靖時」等語，
豈不是也在明喻《金瓶梅》是嘉靖間的作品或嘉靖間人所作嗎？至於
謝肇淛在後面說的「此書向無鏤版，鈔寫流傳，參差散失，唯弇州家
藏者，最為完好。」亦顯有暗示《金瓶梅》一書是王世貞作的意味。
雖屠本畯所說「有人為陸都督誣奏，朝廷籍其家。其人沈冤，託之
《金瓶梅》。」說明了作者並非王世貞。但也說「王大司寇家藏全書，
今已失散。」像這類說詞，縱未明論王世貞是《金瓶梅》的作者，卻
也意味著《金瓶梅》與王世貞家有著密切關係。

顯然的，凡有關《金瓶梅》是王世貞作的那些傳說的故事，都根
自沈德符的《萬曆野獲編》。這一點，應無問題。至於沈德符在《萬

曆野獲編》中說的那些有關《金瓶梅》的話以及「偽畫致禍」的話，
其正確性如何？要慢慢道來了。

《金瓶梅》非王世貞作

一　清明上河圖的沿革及其他

　　有關王世貞作《金瓶梅》的傳說，牽涉到的一個主要關鍵，便是清明上河圖。

　　清明上河圖是不是王世貞家的寶物呢？這一問題，吳晗有〈金瓶梅的著作時代及其社會背景〉[1]一文中，考證得最為清楚。他首先引錄了李東陽[2]《懷麓堂集》卷九，題清明上河圖詩一首，說明它是怎樣一幅畫，也證明了曾藏李東陽家。

　　詩云：

> 宋家汴都全盛時，四方玉帛梯航隨，
> 清明上河俗所尚，傾城士女攜童兒。
> 城中萬屋甍薨起，百貨千商集成蟻，
> 花棚柳市圍春風，霧閣雲窗粲朝綺。
> 芳原細草飛輕塵，馳者若飆行若雲，
> 紅橋影落浪花裏，捩舵搬篷俱有神。
> 笙笙在樓遊在野，亦有驅牛種田者，
> 眼中苦樂各有情，縱使丹青未堪寫！

---

[1]　吳晗：〈金瓶梅的著作時代及社會背景〉，《文學季刊》創刊號（1933年10月），後收入《讀史箚記》。

[2]　李東陽，茶陵人，字賓之，明孝宗時，官至大學士，文名亦昌。

翰林畫史張擇端，研硃吮墨鏤心肝，

細窮毫髮夥千萬，直與造化爭雕鎪。

圖成進入緝熙殿，御筆題籤標卷面，

天津一夜杜鵑啼，倏忽春光幾回變。

朔風捲地天雨沙，北圖此景復誰家？

家藏私印屢易主，贏得風流後代誇。

姓名不入宣和譜，翰墨流傳藉吾祖，

獨從憂樂盛興衰，空弔環州一坏土。

豐亨豫大紛彼徒，當時誰進流民圖？

乾坤頻仰意不極，世事榮枯無代無！

吳氏又在錢謙益[3]《牧齋初學集》卷八五，記清明上河圖卷文中，查出所記該圖的沿革：

嘉禾譚梁生攜清明上河圖過長安邸中，云此張擇端真本也。……此卷向在李長沙家，流傳吳中，卒為袁州所鈎致。袁州藉沒後，已歸御府，今何自復流傳人間？書之以求正於博雅君子。天啟二年壬戌五月晦日。

錢氏知此圖曾在李長沙家，想是基乎李東陽的題畫詩而來。又查文嘉[4]《鈐山堂書畫記》，記有該圖的流傳情形，說：

圖藏宜興徐文靖（徐溥）家，後歸西涯李氏（東陽），李歸陳湖陸氏。陸氏子負官緡，質於崑山顧氏，有人以一千二百金得之。然所畫皆舟車城廓橋梁市廛之景，亦宋之尋常畫耳，

3　錢謙益，常熟人，字受之，號牧齋，明亡降清。

4　文嘉，文徵明子，亦以書畫名於世。

　　無高古氣也。

　　田藝蘅[5]《留青日扎》也記有嘉靖四十四年藉沒嚴家，抄得文物中，確有清明上河圖。說：「乃蘇州陸氏物，以千二百金購之，纔得其贗本，卒破數十家。其禍皆成於王彪湯九張四輩，可謂尤物害民。」所記也與文嘉合。吳氏又在崑新兩縣合志卷二十查得崑山顧氏顧夢圭傳，證出崑山顧氏，確曾以口過被禍下獄。傳謂：

> 顧懋宏字靖甫，初名壽，一字茂儉，潛孫，夢圭子。十三補諸生，才高氣豪，以口過被禍之獄，事白而家壁立。依從父夢羽蘄州官舍，用蘄籍再為諸生。尋東還，遊太學，舉萬曆戊子鄉薦。授休寧教諭，遷南國子學錄，終莒州知州。自劾免。築室東郊外，植梅數十株，吟嘯以老。

　　關于顧夢圭，吳亦有考，乃嘉靖二年（1523）進士，官至江西布政使。他家世代作官，為崑山大族。按嚴嵩事敗下獄在嘉靖四十一年（1562）五月，世蕃伏誅在嘉靖四十四年（1566）三月。夢圭的兒子懋宏十三補諸生，他正好處在嚴氏父子當權時代。是以吳晗推斷說：「由此可知傳中所謂『以口過被禍下獄，事白而家壁立』一段隱約的紀載，即指清明上河圖事，和文嘉田藝蘅兩家所記相合。」而且，清明上河圖也確由崑山顧家，到了嚴家。自可相信清明上河圖由崑山顧到了袁州嚴家，曾經過一段不凡的經過，且被傳說。又正好與王忬遇害的時代──嘉靖三十九年（1560）撞到一起。王忬的兩個兒子王世貞、王世懋先後登甲第，文名震全國，因而傳說者，便把此事與王家牽連上了。想來這傳說如此形成，在人性情理上說，極為自然。

5　田藝蘅，錢塘人，字子藝，以貢教授順天。田汝成子。為人高曠磊落，至老愈豪，
　　著有《大明同文集》、《留青日札》、《煮泉小品》等。

　　清明上河圖的沿革，是（一）宜興徐氏；（二）西涯李氏；（三）陳湖陸氏；（四）崑山顧氏；（五）袁州嚴氏；（六）內府。從來不曾到過王忬家。吳晗曾予肯定的推斷說：「最可注意的是《鈐山堂書畫記》，因為文嘉和王世貞家是世交，他本人也是世貞好友之一。他在嘉靖四十四年（1565）應何賓涯之召，檢閱籍沒入官的嚴氏書畫，到隆慶二年（1568）整理所紀錄，成功這一卷書。時世貞適新起用由河南按察副使擢浙江布政使司左參政分守湖州。假如王氏果和此圖有關係並有如此悲慘的故事包含在內，他決不應故沒不言。」這話對於王世貞與清明上河圖沒有關係的一點，是極其明確而肯定的判斷。

　　不過，王家與清明上河圖，並非一點淵源沒有。清明上河圖的真本雖沒有在王家藏過，王世懋則藏有一幅別本，因而王世貞寫有〈清明上河圖別本跋〉兩文。

　　其一云：

　　　　張擇端清明上河圖有真贗本，余均獲寓目。真本人物舟車橋道宮室皆細於髮，而絕老勁有力，初落墨相家，尋籍入天府為穆廟所愛，飾以丹青。贗本乃吳人黃彪造，或方得擇端稿本加刪潤，然與真本殊不相類，而亦自工緻可念，所乏腕指間力耳，今在家弟（世懋）所。此卷以為擇端稿本，似未見擇端本者。其所云禁煙光景亦不似，第筆勢遒逸驚人，雖小篴率，要非近代人所能辨，蓋與擇端同時畫院祗候，各圖汴河之勝，而有甲乙者也。吾鄉好事人遂定為真稿本，而謁彭孔嘉小楷，李文正公記，文徵仲蘇書，吳文定公跋，其張著楊準二跋，則壽承、休承以小行代之，實惟出藍！而最後王祿之、陸子傳題字尤清楚。陸於逗漏處，毫髮貶駁殆盡，然不能斷其非擇端筆也。使畫家有黃長睿那得爾？

其二云：

> 按張擇端宣政間不甚著，陶九鑄纂《圖繪寶鑑》，搜括殆盡，
> 而亦不載其人。昔人謂遜功帝以丹青自負，諸祗候有所畫，
> 皆取上旨裁定。畫成進御，或少增損。上時時草創下諸祗候
> 補景設色，皆稱御筆，以故不得自顯現。然是時馬賁、周
> 曾、郭思、郭信之流，亦不致泯然如擇端也。而清明上河一
> 圖，歷四百年而大顯，至勞權相出死力構，再損千金之值而
> 後得，嘻！亦已甚矣！擇端他圖余見之殊不稱，附筆於此。
> （上二跋文見《弇州山人四部稿續稿》卷一六八）

　　那麼，清明上河圖，曾「勞權相出死構」，也是事實。這一事實
如從該圖的沿革以及崑新二縣合志的顧夢圭傳相聯看，堪以說明嚴氏
父子為了想得到此圖，曾經捏造口實，使藏家顧懋宏下獄，「事白而
家壁立」。顯然的，把清明上河圖也賣了。所以嚴氏父子能「再損千
金之值而後得」。可以說，王世貞已把此圖落到嚴家的故事，點示得
很明白了。像沈德符等人又怎的還會把清明上河圖的禍事，按到王世
貞兄弟頭上呢？吳晗認為他們「是看不清四部稿兩跋的原意，誤會所
謂『權相出死力構』是他的家事，因而附會成一串故事。」而我則認
為沈德符的「偽畫」根據的只是社會上的傳說，傳說者那裏還管得著
去看王弇州的《四部稿》呢！再說，這些故事都發生在嘉靖三十九年
前，何以到了萬曆末才傳說得那麼興盛呢？當然由於《金瓶梅》的關
係。想來此一因素，可就值得吾人探討了。總之，清明上河圖的沿
革，與王忬家牽連不上。「權相出死力構」的冤獄事件，吳晗也尋出
了冤家。當然，僅僅據此，尚不足以否定《金瓶梅》的作者是王世貞
的傳說，所以吳晗又從《金瓶梅詞話》中舉出了證據。

二 從《金瓶梅詞話》尋出的四條證見

（一）太僕寺馬價銀

在《金瓶梅詞話》第七回寫楊姑娘氣罵張四舅，孟玉樓與張四舅頂嘴時，曾說這麼一句：

> 緊著起來，朝廷爺一時沒有錢使，還向太僕寺支馬價銀子來使。休說買賣人家，誰肯把錢放在家裏。……

據考：明太僕寺儲馬價銀，始於成化四年（1468），到了隆慶二年（1568）始賣種馬之半，藏銀始多。到了萬曆元年（1572）張居正作首相，始盡賣種馬，藏銀達四百餘萬兩。迨張居正死後（1582），神宗始無忌憚的向太僕寺支借。

向太僕寺借支馬價銀，雖在隆慶中借過幾次，從無神宗一朝的萬曆十年後借得頻數。如三王並封採辦珠玉珍寶，向太僕寺支借，皇子皇女婚配，也向太僕寺借。邊賞、餉銀也向太僕寺借。《金瓶梅詞話》既然寫有萬曆十舞以後的史實，當然不是嘉靖間的作品。

（二）佛教的盛衰和小令

1 佛教的興衰

關于佛教在明朝的盛衰問題，吳晗根據《萬曆野獲編》卷二十七〈釋教盛衰〉所記事，認為武宗時為佛教得勢時代，嘉靖時則完全為道教化的時代。到了萬曆朝佛教又得勢了。按〈釋教盛衰〉云：

> 武宗極喜佛教，自列西番僧，唄唱無異。至托名大慶法王，

鑄印賜誥命。世宗留心齋醮，置竺乾氏不談。初年用工部侍
郎趙璜言，刮正德所鑄佛鍍金一千三百兩。晚年用真人陶仲
文等議，至焚佛骨萬二千斤。逮至今上，與兩宮聖母首建慈
壽萬壽諸寺，俱在京師，穹麗冠海內。至度僧為替身出家，
大開經廠，頒賜天下名剎殆遍。去焚佛骨時二十年也。

沈德符的這一記述，乃當時史實，並非傳說，當是毋須置疑的
了。不錯，《金瓶梅詞話》的內容，提示了不少佛家的因果輪迴之
說，書前的三篇敘跋之文，也明說與暗喻了佛說的旨趣。雖然書中也
寫了不少有關道教的活動，如六十二回的潘道士解禳；六十五回的吳
道士迎賓；六十七回的黃真人薦亡；以及官哥的寄名道家；吳晗強調
說：「但以全書論，仍是以佛教因果輪迴天堂地獄的思想作骨幹。」
遂加以肯定說：「假如這書著成於嘉靖時代，決不會偏重佛教到這個
地步。」這一推斷，良足確定《金瓶梅詞話》不可能是嘉靖年間的作
品。

2 小令

至於小令的流行，吳晗再引《萬曆野獲編》卷二十五〈時尚小
令〉，所記在萬曆間流行的小令，卻散見於《金瓶梅詞話》，且加以
歸納說：「內中最流行的是山坡羊，綜計在書中所載在二十次以上
（見第一、八、三三、四五、五〇、五九、六一、七四、八九、九
〇、一〇〇回）；次為寄生草（見第八、八二、八三諸回）；駐雲飛
（見一一、四四諸回）；鎖南枝（見四四、六一諸回）；耍孩兒（見三
九、四四諸回）；醉太平（見五二回）；傍妝台（見四四回）；鬧五更
（見七三回）；羅江怨（見六一回）；其他如綿搭絮，落梅風，朝天
子，折桂令，梁州序，畫眉序，錦堂月，新水令，桂枝香，柳搖金，

一江風，三台令，貨郎兒，水仙子，荼蘼香，集賢賓，一見嬌羞，端
正好，宜春令，六娘子……散列當中，和沈氏所記恰合。」

　　請看沈德符所記〈時尚小令〉一文：

> 元人小令行於燕趙，後浸淫日盛。自宣正至成弘後，中原又
> 行鎖南枝、傍妝台、山坡羊之屬，李崆峒先生初自慶陽徙居
> 汴梁，聞之以為可繼國風之後。何大復繼至，亦酷愛之。今
> 所傳捏泥人及鞋打卦、熬鬏髻三闋為三牌名之冠，故不虛
> 也。自茲以後，又有耍孩兒、駐雲飛、醉太平諸曲，然不如
> 三曲之盛。嘉隆間乃興鬧五更、寄生草、羅江怨、哭皇天、
> 乾荷葉、粉紅蓮、桐城歌、銀紐絲之屬，自兩淮以至江南，
> 漸與詞曲相遠。不過寫淫媟情態，略具抑揚而已。比年以來
> 又有打棗竿、掛枝兒二曲。其腔調略約相似，則不問南北，
> 不問男女，不問老幼良賤，人人習之，亦人人喜聽之，以至
> 刊布成帙，舉世傳誦，沁人心腑。其譜不知從何來，真可駭
> 嘆！又山坡羊者，李何二公所喜，今南北詞俱有此名，但北
> 方惟盛，愛數落山坡羊。其曲自宣大、遼東三鎮傳來。今京
> 師妓女慣以此充弦索北調，其譜穢褻鄙淺，並桑濮之音，亦
> 離去已遠，而羈人游婿，嗜之獨深。丙夜開尊，爭先招致。
> 而教坊所隸箏篆等色，及九宮十二則，皆不知為何物矣。俗
> 樂中之雅樂，尚不諧里耳如此，況真雅樂乎！

　　沈德符的這段話，最有力的一語，是「比年以來，又有打棗竿、
掛枝兒二曲」之流行，這兩曲卻寫在《金瓶梅詞話》第七十四回及七
十五回中。亦足可證諸《金瓶梅詞話》不是嘉靖間作品了。

（三）太監、皇莊、皇木及其他

　　吳晗說：「太監的得勢用事，和明代相終始。其中祇有一朝是例外，這一朝代便是嘉靖。」但在《金瓶梅詞話》中，卻寫了不少有關太監的活動。他們在各地守皇莊、看皇木、管磚廠，而且地位崇高。其中第六十五回目「宋御史結豪請六黃」，寫的便是太監的威勢，雖說所寫指的是徽宗時事，也頗有隱喻。不錯，在第三十一回寫「西門慶開宴吃喜酒」，對於太監在地方上的威勢，有這樣明確的描寫：

　　　　說話中間，忽報劉公公薛公公來了。慌的西門慶穿上衣，儀門迎接。二位內相坐四人轎，穿過肩蟒，纓槍隊喝道而至。西門慶先讓至大廳上，拜見敘禮，接茶。落後周守備、荊都監、夏提刑等武官，都是錦繡服，藤棍大扇，軍牢喝道，僚橡跟隨，須臾都到了門口，黑壓壓的許多伺候，裏面鼓樂宣天，笙簫迭奏。上坐遞酒之時，劉薛二內相相見。廳正面設十二張桌席，都是悼拴錦帶，花插金瓶，桌上擺著簇盤定勝，地下鋪著錦裀繡氈。西門慶先把盞讓座次，劉薛二內相再三讓遜：「還有列位大人。」周守備道：「二位老太監齒德俱尊。常言三歲內宦，居於王公之上。這個自然首坐，何消泛講。」彼此遜讓了一回。薛內相道：「劉哥，既是列位不首，難為東家，咱坐了罷。」於是羅圈唱了個喏，打了恭，劉內相居左，薛內相居右。每人膝下放一條毛巾，兩個小廝在旁打扇，就坐下了。其次才是周守備荊都監等眾人。

　　對此描寫，吳晗的推斷說：「一個管造磚廠和一個看皇莊的內使，聲勢便煊赫到如此，在宴會時座次在地方軍政長官之上，這正是宦官極得勢時代的情景，也正是萬曆時代的情景。」他參證說：「從

　　正德寵任劉瑾谷大用等八虎，壞亂朝政以後，世宗即位，力懲其敝，嚴抑宦侍，不使干政作惡。嘉靖九年（1530）革鎮守內臣。十七年（1538）從武定侯郭勛請復設，在雲貴兩廣四川福建湖廣江西浙江大同等處，各派內臣一人鎮守，到十八年四月以慧星示變撤回。在內廷更是防微極嚴，不使和朝政交通，內官因之奉法安分，不敢恣肆。根基不厚大璫，有的為了輪值到請皇帝吃一頓飯而破家蕩產，無法訴苦。在有明一代中，嘉靖朝算是宦官最倒霉失意的時期。反之，在萬曆朝則從初年馮保、張宏、張鯨等柄用起，一貫地柄國作威，政府所有設施，須先請命於大璫，初年高拱任首相，且因不附馮保而被逐。張居正在萬曆初期的新設施、新改革，所以能貫澈實行，是因為在內廷有馮保和他合作。到張居正死後，宦官無所顧憚，權勢更盛，派鎮守，採皇木，領皇莊，榷商稅，採礦稅。地方官吏降為宦寺的屬下，承其色笑，一拂其意，緹騎立至。內臣得參當地督巡，在事實上幾承地方上的長官。」所以，《金瓶梅詞話》的這類描寫，自是「指斥時事」了。

　　至於名詞方面，如在嘉靖，則「皇莊」應稱為「官地」；而「皇木」之採，也是萬曆一朝所需最多最急。因為萬曆十一年（1583）慈寧宮災，二十四年（1596）又乾清坤寧兩宮災。不僅要復三殿，兼之太子及福王的府第要建，自然派往各地採皇木的官員與太監隨處都是了。所以，我們如據判定《金瓶梅詞話》不可能是嘉靖年間的作品，也是極有力的證見。

（四）古刻本的發現

　　「古刻本」就是指的這部萬曆丁巳冬東吳弄珠客序的《金瓶梅詞話》。吳晗認為這部敘於萬曆丁巳冬的《金瓶梅詞話》，並不是《金

瓶梅》第一次的刻本，說是在這刻本以前，已經有過幾個蘇州或杭州的刻本行世。

按吳晗的這些論斷，根據的只是袁宏道的《觴政》與沈德符的《萬曆野獲編》。但實際上，他所根據的可能只是《野獲編》，連袁中郎全集也沒有去翻過，是以沒有見到袁中郎寫給董其昌的那封信。他提到的《觴政》只是沈德符寫在《野獲編》中的一句話。說起來，吳晗考證到這一處的時候，則未免缺失太多了。由於吳晗提出這幾個問題的時候，題旨在斷定「《金瓶梅》是萬曆中期的作品」，這一點尚待商榷，下面我們再來詳細討論這一問題。

《金瓶梅》非萬曆中期作品

　　〈金瓶梅的著作時代及其社會背景〉一文，除了辨說《金瓶梅》非嘉靖間作品，還兼且肯定《金瓶梅》是萬曆中期作品。吳晗的這些考述大要，上章已縷述到了。按其論證所成，「《金瓶梅》非嘉靖間作品」堪作定論，若說「《金瓶梅》非王世貞作」則所提證據，還欠充分，應繼續尋證，方能肯定。至於說「《金瓶梅》是萬曆中期作品」的判斷，可就不能成立了。本章所要商榷的就是這些問題。

　　不過，有一點我必須在此先作說明，我們這裏說到的《金瓶梅》，應是指的《金瓶梅詞話》，而且是萬曆丁巳冬東吳弄珠客敘的這一本。因為〈金瓶梅的著作時代及其社會背景〉一文所討論的《金瓶梅》，就是《金瓶梅詞話》。實則《金瓶梅》與《金瓶梅詞話》之間，尚有頗大的距離與很多的問題，絕不能視為二而一，必須分開來說。關于這一點，讀者讀到後幾章，就會明白了。這裏不再多作說明。

一　王世貞能否作《金瓶梅》

　　按王世貞生於嘉靖五年（1526）卒於萬曆十八年（1590），享年六十五歲。其弟世懋生於嘉靖十五年（1536）卒於萬曆十六年（1588），享年五十三歲。世貞嘉靖二十六年進士，世懋嘉靖三十八年進士。王忬是三十八年五月被劾下獄，翌年冬刑死。這一點，誠與《野獲編》所記的「嚴相處王弇州」事相合。嚴氏父子敗於嘉靖四十一年（1562），到了隆慶元年（1567）世貞兄弟伏闕訟父冤，言為嵩所害。大學士徐階左右之，復忬官。由隆慶元年到萬曆十八年，中間

正有二十餘年的時間，王世貞為了一抒心頭憤恨，寫一部譏諷嚴氏父子的小說，並不是沒有可能，問題是《金瓶梅》的內容，是不是用以譏諷嚴氏父子的。若以今日我們讀到的《金瓶梅詞話》來說，雖有蔡京父子的當權貪墨，卻難令人看出那是對嚴嵩父子的影射。也許《金瓶梅詞話》以前的《金瓶梅》，內容是對嚴氏父子的譏諷。可是，嚴氏父子早已敗喪，也犯不著在人死後還用小說諷喻吧！想來，這纔是一條正大的理由。當然，我們還能提出更多的證據，來說明《金瓶梅詞話》非王世貞作，後幾章我會一一舉出。

二　「《金瓶梅》是萬曆中期作品」的商榷

　　吳晗強調「《金瓶梅》是萬曆中期作品」。吳氏的這一推斷，指的是《金瓶梅詞話》，所舉四大論點還附述了一個理由，也都只能證明《金瓶梅詞話》不是嘉靖間作品，其他都不能有力的予以肯定。下面我們一一提出商榷。

（一）太僕寺馬價銀問題

　　固然，明朝的皇帝向太僕寺借支，應以明神宗借得最為頻數，但明神宗卻一直借支到終極。朱國楨的《湧幢小品》卷二記有馬價銀一事云：

> 太僕寺馬價銀隆慶年間積一千餘萬，萬曆年間節次兵餉借去九百五十三萬。又大禮大婚光祿寺借去三十八萬兩。零星宴賞之借不豫焉。至四十二年老庫僅存八萬兩。每年歲入九十八萬兩，隨收隨放支，各邊年例之用尚不足，且有邊功不時

　　之賞，其空虛乃爾，真可寒心。

基此足證神宗借支太僕寺及其他庫銀，至死方斷。所以，《金瓶梅詞話》第七回的這句朝廷爺緊著起來，還向太僕寺借馬價銀子使的話，可以寫在萬曆中，也可寫在萬曆末或更後。怎能據此肯定《金瓶梅詞話》是萬曆中期的作品。

（二）佛教的盛衰和小令的問題

　　佛教在明朝的興衰交替，嘉靖朝雖是佛教衰落道教興起的時代，《金瓶梅詞話》如果是嘉靖朝的作品，便不可能寫入那麼多的佛家因果輪迴。這一推斷，也只能認定《金瓶梅詞話》這部書，不可能是嘉靖年間的作品，應是萬曆年間的作品。卻無法據此肯定它是萬曆中期的作品，而不是萬曆末期的作品。再說，天啟年間的人，也可能寫入萬曆朝的社會現象吧！

　　關於「時尚小令」的問題，吳晗認為沈德符所記萬曆中年最流行的〈打棗竿〉、〈掛枝兒〉二曲，不見於《金瓶梅詞話》，遂說「《野獲編》成書於萬曆三十四年丙午（1606），由此可見《金瓶梅詞話》是萬曆三十四年以前的作品，《金瓶梅詞話》作者比《野獲編》的作者時代略早，所以他不能記載到沈德符時代所流行的小曲。」此一判斷卻是錯了。

　　第一，〈打棗竿〉與〈掛枝兒〉二曲，在《金瓶梅詞話》第七十四回、七十五回中，曾由申二姐口中唱出。趙景深早已指出過了[1]。

　　第二，按《萬曆野獲編》初編雖成書於萬曆三十四年（1606），

---

[1] 趙景深在〈小說瑣話〉一文中，說到《金瓶梅詞話》的曲子，曾拈出吳晗遺漏的這一處。見趙景深：〈小說瑣話〉，《銀字集》（上海市：永祥印書館，1946年）。

續編則成書於萬曆四十七年（1619）。流行於今日的《萬曆野獲編》，
則是康熙三十九年（1700）桐鄉錢枋重行釐訂，編目已非原作。到了
道光七年（1827）方有刻本流行。不能認為我們今日所見的《萬曆野
獲編》是「成書於萬曆三十四年的作品。」再說，原作編目已亂，這
則〈時尚小令〉寫於萬曆四十七年，也是可能的。尤其，〈打棗竿〉
與〈掛枝兒〉二曲，已寫入《金瓶梅詞話》，越發的可以證明《金瓶
梅詞話》不是萬曆三十四年以前的作品了。

（三）太監、皇莊、皇木及其他問題

　　不錯，「在有明一代中，嘉靖朝算是宦官最倒霉失意的時期。」
然而作者寫入《金瓶梅詞話》中的太監用事等情，應是萬曆朝的情
事。據以推斷《金瓶梅詞話》不是嘉靖年間的作品，自是有力的證
見。但如據此肯定說「《金瓶梅詞話》是萬曆中期的作品」，卻不能
成立了。

　　試想，「在天啟以前，萬曆朝可以說是宦官最得勢的時代。」（此
亦吳晗該文中語）。寫太監在地方上的地位崇高，威勢大過地方官，
由萬曆末年或天啟初年的人來寫，似乎比萬曆中期的人作為題材，更
為恰當。怎能據此肯定說「《金瓶梅詞話》是萬曆中期的作品」！

　　至於第二十八回中的「女番子」一詞，既已從《明史》〈刑法志〉
考出，此一名詞乃出於東廠之設，可說源起頗早。

　　據考：《明史》〈刑法志〉三說：

　　　　東廠之屬無專官，掌刑千戶一，理刑百戶一，亦謂之貼刑，
　　　　皆衛官。其隸役悉取給於衛。最輕黠環巧者乃撥充之。役長
　　　　曰檔頭，帽上銳，衣青素褂褶繫小條，白皮靴，專主司察。

其下番子數人為幹事，京師亡命誣財挾仇視幹事者為窟穴，
得以陰事，由之以密白於檔頭，檔頭視其事大小，先予之
金。事日起數，金日買起數。既得事，帥番子至所犯家，左
右坐曰打樁，番子即突入執訊之，無有左證符牒，賄如數，
徑去。少不如意，榜治之名曰乾醉酒，亦曰搬罌兒，痛楚十
倍官刑。且授意使牽有力者，有力者予多金，即無事，或靳
不予，予不足，立聞上，下鎮撫司獄，立死矣。

於是吳晗據此說詞推想說：「番子之刺探官民陰事，為非作惡如
此，所以在當時口語中就稱平常人的放刁挾詐者為番子，並以施之女
性。據明史在萬曆初年馮保以司禮監兼廠事，建廠在上北門之北曰內
廠，而以初建者為外廠，聲勢煊赫一時，至與王大臣獄，欲族高拱。
但在嘉靖時代，則以世宗馭中官嚴，不敢恣，廠權且不及錦衣衛，番
子之不敢放肆自屬必然。由這一個特別名詞的被廣義的應用的情況
說，《金瓶梅詞話》的著作時代，亦不能在萬曆以前。」當然，但也
不能據此肯家《金瓶梅詞話》作於萬曆中期。再後亦未嘗不可。

（四）古刻本的發現問題

這部東吳弄珠客序於萬曆丁巳冬的《金瓶梅詞話》之被發現而公
之於世，在文學史上的確是一件大事。它不僅提供了作者是「蘭陵笑
笑生」，而且提供了敘跋的年月。更重要的地方，還是它展示了它的
內容與我們已經見到的《金瓶梅》與《第一奇書》這兩種版本的異辭。
但由於吳晗等人見到這個「古刻本」之後，尋得的參閱資料太少，因
而在研判上，便產生了以下的錯誤。

1 刻本問題

僅僅根據《萬曆野獲編》，吳晗便這樣推斷說：

> 但丁巳本並不是第一次的刻本，在這刻本以前，已經有過幾
> 個蘇州或杭州的刻本行世，在刻本以前，且已有抄本行世。
> 因為在袁宏道的《觴政》中，他已把《金瓶梅》列為逸典，在
> 沈德符的《野獲編》中，他已告訴我們在萬曆三十四年袁宏道
> 已見過幾卷，麻城劉氏且藏有全本。到萬曆三十七年袁中道
> 從北京得到一個抄本，沈德符又向他借抄一本。不久蘇州便
> 有刻本，這刻本纔是《金瓶梅》的第一個本子。

這一推斷，幾成四十餘年的來的定論，魯迅、鄭振鐸，以及東
西方研究該書的學人，全持此一說法。顯認《金瓶梅》最早板行於萬
曆三十八年（1610），這都是太相信沈德符因而步上的一大錯誤。但
此一問題，我卻在一九七五年間，尋獲了沈德符說的「馬仲良時榷吳
關」的「時」，乃萬曆四十一年（1613）。馬仲良在一六一三年方始
見到沈德符手上的《金瓶梅》抄本，勸他「應梓人之求」，當然不會
在一六一〇年就有了刻本了[2]。可是，我們如無馬仲良（之駿）司榷
吳關的時間證據，任誰讀了《萬曆野獲編》論及《金瓶梅》的那些話
（見前章引錄），從語意上都會作吳晗等人同樣的推斷。說來《萬曆
野獲編》的這段話，不合事實的問題尚多，我已在《金瓶梅探原》中
反覆論及，此處不再贅述。

2 成書的年代問題

既然根據《萬曆野獲編》的話，推斷《金瓶梅》的最早板行在一
六〇六年，遂又根據了《萬曆野獲編》的話，推斷《金瓶梅》的成書

2　參閱拙作：〈論明代的金瓶梅史料〉，《金瓶梅探原》。

在一六〇六年以前。吳晗說：

> 袁宏道的《觴政》在萬曆三十四年以前已寫成，由此可以斷定
> 《金瓶梅》最早的著作時代，當在萬曆三十年以前。退一步
> 說，也決不能後於萬曆三十四年（1606）。

而且下結論說：

> 綜結上文所論，《金瓶梅》的成書時代，大約是在萬曆十年到
> 三十年這二十年（1582-1602）中。退一步說，最早也不能過
> 隆慶二年，最晚也不能後於萬曆三十四年（1568-1606年）。

同一時期的鄭振鐸，所寫〈談金瓶梅詞話〉[3]一文，也持同樣的
說法。雖說鄭氏的這篇文章，並不是一篇嚴謹的考據，可是他從欣欣
子的敘言稱成（化）弘（治）間人丘瓊山（濬）、周靜軒（禮）為「前
代騷人」，認為不像嘉靖人的口吻，遂說：

> 按《效顰集》、《懷春雅集》、《秉燭清談》等書，皆著錄於《百
> 川書志》，都祇是成弘間作品。丘瓊山卒於弘治八年（1495）；
> 插入周靜軒詩的《三國演義》，萬曆間纔流行，嘉靖本裏尚未
> 收入。謂成弘間的人物為「前代騷人」而和元微之同類並舉，
> 嘉靖間人當不如此的。蓋嘉靖離弘治不過二十多年，離成化
> 也不過五十多年，欣欣子何得以「前代騷人」稱丘濬、周禮
> 輩！如果把欣欣子、笑笑生的時代，放在萬曆間（假定《金瓶
> 梅》是作於萬曆三十年左右的罷），則丘濬輩離開他們已有一
> 百多年，確是很遙遠的，夠得上稱為「前代騷人」的了。

3　鄭振鐸〈談金瓶梅詞話〉一文，筆者所據乃臺北市明倫出版社民國六十年二月初版
　　之《中國文學研究新編》所刊者。

　　鄭振鐸的這番話，把《金瓶梅》一書的產生，否定在嘉靖年間，
應在萬曆年間，卻也是相當有力的理由。但此一推斷，只能確定《金
瓶梅》不可能產生於嘉靖間，若據以說它是萬曆三十年（1602）前後
的作品，可就不能肯定了。像鄭振鐸提出的這一理由，放在萬曆末年
或再後，不是更合適些嗎！

　　我認為《金瓶梅詞話》不是萬曆中期作品，有兩條是吳晗與鄭振
鐸當年不曾見到的證據，一是袁中道（小脩）的日記《遊居柿錄》，
一是李日華的日記《味水軒日記》。

　　《遊居柿錄》[4]九八九則：

> 往晤董太史思白，共說小說之佳者。思白曰：「近有一小說，
> 名《金瓶梅》，極佳！」予私識之，後從中郎真州，見此書之
> 半，大約模寫女兒情態俱備，乃從《水滸傳》潘金蓮演出一
> 支。所云金者，即金蓮也；瓶者，李瓶兒也；梅者，春梅婢
> 也。舊時京師，有一西門千戶，延一紹興老儒於家；老儒無
> 事，逐日記其家淫蕩風月之事，以門慶影其主人，以餘影其
> 諸姬。瑣碎中有無限烟波，亦非慧人不能。追憶思白言及此
> 書曰：「決當焚之。」以今思之，不必焚、不必崇，聽之而已。
> 焚之亦自有存之者，非人力所能消除。但《水滸》，崇之則誨
> 盜；此書誨淫；有名教之思者，何必務為新奇，以驚愚而蠹
> 俗乎！

　　這則日記的時間，記於萬曆四十二年八月。這時，袁小脩尚說
「……後從中郎（其兄宏道）真州，見此書之半。」按小脩從中郎真
州的時間，是萬曆二十六年（1598）。那麼，如依據袁小脩的話推

4　筆者所據《遊居柿錄》乃臺北市新興書局印行《筆記小說大觀》七編二。

斷，他在萬曆四十二年（1614）八月，尚未讀到《金瓶梅》全稿，沈德符又怎能在萬曆三十七年（1610）向袁小脩抄得《金瓶梅》的全稿呢？此一問題，我在《金瓶梅探原》中，也說得夠多了。總之，《萬曆野獲編》的那番話，漏洞百出，難以為據。下面，我們再看李日華的日記。

《味水軒日記》[5]卷七：

> 萬曆四十三年乙卯，（正月）五日，伯遠攜其伯景倩所藏《金瓶梅》小說來，大抵市諢之極穢者，而鋒燄遠遜《水滸傳》，袁中郎極口贊之，亦好奇之過。

顯然的，李日華這天從沈伯遠手上接過去的沈德符家藏《金瓶梅》，必然是抄本，而且是全稿。如果是刻本，或者說就是「吳中懸之國門」的那部，住在嘉興的李日華就不會是這樣的語氣了。要是殘本呢！李日華也不會不加說明。這一點，足以證明《金瓶梅》的全稿，最早出現於萬曆四十三年（1615），持有人是沈德符。

　　儘管在這以前，沈德符說他聽到袁中郎說「今惟麻城劉延白承禧家有全本，蓋從其妻家徐文貞錄得者。」以及謝肇淛說，「此書向無鏤版，鈔寫流傳，參差散失，唯弇州家藏者，最為完好。」終究是一句傳說之詞，只有李日華的這則日記，對於誰有「《金瓶梅》全稿」？方始有了確切的證明。以之與馬仲良時榷吳關之年及東吳弄珠客的萬曆丁巳冬敘，前後一經對證，行程的時間與足跡，則極其清楚。可以確證《金瓶梅》的成書，在萬曆末年，絕不能在萬曆中期。這一點，是可以確定的。

　　至於《金瓶梅詞話》，其成書年代可能還要推後了。

5　筆者所據《味水軒日記》乃清嘉業堂本。南港中央研究院藏。

《金瓶梅》的傳抄、付梓與流行

　　我推斷《金瓶梅》不是萬曆中期的作品，指的是成書時間。主旨在否定吳晗說「金瓶是萬曆中期的作品」的看法。因為吳晗在當時見到的有關論述《金瓶梅》的資料太少，不僅我在上幾章引述到的《遊居柿錄》、《小草齋文集》、《山林經濟籍》以及《味水軒日記》，吳晗與鄭振鐸均未見到，連「袁中郎全集」中的兩封涉及《金瓶梅》的信，他也未曾見到。他們的推斷自然難以成立了。

　　關於《金瓶梅》的成書年代，是決定許多問題的一個重要關鍵，我們必須探索清楚，為了便於尋究此一問題，我們先來一看它出世後的流行情形如何？

一　傳抄

　　如以既經發現到的有關《金瓶梅》的史料言之，那麼，它在萬曆二十四年（1596）間，便在人間出現了。證據是袁宏道寫給董其昌的一封信。

給董思白：[1]

> 一月前石簣見過，劇談五日，已乃放舟五湖，觀七十二峯絕勝處，遊竟後返衙齋，摩香及第，無所不談，病魔為之少卻，獨恨不見李伯時耳。《金瓶梅》從何得來？伏枕略觀，雲霞滿紙，勝於枚生〈七發〉多矣。後段在何處？抄竟當於何處

---

[1] 董其昌，號思白。

倒換？幸一的示！

這一封信，寫在萬曆二十四年十月間。這年，陶望齡（石簣）曾於九月二十四日到蘇州，與袁中郎遊談多日。此事，陶望齡在所寫〈遊洞庭山記〉[2]的序文中，記有年月，是萬曆二十四年十月。可以對證上袁氏的這封信，就寫在陶望齡到蘇州遊玩了幾天離去之後的這段日子。這時的董其昌方由京外調長沙，在這年秋天離京赴任。所寫《畫禪室隨筆》卷三中，記有這年赴任的時間，是二十四年秋。足證此函寫於萬曆二十四年的正確。在沒有新史料再發現，可以確證《金瓶梅》最早行世傳抄，在一五九六年。

此一問題，可怪的是不曾見到董其昌的反應，在陶望齡的詩文集中，也沒有提及《金瓶梅》的文字。當真，都是為了名教之思嗎？

不過，袁中道的《遊居柿錄》則記有董其昌說到《金瓶梅》的話（見上章引錄），雖贊頌該小說極佳，結論則說「決當焚之」。如小脩之說可信，董玄宰之所以不曾在文字間論及《金瓶梅》，自是受了名教所囿了。正因為如此，所以直到今天，我還無法知道董其昌從何處得到這半部《金瓶梅》。從中郎信上的語氣推想，所謂「《金瓶梅》從何處得來？……後段在何處？抄竟當於何處倒換？幸一的示！」可能這半部《金瓶梅》不是直接從董其昌手中得來；更可能轉手借給他的那個人，也不是直接從董氏得來。要不然，袁中郎就不會這麼問了。

可是，在沈德符記於《萬曆野獲編》的話（見上章引錄），他說：

袁中郎《觴政》，以《金瓶梅》配《水滸傳》為外典，予恨未得見。丙午（萬曆三十四年）遇中郎京邸，問曾有全帙否？曰

2　見〔明〕陶望齡著：《歇庵集》，中央圖書館藏。

> 弟觀數卷，甚奇快。今惟麻城劉延白承禧家有全本，蓋從其
> 妻家徐文貞錄得者。

　　倘使袁中郎確曾說過這些話，那麼，董其昌手中的半部《金瓶梅》來自何處？沈德符所記袁中郎的話中，便有了一點消息，那就是「徐文貞」。按徐文貞即故相徐階，華亭人，與董其昌同鄉。《萬曆野獲編》的這幾句話，似是為袁中郎的那封寫給董其昌的信，作一註腳。至於「今惟麻城劉延白承禧家有全本」，自是為他後面所寫「又三年小脩上公車，已攜有其書，因與借抄挈歸。」一語的伏筆吧！

　　那麼，《金瓶梅》的最早源頭，如今，我只能追尋到這裏為止了。這半部《金瓶梅》在袁中郎手上，曾被謝肇淛借去閱讀。也有書信為證。

　　給謝肇淛：

> 今春謝胖來，念仁兄不置。胖落寞甚，而酒肉量不減。持數刺謁貴人，皆不納。此時想已南。仁兄近況何似？《金瓶梅》料已成誦，何久不見還也。弟山中差樂，今不得已，亦當出。不知佳晤何時？葡萄社光景，便已八年，歡場數人，如雲逐海風，倏爾天末，亦有化為異物者，可感也。

　　這封信說到「葡萄社光景，便已八年」的話，年代當在萬曆三十四年。所謂「弟山中差樂，今不得已，亦當出。」時間當為該年上半年，地點在鄉居之柳浪湖。按袁中郎於萬曆二十八年（1600）冬告歸，其兄宗道故世，袁中郎遯居家鄉自營之柳浪湖，一隱六年。到了三十四年秋，始再去京師重補儀曹。足可證明此信寫於萬曆三十四年（1606）。關於此信之是否中郎所寫？謝氏曾否向中郎借閱《金瓶

梅》？我在《金瓶梅探原》中，曾加考證[3]此不贅述。我們如承認這封信是中郎所寫，也只能把《金瓶梅》之傳抄，記上謝在杭一筆而已。

　　謝肇淛（在杭）曾向袁宏道（中郎）借抄過《金瓶梅》，也有對證，就是上錄謝肇淛寫於《小草齋文集》的〈金瓶梅跋〉。他說：「余於中郎得其十三」，自得承認他們彼之間傳抄過了；傳抄的時間在一六〇六年以前。

　　最值得推敲的一個問題，便是《萬曆野獲編》的話。沈德符說他在萬曆三十七年（1609）向袁小脩抄得該書全本，只少其中五十三至五十七回。但小脩在萬曆四十二年（1614）八月的日記，還只說他「從中郎真州時，見此書之半」（指萬曆二十六年），前已說到這些了。但我們不管沈德符這時所說的，抄得的《金瓶梅》從何處得來？卻可相信這時的沈德符，手中已有了只缺五回的稿本。再從勸他應梓人之求的馬仲良，「時榷吳關」的年代是萬曆四十一年（1613），來配合上李日華的《味水軒日記》所記，他在萬曆四十三年（1615）正月五日曾讀到沈德符藏的《金瓶梅》稿，這一傳抄的情形，業已非常清楚，《金瓶梅》自一五九六年出世傳抄，到了一六一五年傳抄到沈德符手上，方有人證明《金瓶梅》是有了全稿了。

　　此一問題，還有一點必須加以補充說明的是，沈德符說在《萬曆野獲編》中的這段話，謝肇淛說在《小草齋文集》中的這段話，都寫在萬曆四十一年（1613）之後[4]；袁小脩記於《遊居柿錄》中的這段話，乃萬曆四十二年（1614）八月，更是非常明白的呢！

3　見拙作：《金瓶梅探原》，頁108-111。
4　同前註，頁122-123。

二　付梓

　　從上述傳抄情形來看，有人確切的看到了《金瓶梅》的全稿，是萬曆四十三年（1615）正月五日，後來，遂有了東吳弄珠客有萬曆四十五年（1617）冬寫於《金瓶梅詞話》上的敘文。所以我們可以據以認定這部《金瓶梅詞話》，就是《金瓶梅》出世後，第一次付梓的版本。更由於我已尋到了馬仲良「時榷吳關」的確切時間，業已證明在一六一七年以前，不曾有過刻本。這一點是鐵定的了。

　　雖然，《金瓶梅詞話》有東吳弄珠客寫於萬曆四十五年（1617）冬的敘，該書是否梓行於敘成之時呢？仍有待吾人探索。按古人一般敘文之成，有寫於成書前者，也有寫於成書後者。但如從流行於今日的這部《金瓶梅詞話》來說，它的付梓時間，絕不可能在一六一七年冬就刻成了。因為《金瓶梅詞話》中寫有萬曆朝以後的史事，這一點，留待後文專題討論，此處不多辭費。但有一點可以確定，當東吳弄珠客在萬曆丁巳冬寫這篇敘文的時候，《金瓶梅》縱未付梓，自必有了付梓的決定，他們已打算把它刻出公之於世了。如今，我們可以據以肯定的說，萬曆丁巳（1617）年，是他們大夥兒有心要把《金瓶梅》付梓的一個年代，後來卻由於某種原因又擱淺下來了。

　　關是《金瓶梅》的付梓情形，大致可作如此判定。

三　流行

　　《金瓶梅詞話》梓行於萬曆四十五年（1617）以後，在它以前並無其他刻本，已成鐵的事實，業已不容再加考辯。我除了在《金瓶梅

探原》中，反覆論及之外，且在〈金瓶梅編年說〉[5]一文中，提出證據推判《金瓶梅詞話》刻於天啟年間。此一問題，我在後文會詳細說到，先不必多說。在此，我們可以先看看該書在梓板後的流行情形如何。從它出版後的流行情形來看，它的傳抄、成書、以及付梓的遞嬗情形，也能窺其端倪。下面我依據了日本學人鳥居久靖的〈金瓶梅版本考〉[6]，把它流行的情形，秩列如下：

（一）詞話本

（這裏所謂的「詞話本」，即指《金瓶梅詞話》。）

一、《金瓶梅詞話》　萬曆丁巳敘，北平圖書館藏。[7]

二、《金瓶梅詞話》　萬曆丁巳敘，日本日光山輪王寺慈眼堂藏。[8]

三、《金瓶梅詞話》　萬曆丁巳敘，日本德山毛利氏棲息堂藏。[9]

四、《金瓶梅詞話》殘本　日本京都大學附屬圖書館藏。[10]

五、《繡刻八才子詞話》殘本　北京傅惜華藏。順治八年間印本。

上列五處藏本，雖全與萬曆本同源，但從鳥居久靖的〈金瓶梅版本考〉來看，卻可證明上述五種，在版本學上說，應是三種不同的版本。因為慈眼堂本與棲息堂本，其中第五回的末頁異版。雖只一頁不同，也應承認它是兩種不同的刻本。至於《繡刻八才子詞話》，日本版本學家長澤規矩也據以推想是「詞話本」的後印本。但如從「八才

---

[5]　見拙作：〈金瓶梅編年說〉，《中外文學》第8卷11期（1980年4月）。

[6]　鳥居久靖：〈金瓶梅版本考〉，《天理大學學報》第7卷第1輯（1955年）。

[7]　民國二十一年冬北平圖書館購藏，第二年北平古佚小說刊行會影印百部流行。

[8]　該本已於一九六三年由日本大安株式會社影印流行。

[9]　該棲息堂本之第五回末葉，已附印在日本大安株式會社影本中。

[10]　該殘本乃用作另書中之襯紙，證明乃詞話本之同版。

子」一詞來說，顯然是清朝人的語氣，印於順治八年。雖然印於清朝，卻也是詞話本的原版，堪證詞話本的版，在順治八年時未毀。藏於京都大學的殘本，也證明了它是詞話本的同版。那麼，「詞話本」的梓行情形，實際上祇有兩種，不同之處，只有第五回的末葉，對證起，異辭不過九行而已。細究起來，這部萬曆丁已敘的《金瓶梅詞話》，在明朝只刻過一次。如果說刻過兩次，只是補刻了那第五回的末頁半版。可以想知此書在明朝尚未能廣泛流行。

（二）崇禎本（明代小說本）

在詞話本以外，尚有所謂「崇禎本」多種，鳥居久靖的〈金瓶梅版本考〉，稱之為「明代小說本」。這一系類的崇禎本，無論回目、內容，都與「詞話本」有了不同之處。據鳥居久靖考證，有以下四種：

一、《新刻繡像金瓶梅》，北平孔德圖書館藏。簡稱孔德本。
二、《新刻繡像批評原本金瓶梅》，日本內閣文庫藏。簡稱內閣本。
　　（又東洋文化研究所亦藏有同版一部。）
三、《新刻繡像批評金瓶梅》，日本天理大學藏。簡稱天理本。
四、《新刻繡像批評金瓶梅》，馬廉氏舊藏本。簡稱崇禎本。

以上四種與「詞話本」之截然不同處，除了回目略異，詞句也有修改，最大的不同是第一回，全部改寫過了。

長澤氏認為「孔德本」是上列四本中刻得最早的一本。且認為「內閣本」是由「孔德本」加評而成。「內閣本」的字樣，與一般天啟年間版類似，疑為天啟間的南京刊本[11]。再經過鳥居氏的〈金瓶梅

11　見鳥居久靖：〈金瓶梅版本考〉。

版本考〉舉出的內閣、天理、崇禎等三本之第一回前半內容比對，可以證出這四種版本的梓行先後秩序，應為孔德本、內閣本、天理本、馬廉本（崇禎本）。文詞部分，則天理與內閣兩本近，推定是同一系統。天理本是內閣本的修改，又是崇禎（馬廉）本的底本。如此看來，既能推定內閣本刻於天啟間，則孔德本亦勢必刻於天啟。那麼，這四本只有馬廉藏的這一部是崇禎本[12]，其他三種則全部刻於崇禎以前。這一情形的顯示，足以說明《金瓶梅》一書，自萬曆丁巳（1617）冬到天啟末（1627）這十年之間，便梓行了六至七種之多。而且，在內容上還經過一次大幅度的改寫。於是，這裏便出現了幾個問題：（一）何以《金瓶梅》在萬曆二十四年（1596）出世傳抄，竟然到了二十年後的萬曆四十五年（1617），方有人寫敘準備付刻？（二）《金瓶梅詞話》刻出後不久，何以又要大幅度的改寫重行付刻？（三）何以改寫後的《金瓶梅》在明朝天啟崇禎的二十年間，就刻了四種之多？這些問題，都需要我們去尋求解答的。

（三）第一奇書本

那麼，我們再拿以後的清朝來說。

按說，有清一朝，淫穢之書干犯公禁。但《金瓶梅》在清朝的二百六十餘年間，仍有不同的刻本達二十種（就所考知者）流行於世。茲據鳥居久靖的此一版本考所述，計有：

一、第一奇書金瓶梅一百回，皋鶴草堂刊本。日本天理大學藏。

二、第一奇書一百回，在茲堂刊本，日本京都大學附屬圖書館藏。

三、第一奇書一百回，影松軒刊本。日本天理大學藏。（附圖二

12　同前註。

冊。)

四、第一奇書一百回,本衙刊本。(附圖一冊。)

五、皋鶴堂批評第一奇書金瓶梅一百回,目賭堂刊本。(附圖一
　　冊。)

六、皋鶴堂批評第一奇書一百回,刊者不詳。日本天理大學藏。

七、第一奇書一百回,(見孫楷第書目,刊者藏者均未明。)

八、繡像第一奇書金瓶梅一百回,金閶書業堂刊刻。(康熙刊本,
　　臨川書店書目所見。)

九、四大奇書第四種一百回,乾隆丁卯(十二)年刊本。

十、金瓶梅一百回,乾隆四十六年新鐫。(積翠館藏本,俗語書目
　　所見。)

十一、雅調南詞秘本繡像金瓶梅,微翠軒梓版,道光壬午(二)年
　　　刊行。(彈詞)。

十二、第一奇書一百回,玩花書屋刊本。

十三、第一奇書鍾情傳一百回六卷三冊,光緒三十一年刊,石印
　　　本。

十四、繪圖一百回十六卷(增圖像皋鶴堂奇書全集)清末刊本。

十五、新刻金瓶梅奇書八卷一百回,木板十五行,行三十二字。日
　　　本天理大學藏。

十六、繪圖第一奇書一百回二十卷,香港舊小說社依據康熙年原書
　　　石印本。(刊年未詳)。

　　另外,尚有民國年間依據清版鉛印的數種:

一、繪圖真本金瓶梅,民國五年(1916)存寶齋鉛印,有同治三年
　　王仲瞿的考證。

二、古本金瓶梅,民國十五年(1926)上海卿雲圖書公司刊本,鳥
　　居久靖認為是「真本金瓶梅」之縮約本。

三、古本金瓶梅，民國二十四年（1935）上海三友書店刊本，有觀
　　海道人寫於嘉靖三十七年之序文及袁枚之跋。

　　再者，在本文寫作期間，東吳大學翁同文教授，告以在劉半農
（復）著《宋元以來俗字譜》一書中，引述到嘉慶年間太素堂刊刻的
《金瓶梅》一種，乃鳥居久靖所未考及之本，列入便是二十種了。

　　雖說上述二十種不同之《金瓶梅》版本，只有三種印行於民國年
間，但其內容上的異辭，也是來自清朝。可以說在有清一代，不同之
版本即有二十種之多，可見該書在清朝流行之盛況，未嘗因為它的事
涉淫穢而干犯公禁，影響了刻書家的輾轉重刻。亦可由此情事，去推
想《金瓶梅》何以未能在萬曆年間流行起來？這之間必有重大原因。

　　從《金瓶梅詞話》到《金瓶梅》（亦即從萬曆到崇禎）的這一過
程，改寫重刻是一大關鍵。從崇禎本《金瓶梅》到《第一奇書》的這
一過程，它的流行情形，正應驗了沈德符的那句話：「此等書必遂有
人板行」，且「一經板行，必家傳戶到」。可是，從萬曆二十四年
（1596）到萬曆四十五年（1617）或再後，竟有二十餘年的時間，又
怎的無人板行呢？我說這之間必有重大原因。試想，能夠滯碍了《金
瓶梅》的成書與梓行的重大原因，舍政治而外，自不會再有其他原因
吧！

形成《金瓶梅》與阻礙成書及梓行的重大原因

　　《金瓶梅》自一五九六年傳抄於世，傳抄了二十年之久，一直到了一六一五年始有全稿，一六一七年之後方始經營付梓的事。初刻的《金瓶梅詞話》並未大事流行，到了所謂「崇禎本」的改寫刻出，這部書纔頓時流行起來。這一過程上的事實，我在上章已經縷述過了。

　　是什麼原因阻碍了它的成書？而又延遲了它的梓行呢？既然是「此等書必遂有人板行」，怎的遲遲無人板行呢？既然此等書「一刻則家傳戶到」，又怎的那初刻本《金瓶梅詞話》未能廣泛流行呢？想來必有被阻礙的原因。

　　在明朝，淫穢的文字與圖畫不犯公禁，鄭振鐸〈談金瓶梅詞話〉[1]曾說：「說起穢書來，比《金瓶梅》更荒唐更不近情理的，在這時代更還產生得不少。以《金瓶梅》去比什麼《繡榻野史》、《弁而釵》、《宜春香質》之流，《金瓶梅》還可算是高雅的。」又說：「《金瓶梅》的作者是生活在不斷的產生《金主亮荒淫》、《如意君傳》、《繡榻野史》等等穢書的時代的。連《水滸傳》也被污染上些不乾淨的描寫：連戲曲上也往往充滿了齷齪的對話。（陸采的《南西廂記》、屠隆的《修文記》、沈璟的《博笑記》、徐渭的《四聲猿》等等，不潔的描寫對話，是常可見到的。）笑談一類的書，是以關於性的玩笑為中心的。（像萬曆板謔浪和許多附刊於《諸書法海》、《繡谷春戀》諸書裏

1　見鄭振鐸：〈談金瓶梅詞話〉，《中國文學研究新編》（臺北市：明倫出版社，1971年）。

的笑談集都是如此。）春畫的流行，成為空前的盛況。萬曆板的風流絕唱圖和素娥篇是刊刻得那麼精美。（風流絕唱圖是以彩色套印的：當是今知的世界上最早的一部彩印的書。）據說那時刊板流傳的春畫集，市面上公開流的至少有二十多種。」那麼，《金瓶梅》的遲遲未能成書與付梓，其原因自然不是由於淫穢的部分了。

我推想這阻碍《金瓶梅》成書與梓行的重大原因，乃由於政治因素，我在前面已提到了。那麼，我們看一看《金瓶梅》傳抄中的這二十多年，在政治上發生了一些什麼事件，足以阻碍了《金瓶梅》的成書與梓行？我所能想到的，便是明神宗的宮闈事件。在神宗一朝，因為神宗寵愛鄭貴妃牽連出一串串宮闈事件，誠是產生《金瓶梅》這部書而又遲遲不能成書也無人梓行的底因。下面我們一一列述出來看看。

一　常洛太子的冊立事件

明神宗的第一個兒子常洛，生於萬曆十年（1582）八月，常洛的母親是慈寧宮宮人，比神宗大幾歲，如不是皇太后抱孫心切，常洛便極可能連個皇子也輪不上。卻也因此註定了他一生的悲劇。因為在他出生之後，皇帝老子寵愛了一位姓鄭的妃子。在萬曆十四年一月，生下了第三個兒子常洵，（二子生後一歲夭折），從此，一連串的問題便產生了。

常洵出生之後，神宗就下詔諭，冊封鄭氏為貴妃。可是大臣們不同意，認為生長子的王氏，尚未封為「貴」，把生三子的鄭氏封為貴妃，地位高過了長子之母，不合禮法。於是羣臣便懷疑到皇帝有廢長立幼的意念，紛紛上疏力爭，要求冊封太子。奉旨說：「元子嬰弱，稍俟二三年舉行。」雖然大臣們縷述前朝冊封太子的史實，認為

皇長子已五歲，舉行冊封禮已不晚了。奉諭「仍遵前旨。」

　　有一位戶科給事中姜應麟[2]上疏，除了請求冊立太子，還直指大典冊立鄭氏為貴妃的不當。神宗大怒，罪為「窺探」，著降任極邊雜職。跟著吏部驗封員外郎沈璟，刑部主事孫如法都上疏請[3]，禮部也上疏求，閣臣科道官替姜應麟說情，則斥為妄加揣疑瀆擾。禮部祠祭主事盧洪春，上疏規勸皇帝不要太貪衽席的歡樂，應為國保重身體，竟遭廷杖六十斥為民的處罰[4]。後來還有不少臣子為了諫諍此事遭到謫官的處分。

　　對於此一問題直諫最切的一篇疏文，莫過於萬曆十七年冬大理寺評事雒于仁的〈四箴疏〉[5]，他規諫皇上應戒除酒色財氣。關於色戒，雒于仁直指皇上「寵十俊（男寵小太監十人）以啟倖門，溺鄭妃靡言不聽：忠謀擯斥，儲位久懸，此其病在戀色也。」其他如財氣，也都直指事實。幸好當時首輔申時行力諫此事不可張揚，纔暗昳雒于仁告歸，除於照准還斥之為民。

　　到了萬曆十八年（1590）常洛已經九歲了，既不行冊立之禮，也不讓他讀書。申時行曾在召見時，請求三事（一）常常出宮臨朝議事。（二）速速冊立東宮。（三）讓太子出閣講學。還是推說：「現在還弱小，等壯健些，再辦這些事。」兼且替鄭貴妃解釋說：「鄭貴妃也再三陳情，怕的是外間懷疑」。雖然，又讓申時行等閣臣去看看他們父子間的感情，召見皇長子等人與大臣們見面。但冊立與講學二事，總是遲遲不行[6]。十九年（1591）秋，詔命明春舉行冊立東宮大

2　見《明史》，卷二三三。

3　沈璟與孫如法事均見《明史》，卷二三三。

4　見《明史》，卷二三三。

5　見《明史》，卷二三四。

6　見《明史》，卷二一九。

典。八月，工部主事張有德認為東宮冊立事，既已訂明為二十年春，
儀注所需就得準備了，遂上疏請。結果皇帝大怒，除罰張有德薪俸三
月，還責怪臣子瀆擾。又把原訂二十年春冊立的詔諭，改為二十一年
舉行[7]。且嚴飭各衙門不得再來瀆擾，到了二十年正月，禮科給事中
李獻可、偕六科諸臣僚疏請豫教。也招惹了皇帝大怒，摘疏中誤書弘
治年號的問題，責以違旨侮君，貶一秩外調，奪俸半年[8]。戶科給事
中孟養浩疏救獻可，力言五不可。由於疏文耿直，益加觸怒。言冊立
既已明諭明春舉行，孟養浩疑君惑眾，殊可痛惡，遂命錦衣衛杖之
百，削籍為民[9]。

　　二十一年（1593）到了，居然詔命三王並立，冊立太子事，少待
數年，若是皇后有出，再行冊立[10]。於是天下大譁。給事中史孟麟，
禮部尚書羅萬化等，羣詣宰輔王錫爵邸力爭[11]，廷臣諫者章日數上。
輔臣們力請追還前議不從，已而諫者日多，數來不下數十位。紛請下
廷議，不許：請面對，不報：後來終迫眾議，追寢前命。但冊立的事
則諭「少俟二三年再議」。這時，光祿寺丞朱維京[12]刑科給事中王如
堅[13]，因抗爭三王並立事，疏文激憤，均遭怒罰謫戍極邊。

　　雖二十二年（1594）皇子已出閣講學，臣下心稍安，未再瀆擾。
抵廿五年（一五九七）三月，輔臣趙志皋疏請皇子冠婚及講學[14]。雖
諭禮部具儀，並未舉行。二十六年正月禮部再請不報。三月，禮部、

7　見《明神宗實錄》，卷二一九。

8　見《明史》，卷二三三。

9　同前註。

10　見《明史》〈神宗紀〉及卷二一八，〈王錫爵傳〉。

11　同前註。

12　見《明史》，卷二三三。

13　同前註。

14　見《明史》，卷二一九。

吏部、以及軍都督府、太常寺卿等人，同到文華門上章候旨，聲言
「必得命乃還。」上遂命司禮監田義下諭：「此大典也，稍候時月；
何相挾為！」羣臣只有頓首告退[15]。四月，全椒知縣樊玉衡上疏請，
因辭意峻切，降戍雷州衛。吏科給事中戴士衡疏糾《閨範圖說》涉及
鄭氏妃，亦降戍[16]。

　　二十七年（1599）五月，皇長子講學輟。二十八年正月，禮部尚
書余繼登請先冊封後冠婚，不報。二月，閣臣請續開講，不報。二十
九年（1601）署禮部事侍郎朱國祚疏請早定三禮並冠諸王分封。奉
報：「徐俟之。」禮科給事中楊天民王士昌等，催請冊立。皇帝大怒，
認為是「逞臆瀆阻，假此要譽沽名。」均謫為邊地典史[17]。直到八月，
輔臣沈一貫疏請冊立大典，引詩之〈既醉〉與〈斯干〉兩篇[18]，打動
了君心，方下詔即日行之，於該年十月十五日草草完成冊立禮。

　　試想，常洛太子的冊立，自萬曆十四年一月爭起，一直吵到二
十九年十月，足足十五年有餘，上章疏請的臣子，直指鄭氏之寵者比

15　見《明史》〈神宗帝紀〉及《神宗實錄》等。

16　見《明史》，卷二三四。

17　同前註。

18　見《明史》，卷二一八，〈王錫爵傳〉及《神宗實錄》。
　　按〈既醉〉一詩，乃《詩》〈大雅〉所載。首章：「既醉以酒，既飽以德；君子萬年，
　　介爾景福。」朱熹注云：「德、恩惠也，君子謂王也。爾，亦指王也。此父兄所以
　　答行葦之詩。（上一章行葦）。言享其飲食恩惠之厚，而願其受福如此也。」詩有
　　云：「威儀孔時，君有孝子；孝子不匱，永錫爾類。其類維何？室家之壼。君子萬
　　年，永錫祚胤。其胤維何，天被爾祿；君子萬年，景命有僕。……」古人宴飲，必
　　歌此詩，以謝君恩。臣忠於君，乃大孝也。
　　按〈斯干〉一詩，乃《詩》〈小雅〉所載。此詩之作，頗有異說。但以詩句觀之，
　　乃頌兄弟燕好之詩。詩句有云：「秩秩斯干，幽幽南山；如竹苞矣，如松茂矣，兄
　　及弟矣，式相好矣，無相猶矣。」朱熹注云：「此築室既成，而燕飲以樂之，因歌
　　其事。言此室臨水而面山，其下之固，如竹之苞，其上之密，如松之茂。又言居是
　　室者，兄弟相好，而無相謀。則頌禱之辭，猶所謂聚國族於斯者也。」干，水源也。

比。像雒于仁的〈四箴疏〉都敢上言，怎的不會有人借小說的形式以
諷諫呢！它最早問世傳抄的時間是萬曆二十四年，正是三王並封的事
件繞過不久的時期。所以，我們可從而推想到袁中郎當年讀到的《金
瓶梅》，可能是一部有關政治諷諭的說部，袁中郎不是贊與著說：「勝
枚生〈七發〉多矣」[19]嗎！下面，我們再看常洛太子冊立以後的事件。

二　「妖書」事件

　　常洛太子冊立禮完成之後，按說臣民不應再有所疑。可是，由
於皇上的表現，仍令臣民感於這太子的儲位不牢穩。到了三十一年
（1603）十一月，輔臣朱賡在他的府第門邊，拾得書刊一冊，外題
「國本悠關」，內題「續憂色竑議」。略謂皇上冊立常洛為太子，乃迫
不得已。所以從官不備，意在他日改易。輔臣朱賡之所以被召入閣，
正因為賡與更同音，乃寓取他日更易之意。朱賡見此，驚駭錯愕，遂
以所獲原書，隨本上進。皇上震怒，下詔追索主使及同黨。「妖書」
中還寫了不少當時在職的文武官員，於是一個個上疏自辯。神宗也下
詔自行解說，又詔諭皇太子。

　　按此一所謂「妖書」之被寫為《續憂危竑議》，始於萬曆二十五
年（1597）五月，當時任職刑部侍郎的呂坤，曾上疏論天下憂危一
疏[20]，雖所提值得「憂危」的十餘條，則未說到儲位事。在二十二年
（1594）時，呂坤任山西監察使，曾撰《閨範圖說》[21]一書，焦竑作

---

[19]　枚乘的〈七發〉見《昭明文選》。假借楚王子病，有客問病情，問及第七事，乃君
　　臨天下安撫四海之志。於是楚王子之病頓時大瘥。〈七發〉的主旨即此。蓋指可祛
　　楚王子之病者，乃如何完成君臨天下之志。

[20]　見《明史》，卷二一四，〈呂坤傳〉。

[21]　同前注。詳見《明神宗實錄》，卷三九〇。

序，太監陳矩持以獻鄭貴妃，鄭貴妃加一敘言付梓。該圖說第一位便是漢朝的馬皇后，馬氏即由宮人進入中宮，最後附上鄭貴妃，因而此書一出，益使天下人疑心鄭貴妃有入主中宮的意圖。所以到了二十六年便有人撰閨範圖說跋，名曰《憂危竑議》[22]。託名「朱東吉」為問答，用以諷刺鄭貴妃有奪嫡意想。結果，處理得當，焚板了事，不想五年後，又有《續憂危竑議》[23]託名「鄭福成」為問答，寓意為鄭氏的福王將成為未來的東宮太子，常洛必定更易。

　　神宗的詔諭說：「姦賊捏造誣詞，動搖國本，離間父子骨肉之情，罪當大逆。真正首功，著與實授指揮僉事，賞銀五千兩。其餘以次遞敘。同謀出首的，准從寬宥，仍加厚賞。知情隱匿姑縱的，一體治罪，遇赦不宥。山人遊客，著嚴加驅屏，不許客留庇護。」兵部奏請限在一個月以內緝獲回奏。跟著又下詔諭：「造姦書妖言，使朕一家大小不寧，你們大小臣工，只務延挨過日，不為君父分憂，亂政長奸，紀綱安在？以前屢旨著捕拿不法之人，都付空言，養成今日，好生可惡。陳汝忠及巡捕各官，與五城兵馬，都著住俸拿賊，限外不得，重究。」可見皇帝對此事是多麼生氣。各級官員能不著慌嗎！

　　在當年十一月底，捕獲了一位名曒生光的秀才，他哥哥曒生彩檢舉，說他曾經刊刻印文，訛詐過銀兩，問徒大同近又逃來京師。雖經連番會審，總不承認。一字一辭，都曾加以推求羅織。為了此事牽涉到的官員有曾任禮部侍郎的郭正域與大學士沈鯉。這時的郭正域已因楚王嗣爵案請休，還自行南歸。追到順天府武清縣東南的楊村，在船上逮捕了郭正域的僕隸乳媼十餘人。還有與郭友善的醫生沈令譽，僧達觀等，大學士沈鯉亦遭搜查。幸好郭正域曾為太子講官，曒生光

22　《萬曆野獲編》續編錄有該文。
23　同前註。

也拒絕誣攀，東宮太子也數次向近侍們說：「他們為什麼要殺我好講官？」這樣，才放棄了郭正域、沈鯉等人的訊攀。後來，雖然把皦生光殺了，妖書一案不了了之。但這一事件的震盪，可以說是舉國滔滔。葉向高在自編年譜中云：「妖書余未之見，大概言傾搖國本之意，四明（沈一貫）意明龍（郭正域）所為，以危語動上，上震怒，大索長安，捕繫掠治，株連牽引，慘不可言。京師至於罷市，路斷行人，延及留都，四方惴惴重足。」可想當年此一「妖書」事件的震盪是多麼之大了[24]。

那麼，這時如有涉及諷諭鄭氏貴妃意欲入主東宮易太子改立福王的小說在世，還敢流行嗎？傳抄過的人還敢有言嗎？這或許就是《金瓶梅》未能早日成書，閱讀過的人也不敢說話的重大原因吧！

三　福王常洵之國事件

在常洛冊封為太子時，餘子也冊封為王，常洵福王，常浩瑞王，常潤惠王，常瀛桂王。這時常洵已十六歲。三十二年（1604）正月福王成婚。五月，福王要求京城各項客商雜貨，盡入官店發賣，意欲壟斷市場。羣臣力諫不可，皇帝不理。封地在河南洛陽，三十四年十月派工部主事房楠監造福王府第，化了二十八萬餘兩，到了萬曆四十年夏方行完工，前後建造了七年之久。可是府第雖已完工，請指示福王之國吉期，卻一再置之不理，雖疏數上，概不回答，因而又人言紛紛。禮工兩部科暨各衙門又連章力請，到了十一月，方有一旨頒下，說：「朕覽所奏，府第工完，之國有期，合用一應事務錢糧，各該衙門即行預備準頓，造辦齊理，不致臨期違誤。」聖旨要臣子準備

---

[24] 事詳《明神宗實錄》，卷三九〇、三九一。

的是一應事務錢糧，之國的吉期，卻一字未示。

　　到了四十一年正月，連英國公張惟賢、駙馬侯拱宸等都上疏力請，認為福王之國是萬難延緩了。結果一律不答。到了四月，兵部尚書王象乾等疏請，方行得旨著明春舉行。說是「祖制在春，今已踰期」。雖之國有期，但卻恩賜莊田四萬頃，嚴令府按籌辦，於是臣民又喧然驚疑起來了。五月，大學士葉向高上疏力諫。「福王之國，久已愆期，臣民合辭苦請，始奉明春舉行之旨。頃復以莊田四萬頃責撫按，於是臣民又喧然驚疑曰：『王之為此請也，果何為哉？』夫使必待四萬頃之田足數而後行，則之國將何日？而聖諭之所請明春舉行者，寧可必哉！……自古開國承家，必循理安分，乃為可久。如取之非制，得之非道，未有能安然而坐享者。鄭莊姜愛大叔段，為請大邑；漢竇后愛梁孝王，封以大國，皆及身而敗。覆轍相仍，難以枚數。臣不勝愛王忠王之念，不得不明之。」還有戶科給事中姚大宗、孫振基、商周祚、宮應震也都上疏力諫。皇帝一律置之不理。同年十月二十二日卻詔諭內閣說，要過了聖母稀齡，次歲春三月擇吉之國。按聖母稀齡在四十二年，遂有人疑慮聖諭中的「次歲」是指的四十三年（1615）。

　　至於庄田四萬畝委實無法湊足，朝臣力請減少，總是不理。到了十一月方下諭准減一萬頃，三萬之數則不得再減。十二月方訂明（四十二年）三月二十四日為福王之國期。車船分途運送，頭運正月十九日，二運二月初九日，三運三月十九日。可是庄田三萬頃仍無法湊足。這時福王揆諸輿情，亦知必不能延，遂以憫念時艱為辭，自請再減一萬頃。但已遍及河南、山東、以及湖廣等三個區域，還是難以湊足[25]。

25　以上諸事，均詳見《明神宗實錄》，卷五四二。

　　福王之國之後，一位山東登萊道右參政姜志禮上疏力言皇上愛子的不當，被罰降三級調用，不許朦朧升遷[26]。太常寺少卿史孟麟疏救，罰降五級調用[27]。總之，任誰為了福王或鄭貴妃的寵幸事不平，都會觸怒皇帝受到責罰，不是廷杖，就是遣戍，要不就是降級罰俸或免官。由妖書事件到福王之國，雖已十有餘年，但鄭氏之寵涉及的不安民心，則仍滔滔未已。試想，如有諷諭鄭氏之寵的文章，還敢公然流行或傳抄嗎？

四　「梃擊」事件

　　按說，福王已之國，臣民對於貴妃鄭氏之寵的不安疑慮，應該告一段落了吧，想不到福王離京一年之後，又發生了所謂「梃擊」事件。於是，臣民們的疑慮又洶湧起來，鄭氏助常洵奪嗣的話頭，又重囂塵上，三十年來的老問題，又問題出來了。

　　此事發生在萬曆四十三年（1615）五月四日，一位名叫張差的男子，手持棗木棍從東華門一路打進了太子住所慈慶宮，打傷了守門官，跑入前殿下，方被七八位太監攔住拿下。經過審問，答說是一位老公公叫他這樣作的；撞著一個打殺一個，打殺了他們會救。又說是他三舅外父逼他來的，打小爺吃也有穿也有。於是官員中分成兩派，占在鄭氏那一邊的，堅持張差是瘋漢，占在太子這一邊的，則認為張差是受到了唆使。雖然張差只是一個普通平民，卻由於牽連太廣，又引起了臣民議論洶洶，遂交三法司會審。在會審期中，對立的雙方臣子上疏互訐。

---

[26]　詳見《明神宗實錄》，卷五〇八。
[27]　同前註。

　　五月二十八日皇帝到達慈寧宮召集文武百官，向聖母靈次行禮，當時曾面諭羣臣說：「忽有瘋顛漢，馬入東宮傷人，如此異事與朕何與？外廷有許多閒言，爾等誰無父子，乃欲離間我父子。適見刑部郎中趙會禎獄詞，止將本內有名犯人張差、龐保、劉成，即時淩遲處死，不許波及無辜，以傷天和。以驚聖母神位。」說過便拉起太子的手以示羣臣說：「此兒極孝，我極愛惜他。譬如爾等有子，如此長大，能不愛惜！」又用手約太子體說：「彼從六尺孤養至今，成丈夫矣。使我有別意，何不於彼時更置，至今長成，又何疑也！且福王已之國，去此數千里，自非宣召，彼能插翅飛至乎？」更一再交代，止照本內名數，不准亂扯不許株連。又顧問太子有何話說？太子說：「似此瘋顛之人，決了便罷，不許株連。」又說：「我父子何等親愛，外廷有許多議論，爾輩為無君之臣，令我為不孝之子，深為可恨。」皇帝遂向各官說：「你們聽皇太子所說的嗎？」連聲重複。

　　可以說這是一齣演得相當精彩的戲文。

　　龐保、劉成就是在京城接待了張差的兩個太監，乃鄭貴妃宮中的內侍。在審訊的時候，太子一再說情，認為這兩人是誣攀，不要一概治罪。《明史》〈鄭貴妃傳〉說：「梃擊事起，主事王之寀疏言張差獄情，詞連貴妃宮中內侍龐保劉成等，朝議洶洶。貴妃聞之，對帝泣。帝曰：『外廷語，不易解，汝須自求太子。』貴妃向太子號訴。貴妃拜，太子亦拜。」明人談遷《國榷》，亦記謂：「王之寀疏上，舉朝喧然。謂國戚有專諸之意。皇貴妃危懼，訴於上。命往東宮自白之。貴妃見東宮，辯之甚力，太子遂奏懇上出見羣臣明其事。」於是，龐保、劉成杖斃宮內，張差斬決。牽連到的馬三道、李守才、孔道三人流徙；李自強、李萬蒼笞刑。就這樣把案結了[28]。

---

[28] 詳見《明神宗實錄》，卷五五八及天啟六年修《三朝要典》之梃擊事件。

　　那麼，我們根據此事推想，這時如有沾上蛛絲馬跡於東宮鄭氏事件的小說，縱已成書，也不敢遽然去付梓了吧？

五　「紅丸」事件

　　在梃擊事件的五年之後（萬曆四十八年），明神宗便晏駕了。

　　常洛於八月一日登基，初十這天就病了。據史臣記述說，在東宮的時候，身體已覺得不大爽快了。加上喪事及登基等禮數頻繁，所以登基後不過十天，身體便撐持不起了。八月十一日是常洛生日，百官趨朝慶賀，傳諭免了。十二日御門禮，十三日第一日常朝。這兩天是「萬國觀瞻，胥係於此」的大日子，皇帝怎能缺席。於是免了常朝，祇是御門視事，也只勉強作到了。十六日再去御門視事，就有了頭暈目眩身體軟弱不能動履的情形。到了二十六日連胃口都失了。兼有痰喘腹痛諸症；而且不能入眠。二十四日已自知不起，便面諭輔臣佐皇長子，且為己準備壽宮了。

　　病重亂投藥，斯乃人情之常，皇帝自亦不免。這時有一位鴻臚寺寺丞李可灼，說有仙丹可治百病，遂著進藥。吃了一粒，吃後說是「煖潤舒暢，思進飲膳。」要再進一粒，服藥之後，雖答說「平安如前」，到第二天早晨便崩逝了。這天是九月一日，已訂立的泰昌元年還沒有開始呢。

　　常洛的太子由校九月六日登基之後，臣子們便追議泰昌皇帝之死。於是，除了李可灼之外，在宮中專司醫藥的太監顧文昇也被引摘在內。跟著，鄭貴妃又牽涉進來了。南京太常寺少卿曹珍疏云：

> 先帝春秋鼎盛，即涉勞勩。何得三十日間，便已阻落！道路沸傳，皆知道奸黨陰謀，醫藥雜進。伏思二十年來，忠臣義士，受杖受謫，以爭冊立者，正以先帝故耳。此屬久蓄逆

志，必有一舉。……如既露之情，可竟掩乎？作姦之爪牙，可竟不問乎？今眾口譁傳，流布已遍，筆誅口議，天下應有書之者，而獨不能得乎？……又先帝自頓一徵，是否青宮宿疾？至於查明藥方有無違錯？臣謂止應查明文昇投藥是否有意？不應復問其有無違錯。盖天下之弒機匿於無形，有毒而非鴆，戕而非刃者。先帝卒崩之變，當與先年梃擊同一奸謀。」

御史焦源溥且直指是鄭貴妃等人的陰謀，說：

先帝御極之初，突傳皇祖封後之命，及不可得而治容進矣。張差之棍不靈，則投以麗色之劍。崔文昇之藥不靈，則促以李可灼之凡。夫帝欲偉言御之事，遂蒙不白之冤。

按神宗崩逝時，曾有遺命封鄭貴妃為皇后，常洛即位，曾遵先皇遺命，下諭閣臣，著擬訂進封鄭貴妃為皇太后的禮議。禮部上言，認無此例。焦源溥說的「封后之命」，即指此事。實則，「麗色之劍」，早就投送給常洛了。到了由校登基，不還有李選侍的「移宮」事件！說來常洛一生的悲劇，都與鄭貴妃有關，這是明朝的大事紀了[29]。天啟朝的《三朝要典》，所記便是「梃擊」、「紅丸」、「移宮」等事，自可據以想知，此等事件在天啟朝還沒有浸沒。試想，像《金瓶梅詞話》第一回所寫的劉邦寵戚夫人有廢嫡立庶的故事，還敢在天啟的史官纂修《三朝要典》的時候，發售流行嗎？所以我們還能在《金瓶梅詞話》與所謂「崇禎本」的《金瓶梅》之間，尋出一些阻礙《金瓶梅》成書與梓行的實證來。下編我們討論這些。

29　事詳《明光宗實錄》，卷一至卷五，及《熹宗實錄》，卷六至卷十及天啟六年修《三朝要典》之紅丸、移宮事件。

下編

「詞話本」頭上的王冠

一　章回小說的頭回引起

　　明清間的章回小說，最愛在一下筆的時候，為書的內容，寫上幾句詩詞或引喻些典實，用以徵領後文所述說的故事等等。更有引言、入話、開宗、楔子等等來系論全書的梗概。雖說這類的開場白，在宋人話本中，已經有了得勝令，得勝回朝的形式[1]，但此一引詩徵文以證事，乃我古人論事引證的一貫筆法。說來，是有其悠遠傳統的了。如《論語》、《孟子》、《老子》、《莊子》、《列子》及其他如《韓詩外傳》、《說苑》等等，無不有例可按。斯乃人所共知，自毋須枚述。

　　觀之小說，如《三國演義》一開頭就說：「話說天下大勢，分久必合，合久必分，」再由周末七國分爭，說到致亂成三國之由；《水滸》則也是從五代亂離，說到宋有天下，一直敘到何以有水滸梁山泊之成；《西遊》則述天地之數，五行演變，從盤古鴻濛，說到萬物成善，引系出一個神話故事。兼且一一有詩為證，所證之詩，亦無不與書之內容絲絲相扣。如《水滸》引詩云：「紛紛五代亂離間，一旦雲開復見天，草木百年新雨露，車書萬里舊江山。尋常巷陌陳羅綺，幾處樓台奏管弦。天下太平無事日，鶯花無限日高眠。」說是此詩乃邵康節先生為嘆五代殘唐天下干戈不息所作。正是「朱李石劉郭，梁唐

1　見莊因著：《話本楔子彙說》，（臺北市：聯經出版公司，1978年）。

晉漢周，都來十五帝，亂播五十秋。」這些證喻，令人一讀《水滸》全傳，即能印證上何以梁山水泊有眾盜之聚。《西遊》的引詩云：「混沌未分天地亂，茫茫渺渺無人見，自從盤古破鴻濛，開闢從茲清濁辨。覆載羣生仰至仁，發明萬物皆成善。欲知造化會元功，須看西遊釋厄傳。」可以說把《西遊記》所寫內容，喻證得極其清楚。換言之，《西遊記》寫些什麼？這首詩已表明了。

再說成於清朝的《醒世姻緣》，在第一回中除有引詩，以及開頭所述說的民胞物與仁心之所養，引出故事中的晁源。更敘說故事之前，寫一「引起」，來申明作者寫作這部《醒世姻緣》的動機。我們讀了這篇引起的文與詩，對於全書的故事，以及作者想表達些怎樣的意想，必能得乎梗概。有人說：《醒世姻緣》的情節架構技巧，得自《金瓶梅》，本文不是討論此一問題，不必在此說它了。但從「引起」及證詩來說，洵與《金瓶梅詞話》是同範模。問題是，我們可以從《醒世姻緣》、《三國》、《水滸》、《西遊》等書的第一回所寫引詩與敘說中，一開頭就能鑫知全書的內容大要。然而，《金瓶梅詞話》第一回中的引證詩詞及其敘喻的故事，即與書中內容，大相扞格，無所措落，下面我們來談這一部分。

（一）引詞與證事

《金瓶梅詞話》的引詞，在第一回回目之前，就引述了兩段，各四則，前四則是出世的，後四則是入世的。茲分別引錄如后，再來討論。在第一回回目中，也有引詞，詞後更有證事的史話。所以我們應作兩部分討論。

第一　引詞

詞曰

閬苑瀛洲，金谷陵樓，算不如茅舍清幽。野花繡地，莫也風流！也宜春，也宜夏，也宜秋。酒熟堪酳，客至須留，更無榮無辱無憂！退閒一步，著甚來由？但倦時眠，渴時飲，醉時謳。

短短橫墻，矮矮踈窗，忔憎查兒小小池塘。高低疊峯，綠水低傍。也有些風，有些月，有些涼。日用家常，竹几藤床，靠眼前水色山光，客來無酒，清話何妨，但細烹茶，熱烘盞，淺澆湯。

水竹之居，吾愛吾廬。石磷磷床砌堦除，軒窗隨意，小巧規模。卻也清幽，也瀟灑，也寬舒。懶散無拘，此等何如？倚闌干，臨水觀魚，風花雪月，贏得工夫。好炷心香，說些話，讀些書。

淨掃塵埃，惜耳蒼苔，任門前紅葉鋪堦。也堪圖畫，還也奇哉！有數株松，數竿竹，數枝梅。花木栽培，取次教開明朝事，天自安排，知他富貴幾時來，且優游，且隨分，且開懷。

我們看這四闋引詞，顯然是慎獨之情，獷者之歌。自古以來，凡所獷者，都是避亂世的人。所以他認為「閬苑瀛洲，金谷陵樓，算不如茅舍清幽。」他要住在一個也宜春、也宜夏、也宜秋的野花繡地的地方，著甚來由去招惹那榮辱之夏？他要退閒一步，但倦時眠、渴時飲、醉時謳。那怕是客來無酒，又何妨清話。他要生活得懶散無拘，軒窗隨意，臨水觀魚，說些話，讀些書，明天的事，老天自會安排，且優游，且隨分，且開懷，知他富貴幾時來？試想這分意念，關連到西門慶的故事中的什麼呢？

　　如果說，蘭陵笑笑生寄意於時俗的「蓋有謂也」，即志在以西門慶的故事，來展示人生之營營苟苟，勉人不必追逐名利富貴，遠不如隱居山林，且優游，且隨分，說些話，讀些書；細烹茶，熱烘盞，淺燒湯；倦時眠，渴時飲，醉時謳；卻極難令人在《金瓶梅詞話》的百回情節中，吟味到這些。因為《金瓶梅詞話》的寫作動機是入世的，這四闋引詞則是出世的。可以說兩者間的意想，並不相關連。幾篇敘跋，也經說明：「無非明人倫、戒淫奔、分淑慝、化善惡、知盛衰消長之機，取報應輪迴之事，如在目前，」「然曲盡人間醜態」，「蓋為世戒非為世勸也。」在結尾時，雖難免帶些神話的老套，然盛衰消長報應輪迴的意旨，仍不忘表明。譬如這一段：「且說吳月娘與吳二舅眾人，在永福寺住了那到十日光景，果然大金國立了張邦昌在東京稱帝，置文武百官。徽宗欽宗北去，康王泥馬渡江，在建康即位，是為高宗皇帝。並（委）宗澤為大將，復取山東河北，分為兩朝。天下太平，人民復業。後月娘歸來，開了門戶，家業器物，都不曾疏失。就把玳安改名做西門安，承受家業，人稱呼為西門小員外，養活月娘到老，壽年七十歲，善終而止。此皆平日好善看經之報也。」最後的證詩，把全書意旨，表達得更為清楚。詩云：「閒閱遺書思惘然，誰知天道有循還。西門豪橫誰存嗣，經濟顛狂定被殲。樓月善良終有壽，瓶梅淫佚早歸泉。可憐金蓮遭惡報，遺臭千年作話傳。」詩雖未佳，連打油也談不上。但所證《金瓶梅詞話》的內容，卻全部道出了。這裏，也更加印證了它與上引的四闋詞詞意，不能契合。

　　在這四闋引詞之後，是四貪詞，乃論戒酒色財氣者。詞云：

酒

酒損精神破喪家，語言無狀鬧喧嘩。踈親慢友多由你，背義忘恩盡是他。　切須戒飲流霞，若能依此實無差。失卻萬事皆

因此，今後逢賓只待茶。

色

休愛綠鬢美朱顏，少貪紅粉翠花鈿。損身害命多嬌態，傾國傾城色更鮮。　莫戀此，養丹田，人能寡慾壽長年。從今罷卻閒風月，帋帳梅花獨自眠。

財

錢帛金珠籠內收，若非公道少貪求。親朋道義因財失，父子懷情為利休。　急縮手，且抽頭，免使身心畫夜愁。兒孫自有兒孫福，莫與兒孫作遠憂。

氣

莫使強梁逞技能，揮拳揮袖弄精神。一時怒發無明穴，到後憂煎禍及身。　莫太過，見災迍，勸君凡事放寬情。合撒手時須撒手，得饒人處且饒人。

　　說起來，酒色財氣是人生的四大難關，《金瓶梅詞話》是描繪現實人生的說部，所謂「曲盡人間醜態」，自然包容了酒色財氣四字在內。但要說《金瓶梅》「為世勸」的主題意念，就是要人戒此四貪，卻也並不那麼明白。不錯，西門慶對酒色財氣四個字，都沾惹上了，但西門慶則死於色慾。我在論及西門慶這個人物時曾說，要不是胡僧的藥力使西門慶的性興不已而死於非命，此人極可能官到總兵官而壽高耄耋[2]。可以說《金瓶梅》的為世戒，著眼的並不是這四貪，而是「世運代謝」；欣欣子已經敘明了。

2　筆者寫有《金瓶梅人物論》一書，尚未完篇，論西門慶一文，發表於民國六十七年八月《出版與研究》半月刊。

　　看來，《金瓶梅詞話》中的〈四貪詞〉，以及前面四闋出世的引詞，都頗有基於雒于仁的〈四箴疏〉（見上章），產生出的那種被削籍為民後的慎獨心情。雒于仁斥為民後，迄未見召，久之卒於家；天啟時方獲追贈。這些，《明史》均有詳確記載。那麼，我們如把《金瓶梅詞話》上的冠引詞話，舉以對證雒于仁的〈四箴疏〉，能不令人聯想到〈四貪詞〉的諷喻乎哉！何況還有其他諷喻呢！

　　除了這些回目前的兩部分詞話之外，第一回回目上的引詞，以及引詞中史事的疏解，更與西門慶的故事，不相粘連。為了大家研討方便，我們仍舊加以引錄於后。

第二　證事

　　詞曰

　　丈夫隻手把吳鈎，欲斬萬人頭。如何鐵石打成心性，卻為花柔。請看項羽并劉季，一似使人愁。只因撞著虞姬戚氏，豪傑都休。

　　這詞是北宋詞人卓田的作品。無非指出雖叱咤風雲的劉項，亦難免在女人前心軟。《金瓶梅詞話》的作者，對這一段詞文，加以解釋說：

　　此一隻詞兒，單說著情色二字，乃一體一用。故色絢於目，情感於心。情色相生，心目相視，互古及今，仁人君子，亦合忘之。晋人云：「情之所鍾，正在我輩，如磁石吸鐵，隔得潛通。無情之物尚爾，何況為人。」逐日在情色中做活計一節，鬚眉丈夫，隻手把吳鈎，吳鈎，乃吳劍也。……言丈夫心腸如鐵石，氣概貫紅霓，不免屈志於女人。題起當時西楚

霸王，姓項名籍，單名羽字，因秦始皇無道，南修五嶺，北築長城，東填大海，西建阿房，並吞六國，坑儒焚典。因與漢王劉邦，單名季字，時二人起兵，席捲三秦，滅了秦國，指鴻溝為界，平分天下。因用范增之謀，連敗漢王七十二陣，只因寵著一個婦人，名喚虞姬，有傾城之色，載於軍中，朝夕不離。一旦被韓信所敗，夜走陰陵，為追兵所逼，霸王敗向江東取救。因捨虞姬不得，又聞四面皆楚歌，事發，歌曰：「力拔山兮氣蓋世，時不利兮騅不逝，騅不逝兮可奈何？虞兮虞兮奈若何！」歌畢泪下數行。虞姬曰：「大王莫非以賤妾之故，有費軍中大事。」霸王曰：「不然。吾與汝不忍相捨故耳。況汝這般容色，劉邦乃酒色之君，必見汝而納之。」虞姬泣曰：「妾寧以義死，不以苟生。」遂請王之寶劍，自刎而死。霸王因大慟，尋以自刎。史官有詩嘆曰：「拔山力盡霸圖隳，倚劍空歌不逝騅。明月滿營天似水，那堪回首別虞姬。」那漢王劉邦，原是泗上亭長，提三尺劍碰碭山，斬白蛇起手。二年亡秦，五年滅楚，掙成天下。只因也是寵著個婦人，名喚戚氏。夫人所生一子，名趙王如意，因被呂后妬害，心甚不安。一日，高祖有疾，乃枕戚夫人腿而臥。夫人哭曰：「陛下萬歲後，妾母子何所托？」帝曰：「不難。吾明日出朝，廢太子而立爾子，意下如何？」戚夫人乃收泪謝恩。呂后聞之，密召張良謀計。良舉薦商山四皓，下來輔佐太子。一日同太子入朝，高祖見四人鬚鬢皆白，衣冠甚偉，各問姓名，一名東圓公，一名綺里季，一名夏黃公，一名角里先生。因大驚曰：「朕昔求聘諸公，如何不至？今日乃從吾兒所遊。」四皓答曰：「太子乃守成之主也。」高祖聞之，愀然不悅。比及出殿，乃召戚夫人指示之曰：「我欲廢太子，況彼

四人輔佐，羽翼已成，卒難搖動矣！」戚夫人遂哭泣不止。帝乃作歌以解之。「鴻鵠高飛兮，羽翼抱龍兮，橫縱四海。橫縱四海兮，又可奈何？雖有繳繳兮，又安所施。」歌訖，後遂不果立趙王矣。高祖崩世，呂后酖酒殺趙王如意，人虿了戚夫人，以除其心中之患。後人評此二君，評到個去處。說劉項者，固當世之英雄，不免為二婦人，以屈其志氣。雖然，妻之視妾，名分雖殊，而戚氏之禍，尤慘于虞姬。然則妾婦之道，以事其丈夫，而欲保全首領於牖下，難矣。觀此二君，豈不是撞著虞姬戚氏，豪傑都休。有詩為證：「劉項佳人絕可憐，英雄無策庇嬋娟。戚姬葬處君知否？不及虞姬有墓田。」

這一段話的解說，只是為了解釋卓田的那闋〈眼兒媚〉。可是，《金瓶梅詞話》的作者，把這故事引述在第一回之前，竟與以下西門慶身家興衰的故事，聯繫不起來。這就與一般說部的「楔子」不同了。想來，這就是吾人應去探討的一大問題。

二　引詞證事的諷喻

如果，蘭陵笑笑生寫《金瓶梅詞話》，只是顧了要寫西門慶的故事，這闋引詞徵喻在故事開始之前，他徵喻於西門慶的故事一些什麼呢？像西門慶這樣一位不識之無的僻野小縣城的地痞，怎能與項羽、劉邦並論。特別值得一提的是，劉邦寵戚夫人廢嫡立庶的事。與《金瓶梅詞話》的故事，更是風馬牛互不相及。那麼，《金瓶梅詞話》的作者，把這些歷史引證到前面，是什麼意思呢？固然，作者又緊跟著在下面解釋說：「說話的，如今只愛說這情色二字作甚？故士矜才則德薄，女衒色則情放。若乃持盈慎滿，則為端士淑女，豈有殺身之

禍。今古皆然，貴賤一般。如今這一本書，乃虎中美女，後引出一個風情故事來。一個好色的婦人，因與了破落戶相通，日日追歡，朝朝迷戀，後不免尸橫刀下，命染黃泉，永不得著綺穿羅，再不能施朱傅粉，靜而思之，著甚來由。況這婦人他死有甚事？貪他的斷送了堂堂七尺之軀，愛他的失去了潑天關產業。驚了東平府，大鬧清河縣。端的不知誰家婦女，誰家妻小？後日乞何人占用？死于何人之手？正是：『說時華岳山峯歪，道破黃河水逆流。』」下面才說到故事的背景。改錄了《水滸》的打虎故事等等。

　　就以所述「虎中美女」這一點來說，也與後面所寫的潘金蓮一生際遇，不相符節。雖然，此所謂的「破落戶」，應是指的西門慶，潘金蓮的尸橫刀下，也是基於她與西門慶的通奸所引起。可是，西門慶之死，在《金瓶梅詞話》的故事裏，卻不全是為了潘金蓮的原因。《水滸》上的故事，才是如此。至於「驚了東平府，大鬧了清河縣（陽穀）」，也全是《水滸》的情節，與流行於今日的《金瓶梅詞話》，內容兩不相符了。所以，我們可以從這些地方，去領會到作者原意所要架構成的《金瓶梅》，並不是今天我們所讀到的《金瓶梅詞話》的內容。今日的這部所謂萬曆丁巳本的《金瓶梅詞話》，自然是改寫過的了。從它的第一回的引詞證事來看，我們確確實實的可以如此去推斷它的。那麼，改寫成《金瓶梅詞話》以前的《金瓶梅》，其內容究竟如何呢？我認為《金瓶梅詞話》第一回中的引證所喻，透露出的消息，必是它以前那部《金瓶梅》的內容。從以往寫在說部中的楔子慣例來看，這樣推想，應是一件不容置疑的事。我在上章所寫〈形成金瓶梅與阻礙成書及梓行的重大原因〉一文，用以對證，當益發可以令人蠡及，袁中郎時代的《金瓶梅》，極可能就是一部諷諫神宗皇帝寵幸鄭貴妃，有廢長立幼的故事。不過，它原來的故事，是不是支出於《水滸》的那個西門慶與潘金蓮的故事呢？可就很難說了。

　　西門慶與潘金蓮，在《水滸》中是兩個定了型的人物，除了西門慶的那分可以在獅子樓與武松對打的武藝拳腳之外，幾乎全部搬進了《金瓶梅詞話》。如果，袁中郎時代的《金瓶梅》，正如袁小脩日記中所寫，可證它與《金瓶梅詞話》的故事無異。此一問題，留待後面再來述說。但在此可以說明的是，西門慶與潘金蓮，似乎不可能擔當起來像《金瓶梅詞話》中那個諷喻帝王寵幸故事的任務。所以，我們可以推想到《金瓶梅詞話》以前的那半部《金瓶梅》，必是一部可以楔入劉項寵幸事件——尤其劉邦寵愛戚夫人有廢嫡立庶的故事。後來迫於政治情勢，遂有人把它改寫過了。所以，從《金瓶梅詞話》第一回看，作者一下筆即以詞語徵諸劉項，且論及漢高之寵戚氏的廢嫡立庶的故事，來楔子後文，豈不顯然是在諷喻神宗之寵鄭氏，因而遲不冊立太子的比況乎？這一點，幾已無所懷疑。若再以明人說部之引詩證詞，以及引起與楔子等寫入文首的原則看，則又益可證明《金瓶梅詞話》中寫的漢高祖有心廢嫡立庶事，應是後文的棟樑。可是，《金瓶梅詞話》，則僅僅餘下了這根棟樑的樁頭，山窯出的樑柱，已是另一形態。因而第一回的劉項故實，與後面的西門慶故事，兩相扞格，既引不起也楔不入了。更可以說，劉項的故事，特別是劉季寵戚夫人一事，委實冠不到《金瓶梅詞話》的故事上去；這頂戴在帝王頭上的平天冠，如何能戴到西門慶的頭上去呢？基乎此，越發可以蠡及《金瓶梅詞話》之前，極可能還有一部諷喻神宗寵鄭貴妃的《金瓶梅》，暗流於民間文士之手。萬曆二十四年（1596）前後，正是神宗遲不冊立東宮等問題的高潮。《金瓶梅》的前半，正好在此時期出現，這總不能說是巧合吧！

「詞話本」的改元宣和重和與一年兩冬至

　　我說《金瓶梅詞話》是改寫過的，可以在它的內容中，尋出極其明確的證據，那就是寫於第七十回到七十二回的兩個冬至問題。下面我們討論這個問題。

一　一年兩個冬至問題

　　《金瓶梅詞話》的故事背景，明指的宋朝，暗指的是明朝，這已是眾所公論的事。書中故事明寫的宋朝年代，是從徽宗政和二年起到南宋建炎元年止，上下綿亙計有十六個年頭。但所隱寫的明朝年代，影射得最清楚的地方，莫過於第七十回到第七十六回之間的紀年。這幾回的紀年，是政和七年十一月到重和元年十二月上旬潘金蓮死，這一年多的時日。一開始的隱示，便是西門慶由清河進京謝恩的起程日期與抵京日期。

（一）西門慶進京

　　按：《金瓶梅詞話》寫西門慶升官上京謝恩，在七十回與七十一回。西門慶獲知要趕在冬至前到京，見朝引奏謝恩，是十一月初十日晚。本來，王三官訂在是月初十日（十一日）這天，請西門慶到他家飲宴。西門慶高興之極，以為這次赴宴，可以獲得機會接近王三官的

娘子，不想到了初十日晚夕，「東京本衛經歷司差人行照會到，曉諭各省提刑官員知悉，火速赴京，趕冬至令節見朝引奏謝恩，毋得違誤。取罪不便。」所以西門慶不得不回謝了王三官的盛請，趕著去準備赴京的行裝與禮物。因為他們要趕著在冬至令節前抵京，不得不在十一月十二日起身。由清河到達東京，通常的行程約需要半個月，在第五十五回中，業已寫明了。如照正常的行程，他們十一月十二日動身，到達東京的日子，應是十一月二十五、六日。可是，西門慶等人這一次到達東京的日子，是那一天呢？

西門慶這次上京，抵京日期，書上雖未明寫，但可從抵京後的停留時日，推算出來。他們抵京的當晚，住在崔中書家。第二天，便去叩拜蔡太師，蔡太師不在家，代聖上去主持新蓋上清寶（竹籙）宮的奉安牌區去了。西門慶問翟親家，他見朝引奏的日子，是不是應等冬至聖上郊天回來？翟謙回答說：「親家你等不的。冬至聖上郊天回來，那日天下官員上表朝賀畢，還要排慶成宴。你們原等（不）的。不如今先（到）鴻臚寺報了名，明日早朝謝了恩。直到那日堂上官引奏畢，領到箚付起身就是了。」西門慶謝了翟管家，作辭出門，來到崔中書家，一面差賁四到鴻臚寺報了名。次日見朝，青衣冠帶，同夏提刑進內，不想只在午門前謝了恩出來。情節寫到這裏，已是西門慶抵京後的第三天了。這一天，西門慶回拜了何千戶之後，又是一宿晚景題過，次日一早再到何千戶家，吃了早飯，一同押著禮物去拜朱太尉。這是抵京後的第四天了。第七十回寫他們拜見朱太尉完畢，第七十一回寫西門慶與何千戶從朱太尉家回來，晚上又在何千戶家吃飯聽唱，這晚住在何千戶家。第二天才是冬至日，已是西門慶抵京後的第五天了。

試想，這一年的冬至，是西門慶在十一月十二日由清河抵京，住了四晚後的第五天。我們當然可以推算出這一年的冬至是那一天。

　　如依據平常行程，以半月時日計算，抵京之日應是十一月二十六日。住了四晚才是冬至，則冬至日應為十一月三十日。不過，西門慶在十一月初十日接到東京本衛經歷司的照會，如果這一年的冬至是十一月三十日，去了半月的行程，還有五天的時間，用不著趕著十一月十二日就動身，把王三官十一日的宴席也取銷了。顯然的，這一年的冬至，不是十一月三十日。再說，西門慶等人在行程中，曾經兼程行進。第七十回中曾這樣寫著：「十二日起身，離了清河縣。冬天易晚，晝夜趕行。……一路天寒坐轎，天暖乘馬，朝登紫陌紅塵，夜宿郵亭旅邸。正是：意急欵搖青氈幙，心忙牽碎紫絲鞭。評話捷說，到了東京。」這番描寫，顯已點明西門慶這次進京，行程不到半月就抵京了。那麼，可能提前兩天或三天到達。這一年的冬至，便可能是二十六、二十七、二十八誕三天。日人鳥居久靖在寫〈金瓶梅編年稿〉[1]的時候，曾經注意到此一問題。他查出萬曆三十七年（1609）的冬至，是十一月二十七、八日。不錯，根據《明神宗實錄》所記，萬曆三十七年的冬至，是十一月甲辰（二十七）日。但據鄭鶴聲編「近世中西史日對照表」，則列為癸卯（二十六）日。說起來明朝的曆日，尚有不少異辭，此處已無篇幅引說[2]。雖說，萬曆三十七年的冬至日（二十七），也能印證上這一年的西門慶抵京的時間，可是，另外還有一個「冬至」，寫在第七十一回裏面。那就是西門慶離京返回清河的那個「冬至」。下面，我們討論這個「冬至」問題。

1　鳥居久靖作：〈金瓶梅編年稿〉，《天理大學學報》第15卷第1輯。

2　關於明朝曆日，萬曆年間官頒的是大統曆。在萬曆中葉，曾有人考算節令，已有誤差。建議更正。甚而有建議改用萬年曆者（即今之耶穌紀元曆）。且另有回回曆。我這編年之說，悉據神宗及熹宗的實錄。雖查對鄭鶴聲的「中西史日對照表」有所誤差，則仍以史之實錄為則。惟泰昌元年及天啟元年的冬至日期，則與鄭編兩者相同。

（二）西門慶離京

在七十一回中，西門慶由東京返家的紀日，竟是「十一月十一日。」這一點，如從小說的情節看，應是一大錯誤。在上一回——七十回中，既已寫過西門慶由清河起身赴京，是十一月十二日。約半月的時間抵達京城，在京中住了四晚才是冬至令節。拜完了冬，又在何千戶家住了兩晚，方始整裝起身返清河。在京中住了六晚，加上路上行程，就是把路上行程縮減三天，他們離京回清河的日子，也應該是十一月底十二月初了，怎會又回到十一月十一日去？顯然的，這是情節上的錯誤，無話可以辯說。這種錯誤，我們可以推想是集體創作上的缺失，大家分回而寫，各寫各的部分，匆匆付梓，沒有作最後的提綱總繫，遂產生了這種重複上的交錯。再或者是由於作者的寫作時間太長，寫了後頭忘了前頭。這些推想，都能成其理由。我在前面都已說過了。可是，當我們查知泰昌元年的冬至是十一月二十八日，天啟元年的冬至是十一月初九日，那麼，此一問題卻不得不另作推想了。

寫在七十一回中的冬至，時間是十一月初九日，相當確定。這一回中寫著西門慶與何千戶在冬至這天，起五更跟隨眾人進朝拜冬，在眾官之後五拜三叩。詔更明年為宣和元年，正月元日，受命定寶。隨後朱太尉啟奏引天下提刑官事。朱太尉身後跪了兩淮、兩浙、山東山西、河南河北、關東關西、福建廣南、四川等處刑獄千戶章隆等二十六員。例該考察，已更陞補，繳換箚付，合當引奏，未敢擅便，請旨定奪。聖旨傳下來，照例給朱太尉承旨下來。……這裏寫的就是西門慶進京見朝引奏的情形。西門慶隨同眾官退朝之後，偕同千戶回來，在何千戶家過了一晚（冬至日的當晚），次日才到衙門中領了箚付，同眾科中掛了號，打點殘裝，收拾行李，與何千戶一同起身。何太監在這天晚夕，又置酒為西門慶餞行。算來，從冬至這天起，又過

了兩夜了。下面說「從十一月十一日，東京起身。」自可推想這一個
「冬至」，應是十一月初九日無疑。正巧，天啟元年的冬至，是十一
月初九日，熹宗實錄如此記載，「近世中西史日對照表」所列，也是
十一月初九。那麼，我們基此可以推想到此一前後參差的錯誤，似乎
不是無意的了。更可因此聯想到前一個冬至，必是隱指的泰昌元年的
冬至十一月二十八日。要不然，前後絕不會巧合到如此乞巧。

　　雖說，西門慶於十一月十二日由清河起身赴京，抵京的正確時
日，頗不易研判。但我們從後一個冬至日，可以確定是十一月初九日
的這一點來說，便可以認定前一個冬至日，必然是指的十一月二十八
日。關於這一點，在七十二回中，明寫了西門慶於十一月十一日由東
京返清河，抵家的日子是十一月二十四日。作者這樣寫著：

　　　　有日後晌時分，西門慶來到清河縣，分付賁四王經跟行李，
　　　先往家去，他便送何千戶到衙門中，看著收拾打掃公廨乾
　　　淨，接下，他便騎馬來家。進入後廳，吳月娘接著拂去塵
　　　土，舀水淨面畢，就令丫頭院子內放桌兒，滿爐焚香，對天
　　　地位下許願心。月娘便問：「你為什麼許願心？」西門慶道：
　　　「且休說，我性命來家。」往回路上之事，告說一遍：「昨日
　　　十一月二十三日，剛過黃河，行到沂水縣八角鎮（誤刻為公用
　　　鎮）上，遭遇大風。那風那等兇惡，沙石迷目，通不放進。天
　　　色又晚，百里不見人，眾人多慌了。……次日風住了方才起
　　　身。這場苦比前日還苦十分。前日（指六月那次進京拜壽）雖
　　　是熱天還好些。這遭又是寒冷天氣，又躭許多懼怕。幸得平
　　　地還罷了。若在黃河遭此風浪怎了！……

所以我們可以確定西門慶十一月十一日由東京起身，回到清河是十一
月二十四日。那麼，我們自可據此日期推想西門慶由清河抵京，也可

能是十一月二十四日或二十三日。這其間，作者在這七十二回中，還寫了應伯爵一句話，他得知西門慶已回到了家，驚奇的說：「哥從十一月十二日起身，到今還得上半月期，怎的來得快？」他把西門慶起身的日子，說成十一月十二日。當然，我們可以說那是由於應伯爵記錯了或聽錯了西門慶由東京起身的日子，也可以推想是刻錯了。可是，我們如把這日子看成是作者們的故意呢？也未嘗不可。我們可以推想這是作者們的故意，故意讓應伯爵說成「十一月十二日起身」，方正好與西門慶由清河起身赴京的日子相符，用來隱指西門慶由清河抵京的日子是十一月二十四日。我們如把西門慶於十一月十二日由清河起身，抵京的日子是十一月二十四日算起，抵京住了四晚之後才是冬至的日子，卻正好是十一月二十八日；這一天也正好是泰昌元年的冬至。這種微妙的隱指，又怎能說這是「巧合」？或誤寫？誤刻？

二 政和的改元宣和又重和問題

宋徽宗在位二十五年，改元六次。建中靖國、崇寧、大觀、政和、重和、宣和；重和改元僅一年，即改為宣和。又七年，禪位與子——欽宗，改元靖康，第二年再改元建炎。這些，在《金瓶梅詞話》中，都有明確的記載。可是，《金瓶梅詞話》的第七十一回，居然把政和七年的改元重和，寫成「改元宣和」。雖然到了第七十六回，記述本縣衙差人送曆日二百五十本，伯爵看了開年，「改了重和元年，該閏正月」。到了第八十八回，寫到十二月終了，再進入翌年正月的時候，應有改元宣和的記述，但卻無有。直到第九十九回，方寫有「改宣和七年為靖康元年」的記述。但實際上，《金瓶梅詞話》的情節，從第七十六回之後到九十九回改宣和七年為靖康元年的這二十四回情節裏面，可以編寫出的年月，連重和這一年算進去，也只有

七年，如不算重和，則只有六年，不是徽宗朝的史實了。

　　從寫在《金瓶梅詞話》中的改元情事來看，由政和的改元，不先寫「改元重和」，竟先寫「改元宣和」，雖在第七十六回又改正了，看來可能是一點小錯誤。我們可以推想是因作者的疏忽寫錯，或者傳抄錯了。但如想及萬曆四十八年（1620）這一年的改元問題，便不能認為這是作者疏忽或傳抄上的錯誤了。

　　查有明一朝，在位天子除英宗重祚有兩個紀元，其他都是一個紀元終其一朝。但萬曆終朝則情形特殊了。這一年之間，事實上有三個皇帝在位。即萬曆、泰昌、天啟。雖然在史家的紀錄上，這年只有兩個紀元，而事實上則是三個皇帝在位。按萬曆於四十八年七月二十二日終極，皇太子常洛於八月一日繼位。登基之日，曾詔頒明年泰昌元年。想不到這小子無祿，坐上皇帝寶座僅僅一月，九月一日便崩逝了。可以說是未及改元。關於此一問題，當時的臣子，曾有以下三種建議。一、上借父下借子，改萬曆四十八年為泰昌紀元，使泰昌有圓滿的一年紀元。二、泰昌僅有一月，談不上紀元，仍以萬曆四十八年終其年，明年再以天啟紀元。三、七月以前，稱萬曆四十八年，八月以後稱泰昌元年，明年是天啟的紀元。結果採取了第三案頒詔天下。這父子孫三代的紀年，才這樣獲得定論[3]。

3　禮科左給事中李若珪言：殿下正位，即先帝之年，當議改元。同朝謂明年正月朔，為殿下紀元之始，今年八月朔至十二月，斷宜借之先帝，稱泰昌元年。御史黃士彥說：春秋隱公書元年春王正月。解者曰：凡人君即位，其體元以居，故不書一年一月也。若中歲改元，使人君不得畢其數，嗣君不得正其初，于義為不經。先帝即位一月，善政不勝書，未及改元，修史誰能隱之。臣子乃于後改之，是以過舉遺先帝耳。

　　浙江道御史左光斗言：今距登極僅一日矣。攀龥之號，一年再見，古事不載。唐德宗改元凡三，建中四年，興元一年，貞元二十一年。共二十六年。德宗於貞元二十一年正月崩，順宗即位，隔年改元永貞。八月疾，讓位太子，明年為憲宗元和

　　像萬曆、泰昌、天啟這半年之間突變成的三個皇帝紀年，乃史
所僅見。那麼，我們如從此一史實的時代背景，來看《金瓶梅詞話》
援用宋徽宗這兩個紀元的錯綜處理，似乎是在隱指——更可以說是影
射萬曆末朝的這一改元紀年事件。看來，應說是一大鐵證。

　　我們如從此一紀年去想它的隱指與影射。我敢大膽的說，寫於
第七十一回中的「詔改明年為宣和元年」，實際上可能是隱指天啟。
這一點，乃隱喻改元建議的第二個意見，否定泰昌的存在。何以到了
第七十六回曆日頒下，已是重和元年？這一點，乃隱喻改元的第三個
建議，萬曆四十八年八月以後稱泰昌元年。看來，此一隱喻的筆法，
是相當明顯的。再說，《金瓶梅詞話》的作者，在記述重和、宣和這
兩個元年的寫法，是把重和與宣和合併在一起來紀年的。我已說到，
從七十六回到九十九回的這二十四回的情節中，可以編出的年月，連
重和算進去，也只有七年[4]。這種情形，要不是有意的在隱指泰昌、
天啟，又怎會安排得如此巧合呢？還有，作者既然採用了徽宗朝的紀
年，準不會連重和、宣和改元的前後秩序也鬧不清吧！

元年。然則史稱德宗二十六年。蓋合永貞一年，而永貞亦借貞元之二十一年。父子
共為一年。此其最較著者。若今日之議，萬曆自四十八年，泰昌繫以元年。但史自
萬曆四十八年八月一日前仍書萬曆，自八月一日後至十二月則書泰昌，並行不悖，
古今通行。泰昌之於萬曆，猶天啟之於泰昌也。泰昌不忍其親，則存之；天啟獨忍
其親，則削之？是陷皇上於不孝也。即不忍其祖而于其父，猶之不孝也。忍于全泰
昌之孝，而不思所以全皇上之孝，是議者之過也。

禮部亦上言：帝統必不可遺，世系必不容紊。先帝升遐之日，猶存萬曆庚申之年，
而明歲改元之期，即為天啟辛酉之始。似乎萬曆之後，天啟繼之，而泰昌年號虛而
無實矣。然神宗之統，則傳之先帝也；皇上之統，則受之先帝也。上尊諡則有廟
號，修實錄則有徽稱。倘非繫以泰昌，則繼萬曆而開天啟者，屬之誰乎？會議與臣
部符合者，十之八九。伏乞聖斷，敕天下自八月始至十二月終，俱為泰昌元年。從
之。

（以上錄自明人談遷之《國榷》卷八四。）

[4]　參閱拙作：〈金瓶梅編年紀事〉，《臺灣日報》副刊，1980年7月2-16日。

　　《金瓶梅詞話》的這一編年，隱指的是泰昌與天啟，已相當鮮明。七十一回的改元宣和，指的是天啟，所以到了正式曆日頒下，已是重和元年了。換言之，《金瓶梅詞話》的作者，是同情泰昌的，在第八十七回及八十八回即寫有人們對冊立東宮的歡快心情。所以他們希望泰昌有紀年，而且有個完整的紀年。這或許就是作者把「重和」隱指泰昌的心態。本來，天啟元年原本應是「泰昌元年」。事實上呢？不惟原已詔改的「泰昌元年」變成了天啟元年，就是萬曆四十八年的九月到十二月這四個月的「泰昌元年」，也變成了天啟元年；因為實際上已是天啟在位。難怪《金瓶梅詞話》的作者，把重和元年與宣和元年看成了一年。日本學人鳥居久靖早已如此說到了[5]。像這種情形，在明朝歷史上，祇有泰昌與天啟是如此，其他則無。徽宗的重和紀年，也有整整十二個月，然後再改宣和。事實上，重和元年與宣和元年，是不能併作一年看的。但泰昌與天啟可就無法界分了。雖然史家已訂明泰昌的紀元起訖，但事實上，泰昌是不曾有過紀元的一朝。《金瓶梅詞話》的作者，把重和元年與宣和元年合併起來紀年，豈不是有意的去隱指泰昌與天啟這個朝代嗎？

5　見鳥居久靖著：〈金瓶梅編年稿〉，考二十六、三十三兩條。

崇禎本的改寫

一　詞話本改寫前後

　　在《金瓶梅》版本上說，《金瓶梅詞話》是今日存在世上的最早的刻本，業成定論。而且，它也是存在於世的《金瓶梅》的最早稿本。雖然魯迅與鄭振鐸曾據《萬曆野獲編》的話，推定《金瓶梅》最早刻於萬曆三十八年（1610），已被我尋出的馬仲良司榷吳關的確切時日（萬曆四十一年，1613）否定了。現在任誰都得承認《金瓶梅詞話》是《金瓶梅》的最早刻本。這是不必再說的了。

　　若從版本的淵源上說，《金瓶梅詞話》便不可能是《金瓶梅》的原始稿本。這一問題，我已花費了不少筆墨來討論過它。如今，可成公論的是，所謂「崇禎本」的《金瓶梅》，乃由《金瓶梅詞話》改寫而來。康熙年間張竹坡評的「第一奇書」本，以及再後王曇評的所謂《真本金瓶梅》，回目都與所謂「崇禎本」同。實際上，今日《金瓶梅》的版本淵源，只有一個，那就是《金瓶梅詞話》。至於《金瓶梅詞話》以前，是否還有它的祖本？今尚無實物可證。但我們從《金瓶梅詞話》中尋出的上述（上一章）諸問題；卻足以證明在《金瓶梅詞話》以前，必定還有一部《金瓶梅》。它的內容如何？且已在《金瓶梅詞話》第一回中明確的顯示出了。何況，寫在它第七十回到七十六回的編年與改元等事實，已證實了《金瓶梅詞話》是天啟年間才改寫成的這一點，應是不爭之論。不過，《金瓶梅詞話》梓行後，未敢大模大樣的發行，仍怕第一回的政治隱喻會惹麻煩吧，遂有所謂「崇禎本」

的《金瓶梅》改寫。崇禎本的第一回是重寫過的，內容與《金瓶梅詞話》完全不同。除了這個第一回的全改寫了，回目也略有更動，各回中的文字，也微有變易。這些，大家都早經說過了。只是崇禎本的改寫，究竟為了什麼？卻無人履及。鄭振鐸認為《金瓶梅詞話》是北方刻本，那麼多山東土白南方人讀來不便，遂有杭州版的崇禎本出現。這自是臆測之詞了，不足為據。現在，我們來看崇禎本第一回。

二　崇禎本刪去了詞話本的政治隱喻

（一）改寫的第一回

引詩（一）
豪華去後行人絕，簫箏不響歌喉咽；
雄劍無威光彩沉，寶琴零落金星滅。
玉階寂寞墜秋露，月照當時歌舞處；
當時歌舞人不回，化為今日西陵灰。

引詩（二）
二八佳人體似酥，腰間仗劍斬愚夫；
雖然不見人頭路，暗裏教君骨頭枯。

這兩首詩均直寫人生浮華之不可貪，女色之宜乎戒。作者兼且解釋說：「這一首詩是昔日大唐國時，一位修真養性的英雄入聖超凡的豪傑，到後來居住紫府，名列仙班，率領上八洞神仙，救拔四部洲沈苦，一位仙長姓呂名岩道號純陽子所作。單道世上人營營逐逐急急巴巴，跳不出七情六慾關頭，打不破酒色財氣圈子。到頭來同歸於盡，著甚要緊。雖如此說，只這個酒色財氣四件中，惟有「財色」二

字，更為利害。怎見得他的利害？假如一個人到了窮苦的田地，受盡無限淒涼，耐盡無端懊惱。晚來摸一摸米甕，苦無隔宿之炊；早起看一看廚前，愧無半星煙火；妻子饑寒，一身凍餒，就是那粥飯，尚且艱難，那討餘錢沽酒。更有一種可恨處，親朋白眼，面目寒酸，便是凌雲志氣，分外消磨，怎能夠與人爭氣！正是：『一朝馬死黃金盡，親者如同陌路人。』到達那有錢時節，揮金買笑，一擲巨萬。思飲酒，真個瓊漿玉液，不數那琥珀杯流；要鬥氣，錢可通神，果然是頤指氣使；趨炎的壓脊挨肩，附勢的吮癰舐痔；真個所謂得勢疊肩來，失勢掉臂去。古來炎涼惡態，莫有甚於此者。這兩等人，豈不是那財的利害處。如今再說那色的利害。請看如今世界，你說那坐懷不亂的柳下惠，閉門不納的魯男子，與那秉燭達旦的關雲長，古今能有幾人？至如三妻四妾，買笑追懽的，又當別論。還有那一種好色的人，見了個婦女，略有幾分顏色，便百計千方，偷寒送暖。一到了著手時節，只圖那一瞬懽愉，也全不顧親戚的名分，也不想朋友的交情。起初時，不知用了多少濫錢，費了幾許酒食。正是『三杯花作合，兩盞色媒人。』到後來情濃事露，甚而鬥狠殺傷，性命不保，妻拿難顧，事業成灰。就如那石季倫潑天豪富，為綠珠命喪囹圄；楚霸王氣概拔山，因虞姬頭懸垓下，真所謂『生我之門死我戶，看不過時忍不過。』這樣豈不是受那色的利害處。話便如此說，這『財色』二字，從來只沒有看得破的。若有那看得破的，便見得堆金積玉，是棺材帶不去的瓦礫泥沙；貫朽粟紅，是皮囊內裝不盡的臭污糞土；高堂廣廈，玉宇瓊樓，是墳山起不得的華堂；錦衣綉襖，狐服貂裘，是骷髏上裹不了的敗絮。即如那妖姬艷女，獻媚工妍，看得破的，卻如交鋒陣上，將軍叱咤獻威風；朱唇皓齒，掩袖回眸，懂得來時，便是閻羅殿前，鬼判夜叉增惡態；羅襪一彎，金蓮三寸，是砌墳時破土的鍬鋤；枕上綢繆，被中恩愛，是五殿下油鍋中生活。只有那金剛經上兩句說得好，

他說道：如夢幻泡影，如電復如露。見得人生在世，一件也少不得。到了那結果時，一件也用不著。隨著你舉鼎盪舟的神力，到頭來少不得骨軟節麻。由著你銅山金谷的奢華，正好時卻又要冰消雪散；假饒你閉月羞花的容貌，一到了垂眉落眼，人皆掩鼻而過之；比如你陸賈隨何的機鋒，若遇著齒冷唇寒，吾末如之何也已。到不如削去六根清淨，披上一領袈裟，參透了色口世界，打磨穿生滅機關，直超無上乘，不落是非窠，倒得個清閒自在，不向火坑中翻筋斗也。正是：『三寸氣在千般用，一日無常萬事休。』」這麼一大段引起之說，都能一一楔入到西門慶身家興衰的這個故事中去，與《金瓶梅詞話》的那段引起之說，是大不同了。

　　作者為了要把這些引起之說，與下面的西門慶故事，連成一體，還特別加以說明：「說話的，為何說此一段酒色財氣的緣故？只為當時有一個人家，先前恁地富貴，到後來煞是淒涼，權謀術智，一些也用不著；親友兄弟，一個也靠不著。享不過幾年榮華，倒做了許多的話靶。內中又有幾個鬥寵爭強，迎姦賣俏的。起先好不妖嬈嫵媚，到後來也不免得屍橫燈影，血染空房。正是：『善有善報，惡有惡報。天網恢恢，疏而不漏。』」這段話自然是指的西門慶與潘金蓮了。

　　試看，所謂「崇禎本」的《金瓶梅》，第一回中的引起詩文，無不與西門慶的故事兩相契合。不像《金瓶梅詞話》的引起——尤其劉項故事的引證，是一項戴不到西門慶頭上的「王冠」。像西門慶這個不識之無的地痞流氓，雖然貪緣上蔡太師得了提刑千戶的五品之職，總不能與項羽、劉邦作比對吧！何況，劉邦寵戚夫人有廢嫡立庶的意想，與《金瓶梅詞話》中的西門慶身家興衰的故事，也毫無相關的關係呢！

　　在這裏，我們足可了解崇禎本的《金瓶梅》，是為了什麼改寫的

了吧！除了這些，我們再看另一改寫的部分。

（二）情色改財色

在《金瓶梅詞話》第一回，一開頭就說：「此一隻詞兒，單說著情色二字，乃一體一用。……」引述了項羽之於虞姬，劉邦之於戚夫人等情色的故實。認為丈夫心腸如鐵石，氣概貫虹霓，都不免屈志於女人。當後面要引述全書故事時，也這麼斬釘截鐵的說：「說話的，如今只愛說這情色二字。做甚？……」也指明了後面是一個有關「情色」的故事。可是，《金瓶梅詞話》所演述的西門慶家庭故事，卻只有「色（欲）」而無「情（意）」。請問《金瓶梅詞話》的讀者，《金瓶梅詞話》中的那多男男女女誰跟誰有「情」？西門慶對李瓶兒有情嗎？不錯，李瓶兒死時，西門慶哭得呼天搶地。這就是西門慶的情，西門慶的愛嗎？李瓶兒嫁過來時，被冷落得去上吊，救下之後，給了一頓馬鞭子之後再上床。李瓶兒死後不到一個月，西門慶在守靈中便收用了奶子如意兒。請問，情從何來？愛從何生？陳經濟對潘金蓮有情嗎？他為了要娶她，籌不出一百兩銀子，趕往東京家中籌銀。可是，陳經濟與潘金蓮的苟合，是起於色欲？還是起於情意？用不著我在此述說，凡是《金瓶梅詞話》的讀者，都能回答。可以說，《金瓶梅詞話》第一回中的「情色」二字，卻不是《金瓶梅詞話》中的內容。

說來，《金瓶梅詞話》第一回點示的「情色」二字，縱不作一詞組來看，那個「情」字也不是一項可以冠到西門慶這個故事上的帽子。正因為如此，這所謂「崇禎本」的《金瓶梅》第一回，便把這個「情色」一詞，改為「財色」。前一節已經引錄說到。那麼，我們如以「財色」二字來看西門慶的這個身家興衰的故事，那就沒有什麼問題。雖然，作者所點示的「財色」的厲害，也只是泛論，推敲起來，

也只是硬把「酒色財氣」按到西門慶頭上，還未能把「財色」與西門慶這個故事，喻化成一體，像其他說部或戲曲的楔子那樣嚴實。但比起寫在《金瓶梅詞話》中的「情色」點示，總要適稱得多了。

雖說《金瓶梅詞話》點示的「情色」二字，指明了這個女人就是潘金蓮，認為這個女人之所以遭到殺身之禍，是由於她的「衍色情放」（女衍色則情放），未能「持盈慎滿」，作個「淑女」。可是，那位林太太呢？堂堂二品夫人，兒子都娶了媳婦，然而她的「好風月」偏從後門風遍在妓院的粉頭口唇間，應去「持盈慎滿」的婦人，又如何能算到潘金蓮頭上呢？看起來，這種點示，也只是硬向潘金蓮身上拴繫而已。

西門慶的故事，只有「財色」並無「情色」；情，更是無有。那麼，我們從「情色」二字看，可以疑及《金瓶梅詞話》之前，極可能還有一部涉及政治描寫「情色」的《金瓶梅》，那部《金瓶梅》，就是一個可以戴上劉項頭上那頂王冠的故事。這樣推想，不能說不是一個理由吧！

崇禎本把「情色」改為「財色」，自是為了契合內容，刪去政治諷喻的了！

（三）刪除朝廷借馬價銀

在《金瓶梅詞話》第七回，「楊姑娘罵張四舅」的回目中，寫到孟玉樓與張四舅爭論應不應嫁西門慶時，有這樣一段對話：

> 張四道：「我見此人有些行止欠端，在外眠花臥柳，又裏虛外實，少人家債負，只怕坑陷了你。」
> 婦人（孟玉樓）道：「你老人家又差矣。他就外邊胡行亂走，

　　奴婦人家只管得三層門內，管不得那許多三層門外的事，莫
不成日跟著他不成。常言道，世上錢財倘來物，那是長貧久
富家。緊著起來，朝廷一時沒錢使，還問太僕寺借馬價銀子
來使。休說買賣的人家，誰肯把錢放在家裏。各人裙帶上衣
食，老人家到不消這樣費心。」

可是這段話到了崇禎本，卻刪成了這樣了：

　　張四道：「還有一件最要緊的事，此人行止欠端，專一在外眠
花臥柳，又裏虛外實，少人家債負，只怕坑陷了你。」
　　婦人道：「你老人家又差矣！他少年人，就在外邊做些梳弄勾
當，也是常事。奴是婦人家，那裏管得許多，若說虛實，常
言道世上錢財倘來物，那是長貧久富家。況這姻緣事，總皆
前生定，你老人家不必這等費心了。」

　　我們看，朝廷爺借馬價銀子使的話刪去了。為什麼刪去？想來
還不是怕招惹政治上的麻煩嗎？一招惹上政治的麻煩，就可大可小
了。

（四）改寫了西門慶離京日

　　我們在上一章提到西門慶進京謝恩，作者在這三回之中，隱示
了兩個冬至，一隱泰昌元年的冬至十一月二十八日，一隱天啟元年的
冬至十一月初九日。前章業已說明了。可是到了崇禎本，西門慶離京
的日子卻改了。
　　按西門慶離京返回清河的日子，明寫的是十一月十一日。正因

為作者明寫了這個日子，我們方能據以推算出這個「冬至」是十一月初九日。此一推算，上已論及，不必再說。崇禎本竟把此一離京之日，改為「十一月二十日」。這樣一改，這個「冬至」便不是十一月初九，應是十一月十八日；這樣一改，天啟元年「十一月初九」的冬至，便失去了隱喻了。此一隱喻失去，則前面的那個泰昌元年的冬至，也就失去了相對的憑依，說它是萬曆三十七年的冬至十一月二十七日，也是可以的，不能確切了天啟元年的冬至是十一月初九了，如不能確定這個十一月初九的冬至，則上面的那個泰昌元年的冬至──十一月二十八日，也就不能確切的肯定。所以，我們怎能認為「崇禎本」第七十二回的這一改寫，不是為了刪去政治隱喻呢？

再說，「崇禎本」的這一改寫，也不是為了情節上的問題。譬如說，西門慶於十一月十二日由清河赴京，通常的行程是半月，日夜兼程的趕，就算只花十天的時間吧，抵京也過了十一月二十日了。在京中逗留了四晚纔是冬至，又過了兩晚，方始動身回家，一共在京中停留了六晚。那麼，西門慶離京的日子，怎會是「十一月二十日」？《金瓶梅詞話》之所以把西門慶離京的日子，寫為「十一月十一日」，目的在用以隱示這個冬至是「十一月初九日」。崇禎本這樣一改，已改去了《金瓶梅詞話》的這一隱示天啟元年冬至日的意義。那麼，崇禎本何以要如此改呢？其他的離清河以及回到清河的日子，甚至十一月二十三日在沂水縣八角鎮遇見大風的事，都沒有改寫。已足可想知崇禎本的此一改寫，只是為了改去天啟元年冬至的隱示，免得招惹政治上的麻煩而已。在天啟年間，《三朝要典》（萬曆、泰昌、天啟）還正在史官們筆下推敲著呢。

三　崇禎本的改寫留給我們的推想

從《金瓶梅詞話》第一回的引詞證事，之不合於西門慶這人身家興衰的故事，以及泰昌與天啟改元的隱示，到崇禎本的改寫，對於《金瓶梅》的傳抄、成書與梓行，業已顯現了一個清新的眉目。極其顯然，它的演變是這樣：

一、《金瓶梅》本是一部諷喻明神宗寵幸鄭貴妃而貪財好貨又淫欲無度小說，深寓諫諍之意，是以袁宏道贊與它「勝枚生〈七發〉多矣！」但卻一連遇上了因寵鄭氏冷落長子引涉起的「妖書」與「梃擊」等事件，阻礙了它的成書與傳抄。當然，凡是閱讀到的人，也無不三緘其口。

二、到了「妖書」事件漸漸淡漠之後，《金瓶梅》有了全本的傳說，時已萬曆三十七年（1609）矣。這個全稿，可能是第一次的修改本。跟著卻又由於福王遲不之國，又一度引起了臣民的疑慮，可能又是影響了它付梓的原因之一。所以到了四十一年（1613）才又有了付梓的消息[1]。但卻又遇上了「梃擊」事件，又不敢冒然梓行了。

三、東吳弄珠客寫於萬曆丁巳冬（1617）的敘言，是《金瓶梅》業已準備付梓的確切證據。極可能又修改過了。但仍未敢梓行。

四、明神宗於萬曆四十八年（1620）七月二十二日死了，跟著泰昌繼位僅一月，又死了，紀元的是天啟。經此大變，本來就有所寓意於常洛的失懽於君父的《金瓶梅》，更有機會在史料上加以隱喻了。於是《金瓶梅》的作者們，便集體的加以改寫，匆匆付梓。就是我們今天讀到的這部《金瓶梅詞話》。所以，除了第一回中的劉邦寵戚夫人之有廢嫡立庶的隱喻，更有七十回到七十六回的泰昌、天啟之改元

---

[1]　參閱上錄《萬曆野獲編》。

影射。

五、《金瓶梅詞話》出版後，正巧天啟的史官在纂《三朝要典》，泰昌在世時的「妖書」、「梃擊」等事件，全在檢討之例。這部對常洛之不受君父重視，曾一次次受到鄭氏傾軋之情，而有所諷喻的《金瓶梅詞話》，仍未敢廣以發售，怕惹來政治上的麻煩。遂有了所謂「崇禎本」的改寫。實際上，這部所謂「崇禎本」的《金瓶梅》也是刻在天啟的。前章已說到了。

六、「崇禎本」的改寫，不就是一個確切的證據嗎！

從「花石綱」隱喻「礦稅」推論《金瓶梅》演變

　　我們已把崇禎本《金瓶梅》的改寫原因，探索到了，它改寫的是《金瓶梅詞話》中的政治隱喻。上已一一提出明證，相信已無爭辯餘地了吧。

　　關於《金瓶梅》的故事背景，明寫的是宋，暗寫的是明，乃人所共知，所寫宋朝的時代，由徽宗的政和二年（1112）起，到高宗建炎元年（1127）止，在《金瓶梅》的情節上，也編年得非常清楚。暗寫的明朝，早期的說法是嘉靖，這說法已不存在，我在上幾章中，已討論到了。吳晗的研究，認為它是萬曆中期的作品，我認為還要後推，應把它放在萬曆末年，在第三章中，我也詳細說了。總而言之，《金瓶梅》暗寫的是萬曆一朝，不僅吳晗與鄭振鐸的研究，如此推定，我不是又尋出了許多證見，更加予以肯定，而且下推到天啟初年嗎！那麼，《金瓶梅》隱喻了萬曆一朝的史事，亦已無須爭辯。

一　宋徽宗的「花石綱」與明神宗的「礦稅」隱喻

　　既然《金瓶梅》的社會背景，明在宋之徽宗，暗在明之神宗，這兩朝的重要史事，自然會在作家筆下寫進了小說。按宋之徽宗一朝，最大的惡政是「花石綱」，明之神宗一朝，最大的惡政是「礦稅」。那麼，在《金瓶梅詞話》中，有沒有寫到這些呢？我們可以肯定的回答：「有。」明寫的一個情節在第六十五回，回目是「宋御史結豪請六黃」。其中如此寫到：

（管磚廠的黃主事到西門家弔孝，更為了迎接六黃太尉事，商
請西門慶作東留飯。）

……先生還不知朝廷如今營建艮嶽，敕旨令太尉朱勔，往江
南湖湘採取花石綱，運船陸續打河道中來。頭一運將次到淮
上，又欽差殿前六黃太尉來迎取卿雲萬態奇峯，長丈二，濶
數尺，都用黃毡蓋覆，張打黃旗，費數號船隻，由山東河道
而來。況河中沒水，起八郡民夫牽挽，官吏倒懸，民不聊
生。宋道長督率州縣，事事皆親身經歷，案牘如山，晝夜勞
苦，通不得閒。況黃太尉不久自京而至，宋道長須率三司官
員，要接他一接。想此間無可相熟者，委託學生來，敬煩尊
府作一東，要請六黃太尉一飯。未審尊意可允否？

在《金瓶梅詞話》中，明寫到花石綱的事，只此一處。按宋徽宗
作萬歲山於政和七年（1117），宣和四年（1122）十二月山成，更名
艮嶽。《金瓶梅詞話》第六十五回的編年，是政和七年九月二十九
日，六黃太尉到是朝十八日。雖此處所寫「艮嶽」之稱，未必在時間
上與史實全部吻合，但《金瓶梅》的作者卻藉以說到「官吏倒懸，民
不聊生」的話，以及眾官員聽到了，也說「正是州縣不勝擾苦。這件
事，欽差若來，凡一應祗迎廩餼公宴，器用人夫，無不出於州縣，必
取之於民，公私困極，莫此為甚。」這些都與明神宗礦稅之中使四
出，騷擾之情同。自是藉以隱喻的了。除了此處，在第四十八回的
「蔡太師奏行七件事」的七事裏面，也有二事是關於花石綱的。（一）
罷講議財利司（二）置提舉御前人船所。

（一）罷講議財利司

按「講議財利司」之置，在宣和六年（1124）十一月。乃援尚書左丞宇文粹中的上言。自蔡京倡「豐亨豫大」之說，勸帝窮極侈靡。久而帑藏空竭，言利之臣，殆析秋毫。宣和以來，王輔專主應奉，掊剝橫賦，以羨為功。所入雖多，國用日匱。至是，宇文粹中上言，謂祖宗之時，國計所仰，皆有實數，量入為出，沛然有餘。近年諸局，務應奉司，妄耗百出，若非痛行裁減，慮智者無以善後。於是詔蔡攸就尚書省置講議財利司，除法已有定制，餘並講究。條上，蔡攸請內侍職掌事於宮禁，應裁省者，委童貫請旨。由是不急不務，無名之費，悉議裁省。帝亦自罷諸路應奉，官吏減六，尚歲貢物[1]。可以說，到了講議財利司的設置，已是花石綱這一惡政的尾聲了。自崇寧四年（1105）冬，派朱勔領蘇杭應奉局運送花石綱，抵講議財利司之設，已二十年了。跟著在翌年（1125）十二月，金人南侵，方罷花石綱及內外製造局。可是天下的局面已不可收拾。不得已傳位太子。但花石綱已終徽宗一世。一如礦稅之終神宗一世。

《金瓶梅詞話》說「罷講議財利司」，自是基於蔡京的立場說的。實際上，這時的蔡京已失寵，權勢已被其子蔡攸奪去。小說這樣寫「切惟國初定制，都堂置講議財利司，蓋謂人君節浮費，惜民財也。今陛下即位以來，不寶外物，不勞民，躬行節儉以自奉，蓋天下亦無不可返之俗，亦無不可節之財。惟當事者以俗化為心，以禁令為信，不忽其初，不弛其後，治隆俗美，豐亨豫大，又何講議之為哉！」看來，這全是一種今所謂的反諷（Irony）寫法。

---

[1]　見〔元〕脫脫：《宋史》〈食貨志〉，第一三二計會。

（二）置提舉御前人船所

自花石綱實行以後，各地紛紛獻項。應奉局司承接不暇，且有不待旨但送物至都，計會宦者以獻。蔡京上言，謂陛下無聲色犬馬之奉，所尚者山林間物，乃人之所棄，但有司奉行之過，因以致擾。願節其虛濫，乃請作提舉淮浙御前人船所，命內侍鄧文誥領之。詔諭自後凡有所用，即從御前降下，乃如數貢，餘不許妄進。時在政和七年（1117）秋七月。本來，設置提舉御前人船所的意思，是為了便民，免去各地逕行獻貢。結果，中官滋擾更甚。

試看宋徽宗的花石綱，與明神宗的礦稅，兩相比擬，豈不頗多相合。

按明神宗遣中官開礦，事在萬曆二十四年（1596）七月，命中官榷稅，在同年十月。初畿輔奸民奢言礦利，慫恿中官開礦。雖宰臣申時行力言不可，卻因乾清、坤寧二宮火災，加以又在寧夏、朝鮮用兵之後，國用大匱，計臣束手無策。既有人說開礦有利，怎能不允，「於是獻礦峒者踵至。首開畿內，命中官領之。嗣後河南、山西、南直、湖廣、浙江、陝西、四川、江西、福建、雲南，無地不開。中使四出，皆給以關防，並偕原奏官往，脈絡細微無所得，勒民償之。而奸人假開礦之名，乘勢橫索民財。有司稍忤意，輒論其阻撓逮治，富家巨族，則誣以盜礦。良田美宅，則指為下有礦脈。卒役圍捕，辱及婦女，橫暴如此，羣臣屢諫不聽。且在開礦以外，增設稅使，如天津店租，廣州珠監，兩淮餘鹽，浙閩粵之市舶，成者茶鹽，重慶名木，湖口長江船稅，荊州店稅，都邑關津，中使棋布。水陸數十里，即樹旗建廠。至所納奸民為爪牙，肆行殺奪。又立土商名目，窮鄉僻塢，

米鹽鷄豕，皆令輸稅。中人之家，大半皆破。[2]」據明人文秉所著《定陵注略》，所記礦稅中使擾害地方，逕行呈獻的情形，與宋徽宗的置提舉御前人船所，如出一轍。再按宋徽宗的花石綱所設的應奉局，在各地的應奉情形，殆亦明神宗開礦的祖本。

　　當年朱勔奉敕領應奉局辦理花石綱事，據《宋史》〈朱勔傳〉謂：「所貢物豪奪漁取於民，毛髮不少償。士民家一石一木稍堪翫，即領健卒直入其家，用黃封表識，未即取，使護視之，微不謹，即被以大不恭罪。及發行，必徹屋抉牆以出，人不幸有一物小異，共指為不祥，惟恐芟夷之不速。民預是役者，中家悉破產，或鬻賣子女以供其須。斷山輦石，程督峭慘，雖在江湖不測之淵，百計取之，必出乃止。嘗得太湖石高四丈載以巨艦，役夫數千人，所經州縣，有折水門橋樑鑿城垣以過者。既至，賜名神運昭功石。載諸道糧餉綱，旁羅商船，揭所貢，暴其上，篙士舵師，倚勢貪橫，陵轢州縣，道路相視以目。……」兩相對照，豈非異曲而同工。據此，則《金瓶梅詞話》所寫這兩件宋徽宗史事，得非隱喻明神宗的礦稅乎！

（三）其他五件事

　　《金瓶梅詞話》所寫蔡京奏行的這七件事，除了這（二）（七）兩條，其餘五條如（一）罷科舉取士悉由學校升貢。（事在崇寧三年九月）（三）更鹽鈔法。（四）制錢法。（五）行結糶俵糴法。（六）詔天下州郡納免夫錢（事在宣和六年六月）。這些政令，在《宋史》〈食貨志〉中，悉有記載。雖非蔡京一次奏行，史實上則確是蔡京輔政時的歷次建言。亦足徵《金瓶梅詞話》的作者，是熟諳宋史的人

2　見〔元〕脫脫：《明史》〈食貨志〉，第五七坑冶。

物。要不然，他絕難把這些有關宋史上的實事，綜合運用得如此貼切，而且還能加以把真正的史書，略予改寫以副諷喻。自可基此蠡知他們寫入這些宋史上的史實，不是隨隨便便引來作為小說歷史的幫襯的，必然有所諷諫隱喻的吧。

　　譬如「罷科舉取士悉由學校升貢」一事，史實在崇寧三年（1104）九月。按當時太學雖設辟雍，以待士之升貢，然州縣仍以科舉貢士，蔡京遂上言悉科舉法。於是徽宗採納蔡京言，詔天下取士悉由學校升貢，凡試禮部法並罷。此事固與明神宗朝政不相關聯，但明之洪武間，取士亦期由學校升貢之制，國子監即其例也。他如更鹽鈔法，宋明之歷朝，均史有迭迭更易之事，自難例說是對神宗朝的諷喻。但制錢法一事的史乘，查來則不無比況。按《金瓶梅詞話》對制錢法一事說：「切惟錢貨乃國家之血脈，貴乎流通，而不可淹滯。如扼阻淹滯不行者，則小民何以變通，而國課何以仰賴矣。自晉末鵝眼錢之後，至國初瑣屑不堪，甚至雜以鉛鐵夾錫，邊人販於虜，因而鑄兵器，為害不小。合無一切通行禁之也。以陛下新鑄大錢，崇寧大觀通寶，一以當十，小民通行，物價不致於踊貴矣。」查宋徽宗在崇寧三年鑄當十大錢事，議者多言不便，徽宗也知其不可，結果還是接受了蔡京的建議。在《明史》〈食貨志〉五「錢鈔」之志，則記有天啟元年鑄泰昌大錢事。乃兵部尚書王象乾所請，鑄當十、當百、當千三種，用龍文略倣金三品之制，於是兩京皆鑄大錢。後有言大錢之弊者，詔南京停鑄大錢，收大錢發局改鑄。看來這宋明史書上的錢鈔記事，豈不兩代契合。那麼，我們如果認為《金瓶梅詞話》的此一錢鈔之鑄大錢，隱喻的是明天啟元年的泰昌大錢，則益發證明《金瓶梅詞話》的是天啟間改寫的作品。再「行結糶表糶法」見《宋史》〈食貨志〉五，「詔天下州郡納免夫錢」，事行在宣和六年（1124）六月，均有史可徵。自是引述以陪襯諷喻的了。由於這些諷喻並不那麼直接，在崇禎本都

還保留著。

二　從袁中郎的《觴政》看《金瓶梅》的演變

　　《金瓶梅》一書，最早傳抄於萬曆二十四年（1596）冬，只有前半。從明人現有的史料上看，我們不得不承認這一事實。可是，袁中郎（宏道）看到的那半部《金瓶梅》是不是我們今天讀到的這部《金瓶梅詞話》呢？這誠然是一大問題。但若依據袁中道的《遊居柿錄》、謝肇淛的《小草齋文集》，李日華的《味水軒日記》，沈德符的《萬曆野獲編》，其所記內容，均與今之《金瓶梅詞話》無大異趣。尤其謝肇淛的那篇〈金瓶梅跋〉[3]，幾與吾人今日閱及的《金瓶梅詞話》一致。不過，這四個人的這些說詞，都說在萬曆四十一年（1613）之後，距離袁宏道閱及《金瓶梅》前半的時間，已十七八年了。

　　還有，袁宏道見到的《金瓶梅》前半，「半」到多少呢？謝肇淛的〈金瓶梅跋〉說：「於中郎得其十三」。若以全書百回計，袁宏道只得三十回。今人馬幼垣說：「謝肇淛之傳抄《金瓶梅》，自云：『余於中郎得其十三，於丘諸城得其十五』。弟以為此二數字，可作謝所有達全書百分之八十解，惟謝復指出全書卷數，始末大略，故以為彼所得者首尾俱全。既非全書，卻具首末，缺者當為中間數卷，……」[4]。若馬先生此一說法正確，則袁宏道所得之「十三」，卻又未必是前三十回。試想，又是那些回呢？可就不易妄言了。袁中郎只見《金瓶梅》的十之三，除了贊嘆其「雲霞滿紙，勝枚生〈七發〉多

3　見上編第一章所錄該跋全文。頁26-28。

4　馬幼垣作：〈論金瓶梅書跋〉收入靜宜文理學院中國古典研究中心編：《中國古典小說研究專集》（臺北市：聯經出版事業公司，1980年），二，頁215。

矣」，兼且譜之酒令，配《水滸傳》為逸典。當真是李日華說的「亦
好奇之過」耳！

　　查《金瓶梅詞話》前三十回，西門慶的六房妻妾，業已全部娶到
家中，蔡太師也夤緣上了，官也有了，子也生了，在地方上的惡霸行
為，幾已大部寫出。如「毒武大」、「買囑何九」、「娶孟玉樓」、「娶
潘金蓮」、「陷害武松」、「梳籠李桂姐」、「隔牆密約李瓶兒」、「氣死
花子虛」、「謀財娶婦（李瓶兒）」、「東京打點關節脫罪」、「買流氓
整蔣竹山」、「大鬧麗春院」、「私僕婦」、「解來旺」、「來旺媳婦自
縊」、以及西門慶與妻妾們的淫靡生活，在前三十回中，幾已展示到
淋漓盡致。這些情節，袁小脩自然可以據之寫出這樣的介紹詞：「後
從中郎真州，見此書之半，大約模寫女兒情態俱備，乃從《水滸傳》
潘金蓮演出一支。所云金者，金蓮也；瓶者，李瓶兒也；梅者，春梅
婢也。舊時京師有一西門千戶，延一紹興老儒於家，老儒無事，逐日
記其家風月之事，以門慶影其主人，以餘影其諸姬。瑣碎中有無限煙
波，亦非慧人不能。」換言之，我們如根據袁小脩的這則日記，則足
以證明袁氏兄弟在萬曆四十二年（1614）八月以前，還只讀了《金瓶
梅》的前三十回。問題是，袁中郎據此三十回的情節，興奮的贊美
說：「雲霞滿紙，勝枚生〈七發〉多矣！」於情則可。但把這明知未
完而又未經付刻的三十回，寫入了酒令，要酒人配《水滸傳》為逸
典，還說：「不熟此典者，保面甕腸，非飲徒也。」於情則不可。

　　《水滸傳》一書，在嘉靖年間，即已家傳戶到。把《水滸傳》列
為酒場甲令，乃人所共知，自可由酒人在傳杯交盞間應接。方始傳抄
而又未曾寫完的《金瓶梅》，且又不是刻本，又怎能把它寫入《觴政》
呢？像袁中郎這樣明乎情理的人，想來似不致如此草莽吧！

　　關於《觴政》一文的問題，我曾寫有專文論及，可參閱拙作《金
瓶梅探原》第九十七至一〇三頁，對於《觴政》一文的寫成時間，曾

加考證。我曾依據袁中郎的三封提到《觴政》的書函，一寄袁無涯，一寄潘景升，一寄黃平倩，寫信的時間，都在萬曆三十五年（1607）以後。可以證明《觴政》的寫成已在一六〇七年間了。

《觴政》後附有酒評，註明作於丁未夏，即萬曆三十五年（1607）夏間。不過，在《寶顏堂秘笈》所刻《觴政》一文，附有荷葉山樵作於萬曆甲辰（三十二）年閏九月之短跋，自可認定《觴政》之作，應在萬曆三十二年（1604）或再前。可是，《寶顏堂秘笈》乃明人纂刻之書，此一秘笈正續彙雜等集，共達一百三十種，自萬曆三十四年起刻到泰昌元年始成。此一秘笈既有纂造之嫌[5]，是以我只依據袁中郎的三封信為據，推斷《觴政》是萬曆三十五年間的作品。但也許是萬曆三十二年間寫於柳浪湖的作品，抵萬曆三十五年間已刻成，信函所附者是刻本。這樣推想，也是對的。但縱然作於萬曆三十二年，他如此「好奇之過」的把《金瓶梅》寫入《觴政》，於情也是有問題的。這時，《金瓶梅》仍無全書，雖有半部流行，仍未付梓啊！想來，袁中郎在這種情形之下，把《金瓶梅》寫入《觴政》，定有原因，如果推究起來，又是政治的關係了。

在萬曆中葉，袁中郎的文名已隆，他的作品一經寫出，即有人傳抄。在中央圖書館藏有一本袁中郎尺牘的抄本，扉頁記有一則短文，說：「余昔從家君之毘陵，與士大夫往來，每日不論風雨，輒有十數束相遺，家君必親復之。故石公之束，家君為之淵，數欲梓之未果。今集中郎先生束以訓門人，皆先家君所訂者，雖不入俗，自有一種不食人間煙火氣味。願門人脫俗之耳！茂林謙謙生題。」可見中郎

5　《寶顏堂秘笈》萬曆間刻，目錄學家王重民在美國「國會圖書館藏中國善本書錄」中說：「是刻改竄刪節，多失本來面目，故為通人所嗤，近代藏書家，皆擯而不登於善本之目。茲以流傳漸少，特著錄焉。」

的書函，隨處有人彙集。那麼，袁中郎寫給董其昌等人的信，在未付刻前，必已流抄世間。茂林謙謙生的這一短文，就是證明。

　　既然袁中郎的信函，在未付梓前即行流傳，可以想知袁中郎讀到《金瓶梅》的事，定有人知。當萬曆二十六年鄭貴妃梓行《閨範圖說》引起假名朱東吉的《憂危竑議》出現，勢必引起了《金瓶梅》的一些傳說。最早的《金瓶梅》是有關政治諷喻的小說，《金瓶梅詞話》第一回，已有了「王冠」的鐵證，不必說了。試想，讀到這種小說的人，在「妖書」事件前後的那個政治環境之下，不惟不敢嚷嚷，總還希望有所諱避的解說吧！《觴政》一文之把《金瓶梅》配《水滸傳》為逸典，得非因此而故作解說嗎！

　　如果《觴政》之作加入《金瓶梅》為逸典，是為了避諱政治紛擾而故作的解說，那麼，它寫於萬曆三十二年（1604），是一個極切時宜的時間；正在「妖書」事件之後啊！我們想，在「妖書」事件之後，所有涉於諷喻鄭氏之寵的文字，當然不敢質乎世上了。這時，所有涉及《金瓶梅》的人士，為了袪除政治牽連，勢必要另寄託詞。那麼，袁中郎《觴政》以《金瓶梅》配《水滸傳》為逸典，可能就是因此而製造出的託詞。或許，袁中郎寫《觴政》時，就有了改寫《金瓶梅》的意想了吧。

　　袁中郎寫《觴政》時，就透露了改寫《金瓶梅》的意想，沈德符《萬曆野獲編》，暴露得最為清楚。沈說他在萬曆三十四年（1606）遇中郎京邸，曾談到《金瓶梅》，這時的袁中郎雖還未見全本，卻已聞知誰家有全本，且知之抄自何處。這裏便透露了《金瓶梅》的必有全本。所以沈德符在萬曆三十七年（1609）便在京中向袁小脩抄得了全本。但缺其中五十三回到五十七回五回。我們或者可以據此推想，《金瓶梅》抵此已有了第一次改寫本的全稿了。（上章已說到）。這個改寫完成的稿本，仍遲遲未敢付梓，一直到了萬曆四十三年，李日華

看到時，還祇是一個稿本。

正因為《金瓶梅》在袁中郎作《觴政》時，即透露了他們改寫的意想，於是沈德符的《萬曆野獲編》，袁中道的《遊居柿錄》，謝肇淛的《小草齋文集》，都能異口同聲的道出《金瓶梅》的同一內容。但由於此一改寫成的《金瓶梅》內容，仍未能洗滌淨有關政治的隱喻，雖然寫妥了敘跋，還是不敢付梓。雖在天啟再經改寫刻出了《金瓶梅詞話》，還怕招惹來政治上的麻煩，遂又改寫了《金瓶梅詞話》為《金瓶梅》（即崇禎本）。我的這些推論，現存的《金瓶梅詞話》（萬曆丁巳本）及所謂崇禎本《金瓶梅》的兩相異辭，就是兩大鐵證。不必多說了。

從《金瓶梅》的問世演變推論作者是誰

　　《金瓶梅》的作者是誰？直到今天，仍是一個未能道出姓名年籍的問題。四十餘年來，公論是「山東人」的說法，已被拙作《金瓶梅探原》予以搖動了；否定了。

　　我在《金瓶梅探原》一書中，首先論及的就是作者問題。關於《金瓶梅》的作者問題，也是我研究《金瓶梅》的主要目標，此一研究的第一篇論文，寫的就是〈金瓶梅的作者是誰？〉發表於民國六十一年（1972）九月二十四日至二十八日聯合報副刊，距今已整整八年。後又改寫，縮小為〈金瓶梅詞話的作者〉，發表於民國六十六年（1977）七月二十八日至三十日中華日報副刊，便是印在《金瓶梅探原》中的這一篇，把論見提出的更多，雖未能指出作者是誰，已把作者是誰的範圍縮小了。如今，當我把《金瓶梅》問世後的演變，一一縷述之後，確定了它曾被一再改寫，到了天啟年間方行梓行。那麼，《金瓶梅》的作者是誰？問題豈非更加複雜！但為了要把此一問題，一一討論清楚，特把所提論點，分別推論如後。

一 作者不是山東人是江南人

（一）語言問題

認為《金瓶梅》（應指《金瓶梅詞話》）的作者是山東人，主要的論證，便是語言。

吳晗說：「第三，再退一步承認王世貞有作《金瓶梅》的可能（自然，他不是不能做）。但是問題是他是江蘇太倉人，並且是土著，有什麼保證可以斷定他不『時作吳語』？《金瓶梅》用的是山東的方言，王世貞雖曾在山東做過三年官（1557-1559），但是能有證據說他在這三年中，曾學會了甚至土著一樣地使用當地的方言嗎？假使不能，又有什麼根據使他變成《金瓶梅》的作者呢！」[1]

鄭振鐸說：「但我們只要讀《金瓶梅》一遍，便知其必出於山東人之手。那麼許多的山東土白，決不是江南人所能措手其間的。其作風的橫恣、潑辣，正和山東人所作的《醒世姻緣傳》、《綠野仙踪》同出一科。」[2]

在語言上論證《金瓶梅》是山東人作的說法，大都不出吳鄭二人上述的論點。實在說，這二人的說法，都不合邏輯，太籠統了。只要反問一句，他們的論點便不存在。

問：《金瓶梅詞話》中的語言，屬於山東那一區域？是魯東還是魯西？是魯南還是魯北？是清河縣土白嗎？

問：清河縣在山東那一區域，明時屬於何府？宋時屬於何路？

1　見吳晗著：〈金瓶梅的著作時代及其社會背景〉，《文學》創刊號（1934年1月）。

2　見鄭振鐸作：〈談金瓶梅詞話〉，收入《中國文學研究新編》（臺北市：明編出版社，1971年）。

是山東轄嗎？

　　我敢相信，吳、鄭這兩位史家，絕對回答不出來。試想，山東一省是多麼大的一個區域，所謂「土白」甚而說是「方言」，又怎能以省域分之。休說一省之「方」言有城鄉東西南北之異，就是一縣，也有城鄉四方之別，如何能祇以「山東」二字涵蓋？這種囫圇的說詞，委實不能作為論證，不能苟同了。

　　我在《金瓶梅探原》中說了：

　　《金瓶梅詞話》一百回，從頭到尾，連抄自《水滸》的文辭都算上，凡是口語所使用的方言俚語，並不限於山東一地，它是齊、魯、宋、魏、趙甚至衛、晉、楚等地，這麼一個廣大區域所慣常掛之於口頭上的語言，還不時夾有燕語、吳語、越語在內。所以，山東人讀它，會認為那些口語，是他們日常所習道；可是蘇北皖北人，以及河南、山西，還有河北南部等地的人，也準會認為那些話，全是他們生活上習用的語言。像這一類的：「可可的今日輪到他裏，便驕貴的這等的了。」「氣不憤」、「打個臭死」、「打了我怎一頓」、「得不的這一聲」、「吃的不割不截的」、「喜歡的要不的」、「一路上惱的要不的」、「使不得的」、「論的什麼使的使不的」、「那雪娥的臉臉楂也似黃了」、「見了俺們意意似似的」等等口語，也是我在皖北生活了十多歲的人，曾經說慣也聽慣了的。如果一一尋舉，幾乎全書之中，十分之八的口語，都是我的「家鄉話」。本來，在我們中原這個大區域裏，方言上的音聲，雖有大小地域之別，但在生活習尚的語言應用以及語言的音調，則雷同之處最多。寫在《金瓶梅詞話》文辭上的語言，只能算得是中國中原語言，絕難斷定它是某一省某一地的方言土

白。就是用於文中的俚諺，也大都流行於中原這個大區域，
非僅是局囿於某一省區的土白。[3]

　　我想；我提出的語言問題的論見，應是可以據以否定以語言為
證，說《金瓶梅》是山東人作的有力反證。老實說，吳晗與鄭振鐸提
出的這一說法，貿然斷言《金瓶梅》的作者必是山東人，不僅說得太
籠統，書也看得太馬虎了。可是，四十多年來，中外學人論及《金瓶
梅》作者的時候，胥從此說。可見盲從的可怕。據說今年的漢學會
議，討論一篇《金瓶梅》論文時，仍有人主張作者必是山東人之說。
未悉所提證見為何？

（二）蘭陵問題

　　說《金瓶梅》的作者必是山東人的另一論點，是蘭陵笑笑生的
「蘭陵」問題。

　　由於蘭陵故地在山東境內，多註為今之嶧縣，或言應為臨沂。
遂認為作者笑笑生既以「蘭陵」冠之名上，照既往署名冠籍的習慣
說，蘭陵之冠應是指的郡地。既然笑笑生自己把籍貫寫作「蘭陵」，
故地又是山東，自然可以肯定《金瓶梅》的作者是山東人無疑了。可
是，持有此一論點的人，卻忽略了蘭陵這一地名，不止山東有其故
地，江南的武進，也有個蘭陵，雖然設置的時間比荀子時代的蘭陵
晚，卻也是西晉時代的元康元年（291），抵明之萬曆中，也一千三
百年了。按晉置之南蘭陵郡——亦稱僑蘭陵，地在今之江蘇武進西北
六十里。到了明朝，南蘭陵之郡，雖已廢棄，但明人仍有稱常州舊地

3　參閱拙作：《金瓶梅探原》，頁19-27。

為「蘭陵」者，謝肇淛在所著《下菰集》內，寫有〈蘭陵造故人〉一首。此集所收詩文，全是謝氏司理吳興時期所作，此「蘭陵」自是指的南蘭陵，而非東海郡的蘭陵。可見萬曆時人仍稱南蘭陵故地為「蘭陵」[4]。請問，我們怎能堅指「蘭陵」是山東不是江南武進的南蘭陵呢？

那麼，蘭陵的地名既然在歷史上有兩個，一在南一在北，那就誰也不能肯定說「蘭陵笑笑生」是北人。

再說，若以《金瓶梅》所寫內容來看，書中人物，無論男女老少，無論顯官小吏，無論道釋儒士，幾無一可入聖人之道者。縱有一二正直的人，也往往不得不屈服於社會現實。否則便只有遭劫了[5]。這樣看來，豈不是荀子的「性惡說」嗎！所以我說：「性惡論」似乎就是蘭陵笑笑生寫作《金瓶梅》的主旨。在此，我們或可據以設疑作者之用「蘭陵」，或非一己籍貫之冠，而是借以假代荀卿的性惡之論，來作為一己對人生的證驗。此說也不能不算是一個理由吧。

這篇〈論蘭陵笑笑生〉一文，寫成於民國六十六年（1979）七月，發表於一九七七年十二月十六日《出版與研究》[6]後來又於第二年在《金瓶梅探原》集稿付梓前，又寫〈補述〉一篇，由「望江南、巴山虎、汗東山、斜紋布」一語的考證，引出了荀子的〈君道〉篇及〈史記〉等文，雖在解說此一俚語，殆亦說明與荀子的關連。這一問題，我還無暇專文述論，竟在今年的漢學會上，獲知一位美國人（芝加哥大學教授）提出的研究《金瓶梅》的論文：「A Confucian

---

4　同前註，頁149-157。
5　《金瓶梅詞話》第十回東平府知府陳文昭審問武松誤打李外傳一案，原想予以平反，終屈服於政治環境，不得不打銷原想做的事。第四十八回的監察御史曾孝序，不惟沒有劾倒西門慶，後來得罪蔡京，反而謫官再陰以他事竄於嶺表。
6　臺北成文出版社印行。

Interpretation of the Chin P'ing Mei」居然發揮了我的此一設想。非常
感謝。

　　說來「蘭陵」不能據以作為笑笑生是山東人的論據，也是不必再
多說的了。

（三）生活習尚問題

　　關於寫在《金瓶梅詞話》中的生活習尚，我在《金瓶梅探原》中
也說到了。分作飲食與起居兩部分；而且說：「人的習尚，得自家
庭，往往數代不會更改。」

第一　飲食方面

　　寫在《金瓶梅詞話》中的飲食，十九都是江南人所習用。如白米
飯粳米粥，則餐餐不少，饅頭烙餅則極少食用。菜蔬如鯗魚、豆豉、
酸筍、魚酢、各類糟魚、醃蟹、以及鮮的、糟的、紅糟醉過的鰣魚，
都是西門家常備之味。所飲之酒，更十九都是黃酒，飲用得最多的一
種是所謂「金華酒」。在北方，大率為白酒。

　　在瓜菓方面，如龍眼、荔枝、橄欖、香排、楊梅、白鷄頭，這
些江南特產，均西門家慣常用。但在北方各季中行世的瓜菓，如初夏
時的麥黃杏，盛夏時的大小西瓜，以及名色繁多的甜瓜，還有入秋時
的桃李，深秋時的鮮棗、柿子、栗子、以及水蜜桃與花紅、石榴、
梨，還有入冬後的山楂果，作水果食用的各色蘿蔔，該書卻絕少寫
入。這些也都足以說明這位作者不是一位慣養了北方生活習尚的
人。[7]

7　參閱拙作：《金瓶梅探原》，頁28-31。

第二　起居方面

在起居方面，有一件最足以代表江南人生活必需的事，便是便溺用「榪子」（榪桶），北方人便溺，用的是「茅廁」，與盆、罐、壺，不用榪子（桶）。但西門家則使用榪子便溺。如吳月娘小產，胎兒掉在榪子裏，李瓶兒排血，也排在榪子裏。其他也有多處寫著使用榪子。西門慶世居清河，怎的能具有南方人的生活習尚？

光是這一點，已顯然地說明了這位作者，必是一位習慣了江南生活的人士。[8]

其他還有言語的立場方面。如八十四回寫吳月娘上泰山進香，「望見泰山，端的是天下第一名山，根盤地腳，頂接天心，居齊魯之邦，…：」此所謂「居齊魯之邦」，卻不像是山東人自贊泰山的語意。第九十三回寫王杏庵送給任道士的禮品名目，列有「魯酒一樽」。既是一個山東籍的作者，寫的故事背景又是山東，這裏自稱「魯酒」，也有悖語意上的常情。想來，只有外鄉人纔會有這樣的語氣。還有第九十四回寫孫雪娥在臨清，被春梅打發出來，要薛嫂把她賣入娼門，孫雪娥央求薛嫂為她尋個單夫獨妻，薛嫂又找來個張媽，這張媽說：「我那裏下著一個山東賣棉花客人，姓潘，三十七歲……」她們就在山東，怎的還會說「我那邊下著一個山東賣棉花的客人」？像這些地方，也足以說明這位作者不是山東人。[9]

上述等等，已足以說明《金瓶梅詞話》的作者不是山東人，應是江南人。

8　同前註，頁27-28。
9　同前註，頁29-30。

二　作者究竟是誰的問題

　　從《金瓶梅》的傳抄情形看，有史料可證的，只有六人，即袁宏道、中道兄弟，沈德符、謝肇淛、李日華及屠本畯；目錄學家已考出屠本畯之文是偽託。雖然涉及的人不少，有華亭董其昌、徐階、麻城劉承禧、太倉王世貞、長洲王穉登、蘇州馮猶龍（夢龍）、新野馬之駿（仲良），他們都不曾有所承認。片面之詞，不能為據。[10]所以我們只能從這幾人的說詞上去推繹了。

（一）從《金瓶梅》出世的時機推論

　　我們前已說到，《金瓶梅》的傳抄於世，最早祇能追到萬曆二十四年（1596）冬，根據袁宏道的信，知從董其昌處得來。董其昌從何處得來？迄難獲知。尚無人尋得董氏提及《金瓶梅》的片紙隻字。美國哈佛大學韓南博士，在論及這半部抄本時，推想是從陶望齡手中借來。他的論據是（一）董其昌調湖廣提學副使，匆匆返鄉未與袁宏道見面，有袁氏給董函為證[11]。（二）陶望齡曾於是年九月二十四日到蘇州，與袁氏暢談五日始別。陶氏乃董之同年。從人、時、地的聚合上研判，此一推想是合理的。問題是陶董二人則無一文說詞，只能作為設疑了。但有一點可以確定，這時《金瓶梅》的問世，正是明神宗寵鄭氏貴妃遲遲未立儲君，引起臣民疑慮，紛紛上疏諫請速定國本，已達高潮的時候。原奉詔諭訂萬曆二十年（1592）春行冊立禮，又藉故改二十一年，到了二十一年春，竟傳諭三王並封，立儲應延後，引

10　參閱《萬曆野獲編》、《遊居柿錄》、《小草齋文集》、《山林經濟籍》。

11　見韓南著、丁貞婉譯：〈金瓶梅的版本及其他〉，《國立編譯館館刊》（1975年12月）。

起天下大譁。雖三王並封之論未行，冊立太子的事，卻又延宕下來了。此事在上面第五章已說到。我們可以想知，此時有人以小說的形式，寫一諷喻明神宗宮闈寵幸事件，用以宣洩心頭不平，豈不是正是時機。像雒于仁的〈四箴疏〉都敢上言，自有人敢以小說作〈四貪詞〉的感慨。為了人生的「立本」之道，不顧謫戍、廷杖、削籍，也要上達天聽。自難免有人要謳出猥者的慎獨之歌。這樣看來，當時可以寫作像《金瓶梅詞話》第一回的引詞證事那種內容的《金瓶梅》，對象可就太多了。

袁中道（小脩）論及《金瓶梅》時，說：「往晤董太史思白，共說小說之佳者。」小脩語中的這個「往」字，可能指的是董氏任湖廣提學副使的時間，袁氏湖北公安人，知董乃兄之友，前去拜訪，亦人情之常。「共說小說之佳者，」當與中郎閱及《金瓶梅》半部的時間相同。有人把此時間推到二十四年（1596）之前，似無史證上的邏輯可據。是以《金瓶梅》最早傳抄於世的時間，自仍以一五九六年為最早。

看來，袁氏兄弟無作此書的可能。長兄袁宗道是萬曆十四年（1586）的會元，授庶吉士進編修，大有功名前景，且為人謹慎。袁宏道雖思想奔放，亦頗有慎獨之情，然熱愛佛理。袁中道此時正熱中舉子業。從他們論及《金瓶梅》的語氣，也不會疑心到他們。董其昌宦海中人，雖人品不高，似不致在這方面發洩。至於陶望齡兄弟，我可不敢斷言不可能了。按陶望齡萬曆十七年（1589）會元，殿試一甲第三，會稽人，歷官國子祭酒。從《明史》〈唐文獻傳〉看，知陶氏亦性情中人。譬如萬曆三十一年（1603）「妖書」事起，輔臣沈一貫傾尚書郭正域，持之急。唐文獻便偕同僚楊道賓、周如砥、陶望齡往見沈氏，問沈一貫是否有意要殺郭正域？陶氏見另一輔臣朱賡也無意救郭，遂正色責以大義，且願棄官與郭正域同死。可想性情之剛正

了。有弟奭齡，亦有文名。皆以講學為世知，篤嗜王守仁說。這類性情剛正的人，處於當時那種天子昏於鄭氏宮幃的時期，著小說以諷諫，不無可能。

陶石簣卒於萬曆三十七年（1609）七月。袁中道以顏子推之。說：「得陶石簣先生訃音，感嘆泣下者久之。此當今一顏子耳；心和骨勁，學道真切，我之發舟，大半為先生來，庶幾以學問相參證，而詎意隕折，傷哉！傷哉！」[12]。

（二）從袁宏道給謝肇淛函推論

袁宏道寫信向謝肇淛索還《金瓶梅》（函見第一章引錄），如以書上言語推想，當在萬曆三十四年（1606）上半年，準備赴京候選前。正好與《觴政》的逸典說詞合。不管袁中郎的這一封信，是真還是偽[13]？都正好印證了《觴政》配《水滸》為逸典的說法，透露了袁氏此時已知《金瓶梅》之必將問世的心息。所以我認為在袁中郎寫作《觴政》時，已知道《金瓶梅》的全書改寫構想了。

至此，我們可以肯定的說，袁中郎與沈德符等人已確知《金瓶梅》將是怎樣內容的一部書。也知道作者是誰。極可能他們在此時已有改寫《金瓶梅》的計畫。想必袁氏兄弟也介乎其間。

---

[12] 見〔明〕袁中道：《遊居柿錄》，一七二則。

[13] 此函刻於《三袁先生集》，袁氏書種堂刻《袁石公集》及梨雲館類訂本《袁中郎全集》，均未收此函。但據《小草齋文集》，可證謝氏曾向袁氏借過《金瓶梅》。

（三）從《萬曆野獲編》推論

最早透能露了《金瓶梅》已有全本的人，就是沈德符。他在《萬曆野獲編》中說：「丙午（萬曆三十四年）遇中郎京邸，問曾有全帙否？曰：『第觀數卷，甚奇快。今惟麻城劉延白家有全本，蓋從其妻家徐文貞錄得者。』這應是透露《金瓶梅》有全本的最早一句話。雖然我們還沒有見到袁中郎的回應，至今還「是否」未明。但沈德符卻說他在萬曆三十七年（1609）向袁小脩借抄到《金瓶梅》全稿，還清楚的說其中缺少五十三至五十七等五回[14]。可是袁小脩並不曾在萬曆三十七年獲有全稿，有其日記為證[15]。那麼，沈德符為什麼要這樣說呢？我們可以推繹出以下三種原因：

（1）《金瓶梅》的前半稿本，也可能就是沈德符的父親所作。

按沈德符的父親沈自邠，萬曆五年進士，官檢討，曾參予大明會典修纂。約卒於萬曆二十年間。祖啟源，嘉靖三十八年進士，曾官山東提學副使，嗜於醫藥卜筮。曾祖謐，嘉靖八年進士，曾官山東按察使。沈家兩代曾官山東，或有山東籍之姬妾。沈自邠雖早卒，死時不過三十五、六歲，《秀水縣志》的《文苑傳》則稱其文「靖素冠冕，無險巇詰曲態。」稱其人「恂恂雅飾，如冰清玉潤。」再說，沈自邠有生之年，正當盧洪春因冊立事上言受六十廷杖斥為民，雒于仁上《四箴疏》斥為民的那個時期。這位「生而韶秀，嗜學，盡讀家所藏書，而好窺大旨，發為文章」的恂恂君子，作小說以諷諫，又怎的不可能呢！抵萬曆二十四年，沈德符已十八、九歲了（沈德符生於萬曆六年），持先人手稿，以示友儕，秘密傳抄。想來，亦是可能的事。

14　參閱第一章錄《野獲編》。

15　見第一章錄《遊居柿錄》。

總之，《金瓶梅》必與沈德符牽涉著密切的關係。

（2）也許《金瓶梅》的初稿之半，來自荊楚，與李卓吾牽涉著關係。

按李卓吾卒於萬曆三十年，二十四年方離麻城，先到南京，再去山東[16]。李卓吾這個人，最喜小說與戲劇，曾批點過《百回水滸傳》、《西廂記》等書。尤其憤世嫉俗，他處在神宗因寵幸而不立國本的時代，發之小說以洩憤懣，最有可能。當然，《金瓶梅》的初稿不是淫穢的書，李卓吾自然會寫它了。最可疑的一點，就是李氏生當其世，「焚書」之刻，也正在其時。贊賞《金瓶梅》的袁中郎，又是李氏的知交。這老兒居然際此時期，竟無一字論及《金瓶梅》，誠是一件令人大惑不解的事。所以我懷疑，李卓吾也許是《金瓶梅》初稿的撰述人吧？

不過，李卓吾從不畏死，且死於獄中。他如寫了《金瓶梅》還怕嗎？但是，我們要想到，他雖不畏死，總不願牽連上朋友吧！明時刑典，有滅十族之例。

果如所疑，則《萬曆野獲編》也只是參予隱諱人之一而已。當然，像《金瓶梅詞話》之污穢描寫，自不可能是李卓吾了。

（3）《萬曆野獲編》的僞託可能。

《萬曆野獲編》梓行最遲，至清道光七年（1827）方有刻本行世。說這篇論《金瓶梅》之文是後人偽託而纂附，也是大有可能的。在《清權堂集》[17]中，也無詩文提及《金瓶梅》。

16　參閱容肇祖著：《李卓吾評傳》（臺北市：臺灣商務印書館，1973年）。
17　沈德符著：《清權堂集》刻於崇禎十五年，日本內閣文庫有藏本。

（四）從《小草齋文集》推論

謝肇淛的《小草齋文集》，除了證驗袁中郎當年只得《金瓶梅》十之三，兼且證驗了《玉嬌麗》（李）確有其書。謝氏雖未說明《玉嬌麗》在何人處所見或所聞知，卻說曾在「丘諸城」（志充）處得《金瓶梅》十之五，看來與《萬曆野獲編》說到袁中郎提到《金瓶梅》續書《玉嬌李》，他後來竟在丘工部志充處讀到此書。得非兩相呼應乎哉！

丘志充（六區）是山東諸城人，萬曆四十一年（1613）進士，論年秩與資望都比謝在杭稚弱多了。但有一點是值得我們今日去繼續探討的，那就是續《金瓶梅》一名《金屋夢》的這部書，作者是山東諸城人丁耀亢，號野鶴。今之文學史家已這樣著錄了[18]。雖《金屋夢》的內容並不是沈德符口中的《玉嬌李》，可是《金瓶梅》卻因此與山東諸城發生了淵源。難道丘志充也是他們其中的一夥嗎？

另外，《小草齋文集》也證明了《金瓶梅》在萬曆四十二年間尚無全稿。可能沈德符手上的那部《金瓶梅》稿，雖已有了頭尾，尚未定稿吧！

（五）從《味水軒日記》推論

李日華記在萬曆四十三年正月五日的日記，雖只短短數十字，但卻是我們今日求證《金瓶梅》成書的重要史料，因為，我們如今只有他這麼一件可以驗證《金瓶梅》確已有了全稿的相對文件。有了

---

18 孫楷第：《中國通俗小說書目》有著錄，記有丁耀亢作：《金屋夢》。他人多援此記述。

《味水軒日記》的這幾句話,方能聯繫上萬曆丁巳(四十五)冬東吳弄珠客的敘。使我們知道《金瓶梅》到了萬曆四十五年(1617)纔正式決定去付梓。也可以使我們想到《金瓶梅》至此,可能已改過不少次了。

(六)馬仲良與馮夢龍

《萬曆野獲編》攀連到的馬仲良(之駿)是河南新野人。萬曆三十八年進士,四十一年以戶部主事之職派蘇州滸墅關榷收船料鈔,天啟乙丑(五)年故世。雖有《妙遠堂集》記述在沈德符的《清權堂集》中,卻無從得見了[19]。馬仲良究竟牽涉於《金瓶梅》多少?雖已無從蠡測,但馮夢龍這位在小說上曾化下不少精力的人物,又是蘇州人,居然無隻字論及《金瓶梅》,也是一件令人費解的事。按一般常情論,馮夢龍不應該不提到《金瓶梅》,他居然一生無隻字論及,實在違乎常情。他活到甲申變後,還為南明的復國大業付過勞瘁[20]。怎麼會隻字未提呢?這真是謎樣的問題了。

日人小野忍援用鄭振鐸的說法,認為敘《金瓶梅詞話》的東吳弄珠客是馮夢龍[21],這是無稽之談,不足為據。但無論如何,馮夢龍不能與《金瓶梅》無有關係。

---

[19] 《清權堂集》刻有沈德符為馬仲良著《妙遠堂集》所作序文一篇。不知書在何處可得?

[20] 容肇祖著:〈馮夢龍之生平〉,《華北日報》,1948年1月23日。

[21] 見日本平凡社出版之《金瓶梅》附錄之小野忍作解說。一九六二年八月。

（七）《遊居柿錄》中的袁無涯

袁中道在《遊居柿錄》中提到的《金瓶梅》時，是由《水滸傳》引發的。《水滸傳》是蘇州的一位出版家袁無涯送到公安去的。袁無涯在萬曆四十二年秋間去公安，目的在袁小脩索求袁中郎遺稿付刻。小脩在日記中已說明了[22]。

袁無涯名叔度，蘇州人。自稱是中郎門生，自是夤緣之詞。在蘇州府以及吳縣志傳上，查不出此人行誼，但在臺北中央圖書館藏袁氏書種堂刻《袁石公集》之瀟碧堂集扉頁，刊有袁無涯出版預約一文[23]，知其應是一位頗有雄資的出版家。今存之《百二十回水滸四傳全書》就是袁無涯所刻，其他未知者尚多。所以我聯想到《金瓶梅》的梓行，或能與袁無涯牽上關係。如今，我只能在此提一線索而已。

（八）《金瓶梅》的作者究竟是誰呢

1 《金瓶梅》時代

由袁中郎傳抄到《金瓶梅》的前半，到萬曆四十三年《味水軒日記》證實沈德符手上已有了《金瓶梅》全稿，作者已必非一人了。至於袁中郎傳抄到的半部《金瓶梅》，作者是誰？我前已假設，如沈德符的父親沈自邠，會稽人陶望齡，晉江李卓吾，都有寫作此書的可能。《憂危竑議》（萬曆二十六年）以後的《金瓶梅》，可能中郎兄弟與沈德符等人有過改寫的構想，終於有四十一、二年間改寫成了。

雖然在萬曆四十二年間已把《金瓶梅》改寫完成，且已籌畫梓

22　見〔明〕袁中道：《遊居柿錄》，第九七九則。
23　參閱拙作：《金瓶梅探原》，頁54-55。

行，終究未敢付諸行動。

2 《金瓶梅詞話》時代

明神宗於萬曆四十八年七月二十二日賓天後，他們這夥人便增入了泰昌天啟的史實，重加改寫，匆匆付梓。梓行後遇上天啟的史官奉詔修《三朝要典》，又怕招惹麻煩未敢發行。遂改寫了《金瓶梅詞話》，刪去了有關政治隱喻。於是，今所謂「崇禎本」的《金瓶梅》便大事流行了。

那麼，我們依據現有的史料如此推論，足以肯定的就是，《金瓶梅詞話》乃集體創作，成書在天啟初年，已是第二次的改寫了。參予改寫的作者，看來仍以沈德符為首腦人物。

所謂「崇禎本」的《金瓶梅》，也改寫在天啟，梓行在天啟，參予改寫的人，極可能仍是沈德符與馮夢龍這原班人馬。當然，這都是設想之詞了。

對於《金瓶梅》的作者是誰？如今，我只能推論到這裏。以後，尚有待新資料的發現與賢智之士的指正。謹有待焉！

附錄

附錄

一月皇帝的悲劇
——《金瓶梅》研究旁證

一　冊立東宮事件

　　神宗皇帝朱翊鈞，是隆慶皇帝的第三子。在他六歲的時候，立為太子。那時是隆慶二年，他年方六歲。十歲的那年五月，隆慶帝駕崩，他就繼承了帝位，年號萬曆。萬曆六年（1578）三月大婚，到了萬曆十年，皇后尚未生子，有一位王氏宮人，懷了孕了。

　　恭妃王氏，本是慈寧宮的宮人，年齡比朱翊鈞大。有一天，這位年輕的皇帝到慈寧宮去，私幸了王氏宮人，居然懷了孕。皇帝在宮中的言談舉止，太監們都有紀錄。朱翊鈞私幸了王氏宮人，只是一時的隨喜，可是王氏宮人懷了孕，竟不能隱瞞了。雖然太監宮人們都不敢說，文書房的紀錄，可以驗證那王氏宮人的身孕，就是皇家子孫。於是皇太后就追問了起來。那天，皇帝陪侍太后吃飯，太后問起王氏宮人懷孕的事。皇帝避開問話不回答。換言之，是不願承認。太后著太監取來皇帝的起居注，一經驗證那私幸的日子，當然隱瞞不了。太后便以好言委婉的說：「我老了，還沒抱孫子呢！如果生下個男孩，豈不是宗廟與社稷的福嗎！」又說：「母以子貴，她這個未來的母親，應與別的宮人有分別了。」朱翊鈞怎敢違拗母命，遂在這年四月，冊封王氏宮人為恭妃，八月就生下個男孩，就是皇長子常洛。

　　在妃嬪行列中，有一鄭氏妃，順天府大興人，是當時最受寵的
一位。在十四年（1586）正月，生下第三子常洵，（第二子常淑在一
歲時夭折了）。二月即冊封為皇貴妃。這年，長子常洛已叫五歲了。
誕生長子的恭妃，名位竟在鄭氏下。這時，皇帝又無冊立東宮的跡
象，遂內外嘖嘖起來，懷疑皇帝將立鄭氏子。這時的宰相是申時行，
遂聯名上疏，懇請冊立東宮，以重國本[1]。奉旨說：「元子嬰弱，稍俟
二三年舉行。」

　　這是臣民要求冊立世子的第一個開始。跟著，申時行等，又於
二月初五日，再上疏請求。說當今元子已經五歲，比前朝的英宗、武
宗冊立時還大，不能算是「嬰弱」。伏請念主鬯承祧之重，為久安長
治之圖，應該先行冊立太子，以正儲位。可是奉到的聖諭是仍遵前
旨。從這裏開始，臣子紛紛上言。

　　有一位戶科給事中姜應麟，除了上疏請求冊立太子，還要求正
名定分。直指冊封大興鄭氏為皇貴妃的不當，應該先封恭妃王氏為貴
妃，然後再輪到鄭氏。這是萬曆寵幸鄭貴妃，第一件首表不平的本
章。所以這位皇上一看，大為震怒，罪姜應麟「窺探」。著降任極邊
雜職，遂謫為山西廣昌縣典史。

　　雖然姜應麟疏請冊封皇貴妃，應先封王氏，竟獲重譴罪，但繼
起上疏請立的官員，仍舊一個跟著一個來。如吏部驗封員外郎沈璟，
刑部主事孫如法，都上疏要求冊立太子，以及貴妃的冊封，應有王氏
恭妃在內。也都獲罪降級。禮部也上疏力請，一概不聽。閣臣及科道
官上疏替姜應麟等人說情。答說：「冊立太子，以長幼為秩序，這是
祖宗的家法，萬世當遵。我怎麼敢違拂公論。姜應麟這般人，懷疑我
會捨長立幼，把我放在有過錯的地方。所以我給他降級處分。關於立

---

[1]　文見〈申時行傳〉。

儲的事，我早已明白告知大家了，待期舉行。不許再來妄加揣疑瀆
擾！」可是，臣子們總是不相信，照舊一一上疏請求。皇帝爺一概不
理。連上朝的日子，也一免再免，怕臣子瀆擾，根本不上朝了。這
（十四）年的十月，禮部祠祭主事盧洪春，上了一封本章，規勸皇帝
不要太貪衽席的歡樂，還是為國家保重身體要緊。這一下，皇帝老爺
更火了，寫了一百多字的諭旨，要閣臣們草擬罪名報核。閣臣們擬旨
予以免官算了。皇帝不答應，竟廷杖六十，斥為民。後來，還有其他
的臣子，為了冊立太子的事，上疏請求，如李懋檜、劉復初等，好在
未招惹來廷杖或降官就是了。

　　對於這一問題，直諫最切的一篇疏文，莫過於萬曆十七年冬大
理寺評事雒于仁的〈四箴疏〉。他規諫皇上應戒除酒色財氣。這篇疏
文，值得簡略的抄在這裏。

　　　　臣備官歲餘，僅朝見陛下者三。此外惟聞聖體違和，一切傳
　　　　免。郊祀廟享，遣官代行。政事不親，講筵久輟。臣知陛下
　　　　之疾所以致之者，有由也。臣聞嗜酒則腐腸，戀色則伐性，
　　　　貪財則喪志，尚氣則戕生。陛下几珍在御，醼酗是耽。卜晝
　　　　不足，繼以長夜，此其病在嗜酒也；寵十俊以啟倖門，溺鄭
　　　　妃靡言不聽；忠謀擯斥，儲位久懸，此其病在戀色也；傳索
　　　　帑金，括取幣帛，甚切掠問宦官，有獻則已，無則譴怒，李
　　　　沂之瘡痍未平，而張鯨之貨賄復入，此其病在貪財也；今日
　　　　榜宮女，明日扶中官，罪狀未明，立斃杖下。又怨藏怒於直
　　　　臣，如范儁、姜應麟、孫如法輩，皆黜不申，賜還無日。此
　　　　其病在尚氣也。四者之病，膠繞身心，豈藥石所可治。今陛
　　　　下春秋鼎盛，猶經年不朝，過此以往，更當何如？孟軻有取
　　　　於法家拂士，今鄒元標其人也，陛下棄而置之。臣有以得其

故矣。元標入朝,必首言聖躬,次及左右,是以明知其賢,棄而弗用。獨不思直臣不利於陛下,不便於左右,深有利於宗社哉!陛下之溺此四者,不曰操生殺之權,人畏之而不敢言,則曰居邃密之地,人莫知不能言。不知鼓鐘於宮而聲聞於外。幽邃之中,指示所集。且保祿全軀之士,可以威權懼之,若懷忠守義者,則鼎鋸何避焉。臣今敢以四箴獻。如陛下不肯用臣言,即立誅臣身,臣雖死猶生也。惟陛下垂察。酒箴曰:耽彼麴蘖,昕夕不輟,心志內惽,威儀外缺。神禹疏狄,夏治興隆,進藥陛下,釀醹勿崇。色箴曰:艷彼妖姬,寢興在側,啟寵納侮,爭妍誤國,成湯不邇,享有遐壽。進藥陛下,勿嬖勿厚。財箴曰:競彼鏐鐐,錙銖必盡,公帑稱盈,私家懸磬。武散鹿臺,八百歸心。隋楊剝利,天命歸諶。進藥陛下,貨賄勿侵。氣箴曰:逞彼勿怒,恣睢任情,法尚操切,政鮮公平。虞舜溫恭,和以致祥。秦皇暴戾,羣怨孔彰。進藥陛下,舊怨勿藏。

雒于仁的這篇疏言呈上之後,皇帝爺一看,可是惱了火了。留疏十日,想著應該怎樣處置這個不願要命的臣子。於是他把當時的輔臣申時行找來,他告訴申時行說,看了雒于仁的本章,可以把人氣死,以致肝病犯了,到如今還覺得心頭氣悶。把本疏交給了申時行,說:「先生們看看這本,他說朕害有酒色財氣之病,你們代我評斷一下。」申時行接過本章,還未來得及答對,皇帝爺又說了:「他說朕好酒;誰人不飲酒。若酒後持刀舞劍,非帝王舉動。豈有些事。他又說朕好色,偏寵貴妃鄭氏。朕只因鄭氏勤勞,朕每到一宮,他必定相隨。朝夕小心侍奉,勤勞溫順。如恭妃王氏,他有長子,朕命他調護照管,母子相依,所以不能朝夕侍奉。何嘗有偏?他說朕貪財,受張

鯨賄賂，所以用他。昨年李沂也這樣說。朕身為天子，富有四海，天
下之財，都是朕的。朕若貪張鯨的財，何不抄沒了他。又說朕尚氣。
古云：少時戒之在色，壯時戒之在鬥。僕豈不知。但人誰無氣，且如
先生們，也有童僕家人，難道有過都不責打。如今內侍宮人等，或有
觸犯及失誤差使的，也曾杖責，然而也有因病疫死的，如何都說是朕
杖死？先生們把這本拿去，給我票擬重處。」申時行遂答說這是無知
小臣，誤聽道路傳言，輕率瀆奏，請聖上施德寬恕，不要計較。可是
這位皇帝爺沈吟再三，仍說：「我實在氣他不過，非重處不可。」申
時行等又答說：「如果票擬處分，傳之四方，臣民們反而認為他說的
話是真的，豈不損毀了聖上的德操。」皇帝爺一想，申時行等人說得
有道理，纔勉強點頭。於是申時行暗示雒于仁託病請歸。皇上除了照
准之外，並斥之為民。後來，悒鬱以死。到了天啟初年，追贈為光祿
寺少卿。

　　萬曆十八年，常洛已經九歲了。既不行冊立太子之禮，也不讓
他讀書。申時行曾在召見時，請求三件事，第一是不時出宮臨朝，第
二是冊立東宮，第三是出閣講學。這時，皇帝爺仍舊推說：「現在還
弱小，等壯健些，再辦這些事。」又說：「鄭貴妃也再三陳情，怕的
是外間懷疑。」當閣臣們說如今皇長子已九歲了，蒙養豫教，正在今
日。卻答說：「人的稟性不同，不能一概而論。」他認為對常洛來說，
如今施教與冊立，都還不是時候。雖經閣臣們一再請求，皇上總是一
再推諉，催他們回閣辦事。

　　那天，朱翊鈞居然心血來潮，要閣臣們見見他們的子女們，兼
且把內官張鯨也喊了來，要閣臣們當面訓訓他。當申時行等人在毓德
宮見到了常洛、常洵兩位皇子，遂又伺機奏請皇子應該進學等事。則
答說正在令內侍教他唸書。一再推說皇長子常常生病，五歲時還離不
開奶媽。雖然九歲了，仍得人照顧，無論閣臣們怎樣奏請早加琢磨，

使之成器，為了宗社大計，也應早日冊封。卻總是找些藉口不允。越
是這樣推推拖拖，臣子們越是懷疑。要求應該皇長子冊封東宮，及馬
上訂日出閣講學的本章，越來越多。於是這位皇帝爺向閣臣申時行發
牢騷了。說：「近來只見議論紛紛，以正為邪，以邪為正。一本論的
還未及看，又有一本辯的來了。使朕應接不暇。難道還要我點起燈來
連夜閱覽嗎。我真是無法看完，這怎算得個朝綱？先生們是朕的股
肱，你們也要替我作個主張才成。」這話是萬曆十八年正月說的，實
則，臣子們為了東宮冊立及出閣講學的事，以後陸陸續續上呈的本
章，還更多呢！

　　到了萬曆十九年秋，詔訂二十年春舉行東宮冊立禮。八月，工
部主事張有德，認為東宮冊立事，既已訂為明年春，儀注所需，就應
該準備了，遂上疏請。可是皇帝大怒！除罰張有德薪俸三月，還責怪
臣子瀆擾。又把原訂二十年春冊立的事，改為二十一年舉行。嚴飭各
衙門不得再來瀆擾。

　　二十年正月，禮科給事中李獻可，偕六科諸臣僚，疏請豫教，
言元子年已十一，豫教之典，當及首春舉行。倘謂內庭足可誦讀，近
侍亦堪輔導，則禁闈幽閒，豈若外朝之清肅，內臣忠敬，何若師保之
尊嚴。疏入，帝大怒。摘疏中吳書弘治年號的問題，責以違旨侮君，
貶一秩調外，餘奪俸半歲。戶科給事中孟養浩，疏救獻可，力言五不
可。（一）元子天下本，豫教之請實為宗社計，陛下不惟不聽，且從
而罰之。是坐忍元子失學而敝帝宗社也。（二）長幼定序，明旨森
嚴，天下臣民既曉然，諒陛下元無他矣。然豫教冊立，本非兩事，今
日既遲遲於豫教，安知來歲不游移於冊立，是重啟天下之疑。（三）
父子之恩，根於天性。豫教之請，有益於元子明甚。而陛下罪之，非
所以示慈愛也。（四）古者引裾折檻之事，中主能容之。陛下量侔天
地，奈何言及宗社大計，反震怒而摧折之。天下萬世謂陛下為何如

主？（五）獻可所論，非二三言官之私言，實天下臣民之公言也。今加罪獻可，是所罪者一人，而實失天下之人心。帝大怒。言冊立既已明諭明年舉行，孟養浩疑君惑眾，殊可痛惡。命錦衣衛杖之百，削籍為民。

到了二十一年，太倉王錫爵復召入閣。第一件事就是密請建儲以踐大信。結果所得手詔的指示，告以祖訓立嫡，欲暫將三皇子並封王，少待數年，若是皇后無出，再行冊立。王太倉雖外慮公論，然力爭不得允。只有以上意擬諭下禮官，令即具儀備禮。於是舉朝大譁。給事中史孟麟、禮部尚書羅萬化等，羣詣錫爵邸力爭，廷臣諫者，章日數上。輔臣們力請追還前詔不從。已而諫者益多，數來不下數十位。紛紛請下廷議，不許；請面對，不報；終迫公議，追寢前命。但冊立的事，則諭「少俟二三年再議。」這時，光祿丞朱維京，刑科給事中王如堅，因抗爭三王並立事，疏文激憤，均怒罰謫戍極邊。

二十一年七月彗星見，漸近紫微。王錫爵遂藉了星變的理由，請速成冊立大典。結果，也只是慰答了事，十一月，輔臣趙志皋、張位請冊立，不報。萬壽節，召閣臣王錫爵於暖閣，再求冊封。說：「朕意久定，豈為人言所動。」又說「倘中宮有出呢？」王錫爵奏言：「皇長子年十三，無曠學之理。」又請速斷，溫諭乃退。閏十一月初一，諭王錫爵說：「冊立少候旨。明春豫教出閣禮。」又打算與皇三子併行。遂諭禮部：「明春皇長子出閣講學，不許凟擾。」這月初二，皇戚鄭國泰的侄子順天諸生鄭承恩請冊立。上怒，除名。二十二年二月，皇長子出閣講學。

因為皇長子已出閣講學，臣下心稍安，未再凟擾。但一延又是數年，抵二十五年三月，輔臣趙志皋疏言會典所訂，皇子年二十或十五行冠婚禮，婚禮常十五、六歲。今歲冠，明歲禮。而次子講學亦請明年行之。命禮部卜日具儀。但該年並未舉行。二十六年正月，禮部

再請皇長子冠婚期。禮科給事中項應祥也上疏請，不報。此後廷臣交章請，均不報。三月壬子（二十七），輔臣趙志皋再請。是日，禮部署邱侍郎劉楚先等，吏部侍郎蔡國珍等，以及前軍都督府徐文煒，太常寺卿范崙，御史黃紀賢，還有項應祥等人，一同到文華門，上章候旨。說：「必得命乃退。」於是上命司禮太監田義下諭：「此大典也，稍候時月；何相挾為。」羣臣只有頓首告退。

這年四月，全椒知縣樊玉衡上疏力請，辭意峻切。疏上，降戍雷州衛。吏科給事中戴士衡疏糾山西按察使呂坤所輯《閨範圖說》，事涉鄭氏妃。亦降戍。五月庚子（十六）上諭皇長子冠婚禮，待新宮落成舉行。到了二十七年五月，皇長子講學暫輟。二十八年正月，禮部尚書余繼登，請先冊立而後冠婚，此乃禮之定序。不報。二月，閣臣疏擬皇長子繼續開講，復請不報。輔臣沈一貫，再請皇長子冠婚期，不報，二十九年正月，署禮部事右侍郎朱國祚疏言，皇長子已二十，淑女習禮踰年，乞早定三禮，並冠諸王分封。奉報：「徐俟之。」五月，禮科給事中楊天民、王士昌等，催請立儲。上怒，說：「冊立冠婚，分封大典，明旨曉然，有何疑議惑眾，有何逢迎覬覦，有何淩逼黨附。況初春內外遵旨靜竢，即擇日命其移居。是豈欲遷延乎？今正欲降旨，擇日舉行，楊天民等輒敢逞臆瀆阻，假此要譽沽名，而實難離間遲緩，好生可惡。」於是謫楊天民永從典史王士昌鎮遠典史；餘罰俸三月。八月輔臣沈一貫疏請大典，引〈既醉〉、〈斯干〉之詩。辭意懇切委婉：

> 有〈既醉〉之篇，臣祝其君曰：君子萬年，介爾景福。繼曰：
> 君子萬年，永錫祚胤：則願其子孫之多，又曰：釐爾士女，
> 從以子孫；願配淑女而生賢子孫也。有〈斯干〉之篇，頌築室
> 既成曰：築室百堵，西南其戶，爰居爰處，爰笑爰語；美新

宮也。繼曰：吉夢維何，維熊維羆，男子吉祥；言吉祥善
事，當生聖子聖孫無窮也。今萬壽稱觴，兩宮美成，在廷同
祝，而迎禧導瑞。啟天之祥，實自聖心始。朝夕起居，不如
早遂含飴弄曾孫之為懽。乞今年先皇長子大禮，明春後遞舉
諸皇子各禮。子復生子，孫復生孫，坐見本支之盛，享令名
集完福矣。

皇帝看了這個本章，心動了，遂諭即日行之。九月壬子（十八）夜，
下諭內閣，卜日舉行冊立大典。這麼以來，臣民們爭議期待了十五年
（自萬曆十四年始）的大事，終於在這年十月十五日匆匆成禮。可
是，太子雖已冊封，所謂「國本已定」，實際上尚有暗流激湍於青宮
基下，未來之日，涉於太子安危的事故，還多著呢！

二　妖書事件

　　當常洛太子冊立禮成的越一年，萬曆三十一年十一月，輔臣朱
賡在他的府第門邊，拾得書刊一冊，外題「國本悠關」，內題「續憂
危竑議」。略謂皇上冊立常洛太子，出於不得已。所以從官不備，意
在他日改易。輔臣朱賡之所以被召入閣，正因為「賡」與「更」同音，
乃寓取他日更易之意。業已依附的內外官員，文則有王世揚、孫瑋、
李汶、張養志；武則有王之楨、陳汝忠、王名世、王承恩、鄭國賢
等；又有內官陳矩朝夕在帝前，以為之主，沈一貫右鄭左王，以規福
避禍。末寫吏科都給事中項應祥，及四川道御史喬應甲書。朱賡見
此，驚駭錯愕，遂以所獲原書，隨本上進。除請根究，並請放歸。得
諭除慰留之外，並著廠衛及五城總捕衙門，嚴行訪緝。且已蠡及書後
寫有項應祥、喬應甲名字，顯是仇誣坐名，但應著將從實回話。沈一

貫也上疏請罪，認為似此妖書，乃駕捏虛言，無踪無影。至於混淆皇上庭闈宮禁之情，離間皇上父子骨肉之愛，掩抑皇貴妃贊成之德，點染福王孝悌之令名，誣陷大小臣工，坐以翻天之罪，非有不共戴天之誓，何為至此！伏乞皇上勒下緝事衙門，嚴行訪拿。何人撰造？何人刊刻？是操何謀？欲冀何事？務求真正主使，並其實誣的據，以正斯獄。諭令沈一貫勿作乞歸念，免墮奸人計。

這件事情，皇帝非常震怒，十一月十五日特下詔諭內閣，說是他本心絕無姦書上所指的意念。這種蓄謀叵測，必有主使之人，與同謀黨類，著各方密訪奏來，務在得獲，以絕禍源。

四川道御史喬應甲，吏科都給事中項應祥回話，俱道無涉。上也認為是：姦書謗人，豈有自著姓名之理。令密訪真正罪人以聞。另外，妖書上列名的有錦衣衛掌衛事左都督王之楨都指揮僉事李楨國千戶王承恩王名世，均上疏辯白。李楨國更以妖書連其父總督尚書李汶並求罷斥。還有戎政尚書王世揚，光祿寺少卿張養志，以及太監陳矩，均上疏自辯。皇帝都一一慰勉。且慰語陳矩說：「姦書恣為誹謗，離間朕宮闈骨肉之情，大逆不道，朕尚被其誣枉，何況於爾。爾掌廠事，正宜奮力彈緝，必得真正罪人，豈可先求休致。有能告捕真正姦逆者，大破常格敘賞。爾可鼓舞眾心，必獲無懈。」另外，並令內閣擬旨，恐皇太子驟聞此事，不無驚懼，特宣面諭以慰。輔臣等代擬的慰諭皇太子的話是：

> 朕身任綱常，敦篤倫理。矧父子骨肉之間，天性至親，豈不
> 尤切。昨年朕思祖宗統緒至重，宜建國本，念汝聰明賢睿，
> 孝友恭儉，為吾元子，天敍久定。恭稟聖母慈訓，上告天地
> 社稷宗廟，冊立為皇太子，因封汝弟為藩王。大小有倫，先
> 後有次，明詔萬方，咸俾知悉。朕之此舉，自謂佑啟我後

人，咸以正無缺矣。兩年於茲，方深慶快。何意忽有妖人，構造姦書，離間我家父子兄弟之情，因詆誣及大小忠良之臣。朕一見之，怒恨交集。虛上駕虛，影外生影。夢想不致之姦妄，天地不容之姦賊。罪大惡極，不可原赦。已著廠衛城捕，及在外撫按等官，大懸賞格，嚴行訪挐。旦晚可以得矣。特念汝素懷敬慎，篤于孝友，乍聞此事，恐致驚惶，倘至眠食少妨，使我益多懸掛。今特宣汝面諭。又思此事關係重大，不比家庭常訓，可以數言而了。況吾意憤氣激，尤難具言。特降此札，以著委曲。朕思此謗，必起于臣僚之自相傾陷，假借國事以為名耳。雖臣僚亦無一毫指實，矧吾宮禁，而可為彼簧惑！但恨此賊將朕一腔慈愛真懇之心，掩關不著，即皇貴妃平日好善畏禍之意，亦為所掩。汝至明睿，知今達古，細繹吾言，深惟此理。宮廷肅穆名分秩然。綱常倫理，毫不可易。勿因奸偽以致驚疑。今吾此論，以安慰汝一以教訓汝。大學有言，「其為父子兄弟足法，而後民法之。」周易亦云：「父父子子，兄兄弟弟，夫夫婦婦，而家道正，正家而天下完矣。」汝其勉之，敬奉吾言，為天地社稷宗廟，慎重自愛。故諭。

同時，又諭皇太子宮中內外局郎執事人等曰：「近日京師偶有姦書流傳，關係國本。朕知此事必是奸臣傾陷忠良，假借宮禁為此妖妄，絕無一毫影響之事。恐皇太子過為疑懼，朕已有諭旨了。爾等宜以理開導，使安心進修，以保睿德。毋得妄想搖惑，離間宮闈，誘引非禮，如違，法典具在，治罪不恕！」

此一所謂「妖書」之被寫之為《續憂危竑議》，始於萬曆二十五年五月間，當時任職刑部侍郎的呂坤，所上憂危一本為由頭。按呂坤

的此一憂危本章，卻又牽引著萬曆二十二年間，呂坤任山西按察使時，曾撰《閨範圖說》一書事。此事據朱國楨《湧幢小品》記謂：「呂新吾司寇，廉察山西，纂《閨範圖說》一書。弱侯（焦竑）以使事至，呂索序刊行，弱侯亦取數部入京。皇貴妃鄭氏姪曰國泰者。（他書記國泰為妃之兄，亦說弟，）見之，乞取添入后妃一門，而貴妃與焉。眾大譁，謂鄭氏著書，弱侯交結為序，將有他志。疑忌者又借此下手，至今其說尚盛。不獨敗官，將以啖肉。文之不可輕如此。」據康熙輯歷代通鑑輯覽，則謂是太監陳矩購入禁中，帝以賜鄭貴妃，重刻之。二十六年秋，或撰閨範圖說跋，名曰《憂危竑議》。其文託朱東吉為問答，東吉者，東朝也。其名憂危，以呂坤曾上憂危一疏，因借其名以諷。言坤書首載漢明德馬皇后由宮人進位中宮，意以頌妃，而妃之刊刻，實藉此為奪嫡也。這事一經喧囂，便有人扯出了呂坤二十五年五月間的那束憂危疏。認為呂坤的疏本，洋洋二千餘言，事事憂危，獨獨不憂國本冊立？遂劾坤因承恩進書，結納宮掖，包藏禍心。妃兄國泰，認為當年糾劾呂坤並及貴妃的是給事中戴士衡及全椒知縣樊玉衡。當時因為呂坤疏入不答，便乞休許准。皇帝認為呂坤既已乞休，便不置理。交鄭國泰疑此《憂危竑議》乃此二衡所為，將以害呂坤。於是重謫二衡。這事便過了。想不到數年之後，太子已經冊立，《續憂危竑議》又產生了。

　　（呂坤作於二十五年五月間的憂危疏，已成有明一朝的名文。全文約達二千五百字，力論如何收人心，所指全是當時朝政之失。可以說是字字忠忱，不亞於三蘇的策論。但卻從此家居，雖經孫丕揚極力保薦，疏二十餘上，終不納。縱然家居，且曾為了福王封國河洛，賜莊田四萬頃事，上言請減。說來，這已是本文的他事了。）

　　「妖書」究係何人所作所刻？一時無法抵實。御史康丕揚疏請將山人遊客盡行驅逐。輔臣沈一貫認為作姦書者，可能就是此輩，欲姑

緩之，以便緝獲。不久便下了一道正式禁令。一禁止白蓮教、無為教、羅道教；一驅逐各寺觀遊士山人；一禁止婦女入寺觀；一嚴緝集眾進香、擅造儀仗違禁之物；一禁止四方來遊僧道，及搭蓋茶房，街衢打坐，物幡張榜，身衣綺紈。

　　刑部訂立賞格，帝嫌低。諭說：「姦賊捏造誣詞，動搖國本，離間朕父子骨肉之情，罪當大逆。如何止照軍興常例。真正首功，著與實授指揮僉事，賞銀五千兩。其餘以次遞敘。同謀出首的，准從寬宥，仍加厚賞，知情隱匿故縱的，一體治罪，遇赦不宥。山人遊客，著嚴加驅屏，不許容留庇護。」禮儀房指揮鄭國賢，上書自辯並求罷斥，詔諭不必憂辯。兵部奏請限緝姦書，定於一個月以裏得獲回奏。皇帝又下詔諭說：「造姦書妖言，使朕一家大小不寧，你們大小臣工，只務延捱過日，不為君父分憂，亂政長奸，紀綱安在？以前要旨，著捕拿不法之人，都付空言，養成今日，好生可惡。陳汝惡及延捕各官，與五城兵馬，都著住俸拿賊。限外不得，重究。」這樣以來，各官都慌了。

　　十一月二十四日，提督東廠司禮太監陳矩奏本，說是辦事旗校李繼祖等於本月二十一日晚，緝獲可疑男子一名，名皦生彩，供有兄皦生光，先年原籍是順天府生員，於萬曆二十七年間，到西城地方開印舖包繼志家內，著黃紙封皮，假說封門，詐騙銀三百兩。於二十九年間，又往包繼志家詐騙不遂，遂造捏搖言，刊刻印文，詐得銀二百兩。又於本年八月內，復造謠言，詐騙舉人苗自成銀三百兩。有其師田大有將生光刊造謠言，屢次詐騙等情，且造提學周御史，將生光問徙，發大同地方為民。後逃來京，仍行造謠為非。生彩恐有連累，屢勸不從。其男皦其篇同謀知情。近日的姦書，不知是否是他所為。皦生彩說，他並不曾看到事實。可是拘獲到皦生光之後，並不應承。遂下之大獄。經錦衣衛審訊，也不招認。

　　錦衣衛掌衛事詆都督王之禎奏言：「皦生光植以大姦巨惡，慣刊板害人，始則捏造妖詩，稱臣威里。陰謀羽翼成矣。復有『皇長子危乎哉！』等語。繼被問讉，逃來京師，欲報前仇，大肆無懼。著書有『岸游稿』，寓復仇之意。後揭於臥榻，有『大讐大冤』等語。臣觀其字跡，既復相類，詳其文辭，又頗相同。審其親子質證甚確。但狡獪異常，明知罪大惡極，將吐復忍。且戒其妻子曰：『我若一認，都該淩遲。』臣輾轉思維，重刑恐殞，其生大獄，終於不白。況一人之知識有限，乞勒三法司會同東廠並臣，多方研審。」遂交三法司會審。

　　到了十一月二十九日，大學士沈一貫、朱賡等，把審議文稿的情況上奏說：「蒙發下疑犯皦生光所作岸遊稿，並臥榻旁帖一紙，臣等一一看詳。空詞繁言，無足推求事實。惟其誣訟有作一首內，有：『君父塵喉舌，庶欲或國本，皇運恒安流』三句，似有關係，然亦含糊難明也。臣等才識淺陋，未能深詳，惟聖明洞察。」

　　當然，這樣幾句話，自無法求出事實來。皦生光的被牽連到「妖書」內來，只不過基於他曾刊刻文字，行過詐騙而已。

　　在「妖書」事件之前，（五月間），曾發生了一件楚王嗣爵疑案。楚恭王故後，宮人胡氏孿生二子，一名華奎，一名華璧。傳說是內官郭綸取他人子養大的。言華奎是恭王妃兄王如言的兒子，華璧是妃的族人王如綍家奴王玉的兒子。萬曆八年，華奎嗣爵，華璧封宣化王。宗人華越訐內情，認為華奎乃異姓子，不當亂宗。沈一貫納華奎重賄，囑通政使壓下了華越的本章。不久，華奎劾華越的本到了。於是二本同上。當時署禮部尚書事侍郎的郭正域，江夏人，頗知假王事。請勘虛實，以定罪案。沈一貫助華奎，言親王不當勘劾。郭正域認為是事實，不聽沈言。華奎恐懼，奉黃金百兩為郭正域壽禮，郭拒收。已而，撫按行勘，結果，都說無證可驗。可是華越妻是王如言女，則

力持華奎乃假宗之說。再交公卿三十餘人，集議於西關門覆勘，每人各具一單，結果是人言人殊。這時，李廷機以禮部左侍郎代郭正域署部事，郭正域希望把三十七人的勘詞，盡錄上呈，李廷機則認為盡錄太繁，先撮其要以上。沈一貫嗾使御史康丕揚等禮部壅閼羣議，不以實上聞。郭正域也上疏劾沈匿疏阻勘，以及華奎饋遺事。這時，郭正域佑華越，沈鯉佑正域，沈一貫及尚書趙世卿等佑楚王，兩相詆訶。結果，奉旨以楚王襲封已二十餘年，何以到今天才來舉發？而且夫訐妻證，不足為憑。遂坐華越等誣奏，降為庶人；錮之鳳陽。事過，郭正域上疏請休准。上船將行，「妖書」事發。沈一貫以楚宗事，銜郭正域又惡沈鯉相逼，打算藉「妖書」事攀連之。遂嗾使給事中錢夢臯上疏，直指「妖書」乃郭正域與沈鯉所偽造。遂奉旨發兵去搜查沈鯉，又去追趕業已上路的郭正域，追到順天府武清縣東南的楊村，在船上逮捕了郭正域家的僕隸乳媼十餘人。康丕揚又逮捕了與郭正域友善的游醫沈令譽及僧達觀等，但無所獲。錢夢臯、康丕揚等，又嗾皦生光攀郭，皦生光曾仰面大罵：「死則死耳，奈何教我迎相公指妄引郭侍郎乎？」皇太子在東宮也數語近侍們說：「他們為什麼要殺我好講官？」諸官們才放緩了對郭正域的訊攀。

　其他，凡是被牽涉進去的官官民民，只要有些蛛絲馬跡，無不拘訊。如游醫沈令譽，供出曾與吏部稽勳司署郎中事主事王士騏，為雲南司署郎中事主事于玉立營謀起官。雖二人上疏力辯其枉，結果，都受到遞職的處分。雖然沈令譽與僧達觀以及皦生光，都始終未承「妖書」之罪，仍令繼續研審。非要查獲刊造「妖書」的姦人不止。且下諭內府各衙門各執事官長隨小火者，要他們遵守舊規，不得私出禁門交結官員軍民各色人等，更不准到處遊蕩賭博宴會亂談，甚至依勢怙惡，隨伴姦詭無籍之徒，透露機密重務，致生事端。除已往不究外，今後如有此等情事，著廠衛密切訪拿治罪。十二月初五日，又面

召皇太子於啟祥宮，口諭說：「哥兒！你莫怕，這不干你事。你但去讀書寫字。宴些開門，早些關門。」又把戒諭太子的話，傳示內閣。說：「我的慈愛教訓天性之心，你是知道。你的純誠孝友好善的心，我平日盡知。近有逆惡捏造姦書，離間我父子兄弟天性親情，動搖天下，已有嚴旨緝拿，以正國法。我思念你必有驚懼動心，我著閣臣擬寫慰旨，安慰教訓你。又戒諭內外執事人等旨意。今日宣你來面賜於你。我還有許多言語，因此時忿怒動火，難以盡言。我親筆寫的面諭一本，賜你細加看誦，則知我之心也。到宮安心調養，讀書寫字，毋聽小人引誘。」傳時淚下，皇太子亦含淚叩首請去。……

葉向高自編年譜云：

> 妖書余未之見，大槩言傾搖國本之意，四明（沈一貫）意明龍（郭正域）所為，以危語動上。上震怒！大索長安，捕繫掠治，株連蔓引，慘不可言。京師至於罷市，路斷行人，延及留都，四方皆惴惴重足。

可想當年「妖書」事件的罪案，是多麼可怕了。

當年十二月十一日，提督東廠太監陳矩，奏言皦生光兇狡異常，機械叵測，據其往歲妖詩情形，足為今日妖書之符券，且其妻妾子女，供不異詞。刊刻布散，各有實跡。本犯雖自存一線之疑，似難逃眾口之證。但忍刑輾轉，書內詞名一字不吐。乞將一干人犯通行送司再加詳審，依律議擬具奏。得諭云：「皦生光證佐已明，忍刑輾轉，未吐同謀主使真情，還著錦衣衛遵照初九日諭旨，備細設法嚴刑追究，得情之後，送東廠覆審的確，會同科道再問，以昭至公至當。不許疑畏顧避，徇情賣法，自取罪戾。」但儘管上諭如此嚴追，終因事無佐證，難定大獄。

在這月初七日，沈一貫、朱賡曾上疏言，並擬定罪結案，說：

「獄情微曖，原自難知，緩之固恐遁姦，急之亦恐失實。此書原為傾陷臣等而作，事關於國本，情起於私仇。惟關國本宜坐大逆之誅，惟起私仇，當有未滅之議。如得造意魁首，以正國法，似亦足矣。其家人妻子及刊刻流布諸人，不論知情不知情，皆在可議。不可以大逆等論。又況交游知識，可株連乎！惟願皇上臨之以天地之公，照之以日月之明。一聽在廷公論，而析衷以理，則宮闈天性之親，藹然和氣，流浹無窮。而縉紳士庶，亦不至偏有所傷矣。因蓆藁候命。」可是，奉旨仍著廠衛鞫訊明確，九卿卿科道等官議具奏聞，務必訊出主謀人來。不願只是殺了一個皦生光了事。於是，命錦衣衛嚴鞫「妖書」之案。

　　這之前，因「妖書」案株連的官民眾多，下獄者已數十餘人。除了皦生光的妻妾子女，還有錦衣衛都督僉事周嘉慶，被王之楨、李國楨、王承恩合指為主謀。連同妻妾舍人等，具下東廠嚴鞫。舍人袁鯤受刑極慘，但至死不認。按周嘉慶的官職，是由其祖周祖詠因軍功蔭襲而來，妻李氏，是吏部尚書李戴的女弟。《國榷》說：「時訛言沸湧，坊市無敢偶語。」周嘉慶也反參王之楨等。好在錦衣百戶霍德，緝捕了順天黠生皦生光，周嘉慶方得釋獄。

　　「妖書」案一起，官員互參，民人互指。株連之廣，下到流民，上達宰輔。承審者恐株連日多，無法結案，不得不逼皦生光服刑。皦生光在廷訊時，曾感喟地說：「朝廷得我可結案。如一移口，諸君何處求生活乎？」遂誣服。在萬曆三十二年科場過了，四月二十二日皦生光服刑，磔於市。妻子戍邊。《國榷》說：「妖書並非生光所為。但此人可殺處，所以一般並不憐惜他。當時承審的御史沈越，極力要生光服罪。以後沈越出使，死在路上。據說死的時候，皦生光曾來要求償命。或者有人說：妖書是武英殿中書舍人趙士楨所為。趙為永嘉人，後來趙士楨病重的時候，自己說出的。死時血肉碎裂，如受磔

刑。」

　　鹽官談遷論妖書一案說：「妖書一夕遍朝市間，其事甚怪。而緹
校勾攝，房午四出，與漢治武蠱獄何異？王之楨猶江充也；四明（沈
一貫）猶公孫賀也。即不株東宮，于含沙射人，寧有幸乎！皦生光誣
服以死，得弛羅織。設事更遲遲，魚網之設，鴻則罹之，都人未得安
枕也。易曰：『君子慎用刑而不留獄。』今安得張釋之于定國而語之
哉？噫！」夏允彝則評之曰：「見怪不怪，其怪乃敗。當初發時，倘
上令焚去，置不問，不亦可乎！，而當局者竟藉以傾清流，故激上怒
至此；可嘆也！」而我今則認為：「妖書」案之明查密訪，上怒天子，
下駭窮民，波盪之情，沸騰全國；但在萬曆二十四年間即流抄於世間
的《金瓶梅》，一若如今之《金瓶梅詞話》，第一回之含沙射影，竟
未株連，幸事耶？抑疑事耶？

三　福王之國事件

　　在冊封太子的時候，並同時冊封了常洵福王、常浩瑞王、常潤
惠王、常瀛桂王。這時的常洵已十六歲。

　　太子與諸王冊封之後，萬曆三十年三月，便詔諭內閣，說是福
王已年長，應該配婚配了。著傳示禮部舉行。到了三十一年十一月，
神家為了福王的婚禮，又下詔諭，認為福王的婚期已迫，應撥給福王
的錢糧，還沒有齊全。要查治該司官的職務姓名，準備治罪。戶部沒
有辦法，只得將通糧廳隨糧輸齎等銀所存的二萬四千八百餘兩，盡數
撥出，併乞寬假。跟著，戶部又奏請酌量裁減，不准。只得再向老庫
暫借五萬兩，發商刻期辦進。等到各省解到，再來補還。可以想知有
司各官為了籌備福王的婚禮及錢糧等事，已經夠張羅的了。全部婚費
達三十萬兩之鉅。

　　萬曆三十二年正月十八日，福王行合巹禮。

　　萬曆三十二年五月，福王要求京城各項客商雜貨，盡入官店發賣，意欲壟斷市場。羣臣力諫不可，疏上，留中不報。三十二年十二月上命把所收涇府所遺祿米二千石，給福王五百石，景恭王妃、汝安王繼妃、寧安大長公主、瑞安長公主、榮昌公主各三百石。三十四年七月，詔命在河南河南府建造福王府第；十月，派工部主事房楠往河南，擔任營造福王府第事。建造福王府第的工人，都是由京城帶去的。到了三十七年二月，監督此一工程的主事房楠，在地方上告討預支，增料價竟達三、四十萬之多。工部上疏，要求行文該省禁止，或將京商撤回。皇帝爺派了一位太監拿了工部的這本疏文去問輔臣：「此疏與福王府第有相干否？」意思是，如准了工部的疏，豈不影響了福王府第的工程？如不准，錢又從何來呢？輔臣們研商過之後，報告說：「府第已照潞王規，無容別議。獨奸商夤緣冒破，為害不小。工部言撤回，是。」於是皇帝接受了工部的建議，撤回了京商。可是，福王府第的建築費，仍舊花費了二十八萬餘兩。到了萬曆四十年夏方行完工，前後建造時日達七年之久。

　　萬曆四十年五月二十七日，河南巡撫李思孝，上疏說福王的府第已完工，請求指定福王之國吉期。跟著輔臣們也上疏請。詔命閣臣擬上。當年八月間，大學士葉向高，擬出了福王之國的時間，應在明春（四十一年春），吉期則請帛帝明示。疏上十餘日，毫無消息，遂於九月十一日，再上疏催請，說：「前蒙皇發下工部請福王之國本，令臣擬上，今已旬餘，未見允發之國吉期，雖在明春，一應事務，必須今歲辦理。如船隻一項，須取之於南，非數月不能至。今時已近冬，為日無幾，若非明旨早下，所司何以奉行。外廷諸臣，多餘催請，臣告以聖意已定，不須有言，苟再遷延，未免煩瀆聖聽。」可是皇帝爺，還是置而不理。禮部也有本章，呈上力請：「福王為陛下愛

子，封之伊洛已數年矣。向以府第二竣，有誤之國之期，致煩皇上明
旨屢催，時厪宸衷之慮。茲則工已完矣，維城肇啟，乃朱鏍出邸之
時，磐石始基，正青組臨方之候。惟皇上賜賜擇吉舉行。」投上數
月，亦無詔命，久不得報，言者紛紛，因而禮工兩部科，暨各衙門又
連章力請，到了十一月，方有一旨頒下，說：「朕覽所奏，府第工
完，之國有期，合用一應事務錢糧，各該衙門即行預備整頓，造辦齊
理，不致臨期違誤。」聖旨要臣子準備一應事務錢糧，之國並無期。

　　大學士葉向高在萬曆四十一年正月二十二日再上疏請：「廷臣請
闕，會辭懇請福王之國吉期，並責向高以阻撓枚卜，於是向高復以為
言。」未得回答。到了三月，禮部等衙門的侍郎等官翁正春等，禮科
給事中周永春等，山東道御史史弼等，後府等府英國公張惟賢等，宗
人府駙馬侯拱宸等，太常寺少卿胡忻等，各疏上言，均以福王之國，
是萬難延緩了。如此多的大小臣等，連英國公及駙馬爺都出面了。結
果，一律不答。到了四月，兵部尚書王象乾請福王之國吉期，方行得
旨：「福王之國，祖制在春。今已踰期，明春舉行。軍士月糧，按月
給予，應行犒賞事宜，所司酌處，務使軍民得沾實惠。民船聽其裝
載，毋得留滯，以示朝廷優邱之意。」遂借了一個理由，又延了一
年。同時，又詔命恩賜莊田四萬頃，嚴令撫按籌辦。於是，臣民又喧
然驚疑起來了。

　　萬曆四十一年五月十四日，大學士葉向高，上疏力諫：「福王之
國，久已愆期。臣工合辭苦請，始奉明春舉行之旨。頃復以莊田四萬
頃責撫按，於是中外臣民又喧然驚疑曰：「王之為此請也，果何為
哉？』夫使必待四萬頃之田足數而後行，則之國將何日？而聖諭之所
請明春舉行者，寧可必哉！臣觀福王疏中，首以祖制為言。夫所謂祖
制者，祖訓也，會典也，累朝之功令也。親王四萬頃之莊田，祖訓有
之乎？會典有之乎？累朝之功令有之乎？臣不知王之所引祖訓何所指

也。如以景府為辭，則自景府而前，多少親王，其莊田之數，並未有出數千頃之外者。惟景府以皇祖寵，愛踰越分，遂有此請，皇祖一時失計而聽之。至今議者，尚追究其事，以為壞祖制者，景府也。王奈何尤而效之乎？自古開國承家，必循理安分，乃為可久。如取之非制，得之非道，未有能安然而坐享者。鄭莊姜愛大叔段，為請大邑；漢竇后愛梁孝王，封以大國，皆及身而敗。覆轍相仍，難以枚數。臣不勝愛王忠王之念，不得不明之。」這時，皇上命河南山東等處撫按官，于各地方細察各府所遺及應撥地土，務足四萬頃之數，仍著本府自行管業，以資贍養。所以葉向高上此嚴正諫疏。戶科給事中姚大宗、孫振基、商周祚、官應震也都上疏力諫。皇帝則一律置之不理。

同年十月二十二日，皇帝爺詔諭內閣說：「聖母稀齡在邇，朕當親率皇太子及諸王恭祝大典，慶賀禮成，于次歲春三月內，著欽天監擇吉之國。卿可傳示大小臣工，不得過生疑慮，以亂視聽。」這時，外廷正在傳宣著，認為皇上意欲借聖母賀壽為辭，以留福王。大家打算共詣文華門，伏闕力請。適巧聖上的這道諭命下來了。

這道諭命，也有人疑「次歲」是指的四十三年。因為聖母的稀齡在四十二年，神宗最初的意思，是不擬預慶。倘使皇上說的「聖母稀齡」乃指四十二年，不是預慶，那麼，福王之國的日期，當為四十三年春。所以大家懷疑皇帝的這一詔命，仍是推拖之詞。庄田四萬畝的問題，還沒有解決呢！

至於庄田四萬畝，委實無法湊足，雖朝臣力請減少，總是不理。到了十一月，諭命戶部說：「朕以福王之國，特准輔臣等所奏，在於明春三月舉行。但各衙門所造應用之物，備辦錢糧未完，且該王例請養膳田地，屢諭著三省撫按，嚴查各廢府所遺田地，俱朦朧不行實奏。近該巡按董漢儒等奏稱，尚未及數。明是各官襲套，怠緩遷延，姑且不究。既撫臣等所奏四萬之數，難以取盈，姑且准量減一

萬。以稱朕體卹至意。其三萬之數，你該部即行文於三省撫按，務要
上緊查給相應田土三萬頃。立定界址，造冊送本府，炤潞王例，自行
管業，不許仍前支吾塞責，違誤大典，治罪不宥。」雖把所賜庄田減
少了一萬頃，詔諭則仍以上緊查給相應田畝為要點。到了十二月，左
軍督都府左都督鄭國恩，亦上疏請。

　　「福王之國，訂在明春，皇上明示天下，似無可疑，天下已咸服
皇上之宸斷矣。祇因田額取盈，日期未定。催請屢屢，望旨不啻饑
渴。為皇上計，予之以廣地，孰若與之以令名。既順天下之公議，即
以成王者之信。此又臣之瀝血以請者。」不久，詔命頒下，命福王於
次年三月二十四日之國。

　　兵部準備車船。奉諭照潞王例分三次運送，頭運訂正月十九
日，二運二月初九日，三運三月十九日。命令南京兵部準備馬快船五
百艘。可是船尚在通灣，要等船回後，還要修葺。又是冬天，水涸冰
堅，必不能如期備妥，達成明春福王之國之用。那時，就會以王舟不
備為辭，延緩之國。兵部主事譚昌言建議，速令通灣船舶止航不動，
遣官到通灣修驗。合計往返工費相當，旬月可以報完。舟楫既具，福
王之國就不會延期了。南司馬採納了譚加言的建議，這件事終于如期
辦妥。

　　跟著福王揆諸輿情，亦知必不能延。遂以憫念時艱事奏聞，自
請將庄田三萬頃，再請酌減。奉旨云：「福王養贍田土，原係舊例，
非朕特恩。前因諸臣懇請，已量減一萬。茲覽王奏，以各省查給不
敷，兼之災傷可憫。願于三萬之中，再請酌減。且謂時日已逼，恐誤
行期。具見福王為國為民之意。朕心嘉悅不已。特允奏再減一萬，其
二萬之數，該部即行撫按官查實在地畝冊送本府，自行管業，速行撥
給，不得再有陳瀆，致誤大典，責有所歸。」於是四十二年三月二十
四日，遣兵部左侍郎魏養蒙，錦衣衛指揮梅國林，護送福王之國。

　　雖然，福王的養贍田土已減為二萬頃，由河南、山東、以及湖廣等三個區域籌撥，還是不夠。在河南實地業有一萬一千二十九頃，山東報有地一千二百八十二頃，尚該補地三千二百三頃有零。在湖廣應該辦田地四千八百五頃有零，都不容推諉。旨令地方官上緊處給。湖廣巡撫董漢儒，撥不到田土，建議每年認折租銀一萬兩輸解福府。

　　四十三年五月，山東登萊道右參政姜志禮上疏言：「福王莊田二萬頃，派之湖廣、山東、河南，而山東之登州，實派田一百頃五百畝七分七厘，萊州實派田一百頃二百五十畝。今五月二十日福府典膳徐進，為丈徵登萊二府田租，來到青州。夫臣固登萊道臣也，當派庄田時，未在任何敢言。今丈徵時，臣在任何能無言。自高皇帝以迄於今，累十餘世，封王子孫屢矣，有與之二萬頃莊田者乎？有庄田跨三省者乎？一福王而莊田二萬頃，跨連三省，繼此而封，尚有惠王、瑞王、桂王也。倘比例而請，俱與二萬，俱跨三省，將與之乎？不與之乎？撫按諸臣，驚聞豈得否？丈量之旨，相顧駭愕，無可奈何！第曰：『丈量文冊，已在御前已耳！福藩不必遣騷擾。丈量已耳！』嗟呼！冊在御前是二萬庄田之冊也，騷擾丈量即倖免一時，而未拔去病根也。試思他年比例陳情之際，王王二萬，省省庄田，普天之下，莫非王土，恐一統輿圖，僅足供諸王之四分五裂，而天子且煢煢獨處也，豈不殆哉！不此之憂，而第曰：『莊田有冊。』第曰：『勿騷擾，勿丈量。』以此補救，幸求苟安。譬之放飯流歠，而向無齒決。臣不知其可也。皇上即未免於世俗愛子之情，或不妨出內帑礦稅之積，量為頒賜。亦何至廣州齊魯雒楚之地，行偏愛而基永禍也。且非所宜有而有之，天道忌盈，國法除偝，亦豈福王利乎！良由去輔葉向高，欲以福王率就藩為去國之功，遂不欲拂皇上溺愛福王之意。莊田踰制，竟不及言。方從哲踵而仍之，醇酒優游，絕無規正，即或有言，亦惟隨撫按諸臣之吻云：『勿騷擾，勿丈量。』而已。曾不効古大臣裂麻

焚詔，堅決而言曰：『二萬三省之例，斷不可自日始也。』新輔吳道南，到任謝恩一疏，時政大端，略見梗概，獨不及莊田一事。及以此等過舉，皆由前人，非新臣事，故置罔聞。抑或有而待言乎？據今膳典徐進，方欲丈量，方欲徵收，恐難以成事，不說為解。且揆席初登，正旋乾轉坤之會，天下屬望，舉在於斯，失此不言，則一成不變，全盛金甌，從此茲破裂無完時矣。臣備員東滿，無樂有言，乃徐進丈租，適於臣所管之地，內失於無封還詔旨之輔臣，外僅賴有補救苟安之撫按，分崩離析之禍，未知所終。故不識忌諱，而惟瀝血如此。」

神宗覽奏大怒，下旨說：「福府養贍田地，係比炤潞王事例，自行量丈徵收，業經屢有明旨，姜志禮豈無聞見。以明春考察，欲固位沽名，輒敢出位，恣肆狂妄，要挾上司，乖張事體，紊亂紀綱，好生可惡！本當重處，姑且降三級調用，不許朦朧升遷。以後再有這等的，重治不宥。」可是，太常寺少卿史孟麟，上疏請救姜志禮，降了五級調用。說來，這都是福王之國事件的餘波了。

朱國禎在所著《湧幢小品》中，記福王之國事，用船一千一百七十三隻，比潞王多二百四十八隻。隨行軍一千一百名，沿途以少目馬一人總之。且於經過去處躝恤。朱國禎感慨的說：「惟車駕所過有之，藩王何為者？」這些，也都說明了福王常洵的逾越與拔扈。總之，神宗的溺愛也太過了。雖已對國，第二年還發生了「梃擊」事件。司馬昭之心矣！

四　梃擊事件

當福王常洵出京就藩，臣民對於貴妃鄭氏之疑，應該告一段落，所不幸的是，常洵於萬曆甲寅（四十二）年三月三十日出京之

國，抵翌年（乙卯）五月初四日傍晚的時分，便在太子住所的慈慶宮門，發生了所謂「梃擊」事件。於是，臣民們的疑想又汹起了交責，鄭氏助常洵奪嗣的話頭，又重囂塵上。三十年來的老問題，又問題起來了。

事實是這樣的：

萬曆四十三年五月初四日傍晚，有一不知名的男子，手持一根棗木棍，闖入慈慶宮門，打傷了守門內官李鑑，一直衝到前殿簷下，方被內官們韓本用等捕獲，交東華門守衛指揮收辦。第二天，擔任巡視皇城的御史劉廷元，開始考訊。初次審問所得，認為這位名叫張差的男子，係薊州井兒峪人，「話不情實，語無倫次。按其迹，若涉瘋魔；稽其貌，的是黠猾；情景巨測，不可不詳鞫而重擬者。」遂提交刑部鞫審。

五月初十日，刑部鞫審張差。據刑部錄供，說被李自強，李萬倉燒了他的柴草，氣極，於四月內來京，要赴朝聲冤。從東邊進入，不認識門，往西行走，適路遇不知名男子二人，向差誆而：「你沒有憑據，如何進入！你拿槓子一根來，便可當作冤狀。」張差日夜氣忿，失神癲狂，遂於五月四日乎拿棗木棍一根，仍復進城，從東華門進入。一路無人阻擋，直至慈慶宮門首，打傷守門官李鑑，跑入前殿下被拿下。又查張差過去曾經闖入薊州道的衙門，語言也無倫次。道臣袁和審係瘋病，釋放了他。今竟闖入慈慶宮，擬刑大辟結案。可是，有幾位言官，認為劉廷元與刑部的鞫審有問題。御史牟志夔，給事中亓詩教、刑部提牢主事王之寀上言力持異議。認為瘋魔無憑，似有點人在後唆使，且認為東宮乃國本重地，關係重大。應下法司詳究，消弭釁孽。其中王之寀一本，更為重要，因為他是刑部提牢主事，曾在散飯獄中時，詢問到張差。所以他上本說：

本月十一日，散飯獄中，末至新犯張差，見年力壯強，非風魔人。初招告狀，著死撞進。復招打死罷，不中用了。臣問：實招與飯，不招餓殺你；即放飯面前。差見飯，低頭招不敢說。臣即麾去官吏皂庫人等，止留二吏扶往問之。招稱張差，是薊州井兒峪人，小名張五兒，年三十五歲。父張義，病故。有馬三舅、李外父，交我跟不知名老公公，說事成與你幾畝地種，勾你受用。老公騎馬，小的跟走。初三歇燕角舖，初四到京。問何人收留？復說到不知街道大宅子，一老公與我飯吃。說你先衝一遭，撞著一個打殺一個。打殺了，我們救得你。遂與我棗木棍，領我由後宰門進到宮門上。守門的把我一把挈，交我一棍打倒。到裏邊輪了兩棍，莫有輪著。老公公多了，就挈住我。又招：還有栢木棍，琉璃棍，槎子棍，棍多人眾等情。其各犯名，至死不招。臣看此犯，不癲不狂，有心有胆。懼之以刑罰不招，要之以神明不招。唉之以飯食，始半吞半吐。中多疑似，伏願皇上縛兇犯於文華殿前朝審。……

疏入留中。

　　跟著大理寺寺丞王士昌，戶部署郎中事行人司司正陸大受，戶部主事張庭，給事中姚永麟等，亦紛紛上疏，請求嚴審，查明主使。一個個字裏行間，無不涉及以往之遲遲冊立以及選婚出講等事。巡視御史劉廷元亦上疏駁斥王之案的問招，懇皇上詳究，以安東朝，以安六官，以安萬姓。結果，這些本章，全留中未問。御史過庭訓上言：「近日張差之事，實關宗社之安危，駭中外之聽睹，夫慈慶宮可入，何宮不可入？木棍可執，何物不可執？據其見犯之罪，即時梟首，已有餘辜，且更多隱伏之情，一人處死，未為盡法。皇上二十年以前，

諸臣以建儲之一事爭，十餘年來，諸臣以之國之一事爭。未幾而建儲之事定，又未幾而之國之事定。神謀睿斷，原皇上所獨持。則今日之變起蕭牆，禍生肘腋，尤皇上所宜亟剪。若仍懷厭薄，而概疑之為不足信。皇上之自為社稷計者，其謂之何？」疏入，也留中不理。

　　關于張差的問題，過庭訓曾移文薊州蹤跡。據知州戚延齡具言其致癲始末：「謂差原名張五兒，以砍柴為生。而李自強、李萬倉、李守才，則以燒灰為業。先是差庸工於張家，傭值未支，三十五年十一月，守才擬以養女妻之，差屢索前值為聘，張故不與，因鬱鬱成癲。第食力傭作，則猶無病之人耳。四十二年間，差積柴四百餘束，自強等欲買燒炭。差以價短弗與，未幾悉燬於火。差意強等所為，忿極，前病亦發，絕不以生理為念矣。又嘗種張仲金等所租史明善地，其子粒為金等所收。獨遺田租累差，明善剝其衣襖，風癲益甚。差姐夫孔道所居，相去二十餘里，本年三月間，差詣孔道家，道偶他出，見其家有鐝柄一根，因携以歸。四月初二日，差負豆二斗，併携前棍以出，不知所往。」到了五月二十日，刑部十三司會審便舉行了。

　　參與會審的人，有胡士相、陸夢龍、鄒紹光、魯曰唯、趙會禎、勞永嘉、王之寀、吳養源、曾之可、柯文、羅光鼎、曾道唯、劉繼禮、吳孟登、岳駿聲、唐嗣美、馬德禮、朱瑞鳳等十八人。在會審中，查出不知姓名的老公是在薊州修鐵瓦廠的龐保，不知街道的大宅子，乃住朝外大宅的劉成。因為他三舅外父常往龐公處送炭。龐劉二公在玉皇殿商量，和我三舅外父，逼著我來，說打上宮去，撞一個打一個，打小爺，吃也有穿也有。劉公跟我來，領進去。又說，你打了，我救得你。又有三舅送紅封票，封我為真人等語。這麼以來，又要鞫提眾人對質。跟著便有給事中何士晋、張國儒、吳亮嗣等上疏要求儘速決疑。五月二十二日大學士方從哲、吳道南奏請將會審原本，發下票擬，勅下三法司嚴提究問。均留中不理。禮部右侍郎何士彥，

給事中姜養性上疏催詰，大學士方從哲、吳道南再上疏催請，說「若再遲延必致釀成他變。」都認為十三司會審，業已訊出姓名年貌住址以及來歷原委。怎可不辦？方獲諭旨：「……連日覽卿等所奏宮闈等事，乃姦宄叵測，行徑隱微。既有主使之人，即著三法司會同擬罪具奏，毋得株連無辜，致傷天和。」於是，凡張差所供諸人，提交刑部法司審究，戚臣鄭國泰並上揭辭駁戶部司正陸大受疏，卻又引起何士晉疏駁。認為陸大受等疏，原止欲追究內官姓名，大宅下落，並未嘗直指國泰主謀。此時張差之口供未具，刑曹之勘疏未成。國泰豈不能從容少待，何故心虛膽戰，輒爾具揭張皇。人遂不能無疑於國泰矣。國泰若欲釋人之疑，計惟明告宮中，力求皇上速將張差所供龐保劉成送三法司，公同拷訊。如供有國泰主謀，是乾坤之大逆，九廟之罪人。臣等執祖宗之法，為朝廷討亂賊。不但宮中不能庇國泰，即皇上亦不能庇國泰，借劍尚方，請自臣始。設或另有主使，與國泰無干，臣請與國泰約。今國泰自具一疏，告之皇上，嗣此以往，凡皇太子皇長孫一切起居，俱係國泰全家保護，稍有疏虞，罪坐國泰，則臣與在廷諸臣，亦願以國泰身家之事，乞皇上與皇太子，有好無尤，永全恩禮。是所以報國泰也。若國泰今日畏各犯招攀，一味熒惑聖聰，久稽廷訊，或潛散黨羽使遠逃；或陰斃張差滅口，則此獄將終不結耶！惟國泰宜處。

按何士晉，江蘇宜興人，萬曆二十六年進士。當他這一直指鄭國泰是梃擊案幕後主使的本章投上，萬曆帝遂於五月二十八日上午，到達慈寧宮，召集文武百官，向聖母靈次行禮後，面諭羣臣說：「忽有瘋癲漢，闖入東宮傷人。如此異事，與朕何與？外庭有許多閒話。爾等誰無父子，乃欲離間我父子。適見刑部郎中趙會禎獄詞，止將本內有名人犯張差、龐保、劉成，即時凌遲處死，不許波及無辜，以傷天和，以驚聖母神位。」說過便拉起太子的手示羣臣說：「此兒極孝，

我極愛惜他。譬如爾等有子，如此長大，能不愛惜。」以後又以手約太子體說：「彼從六尺，孤養至今，成丈夫矣。使我有別意，何不於彼時更置，至今長成，又何疑也。福王已之國，去此數千里，自非宣召彼能插翅飛至乎？」更一再交代，「止照本內名數，不准亂扯。」又顧問皇太子有何話說？皇太子說：「似此風癲之人，決了便罷，不許株連。」又說：「我父子何等親愛，外庭有許多議論，爾輩為無君之臣，令我為不孝之子，深為可恨！」於是萬曆帝向各官說：「你們聽皇太子所說嗎？」連聲重複。

可是，在這次召對的時候，跪在後班的御史劉光復，一時衝動，大聲說：「皇上甚慈愛，皇太子甚仁孝。」一時驚詫了皇帝。劉光復等聲音雖大，坐在殿上的天子卻聽不真切。問明他不過一個御史，遂怒呼緹騎數聲不至，便著中絹拿下，以驚擾皇太后靈位罪，下獄察訊。這事雖是梃擊案的枝節，卻給該案平空添了不少困擾。這裏不多說它了。但自這次召對之後，便處決了張差，更命司禮監會九卿三法司於文華門前，鞫審龐保劉成。正審問間，東宮又傳諭下來，說：「張差持棍闖宮，至大殿簷下，當時就擒徧搜，並無別物，其情實係瘋癲，誤入宮闈打倒門官，罪所不赦。後復招出龐保劉成，本宮反覆參詳，保成身係內官，雖欲謀害本宮，於保成何益？料保成必係凌虐於差，差故肆行報復之謀，誣以主使。本宮念人命至重，造逆重大事情，何可輕信。連日奏請父皇，速決張差，以安人心。其誣攀龐保劉成，若一概治罪，恐傷天和。況各姓不同，當以仇誣干連，從輕擬罪，奏請定奪。則刑獄平，於本宮陰德亦全矣。」但據《明史》〈鄭貴妃傳〉說：「梃擊事起，主事王之寀疏言張差獄情，詞連貴妃宮中內侍龐保劉成等，朝議洶洶。貴妃聞之，對帝泣。帝曰：『外廷語，不易解，汝須自求太子。』貴妃向太子號訴。貴妃拜，太子亦拜。」明人談遷《國榷》，亦記謂：「王之寀疏上，舉朝喧然。謂國戚有專

諸之意。皇貴妃危懼，訴於上。命往東宮自白之。貴妃見東宮，辨之
甚力。太子遂奏懇上出見羣臣明其事。」那麼，常洛的這道手諭，自
也是在這種情況下，傳下來的了。

　　六月初一日，刑部以張差已決，龐保劉成支吾抵飾，文華門不
便用刑，疏請發付外庭鞫審。得諭說：「昨日發出鄭進（龐保）劉登
雲（劉成），原與張差所供名字不對。前者皇太子在朕前，言的係風
口誣攀。今司禮回奏，不必再問。著與馬三道等，一併速行擬罪，以
顯皇太子睿明仁孝。」部臣再具疏請求交庭審訊，上諭如初。可見這
時的萬曆爺，已決心就這樣把該案結束算了。跟著，龐保、劉成被拷
死宮中。六月十三日，部擬馬三道、李守才、孔道三人流徒，李自
強、李萬倉處以笞刑。就這樣把案結了。按說，此事應該告一段落，
可是，外庭臣子，仍在喋喋不休，認為該案尚未訊出元兇，應續追主
犯。這年八月初六日，太常寺少卿史夢麟上言，認為張差一案，雖已
處分，足見皇上之處分甚明，皇太子之燭照甚確。然而廷臣何以議論
未已？蓋處置未盡其道。說：「皇上面諭廷臣曰：『皇太子既長，皇
孫又大，有何疑忌？』然此意惟皇上知之，而左右廷臣，未盡知也。
故張差持梃打人，欲立奇功，而徼倖於萬一。此廷臣所以必欲根究主
使也。惟舉冊立太孫盛典，即有龐保劉成張差輩，何自而生其姦乎？
一曰直臣愚戇之當容也，御史劉光復廷諍數語，不無過激，其意不過
為究問主使之人。皇上以龐保劉成為主使，不許濫及無辜者，不欲以
猜疑之隙開天下，欲結目前之變局也。奈何獨罪光復乎！」疏入，上
以張差案已結，孟麟捏造詞語，陰懷險邪。著降五級調外。

　　跟著，駙馬都尉王昺上疏救劉光復，上怒昺譏謗君上，著革衣
冠，押回原籍為民。十一月初六日，御史瞿鳳翀上疏救光復，並指時
政之失，疏上有言：「如皇太子皇長孫，將有承祧主鬯之寄者，後宮
宴溺，講習塵封，蒙養不正，根本堪憂，……又如福王二萬頃莊田，

千三百鹽引，騷動省直，悖違典制。此豈小小舛錯者，而何不一齒及
之也。曠典難逢，機會自失。有君無臣，虛此一番美成，又增一番闕
失。……」結果，上以黨救同類，賣直沽名罪之。到了萬曆四十五年
四月，連那當年追尋梃擊案主犯最力的王之寀，也革職為民了。王之
寀受到革職為民處分時，任刑部河南司主事。雖說，梃擊案雖已結
束，可是常洛這小子，卻又被陷在鄭貴妃的選侍懷抱中。

五　紅丸事件

　　萬曆皇帝在四十八年七月二十二日崩逝，皇太子常洛在八月一
日即帝位，初十這天就病了。據史臣記述說，在東宮的時候，身體已
覺得不大爽快了。加上喪事及登基等禮數頻繁，所以登基之後不過十
天，身體便撐持不起了。八月十一日是常洛的生日，所謂「萬壽聖
節」，百官趨朝慶賀，都傳諭免了。可是十二日，是禮法規定的御門
視事之日，十三日是常朝第一日。這兩天是「萬國觀瞻，胥係於此」
的大日子，皇帝怎能缺席。輔臣方從哲上疏請求依時「御門」。結
果，祇允去御門視事，暫免常朝，待身體稍好，再擇吉舉行。十二、
十三日兩日，都勉力作到了御門之禮，常朝就免了。十六日再御門視
事，就已經有了頭目眩暈，身體軟弱，不能動履的情形。二十二日連
胃口都失了，兼有痰喘腹痛諸症。而且不能入眠。

　　到了二十四日這天，已十多天不能進食，身體是越發的衰弱
了。常洛自己也感於病情沈重，遂召集羣臣，有交代後事的意味。面
諭大學士方從哲等人，要他們輔佐皇長子由校為堯舜之君，要他們擬
定禮億冊立選侍，更要他們為他準備棺木。說話時已下氣不接上氣。
臣子們不敢直答，常洛怕臣子們聽得不清楚，還用手指著自己說：
「你們要給我準備壽宮。」臣子們連忙說「聖壽無疆，何必想到這

些？」可是這位皇帝爺，自知病不能起，自知身體已虛弱難復，遂又催著臣子準備。

有一位鴻臚寺丞李可灼，說是有仙丹可治面病，常洛希望試服。方從哲等人請不可輕信，不聽。還是命令中官傳宣，諸官退出。再陪同李可灼到來診視，一問病源，與這種藥丸的治法甚合。皇帝爺非常高興，就命李可灼進藥。

臣僚們與李可灼出來，又與御醫商量，究竟應不應該進給皇帝服用？還沒有獲得決定。輔臣劉一燝說：「吾鄉兩人用此藥，其一即愈。」尚書孫如游則責難。諸臣相視囁嚅，乳媼就出來催了。要李可灼趕快把藥進上服用。於是臣子們又陪著李可灼進去。李可灼把藥調製好，進上飲用。在喝飲湯水的時候，都喘得透不過氣。喝完了藥，還連稱：「忠臣！忠臣！」

臣僚們出來不久，太監傳言說：「聖體用藥後，煖潤舒暢，思進飲膳。」於是臣僚們歡躍出宮。李可灼與御醫等人留在宮門。到了下午，李可灼走出，輔臣們問他服藥後病情如何？李可灼說：「上恐藥力少，欲再進一丸。」臣僚們則認為再進一丸，未免太驟急了些。可是宮內傳趣甚急，只有再進一丸。服藥之後，諸臣們問藥情形如何？答說：「平安如前。」可是到了第二天早晨，這位僅僅作了一個月的皇帝，便駕崩了。這天是九月一日。他訂立的泰昌元年，還沒有開始呢。

常洛的太子由校，九月六日登極，喪事是以日易月，二十七日即除服。到了十月間，言官們的紛紛上言了。先是御史王安舜，認為李可灼進紅鉛一丸，促使先帝早逝。皇上還賞了李可灼五十兩銀子。像李可灼這種方外下吏，竟敢用無方無製的藥物，駕言金丹。誑騙先帝，耽誤了醫藥。不罪還賞，是否用來杜塞外廷的議論？奉諭旨：「李可灼當先帝病革時，具本進藥不效，極失敬慎，但亦臣子愛君之

意。姑罰俸一年。」跟著另一御史鄭宗周，上疏指控太監崔文昇對用藥不慎一事，包藏禍心。應下三法司嚴鞫，以消不軌。接著是一個接著一個，如御史郭如楚，馮三元，也上疏指控李可灼。給事中惠世揚且上疏彈劾輔臣方從哲。與四十三年間的「梃擊」案牽連成一體。

顧文昇是宮中專管醫藥的太監，李可灼雖是鴻臚寺的寺丞，職卑品微，卻是自言有仙丹可治上病，具本求進的。所以言官們要求不祇是查明藥方有無違錯，應查明顧文昇投藥，是否有意？連皇帝的諭旨，都據理力駁。這些言論，要數十一月十四日南京太常寺少卿曹珍的一篇奏疏，說得最為淋漓。特此抄錄於此。作為此一事件的言論代表。

> 先帝春秋鼎盛，即涉勞勩。何得三十日間，便已殂落！道路沸傳，皆知為奸黨陰謀，醫藥雜進。伏思二十年來，忠臣義士，受杖受謫，以爭冊立者，正以先帝故耳。此屬久蓄逆志，必有一舉。實不意其猝遽之中，敢以陰蝕之計，復為醫藥所傷。而身軟一證，遂不可起。陛下以先帝愛子，亦未一問先帝垂歿之事，以報先帝地下之恨。豈謂三十日之崩，真是宿徵；真為哀毀所致乎！蓋事理不惟當衡輕重，尤當衡生死，尤當衡以天子三十日忽焉之變。若以先朝恩奉猶存，內庭處分不易，則本朝忠厚之法，情理之用，當自有存。如既露之情狀，可竟掩乎作姦之爪牙，可竟不問乎？若以當庭御幸，不必深言，恐此輩預料，今日不發，而竊幸其夙昔之陰謀。則此輩何幸，而先帝何不幸也。今眾口譁傳，流布已遍，筆誅口議，天下應有書之者，而獨不能得乎。明廷之上，法官之中，使事有必行，姦有必戮。臥逆黨於近榻，而不復慮有後患。趙盾不討賊，春秋書之曰：『趙盾弒其君。』

正坐一念，容養遂成，弒逆豈必在多。陛下親見先帝匝月之間，有此變異，直以為尋常安之。誰實誤陛下一至此者？先是御擬李可灼崔文昇用藥一節，既曰：『殊失敬慎』即不應曰：『但亦愛君之心』。又先帝身軟一徵，是否青宮宿疾？至於查明藥方有無違錯？臣謂止應查明文昇投藥，是否有意？不應復問其有無違錯。此自文昇不必言之罪也。蓋天下之弒機，匿於無形，有毒而非鴆，戕而非刃者。先帝卒崩之變，當與先年梃擊同一奸謀。先帝之升遐一日不明，則內廷之姦謀一日不破。內廷之奸謀一日不破，則聖躬之安危，安能盡保。伏乞皇上，明詔輔臣，嚴查先帝三日，為何懼此畢證，僅三十日為何竟至崩逝！不得以含糊結局。

於是給事中魏應嘉，御史馬逢皐，李希孔，傅宗皐紛紛上疏清治顧文昇與李可灼罪，並嚴責輔臣方從哲。到了十二月十三日，御史焦源溥的疏文，更直指是鄭貴妃等人的陰謀。說：「先帝御極之初，突傳皇祖封后之命，及不可得而冶容進矣。張差之梃不靈，則投以麗色之劍。崔文昇之藥不速，則促以李可灼之丸。先帝欲諱言進御之事，遂蒙不白之冤。近見南寺臣曹珍升遐未明一疏，無不人人痛哭流涕，豈皇上獨不動念乎。今即貴妃乞憐，止宜求恩禮，以慰神祖之靈，以述先帝之孝。鄭養性之都督不可不奪也，崔文昇必不可不磔也。」

不錯，神宗臨崩時，曾有遺命，著封鄭貴妃為皇后。常洛即位，曾遵先皇遺命，下諭閣臣，著擬訂進封鄭貴妃為皇太后的禮儀。禮部右侍郎孫如游上言陳說，詳考累朝典禮，並無此例。認為是「遵命非孝，遵禮為孝。」遂未果行。這就是焦源溥說的一長串史實。此後，臣僚們上疏，除了請誅顧文昇與李可灼，還兼及輔臣方從哲，與

刑部尚書黃克纘等，認為他們有坐不討賊的叛逆之謀。於是，所上本章，是你來我往，在皇帝臺前打起筆墨官司來了。

這時的天啟皇帝由校，不過十五、六歲，那有能力去閱讀臣子的那多本章。那時，為了常洛僅僅作了一月太平天子的死，上疏要求正法崔文昇與李可灼，以及交相指責時任宰輔方從哲失職，且認為他是鄭黨，也應下三法司治罪的本章，日有數起。我們先是從《熹宗實錄》及天啟六年纂修成的《三朝要典》上看，能記出議論此事的臣僚姓名，幾逾百人。可見當時臣子們對於禮法的重視。雖然有如此多的本章，要求法辦崔文昇與李可灼。但結果，崔文昇謫職南京，李可灼家居休養了事。任憑臣僚們如何的憤憤疏議，也都置若無聞。最多批個「已在梃擊案中」或「已交法議」，或「已有旨。」就這樣不了了之了。

按崔文昇原是鄭貴妃宮中的內侍，常洛即位，接受了鄭貴妃的推薦，任司禮秉筆。掌管御藥房。自從梃擊事件之後，鄭貴妃對於常洛相當巴結。在吃喝玩樂方面，她不惟在他皇帝老子面前遮護他，更是盡情的助長他的玩樂，即言官們所謂的「色攻」，所謂的「美色之劍」。因為她經常獻美女，除以色攻，還以色制；譬如後來史謂「移宮」案中的「選侍」。鄭貴妃之所以把她的內侍崔文昇薦給常洛作司禮秉筆，還專掌藥房，目的就是在於去助長玩樂，達成美色為劍的目的。崔文昇掌管的藥，可能是為病而設的少，為色而設的多。常洛病了，崔文昇進泄藥，目的自是為了去泄除色欲過度，產生的肝火。當然，這一洩遂加重了病情，也更加縮短了生命。至於李可灼辯說他進給皇帝服用的是用紅鉛秋石人乳辰砂所製，名「三元丹」。而且說「藥內紅鉛，乃童女元氣，秋石乃童子元氣，乳乃婦人元氣。惟人身真元氣，能補人真氣。正氣生則邪火退，是以有效。」總之，人死了，再好的藥也都有了問題了。何況，還雜有鄭貴妃的寵幸因素在

內。因而李可灼的進藥，自也成了疑案了。

　　常洛的一生，一直在擔當著悲劇的主角。我在前面說了，自他成胎於母體之日起，他的悲劇便註定了。等到寵妃鄭氏生下常洵，他所擔任的這一悲劇主角，戲分越加重。所以，他一生的悲劇情節，益加的複雜而高潮迭起。正如給事中薛文周的疏議所說：

> 皇祖（指神宗）未嘗不念元子也。不過昵於一時寵愛之私，而逢迎其意者。遂多方以中之：或密揭繳還冊立之詔；或進三王並封之議；或造妖書傾害善類；謀危國本，一脈相承，如有所受。嗣是而謀之者愈毒，嘗之者愈巧。或以梃攻，或以色攻，或以泄藥與紅丸攻，不遺餘力。而三十年多厄多懼之青宮，三十日同符堯舜之聖主，遂溘然上賓也。斯時問數年之間，誰秉國成？德清方相公也。問誰司巡視？則臺臣劉廷元也。問何處分？則張差庇以風癲二字，崔文昇安然無羌，李可灼回籍調理也。噫！相國謬矣。殺人以梃與刃，有以異乎？以刃與色與藥，有以異乎？色攻不問可矣，梃攻在皇祖處分則可，在相國當不可漫無主持；藥攻則情節更顯矣。皇考大漸之際，元氣虛弱，用泄藥不得，用熱藥不得。此理庸醫知之，文昇、可灼豈無意而輕試之者耶？相國謂未嘗引薦可灼，原係何人引薦？胡不明言之也？律以許世子不嘗藥，相國何辭於弒君之罪！

　　常洛崩逝的這一年，年三十九歲。雖是天子的儲君，而且作了皇帝。可是他這一生中的三十多年間，在精神上甚至在生活上所受到的折磨，比一般普通人可要多得多了。朱國楨在《湧幢小品》中記有一則萬曆二十二年冬常洛出閣講學事。在那麼嚴寒的冬天，講學之所連個火爐也不設，常洛身上只穿了一件皮袍，才十二、三歲的孩子，

凍得手僵唇青。尤其梃擊事件的產生，那時他已三十多歲，雖身居青宮，也自知處境是如何的孤獨。縱有臣僚們在禮法上擁護他，又如何奈何得了宮中的鄭氏黨人！遂只得甘心情願的去聽受鄭氏的擺布了。所以，直到臨死，還下遺命要封鄭氏為父皇的皇后。死後，繼承了君位的太子由校，還得受制於選侍呢！

六　移宮事件

常洛即位後的第二十三天，即萬曆四十八年的八月二十三日，這時，常洛已經病得躺在床上不能行動了，他還下了一道諭旨給禮部，要封選侍李氏為皇貴妃，要禮部速擬禮儀。欽天監已選定了九月初六日行進封禮。二十五日這一天，他召集了閣部九卿以及科道官，到他的床前。他說，這位選侍李氏，在皇長子的生母薨逝之後，就奉先帝之旨，委託撫育，慈愛視如親子，功勞很大。為了保護皇儲，所以應進封李氏為皇貴妃。

雖然冊封的吉日，欽天監已經選定，可是臣僚們卻不以為然。他們認為孝端顯皇后、孝靖皇太后等人的進封尚未舉行，加封郭元妃、王才人為皇后的大禮，也未舉行。如果要冊封選侍為皇貴妃，應先把前四位的尊謚禮及加封禮舉行了，才能輪到選侍李氏的貴妃冊封。那想到這些問題，還沒有得到諭旨核奪，常洛皇帝便宴了駕了。

常洛皇帝九月一日崩逝，他的兒子由校，九月六日即帝位。由校生於萬曆三十三年十一月，母親王氏，順天人，在常洛冊立為東宮世子的時候，入宮為選侍，三十二年進封為才人，萬曆四十七年三月就死了。那時，東宮常洛的選侍，列名史冊的還有兩個李氏，一居東，一居西，居東的稱「東李」，居西的稱「西李」。本來，居東的李氏，位在居西的李氏前。可是，居西的李氏，最受常洛寵愛，所

以，當王選侍死後，位身為皇長子的由校，便交由西李照管，還有劉
選侍與趙選侍，劉氏是海州人，萬曆三十八年十二月生皇五子由檢，
就是後來的崇禎皇帝。因為他已失去常洛的寵愛，雖然生了兒子，還
是被譴謫了。這位劉選侍自殺，常洛怕老子知道，不准宮內人等說出
去，偷偷安葬在西山。兒子由檢，也著西李照顧。沒來，西李生了個
女兒，常洛才又改令東李照顧這兩個兒子。

　　當神宗在世生病的時候，鄭貴妃便以調攝病人的理由，住進了
乾清宮。由校登極之後，選侍們自然而然的也住進了乾清宮。所以當
常洛病已沉重的時候，召見閣臣等人，除了要臣等為他準備棺木，還
下遺命要尊亡父的遺命封鄭貴妃為皇太后，封西李為貴妃。這些事情
都還沒有結果，常洛便命歸西天。雖遺命由皇長子由校承繼帝位，這
時的由校卻連個太子的封號還沒有。於是；先著由校移居慈慶宮，即
太子的宮庭。雖已選定了九月六日是即位之日，可是皇帝住的宮庭乾
清宮，卻還被鄭貴妃與西李選侍等人占有著。於是科臣楊漣等，便上
疏要求西李選侍移宮。他們說：「登極的日子已選好了，皇帝應當移
住乾清宮。先帝既已賓天，選侍雖有撫養的心意，終究是形骸隔離
了。現已議定把先帝的梓宮安設在仁智殿，選侍李氏，或可移住後
殿。萬一此地不可居住，住在接近乾清宮的別宮，亦無不可。」御史
左光斗的疏言，說得更是斬釘截鐵。他說：「內庭所以有乾清宮，等
於外庭有皇極殿。只有皇上皇后可住。如今，大行皇帝已經賓天，選
侍李氏，既非嫡母，又非生母，嚴然住在正宮，即將登極的皇上，卻
還住在慈慶宮。這是名份倒置。……」請求即速移宮。跟著給事中楊
漣，也上疏要求迅速移宮。結果，選侍西李氏，便在九月五日這天，
沒有等著車輛人從的幫忙，便自動徒步遷出了乾清宮。史上寫著，只
有一個太監姜昇抱著公主。所有一切簪珥衾裯等，都被太監王安擄去
了。

　　關於這件事，史料中有天啟皇帝由校寫給內閣的一封諭旨，應該全文抄錄在這裏，是移宮以後的事了。

> 朕覽文書，見御史左光斗具奏朕避宮之由。朕昔沖幼時，皇考選侍李氏，恃寵屢行氣毆聖母。以致懷憤在心，成疾崩逝，使朕有冤難伸，惟抱終天之痛！前皇考病篤，閣部大臣俱進內問安，有李選侍威脅朕躬，使傳封皇后。復用手推朕，向大臣靦顏口傳：至今尚含羞赧。因避李氏惡毒，心不自安，暫居於慈慶宮。李氏又差李進忠、劉遜等傳，日每章奏文書，先來奏我看過，方與朕覽。仍即日要垂簾聽政處分。御史有言，李氏他日，必為武氏之禍者。朕思祖宗家法甚嚴，從來有此規制否？朕今奉養李氏於噦鸞宮，月分年例，供給錢糧，俱仰遵皇考遺愛，無不體悉。外廷誤聽李黨諠謠，實未知朕心尊敬李氏之不敢怠也。

　　可是史臣們認為這一諭旨，是太監王安與科臣們楊漣、周朝瑞、惠世揚、道臣左光斗等人的矯詔。說是王安不曾得到常洛的禮遇銜恨在心，遂與楊漣等人結納，在直房密議，計傾李選侍，以洩夙憾。這一詔諭傳出不久，又出明旨，說：「朕一時傳諭，不無忿激。追念皇考，豈能恝然。」這位年方十五、六歲的皇帝，若說不是臣子們在捉弄著，怎會如此呢！

　　史載九月初一日這天，常洛天子晏駕，文武諸臣入臨乾清宮，請見皇長子，卻久久不見出來。這時，兵科給事中楊漣，直向宮門闖去。太監們向楊漣大聲喝止，持棍阻攔。楊漣厲聲大罵，說：「你們這些奴才，皇帝召我等來，現在晏了駕了，你們還不准我們臣子進宮去。意欲何為？」經楊漣這麼一罵，太監們的威消了。等了不少時候，這位即將是大明天子的由校才出來接見羣臣。何以久久不能出見

羣臣，由校還另有一件伸諭避宮始末文件，說得相當詳細。也應抄錄
在這裏。

　　九月初一日，皇考賓天，閣部文武大臣科道官，進宮哭臨
畢，請朝見朕躬，李選侍將朕阻於煖閣。卿等再回奏請，欲
朝見朕，不可得。當時若非司禮監等官，設法請奏出煖閣，
面見大臣，李選侍許而後悔。曁朕出煖閣，又使李進忠等請
回。如此者兩三次，不放出暖閣。司禮等官又奏說：「大臣見
了就回。」選侍方許朕出暖閣。朕至乾清宮丹陛上，大臣扈從
前導。選侍又使李進忠等，將朕衣拉住不放。若非司禮監奏
請，朕前進不可，退又不能出見大臣矣。及至前至宮門，選
侍又差人數次請朕還宮，不令朕御文華殿。卿等親見當時景
象，安乎？危乎？當避宮乎？不當避宮乎？一向刑部及各衙
門，欲行庇護之謀，先藉安選侍為題目，使是非混淆，朝政
不寧。輔臣義在體國，為朕分憂。如此等景象，何不代朕傳
諭一言，屏息紛擾，君臣大義何在？初一日，朕自慈慶宮至
乾清宮，躬視皇考入殮，選侍又阻朕於暖閣，不放出入。司
禮監王體乾等奏請說：「大臣在前宮門，恭候扈駕，請早回。」
選侍全然不聽。王體乾等請三四次，方許朕出暖閣。初二
日，朕至乾清宮，朝見選侍畢，恭送皇考梓宮於仁智殿，未
行禮畢，選侍差人傳，著朕必欲再朝見選侍畢，方許回慈慶
宮。扈從大臣科道各官，皆所親見。一朝不肯，必至於再
朝。乃明明是威脅朕躬，垂簾聽政之意。蒙皇考派在選侍照
管，朕不在彼宮居住，其飲膳衣服，皆係皇祖皇考所賜，與
選侍毫不相干。只每日從選侍宮中行一拜三叩禮。因不往他
宮中住，選侍之恨更深。其侮慢淩虐不堪，朕晝夜涕泣六七

日，此閹官內臣宮眷共見，而不忍言者。皇考自知派與李選
侍為誤，每自來勸朕。見朕涕泣不止，使各官勸解。朕惟每
日往朝李選侍，以遵皇考之命，而不居其宮。此於親疏，自
有分別。朕每忖皇五弟，亦在李選侍家，朕涕泣啾唧，李選
侍未有憂色。選侍所行極毒極惡之事，朕曾秘諭閣臣，不令
發抄，若避宮不早，則選侍爪牙成列，盈虛在手，朕亦不知
如之何矣。其中嫌怨安危，朕可不早避宮乎？選侍因毆崩朕
聖母，彼自知有罪，每使宮眷王壽花等，時來探聽，不許朕
與聖母下原任各官，說一句話。若有舊人來問朕安，說一句
話，選侍就拏去重處。此朕苦衷，日久難伸，外廷不能盡
知。朕今奉養李選侍，皇八妹飲食衣服，各項錢糧，俱從優
厚，且安享無恙。各官何乃猜度過計，藉為口實，如異日選
侍患病而逝，將用人以抵命乎？將歸咎於朕乎？豈不聞聖母
之崩，由選侍之毆，可不問乎？近來各官，奈何不為聖母只
為選侍，失其輕重，理法何在？前日刑部執奏父母之恩，猶
天地履后土，則思母德戴皇天，則思父仁，仁人孝子之用
心，固宜如此。朕因有感於衷，父母之讎，不共戴天。朕不
加選侍之封號，以慰聖母在天之靈，奉養選侍之優厚，敬遵
皇考之遺意。該部亦可謂仰體朕心矣。大小臣工何不深加體
察，惟知私於李黨，責備朕躬。不顧大義，熟分小節。朕欲
出一嚴旨，切責偏庇。內臣執奏，以朕在沖齡，外旨疑為中
旨。喧嚷不休，都姑且不深究。卿等可傳諭大小臣工，今後
務要和衷各供乃職，毋得植黨背公自生枝節，以取罪愆。特
諭。

看來，這樣的一篇詔諭，雖然不是皇帝親手所寫，但要說其中

所寫的事件，全是楊漣會同太監王安所編造，像修《三朝要典》的史官們所說，卻也未必。這篇詔諭中說的那許多宮闈秘辛，似乎不是編造者可以編造得那麼真實的事。不過這一問題，在天啟年間，則是把由校的這兩封詔諭，作了翻案文章處理的。最後，楊漣與左光斗都這樣被冤獄以死。這件事，是常洛悲劇結束後的一個尾聲。追想常洛自冊立東宮事件始，除了冊立及福王之藩二事，是臣僚們一致的上書請懇，其他如「妖書」、「梃擊」、「紅丸」以及這次的「移宮」事件，都曾形成正反兩派，臣僚們在本章中你來我往，交互辯言析理認事。前三事件，都是不了了之。惟有這一「移宮」事件，則是徹底的把天子的這兩篇諭命予以推翻。凡當年首倡移宮的臣子，全處以極刑。連邊疆熊廷弼也牽連了進來。因為這些臣子為熊廷弼的失陷邊防，上言營救，遂也牽連上了。

天啟五年九月初四日，力主首倡移宮的楊漣等人有罪的御史賈繼春，召進宮去說明事實。此一「移宮」案遂塵埃落定，以下錄出天啟皇帝根據賈繼春的話，頒下的詔命。詔文說：

先帝升遐，朕躬嗣服，父子承繼，正統相傳，臣子何得居功？而楊漣、左光斗等，妄希定策，串通王安，倡為移宮之事，捏造垂簾等語。王安姦惡異常，乘機報怨，內外交結，黨眾力強，不許康妃（西李選侍）從容奉旨，而逼令踉蹌出宮。先帝體尚未寒，言猶在耳，漣等即有權勢，固亦人臣，乃棄忠君，犯上不道，至於此極。使非賈繼春等疏揭，明斥於前，天牖朕心憬悟，補封於後，將始終蒙蔽，恩禮有虧。而朕於皇考，不得為純孝，即寸斬楊漣、左光斗，何救於事？況與魏大中、周朝瑞、袁化中，深盟固結，招權納賄，罔上行私，黨護熊廷弼，夥壞封疆。鐵案既定，猶貪其重

略，力為出脫。託汪文言內深消息，暗弄機關，遍樹私人，布滿津要，壞法亂紀，欺蔽朝廷。及汪文言事發，姦謀畢露，自知理屈，乃巧借別樣題目以掩其罪，剪所忌而肆其兇，信口裝誣，毫無影響，肺肝如見，欲蓋彌彰。朕言念及此，深切痛恨，已將熊廷弼處決，傳道九邊。楊漣等雖追贓身故，而顧大章係同惡之人，即送法司，將前後事情，逐一研審，取具招辭，從重擬罪。爰書既成，將諸姦罪狀，及守正諸臣，向來疏揭，並近數日屢次明旨，俱著史臣編輯成書，頒行天下，垂示將來，以昭朕孝思。據事直書，毋得回護。使善惡邪正，炳如日星，而黨與不得藉口文奸，飾非惑眾。其傳記小說，便著禮部與撫按官，嚴加禁止。自今以後，非有部文，不許擅刊書籍，違者著緝事衙門訪護，治以妖言惑眾之罪。

　　楊漣與左光斗等人的冤死，到了崇禎初年便平反了。楊漣追贈為兵部尚書太子太保諡忠烈，蔭一子；左光斗進贈右都御史，太子少保諡忠毅，蔭一子。其他諸人也都一一平反追贈並蔭子。我們用來比照一下由校的這兩篇先後不同的詔文，亦足以想知「移宮」事件的種因何來了。

　　在歷史上，受到帝王寵幸達三十餘年不衰的妃嬪，除了萬曆鄭貴妃，似乎還不易尋得第二人。不僅在萬曆故後，她還能駕馭著常洛，聽她指示。當常洛死後，還希望能由李選侍去控制天子的作為。怎能說沒有垂簾聽證的意圖呢！

　　鄭貴妃到了崇禎三年去世，算得是一代尤物了。

　　民國六十九年（1980）十一月十一日至十二月十日《臺灣新聞報》

參考書目

宋史　臺北市開明書局景印二十五史本

徽宗紀　欽宗紀　高宗紀

地理志　選舉志　職官志　食貨志

兵　志　刑法志　諸臣列傳

明史（同）

世宗紀　神宗紀　光宗紀　熹宗紀

地理志　選舉志　職官志　食貨志

兵　志　形法志

后妃列傳　諸王列傳　諸臣列傳

佞倖列傳　姦臣列傳

明神宗實錄　中央研究院藏手抄本（景印）

三朝要典　天啟六年修中央圖書館藏

袁石公集　明萬曆間勾吳袁氏書種堂刻本（中央圖書館藏）

袁中郎全集　鍾惺增訂陸之選序崇禎二年刻本（臺大圖書館藏）

三袁先生集　美國普林斯敦大學東方圖書館藏明刻本

袁石公遺事錄　中央研究院藏同治八年刻本

沈德符　萬曆野獲編（一）中央研究院藏清道光七年扶荔山房刻本

沈德符　萬曆野獲編（二）中央研究院手抄本

沈德符　清權堂集（一）日本內閣文庫藏崇禎十五年刻本

沈德符　清權堂集（二）日本內閣文庫藏手抄本

袁小脩　遊居柿錄　臺北市新興書局印筆記小說大觀七編二

謝肇淛　小草齋文集（目錄）日本尊經閣文庫藏天啟刻本

謝肇淛　《金瓶梅》跋（在小草齋文集卷二十八。馬幼垣、馬泰來
　　錄）

文秉　定陵注略　中央圖書館藏本

黃景昉　國史唯疑　中央圖書館藏（正中書局景印本）

朱國楨　湧幢小品　臺北市新興書局印筆記小說大觀

張岱　陶庵夢憶　粵雅堂叢書本

吳晗　朱元章傳　香港傳記文學社出版

吳晗　《金瓶梅》的著作時代及其社會背景　民國二十二年十月文學
　　季刊創刊號

吳晗　讀史扎記　香港傳記文學社出版

郭源新（鄭振鐸）　談《金瓶梅詞話》　臺北市明倫出版社印中國文
　　學研究新編

吳頷等　《金瓶梅》研究論集　香港華廈出版社民國五十六年出版

阿英　小說閒話（論《金瓶梅》）　上海良友圖書公司民國廿五年版

趙景深　小說瑣談（銀字集）　上海永祥印書館民國卅五年版

魯迅　中國小說史略　上海民國卅七年魯迅全集本

孔另境編　中國小說史料　臺北市中華書局

孫楷第編　中國通俗小說書目　臺北市天一書局景本

蔣瑞藻編　小說考證　臺北市商務印書館印行

胡適　中國章回小說考證　臺北市風雲書局出版

黃本驥　歷代職官表　臺北市洪氏出版社出版民國六十五年一月

日青山定雄編　中國歷代地名要覽　臺北市洪氏出版社出版民國六十
　　五年二月

薩孟武　中國政治社會史　臺北市三民書局民國六十四年十月初版

《金瓶梅詞話》　日本東京大安株式會景印明萬曆丁巳序本

《金瓶梅詞話》　臺北市聯經出版公司景印故宮博物院藏原本

真本《金瓶梅》　臺北市文源書局印行

《金瓶梅》　（觀海道人序袁子才跋）臺北市黎明出版社印行

第一奇書　日本東京愛田書室石印皋鶴堂本

日鳥居久靖　《金瓶梅》版本考　日本天理大學學報一九五五年七卷
　　　一輯

日鳥居久靖　《金瓶梅》編年稿　日本天理大學學報一九六三年十五
　　　卷二輯